十回模擬試題練習再練習，

言語知識．讀解．聽解都不漏，

充分準備才能一試合格！

目・錄

N2考試大綱介紹與例題詳解

語言知識部分

讀解部分

聽解部分

N2考試大綱介紹與例題詳解

語言知識部分

考試時間與評分標準

語言知識部分的考試時間為105分鐘，總分為60分。這一部分的最低分數要求是19分，如果低於19分，那麼就算後面的讀解和聽解部分得了滿分，也會被判定為不及格。

題型設置與測驗內容

語言知識部分由文字詞彙和語法兩大部分組成。文字詞彙部分主要測驗漢字讀音、漢字寫法、詞語構成、前後關係、近義替換、詞彙用法等方面的內容，考生需要掌握約15000個單字。語法部分主要測驗語法形式判斷、句子的組織和文章語法，需要考生掌握約350個文法。

例題解析與解題技巧

問題1　漢字讀法

題　目　＿＿＿の言葉の読み方として最もよいものを、1・2・3・4から一つ選びなさい。

出題數量　5道

測驗內容　漢字的讀音

例　題

あの人のことを話題にするのは<u>禁物</u>です。 1　きんぶつ　2　きんもつ　3　きんし　4　きんもの

解題技巧　答案為2，本題主要測驗漢字的讀音，要熟練掌握相關詞彙。

問題2　漢字書寫

題　　目　＿＿＿の言葉を漢字で書くとき、最もよいものを1・2・3・4から一つ選びなさい。

出題數量　5道

測驗內容　根據讀音選出漢字

例　　題

> 公園にゆくと夕方のこおった池の上を、子供達がスケート遊びをしていた。
>
> 1　凍った　　2　滑った　　3　寒かった　　4　怒った

解題技巧　答案為1，本題需要根據讀音選出正確的漢字，在備考階段要牢記以う、く、ぐ、す、つ、ぬ、ふ、ぶ、む、る結尾的動詞。

問題3　詞語構成

題　　目　（　　）に入れるのに最もよいものを、1・2・3・4から一つ選びなさい。

出題數量　5道

測驗內容　接頭語、接尾語、合成詞、派生詞

例　　題

> どこに泊まっているのとか、（　　）対面で結婚してくれっていう人もいたわ。
>
> 1　初　　2　面　　3　発　　4　当

解題技巧　答案為1，本題主要測驗接頭語、接尾語、合成詞、派生詞等內容，需要針對這一類詞語多做練習，累積實力。

問題4　前後關係

題　　目　（　　）に入れるのに最もよいものを、1・2・3・4から一つ選びなさい。

出題數量　7道

測驗內容　根據上下文選詞填空

例　　題

若者に日本の呉服のよさを（　　　）する良い機会となっている。 1　アピール　2　チャレンジ　3　マイナス　　4　スタンド

解題技巧　答案為1，本題為詞彙運用類題目，主要測驗名詞、動詞、副詞、形容詞、形容動詞、外來語等的意思及用法。

問題5　近義替換

題　　目　＿＿＿の言葉に意味が最も近いものを、1・2・3・4から一つ選びなさい。

出題數量　5道

測驗內容　同義詞或近義詞替換

例　　題

崖の上に小柄な男が姿を見せた。 1　体が弱い　2　目が鋭い　　3　気が多い　　4　体が小さい

解題技巧　答案為4，本題主要測驗同義詞或近義詞，可以用排除法。

問題6　詞彙用法

題　　目　次の言葉の使い方として最も近いものを、1・2・3・4から一つ選びなさい。

出題數量　5道

測驗內容　本題主要測驗詞彙的用法

例　　題

ことに 1　彼は勉強家であり、ことにスポーツマンでもある。 2　私はおもちゃを好み、ことに人形を可愛がっている。 3　手紙を書いて、お風呂に入って、ことに寝た。 4　あまり時間がないので、ことにあきらめるべきだ。

解題技巧　答案為2，本題主要測驗詞彙的用法，要注意多閱讀，培養語感。

問題7　句子語法1（語法形式判斷）

題　目　次の文の（　　　）に入れるのに最もよいものを、1・2・3・4から一つ選びなさい。

出題數量　12道

測驗內容　本題主要測驗N2級別中的常用語法

例　題

JLPT N1に合格し、嬉しさの（　　　）泣いてしまった。
1　ばかりに　2　ほど　3　あまり　4　からには

解題技巧　答案為3，本題主要測驗N2級別中的常用語法，需要記住相關語法。

問題8　句子語法2（句子的組織）

題　目　次の文の＿★＿に入る最もよいものを、1・2・3・4から一つ選びなさい。

出題數量　5道

測驗內容　根據句意排序

例　題

いくら素晴らしい＿＿＿　＿＿＿　＿★＿　＿＿＿増加は不可能です。	
1　その素晴らしさを	2　消費者に伝えなければ
3　売り上げの	4　製品であっても

解題技巧　答案為2，注意語法的接續方法和句子的前後邏輯。

問題9　文章語法

題　目　次の文章を読んで、50から54の中に入る最もよいものを、1・2・3・4から一つ選びなさい。

出題數量　5道

測驗內容　根據前後句的意思選詞填空

例　題

人工知能は人間を超えるのか

自動運転、掃除ロボット、無人決済店舗など自分でも気づかないうちにAI技術と接している人も多いはずです。今、AI（人工知能）が大ブームとなりました。生活や仕事のあらゆる分野でAIの活用が進んでいます。50、AIで私たちの生活はどう変わるのでしょうか。

昔から、人工知能の分野には、「いずれ人間の知能を超えてしまうのではないか」という問題があります。2045年には人工知能が人間の知能を超える「技術的特異点（シンギュラリティ）」を迎えるのではないかという声があります。51、本当にそんなことが起こるのでしょうか。

そのことを考える前に、まず、AIが人間よりも優れているポイントを整理してみましょう。それは、「計算」と「分類」です。コンピューターであれば、天文学的な桁数の計算の答えを瞬時に弾き出すことができるし、膨大なデータをルール52分類するのも得意です。人間なら一つ一つ時間をかけてやっていかなければならないこれらの煩雑な作業を、コンピューターなら一瞬で処理することができるのです。この2つに関しては、人間はコンピューター、つまりAIの足元にも及びません。

53、あくまでも「AIは人間が生み出したもの」です。AIのプログラムは、人間が組んでいます。ともすればAIは、自分自身で勝手に成長するように思われがちですが、そんなことはありません。54、人間の知的活動がすべてAIの得意な計算や数式で表現できるようになれば、もしかしたらAIが人間を超える日が来るのかもしれません。この点については専門家の間でもいろいろな意見がありますが、少なくともそんなに簡単なことではないのは事実です。AIの生みの親は、人類であるというのは揺るぎない事実なのですから。

50

1　つまるところ　　　2　果たして

3　努めて　　　　　　4　できるだけ

51

1 しかし　　2 それで

3 そこで　　4 しかも

52

1 に関して　　2 に反して

3 に基づいて　　4 にともなって

53

1 ただで　　2 つまり

3 それでも　　4 ただし

54

1 仮に　　2 いくら

3 いつも　　4 かえって

解題技巧　答案為2、1、3、4、1，注意平時多做練習，特別是與接續詞和接續助詞相關的練習。

讀解部分

考試時間與評分標準

級別	總分		語言知識		讀解		聽解	
	總分	及格線	總分	及格線	總分	及格線	總分	及格線
N1	180	100	60	19	60	19	60	19
N2	180	90	60	19	60	19	60	19
N3	180	95	60	19	60	19	60	19

題型設置與測驗內容

新日本語能力試驗N2讀解部分的題型如以下表格所示。

	題型		題數	測驗目的
N2讀解	內容理解（短篇文章）	○	5	閱讀200字左右的文章並理解其內容，內容涉及生活、工作等。
	內容理解（中篇文章）	○	9	閱讀500字左右的解說、隨筆類文章，理解其關鍵點或因果關係等。
	綜合理解	◆	2	閱讀兩篇以上600字左右的文章，再加以比較，綜合理解其內容。
	論點理解（長篇文章）	○	3	閱讀900字左右邏輯性較強的評論文章，把握整體所要表達的想法或意見等。
	資訊檢索	◆	2	從廣告、簡介、通知等700字左右的資料中尋找答題所需資訊。

題型符號說明：◆全新題型 ○原有題型

新日語能力考試N2讀解部分與改革之前的難度相當，但是透過對考古題的分析我們可以得知，讀解部分文章的篇幅和出題數量都有大幅度的增加。需要特別注意的是綜合理解和資訊檢索是新出現的題型，考生要在平時加強練習。

例題解析與解題技巧

1. 內容理解（短篇文章）

內容理解（短篇文章）部分是N1、N2、N3三個級別中都有的測驗形式，N2級別中共有5篇短篇文章，每篇文章分別設有一小題。

內容理解（短篇文章）部分涉及的話題包括工作、生活、娛樂、社會、心理、文化等各個方面。內容豐富，體裁也是各式各樣，包含說明文、議論文、商務文書等。該部分主要測驗考生對文章中關鍵字的理解，對文章主題的概括，對作者觀點的總結。

例　題

（1）

人間には、身体的なエネルギーだけではなく、心のエネルギーというのもある、と考えると、物事がよく了解できるようである。同じ椅子に一時間座っているにしても、一人でぼーと座っているのと、客の前で座っているのとでは疲れ方がまったく違う。身体的には同じことをしていても、「心」を使っていると、それだけ心のエネルギーを使用しているので疲れるのだ、と思われる。

このようなことは誰しもある程度知っていることである。そこで、人間はエネルギーの節約に努めることになる。仕事など必要なことに使うのは仕方ないとして、不必要なことに、心のエネルギーを使わないようにする、となってくると、人間は何となく無愛想になってきて、生き方に潤いがなくなってくる。他人に会うたびに、にこにこしていたり、相手のことに気を使ったりするとエネルギーの浪費になるというわけである。

1　どうして疲れ方が違うのですか。

1　心のエネルギーの存在を意識していないから
2　心のエネルギーの分量に個人的な差があるから
3　心のエネルギーの調節がうまくいかないから
4　心のエネルギーの使用の度合いが異なるから

測驗要點：關鍵字理解

解題技巧：正確答案為4。本篇短文的主要內容是人的身體當中有「身體能量」和「心理能量」兩種能量，自己獨處的時候，只需要使用「身體能量」，而在外人面前還需要使用「心理能量」，所以更加容易疲勞。解題關鍵句為「身体的には同じことをしていても、『心』を使っていると、それだけ心のエネルギーを使用しているので疲れるのだ、と思われる」。

2. 內容理解（中篇文章）

內容理解（中篇文章）部分是N1、N2、N3三個級別中都有的測驗形式，加入了評論、解說等理論性較強的文章，難度和字數都比內容理解（短篇文章）部分有所增加。

內容理解（中篇文章）N2部分有長約500字的文章3篇，每篇文章設有3小題，共有9小題。主要體裁為相對簡單的評論文、説明文或散文，主要測驗考生對文章因果關係、主旨大意和作者觀點的理解。

例　題

（1）

日本人は謝ることが大好きだ。というのが言い過ぎなら、謝ることをそれほど苦にしない、と言い換えてもよろしい。おそらくそれは、この国の社会が同質的であり、互いに気心が知れているからであろう。そこで、謝りさえすれば許してもらえる、とつい、そう思ってしまうのである。事実、謝らないと、争いはいよいよこじれ、外国とは逆に、取り返しがつかないことになる。日本人はことの是非よりも、むしろ当事者の「誠意」のほうを問題にする。「論より証拠」などというが、証拠を詮索するより、情に訴えるほうを選ぶ。だから、「論より情」というほうが当たっていよう。

もう、ずいぶん前のことだが、何かのゲームをしていたとき、私はヘマをやった。「ごめん、ごめん」といって許してもらおうと思ったら、相手の一人が「ごめんで済むなら警察はいらない」といった。そのころ、そんな文句が常套語になっていたのである。

相手はそう言いながらも許してくれたのだがその時、私は改めて、なるほどと思った。たしかに謝ってすべてが許されるなら、世話はない。この言葉は、謝り好きの日本人の甘えに対して、冷水を浴びせた名言というべきであろう。しかし、そうは言いながらも、「ごめん」が通用するところに、日本の社会のよく言えば寛容さがあり、悪く言えば「①いい加減さ」があるのではないか。

なぜ日本で「ごめん」が簡単に通用するのだろう。それは、「ごめん」という謝罪の言葉が、事の真相をはっきり突き止めた上で、自分の非を認め、その非に対して詫びるというより、事態が深刻化するのを恐れて、とりあえず相手の気持ちをやわらげておこうという目的で使われ、相手もそれを充分承知しているからである。つまり、「ごめん」は罪の意識をほとんど含んでいないのだ。

「ごめん」に限らない。日本人が乱発する詫びの言葉、「すみません」にしても、「申し訳ない」にしても、その意味を考えてみれば、最大級の謝罪の表現である。にもかかわらず、日本人はこれらの言葉を慣用句として多用し、そう言いながら、まるで自分の非を認めていない。したがって、これらの言葉は謝罪語というより、挨拶語と見なすべきであろう。

もう一つ気になるのは、「厳粛に受け止める」という言葉である。ことにこの表現は公の立場にある人間がやたらに使う。たとえば裁判などで公的立場にある側が敗れたときや、犯罪などで人々の厳しい批判を浴びたりすると、彼らは一応深刻な顔をしてみせ、「厳粛に受け止める」と来る。私はこの表現を耳にするたびに、またか、と思う。いったい「厳粛に受け止める」とは、どういう意味なのだろう。実はこういう場合、「厳粛に受け止める」とは、良心がそう言わせるのではなく、ただ世間に向かって神妙な顔をしてみせるポーズにすぎない、ということになろう。とすれば、「厳粛に受け止める」とは、じつに傲慢な表現ではないか。

1 下線部①の内容として最も適当なものを、次の中から選びなさい。

1　謝罪の言葉を述べるだけで、争いが避けられること
2　相手の気持ちを考えずに、自分が許されたと考えること
3　言葉上だけで、問題の本質を厳粛に受け止めないこと
4　相手のことを優先し、自分のことを忘れてしまうこと

2 筆者の考える謝罪の言葉の目的はどれか。

1　自分の非を認め、それに対していち早く詫びるためです。
2　最大級の謝罪の言葉を使って、相手に許してもらうためです。
3　まず相手の気持ちをやわらげようとするためです。
4　事態が深刻化して、取り敢えず、自分の非を認めるためです。

3 本文の主題として、最も適当なものはどれか。

1　日本人は簡単に謝るが、それは非を認めているのではなく、ことを穏やかに済ませようとしているだけである。
2　日本人は謝ることが好きだが、それはコミュニケーションを円滑に進めようとする意識の高さの表れです。
3　日本人はすぐに謝るが、それは情けを尊重する伝統の現れであり、一つの言語文化の特質である。

4　日本人は頭を下げて、謝ることが好きだが、それは罪の深さを認め、責任感の強さの現れである。

測驗要點：關鍵字理解、段落大意理解

解題技巧：本題主要測驗考生對文章關鍵句和文章主旨的理解。對於關鍵句類問題，一般問題的答案都在其前後句中尋找。而針對文章主旨類問題，則需要通讀全文。

問題1的關鍵句為「実はこういう場合、『厳粛に受け止める』とは、良心がそう言わせるのではなく、ただ世間に向かって神妙な顔をしてみせるポーズにすぎない、ということになろう。とすれば、『厳粛に受け止める』とは、じつに傲慢な表現ではないか」。本題的正確答案為3。

問題2的關鍵句為「それは、『ごめん』という謝罪の言葉が、事の真相をはっきり突き止めた上で、自分の非を認め、その非に対して詫びるというより、事態が深刻化するのを恐れて、とりあえず相手の気持ちをやわらげておこうという目的で使われ、相手もそれを充分承知しているからである」。本題的正確答案為3。

問題3的關鍵句為「日本人はこれらの言葉を慣用句として多用し、そう言いながら、まるで自分の非を認めていない。したがって、これらの言葉は謝罪語というより、挨拶語と見なすべきであろう」。本題的正確答案為1。

3. 綜合理解

綜合理解是日本語能力試驗改革後N1、N2兩個級別的考試中新出現的題型，需要在平時的練習中加強訓練，提高該題的得分率。綜合理解也可以理解為比較分析題，它測驗的是考生對兩篇不同文章的理解能力和分析能力。要求考生透過對兩篇文章的迅速閱讀，抓住文章的主旨大意和作者的主要觀點，然後找出兩篇文章的相同點和不同點，進行比較分析。N2綜合理解部分由兩篇300字左右的文章組成，設有兩個小問題，其主要目的是測驗考生對文章異同點的把握。

例　　題

A

忘れてはいけないと思うと、意地悪く、すっかり忘れてしまうくせに、早く忘れてしまいたいことが、いつまでも、頭にこびりついて離れないこともある。意のままにならないものである。

いやなことがあると、一刻も早く忘れたいと思うのは人情である。では、忘れるにはどうしたらよいのか。昔から、そのときすることが決まっていた。やけ酒を飲む。ぐでんぐでんに酔っ払って、泥んこのように眠ってしまう。目を覚ますと、ここはどこだ、というようになる。さしもの苦い出来事もだいぶ忘れているだろう。

こういう酒が体にいいわけがない。しかし、生きているのがいやになるような思いを抱いたまま、眠られない夜を過ごす、というのも、決して、健康的とはいえない、やけ酒は体にはつらい目をさせても、頭の中から有害なものを早く流しだしてしまおうというための一種の知恵である。忘却法としては最も原始的で、過激なものであろう。それだけに効果はある。

B

忘れるためにはやけ酒を飲むというのはどうかと思う。いくら効果的だといって、たえず、やけ酒をあおっていれば、頭はとにかく、体の方がまいってしまうのは必定。よほどのことでないかぎり、この手は使わないことだ。

僕の忘却法といえば、やはり酒を飲むことだ。「お前さんもやけ酒じゃないか」と非難されるかもしれない。しかし、やけ酒という飲み方とかなりの食い違いがある。何かいやなことを忘れるには、頭を掃除する必要がある。まさか、そんなときに、いちいちやけ酒を飲んだりする頓馬はない。

机を離れて、お茶を飲みに出てもいい。場所を変えると、気分も変わる。これはいわゆる一種の気分転換だ。気分一新する。それに、飲み物を入れると、また、気持ちが変わる。こういうときの飲み物のことを英語でリフレッシメンツという。日本語で言い換えれば、「気分をさわやかにする」ということだ。やけ酒ほど激しくないにしても、口にものを入れることで、それまで頭の中にあるものを流し、整理できる。忘れる効果がある。

1 そのときすることが決まっていたとあるが「すること」とは何か。

1　泥んこのように眠ること
2　いやなことを忘れること
3　やけ酒を飲むこと
4　苦い出来事を忘れること

2 Aは、なぜやけ酒をとることを勧めているのか。

1　泥んこのように眠ってしまうため
2　体に悪いがそれだけに効果はあるため
3　いやなことを一刻も早く忘れたいため
4　いやなことを聞き落とさないため

3 AとBで共通して述べられていることは何か。

1　いやなことを頭から掃除するには酒には、効果がある。
2　気分転換をすると、どんないやなことでもすぐ忘却する。
3　机を離れて、お茶を飲むのはいわゆる一種の気分転換だ。
4　忘れるためにはやけ酒を飲むというのはいい方法だ。

測驗要點：比較分析

解題技巧：綜合理解是新出現的題型，主要測驗考生對兩篇文章異同點的把握。一般而言，該題型中出現的兩篇文章既有其相同點，又會有存在差異的地方。找出其相同點和不同點是該題型經常測驗的重點。上面這篇文章主要講述了忘卻的方法，第一篇文章的作者主要透過喝醉酒來忘記不愉快的事情，把自己灌醉，好好睡上一覺，然後就可以忘記。雖然對身體有害，但是有效果。第二篇文章的主旨是要想忘記不愉快的事情，首先要換換心情，然後再喝點酒，這種酒不是自暴自棄地買醉，而是為了調整心情，放鬆自己，藉此忘記不愉快的事情。

問題1測驗的是考生對關鍵字的理解，解題方法基本和指示代名詞類問題的解題方法一致，只需要從關鍵句的前後文處尋找答案即可。答案選3。

問題2測驗因果關係。解題的關鍵是文章A的最後一句「やけ酒は体にはつらい目をさせても、頭の中から有害なものを早く流しだしてしまおうというための一種の知恵である。忘却法としては最も原始的で、過激なものであろう。それだけに効果はある」。N1和N2中讀解的句子都比較長，對於此類句子，可以直接看主詞部分和最後一個單字。上面這個句子的畫線部分即為該句子的主幹，其他未畫線部分皆為修飾，可以省略不看。答案選2。

問題3為比較異同點的題型。此處測驗兩篇文章的相同點。透過對文章的閱讀我們可以得知，雖然飲酒的方式不同，即第一篇文章喝酒買醉，第二篇文章則是調整心情之後進行小酌，但是兩篇文章喝酒的目的是一致的。答案選1。

4. 論點理解（長篇文章）

論點理解是讀解當中篇幅較長、難度較高的考題。文章體裁主要是社論等抽象性和邏輯性比較強的文章。考生需具備較強的邏輯思考能力和對長篇文章的閱讀分析能力。該部分得高分的要點在於平時要多閱讀社論，尤其是三大新聞社的社論和專欄，最好每週都能抽出三四篇較佳的文章來閱讀。即使一開始讀不懂也沒有關係，主要目的是訓練考生對日本人思考方式的理解，熟悉其語言的使用習慣，培養良好的日語語感。N2論點理解部分的考題是一篇約為900字的評論性文章，主要測驗考生對主旨的把握。

例　題

（1）

昔から伝わる言葉に、「失敗は成功のもと」「失敗は成功の母」という名言があります。失敗しても、それを反省（はんせい）して、欠点を改めていけば、必ずや成功に導くことができるという［A］な意味を含んだ教訓（きょうくん）です。

私は大学で機械の設計について指導（しどう）していますが、設計の世界でも、「よい設計をするには経験が大切だ」などということがよく言われます。私はその言葉を「創造的な設計をするためには、多くの失敗が必要だ」と言い換えることができると考えています。なぜなら、人が新しいものを作り出すとき、最初は失敗から始まるのは当然のことだからです。人間は失敗から学び、さらに考えを深めていきます。これは何も設計者の世界だけの話ではありません。営業（えいぎょう）企画やイベント企画、デザイン、料理、その他アイディアを必要とするありとあらゆる創造的な仕事に共通する言葉です。つまり、失敗はとかくマイナスに見られがちですが、実は新たな創造の種となる貴重な体験なのです。

今の日本の教育現場を見てみますと、残念なことに「失敗は成功のもと」「失敗は成功の母」という考え方がほとんど取り入れられていないことに気づきます。それどころか、重視されているのは決められた設問への解を最短で出す方法、「こうすればうまくいく」「失敗しないこと」を学ぶ方法ばかりです。

それでは創造力を得るにはどうすればいいでしょうか。創造力を身につける上でまず第一に必要なのは、決められた課題に解を出すことではなく、自分で課題を設定する能力です。今の日本人の学習方法では、真の創造力を身につけることはできません。

実際、負のイメージでしか語られない失敗は、情報として、伝達されるときにどうしても小さく扱われがちで、「効率や利益」と「失敗しないための対策」を秤にかけると、前者が重くなるのはよくあることです。人間は「聞きたくないもの」は「聞こえにくいし」、「見たくないもの」は「見えなくなる」ものです。

しかし、失敗を隠すことによって、起きるのは次の失敗、さらに大きな失敗という。失敗から目を向けるあまり、結果として、「まさか」という致命的な事故が繰り返し起こるだとすれば、失敗に対する見方を変えていく必要があります。すなわち、失敗と上手に付き合っていくことが、今の時代では、必要とされているのです。

1 [A]に当てはまる言葉を選びなさい。

1　深遠　　2　重厚　　3　真剣　　4　浅薄

2 創造的な設計をするためには、多くの失敗が必要だとあるがなぜだと筆者は述べているのか。

1　新しいものを作り出すとき、最初は失敗から始まるのは当然のことだから

2　失敗は人間が学び、考えを深め、新たな創造の種となる貴重な体験だから

3　負のイメージでしか語られない失敗はどうしても小さく扱われがちだから

4　失敗と上手に付き合っていくことが、今の時代では、必要とされていないから

3　筆者の考えと一致するものを選びなさい。

1　「失敗は成功のもと」であるので、後先考えず、とにかく繰り返して、失敗することが大切です。

2　子供ならまだしも、社会人になったら、失敗している姿は他人にあまり見せないほうがよい。

3　「失敗」を「成功」に変えるには、決められた設問への解を最短で出す方法を勉強するのが何よりも重要です。

4　「失敗」そのものの見方や扱い方を改善できていれば、「失敗」を「成功」に変えることができます。

測驗要點：關鍵字、因果關係、主旨大意

解題技巧：文章主要講了成功和失敗的關係以及創造力的培養。許多人害怕失敗，但是只有在失敗中不斷學習、總結經驗，才能轉失敗為成功。然而遺憾的是現今的日本人只學習不失敗的方法，所以很難提高他們自身的創造力。

問題1需要考生填寫關鍵字。選項2是形容人的性格的形容詞，所以首先排除。「淺薄」是膚淺的意思，「真剣」是認真的意思，均與文章想要表達的觀點不符，所以正確答案選1。

問題2測驗因果關係。為什麼作者説失敗是必要的？解題關建句是「実は新たな創造の種となる貴重な体験なのです」。答案選2。

問題3測驗的是考生對全文主旨大意的歸納總結能力。文章中談到只有從失敗中學習，才能轉敗為勝，取得成功，而不是一直失敗，因此排除選項1；只研究方法，不培養創造力，最終還是會失敗，因此排除選項3；選項2主張不要失敗，與主題相反，可排除。正確答案選4。

5. 資訊檢索

資訊檢索是日本語能力試驗改革之後新出現的題型，N1、N2、N3三個級別中都有該題型。題目測驗的要點是考生檢索資訊和快速閱讀的能力。文章素材主要來源於廣告、宣傳冊、商務文書等，所選文章裡大多包含多種資訊，考生需要根據要求選出適合某個特定條件的資訊。先閱讀問題，然後透過問題在文中尋找正確答案是解題的關鍵。N2級別中的資訊檢索題是一篇700字左右、含有有效資訊的文章，設有2小題。

例　題

ある学校の健診のお知らせです。表を見て、次の問に対する最もよいものを1・2・3・4から選びなさい。

2011年度　学生定期健康診断についてのお知らせ	
説明	定期健康診断は、全学生が対象となり、毎年受けなければならないものです。各自の該当日時に必ず受けて下さい。やむを得ない理由で受診できない又はできなかった場合は、必ず早急に保健センターまで申し出てください。 この健康診断を受けない場合、他の医療機関で自費にて受診し、結果を提出していただくことになります。また、健康診断書を発行することは、できません。 今年度から血液検査に脂質検査（HDL・LDLコレステロール）が加わります。
健診場所	大学体育館、各検診車　（保健センターではありません）
注意事項	（1）学生証と黒ボールペンを必ずご持参ください。健診終了時、学生証裏面に「受診済」の分かる印を押印します。 （2）胸部レントゲンについて 大学1年・大学院1年以外の学生で受診を希望しない方は保健センター職員に必ず申し出ること。 妊娠、または妊娠の可能性のある方は受診せず、保健センター職員に必ず申し出て下さい。 （受けなかった場合、健康診断書の発行は出来なくなります）

	（3）貧血・抗体反応検査について 採血をします。過去に採血中または後で気分が悪くなったことがある方は、検査の際に申し出て下さい。 （4）視力検査について 眼鏡で矯正している場合は眼鏡、コンタクトレンズ使用の場合は装着のこと。 （5）服装について 胸部レントゲンと心電図受診時は無地のTシャツ。ブラジャー・ストッキング・ネックレス等は着けない。 （6）靴袋を持参し、靴・荷物（なるべく持ち込まないこと）は各自で管理のこと。盗難紛失注意。 （7）体育館及び検診車内では携帯電話の電源は切ること。 （8）原則的に、所属キャンパス以外では受診できません。
健診の結果について	結果通知書は各学科を通じて配布されます。各自総合所見の結果に従って下さい。 保健指導の必要な場合は、掲示板等により呼び出します。

1 受診しない場合、該当キャンパスの保健センターに申し出なくてもよいのは次のだれか。

1 登山で足に怪我をして受診できない人

2 妊娠、または妊娠の可能性のある人

3 大学1年以外の学生で受診を希望しない人

4 別のキャンパスに所属する学生

2 この検診のお知らせについて、正しくないものはどれか。

1 事情があって受診できない場合、保健センターに申し出ること。

2 他の病院で自費で受診しても、学校から健康診断書がもらえる。

3 体育館および検診車内では携帯電話の電源を切る必要がある。

4 眼鏡、コンタクトレンズのままで、健診を受けてもいいです。

測驗要點：資訊檢索

解題技巧：帶著問題到文中尋找答案。該題的特點是資訊量比較大，需要考生具有快速閱讀和進行資訊檢索的能力，但是難度都不是很高。兩個問題的答案分別是4、2。

聽解部分

考試時間與評分標準

N2聽解部分的考試時間為50分鐘，分數為60分，占試卷總分值180分的三分之一。如果聽解部分得分沒有超過最低分數線19分，那麼其他部分即使分數再高，也會被判定為不及格。

題型設置與測驗內容

試題主要由五部分構成，分別是問題理解、重點理解、概要理解、即時應答、綜合理解。其中即時應答部分是新出現的題型，需要特別注意。

<table>
<tr><th rowspan="6">N2
聽
解</th><th colspan="2">題型</th><th>題數</th><th>測驗目的</th></tr>
<tr><td>問題理解</td><td>◇</td><td>5</td><td>測驗考生能否整體理解話題的內容，並找出必要的資訊及解決問題的對策。</td></tr>
<tr><td>重點理解</td><td>◇</td><td>6</td><td>會預先提示某一重點，再就此重點反覆討論，測驗考生能否理解內容並找出重點資訊。</td></tr>
<tr><td>概要理解</td><td>◇</td><td>5</td><td>測驗考生能否理解說話者的意圖或主張。</td></tr>
<tr><td>即時應答</td><td>◆</td><td>12</td><td>聽簡短的對話，然後選出適當的應答。</td></tr>
<tr><td>綜合理解</td><td>◇</td><td>4</td><td>聽稍微複雜且篇幅較長的內容，測驗考生對多個資訊的比較、綜合能力。</td></tr>
</table>

題型符號說明：◇原有題型，稍作變化 ◆全新題型

例題解析與解題技巧

1. 問題理解

題型分析 N2聽力測試問題理解部分設置了5小題，題目為一段對話或獨

白，文章不是很長，難度適中，主要測驗考生根據文章提示的資訊，實際解決問題的能力。問題的設問方式也和N1大同小異，常見設問方式有：「このあと、何をしますか」、「何をしておけばいいですか」、「どの番号を押せばいいですか」、「このあと、何をしなければなりませんか」、「どのようにすればいいですか」等，話題涉及的場景主要是大學、公司、醫院、電影院等場所。

解題要點 N2問題理解部分首先要確認是誰接下來要執行任務，其次是要執行什麼任務。排除法是解答此類題目的常用方法。在此類題目中會出現一些幫助我們快速找出答案的提示語。常見的提示語有「じゃ、……ましょう」、「まず、……てみる」、「はい、かしこまりました」、「了解」「はい、分かった」等，還有文中提出建議的句子也要特別關注。

例　題

問題1では、まず質問を聞いてください。それから話を聞いて、問題用紙の1から4の中から、最もよいものを一つ選んでください。

1番

1　22枚
2　20枚
3　10枚
4　15枚

1番　**男の人と女の人が話しています。男の人はチケットを何枚用意しますか。**

男：週末、水族館へ行くんだけど、チケットを何枚買えばいい？
女：そうね。大人は10人だから、一人に一枚、あとは子供20人いるが割引だから、チケット一枚で二人行けるよね。
男：じゃ、全部で……
女：ああ、ちょっと待って。山田さんは両親を連れてきたいって言っただろう。

男：そうだ。忘れそうになった。あと二枚買わなきゃ。

問題：男の人はチケットを何枚用意しますか。

1　22枚

2　20枚

3　10枚

4　15枚

▶正解：1

解題關鍵句：大人は10人だから、一人に一枚、あとは子供20人いるが割引だから、チケット一枚で二人行けるよね。
そうだ。忘れそうになった。あと二枚買わなきゃ。

2. 重點理解

題型分析　N2重點理解部分設置了6小題，先讓考生聽一段完整的對話，測驗考生對對話中關鍵資訊的理解。問題的設問方式主要有「どうして……」、「何が……」、「どの／どれに／どちら……」、「いつ……」、「どこ……」、「だれ……」、「どう／どんな……」、「いくら……」。與往年的考古題相比，這一部分的變化並不多。主要測驗的還是「6W2H」的問題，即：

①なぜ・どうして why

②何 what

③どの／どれ which

④いつ when

⑤どこ where

⑥だれ who

⑦どう・どんな how

⑧いくら how much

解題要點　重點理解類題型正如文字所示，主要測驗考生對對話中要點的理解。一般對話中都會設定3個誘答選項，一個人在對話中提出一

種要求或建議，另一個人對此要求或建議進行評價。一般有肯定或否定兩種形式。肯定的表達方式主要有「まあ、そうだね」、「……じゃない？」、「やっぱり」、「それがいいね」，否定的表達方式主要有「……いいけど」、「……と思いますが」、「それはちょっと……」、「それが……」。

例　題

問題2では、まず質問を聞いてください。そのあと、問題用紙の選択肢を読んでください。読む時間があります。それから話を聞いて、問題用紙の1から4の中から、最もよいものを一つ選んでください。

1番

1　学校
2　図書館
3　レストラン
4　家

1番　**男の人と女の人が話しています。男の人は今どこにいますか。**

女：もしもし田辺です。
男：ああ、田辺さん。おはようございます。
女：学校に電話しましたが、いませんでしたね。
男：すみません。今日は休みをとっています。
女：今日はどこかへ行くんですか。
男：いいえ、図書館へ行こうと思ったんですが、あいにく休館で。
女：じゃあ、一日中ずっと……
男：ええ、閉じこもっていて。

問題：男の人は今どこにいますか。

1　学校
2　図書館
3　レストラン
4　家

▶正解：4

解題關鍵句：ええ、閉じこもっていて。

3. 概要理解

題型分析 N2概要理解部分設置了5道考題，該部分是200字～300字左右的獨白或篇幅較長的對話，測驗考生對獨白的主旨大意或對話主要內容的理解，主要測試考生的歸納能力和把握全域的能力。主要設問方式為「何について話していますか」、「どのように考えていますか」、「どう思いますか」、「講義のテーマは何ですか」、「話の主な内容は何ですか」。

解題要點 概要理解題的難點是問題在讀完原文之後才出現，而且試卷上沒有任何提示，一開始聽的時候往往無法準確把握要聽取的方向和重點。

其實考生在做這道題目的時候最重要的就是要沉著冷靜。因為這種題型是「概要理解」，所以問題多是詢問對話或獨白的話題、中心思想、目的、人物的觀點等等。也就是只要大概把握錄音中的人物在說些什麼即可，不要過分糾結於細節。

在聽的過程中要記下筆記，將自己認為有可能會出題的地方記下來。但是要注意記筆記不要影響到聽錄音，不要過分關注細節，要從宏觀上去把握概要理解題。

例　題

問題3では、問題用紙に何も印刷されていません。この問題は、全体としてどんな内容かを聞く問題です。話の前に質問はありません。まず話を聞いてください。それから、質問と選択肢を聞いて、1から4の中から、最もよいものを一つ選んでください。

1番　社長があることについて話しています。

男：2008年8月５日をもちまして、代表取締役に就任いたしました小林一雄でございます。会社の活性化のために、来月からいくつかのことを改善する。まず長年女性社員には会社で決めたスーツを着てもらっていたが、それをやめ、自由な服にする。それから月曜日から男性職員も背広を脱いでもっとリラックスした格好で出社してほしい。また今年中には従来の9時5時の定刻出社退社をやめ、リラックスタイム制も導入する方針である。

問題：来月から変わるのは何ですか。

1　休暇です。

2　服装です。

3　支給時間です。

4　建物です。

▶正解：2

解題關鍵句：まず長年女性社員には会社で決めたスーツを着てもらっていたが、それをやめ、自由な服にする。

4. 即時應答

題型分析　N2即時應答部分設有12道小題，先透過錄音播放一個問句，然後播放3個短句，讓考生從3個短句中選出最佳答案。即時應答部分主要測驗考生的日語應用能力。該部分考題很多涉及商務日語中的內容，大家平時需多加接觸，積累實力。

解題要點　N2即時應答主要還是測驗考生對日語基礎詞彙的掌握及常見語法表達的熟練程度。所以如果在即時應答部分丟分，問題多半在於考生對初級階段的詞彙和語法知識掌握得不是很好。應該特別注意在平時多練習口語，特別是要多讀一些商務日語方面的書。

例　題

問題4では、問題用紙に何も印刷されていません。まず文を聞いてください。それから、それに対する返事を聞いて、1から3の中から、最もよいものを一つ選んでください。

1番

前田さん、次の打ち合わせですが、いつがいいですか。

1　じゃ、予定に入れときますか。
2　ああ、その日はちょっと都合がつかないんですが。
3　木曜なら、時間がとれますけど。

▶正解：3

解題技巧　問題是「前田先生，下次會議安排在什麼時候？」答案應該與時間有關，選3「週四的話倒是有時間」。

5. 綜合理解

題型分析　N2綜合理解類題型主要測驗考生比較、分析問題的能力。該題一般設有三道大題，第一題、第二題分別設有一小題，第三題設有兩小題。綜合理解中出現的文章內容更加複雜，資訊量更多，需要考生充分理解其內容。對於這一類問題，必須要做筆記。在綜合理解中，往往是先介紹四類事物，然後再具體地進行描述，最後要求考生根據問題的需求進行選擇。一般而言，綜合理解的題目較長，但只要細心把握核心內容，及時排除誘答選項，就一定可以答對。

解題要點　綜合理解題一般會在一段對話或獨白中提出大量的問題和觀點，很多問題具有相似性，考生要特別注意加以區分。該類題型的解題技巧是聽清說話者分別談到幾個方面的問題，在所談到的問題前面標注上序號，需要考生特別注意不同問題之間的差異性。

例　題

問題5では長めの話を聞きます。この問題には練習はありません。メモをとってもかまいません。

1番、2番

問題用紙に何も印刷されていません。まず話を聞いてください。それから、質問と選択肢を聞いて、1から4の中から、最もよいものを1つ選んでください。

1番 **男の人と女の人がコンビニ弁当について話しています。**

女：毎朝の弁当作りって、大変ですよねえ。昔は外食ばかりでしたがダイエットのため、「手作りのお弁当を持参しよう！」と決意しながらも、時間がなかったり面倒くさかったりで、参っちゃうよなあ。

男：私は弁当をつくらない。面倒だから、いつもコンビニ弁当だよ。電子レンジでチンすれば、もう出来上がり、ああ、実に簡単だ。

女：コンビニのお弁当が体に悪くないの？

男：そんなことないよ。どうしてそう思うの。

女：だって、そうでしょ。普通、常温でご飯を放置しておくと変質や腐敗がおきますよね。何故、腐敗が起きないか。それは、保存効果のある食品添加物が含まれているから微生物の増加を抑えているんですって。

男：確かに、ご飯の食感を長く維持するためや、傷まないために、保存料を使っている。でも、ずっとコンビニ弁当食べてる僕さ、健康な体じゃない。ほら、見て、この筋肉！

女：でも、ずっと、コンビニ弁当を食べるのはどうかなあと思うけど！体がもたないわよ。

男：大丈夫、大丈夫。

問題：コンビニ弁当について、二人はどう思っていますか。

1　女の人はいいと思っているが、男の人はあまりよくないと思っている。

2　男の人はいいと思っているが、女の人はあまりよくないと思っている。

3　女の人も男の人もいいと思っている。

4　女の人も男の人もよくないと思っている。

▶正解：2

解題關鍵句：でも、ずっとコンビニ弁当食べてる僕さ、健康な体じゃない。ほら、見て、この筋肉！
でも、ずっと、コンビニ弁当を食べるのはどうかなあと思うけど！　体がもたないわよ。

全真模擬試題　第一回

★ 言語知識（文字・語彙・文法）・讀解

★ 聽解

言語知識（文字・語彙・文法）・読解（105分）

注意

Notes

1. 試験が始まるまで、この問題用紙を開けないでください。
   Do not open this question booklet before the test begins.
2. この問題用紙を持って帰ることはできません。
   Do not take this question booklet with you after the test.
3. 受験番号と名前を下の欄に、受験票と同じように書いてください。
   Write your examinee registration number and name clearly in each box below as written on your test voucher.
4. この問題用紙は全部で30ページあります。
   This question booklet has 30 pages.
5. 問題には解答番号の1、2、3…が付いています。解答は解答用紙にある同じ番号のところにマークしてください。
   One of the row numbers 1,2,3... is given for each question. Mark your answer in the same row of the answer sheet.

受験番号 Examinee Registration Number	

名前 Name	

問題1 ＿＿＿＿の言葉の読み方として最もよいものを、1・2・3・4から一つ選びなさい。

1 彼は毎日午前3時に起きて市場へ仕入れに行きます。

1 いちば　　2 うちば
3 しば　　4 いちじょう

2 一般的には親子は似ているところが多くあります。

1 しんこう　　2 おやし
3 おやこ　　4 おやじ

3 子供の頃、「子供の科学」という本を愛読していました。

1 あいよみ　　2 あいとく
3 あいとう　　4 あいどく

4 県内で今月、交通死亡事故が相次いでいる。

1 そうじいで　　2 あいついで
3 いそいで　　4 そそいで

5 入社してまだ日が浅いので、できないことが多いです。

1 あつい　　2 あまい
3 あさい　　4 あかい

問題2 ＿＿＿＿の言葉を漢字で書くとき、最もよいものを、1・2・3・4から一つ選びなさい。

6 人数が多いといろいろ大変なので、少ないと聞いて<u>あんしん</u>しました。

1 安全　　2 安易
3 安心　　4 安定

7 金井さんは穏やかで部下を<u>おこった</u>姿は見たことがない。

1 起こった　　2 怠った
3 祈った　　4 怒った

8 お酒を飲んだ後に急に<u>いしき</u>を失い転倒しました。

1 意志　　2 意地
3 意図　　4 意識

9 寒気がするので<u>あつぎ</u>して布団に入っても鳥肌が立ちます。

1 熱着　　2 暑着
3 厚着　　4 篤着

10 私たちは、勝つまで絶対に<u>あきらめません</u>。

1 戒めません　　2 諦めません
3 改めません　　4 収めません

問題3　（　　）に入れるのに最もよいものを、1・2・3・4から一つ選びなさい。

11　もうすぐ結婚式をするのですが、結婚式場は費用が、（　　）払いの会場です。

1　背　　2　後
3　中　　4　小

12　（　　）地震が経済に大きな影響を与えています。

1　鬼　　2　強
3　大　　4　超

13　息子の誕生日に、子供（　　）パソコンをプレゼントしようと思っている。

1　当　　2　様
3　用　　4　製

14　僕は最近、いつも果物（　　）でレモンを買って、部屋の窓際に置いています。

1　力　　2　上
3　家　　4　屋

15　この前の恋愛ドラマが、今週から（　　）放送されるそうです。

1　再　　2　双
3　副　　4　最

問題4　（　　）に入れるのに最もよいものを、1・2・3・4から一つ選びなさい。

16 小説はアメリカの日常生活を背景に二人の少女の心情を（　　）と描ています。

1　いよいよ　　2　いちいち
3　いきいき　　4　いらいら

17 私の働いている店の（　　）は優しい人です。

1　オーバー　　2　オーナー
3　オーダー　　4　オールド

18 海外在住の友達からの（　　）でワンピースを2枚作ることになりました。

1　依頼　　2　依存
3　育成　　4　委細

19 結婚してから毎日作るようになって、料理の腕が（　　）。

1　強めました　　2　上がりました
3　太りました　　4　できました

20 学校の花壇には、色（　　）な花が咲き誇っています。

1　あきらか　　2　さわやか
3　はるか　　4　あざやか

21 企業に（　　）する前には、履歴書を準備する必要があります。

1　応募　　2　応接
3　応対　　4　応援

22 顔はなんとなく見覚えがあるけど、どうしても名前を（　　）。

1　思いつけない　　2　思い出せない
3　思い切れない　　4　思い込めない

問題5 ＿＿＿＿の言葉に意味が最も近いものを、1・2・3・4から一つ選びなさい。

23 あまり期待せずに買ったのですが、250円の弁当は<u>思いのほか</u>おいしかったです。

1 思いのまま　　2 思う存分
3 案内　　4 案外

24 初めて見た機械がいっぱいあって<u>驚きました</u>。

1 恐れました　　2 興奮しました
3 びっくりしました　　4 慌てました

25 敵は何か<u>合図</u>を送っているかもしれません。

1 図表　　2 信号
3 目印　　4 目当て

26 最近妹の様子がちょっと<u>おかしい</u>。

1 おもしろい　　2 変だ
3 こっけいだ　　4 かわいい

27 彼の<u>あいまいな</u>返事は、なおさら彼女をいらいらさせた。

1 はっきりした　　2 確かでない
3 断わる　　4 うそっぽい

問題6　次の言葉の使い方として最もよいものを、1・2・3・4から一つ選びなさい。

28　追いかける

1　生産を倍増してもまだ注文に追いかけない。

2　警官は「止まれ！」と叫びながら、泥棒を追いかけた。

3　会社は資金不足で倒産に追いかけられた。

4　母親は子供たちを外へ追いかけた。

29　生きがい

1　人間は誰かに必要とされることにより生きがいを感じます。

2　そのうわさはすごい生きがいで広がっていきます。

3　毎日叱られているから、だんだん生きがいになりました。

4　私は日本の伝統に、とても深い生きがいがあります。

30　愛想

1　わたしは隣の席の同僚と愛想が悪い。

2　ここの料理はもちろん、スタッフの愛想もいい。

3　広い宇宙のことがとても愛想です。

4　大自然に囲まれた故郷に愛想を感じました。

31　おとなしい

1　私は中学まで、おとなしい子供でした。

2　突然両親に死なれ、残された子たちがおとなしい。

3　お酒に強い人がおとなしい。

4　おとなしいご接待にお礼の言葉もございません。

32　謝る

1　本年楽しく過ごせたことに謝ります。

2　すみません、日付を謝りました。

3　返信が遅くなったことを謝ります。

4　皆さんのご協力に深く謝ります。

問題7　次の文の（　　）に入れるのに最もよいものを、1・2・3・4から一つ選びなさい。

33　長い間探しまわった（　　）、町で唯一見つかったのがこの小学校だった。

1　あげく　　2　あまり
3　以上　　4　一方だ

34　酒井さんは花道のチームを応援する（　　）で、一郎のチームも応援している。

1　以上　　2　一方
3　おかげで　　4　かぎり

35　小さい実は、渋味が強い（　　）堅い殻を剥くのに手間がかかって大変である。

1　上に　　2　上は
3　うちに　　4　うえで

36　弁当でも持って、みんなで出かけ（　　）。

1　ようじゃないか　　2　得る
3　がする　　4　恐れがある

37　歩行者にベルを鳴らすのは違法らしいです。それに自転車は標識が（　　）、歩道を走ってはいけないのですよ。

1　かぎりでは　　2　かけだ
3　ない限り　　4　がたい

38　書き（　　）の手紙がなくなった。いくら探しても、見つからなかった。

1　かけ　　2　がたい
3　がち　　4　かねる

39 今朝、ドカーンという大きな音で目が覚めて、アパートに車でもぶつかった（　　）、これが世界貿易センタービルの爆発でした。

1　からすると　　2　かぶつからないかのうちに
3　かというと　　4　かと思ったら

40 ベッドに入るか入らない（　　）眠ってしまった。

1　からして　　2　からすれば
3　かのうちに　　4　かのようだ

41 彼は目的を達するためには、どんなことでも、し（　　）人だ。

1　がたい　　2　くらい
3　かねない　　4　かねる

42 彼の性格（　　）、92歳の老婆を見捨てて自分だけ生き延びようとはしません。

1　間に　　2　にかけて
3　からには　　4　からして

43 「選択中心の教育課程」という政策は、外国人（　　）、理解に苦しむ政策です。

1　からといって　　2　からこそ
3　から見ると　　4　かわりに

44 彼が耳元で「内緒にしてね」と風邪（　　）の小声で私に囁いた。

1　気味　　2　げ
3　がち　　4　っぽい

問題8　次の文の＿★＿に入る最もよいものを、1・2・3・4から一つ選びなさい。

（問題例）

あそこで＿＿＿ ＿＿＿ ＿★＿ ＿＿＿は山田さんです。

1　テレビ　　2　見ている　　3　を　　4　人

（解答の仕方）

1.　正しい文はこうです。

あそこで＿＿＿ ＿＿＿ ＿★＿ ＿＿＿は山田さんです。
1　テレビ　3　を　2　見ている　4　人

2.　＿★＿に入る番号を解答用紙にマークします。

（解答用紙）

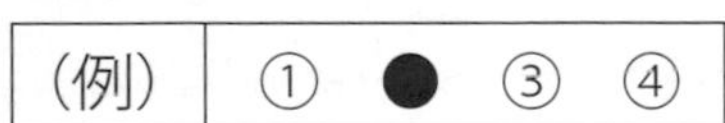

45　＿＿＿ ＿＿＿ ＿★＿、＿＿＿が出た。

1　あまり　　2　苦しさ
3　の　　4　涙

46　＿＿＿ ＿＿＿ ＿★＿ ＿＿＿雨に降られた。

1　うえに　　2　道
3　迷った　　4　に

47　＿＿＿ ＿＿＿ ＿★＿ ＿＿＿ことを復習しておくつもりだ。

1　うちに　　2　忘れ
3　習った　　4　ない

48 人類が宇宙に移住するということは、近い将来、＿＿＿＿ ＿＿＿＿ ＿★＿ ＿＿＿＿。

1　こと　　2　だ
3　起こり　　4　得る

49 ＿＿＿＿ ＿＿＿＿ ＿★＿ ＿＿＿＿、彼女はまだ独身です。

1　が　　2　知っている
3　限りでは　　4　私

問題9　次の文章を読んで、50から54の中に入る最もよいものを、1・2・3・4から一つ選びなさい。

最近、「干母甘父」という言葉が流行っている。母親は敏感になりすぎて子供に干渉しすぎ、父親は子供に甘いだけでなめられているというのである。「母親とは違う父親の役割は何であるか」ということにはっきりした答えなどないし、父母、夫婦の役割分担はそれぞれの家庭で違っていい。50、父親に期待されることが多いものはあるし、それを理解しておくのは大事なことであろう。

51、「子育てや学校のことは母親の仕事である」として父親は母親にまかせ、母親は子供に「お父さんは偉い。いうことは何でも聞かなくては」としつけておいてくれるから、「カミナリ親父」が登場すればすべて解決ということもできた。52、いまや「カミナリ親父」というのも懐かしい言葉でしかなくなった。

母親が仕事をもったり社会的な活動の場が増えると、このような役割分担は難しくなってくる。53、忙しい母親は父親にも育児の分担を求めている。もはや、父親が「妻子」の生活を支え危険から護るかわりに、家族を支配し、「善悪」を教えるなど社会性を子供に与えていく存在であるなどといっても通用するものでもない。また、54、企業戦士たちは子供のために時間と神経を使うことをさぼりすぎてきた。「もはや父親は問題が起こると飛んでしまうヒューズのような存在」ということすらいわれる。

50

1　たった　　　2　ただ
3　ただし　　　4　たとえ

51

1　まとめて　　　2　つづいては
3　まえもっては　　　4　かつては

52

1 それに　2 しかし
3 それから　4 しかも

53

1 当然ながら　2 無理だから
3 しかしながら　4 すべてだから

54

1 それまで　2 あれまで
3 これまで　4 あくまで

問題10　次の（1）から（5）の文章を読んで、後の問いに対する答えとして最もよいものを、1・2・3・4から一つ選びなさい。

（1）

誰かに何か贈り物をもらったとき、あるいは優しい言葉をかけてもらったとき、「うれしい」という。ところが「うれしい」とはいったものの、自分の本当の気持ちは一体どういうものだろうかと自問し始めると、事はとたんにやっかいになる。「うれしい」の一言では、言葉はまったく足りないような気になる。口では「うれしい」とは言いながら、「申し訳ない」と恐縮した気持ち、「借りができたな」という負担の気持ち、「うれしい」の一言ではとても言い尽くせない感謝の気持ちとさまざまな思いが錯綜しているのに気づく。

55　事はとたんにやっかいになるとあるがどうしてやっかいになるか。

1　「うれしい」とか「悲しい」といった感情を簡単に言葉にするから
2　お世話になった人への感謝の気持ちをすべて伝えるから
3　その言葉ではさまざまな気持ちをすべて伝えるには足りないから
4　「うれしい」という言葉には感情が含まれていないから

(2)

ある哲学者が言っていた。もし私たちが言葉というものを持たなかったら、人は今自分を襲っている感情が一体どういうものか、おそらく理解できなかっただろう、と。これが意味するところは、言葉が何かすでにあるものを叙述するというより、何かある、形の定かでないものに、はじめてかたどりを与えるということだ。言葉にしてはじめて分かるということがあるということだ。形なきものにかたどりを与えるということ、そこに言葉の働きがある。言葉にすることではじめて存在するようになるものがある。

56 筆者は「言葉の働き」をどのように説明しているか。

1 何かすでにあるものを叙述する働き
2 哲学者の複雑な感情をあらわすときの働き
3 形の不確かなものにかたどりを与える働き
4 自分の意志や判断を相手に伝える働き

(3)

下は、ある会社が出した文書である。

（　　　　　　　　　　）

拝啓

秋涼の侯、貴社におかれましては、ますますご繁盛のこととお喜び申し上げます。

さて、私こと、このたび京都本社勤務を命じられました。中国支社在任中は、格別のご愛顧をいただき、誠に感謝致しております。中国の地を離れますが、今後とも従来同様のご指導ご支援を賜りたく、よろしくお願い申し上げます。

なお私の後任としては井上が担当いたしましたので、なにとぞ私同様お引き立てくださいますよう、あわせてお願い申し上げます。

まずは書面にてご挨拶まで。

敬具

57 この文書の件名として、（　　）に入るのはどれか。

1　価格値上げについて
2　お客様への感謝
3　電話番号変更のお知らせ
4　転任のごあいさつ

（4）

「全自動洗濯機」が発売されたのは、昭和40年のことだった。そう聞くと、「えっ、そんなに昔のことかなあ」と思う。でも、全自動洗濯機が一般家庭に普及したのは、平成に入ってからのことだと記憶している。

全自動洗濯機を購入、初めて使ってみたら、「世の中に［ A ］があるのか！」とばかりに感動した。だって「自動」ではなく、「全自動」だもん。洗濯槽と脱水槽が分かれていたそれまでの二槽式洗濯機とずいぶん違うんだ。洗濯物を放り込んで洗剤を入れ、スイッチをセットすれば、次に洗濯機のそばに来るのは洗いあがった合図のあと、数十分は別のことに集中できる。

58 ［ A ］に適当なものを次から選びなさい。

1 ほんとうにきれいな機械
2 こんなに便利な機械
3 なんと便利な機械
4 懐かしいけど不便な機械

(5)

ある家電メーカーの開発者は、新製品のセールスポイントとして、取り扱いやメンテナンスが簡単であることを強調すると、ユーザーからは「もっと簡単なものがほしい」という感想が返ってくると話していました。どこまでも簡単に、どこまでも便利に。もっと楽に、もっと速く、もっと正確に、もっとたくさん、もっときれいに……

私たちがこのような「もっと」を持っているために、便利さはすぐに「インフレ」を起こします。便利なものが増えたり便利さに慣れたりすることで、便利さの価値が下がっていくのです。そしてはじめて手にしたときの目の覚めるような驚きやうれしさは不満、もしくは貪欲へと姿を変えていきました。

59 筆者の考えと合っているものは次のどれか。

1 便利さを求めるあまり、人間は思考力や技術力を失ってしまう。

2 便利さを求めるあまり、人間は欲求不満な状態に陥る危険性がある。

3 「便利」であるということは、省力化や安定性、速さを人間にもたらす。

4 「便利」であるということは、安心感や容易さ、ゆとりを人間にもたらす。

問題11　次の（1）から（3）の文章を読んで、後の問いに対する答えとして最もよいものを、1・2・3・4から一つ選びなさい。

（1）

世の中には、やたらに寝付きがよくて、横になるとコロッと眠ってしまう人があるが、あれは憎たらしいばかりに羨ましい。僕は寝つきが悪く、眠るためにいろいろ苦労する。寝つきのよい人と一緒に旅行して相部屋で寝るとすると、相手はすやすやと深い眠りを楽しんでいる。これは悔しいね。

眠れない時に羊を数えるといい、というのは有名な話だが、あれを本当にやってみた人はどれだけいるだろうか。僕もかつて何回か試みたが、そううまくはいかないものだ。思うにあれはヨーロッパの牧畜民族など羊を見馴れた人の間に伝わったものらしく、現在の日本の平均的都会人にとっては、そもそも羊というものを思い浮かべるのが難しいのだ。

では、寝つきの悪い人間にとって、羊を数える以外の救いはないのだろうか。実はよい方法があるんだ。目を瞑って寝よう寝ようと悩んでいるより、眠くなるまで本を読んだり酒を飲んだりしていると、そこに一日の内で最も充実した時間が生まれる。そういうことを数日間続けていると睡眠不足になるが、そうすると何日目かにはぐっすり眠る夜がめぐってくる。

60　これは悔しいねとあるがなぜか。

1　横になるとコロッと眠ってしまう人は人柄が悪くて、憎たらしいから

2　筆者には、そのような幸せな眠りに没入することはめったになく、寝つきの悪いほうだから

3　同じ部屋で寝ているのに相手がぜんぜん筆者の悩みを聞いてくれないから

4　筆者が寝ようとする時、相手が寝らずに、羊の数をゆうゆうと数えているから

61 眠れない時に羊を数えるという方法について、筆者はどう述べているか。

1 羊を見馴れた人の間で伝わった有名な方法で、多少効果があるだろう。

2 それを本当にやってみた人は想像以上に多いのではないだろうか。

3 羊を数えるという方法は寝つきの悪い人のための救いの手段である。

4 何回も試してみたが眠ることができないので、効かないようである。

62 この文章によると、眠れない時は、どうすればよいか。

1 眠れない時は、牧畜民族の羊を数えるといい。

2 眠れない時は、無理に寝なくても良い。

3 眠れない時は、お酒を飲めば、すぐに眠たくなる。

4 眠れない時は、目を瞑りその日の仕事を考えればいい。

(2)

雑誌の読者投稿コーナーに寄せられた手紙で、「匿名希望」とあったので、姓名をイニシャルにして掲載しました。その後、その読者と思われる人から、「イニシャルでも困る。私だと分かってしまう。どうしてくれるんだ」という<u>抗議が来ました</u>。

匿名希望の投稿に姓名のイニシャルをつけるのは一般的な手法です。悪いとはいえないと思いますが、投稿の内容によっては配慮不足もありましょう。小さな町に住んでいる人は、イニシャルだけで居住者全員に知れ渡ります。これを避けるために、昔は甲、乙、丙を使いましたが、何とも古めかしい表現です。甲はよいが、乙、丙といわれた人は気分を害します。これに変えてAさん、Bさんのアルファベット順の使用がありますが、AもBも人名の頭文字に当たることがあり、問題になる場合もある。

裁判所の判例では、原告をX、被告をYで表すことがあります。複数の場合はX1、X2、Y1、Y2です。イニシャルと間違われることはありませんが、日ごろ判例などとは無縁に暮らしている市民には、親しみが無いだけに、読みづらいと思います。さて、プライバシーをどういう形で配慮するか、どこも悩んでいるようです。雑誌や記事の性格にあった匿名のつけ方があっていいと思いますが、意外とこれが難しいものですね。

63 <u>抗議が来ました</u>とあるがなぜか。

1　その手紙には姓名が書かれてあり、その人に迷惑をかけたから

2　編集部の不注意のために、投稿の内容が不適切だったから

3　イニシャルだけといっても、手紙の書き手が識別できるから

4　編集部が匿名で、その人の手紙を掲載したから

64 イニシャルについて、筆者はどう述べているか。

1 ごく普通なやり方だが、市民のプライバシーを守るには十分である。

2 一般的な手法だが町の大きさによっては、投稿者の正体が判明してしまう恐れがある。

3 一般市民には、親しみがないので、できるだけ避けたほうがいい。

4 匿名希望の投稿には、姓名ではなくイニシャルを明記したほうがいい。

65 この文章で筆者が言いたいことは何か。

1 裁判所では、個人情報を守るために古めかしい表現を使うべきだ。

2 X1、X2、Y1、Y2のかわりに、Aさん、Bさんで記入したほうがいい。

3 イニシャルはプライバシーを守る上で一番相応しい手法である。

4 プライバシーをどういう形で守るかは、いつも手を焼かせる問題である。

(3)

「勤労感謝の日」はまた、われわれ日本人が自身で、その“働き方”を改めて見つめ直す日としても、新しい意義がある。

欧米では「ワーカホリック」（仕事中毒）という言葉はあっても、「会社人間」という言葉はない。その違いが象徴するように、日本人の働き方で欧米と最も異なる点は、「会社」への密着度がきわめて強いことである。

企業への密着度、忠誠心の強さは、それ自体は生産性向上のためには重要なことで批判されるべき対象ではない。しかし、日本人の場合、それが強い結果、生活領域の中でのその他の部分への関心が、ほとんど欠落しているところに大きな特徴がある。調査によると、日本人もアメリカ人も、「働くことは最も重要なこと」と考えている点で差異は見られない。ところが、アメリカ人の中心的生活関心の所在が、仕事、レジャー、地域社会、宗教、家族に、バランスよく分散しているのに対し、日本人は仕事が大きなウエートを占める。

また、「経済的に楽に暮らせても働き続けるか」と質問すると、両国とも「働くのをやめる」という答えは少ない。ところが、アメリカ人は「違った条件で働く」と多くが答えるのに、日本人は圧倒的に「同じ仕事で働く」と答える。大半の日本人は“同じ会社”以外に、ボランティアなど多様な働き方の存在を想定できないのかも知れない。

「物の豊かさ」を達成したわれわれに、いま求められているのは、会社以外の場での“自分”をどうデザインするか、ということのような気がする。

今月は「ゆとり創造月間」でもあるが、“ゆとり”と“心の豊かさ”とは、同じ根に育つものと考えてよかろう。

66 その“働き方”を改めて見つめ直す日としても、新しい意義があるとあるが、それはなぜか。

1 日本人は仕事に多くの時間を費やし、生活への関心が欠落しているから
2 日本人のほとんどが「会社人間」で、家族に大きな関心を寄せているから
3 欧米の先進国では、無理に働かなくても、楽に暮らすことができるから
4 欧米は「会社」への密着度がきわめて強く、レジャーの時間が少ないから

67 アメリカ人の働き方について、正しいのはどれか。

1 アメリカ人は会社への密着度が強く、仕事以外のことへの関心が少ない。
2 アメリカ人は仕事が重要だと考えるが、時間を生活全般のことにもバランスよく使っている。
3 アメリカ人は企業への忠誠心が少なく、レジャーや家庭に時間を使いすぎる。
4 アメリカ人は会社人間で、企業への密着度、忠誠心が日本人の場合よりずっと高い。

68 この文章の内容と合っているのはどれか。

1 経済的に楽に暮らすことができるので、日本人はもう働かなくてもよい。
2 日本人は生活で抱く関心を地域社会、レジャーから会社に移したほうがいい。
3 仕事一筋で物の豊かさを求めてきた日本人が、仕事以外の領域にも目を向ける時が来た。
4 仕事を最も重要なことだと考えるアメリカ人は、企業への忠誠心を高めるべきだ。

問題12　次のAとB二つの文章を読んで、後の問いに対する答えとして最もよいものを、1・2・3・4から一つ選んでください。

A

　いままで当たり前のように公共が担ってきた事業が、今度も当たり前のように次から次へと民営化が進んでいる。私は民間でできるものを民間運営にすべきだと思う。

　「民営化」ということが、錦の旗のようにもてはやされている。しかし、「民営化」のメリットについて、多くの人は抽象的にしか理解していないのではないか。

　民営化のメリットとして抽象的に言われるのは、行政のスリム化により国の財政が健全化されるという事である。しかし、もっと具体的に説明してくれなければ、よく分からないだろう。

　具体的な説明として考えられるのは、①民営化によって、公務員の人員削減ができること、②民営化した事業を行う企業が収入を得られるので、公共事業類似の経済的な効果があること、③民営化により、競争原理が働き、安いコストで良いサービスを消費者が得ることができることであろうか。

　新聞では、民営化のメリットの具体的な説明がなされていない。その為、民営化に関し私達は十分な判断をしづらい。新聞は力不足である。

　民営化の具体的なメリットを知ろうとすれば、官公庁のホームページで調べなければならないだろう。

B

　私は国営事業のものをむやみに民営化する必要はないと思う。企業ともなれば利益を追求する必要があるので赤字部門は切り捨てる必要があるため、こうした問題がでてくるわけである。

　もちろん、国営だとサービスが悪くても国民は利用せざるを得ないというデメリットもある。民営化すると、目に見えるほどサービスは改善するかもしれない。しかし、国営事業の民営化は、いくつかの問題を内包している。料金の大幅な値上げや質の低下、外国企業による株式取得を始めとして、不採算地域の切り捨て等。民間企業は自社や株主のために利益を追求する立場にあるので、利益確保のために料金の値上げを行うことは当然とも言える。そして、いったん値上げが行われれば、住民は、その言い値で使用するしかない。このような問題を抱えつつも、民営化されるメリットもまた、無視できないものがある。サービスという視点から、より革新的な向上へと飛躍を遂げる可能性もある。

69　AとBで共通して述べられていることは何か。

1　公共事業を民営化すると、住民が言い値でサービスを利用すること
2　公共事業を民営化すると、サービスがよくなること
3　公共事業を民営化すると、料金が大幅に値上げされること
4　公共事業を民営化すると、料金が大幅に値下げされること

70　Bはなぜ民営化に反対しているのか。

1　値上げや質の低下などの問題が生じてしまうから
2　民営化のメリットもまた、無視できないから
3　民営化について知るには、新聞では力不足であるから
4　行政のスリム化により財政が健全化されるから

問題13　次の文章を読んで、後の問いに対する答えとして最もよいものを、1・2・3・4から一つ選びなさい。

多くの大人は、子供よりも先に生きているから、自分のほうが人生をよく知っていると思っている。しかし、これはウソである。彼らが知っているのは「生活」であって、決して「人生」ではない。生活の仕方、いかに生活するかを知っているのを、人生を知っていることだと思っている。そして生活を教えることが、人生を教えることだと間違えているのである。しかし、「生活」と「人生」とはどちらも「ライフ」だが、この両者は大違いである。「何のために」生活するのと問われたら、どう答えるだろう。こういう基本的なところで大間違いをしているから、小中学校で仕事体験をさせようといった愚にもつかない教育になる。

（中略）

生活の必要のない年齢には、生活に必要のないことを学ぶ必要があるのだ。それはこの年齢、このわずかな期間にのみ許された、きわめて貴重な時間なのだ。生活に必要のないことは、人生に必要なことだ。すなわち、人生とは何かを考えるための時間があるのは、この年代の特権なのである。「人生とは何か」とは、そこにおいて生活が可能となるところの生存そのもの、これを問う問いである。「生きている」、すなわち「存在する」とは、どういうことなのか。

この問いの不思議に気がつけば、どの教科も、それを純粋に知ることの面白さがわかるはずだ。国語においては言葉、算数においては数と図形、理科においては物質と生命、社会においては人倫、どれもこの存在と宇宙の不思議を知ろうとするものだと知るはずだ。人間精神の普遍的な営みとして、自分と無縁なものはひとつもない。どれも自分の人生の役に立つ学びだと知るはずなのだ。

71 多くの大人について、筆者はどのように考えているか。
1 生活も人生も分かっていない。
2 生活と人生の違いが分かっていない。
3 生活と人生の両方を教えている。
4 生活と人生の違いを教えている。

72 筆者によると、子供にとって必要なのはどのような時間か。
1 働くことの意義を考える。
2 人生と生活の違いを学ぶ。
3 生活に必要なことを学ぶ。
4 人が生きている意味を考える。

73 「人生とは何か」と問うことによって、筆者は何が分かると考えているか。
1 自分がなぜ存在しているかということ
2 すべての学びが自分にとって有益だということ
3 教科で扱われている事柄は生活に必要だということ
4 人間が存在すること自体が不思議であるということ

問題14　下のページはサプリメントの広告である。下の問いに対する答えとして最もよいものを、1・2・3・4から一つ選びなさい。

サプリメントの広告

A	ビタミンAが配合されていて目にいいのはもちろん、肌にも効果があります。 パソコンを長時間使って目が疲れている方などには特にお勧めです。
B	カレーなどに入っているカルダモンという香辛料が配合されています。これは集中力を高めるのに非常に効果的、なかなか一つのことに集中できなくて困っている方、ぜひ一度おためしください。
C	脂肪を燃やす成分が配合されています。肉料理や甘い物が好きな方、運動不足だなと思っている方、ダイエットしたい方に最適です。
D	抗アレルギーの成分が配合されていますので、花粉症などのアレルギーにお悩みの方、鼻水や鼻づまり、目のかゆみのみならず、肌のトラブルにも効果的。
E	体がだるい、どうも最近疲れやすいなどという方、そして、老化が気になる方にお勧めです。いろいろな成分が配合されていて、まさにマルチビタミンとも言えます。
F	運動好き、筋肉作りたく、パワーがほしい方にお勧めです。クレアチンという筋肉の中で予備のエネルギータンクとして働き、強い筋力を長く持続させてくれる成分が入っています。クレアチンの量は筋肉の量に比例するので、筋肉を大きく、太くするのにも有効だと言われています。
G	便秘の悩みをお持ちの方にお勧めです。食物纖維が配合され、腸内の環境を整えて、余計な油分等の体外への排出を助けてくれます。また、水分が不足すると逆に便秘の原因になったりもします。水+食物纖維とセットで多めに摂るようにしましょう。

74 最近、よく疲れたような感じがして、運動で体を健康にして筋肉を鍛えたい人に勧められるサプリメントはどれとどれか。

1 BとE
2 EとG
3 AとF
4 EとF

75 仕事への集中力がなくなり、つい満腹になるまで食事をしてしまい、一ヶ月で10キロも太ってしまったので、やせたいと思っている人に勧められるサプリメントはどれとどれか。

1 BとD
2 BとC
3 CとE
4 CとG

聴解（50分）

注意

Notes

1. 試験が始まるまで、この問題用紙を開けないでください。

   Do not open this question booklet before the test begins.

2. この問題用紙を持って帰ることはできません。

   Do not take this question booklet with you after the test.

3. 受験番号と名前を下の欄に、受験票と同じように書いてください。

   Write your examinee registration number and name clearly in each box below as written on your test voucher.

4. この問題用紙は全部で5ページあります。

   This question booklet has 5 pages.

5. 問題には解答番号の1、2、3…が付いています。解答は解答用紙にある同じ番号のところにマークしてください。

   One of the row numbers 1,2,3... is given for each question. Mark your answer in the same row of the answer sheet.

受験番号 Examinee Registration Number	

名前 Name	

問題1

問題1では、まず質問を聞いてください。それから話を聞いて、問題用紙の1から4の中から、最もよいものを一つ選んでください。

1番

1　地味なスーツで行きます
2　派手なスーツで行きます
3　地味なワンピースで行きます
4　個性的な服で行きます

2番

1　8時
2　8時30分
3　9時
4　9時30分

3番

1　南向きの二人部屋
2　北向きの一人部屋
3　南向きの一人部屋
4　北向きの二人部屋

4番

1　朝食を食べないようにする
2　肉類をたくさん食べる
3　お酒を飲んで、生活習慣病を防ぐ
4　健康的な食事と適度な運動

5番

1　スキーに行く
2　旅行に行く
3　バイクを買う
4　お金を稼ぐ

問題2

問題2では、まず質問を聞いてください。そのあと、問題用紙の選択肢を読んでください。読む時間があります。それから話を聞いて、問題用紙の1から4の中から、最もよいものを一つ選んでください。

1番

1　レストランです
2　美術館です
3　映画館です
4　コンサートです

2番

1　六日
2　七日
3　八日
4　九日

3番

1　コピーが終わっていないから
2　企画書が終わっていないから
3　常連客が来るから
4　社員が言い訳するから

4番

1　小売店を訪問すること
2　フェアに出展すること
3　キャンペーンをすること
4　テレビに広告を出すこと

5番

1　新任の挨拶
2　退任の挨拶
3　結婚の挨拶
4　歓迎の挨拶

6番

1　近くの住民とのトラブルを避けること
2　納期を守ること
3　予算をオーバーしないこと
4　安全に工事をすること

問題3

問題3では、問題用紙に何も印刷されていません。この問題は全体としてどんな内容かを聞く問題です。話の前に質問はありません。まず、話を聞いてください。それから質問と選択肢を聞いて、1から4の中から、最もよいものを一つ選んでください。

問題4

問題4では、問題用紙に何も印刷されていません。まず、文を聞いてください。それから、それに対する返事を聞いて、1から3の中から、最もよいものを一つ選んでください。

問題5

問題5では長めの話を聞きます。この問題には練習はありません。メモをとってもかまいません。

1番、2番

問題用紙に何も印刷されていません。まず話を聞いてください。それから、質問と選択肢を聞いて、1から4の中から、最もよいものを1つ選んでください。

3番

まず話を聞いてください。それから、二つの質問を聞いて、それぞれ問題用紙の1から4の中から、最もよいものを一つ選んでください。では、始めます。

質問1

1　ピンクのバラ
2　ピンクのチューリップ
3　赤いカーネーション
4　赤いバラ

質問2

1　ピンクのバラ
2　白い百合
3　赤いカーネーション
4　紫色のチューリップ

全真模擬試題　第二回

★ 言語知識（文字・語彙・文法）・読解

★ 聴解

言語知識（文字・語彙・文法）・読解（105分）

注意

Notes

1. 試験が始まるまで、この問題用紙を開けないでください。
   Do not open this question booklet before the test begins.
2. この問題用紙を持って帰ることはできません。
   Do not take this question booklet with you after the test.
3. 受験番号と名前を下の欄に、受験票と同じように書いてください。
   Write your examinee registration number and name clearly in each box below as written on your test voucher.
4. この問題用紙は全部で31ページあります。
   This question booklet has 31 pages.
5. 問題には解答番号の1、2、3…が付いています。解答は解答用紙にある同じ番号のところにマークしてください。
   One of the row numbers 1,2,3... is given for each question. Mark your answer in the same row of the answer sheet.

受験番号 Examinee Registration Number	

名前 Name	

問題1 ＿＿＿＿の言葉の読み方として最もよいものを、1・2・3・4から一つ選びなさい。

1 パスポートの<u>有効</u>期間に注意してください。

1 ゆこう　　2 ゆうこう
3 ゆうき　　4 ゆうこく

2 <u>暗く</u>ならないうちにおうちに帰ろう。

1 くらく　　2 くろく
3 からく　　4 しろく

3 ここでは新鮮な野菜が驚くほど安い<u>価格</u>で売られています。

1 かいかく　　2 かかく
3 かいかつ　　4 かいか

4 イギリスでは年間85万台の携帯電話がトイレに落ちて<u>壊れて</u>いるそうです。

1 かくれて　　2 くずれて
3 あふれて　　4 こわれて

5 彼女は安く買った食材を<u>工夫</u>して、おいしい料理を作ってくれました。

1 こうふ　　2 こうふう
3 くふう　　4 くうふう

問題2 ＿＿＿＿の言葉を漢字で書くとき、最もよいものを、1・2・3・4から一つ選びなさい。

6 天気はかいせいでとても気持ちが良い。

1 快晴　　2 決晴

3 快晴　　4 快睛

7 ホームへ出ると、列車の出発時刻がかんばんに書いてあるのですぐ分かった。

1 甲板　　2 看板

3 看版　　4 甲版

8 かじで家が焼けてしまいました。

1 家事　　2 家計

3 火事　　4 火山

9 もう大丈夫だから、こわがらなくてもいいんですよ。

1 害がらなくても　　2 怖がらなくても

3 逃がらなくても　　4 脅がらなくても

10 アパートでペットをかってはいけません。

1 買って　　2 下って

3 伺って　　4 飼って

問題3　（　　）に入れるのに最もよいものを、1・2・3・4から一つ選びなさい。

11　地球温暖（　　）の影響で、世界各地でいろいろな異常気象が報告されています。

1　性　　　2　的
3　化　　　4　差

12　血液（　　）と性格の関係は昔から議論されてきた。

1　質　　　2　型
3　製　　　4　系

13　明日の夜、私は大きなパーティーにバラ（　　）の着物で出席します。

1　柄　　　2　様
3　順　　　4　発

14　土地や水の汚染は（　　）範囲に渡ってかなりひどいことになっているようです。

1　急　　　2　広
3　過　　　4　巨

15　消費者（　　）にとっていいお店は、逆に言えば繁盛するお店なのです。

1　外　　　2　圏
3　側　　　4　元

問題4　（　　）に入れるのに最もよいものを、1・2・3・4から一つ選びなさい。

16　子ども達は1日の疲れもあり、（　　）眠っていたようでした。

1　がっかり　　2　ぎっしり
3　ぐっすり　　4　こっそり

17　このホームページでは当社の取り扱っている商品の（　　）を紹介しています。

1　グランド　　2　ガイド
3　コラム　　4　カタログ

18　一年の中で春が一番（　　）だ。

1　快適　　2　好適
3　最適　　4　自適

19　彼は他人の意見に耳を（　　）タイプの人間である。

1　聞かない　　2　傾けない
3　回らない　　4　入れない

20　この両社が（　　）しても業界内での規模が小さいです。

1　合成　　2　合併
3　合致　　4　合格

21　中古車専門のお店に行くと、ホンダ中古車が（　　）で売られている。

1　格好　　2　格差
3　格安　　4　格式

22　手術を受けるとき後遺症の可能性に対して、十分に（　　）をしておく必要がある。

1　心構え　　2　心得
3　心がけ　　4　心持

問題5 ＿＿＿＿の言葉に意味が最も近いものを、1・2・3・4から一つ選びなさい。

23 小さいところで節約しようとして、逆に大損をしてしまった。

1 かわって　2 かえって

3 急に　4 極に

24 色々な意見があり、私も解釈に苦しんでいる。

1 悲しんでいる　2 悔しんでいる

3 断っている　4 困っている

25 あいつはわがままなやつだ。

1 勝負　2 勝手

3 相手　4 上手

26 お母さんの病気は軽いからすぐ退院できるからね。

1 細かい　2 かゆい

3 険しくない　4 ひどくない

27 私にはもうすぐ結婚する婚約者がいます。

1 フィアンセ　2 フレンド

3 カップル　4 ガール

問題6　次の言葉の使い方として最もよいものを、1・2・3・4から一つ選びなさい。

28　繰り返す

1　服を着たり脱いだり、これを繰り返しながら登山をしていました。
2　厚手の服を1枚着るよりも、薄い服を2枚繰り返して着る方があたたかい。
3　パスポートの最初のページを2枚繰り返してください。
4　僕はこの本を図書館に返したあと、書店で繰り返して購入しました。

29　活躍

1　彼はうちのクラスでかなり活躍しています。
2　彼が今後も様々な面で活躍することを信じています。
3　彼の性格が活躍で、みんなから好かれています。
4　彼は昨日の会議で活躍に発言しました。

30　寄与

1　先日、仕事帰りに東田さんと新橋の喫茶店に寄与して、コーヒーを一杯飲んだ。
2　今の若者は親に寄与して安い牛丼と携帯さえあれば満足なんだろう。
3　鈴木先生の著書は韓国語に訳されて、外国の医師教育に寄与している。
4　トロントに移り住んだ当初、アグネスは兄の家に寄与していた。

31　濃い

1　このイタリア産の生ハムはすごく味が濃くて美味しいです。
2　彼は誠実で友情に濃い男だから、僕のよい友達です。
3　私は日本人がいつも濃い関心をもっているのは「健康」だと思う。
4　内閣の事故への対応遅れは、広く国民から濃い批判を浴びた。

32　偏る

1　地震で家が偏ってしまいました。直さないと住めないです。
2　外食ばかりでは栄養のバランスが偏ってしまいます。
3　私の部屋は東に偏っているので、日の出をよく見ることができます。
4　家族で初めて富士山へ行く予定ですが、偏って天気が悪いようです。

問題7　次の文の（　　）に入れるのに最もよいものを、1・2・3・4から一つ選びなさい。

33　一度電話があった（　　）、何の連絡もしていない。

1　切って　　2　切れない
3　きり　　4　くせに

34　ものも言えない（　　）嬉しいです。

1　くらい　　2　はしない
3　こそ　　4　ことか

35　覚えるために必要なのは、授業を聞くだけではなく、ノートをとる（　　）。

1　げに　　2　ことだから
3　ことから　　4　ことだ

36　悪いのは彼だ。君が謝る（　　）。

1　ことにしている　　2　こともあって
3　ことはない　　4　ことになっている

37　驚いた（　　）、あの二人は別れた。

1　ことなく　　2　ことに
3　際に　　4　最中に

38　交通事故でけがをした人は、苦し（　　）な声で助けを求めていた。

1　ごとし　　2　げ
3　そうに　　4　ぎみ

39　みんなで決めた規則だから、守ら（　　）。

1　込む　　2　ざるを得ない
3　しかない　　4　次第だ

40 この電車は満員になり（　　）ドアを閉めますので、早めにご乗車ください。

1　さえ　　　　2　次第

3　上　　　　　4　末

41 有名な大学（　　）入るのも難しい。でも、頑張ればできないものでもない。

1　だけに　　　2　末に

3　だけの　　　4　せいで

42 20階（　　）窓の外はいい眺めです。

1　ずにはいられない　　2　せいか

3　だけ　　　　　　　　4　だけあって

43 海外に行く（　　）、A国と世界のギャップが気になってしまう。

1　ところ　　　2　とたん

3　度に　　　　4　だらけ

44 （　　）やり直したとしても、それ以上出来のいい企画書を作ることなど考えられないのです。

1　だけに　　　2　ところだった

3　たとえ　　　4　ところだ

問題8　次の文の　★　に入る最もよいものを、1・2・3・4から一つ選びなさい。

（問題例）

あそこで＿＿＿ ＿＿＿ ＿★＿ ＿＿＿は山田さんです。

1　テレビ　　2　見ている　　3　を　　4　人

（解答の仕方）

1. 正しい文はこうです。

あそこで＿＿＿ ＿＿＿ ＿★＿ ＿＿＿は山田さんです。 1　テレビ　3　を　2　見ている　4　人

2. ＿★＿に入る番号を解答用紙にマークします。

（解答用紙）

（例）	①　●　③　④

45　授業中、＿＿＿ ＿＿＿ ＿★＿ ＿＿＿。

1　話す　　2　ことになっている

3　で　　4　日本語

46　＿＿＿ ＿＿＿ ＿★＿ ＿＿＿はできる。

1　やめば　　2　さえ

3　雨　　4　試合

47　＿＿＿ ＿＿＿ ＿★＿ ＿＿＿があればいい。

1　収入　　2　生活

3　だけの　　4　できる

第二回

48 彼は＿＿＿＿ ＿＿＿＿ ＿★＿ ＿＿＿＿、あまりの重さに腰を抜かしてしまった。

1　を　　　2　たとたん
3　持ち上げ　　　4　荷物

49 ＿＿＿＿ ＿＿＿＿ ＿★＿ ＿＿＿＿は、いい成績を取ることも夢じゃない。

1　努力　　　2　の
3　次第で　　　4　君たち

問題9　次の文章を読んで、50から54の中に入る最もよいものを、1・2・3・4から一つ選びなさい。

第二回

ここだけの話だが、私はとんでもない方向音痴で 50 迷子になる。普通の人なら駅から五分で着ける待ち合わせ場所にたどり着くのに、たいてい三十分はかかる。

迷子が陥る恐怖の一つに「この道は前にも通った」というのがある。確かに前進している 51 、なぜか振り出しに戻っているのだ。「戻っている」なら、そこからやり直せばよさそうなものだが、迷子の場合、今、自分がどこにいるのかが分からなくなっている。ここから先あがいてもだめで、努力をすればするほど目的地から遠ざかることに 52 。

しかし、もっと恐ろしいケースがある。 53 、自分が迷子だということに気がついていない場合。「前にも通った場所」にさしかかっても一向に気づかず、無反省にぐるぐるやっている。これでは他人に道を聞くこともできない。方向音痴を自任している私は、しかし、めったに遅刻はしない。自覚があるので、事前に地図をよく確かめるし、それでもきっと迷うから、必ず早めに家を出るようにしているためだ。

そんな私の目から見ると、今の日本には、あまりにも迷子が多い。そう、社会や歴史の中で自分が立っている地点の見えない、「迷子だと気づいていない迷子」がたくさんいるのだ。「人生の迷子」といえよう。こういうと、フリーターだのニートだのという今時の若者を思い浮かべる人が多いかもしれないが、大人に 54 迷子はたくさんいる。「自分は違う」と思っているとしたら、それこそ危ない。

50

1　あんまり　　　　2　たまたま

3　ぐうぜん　　　　4　しょっちゅう

51

1　わけなのに　　2　べきなのに
3　はずなのに　　4　どうりで

52

1　なりかねる　　2　なりかねない
3　なるとする　　4　なったところで

53

1　これは　　2　それは
3　こちらは　　4　どれは

54

1　だって　　2　対して
3　とって　　4　関して

問題10　次の（1）から（5）の文章を読んで、後の問いに対する答えとして最もよいものを、1・2・3・4から一つ選びなさい。

（1）

現在の私たちが趣味として行っていることの中には、昔の人たちが生活のための生業として行っていたことが少なくありません。釣りやキャンプ、カヌーなどのアウトドア・レジャー、キノコ狩り、木の実拾い、日曜大工、陶芸や板金なども生活するために必須の作業。その中から環境を整えたり道具を作る技術が生み出されました。縫い物や編み物やパッチワークは寒さや危険から身を守る衣服を作るのに必要です。

「アウトドア・レジャー」ということばがあるのは、世界中でも限れられた国だけだそうです。

55　昔の人が考えた釣りやキャンプとは、どのようなものか。

1　生きていくために必要な仕事

2　休日に家族で楽しく遊ぶもの

3　自然を大切にする心を育てる手段

4　精神的に豊かな生活を送る方法

(2)

死というのは非常に理解しにくい現象なのです。この世の中の現象というのはたいてい見るとか、聞くとか、何か経験の手がかりがある。それで理解できるわけでしょう。ところで自分の死に限っては、経験できない。死ぬということはほかならぬ、この自分が死ぬということなんですから。

人間は死を知っている存在です。自分が死ぬということを知っている。これは不可解だ。なぜ知っているのかと考え直してみても、分からない。

56 これは不可解だとあるが何が不可解か。

1　死という理解しにくい現象

2　自分が死ぬのを知っていること

3　死ぬことを経験すること

4　世の中の現象を理解すること

(3)

下は、ある学校がある研究会に向けて出した文書である。

平成23年2月26日

財団法人　育児研究会
専務理事　荒木三郎 様

学校法人 赤門大学
総長　北野清

（　　　　　　　　　）

謹啓　春光の候　貴会におかれましては益々ご清栄のこととお慶び申し上げます。日頃より当校の活動にご理解ご協力いただき、誠に有難うございます。

先般ご依頼のありました、「育児策定委員会」委員につきまして、当校文学部教授の山田文子を推薦させていただきます。山田は、我が国における育児研究の第一人者であり、長年の研究成果を活かし委員会においても貢献できるものと拝察いたします。

山田の略歴と研究実績等を纏めた資料を同封いたします。宜しくご検討いただければ幸甚に存じます。

今後ともご指導ご鞭撻のほど宜しく申し上げます。

謹白

57 この文書の件名として、（　　）に入るのはどれか。

1　委員の推薦について
2　平日の協力に対するお礼
3　育児研究のご案内
4　文学活動へのご招待

第二回

(4)

「世界的なスターにお会いできて、鳥肌が立ってしまいました」

「今日のコンサートはいつにも増して素晴らしく、聴いていて鳥肌が立ってしまいました」

上の例文の「鳥肌が立つ」の使い方は、正しいか、誤りか。

「鳥肌が立つ」というのは、嫌いものを見たり、恐ろしいものに出会ったりしたときに、ゾーとする気分を表すのが本来の使い方である。ところが、近頃では、上の例文のような使い方がされる。感激したとき、興奮したときの気分を表している。つまり、「ゾー」というより「ゾクゾク」という気分なのである。

実際、極度に感激したときには体に鳥肌が立つことがある。したがって、こうした使い方が生まれるのはある程度は無理がないとも言えよう。ただし、旧来の使い方が正しいと思っている人間には抵抗がある。

58 「ゾクゾク」という気分なのであるとあるがどのような気分か。

1　期待や快い興奮で気持が高ぶるさま

2　恐怖などで瞬間的に心身が縮むさま

3　事理に通じてとても明らかなさま

4　気分がよくてやわらいでいるさま

(5)

「これは絶対に見ないでね！」なんて言われるとそこまで隠すものってなんだろうと興味がどんどんわいて来てしまい、見たくなってしまう経験ありませんか。

禁止されるとそのことがかえって頭を離れなくなり、余計に魅力的に感じてしまうことを心理学では「カリギュラ効果」と言います。これは映画「カリギュラ」が上映禁止になったことから、かえって人々の注目を集める結果になったことからこのように呼ばれるようになったようです。

59 「カリギュラ効果」の例として、適当なものを選びなさい。

1 「勉強しなさい」と強く言われると真面目に勉強するようになる。
2 「脂っこいものは絶対に食べないように」と言われると、それを食べないようになる。
3 「校則を絶対守れ！」と言われると、まったく反抗しなくなる。
4 結婚を親に反対されると、余計に熱くなる。

問題11　次の（1）から（3）の文章を読んで、後の問いに対する答えとして最もよいものを、1・2・3・4から一つ選びなさい。

（1）

人間も含めて、もともと動物というのは、いつも飢えと隣り合わせに生きている存在だった、とコトのはじめから言い出したら、今、何でも飽きるほど食べることができる飢えを知らない人たちは、自分には何の関係もない話だと、白けてそっぽを向くに決まっている。だが、動物は、残念ながら、飢えと共存していた。しかも、それが極普通の状態だったのである。たまには腹いっぱい食べることができた時期もあったかもしれないが、それはほとんど瞬間的なことで、すぐにだめになってしまった。なぜだろう。

動物には、それぞれある一定の縄張りがあり、その行動範囲内にある可食物が限られている。動物の数が増えると、飢えはあっという間にやってくる。そうなると、飢えを満たすことは極めて困難だ。餌にゆとりがあると、すぐ定員を増やす。そこでいつもうっすりと飢えているのが状態である。今の先進国の人間のように方々から食糧をかき集めることができた。だが、量的な確保ができたとき、次に生ずる問題は［　A　］の向上に対する欲求である。つまり、まずいものからよりおいしいものへという安楽追求願望が生じた。その結果、人間はおいしいものを食べ過ぎて、成人病にかかることになってしまう。面白いことに、動物にせよ、人間にせよ、飢えると、すぐ、胃が痛むとか、空腹感に苛まれるといった赤ランプがつく。しかし、食べ過ぎるということに対する警告の赤ランプが用意されていない。こういう自然の法則が、不幸にして、人間という動物の上に君臨している。

60 瞬間的なこととあるがなぜか。

1 飢えと共存するのが極普通の状態であるから
2 餌があれば、それを食べる動物があっという間に増えるから
3 腹いっぱい食べることができた時期もあるから
4 食べ過ぎに対して警告する赤ランプがないから

61 [A]に当てはまるものはどれか。

1 質
2 量
3 数
4 楽

62 こういう自然の法則が、不幸にして、人間という動物の上に君臨しているとあるがどういうことか。

1 人間が無自覚に食べすぎを続け、健康を害してしまうこと
2 人間が食べ物に対して、限りない欲求を抱きがちだということ
3 人間が食べ物に困らなくなったから、生活の水準が高まったこと
4 人間が進化の過程で飢えることに対する警告とは無縁だったこと

第二回

（2）

大学の評価について、A大学とB大学では、どっちが優れているか。こんな大ざっぱな質問には、本来容易には答えられるはずがない。だが、偏差値信仰が広く深く浸透し、そのモノサシがあたかも絶対、万能のように受け取られている場面では、あっさり回答が出されてしまうように見える。

ダブル合格者の多くが流れた先は、いわゆる偏差値がはじき出したランクの上位校であった。いったいこのランキングは、真に中身のともなったものだろうか。入試の難易度、偏差値によるランクづけは入学者の受験時の受験学力を表したものだ。それは大学の質の一部を表す要素ではある。しかし、それは教授陣、カリキュラム、施設設備などさまざまな教育研究条件など全体をとらえたものではない。なぜ、そうなっているかといえば、それ以外の評価に関するモノサシがないか、あるいはあっても極めて乏しいからである。また、偏差値にかかわる情報があふれかえっているのに反して、その乏しい情報さえ受験生の側には、ほとんど開かれていないのが現状だろう。

大学の評価が、入試の難易度か就職状況でしか表せないというのは、まことに寂しいことだ。受験産業が提供するモノサシとは違った多様で内容のある尺度での大学評価とその情報を豊かにしたい。そうした方向に、大学入試センターの機能を大きく広げることなどを真剣に検討してもよいのではないだろうか。

63 こんな大ざっぱな質問には、本来容易には答えられるはずがないとあるが理由はどれか。

1 大学の評価に関するモノサシが不足しており、研究条件、施設設備といった大学の全体像をとらえることができず、評価するのが難しいから

2 偏差値は客観的なもので、大学のレベルを判断する際には、それがモノサシとして絶対的に万能だから

3 ダブル合格者の多くが流れた先が、いわゆる偏差値がはじき出したランクの上位校であったから

4 入試の難易度、偏差値によるランクづけが、入学者の受験時の学力を表したものだから

64 偏差値について、筆者はどう述べているか。

1 偏差値は大学入試の難易度を反映しており、大学の質を判断するには最適のモノサシである。

2 偏差値は大学の質を表す要素であり、それによるランクづけがあれば良い。

3 偏差値は教授陣、カリキュラム、施設設備といったものを反映しており、大学の全体像を捉えている。

4 偏差値は大学評価の一要素にすぎないので、偏差値信仰をもう一度考え直す必要がある。

65 本文の内容と合致するものはどれか。

1 大学の評価にかかわる情報があふれ、受験生たちは大学の選択に迷っている。

2 偏差値だけでなく、多様で中身のある尺度で大学を評価したほうが良い。

3 偏差値は大学を選択する際の基準としては、本当に中身がともなったものである。

4 大学入試センターは入試の難易度や就職状況を学生に知らせたほうが良い。

（3）

芸術について、一般に大変な見当違いをしています。今日、多くの人がほんとうに芸術だと思い込んでいる、また、創る側からも、「芸術」と称して、世間にはばをきかせているものほとんどが、実は芸術ではないのです。それは「芸事」とか、「芸」とかいうものにすぎないのです。私は芸術と芸というものをはっきりと区別しなければいけないと主張します。

芸とは、芸術よりも少ないだけ、何か芸術よりちょっと足りない、芸術の半分くらいなのが芸じゃないか、くらいに思っている人もあるかもしれませんが、そうではありません。この二つはまったく正反対のものです。その本質をごっちゃにしては、絶対にいけないのです。芸術は創造です。これは、決して、既成の型を写したり、同じことを繰り返してはならないものです。他人のものはもちろんですし、たとえ自分自身の仕事でも、二度と繰り返してはならない。昨日すでにやったことと同じようなことをやるのでは、意味がないのです。つまり、芸術の技術は、つねに、革新的に、永遠の創造として発展するのです。これが芸術の本質です。

ところで、芸事はつねに古い型を受け継ぎそれを磨きに磨いて達するものなのです。芸術が過去をふりすてて新しさに賭けてゆくのに、芸道はあくまでも保持しようと努めます。何々流の開祖、家元というのがあって、だれでもがそれと同じ型をまねて、その芸風が師匠に近くなればなるほど上達です。

66 実は芸術ではないのですとあるがなぜか。

1 世間にはばをきかせているものばかりであるから
2 創る側も、それを「芸術」と称しているから
3 多くの人がほんとうに芸術だと思い込んでいるから
4 創造ではなく、古い型を受け継いだものに過ぎないから

67 芸術の本質とあるがこの本質に当てはまらないのを次から選びなさい。

1 今日の裏千家の茶道

2 ダヴィンチの「モナ・リザ」

3 ピカソの「ゲルニカ」

4 ソロヴィヨフの「モスクワ郊外の夕べ」

68 筆者の考え方と合っているものを次から、選びなさい。

1 芸事の本質とは、革新的に創造して発展していくところにある。

2 芸術の本質とは、つねに古い型を受け継ぐところにある。

3 芸術は、つねに過去をふりすてて新しさに賭けてゆく。

4 芸事の技術は、つねに革新的に永遠の創造として発展する。

問題12　次の文章は、大学生のアルバイトに対する考えです。二つの文章を読んで、後の問いに対する答えとして最もよいものを、1・2・3・4から一つ選んでください。

A

大学生がアルバイトするのは当然だと思います。自分で学費や生活費を払っているので勉強には意欲が持てました。逆に学びたいから苦学ができるのかもしれません。成績も奨学金の基準になりますので大切です。

バイトをするとどうしても自宅学習の時間が少なくなるため、授業内で覚えこむように集中して講義を聴きノートを工夫していました。学生時代ならではの仕事もできるし、様々な人と出会え社会勉強になったので勤務先の方々へ感謝しています。

私は体が丈夫なほうではないので過労で病気になり、就職・結婚後再発して今は苦学の成果を活かしています。

幼い我が子がどう生きるかはまだ分かりませんし、甘やかしになるかもしれませんが、母親としては子供の健康を守れるようにそっと支えたい気持ちです。年金や社会不安もあり、その頃にかじらせてあげられる「脛」があるかどうかは不明ですが。でも夫は教育に関してはアメリカタイプの考え方で、12歳には精神的自立・成人過ぎたら自分で進学しなさいとはっきり言っています。

B

> 大学生がバイトをして当然ってのはちょっと違うなと思います。文系や偏差値の低い大学ならともかく、一流大の理系学部はかなり忙しいから、生活費を賄えるほどバイトで稼ぐのは大変ですよ！　家庭の金銭的な問題がなければ、バイトは単なる趣味の世界ではないでしょうか。奨学金制度だってあるのだし。私自身は親からバイトを禁止されていました。学生の本分は勉学だから、バイトがよくない、と思います。もちろん自宅通い、必要なお小遣いはその都度もらい（月額4～5万）、被服費などは別途もらっていました。
>
> 社会勉強になるから、自分はバイトしてみたかったですが、親がかりで親の庇護下にあるうちは親の言うことを聞くのが当然、という両親だったし、わざわざ反抗してまで苦労したくもなかったので、1から10まで面倒みてもらっていましたよ。
>
> 父はまあ高収入なほうで、母は専業主婦、東京郊外一戸建て、兄弟3人全員、中高一貫私立から、付属大学もしくは国立行きました。全ての費用は父持ち、全員バイト禁止です。

69　AとBの認識で共通しているのは何か。

1　大学生がアルバイトをするのは当然のことである。
2　アルバイトは単なる趣味の世界に過ぎない。
3　アルバイトによって勉強意欲を持つことができる。
4　大学生にとっては、アルバイトは社会勉強になる。

70　アルバイトについて、Bが批判しているのはどのようなことか。

1　アルバイトをすれば、勉強に支障をきたすこと
2　親の言うことを聞くのが当然であること
3　アルバイトせずに、親のすねをかじること
4　わざわざ反抗までして苦労したくはないこと

問題13　次の文章を読んで、後の問いに対する答えとして最もよいものを、1・2・3・4から一つ選びなさい。

子供の頃、「道草をしてはいけません」とよく言われたものである。学校から家に帰るまで道草せずに、まっすぐ帰るようにと言われる。しかし、子供にとって道草ほど面白いものはなかった。落ち葉のきれいなのを見つけると拾って友人と比べっこをしたり、ありの巣を見つけて、そのあたりで働くありの様子を見てみたり。それに何よりも興味があったのは「近道」である。大人の目から見ると、それは迂回であり、道草にすぎないのだが、何とか近道を見つけて、どこかの家の裏庭に入り込んだり、時には畑を踏みつけたと怒られて逃げ回ったり、まったくスリル満点の面白さであった。

今から考えて見ると、このような道草によってこそ、子供は通学路の味を満喫していた、と思えるのである。道草をせずに、まっすぐに家に帰った子は、勉強をしたり、仕事をしたり、真面目に時間を過ごしたろうし、それはそれで立派なことであろうが、道の味を知ることはなかったというべきであろう。

目的地にいち早くつくことのみを考えている人は、その道の味を知ることがないのである。受験戦争とやらで、大学入試が大変であり、ここでは大学合格という「目的」に向かって道草などせずにまっしぐらに進むことが要請されているようである。しかし、実際に入学してきた学生で、入学してから頭角を現してくるのを見ていると、受験勉強の間に、それなりに結構「道草」を食っていることが分かるのである。そんなことあるものか、と思われそうだが、このあたりが人間の面白いところで、「道草」を食っていると、しまったと思って頑張ったりするから、全体として案外辻褄の合うものなのである。

道草によってこそ、道の味が分かると言っても、それを味わう力を持たねばならない。そのためには夏目漱石の『道草』ほどまでには行かないとしても、それを眺める視点を持つことが必要だと思われる。

71 このような道草によってこそ、子供は通学路の味を満喫していたとあるがなぜか。

1 道草によって、知らない道を探検したりして通学路で楽しく遊べるから
2 わざと道草をして、つまらない先生の授業を聞かなくてもよいから
3 道草によって、他人の家の様子を知ることができ、楽しみを感じられるから
4 道草によって、普段味わえない多くのことを発見したり経験したりできるから

72 頭角を現してくるとあるがどういう意味か。

1 学識、才能がほかの人々よりすぐれるようになること
2 ほかの人々よりも、個性的な性格を持つようになること
3 ほかの仲間からだんだん尊敬されるようになること
4 旺盛な表現欲と強い嫉妬心を持つようになること

73 筆者の意見として、最も適当なものを選びなさい。

1 道草は自分にとっていくらか無用であるからしないほうがよい。
2 道草は時間の無駄だから、道草をしないで目的地に行くべきだ。
3 道草をせずに家で勉強した子供時代がとても懐かしい。
4 道草をすることによってこそ、「道」の味わい深さが分かるようになる。

問題14　下のページはA市10月～12月イベント情報である。下の問いに対する答えとして最もよいものを、1・2・3・4から一つ選びなさい。

A市10月～12月イベント情報

第2回ＫＯＧＡ手づくりアートフェア			
開催期間	2010-12-04～2010-12-05	参加費用	800円/人
時間帯	10時―16時	主催	NPO法人アートもん
■第2回ＫＯＧＡ手づくりアートフェアの内容			
～見て・触れて・体験して♪古賀発！！参加型イベント～ 福岡県内の手づくり、物づくりのプロ達が大集合☆ 作品を見たり、買ったり、作ったり。あなたの欲しいモノが見つかるかも…… ＊物産品や軽食販売もあります。 ＊小学生以上対象に「ランタン・ツリー」のワークショップを開催（要予約） ＊先着50名様にキャンドルグラスプレゼント！			

嘉穂劇場　坂東三津五郎　松竹大歌舞伎			
開催期間	2010-11-22～2010-11-23	参加費用	5,000円以上 10,000円未満
時間帯	13時―17時	主催	株式会社SAP
■嘉穂劇場　坂東三津五郎　松竹大歌舞伎の内容			
11/22（月）,23（火・祝） 開場12：30　開演13：30　終演16：30（予定） S席（1階指定席）8,200円 A席（2階指定席）7,200円 B席（2階自由席）5,000円 お問い合わせ：嘉穂劇場　0948-22-0266 江戸情緒溢れる芝居小屋「嘉穂劇場」で、坂東三津五郎による大歌舞伎公演！ 福岡が誇る華やかな夢の跡。 嘉穂劇場で観る大歌舞伎。 ここでしか観られない、至極の舞台！！			

～新感覚！ウォークスルーアトラクション～「3D迷路　サンタのおうち」			
開催期間	2010-11-01～2010-12-25	参加費用	300円/人
時間帯	11時—21時	主催	株式会社シーズライブ

新感覚！ウォークスルーアトラクション～「3D迷路　サンタのおうち」内容
■入場料：お一人様300円（2歳以下無料） ■内容：3Dグラスをかけて迷路仕立ての施設内を歩いて進む体験型施設です。 “森”から“サンタクロースのお家”への冒険ストーリーを、6つのカテゴリーに分けて展開します。 また、随所に隠れているＦＢＳ福岡放送キャラクター“ゆめんた”を数えて、正解すると“チョコッとクリスマスプレゼント”を差し上げます。

HAPPY HALLOWEEN			
HAPPY HALLOWEENの概要			
開催期間	2010-10-30～2010-10-31	参加費用	1,000円以上5,000円未満
時間帯	22時—5時	主催	スペース　ラボ　バブル

HAPPY HALLOWEENの内容
賞金20,000円の仮装コンテスト開催!! SPACE LAB BUBBLEで毎年多くの方が仮装して盛り上がりを見せるHALLOWEEN PARTY!!!　今回は例年よりもボリュームアップして帰ってきました！　入り口ではカメラマンに事前に写真を撮っていただき、ラウンジに張り出し。遊びにきている皆様に投票をしていただき一番をきめちゃおう♪って企画です。なんと賞金は“20,000円”!!　投票は仮装をされた方の締め切りと併せて12時とさせていただきます。盛り上がり必至!! どうせ仮装するなら、派手にパーっと、なるべく多くの人に見てもらいたいじゃない!! 沢山の方のお越しをお待ちしております。

オープン2周年記念キャンペーン			
■オープン2周年記念キャンペーンの概要			
開催期間	2010-10-04～2010-10-31	参加費用	550円～2,000円
時間帯	12時-0時	主催	麺屋極み　粕屋店
■オープン2周年記念キャンペーンの内容			
福岡県糟屋郡粕屋町にあるラーメン店、博多麺屋極みでは、オープン2周年を記念してお客様感謝キャンペーンを実施中です。			

74 案内に合っているものを選びなさい。

1 グルメが好きなゆりちゃんは麺類が大好きなので、ラーメン店のキャンペーンに行く。

2 古典芸能に興味を持っている鈴木さんがHAPPY HALLOWEENに行く。

3 自分の手が不器用だと思っている和博君は物作りにチャレンジしようとしているので、「3D迷路　サンタのおうち」に参加する。

4 現代音楽について研究している斉藤先生が坂東三津五郎、松竹大歌舞伎を見る。

75 田中さんは友達に頼まれ、坂東三津五郎・松竹大歌舞伎の入場券を買いに行くが、S席3枚とA席1枚とB席5枚でいくらになるか。

1 49,600円

2 54,300円

3 56,800円

4 64,000円

聴解（50分）

注意

Notes

1. 試験が始まるまで、この問題用紙を開けないでください。
   Do not open this question booklet before the test begins.

2. この問題用紙を持って帰ることはできません。
   Do not take this question booklet with you after the test.

3. 受験番号と名前を下の欄に、受験票と同じように書いてください。
   Write your examinee registration number and name clearly in each box below as written on your test voucher.

4. この問題用紙は全部で5ページあります。
   This question booklet has 5 pages.

5. 問題には解答番号の1、2、3…が付いています。解答は解答用紙にある同じ番号のところにマークしてください。
   One of the row numbers 1,2,3... is given for each question. Mark your answer in the same row of the answer sheet.

受験番号 Examinee Registration Number	

名前 Name	

問題1

問題1では、まず質問を聞いてください。それから話を聞いて、問題用紙の1から4の中から、最もよいものを一つ選んでください。

1番

1　友達の家に行きます
2　ディズニーランドへ行きます
3　ミカンを買いに行きます
4　ミカンを届けに行きます

2番

1　夏が暑いから
2　ウイルスが強いから
3　抵抗力が弱くなるから
4　乾燥しているから

3番

1　22枚
2　20枚
3　10枚
4　15枚

4番

1　お客さんと打ち合わせします
2　ファックスで資料を送ります
3　笹原さんに電話します
4　至急名古屋へ行きます

5番

1　学生のお願いを断る
2　求人情報を調べる
3　みずほ会社に応募する
4　残業する

問題2

問題2では、まず質問を聞いてください。そのあと、問題用紙の選択肢を読んでください。読む時間があります。それから話を聞いて、問題用紙の1から4の中から、最もよいものを一つ選んでください。

1番

1　歯が痛かったからです
2　頭が痛かったからです
3　足が痛かったからです
4　お腹が痛かったからです

2番

1　月曜日
2　火曜日
3　水曜日
4　木曜日

3番

1　ズボンのポケットにあります
2　スーツのポケットにあります
3　店のテーブルにあります
4　かばんにあります

4番

1　財布の大きさ
2　携帯電話の番号
3　お客さんの忘れ物
4　運転免許

5番

1　父親
2　女の子
3　彼女
4　いとこ

6番

1　子供に何でも買ってやること
2　子供に何も買ってやらないこと
3　子供に耐え忍ぶことを教えること
4　子供を厳しく叱ること

問題3

問題3では、問題用紙に何も印刷されていません。この問題は全体としてどんな内容かを聞く問題です。話の前に質問はありません。まず、話を聞いてください。それから質問と選択肢を聞いて、1から4の中から、最もよいものを一つ選んでください。

問題4

問題4では、問題用紙に何も印刷されていません。まず、文を聞いてください。それから、それに対する返事を聞いて、1から3の中から、最もよいものを一つ選んでください。

問題5

問題5では長めの話を聞きます。この問題には練習はありません。メモをとってもかまいません。

1番、2番

問題用紙に何も印刷されていません。まず話を聞いてください。それから、質問と選択肢を聞いて、1から4の中から、最もよいものを1つ選んでください。

3番

まず話を聞いてください。それから、二つの質問を聞いて、それぞれ問題用紙の1から4の中から、最もよいものを一つ選んでください。では、始めます。

質問1

1　課長と女の人
2　課長と男の人
3　課長だけ
4　課長と女の人と男の人

質問2

1　課長と女の人
2　課長と男の人
3　課長だけ
4　課長と女の人と男の人

全真模擬試題　第三回

★ 言語知識（文字・語彙・文法）・読解

★ 聴解

言語知識（文字・語彙・文法）・読解（105分）

注意

Notes

1. 試験が始まるまで、この問題用紙を開けないでください。

   Do not open this question booklet before the test begins.

2. この問題用紙を持って帰ることはできません。

   Do not take this question booklet with you after the test.

3. 受験番号と名前を下の欄に、受験票と同じように書いてください。

   Write your examinee registration number and name clearly in each box below as written on your test voucher.

4. この問題用紙は全部で31ページあります。

   This question booklet has 31 pages.

5. 問題には解答番号の1、2、3…が付いています。解答は解答用紙にある同じ番号のところにマークしてください。

   One of the row numbers 1,2,3... is given for each question. Mark your answer in the same row of the answer sheet.

受験番号 Examinee Registration Number	

名前 Name	

問題1　＿＿＿＿の言葉の読み方として最もよいものを、1・2・3・4から一つ選びなさい。

1　ＣＤを聴きたいんですが、残念ながら再生装置がありません。

1　さいしょう　　2　せいしょう
3　さいせい　　4　さいせ

2　この件について、松本氏が鋭い批判をした。

1　するどい　　2　しぶい
3　きつい　　4　ずるい

3　地元の人ほど、近くにある名所や観光地に行ったことがない人は意外と多い。

1　じげん　　2　じもと
3　ちもと　　4　つちもと

4　森林は私たちの暮らしを支えている。

1　すえて　　2　ささえて
3　さえて　　4　さかえて

5　最近、睡眠不足のためか家に帰ったらすぐに寝てしまった。

1　すみん　　2　すめい
3　すいみん　　4　すいめい

問題2 ＿＿＿＿の言葉を漢字で書くとき、最もよいものを、1・2・3・4から一つ選びなさい。

6 せんたん技術を利用した製品の歴史をざっと振り返っても、いくつか失敗があります。

1 両端　　2 異端
3 左端　　4 先端

7 不景気な時は、生活費をせつやくして貯金しよう。

1 契約　　2 節約
3 規約　　4 倹約

8 都道府県の名前などは、一般じょうしきですので覚えておいたほうがよいです。

1 認識　　2 常職
3 常識　　4 知識

9 子どもは多くの場合、しからなくてもいいのです。

1 叱らなくても　　2 滑らなくても
3 詫らなくても　　4 怒らなくても

10 いらないものをすてたらゴミ袋が20袋分になりました。

1 捨てたら　　2 舎てたら
3 投てたら　　4 落てたら

問題3　（　）に入れるのに最もよいものを、1・2・3・4から一つ選びなさい。

11　私はこの会社で（　　）年少で、しかも初の女性課長代理となった。

1　諸　　2　一
3　最　　4　準

12　友達は弁護（　　）で、法律にはかなり詳しいです。

1　師　　2　士
3　者　　4　子

13　いじめは学校教育（　　）、大きな課題の一つである。

1　方　　2　面
3　側　　4　上

14　飲食業として最も重要（　　）しなければならないのが食品衛生です。

1　性　　2　視
3　券　　4　考

15　同窓会の案内（　　）を先生に送りました。

1　信　　2　件
3　状　　4　跡

問題4　（　　）に入れるのに最もよいものを、1・2・3・4から一つ選びなさい。

16　人にやれと言われる前に自分から、（　　）やりなさい。

1　しいんと　　2　さっさと
3　さらに　　4　しきりに

17　子供の成績表を見て（　　）を受けた。

1　サイレン　　2　ストライキ
3　セール　　4　ショック

18　中村さんの会社では、毎年新人を（　　）するようにしている。

1　採決　　2　採点
3　採用　　4　採集

19　彼の機嫌を（　　）まま電話を切ってしまった。

1　沈めた　　2　備えた
3　損ねた　　4　背けた

20　海外に（　　）すれば、ゼロから挑戦しなければならない。

1　進化　　2　進出
3　進行　　4　進歩

21　次郎さんの絵は、線が（　　）できれいです。

1　質素　　2　素直
3　繊細　　4　純潔

22　私たちの目指す司法改革は、「市民のための司法」の（　　）です。

1　事実　　2　現実
3　真実　　4　実現

問題5　＿＿＿＿の言葉に意味が最も近いものを、1・2・3・4から一つ選びなさい。

23　ボーナスをそっくり貯金している。

1　一部　　2　一緒に
3　全部　　4　同じ

24　12年間会っていない友達から結婚式に誘われた。

1　勧められた　　2　招かれた
3　教えられた　　4　振られた

25　朝から自宅の壁の修繕をしました。

1　修飾　　2　修理
3　修正　　4　修訂

26　今、老後を一人で寂しく暮らしている老人が増えているそうです。

1　貧しく　　2　寒く
3　孤独に　　4　不安に

27　これらはさすがに名門メーカーの製品だけあって洗練された設計となっている。

1　システム　　2　デザイン
3　コメント　　4　トラブル

問題6　次の言葉の使い方として最もよいものを、1・2・3・4から一つ選びなさい。

28　そろえる

1　濡れた手で本製品にそろえないでください。
2　希望する方は、必要書類をそろえて、申し込んでください。
3　木村さんは29歳の若さで日報社社長の座にそろえられた。
4　警察は今、事故の原因を急いでそろえている。

29　支度

1　いつまでも支度しますから頑張ってください。
2　新谷さんは、仕事に追われる日々を支度している。
3　祖母はお雑煮やおせち料理など正月の支度をしている。
4　支度を減らして収入を増やすのが家計です。

30　柔軟

1　スタッフたちにも柔軟に対応していただきました。
2　わたしはリンゴの柔軟なにおいが何より好きです。
3　昨日は久しぶりに柔軟に生徒たちを怒りました。
4　彼は幼少の頃の柔軟な思い出を語ってくれました。

31　親しい

1　初日からとても親しい天気に恵まれていい旅行でした。
2　海外で生活しているから、祝日が来ると、故郷が親しくなる。
3　朝の親しい日差しを浴びながら、静かな雰囲気で読書をしています。
4　韓国で一緒にお風呂に行くのは、親しい間柄だということを意味します。

32 締め切る

1 たいていのサラリーマンは毎朝スーツにネクタイを締め切って仕事に向かう。

2 受付は会議の2時間30分前より開始し、1時間前に締め切ります。

3 昔、私がよく手伝いましたが、中学に入って娘は自分で髪を締め切りました。

4 エアコンを締め切ってと節電を呼びかけるテレビ局はテレビを締め切ってとは言わない。

問題7　次の文の（　　）に入れるのに最もよいものを、1・2・3・4から一つ選びなさい。

33　たとえお世辞（　　）、子供を褒められれば親は嬉しいものだ。

1　でも　　2　ところ
3　とたん　　4　とたんに

34　米を買いに行く（　　）紫陽花を撮ったのです。

1　度に　　2　だらけ
3　ところを　　4　ついでに

35　これは仕事をし（　　）運動できるハイテクマシンです。

1　っけ　　2　っこない
3　つつ　　4　つつある

36　息子は忍耐力がなくて、遊びにしても勉強にしても、飽き（　　）です。

1　ごとき　　2　って
3　つつも　　4　っぽい

37　相談し（　　）決められません。

1　て以来　　2　てからでないと
3　てしょうがない　　4　てたまらない

38　この写真を見るにつけ、当時のことが思い出され（　　）。

1　てはいられない　　2　てならない
3　ということだ　　4　というものだ

39　北海道（　　）、やはりあの素晴らしい雪景色が最初に頭に浮かんできますね。

1　というと　　2　というより
3　といっても　　4　とは

40 最近はとてもいそがしくて、海外旅行（　　）。

1　と言われている　　2　というものではない
3　とおりだ　　4　どころではない

41 書斎がある（　　）猫の額ほどです。

1　といっても　　2　ところに
3　とか　　4　どころか

42 私が御飯を食べている（　　）、電話がかかって来た。

1　ところで　　2　どころだった
3　ところへ　　4　ところが

43 もし今日が自分の人生最後の日だ（　　）、今日やる予定のことを私は本当にやりたいだろうか。

1　としたら　　2　というと
3　といえば　　4　といったら

44 ソフトウェア開発の技術は今確実に良くなり（　　）。未来は明るい。

1　ずつ　　2　たことにする
3　ぽい　　4　つつある

第三回

問題8　次の文の＿★＿に入る最もよいものを、1・2・3・4から一つ選びなさい。

（問題例）

あそこで＿＿＿ ＿＿＿ ＿★＿ ＿＿＿は山田さんです。

1　テレビ　　2　見ている　　3　を　　4　人

（解答の仕方）

1. 正しい文はこうです。

あそこで＿＿＿ ＿＿＿ ＿★＿ ＿＿＿は山田さんです。
1　テレビ　3　を　2　見ている　4　人

2. ＿★＿に入る番号を解答用紙にマークします。

（解答用紙）

（例）	①　●　③　④

45　＿＿＿ ＿＿＿ ＿★＿ ＿＿＿、画面が変わります。

1　押す　　2　を

3　ボタン　　4　度に

46　学校の成績も大切だが、勉強だけ＿＿＿ ＿＿＿ ＿★＿ ＿＿＿。

1　できれば　　2　というものではない

3　いい　　4　だろう

47　奥様がご病気で＿＿＿ ＿＿＿ ＿★＿ ＿＿＿が、おかげんはいかがですか。

1　いらっしゃる　　2　伺いました

3　とか　　4　寝て

48 田中さんの歌＿＿＿、＿＿＿ ＿★＿、＿＿＿叫びだ。

1　歌　　　2　というより

3　は　　　4　むしろ

49 ＿＿＿ ＿＿＿ ＿★＿、＿＿＿はかかるでしょう。

1　十万円　　　2　いくら

3　といっても　　　4　安い

第三回

問題9　次の文章を読んで、50から54の中に入る最もよいものを、1・2・3・4から一つ選びなさい。

最近、気づき始めている方も増えてきているようですが、まだまだ多くの方々、日本の大多数の方々が大きな思い違いをしていることがあります。50、「受験勉強のできる人」＝「頭のよい人」「賢い人」と思い込みです。

51、受験勉強のできる人のなかに、頭のよい人、賢い人がいる確率は高いでしょう。しかし、そうでもない人もいる。52、そういう人たちが急増しているのです。受験勉強というものは、答えがある問題を覚えればすむだけの勉強です。しかも、私立の中高一貫の進学校に入れば、中学・高校の六年間、ただただ、学校の決めたベルトコンベアーの上に乗り、教師たちの言うとおりにしていれば、自然に受験の偏差値が上がるシステムになっているのです。この受験システムが、世界史の未履修問題などで発覚したように、53「受験勉強しかできない十八歳」を大量に生産しているのです。

人生の中で、中学・高校の六年間という、人間形成を行うためのとても大切な時期にベルトコンベアーの上に乗っていただけの人間では何かを実現するための創意工夫できない人間になってしまう危険が高くなります。54、自分で問題を見つけ、解決していくことができる、本当に頭のよい人間、賢い人間に成長することができなくなるわけです。

50

1　あれは　　2　それは
3　これは　　4　ここは

51

1　確かに　　2　稀に
3　僅かに　　4　ただし

52

1　ところで　　　2　何より

3　そして　　　4　すると

53

1　いわゆる　　　2　いうまでもなく

3　いつでも　　　4　いつか

54

1　あくまで　　　2　でないと

3　つまり　　　4　あらゆる

問題10　次の（1）から（5）の文章を読んで、後の問いに対する答えとして最もよいものを、1・2・3・4から一つ選びなさい。

（1）

人間の脳の最大の特徴は、どれだけ学んだとしても、なおその先に学ぶことがあるという「オープン・エンド性」にある。これまでにない新しいものを生み出す創造も、そのようなオープン・エンドな学習のプロセスの一環として形作られる。「永遠の未完成」という性質を持っているからこそ、脳は創造性を持つことができるのである。ずっと、未完成であるということは子供のままであるということである。子供のままであるこそ、脳は「オープン・エンド性」を保ち、学習し続けることができるのである。

55　「オープン・エンド性」について、この文章から分かることは何か。

1　いつまでも新しいことを獲得することができる性質
2　学ばなかったとしても、新しいものを生み出すことができる創造性
3　学習のプロセスの一環として子供しか持たない性質
4　大人になってはじめて何かを生み出すことができるようになる能力

(2)

故郷や家族について、はじめて意識的に考えたのは18歳のときだった。つまり、家族と離れて、東京で一人暮らし始めた時である。

かなり重症のホームシックで、休みになるとすぐに帰省した。で、帰って何をするかというと、特別なことは何もない。故郷は、帰ってみると、実になんでもないところである。そして、そのなんでもなさが、故郷の魅力なのだ、と思う。

当たり前のことの大切さやありがたさに気づくためには、少し離れて見るのがいい。故郷を離れると、故郷のよさが見えてくる。

56 本文の要約として最も適当なものはどれか。

1 故郷から離れていると、都会にあるものが故郷にはないことに気づくことがある。

2 故郷は都会から遠く離れていて、何もないように見えるが、よく探してみると、都会と同じような魅力がある。

3 故郷のように、あるのが当然だと思っているものの価値は、そこから少し距離を置くことで分かるようになる。

4 故郷で家族と暮らしていると、そのありがたさが意識できるので、なんでもない日常の生活の大切さが分かるようになる。

(3)

下は、上司に対して、業務上必要と思われる案件の決裁を求める文書である。

> 平成21年9月8日
>
> (　　　　　　　　　)
>
> 学務課　鈴木一郎
>
> 記
>
> 1. 来年度より、情報処理科の学生には一人1台のノートパソコンを導入し、教室外へも貸与することを提案いたします。
> 2. 提案理由　本校の教育環境を更に整備することで、授業内容の質的向上を図り、情報処理技術者認定試験の合格率をアップさせることができる。
> 3. 導入経費：3,000万円（別紙見積書）
> 4. 期待される効果
>   (1) 学生個々人にパソコンを貸与することにより、学外でも好きな時間に授業の復習／実習ができる。
>   (2) 学内のホストコンピューターと連携し、学生個人の学習進捗が把握できる。
>   (3) 一人1台のパソコン貸与は他校への優位性となり、来年度以降の入学希望者の増員が見込まれる。
>
> 以上

57 この文書の件名として、（　　）に入るのはどれか。

1　ホストコンピューター

2　債権の見通しについて

3　需要動向調査報告書

4　社内連絡会議報告書

（4）

総務の仕事は、ほかの部署と調整しながら仕事を遂行することが多いですから、自分の都合だけ押し付けたり、ほかの方のスケジュールを無視してすすめたりといったような仕事のやり方では、うまくいきません。

まず先に人のスケジュールを聞いてから調整するような、相手優先のお仕事をしていただきたいと思います。そして、ほかの部署からたくさんの連絡が来たりして大変な事もあるが、日ごろからコミュニケーションが上手くとれていれば難なく解決できるだろう。お仕事をされる際には、そういったことにも注目してみてくださいね。

58 上の文において、企業が総務に求める能力とは何か。

1 決断力
2 協調性
3 攻撃力
4 統率力

(5)

インターネットでは、不特定多数の人に一方的に情報を流して、それを受け取るというテレビやラジオのような受動的なものではなく、ホームページなども含めて情報を流す側とそれを受け取る側のコミュニケーションで成り立っています。自然と特定の話題の掲示板にはその話題に興味がある人が集まり、確実に知りたい人に情報を伝えることができます。そして、チャットの中では色々な人がいます。実社会以上に、様々な人と会話できます。実社会で接することのできる人々には限界がありますが、チャットの上では、実社会ではなかなか接することのないような人々と話すことが可能です。

59 筆者が考えるインターネットとはどのようなものか。

1 不特定多数の人に一方的に情報を流す世界
2 テレビの場合と同じように受動的に情報を受け取る世界
3 ユーザーたちがお互いにやりとりができる世界
4 受け取る側が一方的に情報を手に入れる世界

問題11　次の（1）から（3）の文章を読んで、後の問いに対する答えとして最もよいものを、1・2・3・4から一つ選びなさい。

（1）

フレッシュマンを迎え入れ、心持ち新たに新年度をスタートさせた会社が多いことだろう。そこで、オリコンでは『新入社員に求めたい力』をテーマに、20〜40代の社会人を対象としたアンケート調査（複数回答可）を実施。その結果、1位から順番に【常識力】（65.0%）、【あいさつ力】（59.8%）、【コミュニケーション力】（53.0%）があげられました。

新入社員に求める力の1位は【常識力】。「どの職業に就くにしても常識は必要」（神奈川県／20代／男性）というように、仕事に就くうえで"基礎となる力"だという意見が目立ち、たとえほかの部分が劣っていたとしても「とりあえず常識があればいい。後は、慣れていくうちに身につけてくれれば」（東京都／20代／女性）とコメントする人が多かった。また、「最近、本当に常識がない子が多すぎる」（東京都／30代／女性）と、現状の不満を漏らす声も寄せられた。

続く2位は、重要なコミュニケーション手段である【あいさつ力】。"礼に始まり礼に終わる"という言葉もあるが「きちんとしたあいさつが出来ない人は、ほか何も出来ないでしょう」（京都府／30代／女性）、「しっかりあいさつをしてくれると、やる気が感じられてこちらも丁寧に教えてあげようと思える」（大阪府／40代／女性）などの意見も多く、あいさつがその人の総合的な評価に繋がっていることを指摘する人は少なくない。

3位は【コミュニケーション力】で、「いくら万能だったとしても、良い人間関係を築けなければ終わり」（広島県／20代／女性）、「人付き合いが上手でないといい仕事も出来ないと思うから」（千葉県／20代／男性）というように、良好な人間関係が仕事をこなしていくうえで重要な働きをすると考えている人が多数。＿＿＿＿＿＿＿＿「会社の同僚とうまく行かずとても困っています……」（東京都／40代／女性）と、身近な体験談からその重要性を訴える人もいた。

第三回

60 文章のテーマとして、最も適当なものはどれか。

1 新入社員に求められる能力

2 新入社員に欠ける能力

3 良好な人間関係

4 総合的な判断力

61 下線部に入る最も適当な言葉はどれか。

1 それとも

2 さらに

3 そこで

4 もしかしたら

62 その重要性を訴えるとあるが、重要なのは次のどれか。

1 身近な体験談

2 人間関係

3 常識力

4 基礎となる力

（2）

4月もあっという間に後半に突入。今月入社したばかりの人も、仕事や会社の環境に少しずつ慣れはじめた頃では？　そんな中、次に新入社員を待ちうけるのは、先輩や他部署との交流の場である“新入社員歓迎会”。オリコンでは、この春入社したばかりの男女159人を対象に『新入社員歓迎会やコンパ、楽しみか不安か』という2択のアンケート調査を行ったところ、男性は【楽しみ】が59.4％。一方で、女性は【不安】が63.2％という値を示し、歓迎会に対する男女間の違いが生じる結果となった。

【楽しみ】だと答えた男性の多くは、「先輩や今まで絡みのない同期との交流が楽しみ」（千葉県／20代／男性）、「いろんな方と会えるいい機会だし、今後のためになる話を聞けるチャンスだから」（宮城県／20代／男性）とコメント。やはり“より良い人間関係作り”に胸を膨らませる意見が目立った。また、女性にも同様のコメントが多く見られ、楽しみにしている理由に男女の大きな違いは見られなかった。

一方、【不安】が6割を超えた女性の回答を見ていくと、「上司や先輩と、会話が弾むか」（京都府／20代／女性）、「お酒が得意ではないので、ついていけるか不安」（愛知県／20代／女性）のように、“先輩との触れ合い方”が悩みの種となっているよう。男性が楽しみだと答えた“人間関係”が、逆に不安だと感じる女性が多いようだ。

________________男性があげた【不安】要素も興味深い。「自己紹介などでおもしろいことを言ったり表現できないから」（東京都／20代／男性）、「一発芸とかをやらされたら、持ちネタがないからかなり怖い」（愛知県／20代／男性）など、全体的に“おもしろさをアピールできるか”に焦点があたっており、“不安”だと感じていることに関しては、男女間で全く違った問題を抱えていることが分かった。

【楽しみ】と【不安】。両者のコメントを見比べてみても、新入社員が歓迎会をどれだけ重要なイベントと捉えているかが伺える。先輩社員の方はどうかお手柔らかに、温かい目で見守っていてほしい。

63 「楽しみ」の理由ではないのは次のどれか。

1 会社の先輩たちと話ができるから
2 普段付き合いの少ない同僚と話ができるから
3 上司が参加するので話が弾まないから
4 よい人間関係を築くのに役立つから

64 下線部に入る最も適当な言葉はどれか。

1 それに対して
2 それにつけても
3 それに加えて
4 それにつれて

65 この文章の内容と合っているのは次のどれか。

1 半数以上の女性が新入社員歓迎会を楽しみにしているのに対して、大半の男性は新入社員歓迎会を不安に思っている。
2 「より良い人間関係作り」は新入社員が歓迎会を楽しみにしている主な理由で、男女の間では大きな違いは見られなかった。
3 大きな不安を抱えているため、男性社員と女性社員の両方ともが歓迎会を重要なイベントと考えていない。
4 “不安”だと感じていることに関しては、男女ともに同じ問題を抱えていることが分かった。

(3)

学校に行かなければならないと分かっていても行けない。そんな状況に置かれている登校拒否児が一向に減らない。毎年記録を塗り替え、小中学生あわせて五万人に迫る勢いを見せている。

文部省の専門家会議が、この問題について中間報告をまとめた。その内容には、一つの点で重要な意義が認められる。

つまり、登校拒否はどの子どもにも起こりうるものだとする新たな視点を打ち出したことである。「子どもがある程度共通して潜在的に持ちうる『学校に行きたくない』という意識の一時的な表れの場合もある」とまで言い切っている。

文部省の学校現場のこれまでの認識は、特定の性格傾向の子に起こるというのが主流だった。この、「問題児ではない」と見る姿勢への転換は高く評価したい。どんな子も、好き好んで不適応を起こしているわけではないからだ。

だが、登校拒否を減らしていくには、何よりも、現実に子どもたちのいる学校での適切な取り組みが欠かせない。報告は「真の児童生徒理解に立った指導の展開」を強調し、そのために、一斉授業だけでなく個別学習、チームティーチングの導入、自然教室やボランティア学習などを通じた「豊かな人間関係作り」、教育相談などの充実をうたっている。

さらに、登校拒否の前兆を見逃さないよう、日ごろから子どもの様子や変化に気をつけること、再登校した子を、できるだけ自然な形で迎え入れ、支え、励ますよう配慮することについても言及している。

66 そんな状況とあるが、どういう状況か。

1 学校に行かなければならないと分かっているのに行けない状況
2 毎年記録を塗り替え、登校拒否の学生が増え続ける状況
3 「学校に行きたくない」という意識が一時的に表れている状況
4 登校拒否の学生が好んで不適応を起こしている状況

67 これまでの認識とあるが、どういう認識か。

1 登校拒否は子供がある程度共通して持ちうる行為である、という認識
2 登校拒否は特定の性格傾向の子にしか起こらない、という認識
3 登校拒否は特定の性格傾向の子には起こらない、という認識
4 登校拒否はどの子どもにも起こりうるものだ、という認識

68 登校拒否を減らしていくための手段として、正しくないのはどれか。

1 再登校した子供を、できるだけ自然な形で迎え入れ、励ます。
2 登校拒否の前兆を見逃さないよう、子供の変化に気をつける。
3 個別学習、チームティーチングの導入などの対策を講じる。
4 登校拒否した、または登校拒否しようとする子供を厳しく取り締まる。

問題12　次のAとB二つの文章を読んで、後の問いに対する答えとして最もよいものを、1・2・3・4から一つ選びなさい。

A

　逃げるという言葉を聞くととても情けない感じがします。確かに、自らで選んだチャレンジや、後の人生にプラスになる苦しみならば、耐え忍ぶ価値もあるでしょう。

　しかし、世の中には、そうでないこともたくさんあります。

　心の病気になってしまうような苦しみ、閉鎖的な環境での暴力的な人間関係、ハラスメント、借金のふくらむ赤字のビジネス、先行き真っ暗な職場。それなのに、「逃げるなんて最低！」「我慢は美徳」という考え方だけが、独り歩きしてしまうのは、よくありません。

　「逃げること」は「悪いこと」ではありません。ビジネスにおいて「勇気ある撤退」が合理的であるように、人生においても「逃げることが大事」なシーンがあります。

B

　人間だれしも苦しくなれば、その苦しみを和らげるために現実から逃避したくなるのは当然でしょう。ある意味では人生はこの現実からの逃避との闘いだということもできます。この闘いから簡単に逃げてしまう人が人生の敗者であり、この闘いに挑んでいく人が人生の勝者です。

　苦しいときに現実から逃げてばかりいるから、自信を持つことができなくなってしまうのです。失敗しても闘いに挑み続ければ、それなりの自信が持てるようになるはずです。現実から逃げた、ごまかしたという事実が、その人の自信をなくしてしまうのです。現実から逃げたという事実が、その人に自分には能力がないと思い込ませてしまうのです。わたしもその一人でしたから、よく分かっているつもりです。

69 AとBの文章で共通して述べられていることは何か。

1 人間にはだれでも厳しい現実から逃げる時がある。
2 厳しい現実に勇敢に向き合わなければならない。
3 苦しい時には自信を持つことができなくなる。
4 長い人生においては逃げることが大事である。

70 逃げることについて、AとBはどのように述べているか。

1 Aはとてもつらいときなどには逃げてもよいと述べ、Bは苦しいときだけ逃げても勝者にはなれると述べている。
2 Aは逃げる人間が最低、我慢する人間が最高だと述べ、Bは逃げることによって人間は自信をなくしてしまうと述べている。
3 Aは場合によっては逃げることも合理的だと述べ、Bは負けても闘えば自信が持てるようになると述べている。
4 Aは逃げるときこそ辛抱が肝心だと述べ、Bはつらいときは逃げてもしかたがないと述べている。

問題13　次の文章を読んで、後の問いに対する答えとして最もよいものを、1・2・3・4から一つ選びなさい。

桜も咲いて、オフィス街や通勤電車にはフレッシュマンとおぼしき人を見かける季節になった。諸先輩方は、そんな新入社員にどんな本を読んで成長してもらいたいか。ORICON STYLEでは、20代、30代、40代を対象に、新入社員にオススメの1冊をインターネットで調査した。

その結果、「新入社員に薦めたい本」第1位は【三国志】。理由は、「人との付き合いなど、昔の知恵が満載だから」（愛知県／30代／男性）、「広く人間関係を円滑にする要素が含まれている」（埼玉県／40代／女性）など、“人間関係を学べるから”という声が圧倒的多数だった。社会人としてまず身につけるべきは、知識やスキルよりも人間関係ということのようだ。

2位は『竜馬がゆく』、『街道をゆく』などの【司馬遼太郎の本】。「人間として成長できる本だから」（大阪府／40代／男性）という意見をはじめ、「日本人の特性が見えてくる、国際人としての第一歩になる」（愛知県／40代／男性）、「日本のことが良く分かる。日本の進むべき道に関するヒントが書いてある」（東京都／40代／男性）など、「国際性を養うために、自国の歩んできた道を知るべし」という意見が多かった。

3位は【マナー本】。「学校や会社で教わるものではなく、社会人として自ら学び身に付けておくべき常識なので」（大阪府／40代／男性）、「自分のためにも会社のためにもなります」（福岡県／女性／40代）。うっかり上座に座ってしまったり、おかしな言葉遣いで眉をひそめられたりなど、「知らなかったために、とんだ赤っ恥をかいた」なんてことがないように、基本的なマナーは、知っておいて損はないはず。

というわけで、1位、2位の上位はともに【歴史モノ】。先輩たちは、新入社員たちに対して、仕事のスキルや、段取りよりも「人間的に大きく成長して欲しい」、「日本の将来を考えて欲しい」と考えているようだ。

そして、こんな一言も。「読解力を身に付けてほしい。とりあえず何でもいいから本は読んでほしい」（埼玉県／女性／40代）。本は知識の宝庫。先人たちの豊かな経験を体験できる最強のツールなのだ。

71　【三国志】が薦めたい本の第1位になった一番の理由はどれか。

1　社会人にとっての知恵が含まれているから

2　社会人にとっての常識が含まれているから

3　とんだ赤っ恥をかかないですむから

4　人付き合いの方法が学べるから

72　社会人としてエチケットを学びたい時に、最適な本はどれか。

1　マナー本

2　竜馬がゆく

3　三国志

4　科学誌

73　文章の内容と合っているのはどれか。

1　読解力を高めたい人にとっては、『三国志』が一番いい。

2　社会に出たら、仕事のスキルよりも人間性のほうがさらに大切である。

3　社会人としての常識を学ぶなら、教養塾に通ったほうがいい。

4　国際性を養うために、まずは英語を習ったほうがいい。

問題14　ある図書館の注意事項です。内容を読んで、質問に答えなさい。下の問いに対する答えとして最もよいものを、1・2・3・4から一つ選びなさい。

注意事項
図書館を利用される方は、以下のことに十分注意してください。 ◆ 開館日、開館時間が変更になりますので、開館カレンダーをご確認の上、ご来館ください。 ◆ 入館の際は、必ず図書利用カードを入館ゲートにお通しください。 ◆ 館内では、携帯電話による通話、飲食、喫煙、雑談は禁止いたしております。なお、ペットボトルや紙パックの飲み物などの持込もご遠慮ください。 ◆ 他の利用者に迷惑がかかる場合や、係員の指示に従わない場合は退出いただきます。 ◆ 図書利用カードを他人に貸与したり、貸出中の図書を他人に又貸しすることは絶対におやめください。 ◆ 貸出手続きをせずに資料を持ち出すとアラームが鳴り、ゲートが開きませんのでご注意ください。 ◆ 図書館の資料は大切に取り扱ってください。資料に線を引いたり、書き込みをしないでください。資料を破損・汚損・紛失した場合には、弁償していただきます。 ◆ 館内にはロッカー等の設備がございませんので、所持品は常時携帯し、貴重品を手荷物の中に入れたままにして席を立たないようにしてください。 ◆ 来館の際には、公共の交通機関をご利用ください。バイク、自動車等での来館は堅くお断りいたします。 図書館貴重室資料の使用 　今出川図書館貴重室資料は、所定の手続の後、閲覧できます。貸出や他キャンパスへの取寄せはできません。

閲覧時間は下記の通りです。

開講期間　平日10時～19時

休講期間　平日10時～17時

（ただし、夏期執務期間は、平日10時～17時）

「貴重室図書資料閲覧願」への記入後、図書館事務室内で利用していただきます。いずれの資料も複写は不可、鉛筆による筆写のみ可能です。なお、利用者が持参されたパソコンは、事務室内で使用できます。

74 この図書館を利用する際、してもよいことはどれか。

1　ペットボトルの持ち込み

2　館内での通話、飲食

3　パソコンの使用

4　貸出中の本を他人に貸す

75 図書館貴重室資料の使用について、問題ないのは次のどれか。

1　閲覧期間年中10時～19時

2　貴重資料の複写

3　鉛筆による筆写

4　貴重資料の貸し出し

聴解（50分）

注意

Notes

1. 試験が始まるまで、この問題用紙を開けないでください。
   Do not open this question booklet before the test begins.

2. この問題用紙を持って帰ることはできません。
   Do not take this question booklet with you after the test.

3. 受験番号と名前を下の欄に、受験票と同じように書いてください。
   Write your examinee registration number and name clearly in each box below as written on your test voucher.

4. この問題用紙は全部で5ページあります。
   This question booklet has 5 pages.

5. 問題には解答番号の1、2、3…が付いています。解答は解答用紙にある同じ番号のところにマークしてください。
   One of the row numbers 1,2,3... is given for each question. Mark your answer in the same row of the answer sheet.

受験番号 Examinee Registration Number	

名前 Name	

問題1

問題1では、まず質問を聞いてください。それから話を聞いて、問題用紙の1から4の中から、最もよいものを一つ選んでください。

1番

1　出張します
2　気分転換に行きます
3　会社を休みます
4　上司を叱ります

2番

1　感謝の気持ちを持ちます
2　商品を説明します
3　愛想がよく、好感を与えます
4　短いセンテンスで話します

3番

1　充電器、歯ブラシ、パソコン
2　充電器、歯磨き、辞書
3　充電器、歯ブラシ、辞書
4　充電器、パソコン、歯磨き

4番

1　1万円
2　2万円
3　3万円
4　4万円

5番

1　鈴木に連絡を取ります
2　鈴木に電話するように伝えます
3　係長と代わります
4　もう一度取引先に電話します

問題2

問題2では、まず質問を聞いてください。そのあと、問題用紙の選択肢を読んでください。読む時間があります。それから話を聞いて、問題用紙の1から4の中から、最もよいものを一つ選んでください。

1番

1　7時30分
2　7時50分
3　8時10分
4　8時20分

2番

1　30分
2　40分
3　50分
4　60分

3番

1　月曜日
2　土日
3　日曜日
4　土曜日

4番

1　会社
2　市役所
3　公園
4　家

5番

1　玄関のドアを開けないこと
2　なるべく早く帰宅すること
3　共働きをすること
4　再配達してもらうこと

6番

1　25歳
2　28歳
3　35歳
4　38歳

問題3

問題3では、問題用紙に何も印刷されていません。この問題は全体としてどんな内容かを聞く問題です。話の前に質問はありません。まず、話を聞いてください。それから質問と選択肢を聞いて、1から4の中から、最もよいものを一つ選んでください。

問題4

問題4では、問題用紙に何も印刷されていません。まず、文を聞いてください。それから、それに対する返事を聞いて、1から3の中から、最もよいものを一つ選んでください。

問題5

問題5では長めの話を聞きます。この問題には練習はありません。メモをとってもかまいません。

1番、2番

問題用紙に何も印刷されていません。まず話を聞いてください。それから、質問と選択肢を聞いて、1から4の中から、最もよいものを1つ選んでください。

3番

まず話を聞いてください。それから、二つの質問を聞いて、それぞれ問題用紙の1から4の中から、最もよいものを一つ選んでください。では、始めます。

質問1

1　部屋全体との調和
2　テレビとソファーの距離
3　テレビの高さ
4　最適視聴距離

質問2

1　30センチ
2　40センチ
3　50センチ
4　60センチ

全真模擬試題　第四回

★ 言語知識（文字・語彙・文法）・読解

★ 聴解

言語知識（文字・語彙・文法）・読解（105分）

注意

Notes

1. 試験が始まるまで、この問題用紙を開けないでください。

   Do not open this question booklet before the test begins.

2. この問題用紙を持って帰ることはできません。

   Do not take this question booklet with you after the test.

3. 受験番号と名前を下の欄に、受験票と同じように書いてください。

   Write your examinee registration number and name clearly in each box below as written on your test voucher.

4. この問題用紙は全部で30ページあります。

   This question booklet has 30 pages.

5. 問題には解答番号の1、2、3…が付いています。解答は解答用紙にある同じ番号のところにマークしてください。

   One of the row numbers 1,2,3... is given for each question. Mark your answer in the same row of the answer sheet.

受験番号 Examinee Registration Number	

名前 Name	

問題1　＿＿＿＿の言葉の読み方として最もよいものを、1・2・3・4から一つ選びなさい。

1　想像力は知識よりも大事であると思う。

1　たいじ　　2　だいじ
3　だいこと　　4　たいこと

2　毎日を楽しく暮らしていきましょう。

1　たくましく　　2　たのしく
3　ただしく　　4　とぼしく

3　成分が天然だからといって安全とも限りませんし、人工だからといって悪いとも限りません。

1　てんねん　　2　てんぜん
3　てんせん　　4　てんえん

4　彼は前向きに病気と戦っています。

1　ためらって　　2　つちかって
3　たたかって　　4　ともなって

5　留守中、猫の世話を友人に頼んだ。

1　たよんだ　　2　たのんだ
3　たたんだ　　4　たゆんだ

第四回

問題2　＿＿＿＿の言葉を漢字で書くとき、最もよいものを、1・2・3・4から一つ選びなさい。

6　時代の変化にたいおうできなければ、取り残される。

1　対広　　2　対応
3　態度　　4　態応

7　子どもたちの健やかな成長のためには、てきせつな運動が非常に大切です。

1　敵切　　2　的切
3　滴切　　4　適切

8　毎日、混雑の電車でつうきんしていると、仕事をする前からそれだけで疲れますよね。

1　通行　　2　通学
3　通勤　　4　通過

9　父が病気で倒れたとき、いろいろな人がたすけてくれました。

1　手伝けて　　2　救けて
3　助けて　　4　支けて

10　彼女は病院で脚の骨折のてあてを受けた。

1　手当て　　2　手金て
3　目金て　　4　目当て

問題3　（　　）に入れるのに最もよいものを、1・2・3・4から一つ選びなさい。

11　人気ノートパソコンが（　　）価格で発売されています。

1　非　　2　低

3　不　　4　便

12　半年間で理科の偏差（　　）を20上げることは、決して不可能ではありません。

1　分　　2　点

3　値　　4　段

13　会員の皆さんと（　　）世代だから気持ちが分かります。

1　次　　2　新

3　共　　4　同

14　建物の（　　）震性を高めるには、三つの方法があります。

1　耐　　2　抗

3　防　　4　地

15　朝食は部屋（　　）に含まれています。

1　金　　2　賃

3　代　　4　用

問題4　（　　）に入れるのに最もよいものを、1・2・3・4から一つ選びなさい。

16　利益を上げるどころか、（　　）大損だった。

1　かえって　　2　はたして
3　あわせて　　4　あえて

17　いよいよ新学年が（　　）します。

1　リード　　2　スタート
3　ストライキ　　4　プリント

18　画面に表示される（　　）に沿って操作を行なってください。

1　秩序　　2　規準
3　手順　　4　手続き

19　奥さんのおかげでやっと憧れの車が手に（　　）。

1　加えました　　2　引きました
3　出しました　　4　入りました

20　不良品の場合は、返送料当社負担で良品とお（　　）いたします。

1　取り消し　　2　取り替え
3　取り入れ　　4　取り出し

21　戦後、外国の技術・資材が（　　）入ってきました。

1　とうとう　　2　どんどん
3　とっくに　　4　とたんに

22　祖母は実に元気で、あちこちによく出かけ、（　　）に暮らしています。

1　達者　　2　退屈
3　素朴　　4　妥当

問題5　＿＿＿＿の言葉に意味が最も近いものを、1・2・3・4から一つ選びなさい。

23 今日、たまたま小学校時代の同級生に会いました。

1　ときどき　　2　偶然

3　意外に　　4　ちょうど

24 学生たちは、昼寝をしたり、歌を歌ったりしながら時間をつぶしていました。

1　作って　　2　打って

3　過ごして　　4　重んじて

25 地震の直後に津波が来ました。

1　同時　　2　最後

3　すぐまえ　　4　すぐあと

26 彼は臆病で一人で電車にも乗れない。

1　気が軽い　　2　気が多い

3　気が小さい　　4　気が気でない

27 足が速くなるためには、毎日トレーニングをしています。

1　遠足　　2　加速

3　訓練　　4　授業

第四回

問題6　次の言葉の使い方として最もよいものを、1・2・3・4から一つ選びなさい。

28　付き合う

1　滞在期間中、付き合ってくれて、ありがとう。
2　今日は町でたまたま田中君に付き合いました。
3　この写真を本に付き合いたいです。
4　毎日仕事に付き合って、忙しいです。

29　たのもしい

1　大学祭では、いろいろな催し物を楽しめるので、とてもたのもしいです。
2　当社では、来月、新製品を発表しますので、ぜひたのもしいです。
3　木村さんは細かいところによく気がつくたのもしい人です。
4　落ち着かない時は、運動がたのもしいです。

30　手前

1　この車なら値段もちょうど手前だ。
2　中央駅より一つ手前の駅で待ち合わせをした。
3　この仕事はたいへん手前がかかる。
4　引っ越す時にはいろいろ面倒な手前がありますよね。

31　どうか

1　どうかお願いします。
2　どうか失敗するに決まっている。
3　どうかありがとうございます。
4　どうかへ行きましょう。

32　とっくに

1　山田教授なら、とっくに帰りましたよ。
2　私は自分の収入にとっくに満足していない。
3　クラスの中ではとっくに林さんは歌が上手です。
4　人は運命にとっくに支配されてはならない。

問題7　次の文の（　　）に入れるのに最もよいものを、1・2・3・4から一つ選びなさい。

33 今日、オーストラリアは日本の輸出相手国では第十位、輸入相手国（　　）第三位である。

1　とすれば　　2　にしたら
3　としては　　4　としたら

34 大学院は基礎研究を中心として学術研究を推進する（　　）、研究者の養成及び高度の専門的能力を有する人材の養成という役割を担うものである。

1　と一緒に　　2　とともに
3　に従って　　4　につれて

35 食物なら、食べ残しを後から賞味することは（　　）が、例外なしにまずい。

1　できないではいられない　　2　できそうもない
3　できるわけではない　　4　できないことはない

36 同じ母を持ち（　　）、長男と次男の仲も、決してよいとは言えません。

1　に関わらず　　2　けれど
3　ものの　　4　ながら

37 貧困や飢えで苦しむ人がいなくなった世界（　　）想像できない。

1　なんて　　2　などを
3　なんで　　4　とか

38 予防接種を受けるに（　　）は、副作用がありうるということを忘れてはなりません。

1　おいて　　2　当たって
3　ついて　　4　応じて

第四回

39 「日本語を勉強しはじめたばかりのものです。変な質問かもしれませんが、こちらから（　　）。『乗る』と『乗り込む』の違いについてですが…」

1　お聞きになります　　2　聞かせていただきます
3　聞きます　　4　聞いてください

40 日本語の「ながいき」は「長息」であり「長生き」でもある。一般に民族音楽に（　　）は、管楽器が生まれた背景には人間の「呼吸を支配したい（すなわち長生きしたい）」という願望があるのだという。

1　ついて　　2　反して
3　おいて　　4　とって

41 衣服の着方は、TPO（時、場所、場合）（　　）決めたほうがいい。

1　に応じて　　2　に比べて
3　に関して　　4　にかわって

42 日本では法律で「原子力の利用は平和目的に（　　）」と定められており、発電所も厳しい規則に沿って運転しています。

1　ほかならない　　2　決まっている
3　こたえる　　4　限る

43 この先生は数学者であり、論理学者であって、頭脳明晰なこと（　　）ひときわ抜きん出ている。

1　に加えて　　2　にしては
3　にかけては　　4　にわたって

44 新製品の発売に（　　）、まずは製品の展示会を開催することになりましたので、なにとぞご参観ください。

1　したがって　　2　ともなって
3　際して　　4　よって

問題8　次の文の ＿★＿ に入る最もよいものを、1・2・3・4から一つ選びなさい。

（問題例）

あそこで＿＿＿ ＿＿＿ ＿★＿ ＿＿＿は山田さんです。

1　テレビ　　2　見ている　　3　を　　4　人

（解答の仕方）

1. 正しい文はこうです。

あそこで＿＿＿ ＿＿＿ ＿★＿ ＿＿＿は山田さんです。 **1　テレビ　3　を　2　見ている　4　人**

2. ＿★＿ に入る番号を解答用紙にマークします。

（解答用紙）

（例）	①　●　③　④

45　「それでも、何を犠牲＿＿＿ ＿＿＿ ＿★＿ ＿＿＿があるのだよ」

1　もの　　2　ならない

3　にしても　　4　守らねば

46　＿＿＿ ＿＿＿ ＿★＿ ＿＿＿「我が身をつねって人の痛さを知れ」というのが基本じゃないですか。

1　にしろ　　2　やり方

3　どんな　　4　教育の

47　もちろん、これは＿＿＿ ＿＿＿ ＿★＿ ＿＿＿、根も葉もない想像ではないと思う。

1　すぎない　　2　が

3　想像　　4　に

48 こんな絵の描きかたがあるというのは、昔では想像も＿＿＿ ＿＿＿ ＿★＿ ＿＿＿。

1 こと　　2 違いない
3 つかなかった　　4 に

49 飛行機は何千メートルかの上空＿＿＿ ＿＿＿ ＿★＿ ＿＿＿南下する。

1 沿って　　2 を
3 ナイル川　　4 に

問題9　次の文章を読んで、50から54の中に入る最もよいものを、1・2・3・4から一つ選びなさい。

人間の才能は遺伝子で決まっているのか、 50 生後の環境や、本人の努力によって大きく左右されるのか。「人間には自由意志があるのか」という哲学的な問題にも関わるこの問題 51 一般の関心は高いようだ。

遺伝子によって行動のほとんどすべてが決まってしまう昆虫や下等動物と違って、人間は学び続ける。「これで終わり」ということはなく、どこまでいっても「 52 」。「開放性」こそが人間の知性の本質なのである。個々の知性だけでなく、人類全体で見ても、その知的営みの発展は「これで終わり」ということはなく、どこまでも続いていく。実際、文学や映画といった芸術 53 、次から次へと新しいアイデアや表現が生み出されている。

人間の脳の学びには際限がない。 54 、遺伝子によって脳の機能が100パーセント決まるとしても、その潜在的可能性を尽くしてしまうということはありえない。長生きしても、せいぜい100年の人生。遺伝子の持つ可能性をすべて使い尽くすことなど、そもそも不可能なのである。

50

1　それに　　2　それとも
3　どうしても　　4　それから

51

1　に対する　　2　にとって
3　にしたがう　　4　に連れる

52

1　その調子がいい　　2　その調子が悪い
3　その次がある　　4　その場合がある

第四回

53

1　をめぐって　　2　を求めて
3　にかかわって　　4　においても

54

1　とはいえ　　2　ただ
3　たとえ　　4　すると

問題10　次の（1）から（5）の文章を読んで、後の問いに対する答えとして最もよいものを、1・2・3・4から一つ選びなさい。

（1）

海外の選手と試合や練習をして、大きな違和感を感じたのは、彼らが平気で「諦める」ということです。たとえオリンピックだろうが世界陸上だろうが、こりゃだめだと思ったら、日本人のように粘ったりしない。勝負ごとは根性、ハードル競技も最後は根性が物を言う、と信じている私には、それがとても理解できません。

たぶん、彼らのスポーツ観の根底にある「楽しむ」という気持ちのせいではないでしょうか。うまくいかないときだってあるさ、というクールな割り切りが、そこから生まれているように感じるのです。

55　それの指す内容として適当なものはどれか。

1　試合では根性が物を言うという信念

2　試合における日本人の粘り強い精神

3　海外選手の「楽しむ」という気持ち

4　海外選手が試合で潔く断念すること

(2)

下のメールは、笹原先生が楊先生に送ったものである。

国際交流センター　楊先生

いつもお世話になり、ありがとうございます。日本大学の笹原です。今年も残り僅かとなりましたが、いかがお過ごしでしょうか。

平素、本学の留学生募集に大変ご協力いただきありがとうございます。今年、本学に留学を希望しておられる7名の方、全員の「在留資格証明書」が届きましたので、宿舎の資料なども一緒にお送りしようと思います。送り先ですが、月曜日までにご連絡いただけませんか。

お忙しいところ恐れ入りますがよろしくお願いします。

56 このメールの主旨として最も適切なものは次のどれか。

1　普段の協力に感謝すること
2　年末のあいさつをすること
3　在留資格証明書を申請すること
4　担当者の連絡先を聞くこと

(3)

売り上げを伸ばすコツとは、はっきり書くと、「売れる人のマネをすること」なのです。例を挙げてみると、ある人のようになりたいと思っているのであれば、その人と一緒に過ごす時間を多くしたり、どのような思考をしているのかを確認して観察をすることなのです。このような方法は、営業職の場合だけではなく、スポーツの世界でも効果が出るそうです。ずっと人のマネをすることは良くないのですが、最初は優秀な先輩のマネをすることが良いのです。参考書などを読んで知識を深めることも良いとのことですが、最も重要なこととは行動することなのです。営業力をアップさせる営業のコツとは、現場に出てからの練習を沢山繰り返すことなのです。

57 筆者の考えでは、売り上げを伸ばすにはどうすれば一番いいか。

1 お客様と一緒に過ごす時間を多くする。
2 できるだけ観察して客様のまねをする。
3 優れた先輩をまねて自ら挑戦する。
4 参考書を読んで、たくさんの知識を身につける。

（4）

現代の商談は、時間の使い方が正否を左右すると言っても過言ではない。あなたの持ち時間は大事なリソースであり、会社の重要な営業ツールなのだ。同じ100万円の利益を上げた商談でも、時間を費やしていない方が実利は高いのだ。

この点をよく踏まえ、顧客に費やす時間を明確にしよう。商談時間は、ゼロサムゲームである。誰かに時間を使うと、他の顧客に使える時間が減る。同時に新規開拓の時間も少なくなるのだ。

成績を上げるには、客数を増やすか、成約率を上げるか、もしくはその両方しかない。ダメっぽい顧客は、勇気を持って切り捨てることで、見込み客を増やす時間を作れることを忘れてはいけないのだ。

58 筆者は商売のコツをどうとらえているか。

1 見込み客を捕まえるのが大変だから、懸命に商品を説明しなければならない。

2 成績を上げるには、客数を増やし、成約率を高めなければならない。

3 見込み客に時間を使うより、新規開拓に力を入れたほうがよい。

4 時間を無駄遣いしないように、見込み客を見極め、成約率を高めるべきだ。

（5）

自転車は車道か、歩道か。この古くて新しい議題をめぐって論議が起きている。道交法上は軽車両だから車道が原則だが、危険もある。とはいえ歩道では人を脅かす。歩道の通行規制を緩和する法改正案を国がまとめると、異論が出た。歩行者との事故がさらに増えかねないからだ。だが自転車で車にはねられて死傷する人も年に約15万にのぼる。（中略）手軽で、安全で、何より自分のペースで乗れる。自転車の持つ魅力を、どうしたら取り戻せるだろう。

59 筆者が言いたいのは次のどれか。

1 自転車のジレンマについて
2 自転車の便利さについて
3 自転車による事故について
4 自転車の魅力について

問題11　次の（1）から（3）の文章を読んで、後の問いに対する答えとして最もよいものを、1・2・3・4から一つ選びなさい。

（1）

米国人は、ひとの話を聞くときに、頭の中を自分の考えでいっぱいにして聞くが、日本の人は、白紙の空間をつくって聞く。

こういう観察を知日派の米国人学者が東大名誉教授に語ったそうだ。米国人がいつも「イエス」「ノー」と点検する態度で聞くのに対し、日本人はそういう「門番」を置かずに、聞いたことを頭の白紙の部分に取り込み、後で頭の別の所にしまってある自分の意見と照らし合わせるというのだ、と東大名誉教授は説明している。

たしかに、そういう違いを実感することは多い。それにしても面白い形容だ。例えば日米交渉の重要な節目で、相手の話にうなずきながら脳中で照らし合わせる作業をしているような場合、先方に早合点の誤解が生じることはないだろうか、などと想像力をかき立てられる。

日米の大学が、両国の「母子研究」を一緒にしたことがある。幼時の育ち方は、人々の成長後のあり方に当然大きな影響を及ぼす。研究の成果が新刊の東洋著『日本人のしつけと教育――発達の日米比較にもとづいて』に盛られている。日本でのしつけの特徴として「いい子アイデンティティー」という言葉が出てくる。子どもに「自分はいい子だ」と思い込ませ「いい子だからこうしなければ」と、自己規制力が働くのを期待する。欧米のしつけが「自分は悪い」と自覚させ「だからこう改めなければ」と思わせようとするのとはずいぶん［　A　］だという。

「いい子」には社会的な順応性がある。だが今後の流動的な社会では、自己確立のできた順応性ばかりに偏らぬ「いい子」を考える必要がある。米国型の自己主張には開拓時代と産業革命という背景があるが、状況は変わった。単なる順応ではない協調性と単なる自己主張ではない自立性を合わせた「自立的協調性とでもいうべきもの」が発達目標になり得る、という所見は示唆に富む。

60 そういう違いとあるが、どのような違いか。

1 アメリカ人も、日本人もまず相手の話を自分の頭に取り込んでから自分の意見と照合するところ
2 日本人は、他人の話を聞くときには頭の中を自分の考えでいっぱいにして聞くのに対してアメリカ人が「イエス」「ノー」と点検しながら聞くところ
3 アメリカ人が相手の話にうなずきながら頭の中で点検する作業をしているのに対して、日本人が相手の話を鵜呑みにした後で、自分で考えるところ
4 日本人が聞いたことを頭の白紙の部分に取り込んでから、後で上司に報告するのに対して、アメリカ人がすぐに上司に報告するところ

61 [A] に当てはまる言葉として正しいのはどれか。

1 対照的
2 意識的
3 可及的
4 観念的

62 この文章の最後の段落で筆者が言いたいことはどれか。

1 今後の流動的な社会では、自己確立のできた、社会に適応した順応性がとても必要である。
2 「いい子」になるためには、まず自己主張をはっきりして、自立性を持たなければならない。
3 「いい子アイデンティティー」は昔から伝えられてきたしつけなので、受け継がれなければならない。
4 今後の流動的な社会では、子供が自立性と協調性のバランスが取れた人間に育つのが望ましい。

(2)

人間には、身体的なエネルギーだけではなく、心のエネルギーというものもある、と考えると、ものごとがよく理解できるようである。同じ椅子に一時間座っているにしても、一人でぼーと座っているのと、客の前で座っているのとでは疲れ方がまったく違う。身体的に同じことをしていても、「心」を使っていると、それだけ、心のエネルギーを使用しているので疲れるのだ、と思われる。

そこで、人間はエネルギーの節約に努めることになる。仕事など必要なことに使うのは仕方ないとして、不必要なことに、心のエネルギーを使わないようにする人がある。そういう人間が何となく無愛想になってきて、生き方に潤いがなくなってくる。これとは逆に、エネルギーがあり余っているのか、と思う人もある。仕事に熱心なだけではなく、趣味においても大いに活躍している。いつも元気そうだし、いろいろと心遣いをしてくれる。

では、人間にはエネルギーをたくさん持っている人と、少ない人とがあるのかな、と思わされる。実はそうではない、人間の心のエネルギーは多くの「鉱脈」の中に埋もれていて、新しい鉱脈を掘り当てると、これまでとは異なるエネルギーが供給される。このような鉱脈を掘り当てることなく「手持ち」のエネルギーだけに頼ると、それを何かに使用すると、その分だけどこかで節約しなければならない。

63 疲れ方がまったく違うとあるがなぜか。

1 人間にはエネルギーをたくさん持っている人と、あまり持っていない人がいるから
2 心のエネルギーを使用することは、身体的なエネルギーを使用することより、疲れることだから
3 客がいるかいないかによって、エネルギーの使用の度合いが違うから
4 客がいるとき、人間はエネルギーの節約に努めることになるから

64 エネルギーがあり余っている人はどのような人か。

1　他の人に無愛想で、できるだけエネルギーを節約しようとする人
2　さまざまな活動をして、たくさんのエネルギーを所持している人
3　エネルギーを沢山持っていて、生き方に潤いがなくなっている人
4　不要なことにはエネルギーを節約する、いつも元気そうな人

65 この文章を通じて、分かることはどれか。

1　人間は、エネルギーを節約するために、不要なことに心のエネルギーを使わないほうがいい。
2　人間は、エネルギーを使うと、身体的なエネルギーの量が少なくなり、疲れてしまう。
3　心のエネルギーと身体的なエネルギーをバランスよく使うように心がけるべきである。
4　エネルギー量には個人差がなく、大量に使っても新たなエネルギーが供給される。

(3)

「お酒はいつもわたしの良き共犯者でした」とフランソワーズ・サガンは語っている。「といっても、わたしは人生を忘れるために飲んだことは一度もありません。逆に人生を加速させるためなのです」暗がりに歩を進めるとき酒は良き共犯者になるということだろうか。酒と麻薬を断ちきれなかったテネシー・ウィリアムズは『欲望という名の電車』のブランチにいわせている。「お湯から上がって冷たいものをグーッと一飲みすると、世の中がまるで真っ新（さら）になったように見えて来るの」ブランチの場合は、過去を断ちきるために酒の力が必要だった。

古来、酒の効用を説く人は多いが、一方では、アルコール中毒こそ人類の最大の悲劇の1つだという人もいる。ソ連のアル中および飲酒常習者は4,000万人もおり、うち1,700万人は病気の部類に入るという。酒が原因の死者は毎年100万人ともいわれ、アル中がもたらす国家的損失は天文学的数字になる。ゴルバチョフ書記長がアル中追放策に力こぶをいれるのもむりはない。アメリカではアル中患者は約1,000万人で、アル中による死者は年に20万人という推定もある。これも相当なものだ。厚生省研究班の調査で、日本のアル中患者は控えめに見ても約220万人、ということが分かった。日本人は解毒酵素の働きの弱い人が多い。[A]、あびるほど酒を飲める人が相対的に少ないはず、という常識からみれば、かなりの患者数である。アル中は今や地球的規模の難問なのだろうか。

専門家によれば、酔っ払うことを恥ずべき行為だとうけとる社会とそうでない社会では、アル中の型が違うそうだ。日本の場合は後者で、酔っ払って反社会的な行為にでることも寛大にみすごされる。イッキなどという幼稚な行為で急性アルコール中毒になり、他人に迷惑をかける。日本型アル中退治も容易ではない。

66 筆者が言いたいことは何か。

1 日本の社会は酔っ払いを大目に見るべきである。
2 容易なことではないが、過度の飲酒は控えたほうがいい。
3 酒が原因での死者がこれ以上増えてはいけない。
4 だれにとっても、過去を断ち切るためには酒の力が必要である。

67 [A] に入る言葉として、次のどれか。

1 したがって
2 しかし
3 あるいは
4 そのうえ

68 この文章によれば、酔っ払いに対し、日本ではどのような態度が取られているか。

1 酔っ払うことを恥ずべき行為だと受け取っている。
2 酔っ払いは地球的規模の難問である。
3 日本では酔っ払いに対して比較的寛容である。
4 反社会的な行為ではないので、気にしないほうがいい。

問題12　次のAとB二つの文章を読んで、後の問いに対する答えとして最もよいものを、1・2・3・4から一つ選びなさい。

A

忘れてはいけないと思うと、意地悪く、すっかり忘れてしまうくせに、早く忘れてしまいたいことが、いつまでも、頭にこびりついて離れないこともある。意のままにならないものである。

いやなことがあると、一刻も早く忘れたいと思うのは人情である。では、忘れるにはどうしたらよいのか。昔から、そのときすることが決まっていた。やけ酒を飲む。ぐでんぐでんに酔っ払って、泥んこのように眠ってしまう。目を覚ますと、ここはどこだ、というようになる。さしもの苦い出来事もだいぶ忘れているだろう。

こういう酒が体にいいわけがない。しかし、生きているのがいやになるような思いを抱いたまま、眠られない夜を過ごす、というのも、決して、健康的とはいえない、やけ酒は体にはつらい目をさせても、頭の中から有害なものを早く流しだしてしまおうというための一種の知恵である。忘却法としては最も原始的で、過激なものであろう。それだけに効果はある。

B

忘れるためにはやけ酒を飲むというのはどうかと思う。いくら効果的だといって、たえず、やけ酒をあおっていれば、頭はとにかく、体の方がまいってしまうのは必定。よほどのことでないかぎり、この手は使わないことだ。

僕の忘却法といえば、やはり酒を飲むことだ。「お前さんもやけ酒じゃないか」と非難されるかもしれない。しかし、やけ酒という飲み方とかなりの食い違いがある。何かいやなことを忘れるには、頭を掃除する必要がある。まさか、そんなときに、いちいちやけ酒を飲んだりする頓馬はない。

机を離れて、お茶を飲みに出てもいい。場所を変えると、気分も変わる。これはいわゆる一種の気分転換だ。気分一新する。それに、飲み物を入れると、また、気持ちが変わる。こういうときの飲み物のことを英語でリフレッシメンツという。日本語で言い換えれば、「気分をさわやかにする」ということだ。やけ酒ほど激しくないにしても、口にものを入れることで、それまで頭の中にあるものを流し、整理できる。忘れる効果がある。

69 Aは、なぜやけ酒を飲むことを勧めているのか。

1 意のままにならないことが多いから
2 体には悪いが、それだけの効果があるため
3 やけ酒を飲んでいやなことでもだいぶ忘れてしまうから
4 いやなことを聞き落とさないようにするため

70 AとBで共通して述べられていることは何か。

1 いやなことを忘れて頭を掃除するには、酒が多少効果的である。
2 気分転換をすると、どんないやなことでもすぐに忘れられる。
3 机を離れて、お茶を飲むことはいわゆる一種の気分転換になる。
4 いやなことを忘れるためには、思う存分にやけ酒を飲んだほうがいい。

問題13　次の文章を読んで、後の問いに対する答えとして最もよいものを、1・2・3・4から一つ選びなさい。

ちょっと過激な表現に聞こえるかもしれませんが、優秀な営業マンは、上手にお客さんを捨てることができているものです。「これ以上商談を続けても、契約が成立する見込みは薄いな」と判断したときに、スパッと見切ります。そして自分の時間とエネルギーを、見込みの薄いお客さんに対してではなく、新しいお客さんに注ぐことで、高い成績を維持しているのです。

逆に成績が伸びない営業マンほど、見込みの薄いお客さんや案件を引きずってしまいがちです。そして結局商談が不調に終わってしまい、時間ばかりをロスしてしまうわけです。

ですから営業成績を伸ばしたいなら、「お客さんを捨てる力」や「見切る力」がとても大切になります。とはいうものの「捨てろ」と言われても、「そんな勇気は持てない」という人がほとんどでしょう。捨てるということは、そのお客さんとの商談が成立する可能性を自分からゼロにしてしまうことを意味します。お客さんの方から断られてしまったのならまだしも、自分の方から断ってしまうなんて、もったいないという意識がどうしても生じがちです。

また捨てれば捨てるほど、手持ちの顧客リストの数もどんどん少なくなってしまいます。「自分にはたったこれだけのお客さんしかいないのか」と思うと不安になり、たとえ見込み薄のお客さんでも確保しておきたいという気持ちが強くなってしまう。だから捨てられないのです。こうした不安感がある中で、なぜ優秀な営業マンは捨てることができるのでしょうか。捨てられない営業マンと何が違うのでしょうか。それは「持っている情報量の差」だと私は思っています。捨てられない営業マンは、お客さんや商談の状況についての情報が圧倒的に不足しています。上司から営業活動の進捗状況を聞かれたときも、曖昧な返事しかできません。

実はこちらが見切りをつけると、しばらくして逆にお客さんの側から連絡が来ることがよくあります。「ご提案いただいた例の件ですが、ぜひ契約を結ばせてください」といった電話がいきなりかかってきたりするのです。

営業マンがお客さんを追いかければ、お客さんは逃げていく。営業マンが一歩引くと、お客さんの方から近づいてくる。何だか男女間の恋愛の駆け引きに似ていますが、そういうことがしばしばあるのです。

ともあれ営業マンは、「見込みが薄い」とお客さんは、勇気を持って捨てることが大事。みなさんも多面的な観点からお客さんについて情報収集をしながら、「お客さんを捨てるか捨てないか」を判断するための決断力を磨いてください。

「捨てる力」があなたの営業力を高めます。

71 見込みの薄いお客さんとあるがどういう意味か。

1 購買欲がほとんどない客
2 契約する確率がとても高い客
3 見込みのある貴重な顧客層
4 ライバル企業のスパイ

72 こうした不安感とあるがどういう不安か。

1 優秀な営業マンについていけないのではないかという不安
2 社長に進捗状況を聞かれるのではないかという不安
3 結局商談が不調に終わってしまうのではないかという不安
4 客を確保できないのではないかという不安

73 この文章で筆者が最も言いたいことはどれか。

1 たとえ見込みの薄い顧客に対してでも、慎重に対応して最後まで付き合う必要がある。
2 売り上げを伸ばすには多面的な観点から顧客について情報収集をする必要がある。
3 優秀な営業マンは上手にお客さんを捨てることができるので、そのことについて彼らに教えてもらう必要がある。
4 相手があまり買う気がないのにゴリ押しで進めていくのは迷惑だろうし、時間の無駄でもあるから、勇気を持って見込みのない顧客は切り捨てたほうがいい。

第四回

問題14　次の文章は、ある銀行でクレジットカードを申請する時の注意点について書かれたものである。内容を読んで、質問に答えなさい。下の問いに対する答えとして最もよいものを、1・2・3・4から一つ選びなさい。

クレジットカード申請時の注意点
クレジットカードは普段の生活でも役に立ちますが、旅行では特にその便利さを発揮します。そのため海外旅行をきっかけにクレジットカードを取得する人がかなりの数になるようです。 退職や転職などでまとまった時間が取れるようになり旅行や留学へ行く人が多いようなのですが、このような方はクレジットカードを申請する際に注意が必要です。 クレジットカードの審査基準の一つに就職しているかどうかということがあります。つまり無職や学生の方は審査が通りにくいということです。 また所有しているクレジットカードの保有数・使用状況なども審査に影響します。 クレジットカードを取得する予定の方、特に退職する方や無職・学生の方は次のポイントに注意して申請してください。 ポイント1 クレジットカードは退職の2週間以上前に作成する。 たいていのクレジットカード会社は審査の際に職場に電話して在職中であるかどうかを確認します。この確認の電話は1－2週間以内にかかってきます。それまではがんばって退職は我慢しましょう。 この場合の電話は本人が在職しているかを確認するだけですから、雇用形態（正社員・派遣・アルバイト）や年収などは通常確認することはありません。

ポイント2

学生の方は卒業前もしくは20歳前に申請しましょう。

20歳未満の学生の方への審査の基準は本人でなく保証人である親を審査します。ただし学生の場合は学校を突然止めていなくなる可能性が低いこともあり、親の判子さえもらえれば学生向けのクレジットカードだけでなく一般のクレジットカードも審査は通る場合が多いようです。

ポイント3

20歳以上の学生の場合は学生向けのクレジットカードをねらいましょう。卒業後には一般カードに切り替える必要がありますが、自動的に切り替わる会社や審査が甘くなる場合が多くなります。

そのため卒業後に留学やフリーター等をする予定の方は卒業前に作成したほうが審査が通りやすいといえます。

学生の方には学生用クレジットカードがおすすめです。

74 退職を控えた人のクレジットカード申請について、正しいのは次のどれか。

1 まもなく退職する予定なので、審査が通りにくい。
2 銀行側は通常、申請人の収入を確認することになっている。
3 銀行側は通常、申請人の雇用状態を確認することになっている。
4 クレジットカード会社は申請人が在職しているかどうかだけを確認する。

75 学生のクレジットカード申請について、正しいのは次のどれか。

1 年齢を問わず、一般学生は申請できない。
2 20歳未満の学生への審査では、保証人が審査の基準になる。
3 年齢を問わず、親の判子が必要である。
4 20歳未満の学生への審査では、本人が審査の基準になる。

聴解（50分）

注意

Notes

1. 試験が始まるまで、この問題用紙を開けないでください。

   Do not open this question booklet before the test begins.

2. この問題用紙を持って帰ることはできません。

   Do not take this question booklet with you after the test.

3. 受験番号と名前を下の欄に、受験票と同じように書いてください。

   Write your examinee registration number and name clearly in each box below as written on your test voucher.

4. この問題用紙は全部で5ページあります。

   This question booklet has 5 pages.

5. 問題には解答番号の1、2、3…が付いています。解答は解答用紙にある同じ番号のところにマークしてください。

   One of the row numbers 1,2,3... is given for each question. Mark your answer in the same row of the answer sheet.

受験番号 Examinee Registration Number	

名前 Name	

問題1

問題1では、まず質問を聞いてください。それから話を聞いて、問題用紙の1から4の中から、最もよいものを一つ選んでください。

1番

1　家へ戻ります
2　注文します
3　お調べします
4　記録します

2番

1　バスで行くことにします
2　電車で行くことにします
3　列車で行くことにします
4　タクシーで行くことにします

3番

1　フランス語の先生に電話します
2　英語の先生に電話します
3　韓国語の先生に電話します
4　佐藤先生に電話します

4番

1　テレビ局の仕事
2　派遣社員の仕事
3　野菜販売の仕事
4　物を書く仕事

5番

1　電話で買う
2　店で買う
3　コンビニで買う
4　ネットで買う

問題2

問題2では、まず質問を聞いてください。そのあと、問題用紙の選択肢を読んでください。読む時間があります。それから話を聞いて、問題用紙の1から4の中から、最もよいものを一つ選んでください。

1番

1　男の世話になったから
2　女の世話になったから
3　しつこいセールス電話だから
4　化粧品が好きではないから

2番

1　吉田さん
2　吉村さん
3　井上さん
4　金原さん

3番

1　8人です
2　7人です
3　6人です
4　5人です

4番

1　雨が降っています
2　雨が降りそうです
3　雨が降りました
4　晴れています

5番

1　お菓子
2　本
3　虫
4　果物

6番

1　ヨガが好きだから
2　サンバが嫌いだから
3　コミュニケーションの相手がいないから
4　苦労しなければならないから

問題3

問題3では、問題用紙に何も印刷されていません。この問題は全体としてどんな内容かを聞く問題です。話の前に質問はありません。まず、話を聞いてください。それから質問と選択肢を聞いて、1から4の中から、最もよいものを一つ選んでください。

問題4

問題4では、問題用紙に何も印刷されていません。まず、文を聞いてください。それから、それに対する返事を聞いて、1から3の中から、最もよいものを一つ選んでください。

問題5

問題5では長めの話を聞きます。この問題には練習はありません。メモをとってもかまいません。

1番、2番

問題用紙に何も印刷されていません。まず話を聞いてください。それから、質問と選択肢を聞いて、1から4の中から、最もよいものを1つ選んでください。

3番

まず話を聞いてください。それから、二つの質問を聞いて、それぞれ問題用紙の1から4の中から、最もよいものを一つ選んでください。では、始めます。

質問1

1　家賃と部屋の広さ
2　日当たりと部屋の広さ
3　家賃と部屋の位置
4　日当たりと風通し

質問2

1　古くて駅から近い部屋
2　広くて駅から近い部屋
3　駅から遠くても新しい部屋
4　安くて風通しのよい部屋

全真模擬試題　第五回

★ 言語知識（文字・語彙・文法）・読解

★ 聴解

言語知識（文字・語彙・文法）・読解（105分）

注意

Notes

1. 試験が始まるまで、この問題用紙を開けないでください。

   Do not open this question booklet before the test begins.

2. この問題用紙を持って帰ることはできません。

   Do not take this question booklet with you after the test.

3. 受験番号と名前を下の欄に、受験票と同じように書いてください。

   Write your examinee registration number and name clearly in each box below as written on your test voucher.

4. この問題用紙は全部で30ページあります。

   This question booklet has 30 pages.

5. 問題には解答番号の1、2、3…が付いています。解答は解答用紙にある同じ番号のところにマークしてください。

   One of the row numbers 1,2,3... is given for each question. Mark your answer in the same row of the answer sheet.

受験番号 Examinee Registration Number	

名前 Name	

問題1　＿＿＿＿の言葉の読み方として最もよいものを、1・2・3・4から一つ選びなさい。

1　仲間同士が助け合ってこそ、私たちの仕事は成立します。
1　なかかん　　2　なかま
3　ちゅうかん　　4　ちゅうま

2　この家では太い柱が使われている。
1　おおきい　　2　ひどい
3　つよい　　4　ふとい

3　多くの昆虫は光に反応して集まる習性をもっています。
1　はんえい　　2　たんおう
3　ほんのう　　4　はんのう

4　泥棒に財布を盗まれてお金がなくなってしまった。
1　のぞまれて　　2　なやまれて
3　ぬすまれて　　4　にらまれて

5　日本人の平均寿命は世界一を誇っています。
1　へいきん　　2　へいせい
3　へいこう　　4　へいぜい

問題2　＿＿＿＿の言葉を漢字で書くとき、最もよいものを、1・2・3・4から一つ選びなさい。

6　最近はかなり安い価格ではんばいされている物も多いです。

1　売買　　　2　販買

3　販売　　　4　反売

7　パソコンを買って、ふところが寒くなりました。

1　肌　　　2　懐

3　骨　　　4　畑

8　ホテルのスタッフが荷物をはこんでくれた。

1　運んで　　　2　転んで

3　引んで　　　4　越んで

9　「英語であそぼう」という教育テレビのばんぐみを毎日見ています。

1　蓋組　　　2　審組

3　番狙　　　4　番組

10　ゴミをぶんるいして処理しなければならない。

1　分頻　　　2　分類

3　分類　　　4　分頭

問題3 （　　）に入れるのに最もよいものを、1・2・3・4から一つ選びなさい。

11 光熱（　　）が高すぎて困っています。

1 用　　2 費
3 金　　4 銭

12 水は生命にとって（　　）可欠な存在です。

1 未　　2 無
3 副　　4 不

13 周りにコンビニなどはありませんが、ホテル（　　）には自動販売機があります。

1 辺　　2 付
3 内　　4 帯

14 ドイツワインは、アルコール（　　）が低いです。

1 分　　2 点
3 高　　4 差

15 二人の結婚式は（　　）公開で進行し、家族や友人、親類などだけが参加した中で静かに行われた。

1 少　　2 非
3 否　　4 欠

問題4 （　　）に入れるのに最もよいものを、1・2・3・4から一つ選びなさい。

16 青い空に白い雲が（　　）浮かんでいる。

1 ふわふわ　　2 ふらふら
3 ばたばた　　4 ぼろぼろ

17 イギリスの大学生が自転車で動く洗濯機を（　　）して話題を呼んでいる。

1 発現　　2 発見
3 発展　　4 発明

18 私は毎日きちんと栄養の（　　）が取れた食事をしている。

1 パーセント　　2 バランス
3 バーベキュー　　4 ベスト

19 彼は（　　）でうそがつける人だ。

1 平気　　2 平和
3 平凡　　4 平日

20 皆に「知らない」と言われると、（　　）気になるのが人間である。

1 なおさら　　2 ふだん
3 再び　　4 秘かに

21 嫌いじゃない人と歩く時でも話が（　　）ことがあります。

1 述べない　　2 弾まない
3 解かない　　4 捻らない

22 大変な仕事を（　　）しまいましたが、やりがいがありました。

1 引っ張って　　2 引き止めて
3 引き受けて　　4 引っくり返して

問題5 ＿＿＿の言葉に意味が最も近いものを、1・2・3・4から一つ選びなさい。

23 予約するならできるだけ早めにお願いします。

1 なるべく　2 なるほど
3 なにより　4 なにしろ

24 このお店は駅から離れているのにお客さんが大勢見えています。

1 近い　2 遠い
3 乗っている　4 隔てている

25 ここからの眺めはすばらしいです。

1 気持ち　2 雰囲気
3 景色　4 背景

26 40歳になって、本気で健康のことを考えるようになりました。

1 真剣に　2 気軽に
3 不思議に　4 本当に

27 12月の東京への出張の日程が決まりました。

1 ハイキング　2 プログラム
3 スケッチ　4 スケジュール

問題6　次の言葉の使い方として最もよいものを、1・2・3・4から一つ選びなさい。

28　控える

1　お金は大事だが、お金に控えられてはいけない。
2　海外へ出張するので、日本円をドルに控えなければならない。
3　株式をたくさん所有する人は、その会社を控えることができる。
4　最近、車を運転することが多いのでお酒を控えている。

29　熱中

1　最近、町でゲームに熱中している子供をよく見かけます。
2　いろいろ熱中に教えていただき、ありがとうございます。
3　お店の方の熱中に甘えて傘をお借りしました。
4　数多くのファンたちが彼の到着を熱中に歓迎しました。

30　納得

1　「よかったらどうぞ」と言われたので、遠慮なく納得しました。
2　増税を主張する首相は国民に納得のいく説明をする必要がある。
3　国民は法律に定められた税金を納得しなければならない。
4　この歌は子供たちから絶大な人気を納得している。

31　望ましい

1　大学院への進学に望ましい学生が増えています。
2　自然環境はありのままの姿が望ましい。
3　お金を持っているが忙しい人は、暇な人が望ましい。
4　徹君は誠実で責任感のある望ましい人だ。

32　似合う

1　本物と似合っているから、つい買ってしまいました。
2　私は姉妹二人ですが姉妹どちらも両親に似合いません。
3　私の考えでは、子供はやはり明るい色が似合います。
4　私はどちらかというと、父より母の性格に似合います。

問題7　次の文の（　　）に入れるのに最もよいものを、1・2・3・4から一つ選びなさい。

33　親が、日々の子供の成長ぶりを見る（　　）、「この子は天才じゃないだろうか」と本気で思ってしまうことがある。

1　につけ　　2　につき
3　に基づいて　　4　にもかかわらず

34　国勢調査（2000年）に（　　）、わが国の老年人口は2,201万人（総人口の17.3%）で、約6人に1人が高齢者である。

1　しては　　2　しても
3　限らず　　4　よると

35　難しい理屈は（　　）して、ただ食生活を改善すれば誰でもきれいに健康になれる。

1　ぬきに　　2　もとより
3　ともかく　　4　どうにか

36　地震によってガス設備が被害を受けた（　　）ならず、多くの家庭でガスの供給が停止した。

1　だけ　　2　しか
3　のみ　　4　ばかり

37　金融市場というものがフリー、フェア、グローバル、この三原則の（　　）実行されて、そして活性化するようにということなのである。

1　ために　　2　せいで
3　もとに　　4　一方

38　考えれば考える（　　）意味が分らなくなってきました。

1　だけ　　2　ほど
3　くらい　　4　なら

第五回

39 その棚の上に私のかばんを（　　）よろしいでしょうか。

1　お置きになっても　　2　置かせてくださっても
3　置いてくださっても　　4　置かせていただいても

40 連絡がとれなかった（　　）、残念な結果になってしまった。

1　もかまわず　　2　ばかりに
3　わりに　　4　だけに

41 この七年間、結核や脳血管疾患などの死因は減少した（　　）、糖尿病、ガン、心疾患などの死因が増加した。

1　上に　　2　にせよ
3　反面　　4　わりに

42 技術の進歩は望ましいものであり、それを逆転させる（　　）。

1　べきではない　　2　ないわけにはいかない
3　わけがない　　4　ほかない

43 この写真は、他人に自慢して見せる（　　）よい写真ではない。

1　だけの　　2　までの
3　さえの　　4　ほどの

44 西の空に重なった雨雲の群れがあった。この分では、あと一週間や十日では雨季は終わる（　　）。

1　ことだ　　2　ものだ
3　ようがない　　4　まい

問題8　次の文の＿★＿に入る最もよいものを、1・2・3・4から一つ選びなさい。

（問題例）

あそこで＿＿＿ ＿＿＿ ＿★＿ ＿＿＿は山田さんです。

1　テレビ　　2　見ている　　3　を　　4　人

（解答の仕方）

1.　正しい文はこうです。

あそこで＿＿＿ ＿＿＿ ＿★＿ ＿＿＿は山田さんです。 **1　テレビ　3　を　2　見ている　4　人**

2.　＿★＿に入る番号を解答用紙にマークします。

（解答用紙）

（例）	①　●　③　④

45　いつも健康で体の調子が良いとは限らない。風邪を引くことも＿＿＿、＿＿＿ ＿★＿ ＿＿＿ある。

1　高い熱が出る　　2　あれば

3　も　　4　こと

46　最近、この本を再読した。＿＿＿ ＿＿＿ ＿★＿ ＿＿＿、相当に深い内容をもった作品である。

1　本　　2　子供

3　というには　　4　向けの

第五回

47 『日本書紀』などは、百済が、日本に_____ _____ ★ _____日本に仏教が広まったと伝えている。

1 きっかけに　　2 を

3 の　　4 仏像を送った

48 私は母に日頃の_____ _____ ★ _____と思いました。考えて考えて、私は母の日の当日にお母さんと買い物に行きました。

1 を　　2 何かあげよう

3 こめて　　4 感謝の気持ち

49 言葉遣いは、_____ _____ ★ _____、そんなに簡単には変わりません。

1 日々身についた　　2 過程で

3 ものだから　　4 長年育ってきた

問題9　次の文章を読んで、50から54の中に入る最もよいものを、1・2・3・4から一つ選びなさい。

勉強なら勉強、スポーツならスポーツ、といったように、一流になるには、小さい頃からそのジャンルに専念しないといけない時代のようです。勉強を例に取ると、専念するためには、勉強以外のことは 50 やらないほうがいいはず。そのため、一流を目指す子供は、高校生や大学生になっても、身の回りのことを母親が手伝っています。「自分でやるより」、「 51 」ほうが、必要なことに専念できるからです。食事、着物、入試の願書まで全部母親に任せる。子供は身の回りのことをしないで勉強に専念できますが、友人付き合いや、異性との付き合い、部活などにも熱心ではなくなります。遊び 52 、気分転換にテレビゲームをする程度。 53 、専念していることの邪魔にはならないからです。

しかし、彼らがのちに挫折するとどうなるか。一流高校、一流大学への戦いの「負け組」になると、負けた劣等感を心に深く刻みます。親の期待や自分の理想と現実のギャップが 54 と、不登校や無気力状態となり、自分の世界に引きこもってしまう場合もあります。

50

1　ならば　　2　なるべく
3　なくても　　4　すべく

51

1　やってもらう　　2　やってあげる
3　やってくれる　　4　やってやる

52

1　とは　　2　ときたら
3　とすると　　4　といえば

53

1　これから　　2　これなら

3　これには　　4　それから

54

1　ない　　2　少ない

3　大きい　　4　小さい

問題10　次の（1）から（5）の文章を読んで、後の問いに対する答えとして最もよいものを、1・2・3・4から一つ選びなさい。

（1）

日本人にはテクニックという言葉に抵抗を感じる人が多いらしい。テクニックという言葉は常に否定的に扱われる。テクニックは本質と関わりのない小手先の表面的な技術だとみなされる。

しかし、言うまでもないことだが、テクニックがあるから、物事を実践できる。理念だけ、理論だけでは何もできない。理念を実践するには、それなりのテクニックが必要だ。いくら理想が高くてもテクニックが無ければ、物事を実行できない。私は人生のほとんどがテクニックだと考えている。

55　筆者はテクニックをどのように考えているのか。

1　テクニックは表面的なものなので、理論が何よりも重要である。
2　テクニックは物事の本質と関わっている表面的な技術である。
3　テクニックがなくても、理想が高ければ、何でも実行できる。
4　テクニックがあってはじめて、理論を現実のものとして実現できる。

(2)

愛想がよいことと人から好かれることは異なる。愛想はよいが、まったく人好きのしない人はたくさんいるだろう。愛想がよければ、確かに、初対面ではよい印象を持たれる。しかし、化けの皮はだんだんはがれてくる。人間関係は日々の積み重ねによって成り立っている。人間をばかにしてはいけない。無愛想でもよい。そんな人間は、初めはとっつきにくい印象を持たれるだろう。だが、コミュニケーションしているうちに、印象が修正され、あとになって深く相手に気に入ってもらうことはできる。

56 愛想について、この文章から分かることは何か。

1 愛想がよくないと、当然のことだが、人から気に入れられることが少ない。

2 だれでも、人に気に入ってもらうためには、愛想のよい人間にならなければならない。

3 愛想がよいのはよいことだが、無愛想だからといって良い人間関係を築けられないとは限らない。

4 愛想のよくない人間が無理やり愛想を良くしようとすると、人間関係がうまく行くようになる。

(3)

どんな仕事でも好調、不調の波があるものである。ひどいスランプに陥ったり、心身のリズムを乱したりする。しかし、名人や達人と呼ばれる人の場合、そんな不調を訴えることが少ないのだ。

では、なぜ名人や達人に不調が少ないのか。その理由を考えてみると、「自然に逆らわない」ということに気づく。いわゆる「肩の力が抜けている」のである。肩の力がすっかり抜ければ、体には不自然な力はかからない。だから、いつでも自分の実力を発揮できるのである。これが、名人や達人が無意識のうちにやっている平常心の極意といえるかもしれない。

57 名人や達人に不調が少ないとあるが、その理由を筆者はどう考えているのか。

1　自分にプレッシャーをかけないで、おだやかな心でいられるから

2　名人や達人たちが自分の実力よりも自然の力を大切に思っているから

3　名人や達人たちが不自然な力を持っており、不調を抑制できるから

4　精神を鍛えているので、どんな場合でも絶対に不調を訴えないから

(4)

私は、コミュニケーションの基本は「世界と世界のすり合わせ」だと考えている。お互いの持っている世界をすり合わせることで、話題を見つけ、新しい意味を見つけ出していく。これが楽しくクリエイティブなコミュニケーションの関係だ。通常のコミュニケーションの場合は、お互いに「好きなものマップ」を持って話をするわけではない。だから相手が何を好きなのかということについて、いろいろな質問をしながら探っていく。相手が好きなことについて話すことができれば、関係はうまく進んでいく。

58 筆者は「コミュニケーション」について、どう考えているか。

1 人間が自分のことばかり話せば、コミュニケーションができる。

2 「好きなものマップ」を持って話し合えば、コミュニケーションができる。

3 自分が何を好きなのかを相手に伝えれば、関係はうまく進んでいく。

4 相手の趣味などを聞きながらやりとりをしたほうが、効果がある。

(5)

人と人はあくまでも他人同士だ。ものの見方が違うし、感受性が違う。人との語り合いの場で、僕たちは相手にすぐに通じないからといって簡単に諦めたりはしない。自分のものの見方・感じ方と他人のそれとの間に大きな溝があるということは、いろいろな関わりの中で、十分に体験済みである。それで相手になかなか通じない時には、何とか分かってもらおうと語り直すことになる。相手の見方・感じ方の見当をつけ、相手の視点に立って受け入れやすい論理を考え直しつつ、語っていく。

59 筆者は、相手になかなか通じない時、どうしたらいいと述べているか。

1 相手の立場に立って、視点を変え、自分の論理を考え直したほうがいい。

2 自分のものの見方や感じ方について相手が分かるまで説明したほうがいい。

3 相手に自分の立場に立ってもらい、自分の論理を見直してもらったほうがいい。

4 自分の考えを相手に伝えるには、自分と他者の差を埋めたほうがいい。

問題11　次の（1）から（3）の文章を読んで、後の問いに対する答えとして最もよいものを、1・2・3・4から一つ選びなさい。

（1）

兵庫県の但馬地方で農業を営む奥義雄さん（72）から、今年はキンモクセイの花が遅かったと便りをもらった。電話で聞くと、身近な自然を観察しながら、長く日記をつけてきた方だという。［　A　］9月19日ごろから甘い香りが漂うのに、今年は気配がなかった。あきらめかけた10月3日にやっと匂ってきた。ここ35年で、これほど遅いのは初めてという。「酷暑の影響でしょうか。自然の歯車がおかしい」と案じておられた。9月の残暑も記録的だった。暑さだけではない。雨無しの日が長く続き、降れば滝のように叩きつける。そんな、「渇水か豪雨か」の二極化も著しい。自然の歯車の、もろもろの変調の背後に、地球温暖化の不気味な進行が見え隠れしている。その温暖化が、米国の前副大統領アル・ゴア氏へのノーベル平和賞で、くっきり輪郭を現してきた。もうだれも目を背けられないという焼き印が押された。氏は「伝道師」を自任して啓発を続けている。今回の受賞は、その評価を超えて、世界に「今すぐの行動」を求めた鐘の音でもあろう。「上農は草を見ずして草を取る」という言い習わしがある。良い農夫は雑草が芽を出す気配を知って摘み取る、の意味だ。「中農は草を見て草を取り、下農は草を見て草を取らず」と続く。温暖化に対し、私たちに「上農」の聡明さはなかったようだ。せめては「中農」の愚直さで向き合わないと、地球は危うい。下農にはなるな――キンモクセイの遅咲きは、自然の鳴らす、ひそやかな鐘とも聞こえる。

60　［　A　］に入る最も適当な言葉はどれか。

1　いつまでも
2　いつもなら
3　いつものとおり
4　いつの間にか

61 「渇水か豪雨か」の二極化も著しいとはあるがなぜか。

1 今年は記録的な残暑のために、暑い日が続いているから
2 天候不順のために、梅雨が長引き、毎日雨が降っているから
3 キンモクセイの花がなかなか咲かず、開花がいつもより遅いから
4 人間の営みのせいで、地球の調子がおかしくなってしまったから

62 筆者が考える「上農」とはどのような人か。

1 何かまずいことが起こる前に、急いで対策を打つような人
2 大変なことが起こったあとで、再発防止のために手を打つような人
3 とんでもない間違いをしてしまった後で、事件の後片付けをするような人
4 畑の仕事が上手で、農作物の手入れを丁寧にするような人

(2)

テレビのもたらす影響力の大きさは述べるまでもないだろう。テレビから流される映像は、特定の場面を恣意的に切り取った現実であり、現実そのものではない。ところが、映像を見せられると、その場面がすべてであるような印象を受けてしまう。映像からの情報は、言語を介した情報に比べると膨大であり、映像の外で起きていることに対する想像が働きにくいといえる。

映像からの情報は圧倒的な力を持って人々に迫ってくる。テレビではショー化された現実が不特定多数に一気に流されるのだ。健康増進やダイエットの方法が取り上げられると、すぐさまに流行が生まれる。ここ10年ほどの間でも、ダンベル体操やヨーガなど、新しい流行が入れ代わり立ち代りに現れた。情報を得て参考にする程度のつもりだったはずが、知らないうちに流される情報に呑み込まれてしまう。

現代社会が提供するモノや情報は、今後ますます増えるに違いない。逆に制限されたりすれば、そのことの弊害も大きい。

63 テレビのもたらす影響力について、筆者はどう述べているか。

1 テレビの映像は特定の場面を切り取ったものなので、言語情報より想像が働きにくい。

2 言語の情報より大きな影響力があるので、知らないうちに支配されてしまう。

3 言語の情報が不特定多数に一気に流されるから、健康増進に役立つと期待できる。

4 映像情報は特定の場面を切り取ったものなので、現実をそのままに伝えることができる。

64 映像からの情報について筆者の考えと合っているのはどれか。

1 映像からの情報は今後も増える傾向があるので、それを抑えることが必要だ。

2 映像からの情報は現実社会からのものなので、それを参考にするべきだ。

3 映像からの情報を不特定多数に流さないように心がける必要がある。

4 映像からの情報はこれから増えるだろうが抑制する必要は無い。

65 筆者は、消費者として、どうすればよいと述べているか。

1 映像を見た時には、それがすべてうそであるように考えればよい。

2 映像情報を参考にして、ヨーガやダイエットをすればよい。

3 映像情報は必ずしも現実そのものとは限らず、選別力を鍛えるべきだ。

4 映像情報は想像が働きにくいので、よく吟味する必要がある。

(3)

このごろの若い人の書く文章はなっていない。年配の人たちの口からよくこういった言葉が聞かれるが、文章が下手なのは若い人に限らない。そういうご当人たちだって、決して、立派な文章を書いているわけではない。日本人はどうも一般に文章が下手なようである。

我が国では文学者自身もあまり文章がよくないのではなかろうか。もう少し立派な文章を書いてもらいたいと思うことが少なくない。例外は漫画家と科学者で、概して達意の文章を書く人が多いようである。面白い現象と言うべきであろう。

下手な文章なら書きなぐりに書いているのかというと、決してそうではない。読んでこんな文章かと思われるようなものでも、書く方では、血のにじむような苦労をしていることが多い。小説家が書き出しを書きあぐねて、書崩しが山のようになるというような話を聞くことも珍しくない。

上手だから苦労しなくてもよい。下手だからこそ苦労するのかもしれない。日本人は文章の下手なためにどれくらい損をしているか分からない。文章がうまく書けないために、思想が充分表現できないこともあろう。新しい思考を深める妨げになることもあろう。

下手とか上手とかいうのは当たらないかもしれない。文章のバックボーンがなくて、へなへなと貧弱なのである。そういう文章で大思想を支えようというのは無理な話である。われわれは今、文章を書く修練について根本的な再検討を加えるべき時期に来ている。

66 日本人の文章力について、筆者はどう述べているか。

1 若い人の文章は下手だが、年寄りの文章は案外上手である。

2 年配の人の文章は下手だが、若者の文章は案外上手である。

3 批判している人は当然ながら、立派な文章を書いている。

4 若者だけでなく、年寄りもどうも文章が下手なようである。

67 面白い現象とあるが何が面白いのか。

1 文学者はだいたいよい文章を書いているが、科学者の文章が下手であること

2 文学者は文章が下手だが、漫画家よりも上手な漫画を創作していること

3 文学者でも満足な文章が書けないが、漫画家や科学者が達意の文章を書いていること

4 書きなぐっているから、漫画家と科学者には達意の文章を書く人が多い。

68 筆者は、文章を書くとき、何が一番大事だと述べているか。

1 書く方では、血のにじむような苦労をするのが一番大事だ。

2 文章を書くとき、日本人には理論の支えとなる背骨が必要である。

3 日本人は文章を書くとき、新しい思考を深めなければならない。

4 日本人は文章を書く前に、文学者の作品を読んで真似をしたほうがいい。

問題12　次のAとB二つの文章を読んで、後の問いに対する答えとして最もよいものを、1・2・3・4から一つ選びなさい。

A

「あきらめる」ということは、悪いイメージを抱きすぎるように思う。私は「あきらめる」ことは、そんなに悪いことだろうか、「あきらめる」ことにも、いいことがたくさんあると思っている。

たとえば「ここであきらめてしまったら、何もなくなってしまう。ここまでやってきたことが無駄になる」という人がいる。ほんとうにそうだろうか。山登りで、危うく遭難しかかったという経験を持つ人の話を聞くと、よく「あの地点であきらめて、引き返せばよかった。そうしておけば、あんな危ない目に遭うことはなかった」といった話が出てくるものだ。山登りだけではない。人生でも同じではないのか。過去をふり返ってみたときに「あの時点で、あきらめておけばよかった」と後悔している人は、たくさんいるのではないかと思うのだ。

B

私と同様、多くの方は「諦めること」が悪いことだと思っているようです。なぜなら諦めることは失敗を意味し、根気のない人間の代名詞だから。それに引き替え、諦めないことは成功につながります。

「○○だからできない」というのは簡単です。そうではなくて、「こうすればできる」という前向きな発想で、最後まであきらめない。進ちょくが遅れた状況を無視したり隠したりするのではなく、現実として認めたうえで、「じゃあ、どうする、どう改善する、どこから手を付ける」という、最後まであきらめない姿勢がプロジェクト全体にいきわたれば、活路は見いだされます。すくなくとも、「○○だからできない」と思考を停止してしまっては、そこですべてが終わってしまいます。

69 ＡとＢの意見が一致しているのはどれか。

1　諦めないことが、いつか成功につながる。

2　途中で諦めると何もなくなってしまう。

3　世間は諦めることはマイナスのことだと思っている。

4　諦めることはマイナスで悪いことだ。

70 ＡとＢは、諦めることについて、どう述べているか。

1　Ａは諦めることには悪いイメージがありどんな場合でも諦めないほうがいいと述べ、Ｂは諦めないことは前向きな発想だと述べている。

2　Ａは諦めることは場合によっては良いことになると述べ、Ｂは成功するには諦めないことが肝心だと述べている。

3　Ａは経験を持つ人ほど諦めない人が多いと述べ、Ｂは途中で諦めないで改善をすればよいと述べている。

4　Ａは諦めたことを後悔する人が多いと述べ、Ｂは諦めればすべてが終わってしまうと述べている。

問題13　次の文章を読んで、後の問いに対する答えとして最もよいものを、1・2・3・4から一つ選びなさい。

昔から伝わる言葉に、「失敗は成功のもと」「失敗は成功の母」という名言があります。失敗しても、それを反省して、欠点を改めていけば、必ずや成功に導くことができるいう深遠な意味を含んだ教訓です。

私は大学で機械の設計について指導していますが、設計の世界でも、「よい設計をするには経験が大切だ」などということがよく言われます。私はその言葉を「創造的な設計をするためには、多くの失敗が必要だ」と言い換えることができると考えています。なぜなら人が新しいものを作り出すとき、最初は失敗から始まるのは当然のことだからです。人間は失敗から学び、さらに考えを深めていきます。これは何も設計者の世界だけの話ではありません。営業企画やイベント企画、デザイン、料理、その他アイディアを必要とするありとあらゆる創造的な仕事に共通する言葉です。つまり、失敗はとかくマイナスに見られがちですが、実は新たな創造の種となる貴重な体験なのです。

今の日本の教育現場を見てみますと、残念なことに「失敗は成功のもと」「失敗は成功の母」という考え方がほとんど取り入れられていないことに気づきます。それどころか、重視されているのは決められた設問への解を最短で出す方法、「こうすればうまくいく」「失敗しないこと」を学ぶ方法ばかりです。

それでは創造力を得るにはどうすればいいでしょうか。創造力を身につける上でまず第一に必要なのは、決められた課題に解を出すことではなく、自分で課題を設定する能力です。今の日本人の学習方法では、真の創造力を身につけることはできません。

実際、負のイメージでしか語られない失敗は、情報として、伝達されるときにどうしても小さく扱われがちで、「効率や利益」と「失敗しないための対策」を秤にかけると、前者が重くなるのはよくあることです。人間は「聞きたくないもの」は「聞こえにくいし」、「見たくないもの」は「見えなくなる」ものです。

しかし、失敗を隠すことによって、起きるのは次の失敗、さらに大きな失敗という。失敗から目を向けるあまり、結果として、「まさか」という致命的な事故が繰り返し起こるだとすれば、失敗に対する見方を変えていく必要があります。すなわち、失敗と上手に付き合っていくことが、今の時代では、必要とされているのです。

71 「創造的な設計をするためには、多くの失敗が必要だ」とあるがなぜか。

1 失敗から始まるのは設計者の世界だけの話でほかの分野では失敗することがないから

2 失敗が人間が学び、考えを深め、新たな創造の種となる貴重な体験だから

3 負のイメージでしか語られない失敗がどうしても小さく扱われがちだから

4 失敗と上手に付き合っていくことが、今の時代では必要とされてはいないから

72 今の日本人の学習方法では、真の創造力を身につけることはできませんとあるがなぜか。

1 今の日本人にとって「見たくないもの」は「見えなくなる」ものであり、日本人がそれを見ようともしないから

2 失敗を隠すことによって「まさか」という致命的な事故が繰り返し起こるから

3 今の日本人が「失敗しないこと」を学ぶばかりで、自ら創造力を身につけようとしないから

4 失敗は創造的な仕事に共通する言葉だが、それにもかかわらず、今の日本人がこの言葉を使うことがないから

73 筆者の考えと一致するものを選びなさい。

1 「失敗」そのものの見方や扱い方を改善できていれば、「失敗」を「成功」に変えることができる。

2 子供ならまだしも、社会人になったら、失敗している姿を他人にはあまり見せないほうがよい。

3 「失敗」を「成功」に変えるには、決められた設問への解を最短で出す方法を勉強するのが何よりも重要である。

4 「失敗は成功のもと」なので、後先考えず、とにかく、失敗を繰り返すのが大切である。

第五回

問題14　下のページは、各電話会社のサービス内容である。下の問いに対する答えとして最もよいものを、1・2・3・4から一つ選びなさい。

電話会社	サービス内容
N-PHONE	「オフタイマパック」。月額基本料3,600円で、通話料は平日19時以降は1分42円。休日の昼間は1分14円と最も安い。平日の昼間は1分58円。
日本電話	平日利用が主なら月額基本料6,300円の「標準パック」。通話料は終日同額で、1分20円。
トレニア	月額基本料3,900円で、最大40分の無料通話がついた「デイトークパック」がダントツに安い。平日の昼間料金が細かく設定されていて、ランチタイム（11時30分～13時30分）が深夜料金と同額（1分35円）になるのも魅力。
JTT	あらかじめ登録した3ヶ所までの相手先の通話料金を割り引きしてくれる「ホームパック」がお得。月額基本料3,500円で平日昼間1分56円、平日夜間1分42円、深夜・早朝1分28円。

龍之介さん：私はふだん営業で外を飛び回っているので、携帯には本当にお世話になっています。最近はパソコンも小型化されて軽くて便利になりました。携帯とこのパソコンがあれば、どこでも文書をやり取りすることができるのでとても助かっています。休日はあまり使いませんが、平日は時間に関係なく使用するので、平日割引のものがあればと思っています。

かずみさん：私の場合は時間帯というよりは、電話をする人がほぼ決まっているのでそういう割引があるものを探しています。携帯で電話をかける相手というのは、友達か親もしくは彼しかいませんから。

冬彦さん　：夜はバイトで忙しく電話をするひまもないので、携帯はもっぱら学校に通っている昼間に使っています。大学4年生になるとみんな就職活動で忙しく、学校に来なくなってしまうので、携帯でも持っていないと連絡がとりづらくて仕方がありません。今は授業のようすや就職活動の情報交換に大いに活用しています。

さくらさん：普段の日は昼間は会社で働いているので、携帯電話を使うことはあまりありません。私がよく使うのは、平日の夜と土日ですね。だからこの時間帯の通話料金が安いものを選びたいです。

74 N-PHONEの携帯サービスを利用するなら、先月は平日の昼間100分間、平日の19時以降200分間、休日の昼間300分間、携帯電話を使ったとしたら、料金はどのぐらいになるか。

1　18,400円

2　17,800円

3　16,200円

4　22,000円

75 それぞれの人に勧められる電話会社はどれか。最も適当な組み合わせを選びなさい。

1　龍之介：トレニア　かずみ：N-PHONE
　冬　彦：日本電話　さくら：JTT

2　龍之介：日本電話　かずみ：JTT
　冬　彦：トレニア　さくら：N-PHONE

3　龍之介：トレニア　かずみ：JTT
　冬　彦：日本電話　さくら：N-PHONE

4　龍之介：日本電話　かずみ：N-PHONE
　冬　彦：トレニア　さくら：JTT

聴解（50分）

注意

Notes

1. 試験が始まるまで、この問題用紙を開けないでください。

   Do not open this question booklet before the test begins.

2. この問題用紙を持って帰ることはできません。

   Do not take this question booklet with you after the test.

3. 受験番号と名前を下の欄に、受験票と同じように書いてください。

   Write your examinee registration number and name clearly in each box below as written on your test voucher.

4. この問題用紙は全部で5ページあります。

   This question booklet has 5 pages.

5. 問題には解答番号の1、2、3…が付いています。解答は解答用紙にある同じ番号のところにマークしてください。

   One of the row numbers 1,2,3... is given for each question. Mark your answer in the same row of the answer sheet.

受験番号 Examinee Registration Number	

名前 Name	

問題1

問題1では、まず質問を聞いてください。それから話を聞いて、問題用紙の1から4の中から、最もよいものを一つ選んでください。

1番

1　1階1列
2　3階1列
3　1階3列
4　1階2列

2番

1　旅行に行きます
2　会社に行きます
3　パーティーに行きます
4　家に戻ります

3番

1　テーブルを並べる
2　名札を作る
3　パソコンの字を大きくする
4　資料をもう一部コピーする

4番

1　プロジェクタを修理屋に出しに行きます
2　修理屋に電話して、来てもらいます
3　総務の人に電話して、来てもらいます
4　パソコンを買いに行きます

5番

1　ゴミ収集の人に出します
2　前もって予約します
3　スプレー缶を空にします
4　ゴミ収集車に積み込みます

問題2

問題2では、まず質問を聞いてください。そのあと、問題用紙の選択肢を読んでください。読む時間があります。それから話を聞いて、問題用紙の1から4の中から、最もよいものを一つ選んでください。

1番

1　女性が市役所へ行きたいから
2　映画スターに会えたから
3　女性が映画俳優に似ているから
4　男性が本物だから

2番

1　教科書です
2　ノートです
3　電子辞書です
4　解答用紙です

3番

1　今日の飛行機はすべて飛びません
2　飛行機は明日まで飛びません
3　午前中の飛行機だけ飛びません
4　午後の飛行機だけ飛びません

4番

1　ひとりで歩いています
2　犬を抱いて歩いています
3　犬を連れて歩いています
4　犬に引かれて歩いています

5番

1　月曜日の5,000円の席
2　日曜日の10,000円の席
3　金曜日の5,000円の席
4　金曜日の10,000円の席

6番

1　塗り薬と粉末の薬
2　塗り薬と瓶の薬
3　カプセルと粉末の薬
4　カプセルと瓶の薬

問題3

問題3では、問題用紙に何も印刷されていません。この問題は全体としてどんな内容かを聞く問題です。話の前に質問はありません。まず、話を聞いてください。それから質問と選択肢を聞いて、1から4の中から、最もよいものを一つ選んでください。

問題4

問題4では、問題用紙に何も印刷されていません。まず、文を聞いてください。それから、それに対する返事を聞いて、1から3の中から、最もよいものを一つ選んでください。

問題5

問題5では長めの話を聞きます。この問題には練習はありません。メモをとってもかまいません。

1番、2番

問題用紙に何も印刷されていません。まず話を聞いてください。それから、質問と選択肢を聞いて、1から4の中から、最もよいものを1つ選んでください。

3番

まず話を聞いてください。それから、二つの質問を聞いて、それぞれ問題用紙の1から4の中から、最もよいものを一つ選んでください。では、始めます。

質問1

1　二つ
2　三つ
3　四つ
4　五つ

質問2

1　食事のあと
2　食事の間
3　食事の前
4　起床のあと

第五回

全真模擬試題　第六回

★ 言語知識（文字・語彙・文法）・読解

★ 聴解

言語知識（文字・語彙・文法）・読解（105分）

注意

Notes

1. 試験が始まるまで、この問題用紙を開けないでください。

   Do not open this question booklet before the test begins.

2. この問題用紙を持って帰ることはできません。

   Do not take this question booklet with you after the test.

3. 受験番号と名前を下の欄に、受験票と同じように書いてください。

   Write your examinee registration number and name clearly in each box below as written on your test voucher.

4. この問題用紙は全部で29ページあります。

   This question booklet has 29 pages.

5. 問題には解答番号の1、2、3…が付いています。解答は解答用紙にある同じ番号のところにマークしてください。

   One of the row numbers 1,2,3... is given for each question. Mark your answer in the same row of the answer sheet.

受験番号 Examinee Registration Number	

名前 Name	

問題1　＿＿＿＿の言葉の読み方として最もよいものを、1・2・3・4から一つ選びなさい。

1　息子が幼稚園に行きたくないと言っています。

1　ゆうちえん　　2　ゆうじえん

3　ようちえん　　4　ようじえん

2　彼女は同じ年の人に比べて若く見えます。

1　かわく　　2　かわいく

3　わかく　　4　よわく

3　ここからはよく見えませんが、港に大きな船がありますな。

1　みなと　　2　こう

3　みかど　　4　みやこ

4　彼は音楽の才能を認められ、奨学金を得て音楽院に入ることができた。

1　まとめられ　　2　みとめられ

3　むとめられ　　4　もとめられ

5　オランダは、大量の玉ねぎを世界中に輸出している。

1　ゆにゅう　　2　ゆしゅつ

3　ゆうしゅつ　　4　ゆうで

問題2　＿＿＿＿の言葉を漢字で書くとき、最もよいものを、1・2・3・4から一つ選びなさい。

6　ろうどう組合は、自主的に組織され、自主的に運営されるものです。

1　労動　　2　労衝
3　労勤　　4　労働

7　最近彼女があまりれんらくをとってくれません。

1　練絡　　2　練結
3　連絡　　4　連結

8　当事務所では、やる気のあるゆうしゅうな人材を募集しています。

1　憂禿　　2　優禿
3　憂秀　　4　優秀

9　彼はどんな仕事でもよろこんで引き受けてくれる。

1　喜んで　　2　嬉んで
3　良んで　　4　楽んで

10　子供に良好な習慣をようせいさせ、健康の体と心を持たせましょう。

1　要請　　2　要戒
3　養戒　　4　養成

問題3　（　　）に入れるのに最もよいものを、1・2・3・4から一つ選びなさい。

11　夫は子育てに（　　）関心で、休日には自分の趣味に没頭しています。

1　非　　2　無
3　否　　4　未

12　天文学をめぐる（　　）解決の問題は数多くある。

1　欠　　2　末
3　未　　4　必

13　今日は（　　）冬の寒さで最高気温3℃でした。

1　真　　2　正
3　本　　4　大

14　（　　）月給のため生活が苦しいです。

1　少　　2　浅
3　安　　4　軽

15　テーブルの上には6人（　　）の料理が並んでいます。

1　枚　　2　度
3　料　　4　前

問題4　（　　）に入れるのに最もよいものを、1・2・3・4から一つ選びなさい。

16　3時間も待って（　　）バスが来た。

1　間もなく　　2　ようやく

3　まっすぐ　　4　ようこそ

17　私は古くなった素材を（　　）して、新しいものを生み出すのが好きだ。

1　マーク　　2　マシン

3　リサイクル　　4　リサーチ

18　取扱商品の（　　）をお届けしますので、お気軽にお問い合わせください。

1　見地　　2　見学

3　見本　　4　見物

19　野菜嫌いの子供に手を（　　）。

1　焼いている　　2　磨いている

3　撒いている　　4　巻いている

20　今日はちょっと（　　）があって銀座に行ってきました。

1　用意　　2　用紙

3　用心　　4　用事

21　時間は自分で作るものであって、「時間がない」は（　　）になりません。

1　理念　　2　理想

3　理由　　4　理性

22　日本社会では名刺を（　　）名刺を返す、これが一般常識なのです。

1　渡されたら　　2　分けられたら

3　割られたら　　4　見せられたら

問題5 ＿＿＿＿の言葉に意味が最も近いものを、1・2・3・4から一つ選びなさい。

23 万一の場合に備えて貯金しなければなりません。

1 まさに　　2 まさか
3 まるで　　4 まとも

24 今日は会社の先輩の家に食事に招かれた。

1 呼ばれた　　2 任せられた
3 結ばれた　　4 忘れられた

25 いろいろ迷惑をかけて、すみませんでした。

1 問題　　2 名誉
3 世話　　4 面倒

26 お父さんがこんなに早く帰ってくるのは珍しい。

1 難しい　　2 ありがたい
3 めったにない　　4 うれしい

27 村上さんの書く小説はとてもユニークだと思います。

1 魅力　　2 立派
3 独特　　4 唯一

問題6　次の言葉の使い方として最もよいものを、1・2・3・4から一つ選びなさい。

28　迎える

1　買ってきた新しい机を壁に<u>迎えて</u>置きました。
2　どうやら鈴木さんはまだ会場に<u>迎えている</u>途中らしい。
3　暦の上では春を<u>迎えました</u>が、まだ寒いです。
4　昨日の夜、仕事の帰りに友人の家に<u>迎えて</u>遊んでいた。

29　見込み

1　今年の桜の開花は、平年並みの<u>見込み</u>だそうです。
2　午前中仕事を終え、孫の韓国行きの<u>見込み</u>へ行きました。
3　私の周りには<u>見込み</u>で結婚した友人が数人います。
4　この餃子は、<u>見込み</u>は普通ですがチーズ入りの餃子です。

30　無理

1　分からない問題をいくら考えても、時間の<u>無理</u>です。
2　首相になるなんて、普通のサラリーマンには<u>無理</u>な話です。
3　<u>無理</u>で図書館の本を持ち出すのは禁じられることです。
4　私の父は、<u>無理</u>であまり感情を表に出さない人です。

31　見事

1　いうまでもなく、そもそも彼らの<u>見事</u>は根本的に違っています。
2　評論家の予測がまた<u>見事</u>に外れました。ああ、もう信じられません。
3　<u>見事</u>のいい場所に立って、広い視野から眺めて見ましょう。
4　妹は専門学校を卒業し、今は美容師の<u>見事</u>をしています。

32　目立つ

1　大会に<u>目立って</u>交流会を行い、新しい友達ができました。
2　これら必要書類が揃っていないと契約が<u>目立たない</u>。
3　試験の復習をする際にきっとそのノートや資料が<u>目立つ</u>と思います。
4　森林の減少が<u>目立つ</u>のは東南アジア、南米大陸などの熱帯地域である。

問題7　次の文の（　　）に入れるのに最もよいものを、1・2・3・4から一つ選びなさい。

第六回

33　よく女性が男性を選ぶときに結婚（　　）とか恋愛（　　）とかよく言っているのを耳にします。

1　向け　　　2　向き
3　用　　　　4　ため

34　「ひまわり公園のこと、知らないのかい？」
「だって、この街に来たのは初めてなんだ（　　）」

1　はず　　　2　こそ
3　わけ　　　4　もの

35　「がっかりするな。先輩たちだって勝つかもしれないさ」
「勝てる（　　）。惨敗するにきまっている」

1　かねない　　2　ものか
3　得ない　　　4　わけか

36　近年になって刊行された参考書や問題集の充実ぶりには、ほんとうに目ざましい（　　）。

1　ものがある　　2　ことである
3　べきである　　4　ものの

37　若いころ、よく停電して、夜になると、ろうそくを使いながら勉強した（　　）だ。

1　こと　　　2　わけ
3　もの　　　4　とき

38　やりなおせる（　　）なら、現在身につけているこの経験をもとにして、もう一度人生をやりなおしてみたいものだ。

1　はず　　　2　こと
3　もの　　　4　わけ

39 先生に最初に（　　）のは二十年ほど前、某誌の編集者の結婚披露宴に招かれ、同じテーブルについたときのことだった。

1　お目にかかった　　　2　お会いになった
3　拝見した　　　4　ご覧になった

40 彼は頭の中で入院費（　　）検査に掛かるお金（　　）を心配しているようでした。

1　も、も　　　2　なり、なり
3　たり、たり　　　4　やら、やら

41 友人は20代後半ですが携帯電話を持っていません。ものすごく携帯電話を購入する（　　）勧めているのですが、効果がありません。

1　ならば　　　2　うちに
3　ように　　　4　ために

42 当時、A軍の水上偵察機がこの湖を基地（　　）、B軍の情報を探索しているという。

1　になり　　　2　として
3　ならば　　　4　につき

43 阪神・淡路大震災を（　　）全国的な地震観測が強化されてきた。

1　反省に　　　2　中心に
3　契機に　　　4　抜きに

44 二回の石油危機を（　　）、政府は石炭の見直し、石油代替エネルギーとしての石炭の開発を強調しています。

1　通じて　　　2　よって
3　もとにして　　　4　めぐって

問題8　次の文の＿★＿に入る最もよいものを、1・2・3・4から一つ選びなさい。

（問題例）

あそこで＿＿＿ ＿＿＿ ＿★＿ ＿＿＿は山田さんです。

1　テレビ　　2　見ている　　3　を　　4　人

（解答の仕方）

1.　正しい文はこうです。

あそこで＿＿＿ ＿＿＿ ＿★＿ ＿＿＿は山田さんです。 **1　テレビ　3　を　2　見ている　4　人**

2.　＿★＿に入る番号を解答用紙にマークします。

（解答用紙）　| （例） | ①　●　③　④ |

45　優れたものは、＿＿＿ ＿＿＿ ＿★＿ ＿＿＿を越えて人の心に感動を与えるのだ。

1　時間　　2　問わず

3　古い新しい　　4　のを

46　今後、高齢者、身体障害者等の移動制約者＿＿＿ ＿＿＿ ＿★＿ ＿＿＿使いやすい旅客施設・車両等の整備が進むことが期待される。

1　すべての利用者　　2　を

3　にとって　　4　はじめ

47 原子力発電の安全性＿＿＿ ＿＿＿ ＿★＿ ＿＿＿展開されるようになった。

1　めぐって　　　2　多くの議論
3　を　　　4　が

48 表は私が＿＿＿ ＿＿＿ ＿★＿ ＿＿＿だが、海外旅行者数が着実に増えていることが分かる。

1　を　　　2　各種の資料
3　まとめたもの　　　4　もとに

49 出発するときになって初めて、父が急に老け込んだことに気づいた。＿＿＿ ＿＿＿ ＿★＿ ＿＿＿はない。わたしは涙に暮れた。

1　をしたこと　　　2　父と別れるとき
3　辛い経験　　　4　ほど

問題9　次の文章を読んで、50から54の中に入る最もよいものを、1・2・3・4から一つ選びなさい。

　ゲーテが、人間は努力している限り悩むものだと言っています。真剣に生きる人であれば、苦しみを避けることはできないといっていいくらいです。生きている限り何かで悩んだことがこれまで一度もなかったという人は 50 。

　悩み、苦しむことは、自分や人生 51 深く考え、順風満帆な人生を送り、自信満々な人には決して見ることができない人生の深奥を見るきっかけになったと思います。失恋をするなど他の人との関係で躓いたことがある人は、他の人が自分の思うとおりにはならないことを知っています。 52 人が生きる世界は、自分が望むことは何でも努力しなくても手に入れることができると思う人が生きる世界とは違います。

　53 、この苦しみが深刻さを帯びるようになると話は違ってきます。悩み苦しむことがもはや人間として成長するための糧にはならず、身動きが取れなくなり、一歩も前に向かっていけなくなってしまいます。こんな時、アドラーならきっと言うでしょう。苦しいから前に進めない 54 、前に進めないために悩むのだ、と。前に進まないでおこうという決心が先にあって、悩むのはその決心がやむをえないと思えるためであるとアドラーは考えるのです。

50

1　いるでしょう　　　2　いないでしょう
3　いる　　　　　　　4　いないでしょうか

51

1　にとって　　　　　2　につれて
3　によって　　　　　4　について

52

1　そのような　　2　あのような

3　あんな　　4　このような

53

1　とともに　　2　ところが

3　ところに　　4　ところを

54

1　のです　　2　のでは

3　のではなく　　4　のだ

問題10　次の（1）から（5）の文章を読んで、後の問いに対する答えとして最もよいものを、1・2・3・4から一つ選びなさい。

（1）

私は病院に勤務していたときに、看護婦さんに傾聴訓練、つまり、「患者さんの話を適切にまとめながら受容的に言葉を繰り返していく」という、カウンセリング的会話の指導をやっていました。そこで、同じようなことをやる講座も企画しました。二人一組になって、一方の人に悩み事の打ち明け役をやってもらい、もう一方の人に聞き役になってもらうという、カウンセリングの一種の模擬練習です。

55　カウンセリングの練習とは、どのようなものか。

1　看護婦さんに傾聴訓練の指導をする練習
2　二人一組になってコミュニケーションをする練習
3　話し相手の悩みや問題を聞いて相談に乗る練習
4　看護婦さんに打ち明け役になってもらう練習

(2)

ビール大手各社が15日発表した2010年1～9月のビール類出荷量は、前年同期比2.5％減の3億3679万4000ケース（1ケース＝大瓶20本換算）と、1～9月としては6年連続で前年実績を下回り、1992年の統計開始以来、過去最低となった。厳しい残暑を追い風に9月は堅調に推移したが、春先の天候不順や消費者の節約志向による落ち込みを残念ながら、挽回できなかった。

56 2010年1～9月のビール類の売れ行きについて、正しいものを一つ選びなさい。

1 1～9月のビール類出荷量は、前年同期と比べて3億ケース以上減った。

2 1～9月のビール類出荷量は、前年と比べて6年連続で減少した。

3 厳しい残暑のおかげで、ビールの売れ行きがずっと堅調だった。

4 9月は堅調に推移したので、1～9月の出荷量は前年より多かった。

(3)

友達に出した手紙です。

> 田中隆　様
>
> 春暖の候　皆様にはお変わりなくお過ごしのことと存じます。
>
> このたび、長く住み慣れた水戸市より、名古屋市の郊外に移しました。近くにはまだ田園風景も残っており、生活には最適なところでございます。名古屋にご旅行の節はどうぞおたちよりくださいますよう。
>
> 敬具

57 この手紙はどんな手紙か。

1　友達への感謝状
2　引越しの挨拶状
3　田園風景の紹介文
4　旅行先からの手紙

(4)

そもそも自由とは何だろうか。「私は弁護士になりたい」ということは自由であるが、だれもがなれるわけではない。すなわち、自由であるといっても、人は自分の能力や性格、社会的環境などから完全にはなることはない。そこにはある種の不平等感があるだろう。自由とは常に不平等さとそれに由来する不自由さという限界の中にある。そして、その不自由さは、ほかならぬ自分自身から生じている。人はまずそれに縛られているのである。

58 自由について、筆者の考えと一致するのは次のどれか。

1 人間はどんなことでも自分の意志で物事を決めることができる。

2 自由であるといっても、一定の前提条件から完全になることはできない。

3 自由とは、だれもが自分の意志で好きなようにできることである。

4 自由とは他の干渉がないことと行動の自由を意味するものである。

（5）

人間だけでなく、すべての生き物はその環境との境界面で、環境との最適な接触を維持することによって、生命を保持している。子孫を残すために配偶者を見出して生殖や子育ての行動を行い、寒暑や風雨を避けるために住居を確保したりし、敵から逃避したり競争相手を駆逐したりするのも生物一般の生命維持の目的に沿ったものである。しかし何といっても生き物がその環境から栄養を摂取する食行動が、環境との境界における生命維持の最も基本的な営為であることは異論の無いことだろう。

59 生物一般の生命維持において最も大切なのはどれか。

1　配偶者を見つけ、その子孫を繁殖すること
2　寒暑や風雨を避けるために、住居を確保すること
3　天敵や危険から、大切な命を守ること
4　食べ物を探し、それを食べ、エネルギーを得ること

問題11　次の（1）から（3）の文章を読んで、後の問いに対する答えとして最もよいものを、1・2・3・4から一つ選びなさい。

（1）

自分に出会うためには、二つの相反する方向に行き来することが必要となる。それは他者に向かうという方向と自分自身に向かうという方向である。この両方向の循環の中で、自分のあり方が点検され、自分の創造が行われていく。それは、一人自分を見つけるだけでは成り立たない。自分を見つめるだけで自己の創造の動きが生じるということもあるが、それは前もって他者との深い関わりを十分に経験している場合に起こることだろう。

他者と向き合うというのは、心を開き合うこと、単なる世間話をするような関わりではなく、自分を曝け出して付き合うことを指す。そこでは、自分の考えていること、感じていることが率直に語られ、お互いの思いが共有される。だが、付き合いが進んで親密な間柄になると、お互いに自分の考えを相手に遠慮なくぶつけるようになるため、相手の思いがけない反応に呆れたり腹を立てたり、ちょっとしたことで口論になると、相手の考えとの間にズレが鮮明化してくる。

心理的距離が縮まると、ちょっとしたズレも気になってくる。心理的距離が遠かった頃にまったく気にならなかったズレがクローズアップされ、何とかその溝を埋めようという試みが始まる。そうしたことの背後には、分かり合いたいという強い要求が働いているのだ。

60 それは、一人自分を見つけるだけでは成り立たないとあるがその理由はどれか。

1 自分を見つめるだけで、自分のあり方が点検され、創造が行われていくから

2 自分を見つめるだけで自己の創造の動きが生じるということもあるから

3 他者と向き合う時には、自分を曝け出して付き合うことができないから

4 他者との深い関わりを通じて、自分のあり方を見直すことが必要だから

61 この文章によると、他者と向き合う時、どうしなければならないか。

1 心を開き合い、ありのままの自分を丸出しにして付き合ったほうがいい。

2 世間話を話しながら、お互いの思いや考えなどを共有したほうがいい。

3 心を開き合い、相手のものの見方や経験を受け止めなければならない。

4 自分を見つめ、自分のあり方や自分の経験を相手に話したほうがいい。

62 心理的距離が縮まると、ちょっとしたズレも気になってくるとあるがなぜか。

1 付き合いが進んで親密な間柄になると、相手のものの見方や考え方を尊重しなければならなくなるから

2 親密な間柄になるほど、相手のことを分かりたい、自分のことを分かってほしいという思いが強くなるから

3 親しい間柄になればなるほど、お互いに自分の考えを相手に遠慮なくぶつけなければならないから

4 深い関わり合う関係になると、相手の思いがけない反応に呆れたり、腹を立てたりしなければならないから

(2)

現在、日本では多くの方が「がん」を原因として亡くなっています。では、なぜそれほどたくさんの方々ががんになるのか、その要因についてお話したいと思います。ガン発生の要因は次の三つだと考えられる。一つは何といっても食べ物によるもので、とても熱いものや、脂っこいものがよくないといわれていますが、ある特定の食べ物だけが悪いというのではなくて、食べ物の種類が偏ることもよくないようです。肉とか、から揚げとかだけではなく、野菜もいろいろ摂る必要がある。また、次は人間の体のバランスの変化によるものです。というのは、健康な体であれば、たとえ強い発ガン物質が体の中に入っても、細胞の解毒によって無害となってしまいます。けれども、体の調子が狂うと、ガンは進行しやすくなります。最後の要因は、遺伝的な体質によるものです。これを変えることはなかなか難しいですが、前にあげた二つの要因が、発生率のほとんどを占めるといわれていますから、努力によってガンの発生は、抑制できると思われます。

63 ガンが発生する原因として正しいものは次のどれか。

1　親から受け継いだ体質、飲食のバランスが悪いこと
2　普段から体の健康状態をあまり心がけていないこと
3　ある特定の食べ物だけを食べていたことが体によくなかったこと
4　いろいろな種類の食べ物や野菜を食べていること

64 次の食べ物で、ガンの発生と関係があるものはどれか。

1　食べ残したパン
2　みずみずしい野菜
3　非常に熱いお粥
4　無農薬の果物

65 ガンの発生に対する予防手段として、正しいのは次のどれか。

1　運動を通じて、遺伝的な体質を変えること
2　体調を管理し、よりよい食生活をすること
3　どんな時でもお腹がすかないうちに食べること
4　同じ食品ばかりを摂るようにすること

（3）

90年代に入ってから、長引く不況とグローバル化で「日本型経営」の維持は困難となり、中高年の解雇が増え、企業は正社員を減らし、派遣を増やそうとしている。年齢が上がれば、賃金もポストもほぼ自動的に上がることもなくなった。将来、この動きは加速し、職業能力はさらにシビアに評価されるだろう。

成人式に参加した若者たちにおめでとうと言いながら、厳しい話ばかり取り上げたかもしれない。けれど、これは新成人の若者にとってチャンスの時でもある。学歴神話とエリート神話という二つのやっかいな「神話」が崩壊しようとする現在は、心ある者にやりがいが生まれる時だ。「日本」システムの本当の再構築は若い世代にゆだねられている。

ベンチャー企業を起こしても、企業に入っても、起業家精神が今ほど求められることはかつてなかった。それが閉塞状況の日本経済を活性化する道だからだ。失敗を恐れない若者たちの踏ん張りに期待したい。起業までといわなくても、どんな仕事をしたいのかを見詰め、自分の生き方を考えていかざるをえない、という意味でも良いチャンスといえよう。

同世代の小さな仲間の閉じられた会話だけに安らぎを得てもらいたくない。年代の違う人ともっと積極的にかかわってほしい。

66 筆者はこれから、日本の就職はどうなると述べているか。

1 中小企業の雇用が減る一方で、大企業は正社員を増やそうとしている。
2 正規雇用が減少し、大学生の就職は難しい状況になるかもしれない。
3 よい企業に入れば、賃金もポストもほぼ自動的に上がるだろう。
4 職業能力がさらにシビアに評価されるが、雇用は増えるだろう。

67 これは新成人の若者にとってチャンスの時でもあるとあるがなぜか。

1　学歴神話や英才神話がなくなり、だれもが成功者になれる可能性を秘めているから

2　冒険主義や起業家精神があれば、だれもが成功を手に入れることができるから

3　日本経済の閉塞状況が変わり、企業の求人数が増えていくかもしれないから

4　「日本」システムの本当の再構築が新成人の若者に雇用のチャンスを提供するから

68 筆者の考えと一致するのは次のどれか。

1　賃金やポストがほぼ自動的に上がることもなくなったから、起業したほうがいい。

2　閉塞状況の日本経済を活性化するには、まず仕事の分野を考えたほうがよい。

3　企業の雇用が厳しい状況にあるから、一流大学に入らなければならない。

4　雇用が必ずしも明るいとはいえないが、現実を認めてそれに立ち向かうしかない。

問題12　次のAとB二つの文章を読んで、後の問いに対する答えとして最もよいものを、1・2・3・4から一つ選びなさい。

A

製品を販売するにはどうしても人脈が必要である。そこで、説明会や展覧会、交流会などに出かけて顔を売る人も多いはずだ。しかし、意外と、あまりメモもとらず、「聞きっぱなし」という人も少なくないようだ。メモせずに2、3日したら、記憶の内容は忘れる一方だ。

さて、忘れないようにメモをどうすればいいだろうか。

最初に、聞く内容の全部ではなく、大切な部分だけ、忘れたり主題を見失ったりしないよう思いついたまま、書き出すことが重要です。そして、他人から有益な情報を聞いたことを、記入年月日を忘れずに記入することが大切です。最後に話し手とのアイコンタクトを忘れないことも重要だろう。メモに夢中になって下ばかり見ていると、アイコンタクトの回数が少なくなり、相手の考えを引き出すことができなくなります。

B

昔、ある大学者が、尋ねてきた同郷の後輩の大学生に、一字一句教授のことばをノートにとるのは愚だと訓えた。いまどきの大学で、ノートをとっている学生はいないけれども、戦前の講義といえば、一字一句ノートするのは常識であった。教授も、筆記に便なように、一句一句、ゆっくり話したものだ。

その大学者はそういう時代に、全部ノートするのは結局頭によく入らないという点に気付いていたらしい。大事な数字のほかは、ごく要点だけをノートに記入する。その方がずっとよく印象に残るというのである。

字を書いていると、そちらに気をとられて、内容がおるすになりやすい。

69 Bは、なぜメモをとることを勧めないのか。

1 教授が一句一句、ゆっくり話したから
2 大学者がそれを愚だと訓えたから
3 話の内容に集中して聞くことができないから
4 話の内容を聞き落とさないようにするため

70 AとBで共通して述べられていることは何か。

1 ときどき話し手とアイコンタクトをしたほうがよい。
2 教授の話した内容を全部メモしたほうがよい。
3 記入年月日を忘れずに記入することが大切である。
4 話の要点や中核となる部分だけをメモすればよい。

問題13　次の文章を読んで、後の問いに対する答えとして最もよいものを、1・2・3・4から一つ選びなさい。

第六回

「頑張れ」と対のように日本人の口から出てくる言葉が、「申し訳ない」だ。謝罪の意味で使われる時もあるが、別段、謝る必要もない時でも「申し訳ない」と口走っていることはないだろうか。ビジネスなどでは、それが顕著である。「お忙しい中を大変申し訳ありません」など、読むのに相手の時間をわざわざ割いてもらうのだから、とそれに対する謙虚な気持ちを表明する言葉。そう受け取ることもできる。だが、それにしても、あまりに屈託なくそこかしこで「申し訳ない」が使われていることに、私は日本人の不思議さを感じざるを得ない。

何に対しても申し訳ないのか。対象がはっきりしている場合もあるが、漠然と相手が見えない時も、私たち日本人は「申し訳ない」と取り合えず言っている。この「申し訳ない」という言葉は、他者との関係性の存在を前提にした言葉であるといえるだろう。他者がいる場合、まずは関係を築く入り口で申し訳ないと謝っておく。いや、謝った形式を取っておく。この場合、自分の心の中では、実は申し訳ないとは思っていないのが通例である。

こうした無意識の「申し訳なさ」を感じる背景には、日本社会の特徴が隠されているのではないだろうか。言うまでもなく、日本は大きな「村」社会である。いくら核家族化が進み、個人主義が欧米並みになってきていると言っても、日本人は何かしらの「村」に属し続ける。これらは欧米社会におけるコミュニティーとはいささかニュアンスの違うものではないかと思う。欧米のコミュニティーはまず「個」があり、その自立性を前提に人々が集まっているものだろう。それに対して、日本の社会には「個」が確立されているとは未だ言い難い。最初に「村」ありき、であり、そこに「個」が確率余地は、将来的にも少ないのではないだろうか。

大多数の日本人は、「個」の確立よりも「村」の優れた構成員となることに汲汲としているのではないか。優れた「村」構成員とは、「村」の役に立つ人材である、ということだ。労働力として「村」にどれだけ貢献できるかにかかってくる。「村」に貢献できない人は「村」から排除される。

71 筆者は「申し訳ない」という言葉をどうとらえているのか。

1 謝る必要がある時は謝罪しなければならない。
2 「申し訳ない」という言葉は日本人の美徳である。
3 日本人は必要以上に「申し訳ない」という言葉を使っている。
4 日本では個人主義が欧米並みになってきている。

72 漠然と相手が見えない時も、日本人は「申し訳ない」と言っているが、それはなぜか。

1 相手がわざわざ時間を割いてくれているから
2 自分の心の中では気がすまないと思っているから
3 相手が自分より「村」のために貢献したから
4 他者との関係を築く手がかりとなるから

73 無意識の「申し訳なさ」の背景として正しいのは次のどれか。

1 日本は自立性を前提に人々が集まっている社会である。
2 日本人は「個」より「村」の優れた構成員になりたい意識が強い。
3 「村」に貢献できる人こそ自分の自立を確保することができる。
4 「村」構成員でない人は大多数の日本人から排除される。

問題14　下のページは、平成22年度における森林ボランティア活動の日程表である。下の問いに対する答えとして最もよいものを、1・2・3・4から一つ選びなさい。

平成22年度埼玉県農林公社森林ボランティア活動

～あなたも『森づくり』に参加してみませんか～

平成21年度におきましては、全3回の活動を開催しましたところ、埼玉県内外から多数の方に参加頂き約0.70haの森林の枝打ち作業を行うことができました。参加された皆様方に深く感謝申し上げます。

さて、昨年同様平成22年度につきましても、下記のとおり全2回（11月と年明け1月に1回）開催します。

この機会に、あなたも「森づくり」に参加してみませんか。

参加申込みについては、下記の各回募集期間内にお申し込みください。

なお、開催内容が変更になる場合がありますので、必ず電話にてご確認ください。

平成22年度森林ボランティア活動日程表

開催日	開催場所	内容	面積	樹種等	募集人員	募集期間	集合場所	備考
11月15日（土）9:30～15:00	飯能市大字平戸地内（公社管理№22-40-11）	枝打	0.52ha	ヒノキ7年生	40名	10月1日～10月31日	西武秩父線東吾野駅午前9時00分集合	東吾野駅から徒歩10分東吾野駅から現地までご案内いたします。
1月24日（土）9:30～15:00	毛呂山町権現堂地内（公社管理№25-28-1）	枝打	1.44ha	ヒノキ10年生	40名	12月1日～1月15日	鎌北湖駐車場に午前9時30分集合、または東毛呂駅午前8時50分、毛呂駅に午前9時集合	東武越生線東毛呂駅及びJR八高線毛呂駅から送迎します。

注意事項

・参加申込みについては、上記の募集期間内に電話・Fax・E-mailによってお申し込みください。（Fax又はE-mailの場合は、住所・氏名・生年月日・交通手段を明記してください。）

・参加費は無料ですが、昼食、飲み物等は各自で用意してください。

・服装はトゲ等から体を守るため長袖・長ズボンを着用してください。また、運動靴等作業のできる靴を用意してください。

・のこぎり等作業で使用する道具は、こちらで用意いたします。

74 このボランティア活動に申し込む場合は、どうすればいいか。

1　10月15日に飯能市大字平戸地内に行って、申し込み用紙に必要事項を記入する。

2　10月25日に電話で必要事項について話す。

3　11月15日にFaxで必要事項を明記して申し込む。

4　12月25日午前8時50分に東毛呂駅に行く。

75 参加者はどんなものを用意しなければならないか。

1　参加費・作業服・作業靴

2　参加費・昼食・飲み物

3　昼食・飲み物・作業服・作業靴・作業道具

4　昼食・飲み物・作業服・作業靴

聴解（50分）

注意

Notes

1. 試験が始まるまで、この問題用紙を開けないでください。
   Do not open this question booklet before the test begins.

2. この問題用紙を持って帰ることはできません。
   Do not take this question booklet with you after the test.

3. 受験番号と名前を下の欄に、受験票と同じように書いてください。
   Write your examinee registration number and name clearly in each box below as written on your test voucher.

4. この問題用紙は全部で5ページあります。
   This question booklet has 5 pages.

5. 問題には解答番号の1、2、3…が付いています。解答は解答用紙にある同じ番号のところにマークしてください。
   One of the row numbers 1,2,3... is given for each question. Mark your answer in the same row of the answer sheet.

受験番号 Examinee Registration Number	

名前 Name	

問題1

問題1では、まず質問を聞いてください。それから話を聞いて、問題用紙の1から4の中から、最もよいものを一つ選んでください。

1番

1　10日
2　11日
3　12日
4　13日

2番

1　5万円
2　4万円
3　1万円
4　3万円

3番

1　2時半の急行です
2　3時の電車です
3　4時の電車です
4　まだ分かりません

4番

1　ネクタイ
2　スリッパ
3　カーテン
4　グラス

5番

1　6月です
2　7月です
3　8月です
4　9月です

問題2

問題2では、まず質問を聞いてください。そのあと、問題用紙の選択肢を読んでください。読む時間があります。それから話を聞いて、問題用紙の1から4の中から、最もよいものを一つ選んでください。

1番

1　ボールペン
2　万年筆
3　紙
4　鉛筆

2番

1　材料が余ってしまうから
2　食事の片付けがいやだから
3　嫁にいけないから
4　時間がないから

3番

1　小動物を飼うこと
2　ゴミを出さないこと
3　地域間の協力
4　市民から意見を集めること

4番

1 雨
2 曇り
3 雪
4 曇りときどき晴れ

5番

1 1万円
2 8,000円
3 8万円
4 800円

6番

1 9：45
2 9：50
3 9：55
4 10：00

問題3

問題3では、問題用紙に何も印刷されていません。この問題は全体としてどんな内容かを聞く問題です。話の前に質問はありません。まず、話を聞いてください。それから質問と選択肢を聞いて、1から4の中から、最もよいものを一つ選んでください。

問題4

問題4では、問題用紙に何も印刷されていません。まず、文を聞いてください。それから、それに対する返事を聞いて、1から3の中から、最もよいものを一つ選んでください。

問題5

問題5では長めの話を聞きます。この問題には練習はありません。メモをとってもかまいません。

1番、2番

問題用紙に何も印刷されていません。まず話を聞いてください。それから、質問と選択肢を聞いて、1から4の中から、最もよいものを1つ選んでください。

3番

まず話を聞いてください。それから、二つの質問を聞いて、それぞれ問題用紙の1から4の中から、最もよいものを一つ選んでください。では、始めます。

質問1

1　高齢化社会
2　高齢社会
3　超高齢社会
4　准高齢社会

質問2

1　豊かな生活を提供すること
2　介護の必要性を低くすること
3　読書の場を提供すること
4　恋するチャンスをつくること

全真模擬試題　第七回

★ 言語知識（文字・語彙・文法）・読解

★ 聴解

言語知識（文字・語彙・文法）・読解（105分）

注意

Notes

1. 試験が始まるまで、この問題用紙を開けないでください。

   Do not open this question booklet before the test begins.

2. この問題用紙を持って帰ることはできません。

   Do not take this question booklet with you after the test.

3. 受験番号と名前を下の欄に、受験票と同じように書いてください。

   Write your examinee registration number and name clearly in each box below as written on your test voucher.

4. この問題用紙は全部で32ページあります。

   This question booklet has 32 pages.

5. 問題には解答番号の1、2、3…が付いています。解答は解答用紙にある同じ番号のところにマークしてください。

   One of the row numbers 1,2,3... is given for each question. Mark your answer in the same row of the answer sheet.

受験番号 Examinee Registration Number	

名前 Name	

問題1　＿＿＿＿の言葉の読み方として最もよいものを、1・2・3・4から一つ選びなさい。

1　西漢の時代は、A地域をしっかり掌握したのです。

1　しょうあく　　2　はあく

3　しょうりょく　　4　あくりょく

2　今は経営する会社を息子に譲り渡して、郊外で悠々自適な隠居生活をしている。

1　かくい　　2　かくきょ

3　いんきょ　　4　いんみ

3　攻撃力を生かすよりも、守備力を補うことが重点になるのでしょうか。

1　おこなう　　2　ほぎなう

3　そこなう　　4　おぎなう

4　パソコンの正しい掃除の仕方を教えてください。

1　やさしい　　2　よろしい

3　ただしい　　4　うつくしい

5　その車は急に右折し、そのために衝突したのだ。

1　しょうとつ　　2　げきとつ

3　ちゅうと　　4　じゅうたく

問題2 ＿＿＿＿の言葉を漢字で書くとき、最もよいものを、1・2・3・4から一つ選びなさい。

6 一年を通して毎日、同じ量を与えないと体調をくずす。

1 崩す　　2 流す
3 目指す　　4 壊す

7 日本のテレビドラマがアジアで人気をあつめる。

1 眺める　　2 進める
3 広める　　4 集める

8 帰りに玄関のドアのすきまに指を挟み、えらいことになっております。

1 間隙　　2 空間
3 間隔　　4 隙間

9 実際、私は幼い頃でも、そういったセールをしゅさいするのがずっと好きでした。

1 修正　　2 主宰
3 主祭　　4 主催

10 そうすれば、ひもは簡単にほどくことができた。

1 除く　　2 省く
3 招く　　4 解く

問題3 （　　）に入れるのに最もよいものを、1・2・3・4から一つ選びなさい。

11 二人を近くの会員（　　）のゴルフ場へ案内した。

1 令　　2 形
3 則　　4 制

12 生ゴミを減らすのも大切だけど、生ゴミを（　　）利用するのも重要です。

1 複　　2 再
3 双　　4 回

13 「あのとき、急に打ち合わせ場所を変えたのは……」
「そうなんだ。（　　）日から熱を出しちゃって……」

1 元　　2 先
3 前　　4 本

14 これは日本の医学（　　）の誇りになる薬なんです。

1 限　　2 堺
3 境　　4 界

15 県予選の（　　）決勝でPK戦で負けてしまったんです。

1 準　　2 先
3 前　　4 終

第七回

問題4　（　　）に入れるのに最もよいものを、1・2・3・4から一つ選びなさい。

16　オリンピックの開会式の様子が、会場から世界中に（　　）された。

1　普及　　2　接続
3　分配　　4　中継

17　子どもが遊んだあとは、おもちゃが（　　）。

1　散らかっている　　2　落としている
3　混雑している　　4　ミックスしている

18　街を（　　）していたら、山本さんに会った。

1　ぐらぐら　　2　がらがら
3　ばらばら　　4　ぶらぶら

19　今年の夏は暑さが厳しく、仕事から家に帰ると疲れて（　　）してしまう。

1　ぐったり　　2　しっかり
3　すっきり　　4　ぎっしり

20　それは、問題点を確かにとらえた（　　）質問だった。

1　するどい　　2　にぶい
3　けわしい　　4　ゆるい

21　林さんは企画チームの（　　）として、部下をまとめ、導いていく責任がある。

1　ライバル　　2　ゲスト
3　リーダー　　4　ファン

22　骨を丈夫にするために、カルシウムを（　　）含む食品をとるようにしている。

1　鮮明に　　2　活発に
3　円満に　　4　豊富に

問題5 ＿＿＿＿の言葉に意味が最も近いものを、1・2・3・4から一つ選びなさい。

23 真夏の屋外でずっと仕事をしたら、くたくたになった。

1 ひどく疲れた　　2 のどがかわいた
3 お腹が空いた　　4 汗をかいた

24 草花は本当に活気づいてきましたね。

1 生意気　　2 生き生きとした気持ち
3 生き生きとして元気　　4 やる気

25 薬を飲んだらたちまち痛みが治まった。

1 すっかり　　2 またたく間に
3 たまたま　　4 たしかに

26 この疑問に答えることは格闘理論にとって多くの重要な事柄を解明することにつながる。

1 に関心している　　2 にかかわっている
3 について　　4 に伴っている

27 四月がのろのろと過ぎていった。

1 はやく　　2 ようやく
3 やっと　　4 ゆっくり

第七回

問題6　次の言葉の使い方として最もよいものを、1・2・3・4から一つ選びなさい。

28　掲示

1　つまり、この「練習問題が解けるような基本型」を最初に掲示することがポイントとなる。

2　文化祭の書道展と美術展で掲示する作品を公募します。

3　店頭の商品の回転率が速いため、このページで掲示されている商品が売り切れている場合があります。

4　駅の西側はガラス張りになっていて、北アルプスの展望写真が掲示してあります。

29　見つめる

1　一つぐらい言いわけは見つめる。

2　センサーの故障はどうやって見つめる？

3　田中さんは不審げに彼女を見つめる。

4　最近、軽自動車タイプの警察車両を頻繁に見つめる。

30　改めて

1　こんなすごい力が育ってきていたのだと、改めて子供の持つ力を再認識しました。

2　今回の予約の注文商品のお届けは、10月31日（金）以降となりますこと、改めてご了承ください。

3　大勢の人前で改めてしゃべったり、挨拶したりすることは不得手であった。

4　高齢者には介護サービスをきちんと提供し、生活の質を改めている。

31 手軽

1　次のように整理すると手軽だと思われる。

2　むしろ、毎日の散歩、ジョギングの方が手軽で長続きし、新陳代謝もよいのです。

3　いったん家庭に入った女性が再び社会に働きに出るのは手軽ではないです。

4　自分を責めないでと、貴方にいうことは手軽なことでした。

32 そそっかしい

1　目の前の彼女は、イライラとまるでそそっかしい様子です。

2　事件に最もそそっかしい対応を見せたのは、女性たちだった。

3　私はそそっかしいタイプなので、記述間違いの際はご指摘お願いします。

4　今回の映画はそそっかしいし、面白くないと思う。

問題7　次の文の（　　）に入れるのに最もよいものを、1・2・3・4から一つ選びなさい。

33　彼女と付き合う（　　）、ちゃんと結婚も考えなければならない。

1　以上は　　2　うえに
3　うちに　　4　ながら

34　ストレスが溜まるとたくさん食べるし、動かなくなるので体重が増える（　　）。

1　一気だ　　2　一斉だ
3　つつある　　4　一方だ

35　注意事項がございますので必ずご理解いただいた（　　）ご購入くださいませ。

1　上は　　2　上で
3　うえに　　4　うちは

36　テニスを始めた（　　）試合に出たい。試合に出る以上は何とか勝ちたいと誰もが思う。

1　からといって　　2　までもない
3　からには　　4　ように

37　東日本の広い範囲で非常に激しい雨が降る（　　）がある。

1　もの　　2　こと
3　ところ　　4　おそれ

38　最も、値段（　　）このアパートはまあまあといったところでしょう。彼氏さえ来てくれればどんな小さな家でもわたくしには宮殿と変わらないはずです。

1　を通して　　2　からすれば
3　を通じて　　4　でさえ

39 これは誰もが知っている簡単な知識のように思い（　　）が、実はそうでもない。

1　かねる　　2　かけ

3　がちだ　　4　最中に

40 わたしにはよく分かり（　　）が、あなたにならその意味がお分かりかもしれません。

1　かねません　　2　次第

3　っぽい　　4　かねます

41 世間的な常識（　　）、彼女は幸福な人たちの中に数えられるだろう。生活はゆたかで、健康で、若くて、婚家は上流家庭である。

1　かわりに　　2　からいえば

3　からは　　4　だから

42 手紙はなかなか来なかった。信じ（　　）、理不尽なことではあるが、手紙がこないのは事実であった。

1　がちで　　2　きりで

3　がたく　　4　ことで

43 小屋には春から秋（　　）は番人がいるようだが、冬には誰もいない。

1　にかけて　　2　にしては

3　として　　4　までに

44 4月になって雪が降るなんて、まるで冬が戻って来たかの（　　）。

1　ことです　　2　ようです

3　ものです　　4　ところです

問題8　次の文の＿★＿に入る最もよいものを、1・2・3・4から一つ選びなさい。

（問題例）

あそこで＿＿＿ ＿＿＿ ＿★＿ ＿＿＿は山田さんです。

1　テレビ　　2　見ている　　3　を　　4　人

（解答の仕方）

1.　正しい文はこうです。

あそこで＿＿＿ ＿＿＿ ＿★＿ ＿＿＿は山田さんです。
1　テレビ　3　を　2　見ている　4　人

2.　＿★＿に入る番号を解答用紙にマークします。

（解答用紙）　| （例） | ①　●　③　④ |

45　＿＿＿ ＿＿＿ ＿★＿ ＿＿＿、何もしなくても自然に物が売れるってわけじゃないよ。

1　いくら　　2　いいから
3　と言って　　4　景気が

46　＿＿＿ ＿＿＿ ＿★＿ ＿＿＿この長いようで実は短い人生を一所懸命生きる、精一杯生きるしかない。

1　には　　2　この世に
3　から　　4　生まれた

47　体が＿＿＿ ＿＿＿ ＿★＿ ＿＿＿と母が言う。

1　うちに　　2　丈夫な
3　をしたい　　4　一度海外旅行

48 大量仕入れにより仕入れコストを引き下げるほか、＿＿＿＿＿＿ ＿＿★＿＿ ＿＿＿＿まで営業することで、毎日常に安く、新鮮な商品を顧客に提供できるようにした。

1　商品が　　　　2　売り切れる
3　仕入れた　　　4　その日に

49 何人かの男子は、私と喋った＿＿＿＿ ＿＿＿＿ ＿＿★＿＿ ＿＿＿＿、私のことを好きだと言う。

1　くせに　　　　2　ない
3　すら　　　　　4　こと

第七回

問題9　次の文章を読んで、50から54の中に入る最もよいものを、1・2・3・4から一つ選びなさい。

さらに、もう一つの体験を加えると、私は大学院のときに、東京のある 50 家の子供たちが集まる女子の学園に教えに行ったことがある。そのころ、私はこの学園は堕落しているなと思っていた。というのは、昭和二十年代だったが、遠足に行くとなるとバスが何台も来る。それを連ねて高尾山などに行く。そして、そのときに持ってくるものに 51 をつけない。お菓子や、リンゴなどのおいしい果物をいっぱい持ってくる者がいる。先生もそれらを貰って、ありがとうなんて言いながら食べている。自分も貰って食べながら、非常に堕落している 52 と思った。

というのは、まだ故郷にいたころ、羽黒山などに歩いて遠足に行ったときの記憶がある。みんな、ぞうり、わらじ、ズック靴で、革靴を履いた者は一人もいない。下駄はなるべく履くなと言われていた。みんな（注1）継ぎはぎだらけの服を着ている。厳重に 53 のは、お菓子を持っていくことだった。お菓子を買えない者がいっぱいいたから、持ってきてはいけないという、小学校の先生の心配りだったのだろう。

そういうことを知っていたから、東京のその女子の学園生活というのは大変堕落していると思ったものである。後で反省したことだが、田舎町だったけれども、農山村に近い所に育ったから、いつの間にかその影響を受け、農耕的発想になっていて、私は生活水準の高いのを 54 と考えるようになっていたのである。

（注1）継ぎはぎ：継いだりはいだりすること。特に、衣服につぎをあてること。

50

1　貧乏な　　2　貧しい
3　豊かな　　4　ユニークな

51

1　制限　　2　限制
3　限定　　4　限界

52

1　かもしれない　　2　のではないか
3　だろう　　4　らしい

53

1　禁じられていた　　2　禁じされていた
3　禁じるべき　　4　禁じさせられた

54

1　上品　　2　下品
3　気高い　　4　堕落

問題10　次の（1）から（5）の文章を読んで、後の問いに対する答えとして最もよいものを、1・2・3・4から一つ選びなさい。

（1）

ある小学校の三年生の例ですが、授業中もじっとしていることができず、勝手に教室を出て行ったりする。ナイフを（注1）ちらつかせたり、時には振り回したりする。そのために、その子のクラスでは、怖がって、二人も登校拒否の生徒が出ています。先生もノイローゼになってしまっています。それでも、親は多少は心配はしているものの、周囲の人たちがそれほど（注2）怯えているという事実を分かってはいないのです。

（注1）ちらつかせる：注意を向けるためにちらちらと見せる。
（注2）怯える：怖がってびくびくする。

55　先生がノイローゼになってしまうのはなぜか。

1　登校拒否の生徒が出ているから
2　多動性障害の生徒を怖がっているから
3　周囲の人たちが怯えているから
4　教え子が病気にかかったから

（2）

私の知人で、この世にこれ以上もてる男はないだろうと思うほどもてる男がいた。有名大学を卒業して、そこの大学院を出てから留学後、某女子大の先生になった。スポーツマンでもあり、早くからジャーナリズムでも活躍し、えらくハンサムでもあった。そのもて方は異常という言い方しかないほどのもて方だったのである。そんな彼は三十を過ぎるまで独身でいたのである。

56 「私の知人」はどのような人か。

1 大学院を卒業してから大学の先生になった。

2 ハンサムでスポーツが上手な男だが、女にもてない。

3 女に大変もてるが、三十を過ぎてもまだ結婚していない。

4 留学から帰ってからジャーナリズムで活躍していた。

(3)

拝復　私の就職につきましてご丁寧なご祝詞をいただき、厚くお礼申し上げます。

入社してまだ一月が経っておりませんが、ビジネスの厳しさというものを実感し、緊張の毎日を送っております。しかし意欲と自信を失うことなく、与えられた仕事に全力で取り組むことでキャリアを一つ一つ積み重ねてゆきたいと考えております。

今後ともご助言を（注1）仰がねばならぬことは多いと存じますが、何分ともよろしくお願い申し上げます。

敬具

（注1）仰ぐ：（目上の人や尊敬する人に）教示や援助を求める。

57 何のためにこの手紙を書いたのか。

1　就職紹介に対してのお礼のために
2　就職祝いに対してのお礼のために
3　就職紹介への返事のために
4　新規採用への返事のために

(4)

昭和三十年代までの家制度を主体とする婚姻では、結婚の条件は（注1）ズバリ、家柄であった。しかし、家制度の縛りが弱まるにつれて、結婚に求める条件も個人的なものに変化した。

それが高収入、高学歴、高身長のいわゆる「三高」などといった言葉に代表される好景気の頃の女性における結婚相手の条件である。私がこの話を大学の講義でしたところ、男子学生から「あんたは何様なんだ」という当時の女性に対する（注2）ブーイングが沸き起こったが、彼女たちに罪はない。当時はそれも普通だと思われていたのである。

（注1）ズバリ：物事の核心をついて、はっきり言うさま。

（注2）ブーイング：音楽会やスポーツで、観客が声を発して不満の意を表すこと。

58 「それ」は何を指すか。

1　家制度の縛り

2　結婚相手

3　「三高」という結婚相手の条件

4　男子学生からのブーイング

(5)

国際結婚をして現地で暮らす日本人、特に女性は非常に高い評価を得ています。外国の男性と結婚した日本女性の多くは、家庭や地域コミュニケーションに上手に溶け込んで、良き市民として暮らしています。「日本らしさ」という（注1）アイデンティティーを（注2）振りかざすのではなく、異なる文化を受け入れ、周囲に調和している方が多数です。つまり適応力が高いのです。まさに「郷に入っては郷に従え」が身に染みついているのでしょう。男性の方がいつまでも、海苔や味噌汁などの日本食に郷愁を感じているのに対して女性たちは現地の食にも溶け込んでいます。

（注1）アイデンティティー：同一性。
（注2）振りかざす：主義・主張などを強く押し出す。

59 筆者が言いたいことは何か。

1 「郷に入っては郷に従え」は日本女性にとって大切なことだ。
2 日本女性は外国の男性と上手にコミュニケーションできる。
3 日本男性は異文化を受け入れる能力が高くない。
4 日本の女性の多くは異文化を受け入れる能力がとても高い。

問題11　次の（1）から（3）の文章を読んで、後の問いに対する答えとして最もよいものを、1・2・3・4から一つ選びなさい。

（1）

一度だけ、わたしは一人で母さんのお見舞いに行った。父さんの仕事仲間の運転手さんが、ミュンスターまで行く用事があるからついでだよ、と言って、病院まで連れていってくれた。

パウラおばさんが受付で出迎えてくれた。おばさんとわたしは、長い廊下を歩いていった。

男性患者の病棟の廊下を歩いていたときのことだ。病室のドアは閉まっていたけれど、そこにもガラス戸のついた面会室があった。（注1）ちらっとそちらを見たわたしは、突然立ち止まってしまった。テーブルの一つに、アリスが男の人と向かいあって座っているのが見えたのだ。男の人は、とても具合が悪そうだった。アリスを見ないで、自分の手ばかりながめている。手には、（注2）ヘラジカのついた（注3）キーホルダーを持っていた。

アリスも、見られていると感じたのだろう。振りかえって、わたしに気づいた。

わたしは手を上げて、振ろうとした。でも、すぐにおろしてしまった。アリスがまるで、ものすごく腹を立ててるみたいにわたしを（注4）睨んだからだ。

二、三歩先に行っていたパウラおばさんが声をかけてきた。「来ないの？」わたしはアリスの目つきを恐る恐るながら、まるで歩き方を忘れたみたいに（注5）とまどいながらおばさんについていった。

母さんはその日、部屋にいた。

「さっきこの病院で、同級生に会ったの」とわたしは話した。

「ここでなにしてたの？」

わたしは（　　A　　）をすくめた。「だれかのお見舞いだと思う」

「じゃあ、その子といっしょに帰ればいいわね」と母さんは言った。

わたしがどうやったら無事に帰れるか、もう心配しているんだ。

「一人で電車で帰れるよ。（　B　）」

（注1）ちらっと：一瞬ちょっと見えるさま。
（注2）ヘラジカ：箆鹿。
（注3）キーホルダー：鍵をまとめてたばねておくための道具。
（注4）にらむ：厳しいめつきでじっと見る。
（注5）とまどう：どう対処していいかわからずにまごつく。

60 まるで歩き方を忘れたみたいにとありますが、「わたし」がそのようになったのはなぜか。

1 わたしがあげたヘラジカのキーホルダーを、アリスが病気の男の人に渡していたから
2 アリスが会っている男の人のように、母親の病気が重くなったような予感がしたから
3 アリスがものすごく怒ってにらんできた理由がわからず、ショックを受けたから
4 病気になった母親に、家族のみんなと一緒ではなく一人きりで会うのは緊張するから

61 （　A　）にあてはまる言葉は何か。

1 身
2 肩
3 手
4 足

62 （　B　）にあてはまる言葉は何か。

1 アリスはいっしょに帰りたくないんじゃないかな
2 アリスは病気のお父さんのことでいそがしいんだよ
3 同級生だからと言っても、特に仲がいいわけじゃないよ
4 アリスとはすぐにけんかになるからもういやなの

（2）

今度神戸から東京に引越してきた。今度の引越しは住居を変えたということだけでなく、①生活の仕方の大きな転換に値する出来事であった。神戸では半ばは父の庇護（ひご）を受けていた。既に二人も子どもを持ちながら、門の表札は父の名前であったし、万事父の表札のかげにかくれて世間の荒波をよけていることができたのだった。

それが今度父の膝もとを離れて、始めて一人立ちをしたという訳であった。その上、引越しと同時に神戸での勤めはやめたが東京での勤め先をまだ探しあててはいない。②これは何といっても無謀なやり方のように見える。

しかし、とにかく東京に引越してきた。

そこは江戸川べりにある街の一つで土地が低くどちらを向いても屋根ばかりが見えるといったあんばいの場所である。

それは③神戸にいた時とは全く違った環境なのである。神戸では街のまん中にいても顔を上げれば六甲や摩耶の山なみが見えたし、少し歩けば（注1）ビルディングの間に港に碇泊（ていはく）している商船の姿が見られた。しかも家は高台にあったため、二階の窓からは山と海とをいながらにして眺めることができた。海の向う側の紀伊半島（きいはんとう）や淡路島（あわじしま）のたたずまいさえ眺められた。はっきりそれと意識はしていなくても、いつも眼（め）の向かう所に海や山の自然の姿があって、それに接していられるということは、いわば自分たちもその自然の一部分であることを（注2）いつとはなしに考えの中にしみ込ませられていることなのであった。

（注1）ビルディング：鉄筋コンクリート造りの高層建築物。
（注2）いつとはなしに：いつの間にか。

63 ①生活の仕方の大きな転換とありますが、それは何か。

1 父の膝もとを離れて、始めてひとり立ちをした。

2 父に頼ることができるようになった。

3 父の庇護を受けることになるから。

4 父と同じぐらいの経済力を得た。

64 ②これは何といっても無謀なやり方のように見えるとありますが、なぜですか。

1 たとえ故郷を離れたても、経済的な事情によって父親に頼ることはできるから

2 今後生活していく中で経済的に厳しい状況におかれて、また故郷に戻らなければならないから

3 経済的な見通しがつかないまま新生活をはじめるのは、客観的に見て計画性に欠けるから

4 新たな生活をはじめるにあたり、他の人が考えもしないような形で経済的な問題を解決したから

65 ③神戸にいた時とあるが、その時の家はどんな様子だったか。

1 高いビルが建ち並ぶなかにある。

2 周囲の豊かな自然を一望できる。

3 美しい山の中腹に建てられた。

4 低くて屋根ばかりが見える。

（3）

日本語を話せる外国人と話していると、「主語はだれですか」とよく聞かれます。日本語をかなり理解する人でも、①日本人の会話から主語を読み取るのはとても難しいようです。

日本人同士なら、私が、「昨日Aさんに会いました」こう言っただけで、主語は「私」であることが雰囲気で分かります。

「昨日私はAさんに会いました」このように主語をはっきり言うのは、「私は」を強調したい、何らかの理由があるときです。ほかの人ではなく「私自身」が会った、というニュアンスです。

これに対して、英語では常に主語がきっちりと示されます。そのため英語圏出身の人は、日本人と話をしていると誰が何をしたのか分からなくなってきて、②違和感があるといいます。

似たような違和感は、実は日本人も古典を原文で読むときに感じています。日本文学を代表する『源氏物語』もそうですが、平安文学では、主語がない文章がよくあります。平安時代の人々の感覚では、人の名前を呼ぶのは失礼なことで、官職や屋敷の住所を名前がわりにして、「頭中将」「九条殿」とか「淀のわたり」などと呼び、手紙の署名も頭文字ひとつということも普通でした。しかし、私たちには、平安時代の地名で人名を推測し、述語、目的語だけでだれのことかを読み取るのはとても難しくて、クイズのようです。

外国の人は日本人の会話にそれと同じくらい落ち着かない、不安なものを感じるようです。主語がはっきりしないのは、外国人と話しているときはもちろん、日本人同士でも誤解を招く原因にもなりますが、悪いことばかりではありません。日本人同士で会話をしているときには、主語がないのがかえって良いことになっていることもよくあります。例えば、他人に自分がした失敗を批判されるときに、「それは、よくなかったわね」「あなたがそういう行動をとったのは、よくなかったわね」同じことを言われるのでも、主語なしと主語ありでは、印象が大きく異なるのではないでしょうか。日本人なら、一緒に残念だと共感する気持ちがただよう前者を、よりあたたかい忠告として受け止める人が多いはずです。

主語があいまいで、誰が何をどうしたのかはっきりしない。日本語のそんな特徴は、オブラートに包むようにして感情を伝え合うのに向いています。それは日本語だからこそ可能な、思いやりの深いコミュニケーションといえるでしょう。あれこれ理由を論理的に並べ立てないで、感情を共有することによって心の安定を得ることができます。しかし、ものごとを決定し、取り決めをつくるときはそれがマイナスになります。

日本人でも英語を使って外国人と話しているときには、さすがに主語を明確にせざるをえません。しかし、日本語に特徴的な思いやりの深い、遠まわしな表現をそのまま英語にすると、やはり誤解が生じてしまいます。典型的な例が、相づちの「そうですね」と言うつもりで「イエス」「イエス」と言っていたら、賛成だと意思表示をしたと思われることです。

また日本人が商談などで頻繁に使う、「検討します」という言葉は外国人には通じません。日本のビジネスマンなら、「検討します」が「それに関心はありません」「今まで考えていませんでした」「実行するのは難しい」という気持ちを婉曲にあらわすものであることを知っています。本当に検討するつもりのときは、「前向きに検討します」と言うのが一般的でしょう。しかし英語の「検討します」にそのような意味はありません。「検討します」と言われた外国人は言葉のままに受け取って、その後しばらくたってから、「あの件について結果はどうなりましたか」と、尋ねてきます。断ったつもりでいた日本人はびっくりしてしまいますし、会社で検討してくれるものと思っていた③外国人は、日本人に強い不信感を抱きます。

66 ①日本人の会話から主語を読み取るのはとても難しいとありますが、では、どうして日本人同士なら主語を読み取れるのですか。

1　人の名前を直接に呼ぶのは失礼ですから
2　話の雰囲気で何となく分かるから
3　常に主語がきっちりと示されますから
4　日本人が商談などで頻繁に使うから

67 ②違和感があるとありますが、ここでいう「違和感がある」とは、どのように感じることですか。

1 主語が難しくて、クイズのようです。
2 落ち着かない、不安を感じること。
3 感情を共有し、心の安定を得ること。
4 主語の有り無しで印象が大きく異なること。

68 ③外国人は、日本人に強い不信感を抱きますとありますが、なぜですか。

1 日本人は口だけの人が多くて、実行に移さないから
2 日本人は前向きに検討してくれなかったから
3 外国人は言葉のままに受け取ってしまうから
4 外国人は日本人が信用できないと思っているから

問題12　次のAとB二つの文章を読んで、後の問いに対する答えとして最もよいものを、1・2・3・4から一つ選びなさい。

A

京都は千年の古都であり、街角の小さな店にも優雅な雰囲気が漂っている。高級な料理屋となれば、もちろん古風な畳が敷かれ、食器も精緻に作られた焼き物である。京都の有名な美食は湯豆腐で、新鮮で柔らかく、口に入れると（注1）とろけるようで、生臭さも全くない。

大阪はもともと「天下の台所」と言われるほどで、大阪には美食といえない食べ物はないぐらいで、有名なたこ焼きやお好み焼きはもちろん、どこでも売っていて日本から発したわけでもないチーズケーキも、大阪のものは（注2）とびきりおいしい。

B

畿内とは、いまの関西地方で、歴史的、地理的にも日本の中心であり、最も安全な農業地帯であった。九州は台風、東北は冷害に常に（注3）おびやかされてきたが、この地域は、かなり安定した農業生産を維持しつづけ、それが文化の栄える支柱になっていた。

いまも、京都の名物にニシンそばがあり、京都のクラとニシン、大阪の昆布と言われるが、実は原産地はともに北海道である。北海道から裏日本、日本海を通り、江戸を無視して文化の中心地に送り届けられた結果、北海道の特産物が京、大阪の名物になったのである。

（注1）とろける：溶けてやわらかになる。

（注2）とびきり：程度が普通ではないこと。

（注3）おびやかす：好ましい状態を損ねる。

69 なぜ関西地方は歴史的に日本文化の中心地になったのか。

1　優雅な雰囲気が漂っている料理屋が多いから
2　「天下の台所」といわれる大阪には美食がたくさんあるから
3　自然災害の少ない安全な農業地帯にあったから
4　千年の歴史がある古都に恵まれていたから

70 AとBで共通して述べられていることは何か。

1　印象に残った京都の料理屋
2　大阪はなぜ美食が多いのか
3　関東人と関西人の性格
4　関西地方の京都と大阪の名物

問題13　次の文章を読んで、後の問いに対する答えとして最もよいものを、1・2・3・4から一つ選びなさい。

東京ではエスカレーターに乗ると、急ぐ人のために左側に寄って立ち、右側を空けます。大阪ではその反対で、急がない人は右側に立ちます。同じ日本でありながらどうして地域によってこんな違いが出るのでしょうか。

大きく分けると関東地区が東京と同じで左側に立ち、関西地区ではその逆だそうですが、京都周辺では左右が地域によって混乱しているようです。私が調べた範囲は少ないのですが、岡山では東京と同じで左側に立っていましたので、エスカレーターの右側に立つのは阪神間の特徴なのかもしれません。

日本では戦後（1949年）に「車は左、人は右」という交通ルールが定められました。以前は人も車も左側通行だったそうで、そうした混乱が（注1）尾を引いているのか、大阪の梅田あたりの地下街や神戸の元町通りの歩行者専用道路を歩くと、ほとんどの人が左側通行をしています。右側通行をしようものなら、次々とぶつかってまともに歩けません。関西に来て、こうした体験をした人も多いと思います。そのために、関西のJR圏の駅や近鉄沿線の奈良周辺の駅では階段の上がり下がりも左側通行を指示しているところもあります。

江戸時代、武士が左腰に刀を差して歩くので、右側通行をすると（注2）すれ違う時に刀が当たり喧嘩になる、これを「鞘当て（さやあて）」と呼び、「恋の鞘当て（さやあて）」という言葉まで生んだのですが、それで江戸時代は左側通行だったようです。すると東京は武士文化の伝統があるので、先を急ぐ人に触れないように左側に立ち、大阪は商人の町で刀を差して歩くこともないので右側に立つ、と考えていいのでしょうか。そうなると、関西圏で歩行者が（注3）堂々と左側通行をしている現状はどう説明したらいいのでしょうか。

日本人の左右感覚はその場その場で違っています。立つ方向によって左右がいつでも逆転するのです。

（注1）尾（お）を引く：物事がすんだあとまでも、その名残や影響が続く。
（注2）すれ違う：反対方向に向かっている人や車などが互いのすぐ脇を通り抜ける。
（注3）堂々：こそこそせず公然と行うさま。

71 右側通行と左側通行の説明として本文と合っているものはどれか。

1 神戸はエスカレーターの左側に立ち、急ぐ人のために右側を空けます。
2 奈良の駅では階段の上がりは左側通行をしています。
3 梅田の地下街ではほとんどの人が右側通行をしています。
4 関東地区も関西地区も左側通行をしています。

72 エスカレーターに乗るとき、東京では左側に立ち、右側を空けるのはなぜか。

1 武士文化の影響を受けたから
2 通行人が喧嘩にならないから
3 商人の町で左腰に刀を差して歩くから
4 込んでいて喧嘩になりやすいから

73 この文章のタイトルとして最も適当なものはどれか。

1 東京の右側通行と大阪の左側通行について
2 右を尊ぶ関東文化と左を尊ぶ関西文化
3 日本の交通ルールの現状
4 日本人の左右感覚

問題14　下のページは、盈進館で開かれる同窓会の案内状である。下の問いに対する答えとして最もよいものを、1・2・3・4から一つ選びなさい。

盈進館開学百五十周年記念式典ならびに盈進会総会のご案内

拝啓　風薫る季節、同窓諸兄にはますますご健勝にご活躍のこととお喜びいたします。

さて、年恒例の盈進会総会の日が近づきましたが、ご存じのように今年は母校開学百五十周年の記念すべき年であり、県内外の同窓名士も参集して盛大に記念式典が（注1）執り行われますので、盈進会総会をこれに併せて開催することにいたしました。要領は左記の通りですが、同窓諸兄にはお誘い合わせのうえ多数ご参会くださいますようご案内いたします。

2020年5月1日

盈進館開学百五十周年記念式典実行委員会内

盈進会事務局

代表者　下河原健太郎

記

月日　五月三十一日（土曜日）

場所　盈進館高等学校講堂

次第　一、盈進館開学百五十周年記念式典（午後一時より二時まで）

二、盈進会総会（記念式典終了後引き続いて開会・午後三時終了）

三、同窓懇親会（体育館において立食パーティー・有志による（注2）アトラクション・午後五時終了）

以上

（注1）執り行わう：改まって行う。

（注2）アトラクション：客集めのために、主な催し物に添える出し物。

74 同窓諸兄にはますますご健勝にご活躍のこととお喜びいたしますとあるが、「喜ぶ」と同じ意味の文はどれか。

1　チンパンジーの喜ぶ顔を見てみたい。

2　彼は他人の忠告を喜んでいません。

3　喜ぶ人と共に喜び、泣く人と共に泣きなさい。

4　謹んで新年のお喜びを申し上げます。

75 この同窓会の案内について、正しいものはどれか。

1　同窓懇親会は体育館で行われることになる。

2　母校開学五十周年の記念式典が五月一日に開催する。

3　盈進会総会は次の日に開かれることにした。

4　学校のホームページから申し込むことができる。

聴解（50分）

注意

Notes

1. 試験が始まるまで、この問題用紙を開けないでください。
   Do not open this question booklet before the test begins.

2. この問題用紙を持って帰ることはできません。
   Do not take this question booklet with you after the test.

3. 受験番号と名前を下の欄に、受験票と同じように書いてください。
   Write your examinee registration number and name clearly in each box below as written on your test voucher.

4. この問題用紙は全部で5ページあります。
   This question booklet has 5 pages.

5. 問題には解答番号の1、2、3…が付いています。解答は解答用紙にある同じ番号のところにマークしてください。
   One of the row numbers 1,2,3... is given for each question. Mark your answer in the same row of the answer sheet.

受験番号 Examinee Registration Number	

名前 Name	

問題1

問題1では、まず質問を聞いてください。それから話を聞いて、問題用紙の1から4の中から、最もよいものを一つ選んでください。

1番

1　息子と飲み屋に行きます
2　生徒を叱りに行きます
3　校長に会いに行きます
4　何もしません

2番

1　大きくて人気がある店
2　大きくておしゃれな店
3　静かでゆっくり話せる店
4　あまり大きくなくてにぎやかな店

3番

1　1階
2　2階
3　3階
4　4階

4番

1　店でお寿司を食べる
2　店でカレーを食べる
3　家でお寿司を食べる
4　家でカレーを食べる

5番

1 中村さんがよく遅刻するから
2 中村さんが電話で連絡するから
3 中村さんがよく会議が終わってから来るから
4 中村さんがよく大事な連絡をメールでするから

問題2

問題2では、まず質問を聞いてください。そのあと、問題用紙の選択肢を読んでください。読む時間があります。それから話を聞いて、問題用紙の1から4の中から、最もよいものを一つ選んでください。

1番

1 今週の金曜日
2 来週の金曜日
3 今週の木曜日
4 来週の木曜日

2番

1 毎日ニュースを聞いています
2 話すのは上手ですが、書くのは苦手です
3 話すのも書くのも上手です
4 読むのも書くのも上手です

3番

1 山田さんがお金がなかったから
2 飛行機が欠航しましたから
3 船が欠航しましたから
4 東北に行ったから

4番

1　男の人も女の人も行きます
2　男の人も女の人も行きません
3　男の人は行きますが、女の人は行きません
4　女の人は行きますが、男の人は行きません

5番

1　お辞儀をしてはいけない
2　大声ではっきり言ってはいけない
3　目線を下げてはいけない
4　体験についてたずねてはいけない

6番

1　多くの経済分野の人々に会ってきました
2　教育の施設を見てきました
3　盛んな交流会に出ました
4　農業関係者と食事しました

問題3

問題3では、問題用紙に何も印刷されていません。この問題は全体としてどんな内容かを聞く問題です。話の前に質問はありません。まず、話を聞いてください。それから質問と選択肢を聞いて、1から4の中から、最もよいものを一つ選んでください。

問題4

問題4では、問題用紙に何も印刷されていません。まず、文を聞いてください。それから、それに対する返事を聞いて、1から3の中から、最もよいものを一つ選んでください。

問題5

問題5では長めの話を聞きます。この問題には練習はありません。メモをとってもかまいません。

1番、2番

問題用紙に何も印刷されていません。まず話を聞いてください。それから、質問と選択肢を聞いて、1から4の中から、最もよいものを1つ選んでください。

3番

まず話を聞いてください。それから、二つの質問を聞いて、それぞれ問題用紙の1から4の中から、最もよいものを一つ選んでください。では、始めます。

質問1

1　買い物袋を利用する
2　レジ袋を利用する
3　シャンプを利用しない
4　ティッシュペーパーを利用しない

質問2

1　詰め替え用のものを買う
2　容器に入っているものを買う
3　ラベルがついているものを買う
4　リサイクルできるものを買う

全真模擬試題　第八回

★ 言語知識（文字・語彙・文法）・読解

★ 聴解

言語知識（文字・語彙・文法）・読解（105分）

注意

Notes

1. 試験が始まるまで、この問題用紙を開けないでください。

   Do not open this question booklet before the test begins.

2. この問題用紙を持って帰ることはできません。

   Do not take this question booklet with you after the test.

3. 受験番号と名前を下の欄に、受験票と同じように書いてください。

   Write your examinee registration number and name clearly in each box below as written on your test voucher.

4. この問題用紙は全部で31ページあります。

   This question booklet has 31 pages.

5. 問題には解答番号の1、2、3…が付いています。解答は解答用紙にある同じ番号のところにマークしてください。

   One of the row numbers 1,2,3... is given for each question. Mark your answer in the same row of the answer sheet.

受験番号 Examinee Registration Number	

名前 Name	

問題1　＿＿＿＿の言葉の読み方として最もよいものを、1・2・3・4から一つ選びなさい。

1　彼女は整った服装をしている。

1　ととのった　　2　しのった
3　かざった　　4　しまった

2　あの人はよく仮病を使って会社を休みます。

1　はんびょう　　2　けびゅう
3　かびょう　　4　けびょう

3　雪山に反射する朝日が眩しい。

1　うつくしい　　2　まぶしい
3　さびしい　　4　はなはだしい

4　大企業を退職して起業した彼の動向について、さまざまな憶測がなされている。

1　おそく　　2　おくそ
3　おくそく　　4　あくそく

5　本日はコンビニで住民票を交付してもらう時に必要なもの、そしてその取得方法についてお話しします。

1　こうふく　　2　こうふ
3　こうつき　　4　かふく

第八回

問題2　＿＿＿＿の言葉を漢字で書くとき、最もよいものを、1・2・3・4から一つ選びなさい。

6　終身雇用の日本の企業で転職をけついするというのはかなりの覚悟がいることです。

1　決着　　2　決定
3　決意　　4　決心

7　朝顔の花は早朝に咲いて、昼過ぎにはしぼんでしまう。

1　涼んで　　2　畳んで
3　死んで　　4　萎んで

8　生徒たちは、解説を聞きながら自分の作文をてんさくしています。

1　添削　　2　添策
3　添付　　4　添加

9　家庭菜園を作るときには、土をとにかく細かくたがやすことが土づくりのコツだと思っています。

1　掘す　　2　及す
3　耕す　　4　散す

10　私は愛情の足りない家庭で育ったので、子供にはたくさん愛情をそそいであげようと思いました。

1　届いで　　2　注いで
3　抱いで　　4　繋いで

問題3　（　　）に入れるのに最もよいものを、1・2・3・4から一つ選びなさい。

11　先日飲み屋で宴会の（　　）予約をしました。

1　仮　　2　全
3　前　　4　超

12　（　　）価格が原因で、マグロ養殖の採算が合わなくなってきたのだ。

1　小　　2　無
3　不　　4　低

13　我が国と（　　）外国の若者の意識に関する調査はウェブで公開されている。

1　名　　2　純
3　諸　　4　毎

14　築80年のこの古い家には昨年、大規模なリフォームが施され、外観は（　　）新しい状態です。

1　正　　2　再
3　未　　4　真

15　2015年の高齢化（　　）は、最も高い秋田県で33.8%、最も低い沖縄県で19.6%と示されています。

1　率　　2　数
3　値　　4　性

問題4　（　　）に入れるのに最もよいものを、1・2・3・4から一つ選びなさい。

16　あの有名な女優は事務所との契約が終了したのを機に芸能界を（　　）そうです。

1　定年する　　2　引退する
3　終結する　　4　休憩する

17　彼は毎日の衣食にも（　　）ような生活をしている。

1　差し入れる　　2　差し支える
3　差し迫る　　4　差し出す

18　今回の試験は難しいから、合格するのは（　　）20人ぐらいだろう。

1　せいぜい　　2　そろそろ
3　それぞれ　　4　ぞくぞく

19　だんだん雨が激しくなって、傘を差していたのに服が（　　）ぬれてしまった。

1　すっきり　　2　ぎっしり
3　びっしょり　　4　ぴったり

20　彼は（　　）絵画だけでなく、彫刻にも優れていた。

1　一気に　　2　一時に
3　一度に　　4　単に

21　学生時代の友人が私の名前を忘れていたので、とても（　　）だった。

1　アウト　　2　ダウン
3　ショック　　4　エラー

22　その会にはぜひ出席したいのですが、（　　）ほかに予定が入ってるんです。

1　せっかく　　2　うっかり
3　あいにく　　4　わざわざ

問題5　＿＿＿＿の言葉に意味が最も近いものを、1・2・3・4から一つ選びなさい。

23　連絡があればただちに対応する。

1　絶対　　2　よく
3　だいたい　　4　すぐ

24　足首は歩行の中でとても重要な機能を果たしています。

1　功労　　2　機械
3　役割　　4　才能

25　その問題についてはせめて両親には知らせたほうがいい。

1　すこし　　2　すくなくとも
3　たぶん　　4　やはり

26　試験の出題範囲は特定されています。

1　特有　　2　限定
3　定義　　4　特製

27　親は子供に、幼いころからはきはき話をする習慣をつけましょう。

1　ゆっくり　　2　大きく
3　はっきり　　4　はらはら

問題6　次の言葉の使い方として最もよいものを、1・2・3・4から一つ選びなさい。

28 補足

1　就業規定の補足をよく確認しておく。

2　主婦の労働時間の実態は補足しづらい。

3　常務は日常的な業務の管理・執行を行い、社長の補足をする役割となる。

4　先ほどの会議を元に補足資料を作成する。

29 振り向く

1　彼女はいつも先頭に立って敵の中に飛び込み、その長大な刃を振り向く。

2　この間借りた2万円、君の口座に振り向いたよ。

3　大統領が「総体的に見れば経済は成功へ振り向いている」と述べた。

4　後ろから声をかけられたような気がしたが、もちろん振り向かなかった。

30 一斉に

1　ベルが鳴ると皆一斉に立ち上った。

2　賠償する責任を一斉に負わない。

3　彼はとてものどが渇いていたので、コップ一杯の牛乳を一斉に飲み干した。

4　一斉に泣きだしてしまえば、少しは気持ちが楽になったかもしれない。

31 差別

1　その双子は服装も髪型も同じで差別がつかない。

2　東京と地方では生活水準に雲泥の差別がある。

3　民主主義のA国にも激しい人種差別があります。

4　仕事の差別を付けて、大掃除して、気持ちよく新年を迎えたいです。

32 頼もしい

1　今回の企画は山田さんが担当してくれるなんて<u>頼もしい</u>限りですね。

2　彼は想像力の<u>頼もしい</u>少年であった。

3　相当に歳をとっているはずだが、筋骨<u>頼もしい</u>その姿は若者のようだ。

4　まだまだ初心者なので、アドバイスをいただけて大変<u>頼もしい</u>です。

問題7　次の文の（　　）に入れるのに最もよいものを、1・2・3・4から一つ選びなさい。

33 東京（　　）家賃の高いところはない。

1　くらい　　2　だけ
3　かぎり　　4　という

34 私は、あなたのことを大切に思っている（　　）、本当のことを言うのです。

1　からみて　　2　からこそ
3　がさいご　　4　として

35 市内でこんなに降っているのだから、山のほうではきっとひどい雪になっている（　　）。

1　ことができる　　2　ことにしている
3　ことはない　　4　ことだろう

36 私のふるさとは、自然が豊かな（　　）、「森の都」と呼ばれています。

1　ことに　　2　ことになる
3　ことから　　4　ことか

37 今日は彼女は買い物に行ったらしいよ。服が好きな彼女の（　　）たくさん服を買うだろうね。

1　くせに　　2　ものだから
3　ことだから　　4　それだけ

38 今月は忙しかったので、土日も休む（　　）働いた。

1　ことなく　　2　ばかりか
3　ほど　　4　だけに

39 クレジットカードを紛失した（　　）、この電話番号にご連絡ください。

1　たびに　　2　うえに
3　ところ　　4　際には

40 社長が話している（　　）、携帯電話をいじるとは何事だ。

1　かたわら　　2　最中に
3　うちに　　4　中を

41 本製品を使用する前に、付属の取扱説明書をお読みください。また、安全（　　）のご注意を必ずお読みください。

1　中　　2　前
3　上　　4　下

42 旅行の準備ができ（　　）、出発します。

1　きり　　2　なり
3　かけ　　4　しだい

43 この本（　　）読んでおけば、日本文学について詳しくなれるよ。

1　さえ　　2　のみ
3　とは　　4　みたい

44 あの大学に合格したかったら、毎日勉強する（　　）よ。

1　ばかり　　2　しかない
3　じゃない　　4　はずがない

問題8　次の文の＿★＿に入る最もよいものを、1・2・3・4から一つ選びなさい。

（問題例）

あそこで＿＿＿ ＿＿＿ ＿★＿ ＿＿＿は山田さんです。

1　テレビ　　2　見ている　　3　を　　4　人

（解答の仕方）

1.　正しい文はこうです。

あそこで＿＿＿ ＿＿＿ ＿★＿ ＿＿＿は山田さんです。
1　テレビ　3　を　2　見ている　4　人

2.　＿★＿に入る番号を解答用紙にマークします。

（解答用紙）

（例）	①　●　③　④

45　＿＿＿ ＿＿＿ ＿★＿ ＿＿＿結論なので、後悔はありません。

1　末に　　　　2　さんざん

3　出した　　　4　検討した

46　私たちが日常的に使う「体が疲れている」とは、実は＿＿＿ ＿＿＿ ＿★＿ ＿＿＿。

1　にほかならない　　2　の

3　疲労　　　　　　　4　脳

47　＿＿＿ ＿＿＿ ＿★＿ ＿＿＿、母から電話が来た。

1　に　　　　2　電話しようとした

3　彼女　　　4　ところ

48 ＿＿＿ ＿＿＿ ＿★＿ ＿＿＿、楽しみにしていた旅行が中止になった。

1　降った　　　2　雨

3　が　　　4　せいで

49 彼の困った顔＿＿＿ ＿＿＿、＿★＿ ＿＿＿。

1　が　　　2　笑わず

3　おかしくて　　　4　にはいられなかった

第八回

問題9　次の文章を読んで、50から54の中に入る最もよいものを、1・2・3・4から一つ選びなさい。

文章にかぎらず、絵や音楽もふくめて、「表現」とは、すべて、外面的なものである。目で見え、耳で聞こえ、手で触れ、鼻で嗅ぎ、口で味わうことのできるものでなければ、50 とはいえない。

また、「素晴らしい表現」とは、「表現技術」が 51 もののことである。どんなに心の美しい人でも、技術がなければ、美しい絵は描けない。美しい音楽は奏でられない。52 、美しい文章を書くこともできない。

ところが、文章や文字、すなわち、言葉というものは、日常的に誰もが使っているものだから、誰もが簡単に使いこなせるもの、と考えてしまっているように思える。そこで、文章を書いたり、言葉で表現する場合、外面的な技術が等閑にされ、内面的な感情 53 が優先される。スポーツでも映画でも、また自分の体験でも、それを、文章や言葉で表す場合は、感想や感動が重視される。その結果、外面的な技術、つまり「表現」が疎かになる。

最近の子供たちに、スポーツや映画を見たあと感想を聞くと、「面白かった」「すごかった」「最高だった」といった言葉しか返ってこないことが多い。どこが、どのようだったので、こんなふうに面白かった、という 54 描写が欠ける。それは、あまりにも、感性や心といった内面を重視しすぎたためといえるのではないだろうか。

50

1　「絵」　　2　「音楽」
3　「言葉」　　4　「表現」

51

1　優れている　　2　表れている
3　選ばれている　　4　感じられている

52

1 たとえば　　2 もちろん
3 それでも　　4 ところで

53

1 ばかり　　2 ほど
3 ほか　　4 という

54

1 積極的　　2 仮想的
3 抽象的　　4 具体的

第八回

問題10　次の（1）から（5）の文章を読んで、後の問いに対する答えとして最もよいものを、1・2・3・4から一つ選びなさい。

（1）

以下は、ある会社に届いたメールである。

> 大和電工営業部　中村様
>
> いつもお世話になっております。
>
> 先日お願いしていた御社の製品カタログの送付についてですが、その後どのようになりましたでしょうか。
>
> 本日12時現在、まだこちらで受け取りを確認できておりません。お手数ですが、ご確認のうえご連絡いただけますようお願いいたします。
>
> なお、こちらも少々業務に支障をきたしておりますので、できれば20日必着で送付願えますでしょうか。
>
> どうぞよろしくお願いいたします。
>
> 東洋商事　山田誠一

55　このメールで依頼していることは何か。

1　カタログを今日中に届けてほしい。

2　カタログを20日までに届けてほしい。

3　カタログが届いたかどうか確認して欲しい。

4　注文した製品が届いたかどうか確認して欲しい。

（2）

最近は企業でもIQ（知能指数）よりもEQ（心の知能指数）の高い人を求めているという。IQに象徴される記憶や計算などなら、コンピューターに任せればよい。他方、最近の商品開発や営業では、どれだけおもしろいか、かわいいかというような感性に訴えかける要素が重要視されている。だから企業では、感性の豊かさを示すEQの高い人材を必死に求めるのだろう。

最近あなたはテレビのニュースやドラマなどを見て、思わず涙にしたことがあるだろうか。「ない」という人は要注意だ。EQの低下が考えられるからである。できるだけあちこちに出かけ、いろんな人に会い、さまざまなことに触れ、EQを磨き上げよう。

第八回

56 IQとEQについて、筆者の考えに合うものはどれか。

1 最近の商品開発や営業では社員の記憶や計算などの能力が重要視されている。

2 テレビのニュースやドラマなどを見て、全然涙が出ない人はEQの高い人である。

3 人間のIQをあげることはできるが、EQをあげることはできない。

4 最近企業では記憶や計算の得意な人より感性の豊かさを示す人が求められている。

(3)

美しい言葉とか正しい言葉とかいわれるが、単独に取り出して美しい言葉とか正しい言葉とかいうものはどこにもありはしない。それは、言葉というものの本質が、口先だけのもの、語彙だけのものではなく、それを発している人間全体の世界をいやおうなしに背負ってしまうところにあるからである。人間全体がささやかな言葉の一つ一つに反映してしまうからである。そのことに関連して、これは実は人間世界だけのことではなく、自然界の現象にそういうことがあるのではないか、ということについて語っておきたい。

57 それとは何か。

1 本質

2 言葉

3 人間全体

4 自然界

(4)

現在の医学では、痛みそのものを測定することはできないので、医師は間接的なデータから痛みの程度を判断する。医師が痛みがないと判断した場合には、患者が痛みを訴えても無視されることになる。そこでは医師は神のように完璧であり、痛みのように患者本人にとってあきらかな感覚さえも否定する能力をそなえているように信じられている。

病気の治療において、科学は確かに多くの利益をもたらした。病気のメカニズムを解明し、中心静脈輸液、超音波診断、麻酔など優れた技術も開発した。しかし、私たちは科学の限界を忘れ、科学を過度に信じた結果、病気から人間を排除し、人間本来の自己感覚を否定し、病人が苦しみを受容する能力を奪ってしまった。

58 人間本来の自己感覚とはどのようなものか。

1　科学への的確な認識

2　医術への的確な判断

3　医者への好悪の感情

4　自分の痛みへの実感

（5）

われわれの生活は無意識のうちに自然から遠ざかっている。

それを象徴しているのが、コンビニやスーパーの食品を包む透明のラップである。肉、魚、野菜などほとんどの食品が発泡スチロールの皿に載せられ、上からラップをかけられて陳列されている。実はあれも、ナマの自然に触れたくないという現代人の潜在意識からきているのではないだろうか。朝シャンに代表される清潔シンドロームは、他人とじかに接触するのを嫌がる若者たちが中心だった。それは透明のラップで人間の身体をすっぽり包むのと同じ感情である。身体と身体をぶつけ合って相手を理解することはまれで、相手にのめり込まず、距離をおいて付き合うのがおしゃれとされてきた。じぶんの存在にラップをかけることで他人を拒絶する。そういう奇妙な生活様式が定着しつつある。

59 じぶんの存在にラップをかけることで他人を拒絶するとあるが、どのような意味か。

1 直接的な触れ合いを拒み、他者を理解しようとしないこと

2 人との関わりだけを求め、生の自然と接触することへの嫌悪

3 店で衛生的に売られている食品のように、清潔への過剰なまでの自己管理

4 身体的な清潔にのみこだわり、相手への精神的な理解をおこたること

問題11　次の（1）から（3）の文章を読んで、後の問いに対する答えとして最もよいものを、1・2・3・4から一つ選びなさい。

（1）

いつも前向きに考えられる明るい性格の持ち主は、人生を成功に導く力の持ち主でもある。だが、性格は生まれつきのものでしょう？という質問もよく受ける。

よく、明るい性格とか暗い性格というが、電球ではあるまいし、性格にそんな分け方はない。

性格とは、りんごの芯のように固い（不変の）部分と、果肉のように環境要因などで大きく変容する（可変の）部分の両方から成り立っている。明るいとか暗いとかは、決定づけられている芯の部分というより、気の持ちようや、ものごとの受け止め方、生きる姿勢といったほうがよい。ある程度は自分でコントロールできる部分なのだ。

たとえば、気弱で心配症な人でも、できるだけ楽天的に考えるように努めていると、いつの間にか、ものごとを明るい面から受け止める習慣ができてくる。

このように、性格は、ある程度は自分でつくることができると私は考えている。

ものごとは必ず、よい面と悪い面が半分ずつだ。陽があれば、その影になる部分は陰。陰陽は常にセットになっていることを忘れないでおこう。

雨の日に、「雨はゆううつだなあ」と考えるか、「これでむし暑さもおさまる。ありがたい」と考えるか。考え方をほんの少し変えるだけで、その日一日の心情が一八〇度、変わってしまうのだ。

ものごとの感想を述べるとき、明るいファクターから口にするように習慣づけよう。性格は、そんなふうに変える、というよりコントロールしていくとよい。

第八回

60 そんな分け方とあるが、どのような分け方か。

1 不変と可変という分け方
2 明るい性格と暗い性格という分け方
3 よい性格と悪い性格という分け方
4 陰陽という分け方

61 暗い性格について、筆者はどのように述べているか。

1 いつも前向きに考えられる。
2 雨の日に「雨はゆううつだなあ」と考える。
3 ものごとの感想を述べるとき、明るいファクターから口にする。
4 雨の日に「これでむし暑さもおさまる。ありがたい」と考える。

62 筆者の考えに合うのはどれか。

1 性格は生まれつきのもので、変えることはできない。
2 明るいとか暗いとかは自分でコントロールできない。
3 性格はある程度自分でつくることができる。
4 明るいとか暗いとかは、決定づけられている芯の部分である。

(2)

動物たちの「ことば」と私たち人間の「ことば」の間には、大切な違う点がいくつかあります。たとえば、アリやミツバチは、どのようにして「ことば」を身につけるのでしょうか。お母さんのアリが子どものアリに向かって、えさを見つけたときはこうするのですよ、と教えているというのは、考えてみただけでもほほえましい光景です。でも、実際には、アリのお母さんはそんなことをする必要はないのです。アリであれば、えさを見つけると、足の先からにおいのするものが自然に出てくるというふうに、生まれつき仕組まれているのです。

動物の「ことば」の仕組みは、生まれつき身に備わっていますが、その代わり、動物たちには、もともと生まれつき定められたことしか、表したり、伝えたりすることができないのです。動物の「ことば」は、動物たちを狭い世界の中に閉じこめています。

わたしたち人間の世界は、このように閉じたものではありません。人間の「ことば」は、「ここ」「いま」のことがらをはるかに越えて過去のことも、未来のことも、そして実際にはありえない想像上のことであっても、表し、伝えることができます。人間は「ことば」を学ばなければならない代わりに、学べば学ぶほど、新しい言いまわしを身につければつけるほど、世界が広くなっていきます。そして、さらにすすんで、もし新しい外国語を身につけたとしたら、私たちの世界はどれほど広くなることでしょうか。私たちのほうでその気になれば、人間の「ことば」は私たちをいくらでも広い世界へと連れていってくれます。

63 そんなこととあるが、どのようなことか。

1 子どもに、えさを見つけたときの行動のしかたを教えること
2 子どもに、「ことば」を身につける方法を教えること
3 えさを見つけると、足の先からにおいのするものが自然に出てくること
4 動物たちの「ことば」と人間の「ことば」の間の違う点を教えること

64 動物の「ことば」について、筆者の考えに合っているのはどれか。

1 お母さんのアリが子どものアリに向かって、えさを見つけたときはこうするのですよ、と教えるのである。
2 動物たちには、生まれつき定められたことしか、表したり、伝えたりすることができないのである。
3 動物の「ことば」は、過去のことも、未来のことも、そして想像上のことも、表し、伝えることができる。
4 動物の「ことば」は、動物たちを広い世界へ連れていってくれている。

65 人間の「ことば」について、筆者の考えに合っているのはどれか。

1 人間の「ことば」は、生まれつき身に備わっているものである。
2 人間の「ことば」は、人間を狭い世界の中に閉じこめている。
3 人間の「ことば」は、過去と現在のことを伝えることはできるが、想像上のことを表すことはできない。
4 人間は新しい外国語を身につければ、世界が広くなるのである。

(3)

営業の人間にとって、ヒトはある商品を買う存在か、買わない存在か、に大別される。頭の痛い問題を抱えた管理者は、配下のヒトを、当面の問題に対して、有能か無能かのいずれかに分類するに違いない。

日常生きていくためなら、ヒトの見方は、とりあえずこの程度で十分かもしれない。しかし凝り出せば際限はないとはいえ、ヒトも人生も、もう少し詳細で、面倒なものであろう。

芝居は、そういう面倒な人生の断片を取り上げる。自然科学でいえば、モデルと考えてもよい。この人生モデルでは、ヒトは配役として明快に分類される。主な役柄には固有名詞が当てられるが、違う役者が演じることが可能である以上、これは事実上固有名詞ではない。

問題は、配役の最後にある。そこには、ときどき、「その他大勢」というのがある。①これが、分類としてはきわめて実用性に適う。

恋する二人にとって、人は「恋の相手」および「その他大勢」である。昆虫に興味の無いヒトには、昆虫はチョウ、トンボ、カブトムシ、および「その他大勢」である。

ここでは、分類は、何らかの「価値」基準によっており、それは対象の外部から持ち込まれたものである。そうした基準を利用することから、「その他大勢」が発生する。実用上の分類の要諦はここにある。②整理学の秘訣は「未整理」という箱を置くことである。

66 ①これとは何か。

1 芝居の配役

2 主な役柄

3 人生モデル

4 「その他大勢」という分類

67 ②整理学の秘訣は「未整理」という箱を置くことであるとあるが、どういう意味か。

1　整理学の秘訣は、未整理という整理の項目を立てることである。
2　整理学の秘訣は、整理を先延ばしにするということである。
3　整理学の秘訣は、未整理という状況に寛容であることである。
4　整理学の秘訣は、未整理の分野を誰か他の人に任せることである。

68 筆者の考えに合っているのはどれか。

1　人は有能か無能かのいずれかに分類される。
2　職場では人間は商品扱いされるのは普通である。
3　分類は、何らかの「価値」基準によるものである。
4　昆虫に興味の無い人には、昆虫はすべて「その他大勢」である。

問題12　次のAとB二つの文章を読んで、後の問いに対する答えとして最もよいものを、1・2・3・4から一つ選びなさい。

A

テレビでの血液型特集番組が、目に余る決めつけだとして問題になっているという話である。血液型によって性格が異なるというようなことは科学的根拠がない（つまり、科学的手段で立証されたことはない）。私は科学的でなければ悪いといっているのではない。科学的ではないのに、あたかもそれが科学的に証明されているかのような誤認を与えているのが問題なのだ。つまり血液型判定というのは、占星術と同じような「占い」に属するものである。

ここがいちばん問題だが、血液型というと「科学っぽい」響きがするということだ。星占いはみな遊びだと思っていて、科学的だと考えている人は少ないだろう。だから科学とは関係のない一つの伝統芸能だというとらえ方もできる。しかし、血液型判定を多くの人が「科学的に根拠がある」と思いこんでいる、それが問題だろう。

B

星占い、血液型占い、トランプ占い、神社のおみくじ……実にさまざまなところに占いが登場し、それぞれが人気を集めているようだ。しかし、多くの人は本気で占いを信じているわけではないようである。私もそうだ。例えば、星占いに関しては、「日本人だけでも1億2千万の人がいるのに、それをたった12のグループに分けるのか。まさか、1千万人が同じ運命のわけはないだろう」と思う。血液型占いなど、分かれるグループはわずか4つ。3千万人の人が同じ性格、同じ運命になるわけである。非科学的だし、非論理的だ。それでも、「血液型であなたにぴったりの人が分かる！」という記事には目をとめてしまうし、朝のテレビの占いコーナーなどもつい見てしまう。私のような人はけっこう多いのではないだろうか。

69 AとBで共通して述べられていることは何か。

1 血液型占いは科学的ではないこと

2 血液型判定は科学的に根拠があること

3 血液型占いは星占いより人気があること

4 血液型占いは星占いより信憑性が高いこと

70 占いについて、AとBはどのように述べているか。

1 AもBも占いは科学的で、信じている人が多いと述べている。

2 AもBも占いは非科学的なので、信じない人が多いと述べている。

3 Aは星占いは遊びだが、血液型判定は科学的に根拠があると述べ、Bは星占いも血液型占いも科学的なので信じていいと述べている。

4 Aは血液型判定を「科学的に根拠がある」と思いこんでいる人が多いことが問題だと述べ、Bは占いを信じてはいないが気になってしまう人が多いと述べている。

問題13　次の文章を読んで、後の問いに対する答えとして最もよいものを、1・2・3・4から一つ選びなさい。

「人を信じる」という言葉があるが、人を信じるということは、単に人の言うことをまるまる信用するということではないだろう。人には、正しい部分と間違った部分が必ずある。またその人の好きな部分もあれば、嫌いな部分もある。

人を信じるということは、人の正しい部分を受け入れ、それを信用するということではない。それでは、その人が間違ったときにはその人を信じないということになる。

「人を信じる」というのは、人の可能性、人の本質的な性質を信用するということであって、そのときその人が正しい行動をとったかどうかではない。人のたった一つの間違った行動を見て、その人の人格を全否定する人はかなり多い。そう口にするだけで、時間が経てば関係を修復できる可能性は高いだろう。しかし一方で、そう口にされると、間違えない人間だけが許されるような気分にもなる。

大事なのは、人には良い面も悪い面もあるということを素直に受け入れ、常にその人をより深いところで理解しようとすることだ。

（中略）

人の人格を全否定することは、いつかは周りの者すべてを否定し、自分を全否定することにつながる。そうはせずに、人の可能性を信じて人と関わるようにしたい。人徳者は少ないかもしれないが、完全な悪人はもっと少ないはずだ。

他人のことをどれほど正確に知っているのかと改めて考えれば、ほとんど知らないことに気がつく。自分のことをどれだけ正確に知っているのかと改めて見つめ直せば、ほとんど知らないことに気がつく。それでも我々は社会の一員であり、日々互いに様々に関係し合いながら、助け合いながら生きている。

相手のことを知らないからといって、疑い出せば何も行動できない。関わるということは、その関係において互いに信じ合うということである。

たとえその人が悪い人だと噂されていて、常に警戒していたとしても、関わると決めた瞬間はどこかで信じる気持ちが生まれている。

人間が不思議なのは、人間のことも他人のことも、そして自分のことも知らないままに、他人と関わり、社会を構成しているという点である。すなわち、「信じる」ということだけで構成されているのが、この人間社会であるかのようにも思える。

71　「人を信じる」というのはどういうことか。

1　人の言うことをまるまる信用するということ
2　人の正しい部分を受け入れ、それを信用するということ
3　人の可能性、人の本質的な性質を信用するということ
4　そのときその人が正しい行動をとったかどうかということ

72　その人とはどんな人か。

1　相手の間違った行動を見た人
2　正しい行動をとった人
3　一つの間違った行動をした人
4　人格を全否定される悪い人

73　筆者の考えに合うのはどれか。

1　人には良い面も悪い面もあるが、悪い面を無視し、良い面だけ受け入れればいいのである。
2　人徳者になるためには、他人の間違った行動も気にせず、嫌いな部分も受け入れ、相手のすべてを信じなければならない。
3　人間は自分のことはほとんど正確に知っているが、他人のことをどれほど正確に知っているのかと改めて考えれば、ほとんど知らないことに気がつく。
4　人間は自分のこともよく知らないし、他人のすべてを知っているはずもないのだから、知っている部分にこだわらず互いに信じ合うことが大切である。

問題14　下のページはあるスピーチコンテストの募集案内である。下の問いに対する答えとして最もよいものを、1・2・3・4から一つ選びなさい。

『第20回青少年英語スピーチコンテスト』
出場者大募集
～今こそ君の出番だ　チャレンジしよう～

日時：2020年6月16日（日）14：00～17：00（13:30受付開始）
場所：京王プラザホテル本館4F「花ＣＤ」
東京都新宿区西新宿2-2-1 4F　　TEL 03-3344-0111
入場：無料
出場者：東京都・埼玉・神奈川・千葉の各県に在住又は通学している高校生15名。
※但し、交換留学プログラムの規定上、以下を満たした者に限る。
①日本国籍の者
②満5歳以降に海外に1年以上居住した者は除く
※1次審査：提出された日本語でのスピーチ原稿にて書類選考
（1次審査のため、ワープロ打ちした日本語でのスピーチ原稿をA4サイズ1枚以内にまとめ、申込書に添付して郵送・FAX・メールのいずれかの方法で送付してください。3つの中から選んだテーマを必ず明記願います。）
応募締切日：2020年5月13日（月）必着
送付先：キャビネット事務局
〒169-0074 東京都新宿区北新宿1-36-6 ダイナシティ西新宿1F
TEL：03－5330－3330　　FAX：03－5330－3370
E-mail:cab@lions330-a.org
※1次審査合格者の発表：2020年5月27日（月）不合格者には通知しません
テーマ：①「日本の素晴らしさ」
②「学生の社会貢献について」
③「日本が世界に貢献できること」

以上の中からお選びください。発表時間は5分を予定。
選考基準：①日頃考えている事、意見等を英語で積極的に発表する意欲が見られること
②流暢であるか否かは問わない
表彰：東京都知事賞 ガバナー賞 会場賞他
※都知事賞副賞YCE派遣生として2020年8月に約3週間アメリカ合衆国カリフォルニア州へ派遣
出場会費：無料
主催：ライオンズクラブ国際協会330－A地区 YCE委員会
お問い合わせ先　YCE委員会　TEL：03－5120－2220
後援：東京都、ライオンズクラブ国際協会330複合地区YCE委員会

74 次の学生のうち、このコンテストの応募条件を満たしているのは誰か。

名前	国籍	年生	テーマ
鈴木洋子	日本	中学校2年生	日本の素晴らしさ
加藤翔平	日本	高校1年生	環境保護について
清水美希	アメリカ	高校2年生	学生の社会貢献について
松本淳	日本	高校3年生	日本が世界に貢献できること

1　鈴木洋子さん　　2　加藤翔平さん
3　清水美希さん　　4　松本淳さん

75 このコンテストに応募する際に注意しなければならないことは、次のうちどれか。

1　スピーチ原稿は日本語で書いて提出しなければならない。
2　スピーチ原稿は英語で書いて提出しなければならない。
3　スピーチ原稿は2020年5月27日までにキャビネット事務局まで届けなければならない。
4　スピーチ原稿は手書きでなければならない。

聴解（50分）

注意

Notes

1. 試験が始まるまで、この問題用紙を開けないでください。
   Do not open this question booklet before the test begins.

2. この問題用紙を持って帰ることはできません。
   Do not take this question booklet with you after the test.

3. 受験番号と名前を下の欄に、受験票と同じように書いてください。
   Write your examinee registration number and name clearly in each box below as written on your test voucher.

4. この問題用紙は全部で5ページあります。
   This question booklet has 5 pages.

5. 問題には解答番号の1、2、3…が付いています。解答は解答用紙にある同じ番号のところにマークしてください。
   One of the row numbers 1,2,3... is given for each question. Mark your answer in the same row of the answer sheet.

受験番号 Examinee Registration Number	

名前 Name	

問題1

問題1では、まず質問を聞いてください。それから話を聞いて、問題用紙の1から4の中から、最もよいものを一つ選んでください。

1番

1　自動券売機で切符を買う
2　女の人に道案内してもらう
3　女の人に切符を買ってもらう
4　みどりの窓口で切符を買う

2番

1　大学の図書館へ行く
2　レポートを書く
3　市立図書館へ行く
4　バイト先の先輩にインタビューする

3番

1　料理のできる時間を確認する
2　いすを返す
3　食堂に料理を頼む
4　料理を部屋まで運ぶ

4番

1　家に学生証を取りに帰る
2　受付に行って聞く
3　受診票を書く
4　受付にいて並ぶ

5番

1　スピーチを録音する
2　スピーチの原稿を直す
3　スピーチの原稿を送る
4　先輩に原稿をチェックしてもらう

問題2

問題2では、まず質問を聞いてください。そのあと、問題用紙の選択肢を読んでください。読む時間があります。それから話を聞いて、問題用紙の1から4の中から、最もよいものを一つ選んでください。

1番

1　窓を開けたから
2　天気が暑かったから
3　昼寝を2時間もしてしまったから
4　心配なことがあったから

2番

1　運動不足だから
2　バスも電車もないから
3　友達もほとんど自転車で通学しているから
4　自由に移動することができるから

3番

1　前の晩は十分に寝ておいたほうがいい
2　おなかがすいた状態でバスに乗らないほうがいい
3　薬を飲んだほうがいい
4　バスに乗らないほうがいい

4番

1 将来老人ホームに入るため
2 自分の研究テーマを探すため
3 現場の実際の状況を知るため
4 老人ホームを経営するため

5番

1 事前にいろいろ準備したこと
2 アメリカで英語を勉強したこと
3 ボランティア活動を企画したこと
4 自分がやろうと思ったことを実行してきたこと

6番

1 2時ごろ行く
2 1時半ごろ行く
3 1時ごろ行く
4 12時半ごろ行く

問題3

問題3では、問題用紙に何も印刷されていません。この問題は全体としてどんな内容かを聞く問題です。話の前に質問はありません。まず、話を聞いてください。それから質問と選択肢を聞いて、1から4の中から、最もよいものを一つ選んでください。

問題4

問題4では、問題用紙に何も印刷されていません。まず、文を聞いてください。それから、それに対する返事を聞いて、1から3の中から、最もよいものを一つ選んでください。

問題5

問題5では長めの話を聞きます。この問題には練習はありません。メモをとってもかまいません。

1番、2番

問題用紙に何も印刷されていません。まず話を聞いてください。それから、質問と選択肢を聞いて、1から4の中から、最もよいものを1つ選んでください。

3番

まず話を聞いてください。それから、二つの質問を聞いて、それぞれ問題用紙の1から4の中から、最もよいものを一つ選んでください。では、始めます。

質問1

1　大苗
2　鉢苗
3　新苗
4　蕾

質問2

1　大苗
2　鉢苗
3　新苗
4　蕾

全真模擬試題　第九回

★ 言語知識（文字・語彙・文法）・読解

★ 聴解

言語知識（文字・語彙・文法）・読解（105分）

注意

Notes

1. 試験が始まるまで、この問題用紙を開けないでください。

   Do not open this question booklet before the test begins.

2. この問題用紙を持って帰ることはできません。

   Do not take this question booklet with you after the test.

3. 受験番号と名前を下の欄に、受験票と同じように書いてください。

   Write your examinee registration number and name clearly in each box below as written on your test voucher.

4. この問題用紙は全部で32ページあります。

   This question booklet has 32 pages.

5. 問題には解答番号の1、2、3…が付いています。解答は解答用紙にある同じ番号のところにマークしてください。

   One of the row numbers 1,2,3... is given for each question. Mark your answer in the same row of the answer sheet.

受験番号 Examinee Registration Number	

名前 Name	

問題1　＿＿＿＿の言葉の読み方として最もよいものを、1・2・3・4から一つ選びなさい。

1　松下電器産業は、2006年度の全世界での出荷台数を550万台と予測した。

1　でか　　2　しゅつに
3　しゅつか　　4　しゅっか

2　中身は牛肉ではなく鶏肉だったことが発覚した。

1　ほっかく　　2　ほっく
3　はっかく　　4　はつかく

3　このような被害を防ぐには声をかけられても無視をすることです。

1　およぐ　　2　かせぐ
3　いそぐ　　4　ふせぐ

4　青少年を健全に育成するためには、幼いころのしつけや家庭の教育が最も大切である。

1　おなさい　　2　おさない
3　ちいさい　　4　こまかい

5　それでも中には値上げに便乗し、値上げをする業者もいるかもしれません。

1　びんじょう　　2　びんしょう
3　べんしょう　　4　べんじょう

第九回

問題2　＿＿＿＿の言葉を漢字で書くとき、最もよいものを、1・2・3・4から一つ選びなさい。

6　これは細かく<u>きざむ</u>ほど味が出ます。
1　拝む　　2　囲む
3　包む　　4　刻む

7　あくまでも国民の健康を<u>ささえる</u>食品として最大限の努力が払われるべきである。
1　支える　　2　与える
3　加える　　4　凍える

8　まるで動物でもしつけているかのような<u>ごうまん</u>な態度……
1　高慢　　2　自慢
3　傲慢　　4　放漫

9　博物館は<u>しせつ</u>の中央にご覧いただけます。
1　私設　　2　建設
3　使節　　4　施設

10　伸ばしていくときは息を吐き、<u>まげる</u>ときは息を吸う。
1　下げる　　2　曲げる
3　逃げる　　4　投げる

問題3　（　　）に入れるのに最もよいものを、1・2・3・4から一つ選びなさい。

11　あの人は、英国（　　）の温厚な紳士で、そして口無精で、本ばかり読んでいる。

1　甲斐　　2　流
3　代　　4　分

12　（　　）夜中の地震の衝撃で子供の頃の恐怖を思い出してしまったのだろう。

1　真　　2　半
3　悪　　4　反

13　床の真ん中には食器（　　）や本などを詰め込んだ段ボール箱が三つ置かれている。

1　状　　2　力
3　類　　4　的

14　レストランには子供（　　）の女二人と若いカップルが一組だけだった。

1　連れ　　2　添い
3　だらけ　　4　まみれ

15　開け放された白いフランス窓から、そんな梅雨（　　）の湘南の海が見えた。

1　置き　　2　明け
3　暮れ　　4　弱

問題4　（　　）に入れるのに最もよいものを、1・2・3・4から一つ選びなさい。

16　睡眠用の音楽にしては明快で（　　）です。
1　快活　　2　快晴
3　快心　　4　明確

17　いろいろな場所でスピーチをするたびに、似たようなお話を何度も（　　）ことになるのでしょう。
1　繰り上げる　　2　繰り返す
3　繰り下げる　　4　繰りあわせる

18　駅で（　　）昔の上司に会った。
1　たまたま　　2　だんだん
3　たびたび　　4　てんてん

19　明日も仕事だから、そんなに（　　）はできないけどね。
1　ぼんやり　　2　のんびり
3　ふんわり　　4　なんなり

20　幼い頃から始めないと、ダンスは上達しないと思いこんでいましたから、（　　）あきらめていたのです。
1　まさに　　2　つねに
3　とくに　　4　とっくに

21　上級者向けの高度な（　　）ですが、紹介しておきましょう。
1　テクニック　　2　フレッシュ
3　アプローチ　　4　マイペース

22　やっと解決したと思ったら、（　　）問題が生じた。
1　小さな　　2　新たな
3　些細な　　4　新鮮な

問題5 ＿＿＿＿の言葉に意味が最も近いものを、1・2・3・4から一つ選びなさい。

23 どこにでも持ち運べる軽量の電子本（Eブック）が登場し、紙の本の便利さにじょじょに近づいていくだろう。

1 いきなり　　2 きゅうに
3 つまり　　4 ゆっくりと

24 社長が何を言おうとしているのか見当がつかなくて、祐也は黙っていた。

1 見通し　　2 大体の目当て
3 目標　　4 方向

25 少しずつではあるが、ちゃくちゃくとガレージが出来てきている。

1 順調に　　2 勢いよく
3 速く　　4 遅く

26 なにごともやってみると納得する。

1 よくなる　　2 了解する
3 承知する　　4 理解する

27 それから待つこと二十分、六時十分にようやくエレベーター前のドアは開き、無事にバスに乗れた。

1 やっと　　2 結局
3 要するに　　4 つい

問題6　次の言葉の使い方として最もよいものを、1・2・3・4から一つ選びなさい。

28　会見

1　来週、アルバイトの会見があるので、持っていく履歴書を用意した。

2　社長は会見を開き、記者からの質問に一つ一つ丁寧に答えた。

3　昨夜、高校の同級生の集まりがあり、10年振りに会見を楽しんだ。

4　駅の近くを歩いていたら声をかけられて、テレビ番組の会見を受けた。

29　引き止める

1　僕にはその流れを引き止める力はない。

2　これらの活動は、施設入所を最小限に引き止めるという役割を担っている。

3　リビングへ行こうとしたら、「行かないで」と監督が私を引き止めた。

4　再び怒りがわき上がり、涙が出そうになったが、彼女は必死でそれを引き止め、タバコに火をつけた。

30　妙

1　そこを訪れると、実に妙な光景を見ることができる。

2　わたしはちょっと気抜けしたと同時に妙に嬉しくもあったのです。

3　列車内という狭い空間を感じさせないように家具が妙に配置されている。

4　カタカナ、ひらがなをつくったのは、日本人の妙な工夫だと思います。

31 間隔

1　コレラでは、消毒し避病院に間隔するしか方法がないんだ。

2　間隔された集団内では、異なった自然選択が起こり、違った種を形成する。

3　寒く暗い場所に家族の日常的なスペースを、明るく暖かい場所に接客間隔を置く。

4　一定の間隔をおいて高い街灯が立っていた。

32 物足りない

1　このまま終わってしまったら物足りないなと思った。

2　イモをおかずにすると、お腹が膨れてご飯が食べられないのね……おかずにたんぱく質が物足りない。

3　病棟がとても忙しくて、看護婦が物足りないんです。

4　自動車が止まって、物足りなく二人の男女が降りてきた。

第九回

問題7　次の文の（　　）に入れるのに最もよいものを、1・2・3・4から一つ選びなさい。

33 なんだか絵が似ていたような気がしてきました。同じ人が描いたんでした（　　）？

1　っけ　　　2　ことか
3　ものか　　4　ところか

34 こんなところで、診療所を開いてくれる医者なんて、なかなか、見つかり（　　）んです。

1　やすい　　2　かねない
3　ほかない　4　っこない

35 一人でいる心細さは、声を出すことによって軽減する（　　）増大した。

1　ところで　　　2　どころか
3　どころではない　4　ところを

36 でも、電話がかかってくると出たくなる。かかってこなければ電話を（　　）。つまり期待を抱かせる電話は不安も増大させているのだ。

1　しないではいられない　2　しなければなりません
3　するまでもない　　　　4　しなくてもいい

37 僕は仕事をしていても、彼女のことが気になって（　　）。

1　かまわない　2　はじめて
3　ざるをえない　4　しょうがない

38 浅草公園で夜を明かしたりすることは珍しくない（　　）。

1　ということだ　2　とすれば
3　とはいえ　　　4　といっても

39 言われた（　　）、一口飲んでみると、口の中が火のように熱くなった。

1　そうに　　2　おかげで
3　せいか　　4　とおりに

40 ほかの人たちが反対したりとめよう（　　）、父は言うことを聞きません。

1　といえば　　2　ことなく
3　としても　　4　ことだから

41 ダイエットは食べる物を変えてもだめだ。生活を変えて体質を改善（　　）ことには成功しない。

1　しない　　2　すれば
3　した　　4　する

42 彼が取り調べで何も言わなかったとしたら、それこそ時間の浪費（　　）。

1　というものだ　　2　かねない
3　といわれている　　4　っこない

43 もうやめようじゃないか。僕は家へ帰りたくなった。寂しくて（　　）んだ。

1　足りない　　2　かまわない
3　たまらない　　4　かいがない

44 しかし、アメリカに来（　　）、これほど気持が昂揚した瞬間はなかった。

1　たんだから　　2　てはじめて
3　た以上　　4　て以来

問題8　次の文の＿★＿に入る最もよいものを、1・2・3・4から一つ選びなさい。

（問題例）

あそこで＿＿＿ ＿＿＿ ＿★＿ ＿＿＿は山田さんです。

1　テレビ　　2　見ている　　3　を　　4　人

（解答の仕方）

1.　正しい文はこうです。

あそこで＿＿＿ ＿＿＿ ＿★＿ ＿＿＿は山田さんです。 1　テレビ　3　を　2　見ている　4　人

2.　＿★＿に入る番号を解答用紙にマークします。

（解答用紙）

（例）	①　●　③　④

45　また、博士といえば、＿＿＿ ＿＿＿ ＿★＿ ＿＿＿信用される。

1　有無　　　　2　かかわらず
3　に　　　　　4　学問の

46　＿＿＿ ＿＿＿ ＿★＿ ＿＿＿説明したんだけど、母が信じてくれないのよ。

1　父親に　　　2　行った
3　んだって　　4　会いに

47　公園内で違法な伐採が続けられた。＿＿＿ ＿＿＿ ＿★＿ ＿＿＿今日まで政治闘争は続いている。

1　きわめて　　　2　をめぐり
3　貴重な森林　　4　公園内にある

48 これらの言葉を、彼女は＿＿＿ ＿＿＿ ＿★＿ ＿＿＿をこめて語った。

1　一種の　　　2　流れ出る

3　強い熱情　　　4　自然に

49 ＿＿＿ ＿＿＿ ＿★＿ ＿＿＿、それ以上の質問をする気になれなかった。

1　気が遠く　　　2　なり

3　だけでも　　　4　考えた

問題9　次の文章を読んで、50から54の中に入る最もよいものを、1・2・3・4から一つ選びなさい。

「『授業』ということばを聞いたとき、あなたはどんなものを連想しますか」。こうたずねられたら、われわれは何と答えるだろうか。「教師」「先生と生徒」「教室」「黒板」「教科書」「時間割」……おそらくこんなふうな答えが多いのではないか。このように、われわれは、「授業」というとある一定の「形」を思い浮かべてしまい 50 だ。

黒板の前に教師が立っている。彼の前には、大勢の生徒が机にむかって行儀よく座っている。教師が説明する。生徒はそれをじっと聞いている。ベルの合図 51 生徒の机の上にひろげられていたものがサッとかわる。教師の「独演」の内容もかわる…… 52 な「一斉授業」における光景のひとこまである。

しかし、われわれの多くが持つこうした授業のイメージとは非常に 53 「授業」がある。アメリカにおける新しい教育改革の動き、とくにカリフォルニア大学を中心とする動きのなかにみられるものがそれである。「壁のない学校」などともよばれている。

ここでは、教師が黒板の前に立って一方的に教授する、といったことはほとんどない。 54 、子どもたちも机の前ばかりに座っていない。てんでに好き勝手なことをしているようにみえる。

50

1　向け　　　2　一方
3　次第　　　4　がち

51

1　につれて　　　2　とともに
3　一方で　　　4　に沿って

52

1 合理的 2 科学的
3 伝統的 4 理論的

53

1 似ている 2 統一した
3 同等な 4 異なる

54

1 それだけでなく 2 それで
3 それなら 4 それでは

問題10　次の（1）から（5）の文章を読んで、後の問いに対する答えとして最もよいものを、1・2・3・4から一つ選びなさい。

（1）

聞き手上手というのはカウンセラーのようなプロの人のことをいいます。相手に上手に話させることによって、相手が落ち着き、自分自身で課題を見出していく。

話し上手になっていくためのきっかけを作ってくれるのは、お母さんのような存在です。安心して話せる相手。途中で話をさえぎったり、否定したりしない。時間も自由にしゃべらせてくれる。そんな存在が必要なのです。

カウンセラーが「それはそうではないでしょう」とか「あなたの言っていることはおかしいですよ」と返したら、相談者はもう話す気がなくなってしまいます。聞き上手になるには、そうしたお母さん的、カウンセラー的な態度が必要です。

55　著者が言いたいことは何か。

1　話し上手になるには普段、自分自身で話題を見出して練習するのが大事である。

2　聞き手上手になるには相手に十分な話の雰囲気を作ってあげるのが大事である。

3　お母さんは子供の話を丁寧に聞くべきである。

4　プロのカウンセラーは相手の話をよく聞いてあげるのが基本である。

（2）

相手の家に入るときなどは「失礼します」のような表現を使うことがありますが、これも、相手の領域に入って多少なりとも相手を煩わせることを謝る表現になっている点で、発想したのだといえます。英語でも「Excuse me」が使われますし、インドネシアでは「ペルミシ」（Permisi）という「許しをもとめる」という言葉が使われています。

人には領域がありますが、その領域へ入ったり、その人の注意を引きつけたりすることは、その人を煩わせることでもあるといえます。このように、相手の領域に出入りをする場合、それについて謝ること自体が呼びかけ表現になっているわけです。

このように、挨拶をする時は人間関係も配慮する必要があります。

第九回

56 挨拶をする時は人間関係も配慮する必要がありますとあるが、なぜ人間関係に配慮する必要があるのか。

1　相手の家に入ることによって相手に謝る必要があるから
2　挨拶をすることによって相手との距離を遠く感じられなくなるから
3　相手の領域に入ることによって相手に何かと迷惑をかけるから
4　人間関係をスムーズにさせるには挨拶がなくてはならないから

(3)

歳をとると日常生活は定型化し、新鮮な感動も薄れ、つまりうまく生きてゆくための習慣が蓄積される。われわれは、習慣の蓄積によって、あまり考えなくとも、あまりワクワクしなくとも、新しい事態に対処できるようになる。そして、──たいそう恐ろしいことに──こうして身につけた生活の知恵がわれわれの命を縮める元凶となるのである。スムーズに抵抗なく生きることができればできるほど、それらの記憶は互いに区別がつかなくなり、定型のうちに埋没してゆく。毎日の朝食のメニュー、通勤電車から見る風景、出社したときの風景は、きわめて特殊なものでないかぎり、記憶から消えてゆく。

57 こうして身につけた生活の知恵がわれわれの命を縮める元凶となるのであるとあるが、その理由として最も適当なものはどれか。

1 身につけた生活の知恵により自由にできる時間は増加するものの、一方で人から運動する機会を奪い取ることとなり、寿命自体が短くなってしまうから

2 客観的時間の経過と人が感じる時間の流れとのズレが大きくなり過ぎると、大きなストレスを感じるようになり、心のバランスを崩してしまうことになるから

3 身につけた知恵を生かし、新鮮でワクワクした生活をすることにより、人生が楽しく豊かになり、時間が速く流れたように感じることになるから

4 人生の中で身につけた生きるためのノウハウが、新鮮な感動を奪うこととなり、日々の出来事は記憶から消えてゆき、実感としての時間は速く流れていくことになるから

（4）

片づけは、かれこれ20年くらい「ブーム」と呼べる状況にあります。それだけブームが続いていても、片づけがうまくできなくて、すっきりとしたくらしができない、と嘆いている人たちがたくさんいます。私は「家のコトは生きるコト」という思想を伝えるため、「家事塾」という活動を始めました。母から「家のことはほかの仕事をする上での基本だ。」って耳が痛いほど聞かされてきました。講座には、自分のくらしをうまく整えられずに悩む人や、家事の大切さに気づいた人たちがやってきます。

興味深いのは、みなさん、本当は、「きちんと片づければこんなくらしになっているはずなのに」と思いを抱きながら生きていらっしゃる。その方法については、「分かっているけどできない」と、共通しておっしゃるのです。

第九回

58　「家のコトは生きるコト」とあるが、どういうことか。

1　家の仕事を行うことは、家族の暮らしを考えることであるということ

2　家の仕事を行うことは、自分の理想を実現することであるということ

3　家の仕事を行うことは、日常的でありふれた行動であるということ

4　家の仕事を行うことは、生きるための本能に基づいた行動であるということ

(5)

外国人がとても戸惑うのが、日本人独特の距離感のあり方です。初対面の人にすぐに馴れ馴れしい態度を示すと、日本では品がないと敬遠されることが多いものです。少し距離をとって、その「距離感」を大切にしながらだんだんと親しくなっていく、そのプロセスを大事にするのが日本人です。そういう独特な距離感があるのですね。

ところが、およそ外国人では、韓国人ではとくに、できるだけ早くお互いの距離を縮めていこうとする傾向があります。そこのところで、多くの留学生が日本人との円滑な人間関係を築くことに躓いてしまうのです。

59 日本人との円滑な人間関係を築くことに躓いてしまうとはどういう意味なのか。

1 戸惑ってしまう。

2 途中で失敗してしまう。

3 馴れなくなってしまう。

4 傷ついてしまう。

問題11　次の（1）から（3）の文章を読んで、後の問いに対する答えとして最もよいものを、1・2・3・4から一つ選びなさい。

（1）

自分が研究者と呼ばれる者になり、ぼく自身、そうだ、ぼくは科学をやっているんだ、という気になったころ、ふと気がつくと世の中には、普通の人も日常生活を科学的に考えなければというテレビ番組や新聞・雑誌の記事があふれていた。

「科学的に見ないとちゃんと正しくものが理解できない」そういう意見を耳にしてぼくは疑問に思った。じゃあ、科学的に見ればちゃんとものが分かるというのは、ほんとうのことなんだろうか。そもそも科学というのはそんなにちゃんとしたものなんだろうか。そんなことをつい考えてしまったのだ。

それからは科学的といわれる態度をめぐってずいぶん議論した。科学的にこうだと考えられるという話が、しばらくするとまったく間違いだったということはよくある。

たとえば、ある昆虫が非常に的確に行動しており、獲物をつかまえるにはどこから近づいて、相手のどこを狙えばいいかちゃんと知っていて、それを実行しているという。実際にその様子を目撃すると確かにすごいなと思う。そのいきものにはそういう行動のパターンがあり、それに則ってハンティングしているという科学的説明がされ、実に納得する。でもほんとうにずっと観察していると、その説明ではダメな場合もたくさんあるということが分かってくる。

では人間の打ち立てた科学的説明とは、いったい何なのだ。そういうことを思うようになった。自然界の事例をたくさん見れば、いきものが失敗することはままある。科学的にこういう習性があるから、そのいきものの行動はこのように予想がつくと教わったが、どうもそううまくいかない場合がたくさんあるらしい。

第九回

60 それは何を指しているのか。

1 いきもの
2 獲物
3 行動パターン
4 昆虫

61 著者が言いたいことは何か。

1 研究者の立場から見れば、何事も理論に基づいて科学的に考えるべきである。
2 ある理論が正しいかどうか実証するには、自然界の生き物をよく観察してからでないと分からない。
3 理屈が分かってもそのとおりにいかない場合があるので、一概に科学的に物事を見るのは正しくない。
4 人間の打ち立てた科学的説明は正確なので、それから外れるものはない。

62 科学的にこういう習性があるの習性は何を指しているか。

1 普通の人も日常生活を科学的に考えること
2 そのいきもの自身の行動のパターンがあり、それに則ってハンティングすること
3 自然界の事例を考えると、いきものの失敗がたくさんあること
4 科学的に見ないとちゃんと正しくものが理解できないこと

(2)

多くの場合、いいデザインとは、課題や目的に対してシンプルに解決する存在なのです。シンプルさについて考えるために、まずは身の回りにある複雑なものを例に挙げてみましょう。リモコンを使う時のことを想像してみてください。たくさんのボタンが並んでいます。

[A]、テレビの操作と言えば、チャンネルと音量の操作が99％を占めると思います。

ですから、確かにチャンネルの移動と音量のボタンは大きくつくられています。では、あとのボタンは何のためにあるのでしょうか。1％の時々使う機能のために、これだけのボタンが付いているということになります。必要な瞬間には「あったら便利」と思えるかもしれませんが、それが常時並んでいることで、“見た目”を複雑にさせてしまっています。

僕はこの問題の根源には、人の「慣れ」が関係していると思います。「ある道具を使い慣れてしまうと、それ以外に触れなくなってしまう」のです。

脳には報酬系という、欲求が満たされることで活性化するしくみがあります。使い方を学習したことで、例えば見たい番組が録画できるとか、道具を快適に使えるようになると、それが快感として反映されます。そして道具を使うための学習コストが高いものは、そこから脱出するコストも高くなるのです。脳にかかるコストが大きいと、ゆるやかに新しいものを学ぶことをやめてしまうので、道具を切り替えにくくなるのです。家電を買い替える時、つい同じメーカーの商品を買い続けてしまうのにも、そうした要因があると言います。

63 [A]に当てはまるのに最も適当なものはどれか。

1 つまり

2 だから

3 しかし

4 では

64 <u>この問題</u>とは、どのような問題なのか。

1 テレビのチャンネル数が増え、リモコンが複雑になっているという問題

2 デザイナーがリモコンをシンプルにしたくてもできないという問題

3 リモコンにまったく必要のないボタンばかり付いているという問題

4 デザイナーがリモコンを複雑なものだとは考えていないという問題

65 <u>道具を使うための学習コストが高い</u>とあるが、どういうものなのか。

1 その道具を使うために高い費用を払わなければならないから

2 その道具にすぐに慣れて使いこなすことができるから

3 その道具の使い方を覚えるのに費用や時間がかかるから

4 その道具を使うたびに新たな使い方を知る必要があるから

(3)

自分力を身につけ、高めよう。こう言うと、何かとても大変なことをやらなければならないように感じるかも知れませんが、あまり難しく考える必要はありません。まずは身近なことから見直していきましょう。たとえば、携帯メールのやりとりです。

日本に来ると、電車の中はいうにおよばず、道を歩いている時でさえ携帯メールのやりとりをしている人を見かけます。こういうシーンを、私はできるだけ見たくない。なぜなら、携帯メールを四六時中やっている人の姿が、携帯電話に振り回されて他のことを何も考えられなくなっている［　A　］に見えてしまうからです。

携帯電話は確かに便利な道具です。ITが便利なのはいいけれど、フェース・トゥ・フェースのコミュニケーションの重要さが、どんどん忘れられているような気がします。

ここで一つ、みなさんに質問をします。「携帯メールのやりとりって、絶対に必要なの？」もしあなたの答えが「イエス」だとしたら、それは孤独感あるいは淋しさの現れかもしれません。本当に緊急の用事があるわけではなく、「仲間とつながっている」という感覚をキープしたいために、携帯メールのやりとりをしているのではありませんか。

自分力を高めようと思うなら、<u>まずそこから見直すべき</u>だと思います。もちろん私は、友達とのつながりを否定しているのではありません。携帯電話を持つなとか、メールをすべてやめろ、などと言っているのでもありません。緊急連絡が必要ということだってあるでしょう。

ただ、<u>「自分一人きりになる」ということの重要さ</u>を知ってほしいのです。しばらくの間、携帯電話なしで生活してみたらどうでしょう。何日間か、携帯メールから自分を解放してみるのです。そうすれば、自分一人だけの時空間を持ち、思索することの大切さが分かると思います。

第九回

66 [A]にあてはまる最もよい言葉はどれか。

1　機械の旅人

2　機械の番人

3　機械の専門家

4　機械の奴隷

67 まずそこから見直すべき理由として、最もふさわしいものはどれか。

1　「自分力」とは、自己と向き合って対話することによって培われるものだから

2　自分の弱さから逃げ、携帯メールになぐさめを求めるようになるから

3　自分力を高めるには、孤独感や淋しさに耐えることも必要だから

4　便利な道具には、個人情報の流出といった落とし穴があるから

68 「自分一人きりになる」ということの重要さとあるが、どのような点で「重要」なのか。

1　人とのやりとりのわずらわしさから逃れられるという点

2　静かな状況で思索することの大切さに気付けるという点

3　人に頼って解決するのではなく、問題を一人で受け止めるという点

4　わずらわしい対人関係を見直すきっかけにできるという点

問題12　次のAとBの文を読んで後の問いに答えなさい。

A

外向的、内向的という言い方があります。世間的な評価をすれば、内向的な人よりも外向的な人の方がプラス評価をもらえることが多い。外向的な人には、どのような人とでも気軽に話せ、すぐに友達になったり、はじめての集団にも溶け込むことができるというイメージがあります。そう考えれば、外向的というのは「超コミュニケーション社会」ではとても必要とされる性格だといえます。

しかし、私は内向的な人のほうが伸びると思っているのです。内向的な人は、自分とは何かとか、社会とは何かとか、いつも物事を考える習慣のようなものが身についているわけです。

だから内向的になっていくのです。外向的な人は、いつも外からの刺激に反応するだけで、内省の要素が少ないということです。

第九回

B

この二つの性格はどのような人にも備わっています。ただ、その一方に偏ってしまうことが問題で、内向的な部分と外向的な部分のバランスがとれていることが必要なのです。そのうえで、基本的には内向的な要素を習慣としてもっていないとダメなのではないかと、私は思っているのです。それがなく、外向的な部分だけに偏ってしまっている人は、外からの刺激がなくなったときに、先に進めなくなってしまうからです。たとえば会社が苦境に陥ったりすると、戸惑ってしまうことが多い。外向的に外からの刺激によってどんどん大きくなってきた人だから、そうした刺激がなくなると、どうしていいか分からなくなる。このようなときに、内向的な習慣を基本にもっていると違います。いつも自分自身に内省の光を当てる習慣をもっていたら、もっと冷静に状況を判断して、自分が今やるべきことをやれるようになります。

69 AとBで共通して述べられていることは何か。

1 内向的な性格より、外向的な性格のほうがいつもプラス評価をもらえる。

2 人の内向的な部分と外向的な部分のバランスを取るのは大事である。

3 外向的な人より、内向的な人に対しての評価が高い。

4 会社経営者にとって、外向的な性格はマイナス効果しかない。

70 Bの主な観点は何か。

1 内向的な人だけが将来性があるから、みな内向的になってほしい。

2 外向的な性格の人は問題などに絶対対応できないから、だめだ。

3 外向的な人はいつもやる気満々で、企業等でのリーダーにふさわしい。

4 あまり、外向的に偏らずに、内向的な要素をも持つべきです。

問題13　次の文章を読んで、後の問いに対する答えとして最もよいものを、1・2・3・4から一つ選びなさい。

科学は制度化・軍事化・技術化・商業化を通じて変容したのである。それによって、国家というスポンサーの意向を斟酌するようになり、軍事体制に組み込まれ、生産に役に立つことが奨励され、知的財産（知財）を蓄積すべく運命づけられた。これらが課している限界（言葉を換えれば大きな期待）によって、「好奇心の趣くまま」の自由を楽しんでいた科学は息苦しい状態になりつつある。まるで、オリンピックに参加するスポーツ選手が国家の名誉という重い荷を背負わされるようになっているのと似ていなくもない。

私は、科学が再び文化のみに寄与する営みを取り戻すべきと考えている。壁に飾られたピカソの絵のように、なければないで済ませられるが、そこにあれば楽しい、なければ何か心の空白を感じてしまう、そんな「無用の用」としての科学である。世の中に役立とうというような野心を捨て、自然と戯れながら自然の偉大さを学んでいく科学で良いのではないだろうか。

好奇心、探究心、美を求める心、想像する力、普遍性への憧れ、そのような人間の感性を最大限錬磨して、人間の可能性を拡大する営みのことである。

むろん、経済一辺倒の現代社会では、そんな楽観的な科学は許されない。一般に文化の創造には金がかかる。ましてや科学は高価な実験器具やコンピューターを必要とするから一定の投資をしなければならず、そうすれば必ずその分の見返りが要求される。

「文化より明日のコメを」という声も絶えることがない。社会もムダと思われるものに金を投ずるのを忌避するからだ。それが「役に立つ」科学とならねばならない要因で、科学者もセールスマンのように次々目新しい商品を用意して社会の要求に迎合していかねばならなくなる。それを逆

第九回

手にとって、あたかも世の中を牛耳っているかのように尊大に振る舞う科学者すら登場するようになった。これほど社会に貢献しているのだから、もっと金をよこせというわけである。金を通しての科学者と社会の綱引き状態といえるだろうか。

それでいいのかと改めて考え直してみる必要がある。確かに科学には金がかかり、それには社会の支持が欠かせない。「無用の用」にすらならないムダも多いだろう。しかし、ときに科学は世界の見方を変える大きな力を秘めている。事実、科学はその力によって自然観や世界観を一変させ、社会のありように大きな変化をもたらしてきた。社会への見返りとは、そのような概念や思想を提供する役目にあるのではないか。それは万に一つくらいの確率であるかもしれないが、科学の営み抜きにしては起こりえない貢献である。

むろん、天才の登場を必要とする場合が多いが、その陰には無数の無名の科学者がいたことを忘れてはならない。それらの積み上げがあってこそ天才も活躍できるのである。

71 私は、科学が再び文化のみに寄与する営みを取り戻すべきと考えているとあるが、筆者が取り戻すべきと考えているのは、どのような「科学」なのか。

1　国家というスポンサーの意向を斟酌するようになった科学
2　世の中に役立とうというような野心を持った科学
3　自然と戯れながら自然の偉大さを学んでいく科学
4　次々目新しい商品を用意して社会の要求に迎合して行く科学

72 金を通しての科学者と社会の綱引き状態といえるだろうかとあるが、それはどのような状態のことか。

1 科学者は知的財産を蓄積するために必要な資金を社会に要求しようとしているにもかかわらず、社会はその必要性を認めようとしない状態

2 科学者は自然や世界の真理を追究する立場であるから社会的利益には無関心であるが、社会は科学による恩恵を期待しすぎている状態

3 科学者は探究心や想像力といった感性を研究に投じられる資金と引き換えにしているが、社会はそのような科学のあり方を批判的に見ている状態

4 科学者は研究資金を確保するために社会的要求を容易に受け入れようとし、社会はその投資に見合う当然の成果を求めようとする状態

73 著者が言いたいことは何か。

1 科学は生産に役立ち、社会に貢献すべきである。

2 国から金をかけて科学を発展させているから、科学も国のために貢献すべきである。

3 科学は原初の趣を捨てず、人間の感性を磨き出す純粋なものであってほしい。

4 科学は世界の見方を変える大きな力を秘めているから、慎重に営むべきである。

問題14　下のページはイベントの知らせである。下の問いに対する答えとして最もよいものを、1・2・3・4から一つ選びなさい。

「将来の進路、どうしよう？」「そろそろ就活だ」「働くことのイメージがわかない」「今、こんなことをやっていていいのかな？」「社会に出るとどうなるんだろう？」そんなことを考えたことがある方には、このセミナーをおすすめします。

各界で活躍するOB・OGをお招きし、現在の仕事・学生時代の様子などのお話を聴くことをとおして、「自分らしさってなんだろう」「自分の長所とは」「将来何がしたいのか」「どのように生きるのか」「生きるうえで働くとはどういうことか」「職業をどのように選ぶのか」「職業ごとに働き方は違うのか」「学生時代をどのように過ごすのか」などを考えます。

1・2年生は将来の進路選択、職業選択を考えるきっかけとして、3年生以上は仕事・働き方・企業・業界を知る機会、OB訪問の代わりとしてOB・OGから直接話を聴く機会として活用してください。

日　時：2019年2月15日(金)17:00～19:00

テーマ：「社風を感じることってありますか？　合う合わないってあると思いますか？」

講演者：以下にお勤めのOB・OG
トラスコ中山（工場用副資材）
オービックビジネスコンサルタント（業務ソフト）
ミキモト（宝飾品）

●開催場所はキャリアセンター・セミナールーム（戸山キャンパス・学生会館3階）です。

●内容はOB・OGによる講演、自身の考えをまとめる短時間のワーク、座談会です。

●事前申し込みは不要です。会場に直接お越しください。

●各回の定員は80名です。開始15分前より先着順で受け付け、定員に達した時点で締め切ります。

●参加費は無料、服装は自由です。

●テーマ・講演者は変更・欠席する場合があります。講演者がOBのみ（またはOGのみ）となる場合があります。

●会社説明会ではありません。会社パンフレット等の配付資料はありません。また、このセミナーへの参加有無が、各企業・団体が行う採用選考のプロセスに影響することはありません。

74 このイベントは何年生が参加できるのか。

1 一年生
2 二年生
3 三年生
4 全部

75 このイベントのテーマとして最も適当なものはどれか。

1 学生時代をどのように過ごすのか
2 今、こんなことをやっていていいのか
3 学生時代から職場へ
4 自分の長所は何か

聴解（50分）

<table>
<tr><td>

注意

Notes

1. 試験が始まるまで、この問題用紙を開けないでください。
   Do not open this question booklet before the test begins.

2. この問題用紙を持って帰ることはできません。
   Do not take this question booklet with you after the test.

3. 受験番号と名前を下の欄に、受験票と同じように書いてください。
   Write your examinee registration number and name clearly in each box below as written on your test voucher.

4. この問題用紙は全部で5ページあります。
   This question booklet has 5 pages.

5. 問題には解答番号の1、2、3…が付いています。解答は解答用紙にある同じ番号のところにマークしてください。
   One of the row numbers 1,2,3... is given for each question. Mark your answer in the same row of the answer sheet.

</td></tr>
</table>

受験番号 Examinee Registration Number	

名前 Name	

問題1

問題1では、まず質問を聞いてください。それから話を聞いて、問題用紙の1から4の中から、最もよいものを一つ選んでください。

1番

1　見積書を作る
2　見積書をプリントする
3　ブラウスの色の件をメーカーに伝える
4　ブラウスのボタンの件をメーカーに伝える

2番

1　パワーポイントの修正をする
2　会長が飲むお茶の店を探す
3　お茶の専門店に電話をする
4　移動用の車の手配をする

3番

1　井上課長から計画書のことで言われるからです
2　小田さんと飲み会で喧嘩したからです
3　小田さんと仲直りしていないからです
4　小池さんに断られたからです

4番

1　午前は第一会議室に、午後から第二会議室に決めた
2　一日中第一会議室に決めた
3　一日中使える場所を探す
4　一日中第二会議室に決めた

5番

1　インタビューを受ける　→　社長室で寝る　→　夕食を食べる
2　インタビューを受ける　→　ジムへ行ってリラックスする
　→　夕食を食べる
3　ジムへ行ってリラックスする　→　インタビューを受ける
　→　夕食を食べる
4　社長室で寝る→　ジムへ行ってリラックスする　→　夕食を食べる

問題2

問題2では、まず質問を聞いてください。そのあと、問題用紙の選択肢を読んでください。読む時間があります。それから話を聞いて、問題用紙の1から4の中から、最もよいものを一つ選んでください。

1番

1　高齢者への援助の取り組み
2　お年寄りの施設の説明
3　施設の車の利用の仕方について
4　施設の従業員の育成について

2番

1　英語の発音がよくないと言われたからです
2　仕事が忙しいからです
3　ほかに好きなことを見つけたからです
4　英語教室が遠いからです

3番

1　5人
2　6人
3　12人
4　13人

4番

1　雨が何日も続いたこと
2　台風で木が倒れること
3　食べ物などが足りなくなること
4　土砂崩れの恐れがあること

5番

1　青と赤のシャツを買う
2　白のシャツを二枚買う
3　白と赤のシャツを買う
4　赤のシャツを二枚買う

6番

1　頭が痛くて、眠れない
2　薬を飲んで調子がよくなった
3　不愉快なことがあるので調子が悪い
4　考え方を変えたので、調子がよくなった

問題3

問題3では、問題用紙に何も印刷されていません。この問題は全体としてどんな内容かを聞く問題です。話の前に質問はありません。まず、話を聞いてください。それから質問と選択肢を聞いて、1から4の中から、最もよいものを一つ選んでください。

問題4

問題4では、問題用紙に何も印刷されていません。まず、文を聞いてください。それから、それに対する返事を聞いて、1から3の中から、最もよいものを一つ選んでください。

問題5

問題5では長めの話を聞きます。この問題には練習はありません。メモをとってもかまいません。

1番、2番

問題用紙に何も印刷されていません。まず話を聞いてください。それから、質問と選択肢を聞いて、1から4の中から、最もよいものを1つ選んでください。

3番

まず話を聞いてください。それから、二つの質問を聞いて、それぞれ問題用紙の1から4の中から、最もよいものを一つ選んでください。では、始めます。

質問1

1 メモを一冊にまとめるようにします
2 メモの準備として余分に持つようにします
3 色分けして書くようにします
4 「消えないペンで書く」ようにします

質問2

1 メモを一冊にまとめるようにします
2 余白をしっかり取るようにします
3 色分けして書くようにします
4 「消えないペンで書く」ようにします

全真模擬試題　第十回

★ 言語知識（文字・語彙・文法）・読解

★ 聴解

言語知識（文字・語彙・文法）・読解（105分）

注意

Notes

1. 試験が始まるまで、この問題用紙を開けないでください。
   Do not open this question booklet before the test begins.
2. この問題用紙を持って帰ることはできません。
   Do not take this question booklet with you after the test.
3. 受験番号と名前を下の欄に、受験票と同じように書いてください。
   Write your examinee registration number and name clearly in each box below as written on your test voucher.
4. この問題用紙は全部で31ページあります。
   This question booklet has 31 pages.
5. 問題には解答番号の1、2、3…が付いています。解答は解答用紙にある同じ番号のところにマークしてください。
   One of the row numbers 1,2,3... is given for each question. Mark your answer in the same row of the answer sheet.

受験番号 Examinee Registration Number	

名前 Name	

問題1 ＿＿＿＿の言葉の読み方として最もよいものを、1・2・3・4から一つ選びなさい。

1 宮沢賢治の言葉は、読む者の微細な感覚器官のスイッチをオンにする。

1 ちさい　　2 びさい
3 ひさい　　4 みさい

2 最初は、女性ばかりのクラスに圧倒され、恥ずかしくて逃げ出したこともあった。

1 あつとう　　2 あっとう
3 おうとう　　4 うとう

3 洋服を破くことよりも、体が傷つかなかったかということが、まず頭に来ます。

1 はぶく　　2 あぶく
3 やぶく　　4 かぶく

4 橋上の両側に店舗が並んでいる、私は日本では見たことのない、珍しい橋です。

1 めずらしい　　2 むずかしい
3 はずかしい　　4 よろこばしい

5 つまり熱心に商売に励む――お客に奉仕するということでしょう。

1 つとむ　　2 こばむ
3 はげむ　　4 たのむ

問題2　＿＿＿＿の言葉を漢字で書くとき、最もよいものを、1・2・3・4から一つ選びなさい。

6　任期満了に伴う市長選挙は10月19日にこくじされ、26日に投票となります。

1　告辞　　2　告訴
3　告示　　4　酷似

7　近頃のデジカメの進化っぷりからさっするに新しいものの方がいいですか。

1　接する　　2　属する
3　達する　　4　察する

8　雨にぬれると困るものね。

1　濡れる　　2　折れる
3　晴れる　　4　割れる

9　コンピューターにマニアックに執着する様子は、やはり日本でいう「おたく」にこくじしている。

1　酷似　　2　誇示
3　公示　　4　告示

10　幕府は根本からつぶれることにもなりかねない。

1　潰れる　　2　流れる
3　凭れる　　4　破れる

問題3　（　　）に入れるのに最もよいものを、1・2・3・4から一つ選びなさい。

11　金融の事務が給料もよく、（　　）者も歓迎ということで目にとまったのです。

1　既経験　　2　未経験

3　既体験　　4　未体験

12　通船は二時間（　　）に来るので、一回乗り遅れると下船が二時間遅れる。

1　明け　　2　まで

3　ころ　　4　おき

13　市外に住民登録がある人は、電話などで連絡があれば、案内（　　）を送付します。

1　書　　2　届

3　状　　4　紙

14　月間契約率は引き続き（　　）水準を維持し、また在庫率も低水準であった。

1　多　　2　低

3　高　　4　大

15　滋賀県の牛肉の味噌（　　）は、大名たちへの贈り物だった。

1　付き　　2　出し

3　漬け　　4　もの

問題4　（　　）に入れるのに最もよいものを、1・2・3・4から一つ選びなさい。

16　つまり、そうした専門的な知識よりも頭の（　　）がものをいう。

1　回送　　2　回転
3　転回　　4　転送

17　肥満は生活習慣病の多くの原因になっているので、簡単に（　　）わけにはいかない。

1　聞き流す　　2　聞き分ける
3　聞き入れる　　4　聞き漏らす

18　テレビで見る彼女は（　　）して、カリスマ的な魅力を備えていた。

1　まごまご　　2　はきはき
3　ふわふわ　　4　ぶつぶつ

19　素材にこだわって、気持ちも（　　）こめて作るパンはとってもやさしい味なんです。

1　ゆっくり　　2　すっきり
3　さっぱり　　4　たっぷり

20　これは（　　）意味のあることだ。

1　しきりに　　2　にわかに
3　しだいに　　4　おおいに

21　司会をしてくれる人がいると、話し合いが（　　）進む。

1　シンプルに　　2　スムーズに
3　ソフトに　　4　クリアに

22　みんなはあの二人が結婚するだろうと思っていたが、（　　）に外れた。

1　見本　　2　見舞う
3　見頃　　4　見事

問題5 ＿＿＿＿の言葉に意味が最も近いものを、1・2・3・4から一つ選びなさい。

23 お前みたいなやつは本当に最低だと、思い切り殴ってやるんです。

1 考え切って　　2 決心して

3 決断なさって　　4 断定的に

24 債務的部分に違反した者に対して損害賠償の請求をすることができるということである。

1 清算　　2 要求

3 訴訟　　4 訴求

25 どこまでも東に進んだ支流は、ついに日本列島に到達し、そこに大和民族を生んだのである。

1 だんだん　　2 徐々に

3 次第に　　4 とうとう

26 健之は仕事に熱中すると、いつも歌を口ずさむくせがあった。

1 夢中になる　　2 注目する

3 念頭におく　　4 目当てになる

27 庭には草木や花々が植えられていて、陽射しの弱いわりに緑は驚くほど豊かだ。

1 とは違い　　2 とは同じ

3 かわりに　　4 からには

問題6　次の言葉の使い方として最もよいものを、1・2・3・4から一つ選びなさい。

28　発達

1　彼女は去年より英語が<u>発達</u>している。

2　NGOを含む自発的団体が<u>発達</u>する条件は限られていた。

3　英語は<u>発達</u>するどころか、ますます下手になっていく。

4　当時は水運が<u>発達</u>し、水上交通が一般的であった。

29　錆びる

1　ステンレスは錆びにくい金属ですが、塩分、油脂等が付着したまま、長時間放置すると<u>錆びる</u>ことがあります。

2　草木が<u>錆びる</u>につれて、多くの昆虫類がここから発生するようになりました。

3　薬品を使って保存しないかぎり、それらは<u>錆びて</u>悪臭をはなちはじめただろう。

4　落ち着いて、定規が<u>錆びない</u>ようにしっかりと固定し、完全に切れるまでカッターを2度、3度入れます。

30　勝手

1　みずから判定するようになりましたが、自分の<u>勝手</u>で決定するわけではありません。

2　また、それぞれの国が<u>勝手</u>に使っている単位もあります。

3　本の値段は全部、仕入値から考えて店主が決めているので、<u>勝手</u>に変えられません。

4　そういう人たちと<u>勝手</u>に会話できる能力を身に付けてほしいです。

31 器用

1 医師は、器用な手つきで、パイプの先を操作していく。

2 とても明るい性格で、人づき合いが器用なので、あなたにコミュニケーションの力をもたらしてくれます。

3 職人でも、ひげの剃り方が器用な人と、得意でない人がいるものです。

4 器用なので短時間に多くのカットを撮るにはぴったりのカメラマンだ。

32 空しい

1 それからまる四年、そんな空しい親孝行がつづいて、二十七の春、母を見送った

2 彼が無関心を装おうとしても、それは無意味で空しい努力にすぎなかった。

3 たそがれの街の灯が空しい路面電車で道後温泉駅に向かう。

4 たくさんの食料を輸入していますが、空しい使い方も多いと思います。

問題7　次の文の（　　）に入れるのに最もよいものを、1・2・3・4から一つ選びなさい。

33　本日はお休みの（　　）お時間頂きまして大変申し訳ありませんでした。

1　ところ　　2　こと
3　もの　　4　ばかり

34　植物は、この二十四時間の時計（　　）、季節の時間を持っているそうだ。

1　について　　2　に関して
3　にとって　　4　に加えて

35　出来ることなら早いうちに、彼女の期待（　　）あげないといけないだろう。

1　に基づいて　　2　に対して
3　に応えて　　4　にわたって

36　学生（　　）、期末試験の準備は大変です。

1　にあたって　　2　にしたら
3　にかわって　　4　にかけては

37　参加する（　　）、しないにせよ、とりあえず連絡を下さい。

1　にせよ　　2　にしたら
3　につけ　　4　に沿って

38　会議中（　　）、この部屋は17時まで使えません。

1　にしろ　　2　ばかりに
3　につき　　4　に反して

39　あなたが御病気（　　）、酒をのみ煙草を吸っていると聞きました。それはよくないと思います。

1　にもかかわらず　　2　にかかわる
3　に関する　　4　に伴う

40 ところが帰ってきた彼女の顔は、私の期待（　　）晴れ晴れしていた。

1　に限って　　　　2　に際して

3　に先立って　　　4　に反して

41 地球上に命が誕生してから、四十億年（　　）命が続いている。

1　にしても　　　　2　に比べて

3　にわたって　　　4　につけ

42 日本人の大多数は、女性（　　）男性までも、犬のこととなると実に臆病になる。

1　反面　　　　2　ばかりか

3　もの　　　　4　まいか

43 資料（　　）いろいろと現場を見てきたが、今のところ何もわかっていない。

1　に決まっている　　2　に違いない

3　をはじめ　　　　　4　に基づいて

44 これは彼に想像力が欠けているということの証拠（　　）。

1　しかない　　　　　2　にほかならない

3　よりほかはない　　4　ようがない

第十回

問題8　次の文の＿★＿に入る最もよいものを、1・2・3・4から一つ選びなさい。

（問題例）

あそこで＿＿＿ ＿＿＿ ＿★＿ ＿＿＿は山田さんです。

1　テレビ　　2　見ている　　3　を　　4　人

（解答の仕方）

1.　正しい文はこうです。

あそこで＿＿＿ ＿＿＿ ＿★＿ ＿＿＿は山田さんです。 **1　テレビ　3　を　2　見ている　4　人**

2.　＿★＿に入る番号を解答用紙にマークします。

（解答用紙）

（例）	①　●　③　④

45　ほかの人はともかく、わたしは＿＿＿ ＿＿＿ ＿★＿ ＿＿＿ことはなかった。

1　危険を　　　　　　2　感じた

3　これほど　　　　　4　生涯

46　女性は世の中で仕事を得て働いて行くうえで＿＿＿ ＿＿＿ ＿★＿ ＿＿＿べきではあるまいか。

1　学問を　　　　　　2　身につける

3　役立つ　　　　　　4　具体的に

47 ＿＿ ＿＿ ＿★＿ ＿＿、実は、ある種の規則がある。それは常識というものだ。

1　ないとは　　2　恋愛には

3　規則は　　4　いうものの

48 ＿＿ ＿＿ ＿★＿ ＿＿、決定事項らしきものはほとんどない。組織なんてものは大きくなると決定手続きばかりが増えて動きが鈍くなる。

1　いた　　2　三時間も

3　会議をして　　4　わりには

49 ＿＿ ＿＿ ＿★＿ ＿＿という若い人がふえているのではなかろうか。

1　かまわぬ　　2　人に

3　迷惑を　　4　かけても

第十回

問題9　次の文章を読んで、50から54の中に入る最もよいものを、1・2・3・4から一つ選びなさい。

バスの停留所でバスを待つ人たちや電車の席に座る人たちの間隔を観察していると実に面白い。バスを待っている人の数が2人の場合、二人の間隔は2m以上ある。また、電車の座席が空いているとき、連れのいない人たちは空いているところに 50 座る。

もし、バス停に2人や3人しかいない時にある人が30cmの間隔で並んだら、ほかの人はおそらく気持ち悪く思うだろう。 51 、すいている電車でほかにも座るところがあるのにすでに座っている人のすぐとなりに座ったら、やはり気持ち悪く思うだろう。

つまり、人は他人に意味なく接近されると不快に感じるのである。では、どのくらいの距離なら不快に感じないのか。それについてのある研究によれば、ごく親しい関係の場合は0～45cm、相手の表情を読み取る空間なら45cm～120cm、手は届かないが会話ができる空間なら1.2m～3.5mだそうだ。

しかし、文化によって 52 距離は異なるそうだ。私自身、文化による違いを経験している。以前、中国に滞在していた時のとこだが、ソファーに座った来客である私に、その家の人たちはかなり接近して座り、会話が始まった。慣れないうちは少しとまどったが、徐々に慣れていき、親しさを感じる 53 。

握手で挨拶し、抱き合う文化の人たちの距離と、お辞儀をしても頭がぶつからない距離を保たなければならない日本文化の距離とでは、人と人の間隔にかなりの違いがみられるのは 54 。

50

1　たっぷりと　　2　余裕をもって
3　どっと　　4　しみじみと

51

1　逆に　　2　さらに
3　同じように　　4　つまり

52

1　あんな　　2　あの
3　いわゆる　　4　この

53

1　ようとした　　2　ようではないか
3　ようがない　　4　ようにすらなった

54

1　不思議なことだろう　　2　当然のことだろう
3　考えられないことだろう　　4　悲しいことだろう

問題10　次の（1）から（5）の文章を読んで、後の問いに対する答えとして最もよいものを、1・2・3・4から一つ選びなさい。

（1）

顔は、生きるためだけではなく、ほかにもいろいろな役割をもっています。その一つは、その人を識別するための手がかりとしての役割です。顔を見れば、その人が男であるか、女であるか、何歳ぐらいであるか、ということがだいたい見当がつきます。中には見当がつかない人もいますが、要するに一種の「証明書としての役割」を顔は担っているのです。知っている人であれば、顔を見ればその人の名前も分かるでしょう。

55　筆者がこの文章で最も言いたいことは、どのようなことか。

1　顔は生きるためにあるのではなく、人を識別するという働きのためにある。

2　顔は生きるためのほかに、個々の人を見分けるための働きももっている。

3　顔は生きるためにあり、それぞれの人を見分けるという働きは重要ではない。

4　顔は性別、年齢を識別することよりも、生きるために重要な役割をもつ。

(2)

リストラに遭って再就職を求め、職安（ハローワーク）に行って、「あなたは何ができますか？」と問われた時、「前の会社では部長でした」などと答える人がよくいるという。問われているのは、「あなたは何ができますか？」であって、「あなたはナニサマでしたか？」ではないのである。「ナニサマ」かであった時は既に過去のものとなっている。過去のものは過去のものである。そこから「なにがしかのもの」が引き出されてこそ、過去は「経験」となる。

56 この文章でいう「ナニサマ」とは何か。

1　これまでの経験
2　以前働いていた会社
3　前の仕事での役職
4　現在できること

(3)

相手が自信を持って出してきた数字は、議論に勝つための武器として用意したものだから、信頼に値するものが多いのだが、そういう大事な数字も含めて、相手の出してくる数字には注目しておくほうがいい。ついつい相手のソフトな語り口調や熱のこもった話し方に気を取られてしまい、説明が論理的な感じに聞こえると、それが正しいものと信じて疑わないこともある。しかし、話し方や雰囲気にのまれずに、要所要所で相手が出してくる数字に注目しておくと、論理がどこかで破綻しているに気づいたり、ごまかしが分かったりすることがあるのだ。

57 筆者がここで最も言いたいことは何か。

1 数字に注意して聞くと相手の話の矛盾に気づくことができる。

2 出してきた数字に関する説明を相手に求めれば議論に勝てる。

3 議論をするときは数字の信頼性より話し方や雰囲気のほうが重要だ。

4 自分の論理の不自然さを隠すには数字を使うのが効果的である。

(4)

拝啓　平素は格別のお引き立てをいただき、厚く御礼申し上げます。

さて、この度はサンシャイン企画による「年末スペシャルコンサート」招待券にご応募いただき、まことにありがとうございました。応募者多数につき、厳正な抽選を行いました結果、残念ながら当選とはなりませんでした。恐縮ではございますが、ここにお知らせいたします。

なお、サンシャイン企画では、来年一月「ニューイヤーコンサート」も予定いたしております。詳細は弊社ホームページで発表いたします。今回と同様、招待券をご用意する予定です。またのご応募をお待ちしております。

今後とも、サンシャイン企画へのご愛顧を賜りますようお願い申し上げます。

敬具

サンシャイン企画株式会社

58 この知らせを受け取った人の説明として、正しいものはどれか。

1　この人は、来年のニューイヤーコンサートに応募した。
2　この人は、来年のニューイヤーコンサートに招待される。
3　この人は、今年の年末スペシャルコンサートに応募しなかった。
4　この人は、今年の年末スペシャルコンサートに招待されない。

(5)

車輪が、前後に二つ並んでいるのが自転車の基本的な形態です。生まれたとき、すでに自転車が身近にあったわたしたちには、ごくあたりまえのように思えますが、この配列は、車輪の歴史からみると画期的なことです。車輪は、何千年も前から、馬が引く戦車や荷車に用いられてきましたが、この場合の配列は、横に二つ並べる形態をとっていました。しかし、これでは常に馬に引いてもらわなければ、動くことができません。馬に引かせるのではなく、人間が自分で乗って移動するという発想が、車輪を縦に並べた自転車の基本形態を生み出したのです。

59 ここであたりまえだと言っていることは何か。

1 自転車が身近にあること
2 車輪が前後に二つ並んでいること
3 馬が戦車や荷車を引くこと
4 人間が乗り物で移動すること

問題11　次の（1）から（3）の文章を読んで、後の問いに対する答えとして最もよいものを、1・2・3・4から一つ選びなさい。

（1）

　散歩という言葉はぶらりぶらりのそぞろ歩きを連想されるが、それではカタルシスはおこりにくい。相当足早に歩く。はじめのうち頭はさっぱりしていないが、30分、50分と歩きつづけていると、霧がはれるように、頭をとりまいていたモヤモヤが消えていく。それにつれて、近い記憶がうすれて、遠くのことがよみがえってくる。さらに、それもどうでもよくなって、頭は空っぽのような状態になる。散歩の極地はこの空白の心理に達することにある。心は①タブララサになる。つまり、文字を消してある黒板のようになる。

　思考が始まるのはそれからである。自由な考えが生まれるには、じゃまがあってはいけない。まず、不要なものを頭の中から排除すべきである。散歩はそのために最も適しているようだ。ぼんやりしているのも、ものを考えるにはなかなかよい状態ということになる。②勤勉な人にものを考えないタイプが多いのは偶然ではない。働きながら考えるのは困難である。歩くのは仕事ではない。だから、心をタブララサにする働きがある。時間を気にしながら目的地へ急ぐのでは、同じく足早に歩いても思考の準備にはならない。

　ものを考えるには、適当に怠ける必要がある。そのための時間がなくてはならない。

60　①タブララサとはどのような状態か。

1　先ほどの霧が晴れるようになること
2　心配事がまったくなくなった状態のこと
3　すべてを忘れてしまった状態のこと
4　精神が遠くに行ってしまう状態のこと

第十回

61 ②勤勉な人にものを考えないタイプが多いのはなぜか。

1 体を動かすことは思考のじゃまになってしまうから

2 考えることと働くことを同時に行うのは難しいから

3 仕事を離れて気分転換をすることは簡単ではないから

4 ストレスのために、考えることが困難になるから

62 筆者は、ものを考えるにはまずどのような状態にするのがよいと述べているか。

1 考えるために必要な情報が、頭の中に十分にある状態

2 必要のないものを頭から取り除いてから考える状態

3 働きながら、自らの感覚に集中している状態

4 ほかのことをしながら、物事を考える状態

(2)

人間が一番リラックスして話せるのは、斜め前に相手がいるときであるらしい。精神分析の創始者であるフロイドの診察室というのをウィーンでみたことがあるが、患者の椅子は寝椅子であり、フロイドは脇にある小さな椅子に座って、昨日見た夢とか、連想できる事柄などを患者から聞いていたという。患者からは自分の正面の壁や天井が見えるだけで、自分の話を聞いているフロイド先生の顔は見えない。ときどき返事をする声が聞こえてくるだけ。

真正面に立たれると、人は圧迫感を感じて緊張してしまう。相手の顔が見えすぎるのは、あまり話しやすいことではない。語学教師は、学生に聞かせたいときには黒板の前の真ん中に立つ。少し楽しくさせたいなら、斜め前とか、教壇を降りて低いところから話すようにする。ひとりひとりに自由に答えさせたいのなら、学生のそばの斜め前ぐらいに立つといい。そういうテクニックがある。

したがって、デートのときにいいのは、斜め向かいに座ることである。できれば、お互いの身体の向きが90度から45度ぐらいになるように座るのがいい。相談事を聞くのもじっくりと話し合いたいときも、そういう位置関係が、お互いに一番楽なはずである。

63 フロイドが、脇にある小さな椅子に座るのはなぜか。

1 相手の声をよく聞くため
2 相手の顔をよく見るため
3 相手を緊張させないため
4 相手とじっくり話し合うため

64 語学教師のテクニックとして、正しいものはどれか。

1 学生に集中して聞いてもらいたいときは、教師は教室の前の真ん中に立つ。

2 学生に自由に話してもらいたいときは、教師は教室を出て学生だけにする。

3 スピーチの練習の時は、本番で緊張しないように、教師は学生の後ろに立つ。

4 作文の練習の時は、間違いを見つけるために、教師は学生のそばに立つ。

65 <u>そういう位置関係</u>とは、どんな位置のことか。

1 真正面に座ること

2 斜め向かいに座ること

3 相手より低い位置に座ること

4 相手に見えないところに座ること

(3)

古書会館の即売会に出入りするようになって、それまでの古本買いと一番変わったのは、まったくどんな人だか知らない、名前も聞いたことのない著者の本を買うようになったことだ。

これはけっこう①冒険である。

日頃から興味を持っている分野、ある人物について書かれた本について、知らない著者の本を買うことは新刊書店でも確かにある。しかし、本を選ぶ際の基準の圧倒的上位はやはり著者名だろう。

その点、古書展の場合でも、もちろん著者名優先で買うことに間違いはないが、未知の著者の本でも、②ためらわずぐいぐい顔を突っ込んでいく。タイトルや装丁がナイス、関心のある出版社の本である、あるいはその本が単に古いというだけの理由で、まったく見当がつかない本でも勢いで買ってしまうのである。

著者や内容についてじっくり点検するのは、家へ持ち帰って、包みを開けてからということになる。

正当な文学史からはこぼれてしまっている。しばしば主たる人名事典からも漏れている。忘れようとして思い出せない。時代の流れにはじきとばされて散れ散れになった星屑のような著者たち。

そうした、幾多の未知の著者たちと、古書展の雑本雑書の中で出会ってきたことか。

66 ここで言う①冒険とは何か。

1 古書会館の即売会に一人だけで出入りすること
2 行ったことのない古書店に行くこと
3 初めて行った古書店で高価な本を買うこと
4 知らない著者が書いた古書を買うこと

第十回

67 ②ためらわずぐいぐい顔を突っ込んでいくとはどういう意味か。

1 古書店の店主にいろいろと質問すること
2 未知の著者の本を有名な著者の本よりたくさん買うようにすること
3 著者名や内容を知らなくとも、気になれば本を買うこと
4 未知の著者の本のよい面を必死に探そうとすること

68 この文章で筆者の言いたいことは何か。

1 本を選ぶときは、著者が有名かどうかで決めるのがいい。
2 文学史に名前が残っていない人の本を買うことはやめたほうがいい。
3 新刊書店でも古書店でも、著者名だけで本を選ぶのがいい。
4 名前を聞いたことのない著者の本に出会うのも古書の楽しみの一つだ。

問題12　次のAとB二つの文章を読んで、後の問いに対する答えとして最もよいものを、1・2・3・4から一つ選びなさい。

利用者A

私はこの3月に高校を卒業して、今は大学受験の準備中です。この図書館は小さいですが、あまり混まなくて静かなので毎日来て勉強しています。以前は、平日だけ開いていたのが、先月から第二・第四土曜日も開館になり、その代わりに開館した土曜の次の月曜日は休館になりました。前は週末には全く利用できなかったので、便利になったという人もいるでしょうが、次の月曜が休館なので、結局開館日が増えたわけではありません。また、平日は人も少なく落ち着いて勉強できたのが、土曜は朝から利用者が多く、席が取れないこともあります。私の勝手な希望かもしれませんが、もう一度開館日を考え直していただけませんか。それが無理でも、せめて利用者が増えた分、席を増やすなどしていただければと思います。

利用者B

新刊図書や雑誌がたくさん置いてあるので、時々この図書館を利用しています。前は、平日しか開いていなかったので、会社から帰宅するころには既に閉館していて利用したくてもなかなか難しい状況でしたが、先月から週末にも利用できるようになり、週末の楽しみが一つ増えました。そして、平日の開館時間は以前の通り9時から6時までなのに、土曜日の閉館時間はどうして3時に変わったのでしょうか。土曜日に開館したら次の月曜は休館されるのですから、週末も6時まで開いていただければもっと利用しやすくなると思います。ご検討ください。

第十回

69 この図書館の開館日数・開館時間はどう変わったか。

1 以前より開館日数も増え、開館時間も長くなった。
2 以前より開館日数は増えたが、開館時間は短くなった。
3 開館日数は以前と同じだが、開館時間は長くなった。
4 開館日数は以前と同じだが、開館時間は短くなった。

70 利用者Aと利用者Bは開館日の変更についてどう思っているか。

1 AもBも満足している。
2 AもBも特に意見を述べていない。
3 Aは不満に思っているが、Bはよかったと思っている。
4 Aはよかったと思っているが、Bは不満に思っている。

問題13　次の文章を読んで、後の問いに対する答えとして最もよいものを、1・2・3・4から一つ選びなさい。

私たちは、何かを伝えようとするとき、伝える内容の方に一生懸命になる。しかし聞く方は、予備知識も含め、あなたというメディア全体が放っているものと、発言内容の「足し算」で聞いている。

「仕事を抱え込んでしまって困っている山田さん」が「新商品は、何を作るかよりも、いかに新しい作り方をするかです」と言ったって、①説得力がない。

しかし、「新しいものづくりをしていると評判の山田さん」が、「新商品は、何を作るかよりも、いかに新しい作り方をするかです」と言えば、みんな「いいことを言うぞ」と聞き耳を立てるだろう。そういう状況の中で話し始めれば、同じことを言っても、よく理解され、発言は通りやすくなる。発言が通れば、信頼感が増し、さらに発言が通りやすくなると、いいスパイラルになっていく。

どうしたら、あなたが口を開く前に、周囲の人から、あなたの話を聞こうという気持ちを引き出せるのか。どうしたら、クライアントが、あなたの企画書の表紙を開く前に、「あの人の企画なら間違いない」と思ってもらえるのか。

自分の聞いてもらいたいことを聞いてもらえるメディアになる。

「メディア力を高める」とは、そういう意味だ。少し引いた目で、外から観た自分をとらえ、それを「こう見てほしい」という自分の実像に近づけていくことだ。

自分以上に見られたい、という人もいると思うが、私はその必要はないし、戦略としてうまくないと思う。考えてみてほしい。外から見て人があなたに期待する、その「期待値」に、常に自分の内面がともなわないのだ。②コミュニケーションの入り口はよくても、関わるごとに相手は、期待以下の実感をもつ。コミュニケーションの出口には、「幻滅」が待っている。

そうではなく、自分の偽らざる内面のうち、どの面を見せ、謳っていくかだと思う。

「メディア力」をつくるものは何だろう。（中略）

自分の営みによって、結果的に形成されていく部分が大きいと私は思う。日ごろの、立ち居ふるまい・ファッション・表情。人への接し方、周囲への貢献度、実績。何をめざし、どう生きているか、それをどう伝えているか、それら全ての積み重ねが、周囲の人の中にあなたの印象を形づくり、評判をつくり、ふたたび、「メディア力」として、あなたに舞いもどってくる。動きやすくするのも、動きにくくするのも、自分次第だ。

71 ①説得力がないのは、なぜか。

1　発言内容が理解しにくいから
2　発言の仕方に問題があるから
3　発言する人が信頼されていないから
4　発言を聞く人に予備知識がないから

72 ②コミュニケーションの入り口はよくてもとは、どういう意味か。

1　実際に話し始めたときには、その内容がすばらしいと思われても
2　実際に話し始めたときには、スピーチの方法がすばらしいと思われても
3　実際に話す前には、周囲の人とうまくコミュニケーションすることができても
4　実際に話す前には、周囲から「あの人の言うことなら間違いない」と思われても

73 筆者は、人に何かを伝える場合に大切なのは、どんなことだと言っているか。

1　どのようなメディアを使って伝えたら効果が高いかを考えること
2　「この人の話なら聞こう」と周囲に思わせる評判をつくること
3　「この人はコミュニケーションが上手だ」と周囲に思わせる印象をつくること
4　伝える内容を考える前に、周囲の人といい人間関係を作り上げておくこと

問題14　下のページは、スミ区の自転車駐輪場の利用についての案内である。下の問いに対する答えとして最もよいものを、1・2・3・4から一つ選びなさい。

スミ区自転車駐輪場利用案内

通勤・通学等で自転車を利用する方のために、駅周辺に自転車駐輪場を複数設置しています。

1日単位で利用する「当日利用」と、1か月または3か月単位で利用登録する「定期利用」があります。どなたでも利用できます。

◆当日利用

利用登録の必要はありません。利用希望日に空きがあれば、いつでも利用できます。

◆定期利用

利用登録が必要です。利用申請後、承認された方のみ利用登録ができます。毎月利用申請を受け付けます。

○利用申請

各駐輪場の空き状況を確認のうえ、利用申請をしてください。申請書に必要事項をご記入のうえ、利用開始月の前月15日までに利用する駐輪場へ直接お持ちください。その際、住所が確認できる物、高校生以下の方は通学を証明する物が必要です。申請書はスミ区役所のホームページからダウンロードしてご利用ください。
区役所、各駐輪場にもあります。
なお、各駐輪場の空き状況は、電話で各駐輪場にお問い合わせください。

○利用登録・料金の支払い

利用申請が承認された方へは、区からはがきをお送りします。そのはがきと利用期間に応じた料金を利用開始前月末日までに利用する駐輪場にお持ちになり、利用登録をしてください。

【自転車駐輪場利用料金】

利用者区分		一般		高校生以下	
区民		区民	区民以外	区民	区民以外
定期利用	1か月	1,800	2,400	1,500	2,100
	3か月	4,800	5,400	3,600	4,200
当日利用	1日	100			

※いったん支払われた料金は、いかなる理由があっても返金いたしません。

74 定期利用の申請方法として適切なものはどれか。

1　電話で申請する。

2　区役所で申請する。

3　利用する駐輪場で申請する。

4　区役所のホームページで申請する。

75 フジ区に住んでいる会社員のFさんは、3か月の定期利用を申し込んで利用が認められた。料金の支払いについて適切なものはどれか。

1　4,800円を利用する駐輪場で支払う。

2　5,400円を利用する駐輪場で支払う。

3　4,800円をスミ区役所で支払う。

4　5,400円をスミ区役所で支払う。

聴解（50分）

注意

Notes

1. 試験が始まるまで、この問題用紙を開けないでください。

   Do not open this question booklet before the test begins.

2. この問題用紙を持って帰ることはできません。

   Do not take this question booklet with you after the test.

3. 受験番号と名前を下の欄に、受験票と同じように書いてください。

   Write your examinee registration number and name clearly in each box below as written on your test voucher.

4. この問題用紙は全部で5ページあります。

   This question booklet has 5 pages.

5. 問題には解答番号の1、2、3…が付いています。解答は解答用紙にある同じ番号のところにマークしてください。

   One of the row numbers 1,2,3... is given for each question. Mark your answer in the same row of the answer sheet.

受験番号 Examinee Registration Number	

名前 Name	

問題1

問題1では、まず質問を聞いてください。それから話を聞いて、問題用紙の1から4の中から、最もよいものを一つ選んでください。

1番

1 家に帰る
2 病院に行く
3 レポートを書く
4 高橋先生の研究室に行く

2番

1 資料から情報を集める
2 書類を印刷する
3 売上報告書を作成する
4 書類の端を留める

3番

1 掃除道具を受け取る
2 記念品をもらう
3 そのまま説明を聞く
4 掃除の作業を始める

4番

1 2階へ行く
2 番号札を取る
3 申込書を書く
4 身分証明書をコピーする

5番

1　2,700円
2　3,000円
3　8,100円
4　9,000円

問題2

問題2では、まず質問を聞いてください。そのあと、問題用紙の選択肢を読んでください。読む時間があります。それから話を聞いて、問題用紙の1から4の中から、最もよいものを一つ選んでください。

1番

1　先生にしかられたから
2　風邪で熱があるから
3　友だちが交通事故で死んだから
4　友だちから死んだ人の話を聞いたから

2番

1　人々に勇気や感動を与えられるから
2　人気者になれると思ったから
3　世界の言葉が話せるようになるから
4　世界中に友だちが作れるから

3番

1　時間に余裕があるから
2　割引期間だから
3　就職したとき役立つから
4　友達が始めたから

4番

1　森先生から勧められたから
2　先輩にアドバイスがもらえるから
3　指導を受けたい先生がいるから
4　知識を身に付けたいから

5番

1　10台
2　7台
3　3台
4　1台

6番

1　風邪や太陽の力を利用した発電方法を広めること
2　貧しい国を助けること
3　風力を利用して農作物を作る方法を生み出すこと
4　地球温暖化を防止すること

問題3

問題3では、問題用紙に何も印刷されていません。この問題は全体としてどんな内容かを聞く問題です。話の前に質問はありません。まず、話を聞いてください。それから質問と選択肢を聞いて、1から4の中から、最もよいものを一つ選んでください。

問題4

問題4では、問題用紙に何も印刷されていません。まず、文を聞いてください。それから、それに対する返事を聞いて、1から3の中から、最もよいものを一つ選んでください。

問題5

問題5では長めの話を聞きます。この問題には練習はありません。メモをとってもかまいません。

1番、2番

問題用紙に何も印刷されていません。まず話を聞いてください。それから、質問と選択肢を聞いて、1から4の中から、最もよいものを1つ選んでください。

3番

まず話を聞いてください。それから、二つの質問を聞いて、それぞれ問題用紙の1から4の中から、最もよいものを一つ選んでください。では、始めます。

質問1

1　理科系の施設案内グループ
2　文科系の施設案内グループ
3　理科系の学科説明グループ
4　鈴木先生の授業を聞くグループ

質問2

1　理科系の施設案内グループ
2　文科系の施設案内グループ
3　理科系の学科説明グループ
4　鈴木先生の授業を聞くグループ

全真模擬試題解析
第一回

★ 言語知識（文字・語彙・文法）・讀解

★ 聽解

第一回

言語知識（文字・語彙・文法）・讀解

問題1

1 **答案：1**

譯文：他每天早上3點鐘起床去市場進貨。

選項1　市場（いちば）：集市

選項2　無此詞

選項3　芝（しば）：草坪

選項4　一定（いちじょう）：確實，一定

2 **答案：3**

譯文：一般而言，父母與孩子之間有很多相似點。

選項1　信仰（しんこう）：信仰

選項2　無此詞

選項3　親子（おやこ）：父母與孩子

選項4　親父（おやじ）：老爸

3 **答案：4**

譯文：小時候很喜歡讀一本叫作《兒童科學》的書。

選項1　無此詞

選項2　無此詞

選項3　哀悼（あいとう）：哀悼

選項4　愛読（あいどく）：喜歡讀

4 **答案：2**

譯文： 本月本縣的交通死亡事故接連不斷。

選項1　無此詞

選項2　相次ぐ（あいつぐ）：接連不斷

選項3　急ぐ（いそぐ）：急忙

選項4　注ぐ（そそぐ）：灌注，倒進

5 **答案：3**

譯文：因為進公司的時間不長，所以很多事情不會做。

選項1　厚い（あつい）：厚的

選項2　甘い（あまい）：甜的

選項3　浅い（あさい）：淺的；短暫的
選項4　赤い（あかい）：紅色的

問題2

6　**答案：3**
譯文：因為人多的話會比較麻煩，所以我聽說人不多時就放心了。
選項1　安全（あんぜん）：安全
選項2　安易（あんい）：容易
選項3　安心（あんしん）：放心
選項4　安定（あんてい）：穩定

7　**答案：4**
譯文：金井先生為人溫和，從沒見過他對手下的人發脾氣。
選項1　起こる（おこる）：發生
選項2　怠る（おこたる）：疏忽，怠慢
選項3　祈る（いのる）：祈禱
選項4　怒る（おこる）：生氣

8　**答案：4**
譯文：喝了酒之後突然失去意識，摔倒在地。
選項1　意志（いし）：意志
選項2　意地（いじ）：心術
選項3　意図（いと）：打算，目的
選項4　意識（いしき）：意識

9　**答案：3**
譯文：因為覺得冷，所以穿得厚厚的鑽進被窩，但是即便如此我還是冷得起雞皮疙瘩。
選項1　無此詞
選項2　無此詞
選項3　厚着（あつぎ）：穿著厚衣服
選項4　無此詞

10　**答案：2**
譯文：不到最後，我們決不放棄。
選項1　戒める（いましめる）：勸告
選項2　諦める（あきらめる）：放棄

選項3　改める（あらためる）：改變，修改
選項4　収める（おさめる）：取得，獲得

問題3

11　**答案：2**
譯文：馬上就要舉行婚禮了，預訂的婚禮會場是事後付費的。
選項1　背（せ）：背部，背上的
例 背番号（せばんごう）／背號
選項2　後（あと）：後……
例 後片付け（あとかたづけ）／善後
選項3　中（なか）：中途，當中
例 中休み／中途休息
選項4　小（こ）：稍微
例 小高い丘（こだかいおか）／略高的山丘

12　**答案：3**
譯文：大地震給經濟帶來了巨大的影響。
選項1　鬼（おに）：多指人嚴厲
例 鬼先生（おにせんせい）／無比嚴厲的老師
選項2　強（きょう）：強烈的
例 強心剤（きょうしんざい）／強心針
選項3　大（だい）：數量多，規模大
例 大都市（だいとし）／大都市
選項4　超（ちょう）：超出一般限度
例 超かっこいい／超級帥

13　**答案：3**
譯文：我一直想在兒子生日時送他一台小孩用的電腦作為禮物。
選項1　当（とう）：本，該
例 当病院／本醫院
選項2　様（よう）：樣子
例 図様／圖樣
選項3　用（よう）：……用的
例 家庭用／家庭用
選項4　製（せい）：……製作的
例 日本製／日本製造

14 答案：4

譯文：我最近總是在水果店買檸檬，把它放在房間的窗邊。

選項1 力（りょく）：……的能力

例 質問力／提問的水準

選項2 上（じょう）：……方面

例 雇用上の男女差別／聘用方面的男女不平等

選項3 家（か）：愛……的人；做……的人

例 勉強家／熱愛學習的人

選項4 屋（や）：……店；從事……的人

例 居酒屋（いざかや）／小酒館

15 答案：1

譯文：聽説從這週開始，（電視臺）會重播之前的愛情劇。

選項1 再（さい）：再

例 再確認（さいかくにん）／再次確認

選項2 双（そう）：兩個

例 屏風一双（びょうぶいっそう）／一對屏風

選項3 副（ふく）：副

例 副都心（ふくとしん）／副都市中心

選項4 最（さい）：最

例 最先端（さいせんたん）／最尖端

問題4

16 答案：3

譯文：小説以美國的日常生活為背景，將兩位少女的心理描繪得十分生動。

選項1 いよいよ：馬上

例 いよいよ試合が始まる。／比賽馬上要開始了。

選項2 いちいち：逐一，挨個

例 いちいち説明しなくてよい。／不必逐一説明。

選項3 いきいき：逼真的，生動的

例 いきいきとした絵／生動逼真的畫

選項4 いらいら：焦躁的

例 交通渋滞に巻き込まれていらいらする。／塞車讓人焦躁。

17 答案：2

譯文：我工作的那家店的老闆是一個很和善的人。

選項1　オーバー：超過
例 重量制限をオーバーする。／超重。
選項2　オーナー：老闆，所有者
例 オーナーに聞きます。／問問老闆。
選項3　オーダー：訂購
例 携帯をオーダーする。／訂購手機。
選項4　オールド：老的，上年紀的
例 オールドエージ／老年

18　**答案：1**
譯文：受住在國外的朋友之託，做兩件連身裙。
選項1　依頼（いらい）：委託
例 依頼を引き受ける。／接受委託。
選項2　依存（いそん）：依靠
例 学校の運営を寄付金に依存する。／依靠捐款經營學校。
選項3　育成（いくせい）：培養
例 後継者（こうけいしゃ）を育成する。／培養繼承人。
選項4　委細（いさい）：詳情
例 委細は面談の上で。／詳情面談。

19　**答案：2**
譯文：結婚之後每天都做飯，烹飪水準提高了。
選項1　強める（つよめる）：加強
例 抵抗力を強める。／增強抵抗力。
選項2　上がる（あがる）：上升，提高
例 腕が上がる。／技術提升。
選項3　太る（ふとる）：發胖
例 運動不足で太る。／因缺乏運動而發胖。
選項4　できる：能，會
例 英語ができる。／會英語。

20　**答案：4**
譯文：學校的花壇裡開滿了鮮豔的花朵。
選項1　明らか（あきらか）：明亮，明顯
例 火事の原因は明らかでない。／著火的原因尚不清楚。
選項2　爽やか（さわやか）：爽朗，清爽
例 気分が爽やかになる。／心情很舒暢。

選項3　遥か（はるか）：遙遠；要……得多

例 この店のほうが遥かに安い。／這家店要便宜得多。

選項4　鮮やか（あざやか）：鮮豔的

例 色彩が明らかに見える。／色彩看起來很鮮豔。

21　**答案：1**

譯文：去公司應徵之前要準備好履歷表。

選項1　応募（おうぼ）：應徵

例 会員募集に応募する。／應徵加入會員。

選項2　応接（おうせつ）：接待

例 問い合わせが多く、いちいち応接するいとまがない。／諮詢量太大，無暇逐一應對。

選項3　応対（おうたい）：應對

例 彼女は電話の応対が上手だ。／她在電話中應對自如。

選項4　応援（おうえん）：助威，支援

例 赤組を応援する。／我支持紅隊。

22　**答案：2**

譯文：有些面熟，但是怎麼也想不起來名字。

選項1　思いつけない：想不出

例 作文のタイトルを思いつけない。／想不出作文的題目。

選項2　思い出せない：無法想起

例 あの芸能人の名前が思い出せない。／想不起那個藝人的名字。

選項3　思い切れない：下不了決心

例 好条件なのに思い切れない物件がある。／有間房子條件不錯，但我卻遲遲下不了決心（買它）。

選項4　思い込む：確信，固執地認為

例 信念とは、思い込み、思い込めば、実現する。／心誠則靈。

問題5

23　**答案：4**

譯文：買時沒有抱多大希望，可沒想到這250日圓的便當挺好吃的。

考 點　思いのほか（おもいのほか）：出乎意料，意想不到

選項1　和想的一樣

選項2　盡情

選項3　介紹，帶路

選項4　意想不到

24 答案：3

譯文：很多機器都是第一次看到，讓人十分驚訝。

考 點　驚く（おどろく）：吃驚

選項1　害怕

選項2　興奮

選項3　吃驚

選項4　慌張

25 答案：2

譯文：敵人可能是在傳送什麼暗號。

考 點　合図（あいず）：暗號，信號

選項1　圖表

選項2　信號

選項3　記號

選項4　目標

26 答案：2

譯文：最近妹妹看起來有些異常。

考 點　おかしい：奇怪，可疑

選項1　有趣

選項2　奇怪

選項3　滑稽

選項4　可愛

27 答案：2

譯文：他含糊其詞的回答讓她更焦躁了。

考 點　あいまい：模糊，含混不清

選項1　明確的

選項2　不確切的

選項3　拒絕

選項4　像假的

問題6

28 答案：2

譯文：警察一邊喊著「站住」，一邊追趕小偷。

選項1　替換為：追いつけない（趕不上）

選項2　正確選項

選項3　替換為：追い込まれた（被逼）
選項4　替換為：追い出した（趕出家門）

29　**答案：1**
譯文：為他人所需使人們感受到自身的存在價值。
選項1　正確選項
選項2　替換為：スピード（速度）
選項3　替換為：嫌（討厭）
選項4　替換為：興味（興趣）

30　**答案：2**
譯文：這家店的飯菜做得好，店員的態度也好。
選項1　替換為：関係（關係）
選項2　正確選項
選項3　替換為：好き（喜歡）
選項4　替換為：愛着（眷戀）

31　**答案：1**
譯文：我上國中之前非常文靜。
選項1　正確選項
選項2　替換為：かわいそう（可憐）
選項3　替換為：望ましい（希望）
選項4　替換為：手厚い（豐厚）

32　**答案：3**
譯文：回覆晚了，非常抱歉。
選項1　替換為：感謝します（感謝）
選項2　替換為：誤りました（搞錯了）
選項3　正確選項
選項4　替換為：感謝します（感謝）

問題7

33　**答案：1**
譯文：找了好久，結果街上只能找到這一所小學。
選項1　「～あげく」表示「……結果……」。
例 相談したあげく、別れることにした。／商量的結果是以分手告終。
選項2　「～あまり」表示「因為太……」。
例 寂しさのあまりに、涙が出た。／因為太寂寞了，所以流下了淚水。

選項3　「～以上」表示「既然……就……」。

例 約束した以上、実行しなければならない。／
既然約好了，就要執行。

選項4　「～一方だ」表示「越來越……」。

例 海も川も汚れていく一方だ。／無論大海還是河流，汙染都越來越嚴重了。

34 **答案：2**

譯文：酒井既支持花道的球隊，也支持一郎的球隊。

選項1　「～以上」表示「既然……就……」。

例 出場した以上、勝たなければならない。／
既然出場了，就必須要贏。

選項2　「～一方」表示「一方面……另一方面……」。

例 兄は勉強ができる。一方、遊ぶことも忘れない。／哥哥很會唸書，另一方面也很懂得玩樂。

選項3　「～おかげで」表示「多虧……」。

例 先生のおかげで無事合格できた。／多虧了老師，我順利考上了。

選項4　「～かぎりだ」表示「只有……」。

例 手元に1,000円かぎりだ。／手頭上只有1,000日圓。

35 **答案：1**

譯文：這個小小的果實不僅有澀味，而且剝掉硬殼也要花些工夫，很是費事。

選項1　「～上に」表示「不僅……而且……」。

例 この果物は安い上においしい。／
這種水果不僅便宜，而且還很好吃。

選項2　「～上は」表示「既然……就……」。

例 日本代表に選ばれた上は、全力を尽くします。／既然被推選為日本代表，就要全力以赴。

選項3　「～うちに」表示「趁著……」。

例 熱いうちに食べましょう。／趁熱吃吧。

選項4　「～上で」表示「在……之後」。

例 本社に報告した上で、また連絡します。／向總公司報告後，我再聯繫您。

36 **答案：1**

譯文：大家拿上便當，一起出門吧。

選項1　「～ではないか／～じゃないか」接在動詞意志形後面，表示「一起……吧」。

例 皆さん、全員合格しようじゃないか。／我們大家要一起考上喔。

選項2　「～得る（うる）」表示「有可能……」。

例 近い将来、起こり得ることだ。／在不久的將來有可能發生的事。

選項3　「～がする」表示「覺得……」。

例 人の声がしました。／感覺有人在說話。

選項4　「～恐れがある」表示「恐怕會……」。

例 台風が上陸する恐れがある。／颱風有可能登陸。

37　**答案：3**

譯文：對行人按鈴好像是違法的。而且，如果沒有相應的標識，那麼自行車是不能進入人行道的。

選項1　「～かぎりでは」表示「就……範圍來說」。

例 私が見た限りでは、ただの風邪のようです。／在我看來，那僅僅是普通感冒而已。

選項2　「～かけ」表示「……做到一半」。

例 言いかけた話を途中でやめるな。／話別說一半。

選項3　「～ない限り」表示「只要……就……」。

例 謝らない限り、決して彼を許さない。／不道歉的話，我絕不原諒他。

選項4　「～がたい」表示「難以……」。

例 信じがたいです。／難以置信。

38　**答案：1**

譯文：寫到一半的信不見了。怎麼找也找不到。

選項1　「～かけ」表示「……做到一半」。

例 読みかけの本だ。／讀到一半的書。

選項2　「～がたい」表示「難以……」。

例 忘れがたい。／難以忘懷。

選項3　「～がち」表示「往往」、「動不動」。

例 忘れがちです。／健忘。

選項4　「～かねる」表示「無法……」。

例 お答えかねます。／無法回答。

39　**答案：4**

譯文：今天早上，我被「咚」的一聲巨響吵醒了，本來還以為是車子撞到了公寓，可實際上是世貿中心爆炸了。

選項1　「～からすると」表示「從……來看（考慮、判斷）」。

例 今年の天候からすると、米の収穫は期待できない。／從今年的天氣情況來看，稻米的豐收沒指望了。

選項2　「～か～ないかのうちに」表示「剛一……就……」。

例 彼女は横になるかならないかのうちに眠ってしまった。／她剛躺下就睡著了。

選項3　「～かというと」表示「要說起……」。

例 どちらが好きかというと、やはりこちらの方です。／要說喜歡哪一個，我還是喜歡這個。

選項4　「～かと思うと／～かと思ったら」表示「以為是……沒想到……」。

例 静かなので勉強しているのかと思ったら、もうぐうぐう寝ていた。／那邊靜悄悄的，我還以為是在唸書，結果一看，人家已經酣然入睡了。

40　**答案：3**

譯文：剛上床就睡著了。

選項1　「～からして」表示「從……判斷」。

例 着物からして、金持ちのようだ。／從服裝來看，應該是有錢人。

選項2　「～からすれば」表示「從……來看（考慮、判斷）」。

例 患者の立場からすれば、薬の副作用は無関心ではいられない。／在患者看來，藥物的副作用是不容忽視的。

選項3　「～か～ないかのうちに」前後分別為同一動詞的肯定和否定形式，表示動作連續發生，相隔很近，指「剛……就……」。

例 ベルがなるかならないかのうちに学生は教室をとびだした。／鈴聲剛響，學生就跑出了教室。

選項4　「～かのようだ」表示「好像……」。

例 彼は毎日疲れを知らないかのようだ。／他看起來好像永遠不知疲倦。

41　**答案：3**

譯文：他為達到目的，無論什麼事都有可能做得出來。

選項1　「～がたい」表示「難以……」。

例 彼は得がたい人材だ。／他是難得的人才。

選項2　「～くらい／～ぐらい」表示「至少……」。

例 食事の前には、手ぐらい洗いなさい。／吃飯前總要洗洗手吧？

選項3　「～かねない」表示「有可能……」。

例 飲酒運転をしたら、交通事故を起こしかねない。／酒駕極有可能引起交通事故。

選項4　「～かねる」表示「無法……」。

例 あなたの提案には、どうしても賛成しかねます。／實在難以贊成你的提案。

42 **答案：4**

譯文：從他的性格來看，他不會拋下92歲的老太太不管，只顧自己苟活。

選項1　「～間に」表示「在……期間」。

例 しばらく見ない間に、新ちゃん大きくなったなあ。／一段時間未見，小新長大了。

選項2　「～から～にかけて」表示「從……到……」。

例 6月から7月にかけて、梅雨です。／從6月到7月是梅雨季。

選項3　「～からには」表示「既然……就應該……」。

例 引き受けたからには、立派にやり遂げたい。／我既然接手了，就想要做好。

選項4　「～からして」表示「從……判斷」。

例 話し方からして関西の出身のようだ。／聽口音，好像是關西人。

43 **答案：3**

譯文：在外國人看來，「以選修作為教育課程的中心」這一政策讓人難以理解。

選項1　「～からといって」表示「雖說……但是……」。

例 日本人だからといって、正しく敬語が使えるとは限らない。／雖說是日本人，但未必能正確使用敬語。

選項2　「～からこそ」表示「正因為……」。

例 君が来いと言ったからこそ、僕は来たんだ。／你叫我來，我才來的。

選項3　「～から見ると」表示「在……看來」。

例 大人の目から見るとくだらないかもしれない。／在大人看來，那或許是件不足為道的小事。

選項4　「～かわりに」表示「代替……」。

例 社員一同にかわり、新年のご挨拶を申し上げます。／我代表全體員工，祝您新年快樂。

44 **答案：1**

譯文：他用有點感冒的聲音在我耳邊小聲説：「請保密。」

選項1　「～気味（ぎみ）」表示「稍微……」。

例 疲れ気味です。／感覺有點累。

選項2　「～げ」表示「……似的」。

例 楽しげに遊んでいる。／好像玩得很開心。

選項3　「～がち」表示「（往往）容易……」。

例 最近は風邪を引きがちです。／最近容易感冒。

選項4　「～っぽい」表示「有……的傾向」。

例 忘れっぽいです。／健忘。

問題8

45　**答案：1**

原句：2 苦しさ　3 の　1 あまり、4 涙が出た。

譯文：痛苦得讓人落淚。

解析：「～あまり」意為「太過……」。接在名詞＋「の」的形式或用言連體形之後，如「嬉しさのあまり」、「悲しさのあまり」、「悲しみのあまり」等。

46　**答案：3**

原句：2 道　4 に　3 迷った　1 うえに雨に降られた。

譯文：不僅迷了路，還淋了雨。

解析：「～うえに」表示累加、遞進關係，意為「不僅……而且……」、「既……又……」。和「～に加え／～に加えて」意思相近。

47　**答案：1**

原句：2 忘れ　4 ない　1 うちに　3 習ったことを復習しておくつもりだ。

譯文：我打算趁著還沒忘記，複習一下學過的內容。

解析：「～うちに」前面接表示時間或狀態的詞時，表示要抓住某一時機做某事，相當於中文的「趁著……」。

48　**答案：1**

原句：人類が宇宙に移住するということは、近い将来、3 起こり　4 得る　1 こと　2 だ。

譯文：在不遠的將來，人類移居宇宙是完全有可能的。

解析：「～得る」意為「可能」，接在動詞連用形之後構成複合動詞，可以讀作「うる」或「える」。否定形「～得ない」則表示「不可能……」，只能讀作「えない」。

49　**答案：2**

原句：4 私　1 が　2 知っている　3 限りでは、彼女はまだ独身です。

譯文：據我所知，她還是單身。

解析：「限りでは」意為「從……的範圍來講」。

問題9

50 **答案**：2

選項：1 僅僅　2 但是　3 需要補充的是　4 即使

譯文：但是，重要的是我們需要知道社會普遍對父親寄予較高的期待。

解析：根據前後句子的邏輯關係判斷，前文説「父母分工不同，這無可厚非」，後文説「我們需要知道，社會普遍對父親寄予較高的期待」。前後句子為轉折關係，選項2為正確答案。

51 **答案**：4

選項：1 匯總起來　2 接下來　3 提前　4 曾經

譯文：過去撫養孩子和教育孩子是媽媽的工作。

解析：空格後面的所有內容都是談論過去父親是怎樣的形象，選項4符合文章主旨，為正確答案。

52 **答案**：2

選項：1 而且　2 但是　3 然後　4 並且

譯文：可是現在，「可怕的父親」這種説法已成為過去。

解析：使用排除法解題。選項1、選項4都表示前後句是並列關係，可排除。文章談到過去父親的形象在當今社會不存在了，所以前後句子是轉折關係，選項2為正確答案。

53 **答案**：1

選項：1 理所當然地　2 因為不可能　3 可是　4 因為全部

譯文：理所當然，忙碌的母親會要求父親分擔育兒工作。

解析：文章談到「母親也有工作，需要參加很多社會活動，因此原來的分工變得難以實現」，後半句的意思是「忙碌的母親要求父親分擔育兒工作」，聯繫上下文可知，此處應選「理所當然」，選項1為正確答案。

54 **答案**：3

選項：1 在那以前　2 在那以前　3 迄今為止　4 歸根結底

譯文：迄今為止，父親作為「企業戰士」在培養孩子方面一直處於缺席的狀態。

解析：其他選項的時間不符合文章意思，所以選項3為正確答案。

問題10

55 **答案**：3

解析： 解題關鍵句為「一言では、言葉はまったく足りないような気になる」，僅一句「太高興了」無法表達所有的心情，選項3為正確答案。

56 **答案：3**

解析： 解題關鍵句為「形なきものにかたどりを与える」，語言的作用是把抽象的東西具體化，選項3為正確答案。

57 **答案：4**

解析： 解題關鍵句為「私こと、このたび京都本社勤務を命じられました」，由此可見作者是因調職而發了信函。選項4為正確答案。

58 **答案：2**

解析： 解題關鍵句為「だって『自動』ではなく、『全自動』だもん」，作者驚歎於全自動洗衣機的便利，選項2為正確答案。

59 **答案：2**

解析： 解題關鍵句為「便利なものが増えたり便利さに慣れたりすることで……そしてはじめて手にしたときの目の覚めるような驚きやうれしさは不満、もしくは貪欲へと姿を変えていきました」，從關鍵句中可以看出，讓人感到方便的東西越來越多，導致大家慢慢忘記了剛開始接觸它們時的感動，最開始驚喜的感受變成了不滿和貪欲，選項2為正確答案。

問題11

60 **答案：2**

解析： 解題關鍵句為「相手はすやすやと深い眠りを楽しんでいる」，選項2為正確答案。選項1「人品不好」在文中沒有涉及，選項3「同一房間的人不願意傾聽作者的苦惱」與文章主旨無關，選項4後半句不正確。

61 **答案：4**

解析： 解題關鍵句為「僕もかつて何回か試みたが、そううまくはいかないものだ」，選項4為正確答案。選項1後半句不符合文章意思，選項2表達的觀點在文章中並沒有肯定的描述，選項3後半句與作者的意見相左，都可以排除。

62 **答案：2**

解析： 解題關鍵句為「目を瞑って寝よう寝ようと悩んでいるより、眠くなるまで本を読んだり酒を飲んだりしていると、そこに一日の内でもっとも充実した時間が生まれる」，選項2為正確答案。

63 答案：3

解析：解題關鍵句為「イニシャルでも困る。私だと分かってしまう。どうしてくれるんだ」，選項3為正確答案。

64 答案：2

解析：解題關鍵句為「悪いとはいえないと思いますが、投稿の内容によっては配慮不足もありましょう」，選項2為正確答案。

65 答案：4

解析：解題關鍵句為「プライバシーをどういう形で配慮するか、どこも悩んでいるようです」，選項4為正確答案。

66 答案：1

解析：解題關鍵句為「日本人の場合、それが強い結果、生活領域の中でのその他の部分への関心が、ほとんど欠落している」，選項1為正確答案。選項2「對家人很關心」不符合文章意思，選項3指的是歐美，同本題無關，選項4應把主語改成日本，故均可排除。

67 答案：2

解析：解題關鍵句為「アメリカ人の中心的生活関心の所在が、仕事、レジャー、地域社会、宗教、家族に、バランスよく分散している」，選項2為正確答案。選項1指的是日本人，選項3的表述文章中並未提到，選項4前半句是指日本人，後半句也不正確。

68 答案：3

解析：解題關鍵句為「いま求められているのは、会社以外の場での〝自分〞をどうデザインするか、ということ」，選項3符合文章主旨大意，為正確答案。

問題12

69 答案：2

解析：A支持民營化，B反對民營化。雖然主要觀點不同，但是兩者都認為民營化能夠改善服務，選項2為正確答案。

70 答案：1

解析：解題關鍵句為「いくつかの問題を内包している。料金の大幅な値上げや質の低下……」，選項1符合文章主旨大意，為正確答案。

問題13

71 **答案：2**

解析：解題關鍵句為「生活の仕方、いかに生活するかを知っているのを、人生を知っていることだと思っている。そして生活を教えることが、人生を教えることだと間違えているのである。しかし、『生活』と『人生』とはどちらも『ライフ』だが、この両者は大違いである」，生活和人生完全是兩個不同的概念，知道如何生活，不一定明白什麼是人生，選項2為正確答案。

72 **答案：4**

解析：解題關鍵句為「すなわち、人生とは何かを考えるための時間があるのは、この年代の特権なのである」，對於孩子們來說，還不需要考慮衣食住行等日常生活問題，所以可以好好思考人生，選項4為正確答案。

73 **答案：2**

解析：解題關鍵句為「人間精神の普遍的な営みとして、自分と無縁なものはひとつもない。どれも自分の人生の役に立つ学びだと知るはずなのだ」，世事洞察皆學問，選項2為正確答案

問題14

74 **答案：4**

解析：解題關鍵句為E中的「どうも最近疲れやすいなどという方」和F中的「筋肉を大きく、太くするのにも有効だ」，由此可以判斷E和F符合題目要求，所以選項4為正確答案。

75 **答案：2**

解析：解題關鍵句為B中「一つのことに集中できなくて困っている方」和C中「ダイエットしたい方に最適です」，由這兩句話可知，B和C符合題目要求，選項2為正確答案。

聴解

問題1では、まず質問を聞いてください。それから話を聞いて、問題用紙の1から4の中から、最もよいものを一つ選んでください。

1番　男の人と女の人が話しています。女の人はどんな服を着て面接に行きますか。

女：明日、面接に行くけど、ワンピースでいいかなあ？

男：まあ、問題ないとは思うけど、私服より正装のほうが一番いいかもね。

女：そうね、スーツにしよう。あとは色ですが、面接なんだから、個性をアピールするために、できるだけ目立つ服装にしたいんだけど。

男：派手な服より、普通黒または紺の無地が最適じゃない？

女：そうね、そうするわ。

女の人はどんな服を着て面接に行きますか。

1　地味なスーツで行きます

2　派手なスーツで行きます

3　地味なワンピースで行きます

4　個性的な服で行きます

▶正解：1

解題關鍵句：そうね、スーツにしよう。
派手な服より、普通黒または紺の無地が最適じゃない？

2番　男の人と女の人が話しています。二人は何時の列車に乗りますか。

女：今度の週末、会議に参加するために、大阪に出張します。朝何時の列車に乗ればいいかしら？

男：そうだな。会議の30分前に着かないといけないよね。で、会議は何時から始まりますか。

女：10時です。ここから大阪まで1時間かかりますから。8時半の列車でいいわね。

男：でも、週末は帰省ラッシュですから。

女：じゃ、30分早めに出発しましょう。

二人は何時の列車に乗りますか。

1　8時

2　8時30分

3　9時

4　9時30分

▶正解：1

解題關鍵句：8時半の列車でいいわね。
じゃ、30分早めに出発しましょう。

3番　男の人は電話でホテルを予約しています。どの部屋にしますか。

係員：もしもし、こちらはヒマワリホテルでございます。

男　：日当たりのいいツインルームを予約したいんですが。

係員：何日でしょうか。

男　：12月24日で、一泊です。

係員：お客様、申し訳ございません。あいにくご希望の部屋は満員で予約できません。北向きのツインルームなら、まだ空いていますが……

男　：そうか。困ったな。よし、それで我慢するか。

どの部屋にしますか。

1　南向きの二人部屋

2　北向きの一人部屋

3　南向きの一人部屋

4　北向きの二人部屋

▶正解：4

解題關鍵句：北向きのツインルームなら、まだ空いていますが……
よし、それで我慢するか。

4番　女の人が生活習慣病について話しています。それを防ぐには何をしなければなりませんか。

女：生活習慣病とは、日常の乱れた生活習慣の積み重ねによって引き起こされる病気で、かつては「成人病」と呼ばれていました。生活習慣病にはさまざまな病気があり、日本人の3分の2が生活習慣病で亡くなっています。生活習慣病は、遺伝的な要因もありますが、食生活や運動、喫煙、飲酒、ストレスなどが深く関わっています。言いかえれば、生活習慣病ですから、習慣の改善、食生活の改善で予防しましょう。まずは、睡眠と休息は十分に取ります。そして、3食きちんと食べ、お酒はほどほどにたしなむ程度としましょう。最後、適度な運動で筋肉を動かし、新陳代謝を促しましょう。

それを防ぐには何をしなければなりませんか。

1　朝食を食べないようにする

2　肉類をたくさん食べる

3　お酒を飲んで、生活習慣病を防ぐ

4　健康的な食事と適度な運動

▶正解：4

解題關鍵句：<u>まずは、睡眠と休息は十分に取ります。そして、3食きちんと食べ、お酒はほどほどにたしなむ程度としましょう。最後、適度な運動で筋肉を動かし、新陳代謝を促しましょう。</u>

5番　男の人と女の人が話しています。男の人は冬休みに何をしますか。

女：寒いですね。

男：そうですね。早く冬休みが来ないかな？

女：そうだ。先輩、この冬休みの予定は？

男：最近、スキーに夢中なんだ。

女：分かった。北海道へ行くでしょ？

男：いや、それが、最近懐がさびしくて、バイトをしようと思ってるんだ。

男の人は冬休みに何をしますか。

1　スキーに行く

2　旅行に行く

3　バイクを買う

4　お金を稼ぐ

▶正解：4

解題關鍵句：<u>いや、それが、最近懐がさびしくて、バイトをしようと思ってるんだ。</u>

問題2では、まず質問を聞いてください。そのあと、問題用紙の選択肢を読んでください。読む時間があります。それから話を聞いて、問題用紙の1から4の中から、最もよいものを一つ選んでください。

1番　男の人と女の人が新聞の広告を見ながら話しています。何の広告の話をしていますか。

男：へえ、こんなのが来るんだね。

女：え？　何？

男：ほら。これ。

女：へえ、何かすごいのが来るって感じに書いてるけど。

男：うん。海外に出るのは初めてって言っても、ね、この値段でしょ？

女：うん。きれいな声にだけ興味ある人っているのかな？

男：それを聞くより、ほかにお金の使い道、いくらでもあるだろう。

女：うん。これだけ出すなら、おいしいものでも食べた方が。

男：そうそう。映画なら5回は見られるよ。

女：うん。ステーキなら5キロは食べられる。

何の広告の話をしていますか。

1　レストランです

2　美術館です

3　映画館です

4　コンサートです

▶正解：4

解題關鍵句：きれいな声にだけ興味ある人っているのかな？
それを聞くより、ほかにお金の使い道、いくらでもあるだろう。

2番　男の人と女の人が話しています。荷物はいつ届きますか。

男：この荷物を仙台まで送りたいんですが……

女：はい、航空便で送りますか。船便で送りますか。

男：それぞれ、どのぐらいかかりますか。

女：航空便は二日間です。船便は六日間です。

男：別に急がなくてもいいから。

女：じゃあ、これでいいですね。

男：お願いします。

女：今日は三日ですから、この日、届きますね。

荷物はいつ届きますか。

1　六日

2　七日

3　八日

4　九日

▶正解：4

解題關鍵句：船便は六日間です。
今日は三日ですから、この日、届きますね。

3番 **社長と社員が話しています。社長はなぜ怒っていますか。**

社長：今井さん、明日の会議の資料、もうコピーは終わった？

社員：すみません。午前中は忙しくて。

社長：来週会議に使う企画書のほうは？

社員：いや、常連客との打ち合わせで……

社長：もういいかげんにしなさい。仕事が終わらなくても、言い訳にしているのはむかつく。

社員：はい、大変失礼いたしました。会議に間に合わせるように精一杯頑張ります。

社長はなぜ怒っていますか。

1　コピーが終わっていないから

2　企画書が終わっていないから

3　常連客が来るから

4　社員が言い訳するから

▶正解：4

解題關鍵句：仕事が終わらなくても、言い訳しているのがむかつく。

4番 **男の人と女の人が商品の売り込みについて話しています。どんな方法が一番いいと言っていますか。**

男：最近、売り込み方は世の中から注目を浴びています。確かに競争の厳しい今では、売り込み方はとても大切ですね。

女：そうですね、テレビ広告とか、フェアに出展するって方法もありますが、お金がかかるから、小さい会社にはちょっと無理ですね。

男：そうだな。それで私がこんな方法を考え出しました。大きい会社にとっても、小さい会社にとっても、一番いい方法です。

女：えっ、すごい。どんな方法ですか。教えて。

男：キャンペーンやフェアじゃなくて、とにかく一店でも多く小売店を回って徹底的に商品を説明して歩くことです。電話じゃないから、お客様に直接会って、商品を説明できます。

女：なるほど。笑顔でお客様に説明すると好感度がアップしますからね。

どんな方法が一番いいと言っていますか。

1　小売店を訪問すること

2　フェアに出展すること

3　キャンペーンをすること

4　テレビに広告を出すこと

▶正解：1

解題關鍵句：キャンペーンやフェアじゃなくて、とにかく一店でも多く小売店を回って徹底的に商品を説明して歩くことです。

5番 **男の人が挨拶をしています。何の挨拶ですか。**

男：私こと、このたび三月三十一日付を持ちまして、長年勤務してきました当社を定年退職することになりました。思えばもう三十五年、本当に長い間、勤続させていただきました。その間、皆様にはあらゆる面でお世話になり、心から感謝いたしたいと思います。また、私が入社した頃を思えば、現在は社員の数も三倍以上になり、多くのお客様からも親しまれる、安定した企業に成長したことを非常に嬉しく思います。これからは趣味の釣りに励んだり、妻と一緒に旅行にでも行き、のんびり過ごしたいと思っております。それではどうも皆様、長い間ありがとうございました。今後、ますますわが社が発展することを祈念して、退職のご挨拶とさせていただきます。

何の挨拶ですか。

1　新任の挨拶

2　退任の挨拶

3　結婚の挨拶

4　歓迎の挨拶

▶正解：2

解題關鍵句：今後、ますますわが社が発展することを祈念して、退職のご挨拶とさせていただきます。

6番　**工事の現場で担当者が注意事項を話しています。担当者は何がもっとも大切だと言っていますか。**

男：工事中は、騒音などで隣近所とトラブルを起こさないよう、十分注意して作業してください。特に、朝早くから大きな音を出すと、苦情が多く寄せられます。また、納期が遅れると、施主との信頼関係にヒビが入るので、遅れないようにしてください。こちらはわが社と長くお付き合い頂いている大切なお客様です。それから、この工事は厳しい採算で進めています。予算はオーバーしないよう、気を引き締めて進めてほしいと思います。しかし、言うまでもありませんが、一番肝心なことは安全最優先で仕事をすることです。事故のないよう、注意を払うようお願いします。

工事責任者は何がもっとも大切だと言っていますか。

1　近くの住民とのトラブルを避けること

2　納期を守ること

3　予算をオーバーしないこと

4　安全に工事をすること

▶正解：4

解題關鍵句：しかし、言うまでもありませんが、一番肝心なことは安全最優先で仕事をすることです。事故のないよう、注意を払うようお願いします。

問題3では、問題用紙に何も印刷されていません。この問題は全体としてどんな内容かを聞く問題です。話の前に質問はありません。まず、話を聞いてください。それから質問と選択肢を聞いて、1から4の中から、最もよいものを一つ選んでください。

1番　留守番電話のメッセージを聞いています。

男：もしもし、達哉です。明日のデートの件ですけど。あのう、大変申し訳ないんですが、急に都合が悪くなっちゃて、販売課の課長が会議のために大阪に出張します。私は同行することになりました。それで明日のデートを見合わせたいと思います。またこちらからお電話いたします。失礼します。

留守番電話の主旨はどのようなことですか。

1　会議をします

2　大阪に出張します

3　デートの日を変更したい

4　販売します

▶正解：3

解題關鍵句：それで明日のデートを見合わせたいと思います。

2番　男の人と女の人が話しています。

女：どうしたの？　森君、凄く不機嫌そうだけど。また課長に叱られたの？

男：実はこの間彼女……

女：ああ。分かった。また彼女とけんかしたでしょう。

男：けんかならまだいいんですけど。

女：また振られたんですか。

男：突然、彼女に「友達に戻ろう」と言われました。最近、急に一人になっちゃって、寂しいよ。

森君はどうして機嫌が悪いですか。

1　彼女とけんかしたから

2　課長に叱られたから

3　彼女と別れたから

4　彼女に殴られたから

▶正解：3

解題關鍵句： 突然、彼女に「友達に戻ろう」と言われました。最近、急に一人になっちゃって、寂しいよ。

3番　男の人と女の人が話しています。

男：そういえば佐藤さん、最近車で来ないね。

女：実はこの間彼氏に「太ってきたね」と言われてから毎日歩いて帰宅します。

男：そうですか。太るのを気にしてるんですか。

女：ええ、健康は大切だから。最初はきつかったけど、慣れるとなんか楽しいしね。ほら、見て、少し痩せた？

男：うん、痩せたように見えますよ。なんか前よりきれいになったみたい。

女：でしょ。歩くことは肌にいいって。それが車をやめて、歩くことにした一番の理由です。

男：じゃあ、明日私も歩くことにする。

女の人が車を使わなくなった一番の理由は何ですか。

1　彼氏に言われたから

2　歩くのが肌にいいから

3　歩くのが好きだから

4　車がないから

▶正解：2

解題關鍵句： 歩くことは肌にいいって。それが車をやめて、歩くことにした一番の理由です。

4番　上司と部下が話しています。

男：ただいま戻りました。

女：お疲れさまです。お留守中に、総務部の水野さんがみえました。お戻りになり次第、お電話を頂戴したいとのことです。よろしくお願いいたします。

男：そうか。ありがとう。午後の会議の資料の準備ですがそれはどうなっていますか。

女：ほぼ準備完了です。

男：そうか。ご苦労様。大切な会議ですから、もう一度チェックしなさい。

女：はい、今すぐします。

男：それから、10部ぐらいコピーしてください。ああ、忘れるところだった。今すぐ僕が帰ってきたって、水野さんのところに電話を入れてくれ。

女：はい、かしこまりました。

女の人はこれからどうしますか。

1　会議の資料を準備します

2　会議の資料をチェックします

3　水野さんに電話します

4　会議の資料をコピーします

▶正解：3

解題關鍵句：ああ、忘れるところだった。今すぐ僕が帰ってきたって、水野さんのところに電話を入れてくれ。

5番　テレビで女の人が話しています。

女：ウイルスをほかの人にうつさないためには、マスクをすることが大切です。マスクをするときは、鼻や口がマスクから出ないようにしましょう。マスクにウイルスがついているかもしれないので、マスクを触った手で鼻や口を触らないようにします。使ったマスクをポケットに入れないようにしましょう。使い終わったら、耳にかけるゴムを持って、すぐにごみ箱に捨てます。今、店でマスクを買うことが難しくなっています。専門家は、もし新しいマスクがないときは、マスクと口の間に布を入れて、その布を取り替えて使うといいと言っています。自分にウイルスがうつらないようにするためには、マスクだけでは十分ではありません。手もしっかり洗いましょう。

女の人は何について話していますか。

1　ウイルスの由来

2　マスクの使い方

3　手の洗い方

4　ゴミの分け方

▶正解：2

解題關鍵句：マスクをするときは、鼻や口がマスクから出ないようにしましょう。マスクにウイルスがついているかもしれないので、マスクを触った手で鼻や口を触らないようにします。使ったマスクをポケットに入れないようにしましょう。

問題4では、問題用紙に何も印刷されていません。まず、文を聞いてください。それから、それに対する返事を聞いて、1から3の中から、最もよいものを一つ選んでください。

1番　あっ、そのヨーグルトもう賞味期限が切れちゃったよ。

1　あ、本当だ。もったいないな。

2　あ、本当だ。おいしいな。

3　あ、本当だ。嬉しいな。

▶正解：1

2番　このレストランのウェートレスさんは愛想が悪いね。

1　そうね、無愛想だね。

2　そうね、不気味だね。

3　そうね、無礼講だね。

▶正解：1

3番　いつもお世話になっております。

1　こちらこそ、お世話しております。

2　こちらこそ、お世話になっております

3　こちらこそ、余計なお世話です。

▶正解：2

4番　ご注文はお決まりでしょうか。

1　はい、お決まりですか。

2　はい、決めてください。

3　はい、フライチキンをお願いします。

▶正解：3

5番 **お疲れ様です。**

1　お疲れ様です。

2　お疲れました。

3　お疲れませんでした。

▶正解：1

6番 **あ、森君、お茶を入れてくれる？**

1　はい、ただいま。

2　はい、お構いなく。

3　はい、遠慮しないで。

▶正解：1

7番 **今、お茶を入れますから。**

1　はい、おいしそうです。

2　すみません、どうぞお構いなく。

3　はい、ご謙遜です。

▶正解：2

8番 **今朝すごい雨でしたね。**

1　ええ、もう少しで降られるところでした。

2　ええ、もう少しで降られました。

3　ええ、もう少しで降られます。

▶正解：1

9番 **先輩、どうしました？　具合が悪そうですけど。**

1　夕べ、風邪を引いちゃって。

2　ごめん、ちょっと用事があって。

3　ちょっと、急ぐので。

▶正解：1

10番 **吉田君、卒業おめでとう、立派な社会人になってくださいね。**

1　はい、先生、4年間お世話になりました。

2　はい、先生、参りました。

3　はい、先生、助かりました。

▶正解：1

11番　社長、今度の企画書ですが、これでよろしいでしょうか。

1　うん、悪いじゃない？

2　うん、下手じゃない？

3　うん、いいじゃない？

▶正解：3

12番　上司が部下に書類を渡しています。部下はどのように言って、受け取りますか。

1　書類を確かにもらいます。

2　書類を確かにお預かりします。

3　書類を確かにくれます。

▶正解：2

問題5では長めの話を聞きます。この問題には練習はありません。メモをとってもかまいません。

1番、2番

問題用紙に何も印刷されていません。まず話を聞いてください。それから、質問と選択肢を聞いて、1から4の中から、最もよいものを1つ選んでください。

1番　商店街の集会で会長が話をしています。

男1：去年、この街の郊外に大きなショッピングセンターができたのは、みなさんご存知ですね。以降、その大型店にお客のほとんどが奪われて我々の商店街の中にも売り上げが半分以下になってしまった店もあります。このまま指をくわえてみていてもお客が戻ってくるわけでもありません。今日、みなさまにお集まりいただいたのは我々で何か対策を考えて行こうと思ったからです。具体的な提案としては、毎月1回、商店街の通りを歩行者天国にしてそこでお祭りを開催し、地域の人たちとの交流をはかりながらお客さんを呼び戻すというのはいかがでしょう。

女　：いいアイディアね。ただ、歩行者天国となると商店街に車が止められなくなるので周辺の道路が渋滞するかもしれないわよ。

男2：それなら、近くの小学校にお願いしてみようか。週末なら学校は休みだし駐車場としてなら校庭を貸してくれるんじゃないかな？

女　：なるほどね。小学校の校庭は思いつかなかったわ。ゴミが出るかも知らないけど、それくらいは私たちで掃除しましょう。

男2：ところで、どんなお祭りにするの？お祭りってそれなりの準備に時間がかかるし、毎月1回ともなるとお客を飽きさせない工夫も必要になってくるよ。

女　：ねえ、この前、テレビで見たんだけど100円玉の硬貨1枚で買い物ができるお祭りなんてどうかしら？商店街でしか買えない地元の野菜や魚を硬貨1枚でお客さんにご提供するのよ。つまり、商店街の100円ショップと言ったところかしら。

男1：ああ、それなら商店街の負担もそれほど大きくないですし、お祭りにくる人たちにも楽しんでいただけるでしょうね。

これは何をするための話し合いですか。

1　商店街を活性化することです

2　大型店の出店の規制です

3　交通事故を減らすことです

4　ゴミの不法投棄をなくすことです

▶正解：1

解題關鍵句： 以降、その大型店にお客のほとんどが奪われて我々の商店街の中にも売り上げが半分以下になってしまった店もあります。このまま指をくわえてみていてもお客が戻ってくるわけでもありません。今日、みなさまにお集まりいただいたのは我々で何か対策を考えて行こうと思ったからです。

2番　医者が子供の死亡率について話しています。なぜ1～4歳の子どもの死亡率だけは高いのですか。

医者：日本人の平均寿命は世界トップレベルです。新生児も死亡率がきわめて低く、世界に誇る健康大国と言われています。しかし、1～4歳の子どもの死亡率だけは高く、先進国の中で最悪のレベルであることが最新の研究から明らかになりました。1～4歳の子どもは症状を言葉で訴えられない、症状が急変しやすいなどの理由から診療が難しい。しかし、なぜ、日本だけが特に高いのか。医師たちの調査などから、不慮の事故や、肺炎、脳症などの急病で重症になった子どもたちが特定の病院に集約されていないため、医師の経験が不足しています。

なぜ1～4歳の子どもの死亡率だけは高いのですか。

1　子供の症状が急変しやすいから

2　医療技術が最悪のレベルだから

3　専門病院に行かず、医師の経験不足から

4　不慮の事故や脳炎などの急病が多いから

▶正解：3

解題關鍵句：医師たちの調査などから、不慮の事故や、肺炎、脳症などの急病で重症になった子どもたちが特定の病院に集約されていないため、医師の経験が不足しています。

3番　まず話を聞いてください。それから、二つの質問を聞いて、それぞれ問題用紙の1から4の中から、最もよいものを一つ選んでください。では、始めます。

3番　テレビを見ながら、男女二人が話しています。

女1：みなさん、こんにちは。今回の番組では、花を贈るときのマナーについて説明します。結婚祝いや誕生日祝い、開店祝いや退職祝いなど、プライベートでもビジネスでも、お祝いの花を贈る機会はたくさんありますよね。みなさんはそんなとき、迷ったことがありますか。花を贈るときに、まず気をつけなければならないのは花言葉です。花言葉を調べずに、単に自分の好みや相手のイメージで花を選ぶと、思いもしないメッセージが相手に伝わってしまう恐れがあります。ピンクのバラは「しとやか」「上品」「感銘」の意味があり、大切な人の誕生日プレゼントにピッタリの花です。そして、カーネーションはお母さんにふさわしい花として、みなさんご存知だと思います。花言葉も「女性の愛」「純粋な愛情」と、お母さんにあうとても素敵な花となっています。特に赤いカーネーションは、「母の愛」というお母さんにピッタリの花といえるでしょう。また、紫のチューリップは「愛の芽生え・誠実な愛」という意味があり、バシッと決めたい時に最適の花です。紫は古くから高貴な色とされており、エレガントな印象を与

えてくれます。花言葉は「永遠の愛」ということで、こちらも大切な女性にピッタリです。

女2：へえ、この番組を見て、いろいろ勉強になりました。実は来週母の誕生日なんですよ。ちょうど、花をプレゼントしようと考えています。

男　：お母さんにどんな花を贈りますか。カーネションはいかがですか。

女2：そうですね。その花はお母さんに合う素敵なギフトですが、どこの誰もがカーネーションを贈るから、ちょっと普通すぎますね。

男　：じゃあ、番組で紹介されたあの花ですね。

女2：はい、それにしたいと思います。

男　：ところで、失礼ですがどんな花がお好きですか。

女2：私はチューリップの匂いが好きですが、どうして急にそんな質問をしますか。

男　：実は照れくさくて言えない気持ちを花で伝えたいんです。

質問1　女の人はどんな花を選びますか。

1　ピンクのバラ

2　ピンクのチューリップ

3　赤いカーネーション

4　赤いバラ

▶正解：1

解題關鍵句：ピンクのバラは「しとやか」「上品」「感銘」の意味があり、大切な人の誕生日プレゼントにピッタリの花です。

質問2　男の人はどんな花を選びますか。

1　ピンクのバラ

2　白い百合

3　赤いカーネーション

4　紫色のチューリップ

▶正解：4

解題關鍵句：紫のチューリップは「愛の芽生え・誠実な愛」という意味があり、バッシと決めたい時に最適の花です。

全真模擬試題解析 第二回

★ 言語知識（文字・語彙・文法）・読解

★ 聴解

第二回

言語知識（文字・語彙・文法）・読解

問題1

1 **答案：2**

譯文：請注意護照的有效期。

選項1　無此詞

選項2　有効（ゆうこう）：有效

選項3　勇気（ゆうき）：勇氣

選項4　夕刻（ゆうこく）：黃昏

2 **答案：1**

譯文：趁天還沒黑，趕緊回家吧。

選項1　暗い（くらい）：昏暗

選項2　黒い（くろい）：黑的

選項3　辛い（からい）：辣

選項4　白い（しろい）：白的

3 **答案：2**

譯文：這裡的新鮮蔬菜價格便宜得驚人。

選項1　改革（かいかく）：改革

選項2　価格（かかく）：價格

選項3　快活（かいかつ）：爽快

選項4　開花（かいか）：開花；蓬勃發展

4 **答案：4**

譯文：據說英國每年有85萬台手機掉進馬桶裡壞掉。

選項1　隠れる（かくれる）：躲藏

選項2　崩れる（くずれる）：倒塌

選項3　溢れる（あふれる）：溢出

選項4　壊れる（こわれる）：損毀

5 **答案：3**

譯文：她用便宜買來的食材，精心給我們做了好吃的飯菜。

選項1　交付（こうふ）：交付

選項2　校風（こうふう）：校風

選項3　工夫（くふう）：設法
選項4　無此詞

問題2

6　**答案：3**
譯文：天氣晴朗，心情舒暢。
選項1　無此詞
選項2　無此詞
選項3　快晴（かいせい）：晴天
選項4　無此詞

7　**答案：2**
譯文：走進月臺就能看到牌子上寫著列車的出發時間，一目了然。
選項1　甲板（かんぱん）：甲板
選項2　看板（かんばん）：招牌
選項3　無此詞
選項4　無此詞

8　**答案：3**
譯文：房子因火災而被燒毀了。
選項1　家事（かじ）：家務
選項2　家計（かけい）：家庭開支
選項3　火事（かじ）：火災
選項4　火山（かざん）：火山

9　**答案：2**
譯文：已經沒事了，不用害怕。
選項1　害する（がいする）：傷害；妨礙
選項2　怖がる（こわがる）：害怕
選項3　逃げる（にげる）：逃跑
選項4　脅す（おどす）：嚇唬

10　**答案：4**
譯文：公寓裡禁止養寵物。
選項1　買う（かう）：買
選項2　下る（くだる）：下降
選項3　伺う（うかがう）：拜訪；詢問
選項4　飼う（かう）：飼養

問題3

11 **答案：3**

譯文：在全球氣候暖化的影響下，世界各地都出現了各式各樣的異常氣象報告。

選項1　性（せい）：性質，屬性

例 積極性に富む。／很積極。

選項2　的（てき）：關於；好像

例 政治的な関心が足りない。／不夠關心政治。

選項3　化（か）：……化

例 小説を映画化する。／把小說拍成電影。

選項4　差（さ）：差距

例 個人差が違う。／存在個體差異。

12 **答案：2**

譯文：從很久以前起人們就開始討論血型與性格的關係。

選項1　質（しつ）：性質

例 均質／均質，同一品質

選項2　型（がた）：類型

例 最新型／最新型

選項3　製（せい）：製造

例 中国製／中國製造

選項4　系（けい）：系統

例 日系／日系

13 **答案：1**

譯文：明天晚上我會穿一件有玫瑰花圖案的和服參加一個大型晚會。

選項1　柄（がら）：（名詞）樣式，圖案

例 いい柄だ。／圖樣很漂亮。

選項2　様（よう）：樣子；方法

例 話し様が悪い。／說話方式不好。

選項3　順（じゅん）：順序

例 筆順（ひつじゅん）／筆順

選項4　発（はつ）：從……出發

例 日本発の通貨戦争／始於日本的貨幣戰爭

14 **答案：2**

譯文：看來土地與水受到了大範圍的汙染，形勢嚴峻。

選項1　急（きゅう）：急忙，趕緊

例 急停車する。／緊急停車。

選項2　広（こう）：範圍廣

例 広範囲に渡る地震／波及面很廣的地震

選項3　過（か）：超過

例 賛成者は過半数に達した。／贊成者過半。

選項4　巨（きょ）：大，宏觀

例 巨視的な世界／宏觀世界

15　**答案：3**

譯文：讓消費者覺得好的店家，從另一個角度來看，就是生意興隆的店。

選項1　外（がい）：……之外

例 時間外に働く。／加班。

選項2　圏（けん）：圈子，圈內

例 首都圏の観光ガイド／首都圈觀光導覽

選項3　側（がわ）：一方

例 大学側／大學這邊，大學方

選項4　元（もと）：根源

例 発信元を特定する。／鎖定資訊來源。

問題4

16　**答案：3**

譯文：孩子們累了一天，似乎睡得很沉。

選項1　がっかり：大失所望

例 遠足が中止になってがっかりする。／遠足取消了，讓人很失望。

選項2　ぎっしり：密密麻麻

例 彼の日程はぎっしり詰まっている。／他的日程很緊湊。

選項3　ぐっすり：酣睡的樣子

例 ぐっすり眠っている。／酣睡中。

選項4　こっそり：悄悄地

例 こっそりと部屋を出た。／悄悄離開房間。

17　**答案：4**

譯文：這個網頁有介紹本公司的商品目錄。

選項1　グランド：操場

例 グランドで朝の運動をする。／在操場做晨間運動。

選項2　ガイド：嚮導

例 ガイドの資格を持っている。／有導遊資格。

選項3　コラム：專欄
例 新聞のコラムに投稿する。／投稿給報紙專欄。
選項4　カタログ：商品目錄
例 カタログを見せてください。／請給我看看商品目錄。

18　**答案：1**
譯文：一年之中春天最為舒適。
選項1　快適（かいてき）：舒適
例 快適な船旅／愜意的船遊
選項2　好適（こうてき）：適合
例 工場建設に一番好適な場所／最適合建造工廠的場地
選項3　最適（さいてき）：最合適
例 彼女は事務の仕事に最適だ。／她最適合事務性工作。
選項4　自適（じてき）：自在
例 定年後自適の生活を送りたい。／退休後，我想悠閒地過日子。

19　**答案：2**
譯文：他是那種不聽別人意見的人。
選項1　無此用法
選項2　耳を傾ける：側耳傾聽
選項3　無此用法
選項4　無此用法

20　**答案：2**
譯文：這兩家公司即使合併了，在業界的規模也還是小。
選項1　合成（ごうせい）：合成
例 石油からビニールを合成する。／從石油合成出塑膠。
選項2　合併（がっぺい）：合併
例 会社を合併する。／合併公司。
選項3　合致（がっち）：符合
例 趣旨に合致する。／符合主題。
選項4　合格（ごうかく）：合格
例 試験に合格する。／通過考試。

21　**答案：3**
譯文：去專門賣二手車的店裡一看，本田的二手車正以極低的價格出售。
選項1　格好（かっこう）：樣子，姿態
例 変な格好で歩く。／走路姿勢怪。

選項2　格差（かくさ）：差距，差別
例 所得の格差をなくす。／消除所得差距。
選項3　格安（かくやす）：格外便宜
例 中古パソコンを格安で譲る。／便宜轉讓舊電腦。
選項4　格式（かくしき）：地位，禮節
例 格式を重んずる。／注重禮節。

22 **答案：1**
譯文：對手術的後遺症要有充足的心理準備。
選項1　心構え（こころがまえ）：心理準備
例 いざという時の心構え／做好心理準備以防萬一
選項2　心得（こころえ）：心得
例 茶道を少しばかり心得ている。／對茶道略知一二。
選項3　心がけ（こころがけ）：注意
例 安全運転を心がける。／時刻銘記安全駕駛。
選項4　心持（ち）（こころもち）：心情
例 いっぱいの酒でよい心持ちになる。／喝了一杯酒，真痛快！

問題5

23 **答案：2**
譯文：本是為了從小處節約，結果反而吃了大虧。
考 點　逆に（ぎゃくに）：反而
選項1　取代
選項2　反而
選項3　急忙
選項4　極端

24 **答案：4**
譯文：眾説紛紜，我也苦於解釋。
考 點　苦しむ（くるしむ）：為難，不知所措
選項1　悲傷
選項2　後悔
選項3　拒絕
選項4　為難

25 **答案：2**
譯文：那傢伙是個任性的人。
考 點　わがまま：任性，我行我素

選項1　決戰
選項2　任性
選項3　對方
選項4　熟練

26　**答案：4**
譯文：令堂的病不重，很快就可以出院了。
考 點　軽い（かるい）：輕微的
選項1　詳細的
選項2　癢的
選項3　不陡峭的
選項4　不嚴重的

27　**答案：1**
譯文：我有一個未婚夫（妻），很快就要結婚了。
考 點　婚約者（こんやくしゃ）：未婚夫（妻）
選項1　未婚夫（妻）
選項2　朋友
選項3　情侶
選項4　女孩

問題6

28　**答案：1**
譯文：登山時衣服穿了又脫，脫了又穿。
選項1　正確選項
選項2　替換為：重ねて（重疊）
選項3　替換為：コピーして（影印）
選項4　替換為：自腹で（自費）

29　**答案：2**
譯文：我相信他今後在各個方面都能取得好成績。
選項1　替換為：頑張って（加油）
選項2　正確選項
選項3　替換為：明るくて（開朗的）
選項4　替換為：積極的（積極地）

30　**答案：3**
譯文：鈴木老師的著作被翻譯成了韓語，為國外的醫師教育作出了貢獻。

選項1　替換為：寄って（順路去）
選項2　替換為：頼って（依靠）
選項3　正確選項
選項4　替換為：寄寓（寄居）

31　**答案：1**
譯文：這個義大利產的生火腿，味道醇厚，很好吃。
選項1　正確選項
選項2　替換為：厚い（情誼深厚）
選項3　替換為：強い（強烈的）
選項4　替換為：厳しい（嚴厲的）

32　**答案：2**
譯文：經常外食營養會不均衡。
選項1　替換為：傾けて（傾斜）
選項2　正確選項
選項3　替換為：向いて（面向）
選項4　替換為：あいにく（不巧）

問題7

33　**答案：3**
譯文：只通了一次電話，之後再也沒任何聯繫了。
選項1　「～切る」表示「……完」。
例 ビールを飲みきった。／把啤酒喝光了。
選項2　「～切れない」表示「不能完全……」。
例 食べきれない。／吃不完。
選項3　「～きり」表示「僅僅……」。
例 これきりです。／只有這麼多了。
選項4　「～くせに」常用來表示蔑視、不滿、批評的語氣，可譯為「明明……」或「作為……卻……」。
例 お金がないのに、金持ちのふりをする。／明明沒錢，卻裝成有錢人。

34　**答案：1**
譯文：高興得幾乎說不出話來。
選項1　「～くらい」多用來表示程度。
例 お茶くらいご馳走するよ。／一點茶水而已，我請了。

選項2　「～はしない」表示「絕不……」。

例 後悔はしない。／絕不後悔。

選項3　「～こそ」表示強調。

例 これこそ本当の日本料理。／這才是真正的日本料理。

選項4　「～ことか」表示「多麼……」。

例 どんなに素晴らしいことか。／多麼完美呀！

35　**答案：4**

譯文：為了記住，上課的時候不僅需要聽講，還應該記筆記。

選項1　「～げに」表示「……的樣子」。

例 悲しげに泣いている。／悲傷地哭泣。

選項2　「～ことだから」表示「因為……所以……」，前面通常接人稱名詞。

例 あの人のことだから元気に暮らしているだろう。／他一定活得很好。

選項3　「～ことから」表示「根據……判斷」。

例 足跡が大きいことから、犯人は男らしい。／從腳印看來，犯人應該是男人。

選項4　「～ことだ」表示「要想……最好……」。

例 ダイエットするには、運動することだ。／要想瘦身，最好運動。

36　**答案：3**

譯文：錯的是他，你不必道歉。

選項1　「～ことにしている」表示「現在要求自己……」。

例 お酒は飲まないことにしている。／最近一直沒喝酒。

選項2　「～こともあって」表示「再加上……」。

例 国道沿いということもあって、朝晩はとてもうるさい。／再加上靠近國道，所以早晚都很吵。

選項3　「～ことはない」表示「不必……」。

例 まだ時間がある。焦ることはない。／還有時間，不用著急。

選項4　「～ことになっている」表示「規定……」。

例 車は左側を走ることになっている。／按照規定，車子要靠左行駛。

37　**答案：2**

譯文：令人驚訝的是，那兩人分手了。

選項1　「～ことなく」表示「未……」。

例 雨の日も休むことなく作業を続けた。／雨天也不休息，堅持作業。

選項2　「～ことに」表示「令人……」。

例 嬉しいことに、息子も娘も大学入試に合格した。／讓人高興的是，兒子和女兒都通過了大學入學考。

選項3　「～際に」表示「……的時候」。

例 非常の際には、このドアから避難してください。／發生緊急情況時，請從此門避難。

選項4　「～最中に」表示「正在……的時刻」。

例 食事をしている最中に、地震が襲った。／吃飯吃到一半，地震了。

第二回

38　**答案：2**

譯文：在交通事故中受傷的人，用痛苦的聲音求救。

選項1　「～ごとし」放在句尾，等同於「のようだ」。

例 疾きこと風のごとし。／其疾如風。

選項2　「～げ」表示「……的樣子」。

例 いつも悲しげな顔をしている。／總是哭喪著臉。

選項3　「～そうに」表示「好像……」。

例 雨が降りそうになった。／好像要下雨了。

選項4　「～ぎみ」表示「稍微」。

例 今日はちょっと疲れ気味だ。／今天覺得有點累。

39　**答案：2**

譯文：這是大家一起制定的規則，必須要遵守。

選項1　「～込む」表示「完全……」。

例 少し冷え込んできた。／天氣一下子變冷了。

選項2　「～ざるを得ない」表示「不得不……」。

例 あなたはばかだと言わざるを得ない。／不得不說你太傻了。

選項3　「～しかない」表示「只好……」。

例 歩いて帰るしかない。／只好走路回去。

選項4　「～次第だ」表示「取決於……」。

例 引き受けるかどうかは、条件次第だ。／我們是否接受要看條件如何。

40　**答案：2**

譯文：這輛電車一坐滿就會關門，所以請早點上車。

選項1　「～さえ」表示「就連……」。

例 カタカナさえ読めないのか。／連片假名都看不懂嗎？

選項2　「～次第」表示「一……立刻……」。

例 結果が分かり次第、ご報告いたします。／一知道結果，馬上報告。

選項3　「～上」表示「在……方面」。

例 それは経済上許されない。／在經濟上不允許那樣做。

選項4　「～末」表示「……結果」。

例 実験に実験を重ねた末、やっと成功した。／經過多次實驗，終於成功了。

41　**答案：1**

譯文：正因為是知名大學，所以很難考上。但是努力的話，也不是不能做到。

選項1　「～だけに」表示「正因為……」。

例 スポーツマンだけに、体が強い。／正因為是運動員，身體才格外強壯。

選項2　「～末に」表示「……結果」。

例 相談の末に、君を課長にしたい。／商量後決定任命你為課長。

選項3　「～だけの」表示「值得……」。

例 一見するだけの価値はある。／值得一看。

選項4　「～せいで」表示「就怪……」。

例 雨のせいで、遅刻した。／下雨害我遲到了。

42　**答案：4**

譯文：不愧是20樓，窗外景色很好。

選項1　「～ずにはいられない」表示「禁不住……」。

例 泣かずにはいられない。／不禁哭了。

選項2　「～せいか」表示「大概是因為……吧」。

例 熱があるせいか、頭がふらふらします。／或許是因為發燒吧，頭暈目眩。

選項3　「～だけ」表示「僅僅……」。

例 一人だけです。／僅此一人。

選項4　「～だけあって」表示「正因為……」。

例 さすが大手企業だけあって、社員の対応が完璧だ。／不愧是大企業，員工的應對很完美。

43　**答案：3**

譯文：每次去海外，都能感受到A國和世界的差距。

選項1　「～ところ」表示遞進或轉折。

例 先生に電話したところ、あいにく不在でした。／打了通電話給老師，不巧老師不在。

選項2　「～とたん」表示「剛……就……」。

例 ベルが鳴ったとたんに、教室を飛び出した。／鈴聲剛響，就一個箭步衝出教室。

選項3　「～度に」表示「每當……」。

例 この写真を見る度に、昔のことが思い出される。／每次看到這張照片，就會想起往事。

選項4　「～だらけ」表示「滿是……」。

例 部屋中はゴミだらけです。／房中滿是垃圾。

44　**答案：3**

譯文：即使重做，我覺得也做不出比這更好的企劃書了。

選項1　「～だけに」表示「正因為……」。

例 高いだけに、品質がいい。／正因為貴，所以品質好。

選項2　「～ところだった」表示「差一點……」。

例 もう少しで遅刻するところだった。／差點就遲到了。

選項3　「たとえ～」表示「即使……」。

例 たとえ急いで出かけても間に合わない。／就算趕忙出門，也趕不上了。

選項4　「～ところだ」表示「即將……」、「正在……」或「剛剛……」。

例 テレビを見るところだ。／正要看電視。

問題8

45　**答案：1**

原句：授業中、4 日本語　3 で　1 話す　2 ことになっている。

譯文：我們規定上課的時候用日語說話。

解析：「～ことになっている」表示某團體或組織作出的決定生效，常譯成「規定……」。前接動詞原形，所以1在前，2在後。

46　**答案：1**

原句：3 雨　2 さえ　1 やめば　4 試合はできる。

譯文：只要雨停了，就能比賽。

解析：「～さえ～ば」表示「只要……就……」，所以2要在1前面。主語為「比賽」，所以4放在最後。

47　**答案：3**

原句：2 生活　4 できる　3 だけの　1 収入があればいい。

譯文：收入能夠維持生活就行。

解析：「～だけの」表示「足夠」。3後面必須加名詞，再考慮後面的動詞「有」，所以3後面是1。

48 答案：3

原句：彼は4 荷物　1 を　3 持ち上げ　2 たとたん、あまりの重さに腰を抜かしてしまった。

譯文：他一拿起行李，就因太重而站不起來。

解析：「～たとたん」表示「一……就……」。

49 答案：1

原句：4 君たち　2 の　1 努力　3 次第では、いい成績を取ることも夢じゃない。

譯文：取得好成績也並不是無法實現的夢想，這全取決於你們的努力。

解析：「～次第では」表示「要看……如何」，前面一般接名詞。另外，根據句子邏輯關係可知1在3前。

問題9

50 答案：4

選項：1 不太　2 碰巧　3 偶然　4 經常

譯文：我方向感不好，時常迷路。

解析：根據前後文的邏輯關係可知，因為作者方向感不太強，所以經常會迷路，選項4符合文章主旨。

51 答案：3

選項：1 因為　2 應當　3 本應該　4 難怪

譯文：本應該是前進的。

解析：此處表示推測，選項3正確。選項2通常指從社會倫理上來說「應該」，表示對別人提出的道德要求，不用來表示推測。

52 答案：2

選項：1 難以　2 有可能　3 假設　4 即使

譯文：越是努力，可能離目的地越遠。

解析：根據前一個句子可知，此時作者已經不知道自己在什麼地方了，所以有可能走了冤枉路。

53 答案：2

選項：1 這是　2 那是　3 這是　4 哪個

譯文：那就是，不知道自己已經迷路了。

解析：指示詞指代前項內容時常用「それ」，並且選項1和選項3意思相同，可同時排除。

54 **答案：1**

選項：1 即使　2 對於　3 對於……來説　4 關於

譯文：即便是大人，也有許多人迷路。

解析：「だって」等同於「でも」，表示「即使」，選項1符合文章主旨。

問題10

55 **答案：1**

解析：解題關鍵句為「生活するために必須の作業」，選項1符合題意。選項2、選項3、選項4主要是針對現代人説的。

56 **答案：2**

解析：解題關鍵句為「自分が死ぬということを知っている」，作者對這一現象感到不可思議。

57 **答案：1**

解析：解題關鍵句為「当校文学部教授の山田文子を推薦させていただきます」，商務文書類題型的解題關鍵句一般在第二段。

58 **答案：1**

解析：解題關鍵句為「感激したとき、興奮したときの気分を表している」，選項2指的是「鳥肌が立つ」這個詞本身的意思，選項3、選項4不符合句子主旨。

59 **答案：4**

解析：解題關鍵句為「禁止されるとそのことがかえって頭を離れなくなり、余計に魅力的に感じてしまう」，越是禁止越感到好奇，只有選項4符合題意。

問題11

60 **答案：2**

解析：解題關鍵句為「餌にゆとりがあると、すぐ定員を増やす」，食物一旦充沛，動物的數量就會猛增，食物逐漸顯得不足，動物就會處於饑餓狀態。選項2是正確答案。

61 **答案：1**

解析：解題關鍵句為「つまり、まずいものからよりおいしいものへ」，也就是説，「量」能夠滿足要求了，下一步就會涉及「質」的問題。選項1是正確答案。

62 答案：1

解析：解題關鍵句為「食べ過ぎるということに対する警告の赤ランプが用意されていない」，饑餓時身體會發出警告的信號，但是對於過度飲食則沒有。選項1符合題意。

63 答案：1

解析：解題關鍵句為「それは教授陣、カリキュラム、施設設備などさまざまな教育研究条件など全体をとらえたものではない」，衡量大學水準的尺度有很多，不應只局限於「偏差值」（日本對學生智力、學力的計算值）。

64 答案：4

解析：解題關鍵句為「多様で内容のある尺度での大学評価とその情報を豊かにしたい」，可見作者希望評價大學的尺度能夠更加多元化，選項4符合文章主旨。

65 答案：2

解析：解題關鍵句為「受験産業が提供するモノサシとは違った多様で内容のある尺度での大学評価とその情報を豊かにしたい」，選項2符合文章主旨。

66 答案：4

解析：解題關鍵句為「芸術は創造です」，作者認為「只有創造才算藝術」，傳統和模仿只能算作「技藝」，不能算作「藝術」，選項4符合文章主旨。

67 答案：1

解析：問題是「不符合藝術本質的選項是哪一個？」選項2「達文西《蒙娜麗莎的微笑》」、選項3「畢卡索《格爾尼卡》」、選項4「馬都索夫斯基《莫斯科郊外的晚上》」全部是原創作品，屬於藝術。選項1「裏千家茶道」屬於沿襲傳統的「技藝」，不屬於藝術。

68 答案：3

解析：選項1、選項4都是指「藝術」，選項2指的是「技藝」，選項3為正確答案。

問題12

69 答案：4

解析：A和B文章都認為，大學生打工能夠使他們瞭解社會，選項4符合題意，為正確答案。

70 答案：1

解析：解題關鍵句為「学生の本分は勉学だから、バイトがよくない」，B認為打工會影響學習。

問題13

71 答案：4

解析：文章第一段為解題關鍵部分，透過在上學路上玩耍，學生可以學到在課堂上學不到的知識，從中獲得樂趣。選項1、選項3分別只是其中的樂趣之一，選項4更加全面。

72 答案：1

解析：此處為「嶄露頭角」的意思，因為平時在放學路上玩耍，所以社會經驗和實踐體驗比其他學生豐富，就很容易脱穎而出。

73 答案：4

解析：解題關鍵句為「しまったと思って頑張ったりするから、全体として案外辻褄の合うものなのである」，可見作者支持在放學路上玩耍，選項4符合文章主旨。

問題14

74 答案：1

解析：原文中第一個活動是「手作體驗」，第二個活動是日本傳統藝術「歌舞伎演出」，第三個活動是「帶著3D眼鏡走迷宮」，第四個活動是類似於「COSPLAY」的變裝大賽，第五個活動是「麵館開業週年紀念」。透過排除法，選項1為正確答案。

75 答案：3

解析：根據各種門票的價格，統計之後的總價為選項3。

聴解

問題1では、まず質問を聞いてください。それから話を聞いて、問題用紙の1から4の中から、最もよいものを一つ選んでください。

1番 お母さんと息子が話しています。息子はこれから何をしますか。

お母さん：健ちゃん、どこ行くの？

息子　　：友達の家に遊びに行くんだけど。

お母さん：じゃあ、ついでにこのミカンを山本さんのところに持って行ってちょうだい。

息子　　：えーー。いやだよ。

お母さん：じゃ、今度ディズニーランドへお母さん一人で行くわね。

息子　　：えーー、お願いだから、僕をつれていって。

お母さん：まあ、連れていってもいいんだけど……このミカンはどうしようかな？

息子　　：しようがないなあ。届けてきます。ディズニーランド、約束だからね。

お母さん：分かった。健ちゃんって、いい子だね。

息子はこれから何をしますか。

1　友達の家に行きます

2　ディズニーランドへ行きます

3　ミカンを買いに行きます

4　ミカンを届けに行きます

▶正解：4

解題關鍵句： じゃあ、ついでにこのミカンを山本さんのところに持って行ってちょうだい。
しようがないなあ。届けてきます。

2番　専門家が夏風邪について話しています。夏風邪はなぜ治りにくいのですか。

男：異例の猛暑続きで体力消耗が著しいです。注意したいのは熱中症だけじゃありません。暑さで弱った体は夏風邪ウイルスにも狙われやすいです。夏風邪って長引くと言われています。冬の風邪は、「寒いから」「乾燥しているから」と理由が分かるけど、夏風邪ってなぜ長く続くのかとても不思議でした。しかし、最近の研究によると、その理由について、ウイルスが強いのではなく、夏の暑さによる体力消耗、食欲不振、睡眠不足などで体の抵抗力が落ちているのがなかなか治り切らない理由だそうです。

夏風邪はなぜ治りにくいのですか。

1　夏が暑いから

2　ウイルスが強いから

3　抵抗力が弱くなるから

4　乾燥しているから

▶正解：3

解題關鍵句：しかし、最近の研究によると、その理由について、ウイルスが強いのではなく、夏の暑さによる体力消耗、食欲不振、睡眠不足などで体の抵抗力が落ちているのがなかなか治り切らない理由だそうです。

3番　男の人と女の人が話しています。男の人はチケットを何枚用意しますか。

男：週末、水族館へ行くんだけど、チケットを何枚買えばいい？

女：そうね。大人は10人だから、一人に一枚、あとは子供が20人いるけど、割引だから、チケット一枚で二人行けるよね。

男：じゃ、全部で……

女：ああ、ちょっと待って。山田さんはご両親を連れてきたいって言ったでしょう。

男：そうだ。忘れそうになった。あと二枚買わなきゃ。

男の人はチケットを何枚用意しますか。

1　22枚

2　20枚

3　10枚

4　15枚

▶正解：1

解題關鍵句：大人は10人だから、一人に一枚、あとは子供20人いるが割引だから、チケット一枚で二人行けるよね。
そうだ。忘れそうになった。あと二枚買わなきゃ。

4番　上司と部下が電話で話しています。部下はこれから何をしなければなりませんか。

上司：もしもし、鈴木さんかい。僕だけど……

部下：あ、社長。確か名古屋に出張中ですよね。何かご用ですか。

上司：実はね、今日お客さんとの打ち合わせで使うカタログなんだけど、今なかなか見つからないんだ。

部下：えっ、本当ですか。昨日の午後秘書の笹原さんに預かってもらって、ちゃんと社長に渡すって言われたんです。

上司：そうか。そういえば昨日の午後ずっと会社にいなかったんだ。笹原君が預かったままかな？

部下：そうですか。どうしましょう。

上司：悪いけど、至急ファックスで送ってくれる？

部下：はい。分かりました。

部下はこれから何をしなければなりませんか。

1　お客さんと打ち合わせします

2　ファックスで資料を送ります

3　笹原さんに電話します

4　至急名古屋へ行きます

▶正解：2

解題關鍵句：悪いけど、至急ファックスで送ってくれる？

5番　先生と学生が話しています。先生はこれから何をしますか。

学生：先生、すみません。就職について、相談があるんですが。

先生：どうしたの？みずほ会社から内定をもらったんじゃないの？

学生：ええ、そのことなんですが、最初はみずほ会社に応募しました。友達から聞いたんですが、残業が多いみたいで。

先生：そうなの、今不況だから、残業しない会社はないよ！

学生：それはそうですけど、勝手な願いですが、それ以外に就職先を紹介していただけませんか。

先生：紹介しないことはないけど、調べてみないとね。

学生：はい。分かりました。

先生はこれから何をしますか。

1　学生のお願いを断る

2　求人情報を調べる

3　みずほ会社に応募する

4　残業する

▶正解：2

解題關鍵句：紹介しないことはないけど、調べてみないとね。

問題2では、まず質問を聞いてください。そのあと、問題用紙の選択肢を読んでください。読む時間があります。それから話を聞いて、問題用紙の1から4の中から、最もよいものを一つ選んでください。

1番　病院で医者と患者が話しています。この患者はなぜ眠れませんでしたか。

医者：はい、どうぞ、お入りください。こっちに座って。

患者：ありがとうございます。

医者：顔色が悪そうですね。どうかしましたか。

患者：最近冷たいものを食べると、痛みが走ります。

医者：ちょっと口を開けてください。虫歯ですね。

患者：そうですか。最近痛くてよく眠れませんでした。

この患者はなぜ眠れませんでしたか。

1　歯が痛かったからです

2　頭が痛かったからです

3　足が痛かったからです

4　お腹が痛かったからです

▶正解：1

解題關鍵句：ちょっと口を開けてください。虫歯ですね。

2番　男の人と女の人が話しています。二人はいつハイキングに行きますか。

男：来週からもう春ですね。どこかハイキングに行かない？

女：いいアイディアですね。一緒に行こう。

男：じゃ、いつがいい？

女：土曜日、日曜日が込みますから、避けたほうがいい。

男：月、火はどう？

女：いいんだけど、いつも国語の授業をサボるわけにはいかないよ。

男：そうね。怒られるかもね。

女：じゃ、水曜日か金曜日にしない？

男：ごめん、二日とも、補修があってさ、行けないんだ。

女：じゃあ、この日ね。

二人はいつハイキングに行きますか。

1　月曜日

2　火曜日

3　水曜日

4　木曜日

▶正解：4

解題關鍵句：月、火はどう？
いつも国語の授業をサボるわけにはいかないよ。
じゃ、水曜日か金曜日にしない？
ごめん……行けないんだ。

3番　男の人と女の人が話しています。男の人の財布はどこですか。

男：あのう、すみません。

女：はい、何ですか。

男：さっきここで食事をしていましたが、財布を忘れちゃって。

女：ああ、そうですか。聞いてみますので、少々お待ちください。

男：はい、お願いします。

女：お客様、当店はそのようなものを発見しておりませんが。

男：確か、窓口から近いテーブルに座ったんですが。

女：お客様、ズボンの後ろポケットには？

男：ありません。

女：じゃあ、スーツの上着のポケットには？

男：あっ、あった。いろいろ騒がしちゃって。失礼しました。

男の人の財布はどこですか。

1　ズボンのポケットにあります

2　スーツのポケットにあります

3　店のテーブルにあります

4　かばんにあります

▶正解：2

解題關鍵句：じゃあ、スーツの上着のポケットには？
あっ、あった。いろいろ騒がしちゃって。失礼しました。

4番　店で係員が話しています。係員は何について話していますか。

女：私は常々、財布や携帯電話などお客様の忘れ物を見つけた際は、その日時や場所、色や形状、発見者の名前をノートに記録すること。また、財布の中身は必ず2人以上で確認することや、落とし主のお客様がみえたら、運転免許証などで身元を必ず確認した上で、お返しすることをトラブル防止策として指導している。

係員は何について話していますか。

1　財布の大きさ

2　携帯電話の番号

3　お客さんの忘れ物

4　運転免許

▶正解：3

解題關鍵句：私は常々、財布や携帯電話などお客様の忘れ物を見つけた際は、その日時や場所、色や形状、発見者の名前をノートに記録すること。

5番　男の人と女の人が話しています。男の人はネクタイを誰からもらいましたか。

女：わあ、素敵なネクタイですね。誰からもらったの？

男：ほら、もうすぐ就職でしょ。それで、父に何回もお願いしてさ……

女：そうか。お父さんが買ってくれたのね。優しいお父さんですね。

男：いや、買ってくれなかったよ。残業が多くて、そんなこと自分でしたらって。

女：それで、自分で選んだの？

男：僕のいとこさあ、ネクタイ会社に勤めてて、これ、一番の人気物だって。

女：そうか。

男の人はネクタイを誰からもらいましたか。

1　父親

2　女の子

3　彼女

4　いとこ

▶正解：4

解題關鍵句：僕のいとこさあ、ネクタイ会社に勤めてて、これ、一番の人気物だって。

6番　男の人が女の人にインタビューしています。女の人は子供の教育について何が一番大切だと言っていますか。

男：このごろ、子供の教育に悩んでいる方が少なくないようです。今日は子供の教育について一言アドバイスを頂きたいんですが。

女：そうですね。一人っ子が多い今の社会では、子供の教育は今までよりさらに重視されるようになりました。

男：そうですね。先ほどこんな質問が寄せられました。子供を連れてお店などに行くと、たくさんのおもちゃがあります。子供がいつもおもちゃをほしがるので困っています。専門家の先生に相談していただきいのです。

女：私は子供の要求に従うべきではないと思います。でなければ、子供のほうは何でも言えば買ってくれるものだと思ってしまいます。だから、今の時代、子供に我慢することの大切さを教えなければならないと思います。

男：買ってやらないことですよね。そうすれば、子供のほうはかわいそうじゃありませんか。

女：何でも買ってやるほうがむしろ問題ですね。子供は買ってもらえないことで我慢することの大切さを覚えます。そういうことは子供の教育に一番大切ではないでしょうか。

女の人は子供の教育について何が一番大切だと言っていますか。

1　子供に何でも買ってやること

2　子供に何も買ってやらないこと

3　子供に耐え忍ぶことを教えること

4　子供を厳しく叱ること

▶正解：3

解題關鍵句：だから、今の時代、子供に我慢することの大切さを教えなければならないと思います。

第二回

問題3では、問題用紙に何も印刷されていません。この問題は全体としてどんな内容かを聞く問題です。話の前に質問はありません。まず、話を聞いてください。それから質問と選択肢を聞いて、1から4の中から、最もよいものを一つ選んでください。

1番　**クラブの責任者が話しています。**

男：はーい。それでは会費について説明します。会費は2,000円です。えー、カラオケに行った人は500円多く、つまり2,500円払ってください。男性も女性も同じです。カラオケに行った人は2,500円。行かなかった人は2,000円です。卒業生の皆さんは3,000円払ってください。あ、忘れるところでした。今年始めてきた留学生の皆さんは卒業生の三分の一で結構です。ではお願いしまーす。

今年始めてきた留学生はいくら払いますか。

1　500円

2　2,500円

3　3,000円

4　1,000円

▶正解：4

解題關鍵句：卒業生の皆さんは3,000円払ってください。
今年始めてきた留学生の皆さんは卒業生の三分の一で結構です。

2番　**男の子と女の子が話しています。**

男：ああ、やっと、期末試験が終わったー。どこかへ気分転換に行かない？何かいいアドバイスない？

女：連日試験の準備で疲れきって。何もしたくないわ。家に帰って、ゆっくり休みたい。

男：えっ、せっかく試験が終わったんだから、ぱーっと遊ぼうよ。カラオケ

　でも、行かない？

女：カラオケか、昨日、行ったから、ちょっと。

男：じゃ、ドライブはどう？

女：あー、ごめん。やっぱり、今日は遠慮する。

女の子は、これから何をしますか。

1　家で休む

2　カラオケに行く

3　ドライブに行く

4　食事に行く

▶正解：1

解題關鍵句：あー、ごめん。やっぱり、今日は遠慮する。

3番　男の人と女の人が会社で話をしています。

男：はい、これ出張のお土産です。

女：ありがとう。嬉しい。ずっと待ってたわ。

男：これ、これ、おいしいんだよ。北海道のお菓子とチョコレート。食べたことがある？　おいしいって聞いたから買ってきた。

女：せっかくですが、甘いものはちょっと。ダイエットをしているんで。

男：じゃ、ポテトチップは？　少し食べてもそんなに太らない食べ物だから。

女：ええ、食べる、食べる。ポテトチップには目がないんで。

女の人は何を食べますか。

1　お菓子

2　チョコレート

3　お菓子とポテトチップ

4　ポテトチップだけ

▶正解：4

解題關鍵句：ええ、食べる、食べる。ポテトチップには目がないんで。

4番　女の子と男の子が電話で話しています。

男：「アバター」っていう映画、君、もう見た？

女：ううん、まだなんだけど。

男：僕も同じだよ、ねえ、一緒に見に行かない？

女：ほんと、うれしいわ、いつ？

男：来週の金曜日の午後、どう？

女：金曜日はちょっと……友達の誕生日があるから。

男：そうか、それじゃ、木曜日は？

女：うん、いいんだけど、あたしね、月、火、水、来週の前半は全部空いてるから、早く見たいなあ。

男：よし、分かった。

二人はいつ映画を見に行きますか。

1　木曜日

2　金曜日

3　日曜日

4　月曜日

▶正解：4

解題關鍵句：あたしね、月、火、水、来週の前半は全部空いてるから、早く見たいよ。

5番　テレビで男の人が話しています。

男：国民のほとんどがスマートフォンを持っている現代において、スマホ依存症が新たな社会問題になっています。子どもや若者がスマホ依存症に陥ると、学力低下だけでなく生活習慣や心身の健康へさまざまな悪影響が及びます。しかし、現代の子どもにとってスマホは大切なコミュニケーションツールのひとつでもあります。子どものスマホ使用をむやみに禁止するより「スマホ使用は1日1時間まで」「食事中や寝る前は使わない」などのルールを決めて使うとよいでしょう。ルールを決めるときは、子どもと大人の双方が納得できるようきちんと話し合いながら決めましょう。

男の人は何について話していますか。

1　スマホ依存症の治療法

2　子供の学力を上げる方法

3　子どものスマホ使用を禁止すること

4　子どものスマホ使用を管理すること

▶正解：4

解題關鍵句：子どものスマホ使用をむやみに禁止するより「スマホ使用は1日1時間まで」「食事中や寝る前は使わない」などのルールを決めて使うとよいでしょう。

問題4では、問題用紙に何も印刷されていません。まず、文を聞いてください。それから、それに対する返事を聞いて、1から3の中から、最もよいものを一つ選んでください。

1番　先生、来週から就活に入るので、就職の推薦状を書いていただきたいんですが。

1　うん、いいですよ。

2　うん、悪かったね。

3　うん、おめでとう。

▶正解：1

2番　これから君にもっと大きな仕事をやってもらいます。

1　ありがとうございます。社長、精一杯やります。

2　失礼しました。社長、お許しください。

3　すみません。社長、お先に失礼します。

▶正解：1

3番　王君、偉いミスをしてしまったね。

1　申し訳ございません。

2　ありがとうございます。

3　本当ですか。嬉しい。

▶正解：1

4番　今週中には無理そうですね。

1　やれるだけやりなさい。

2　融通がきかない。

3　できるものなら、やりたい。

▶正解：1

5番 **おいしそうですね。このカレーライス。**

1　作りたてですもの。

2　作りがちですもの。

3　作りすぎですもの。

▶正解：1

6番 **ほら、あの男の人が新しい学長ですよ。**

1　学長にしたら、若々しいですね。

2　学長にしては、若々しいですね。

3　学長にしても、若々しいですね。

▶正解：2

7番 **この仕事、素人は無理ですか。**

1　いいえ、この仕事は経験を問わずですよ。

2　いいえ、この仕事は出身を問わずですよ。

3　いいえ、この仕事は性別を問わずですよ。

▶正解：1

8番 **お客様、ここは禁煙席となっておりますが。**

1　あ、すみません。すぐ火をつけます。

2　あ、すみません。すぐタバコを消します。

3　あ、お粗末さまでした。

▶正解：2

9番 **うちの家内ときたら、お金にうるさいよ。**

1　そうですか。静かにさせてください。

2　そうですか。それは大変ですね。

3　そうですか。お金持ちですね。

▶正解：2

10番 **あいつは宝くじで一夜成金になった。**

1　棚から牡丹餅ですね。

2　猿も木から落ちますね。

3　一難さってまた一難ですね。

▶正解：1

11番 **ああ、吉田君の担任の先生です。**

1　この親にしてこの子あり。

2　それほどでもありません。

3　息子がいつもお世話になっております。

▶正解：3

12番 **なかなかよくできているわね。**

1　ありがとうございます。

2　お引き換えください。

3　お下がりください。

▶正解：1

問題5では長めの話を聞きます。この問題には練習はありません。メモをとってもかまいません。

1番、2番

問題用紙に何も印刷されていません。まず話を聞いてください。それから、質問と選択肢を聞いて、1から4の中から、最もよいものを1つ選んでください。

1番 **大学の先生が話しています。**

男：落語家の春風亭小朝師匠は言葉づかいに熟知しています。面白いことを言っていました。太った女の子に、かわいいけど、おデブだね。おデブだけど、かわいいね。かわいいとほめたつもりが、相手には全く違って伝わります。言葉が言葉を打ち消してしまうのです。おデブだけど、かわいいね、と言われた方が、太った女の子は嬉しいに決まっています。小朝師匠は言います。相手に愛を持って接していれば、自然な言葉が出てくると。相手もそれを感じて、きちんと言葉が伝わるのだと。無理をしてほめると、言葉が多くなってしまいます。言葉が多いと、真実味が薄れがちになります。ホメゴロシという言葉がありますよね。なかなかに、ほめ方は難しいですね。

何についての話ですか。

1　叱り方についての話です

2　話術についての話です

3　健康についての話です

4　太った女についての話です

▶正解：2

解題關鍵句：落語家の春風亭小朝師匠は言葉づかいに熟知しています。

2番　帰宅途中、自転車に乗っている男の人が警察官に止められて質問を受けました。

男1：ちょっとすみません。

男2：はい、なんでしょうか。

男1：自転車のライトが点いていませんがどうしたんですか。

男2：この前、電球が切れたのですが忙しくて付け忘れていました。

男1：夜に無灯火での運転は大変危険なのでやめて下さい。ところでこの自転車はあなたのものですか。

男2：はい、そうですけど。

男1：念のために防犯登録番号を照合してもよろしいですか。

男2：ええ、構いませんが。

男1：番号は63312497ですね。あなたのお名前と住所をお聞きしてもよろしいですか。

男2：小島たけし。住所は新宿区新宿6－5－19です。

男1：では、確認しますのでここでお待ちください。

（確認中）

男1：いま確認が取れました。あなたの自転車で間違いないようですね。でも無灯火で自転車に乗ることは出来ない規則なのでこのまま押して歩いて行ってください。

男2：はい、分かりました。

男1：車に気をつけてお帰りください。

この男の人はどうして警察官に止められましたか。

1　警察の質問に答えなかったから

2　夜、無灯火で自転車を運転していたから

3　他人の自転車に乗っていたから

4　自転車が壊れたから

▶正解：2

解題關鍵句：自転車のライトが点いていませんがどうしたんですか。

3番　まず話を聞いてください。それから、二つの質問を聞いて、それぞれ問題用紙の1から4の中から、最もよいものを一つ選んでください。では、始めます。

3番　会社で課長と女の人と男の人が仕事の話をしています。

課長：明後日の会議で使う企画書がまだ整理できていないんだ。悪いけど、これから少し残業していてくれないか。

女　：ええ、私は構いませんよ。

男　：僕も明日は取引先でのプレゼンがあるので、その準備が終わり次第お手伝いしますよ。

課長：ありがとう、助かるよ。できるだけ、早く終わらせるようにするから。

男　：そんなに気を使わないでくださいよ、課長。

女　：そうですよ、今回の課長の企画はこの会社の社運がかかっているんですから、私たちが手伝うのは当然ですよ。

課長：君たちにそういってもらえると心強いよ。じゃあ、会議が成功したらおいしいものでもご馳走するから、あとで君たちが行きたい店を探しておいてくれ。

男　：本当ですか。今夜は徹夜する覚悟で頑張ります。

課長：おいおい、無理はしないでくれよ。とりあえず、コーヒーでも飲んでから仕事にとりかかろう。

女　：ではコーヒーは私が入れてきましょう。

課長：いや、今回は私の仕事を手伝ってもらうんだ。二人ともここに座っていてくれたまえ。

男　：え、いいんですか。じゃあ、お言葉に甘えさせていただきます。

質問1　残業する人は誰ですか。

1　課長と女の人

2　課長と男の人

3　課長だけ

4　課長と女の人と男の人

▶正解：4

解題關鍵句：ええ、私は構いませんよ。
僕も明日は取引先でのプレゼンがあるので、その準備が終わり次第お手伝いしますよ。

質問2　だれがコーヒーを入れますか。

1　課長と女の人

2　課長と男の人

3　課長だけ

4　課長と女の人と男の人

▶正解：3

解題關鍵句：いや、今回は私の仕事を手伝ってもらうんだ。二人ともここに座っていてくれたまえ。

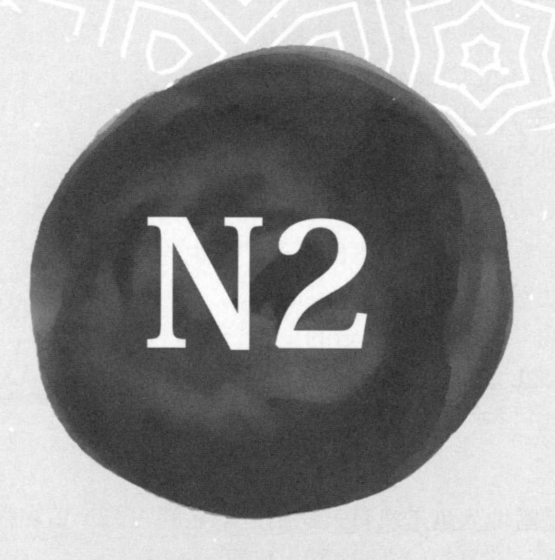

全真模擬試題解析
第三回

★ 言語知識（文字・語彙・文法）・読解

★ 聴解

第三回

言語知識（文字・語彙・文法）・読解

問題1

1 **答案：3**

譯文：想聽CD，可遺憾的是沒有播放設備。

選項1　最小（さいしょう）：最小

選項2　清祥（せいしょう）：安康

選項3　再生（さいせい）：播放

選項4　無此詞

2 **答案：1**

譯文：對於這件事情，松本氏給予了尖鋭的批評。

選項1　鋭い（するどい）：尖鋭的

選項2　渋い（しぶい）：澀的

選項3　きつい：吃力，辛苦的

選項4　狡い（ずるい）：狡猾的

3 **答案：2**

譯文：越是當地人越是沒有去過附近的名勝古跡，這點很讓人出乎意料。

選項1　次元（じげん）：次元，維度

選項2　地元（じもと）：當地

選項3　鉤元（ちもと）：指魚鉤上拴繫釣線的部分

選項4　無此詞

4 **答案：2**

譯文：森林為我們的生活提供保障。

選項1　据える（すえる）：放置

選項2　支える（ささえる）：支撐

選項3　冴える（さえる）：寒冷；清澈

選項4　栄える（さかえる）：興盛

5 **答案：3**

譯文：最近好像有些睡眠不足，所以我一回家就睡下了。

選項1　無此詞

選項2　無此詞

選項3　睡眠（すいみん）：睡眠
選項4　水明（すいめい）：水質清澈明亮

問題2

6　**答案：4**

譯文：大致回顧了使用先進技術的產品的歷史，發現也有過一些失敗的經歷。

選項1　両端（りょうたん）：兩端
選項2　異端（いたん）：邪說
選項3　左端（さたん）：左端
選項4　先端（せんたん）：尖端，先進

7　**答案：2**

譯文：經濟不景氣的時候，要節約生活費，存點錢。

選項1　契約（けいやく）：合約
選項2　節約（せつやく）：節約
選項3　規約（きやく）：規章
選項4　倹約（けんやく）：節約

8　**答案：3**

譯文：都道府縣的名稱等是常識問題，還是記下來比較好。

選項1　認識（にんしき）：認識
選項2　無此詞
選項3　常識（じょうしき）：常識
選項4　知識（ちしき）：知識

9　**答案：1**

譯文：對待小孩子很多時候無須責罵。

選項1　叱る（しかる）：斥責
選項2　滑る（すべる）：滑
選項3　詫びる（わびる）：道歉
選項4　怒る（おこる）：生氣

10　**答案：1**

譯文：想把不用的東西扔掉，竟然整理出20袋。

選項1　捨てる（すてる）：丟掉
選項2　無此詞
選項3　投げる（なげる）：投，拋
選項4　落ちる（おちる）：掉落

問題3

11 答案：3

譯文：我成為了這間公司裡最年少同時也是首位女性代理課長。

選項1　諸（しょ）：各個

例 欧米諸国を旅行する。／周遊歐美諸國。

選項2　一（いち）：短暫

例 一時的な現象／短暫的現象

選項3　最（さい）：最

例 最下位に転落した。／跌到最後一名。

選項4　準（じゅん）：準，即將成為

例 準会員になった。／成為候補會員。

12 答案：2

譯文：我的朋友是律師，對法律方面相當精通。

選項1　師（し）：……師

例 理髪師になりたい。／想當理髮師。

選項2　士（し）：擁有某種資格的人

例 弁護士／律師

選項3　者（しゃ）：……者

例 容疑者に逃げられた。／嫌疑人逃跑了。

選項4　子（こ）：……人

例 売れっ子の作家／當紅作家

13 答案：4

譯文：校園霸凌是學校教育方面的一大問題。

選項1　方（かた）：方式

例 書き方が難しい。／寫法很難。

選項2　面（めん）：面

例 新生面を切り開く。／開闢新局面。

選項3　側（がわ）：……方

例 左側に沿って歩く。／沿著左側走。

選項4　上（じょう）：……方面

例 経済上の原因で倒産した。／因經濟方面的原因破產。

14 答案：2

譯文：餐飲業最需要重視的就是食品衛生。

選項1　性（せい）：性質

例 国民性に合う。／符合國民性。

選項2　視（し）：看待

例 将来を有望視される。／被認為前途無量。

選項3　券（けん）：票，券

例 入場券を見せてください。／給我看看入場券。

選項4　考（こう）：考，考慮

例 ぜひご一考ください。／請考慮一下。

15　**答案：3**

譯文：給老師寄了一封同學會的邀請函。

選項1　信（しん）：訊息

例 返信をお待ちする。／等您回覆。

選項2　件（けん）：事情

例 要件を述べる。／談正事。

選項3　状（じょう）：書信

例 紹介状を書いてやる。／替人寫了介紹信。

選項4　跡（せき）：痕跡

例 筆跡を鑑定する。／鑑定筆跡。

問題4

16　**答案：2**

譯文：在被別人催之前，自己趕緊動手。

選項1　しいんと：鴉雀無聲

例 教室はしいんとしている。／教室裡鴉雀無聲。

選項2　さっさと：快地，俐落地

例 さっさと歩きなさい。／快點走。

選項3　さらに：更加

例 雨がさらに激しくなった。／雨越下越大。

選項4　しきりに：頻繁地

例 頻りに催促する。／頻繁地催促。

17　**答案：4**

譯文：看到孩子的成績單，深受打擊。

選項1　サイレン：警笛

例 サイレンを鳴らす。／拉響警笛。

選項2　ストライキ：罷工
例 工場は本日からストライキに入った。／工廠本日開始罷工。
選項3　セール：廉價銷售
例 セール中です。／促銷中。
選項4　ショック：打擊
例 ショックを与える。／造成打擊。

18　**答案：3**
譯文：中村先生的公司每年都會聘新人。
選項1　採決（さいけつ）：表決
例 採決を行う。／進行表決。
選項2　採点（さいてん）：評分
例 採点が甘い。／評分寬鬆。
選項3　採用（さいよう）：採用
例 彼の提案を採用する。／採用他的提案。
選項4　採集（さいしゅう）：採集
例 植物の標本を採集する。／採集植物標本。

19　**答案：3**
譯文：惹他生氣後，直接掛了電話。
選項1　沈める（しずめる）：使……沉入
例 敵艦を沈める。／擊沉敵艦。
選項2　備える（そなえる）：準備，防備
例 外敵に備える。／防備外敵。
選項3　損ねる（そこねる）：傷害，損傷
例 先生の機嫌を損ねた。／惹怒了老師。
選項4　背ける（そむける）：扭轉過去
例 顔を背ける。／背過臉去。

20　**答案：2**
譯文：如果要進軍海外市場，就得從零開始進行挑戰。
選項1　進化（しんか）：進化
例 人間は猿から進化したものだ。／人類由猿猴進化而來。
選項2　進出（しんしゅつ）：進入
例 女性が社会に進出する。／女性進入社會。
選項3　進行（しんこう）：進行
例 列車が進行する。／列車運行。
選項4　進歩（しんぽ）：進步

例 進歩が止まる。／停止進步。

21 **答案：3**

譯文：次郎的畫線條細緻，很漂亮。

選項1 質素（しっそ）：簡樸

例 質素な生活を送る。／過著簡樸的生活。

選項2 素直（すなお）：坦率

例 素直に告白する。／坦誠告白。

選項3 繊細（せんさい）：柔嫩，細膩

例 彼女は繊細な手をしている。／她手指纖細。

選項4 純潔（じゅんけつ）：純潔

例 純潔な関係を保つ。／保持純潔的關係。

22 **答案：4**

譯文：我們進行司法改革是為了實現「司法為市民服務」的目標。

選項1 事実（じじつ）：事實

例 事実は雄弁に勝る。／事實勝於雄辯。

選項2 現実（げんじつ）：現實

例 現実に即して計画を立てる。／按照實際情況制訂計畫。

選項3 真実（しんじつ）：真實，真的

例 真実を言う。／講真話。

選項4 実現（じつげん）：實現

例 夢を実現する。／實現夢想。

問題5

23 **答案：3**

譯文：把獎金分文不動地存起來。

考 點 そっくり：全部

選項1 一部分

選項2 一起

選項3 全部

選項4 相同的

24 **答案：2**

譯文：12年都沒見過的朋友邀請我去參加婚禮。

考 點 誘う（さそう）：邀請

選項1 被勸告

選項2 被邀請

選項3　被告知
選項4　被甩

25　**答案：2**
譯文：一大早就開始修理自家的牆壁。
考 點　修繕（しゅうぜん）：修理
選項1　修飾
選項2　修理
選項3　修正
選項4　修訂

26　**答案：3**
譯文：據說現在越來越多老人一個人孤獨地生活。
考 點　寂しい（さびしい）：寂寞
選項1　貧窮
選項2　寒冷
選項3　孤獨
選項4　不安

27　**答案：2**
譯文：這些不愧是知名品牌的產品，設計得非常考究。
考 點　設計（せっけい）：設計
選項1　系統
選項2　設計
選項3　評論
選項4　糾紛

問題6

28　**答案：2**
譯文：意者請備齊所需資料，進行申請。
選項1　替換為：触らないで（不要碰）
選項2　正確選項
選項3　替換為：ついた（爬上）
選項4　替換為：調べている（調查）

29　**答案：3**
譯文：祖母預備好年糕湯和新年的菜餚，做過年的準備。
選項1　替換為：応援（支持）

選項2　替換為：過ごして（過著）
選項3　正確選項
選項4　替換為：支出（支出）

30　**答案：1**
譯文：職員們為我妥善地處理了（這件事）。
選項1　正確選項
選項2　替換為：いい（好的）
選項3　替換為：本気（認真的）
選項4　替換為：苦難（艱苦）

31　**答案：4**
譯文：在韓國，一起去澡堂就意味著關係親密。
選項1　替換為：良い（好的）
選項2　替換為：恋しく（懷念）
選項3　替換為：良い（好的）
選項4　正確選項

32　**答案：2**
譯文：會議開始兩個半小時之前簽到，一小時前截止。
選項1　替換為：締めて（繫上）
選項2　正確選項
選項3　替換為：結びました（紮起來）
選項4　替換為：消して（關掉）

問題7

33　**答案：1**
譯文：孩子被人誇獎，即使是奉承，家長也會高興。
選項1　「たとえ～でも（ても）」表示「即使……也……」。
例 たとえ冗談でもほどがある。／就算是開玩笑，也要有個限度。
選項2　「～ところ」表示遞進或轉折。
例 先生に電話したところ、あいにく不在でした。／給老師打了通電話，可不巧老師不在。
選項3　「～とたん」表示「剛……就……」。
例 ベルが鳴ったとたん、教室を飛び出した。／鈴聲剛響就衝出教室。
選項4　「～とたんに」表示「……的一瞬間……」。
例 ベルが鳴ったとたんに、教室を飛び出した。／鈴聲響起的那一瞬間，我一個箭步衝了出去。

34 答案：4

譯文：買米的路上，順便拍了繡球花。

選項1　「～度に」表示「每當……」。

例 この写真を見る度に、昔のことが思い出される。／每次看到這張照片就不由得想起往事。

選項2　「～だらけ」表示「滿是……」。

例 間違いだらけです。／滿是錯誤。

選項3　「～ところを」多表示對方正在做某事時，中途打斷對方，可譯為「在您……時」。

例 お話し中のところをすみませんが……／非常抱歉打斷您談話……

選項4　「～ついでに」表示「順便……」。

例 買い物のついでに散歩してきた。／出去買東西，順便散了會步。

35 答案：3

譯文：這是一部高科技機器，操縱者可以一邊辦公一邊運動。

選項1　「～っけ」意為「……來著」。

例 これは何っていう花でしたっけ？／這是什麼花來著？

選項2　「～っこない」表示「不可能……」。

例 彼にできっこない。／他不可能辦得到。

選項3　「～つつ」表示「一邊……一邊……」。

例 お酒を飲みつつ、テレビを見る。／一邊喝酒，一邊看電視。

選項4　「～つつある」表示「正在……」。

例 高齢化が進みつつある。／高齡化逐漸加劇。

36 答案：4

譯文：我兒子沒有耐心，無論是玩還是學習，都很容易厭煩。

選項1　「～ごとき」後接名詞，表示「像……」。

例 春の如き天気だ。／春天般的天氣。

選項2　「～って」表示「聽說……」。

例 田中さんは帰国したって。／聽說田中回國了。

選項3　「～つつも」表示「雖然……但是……」。

例 体に悪いと知りつつも、タバコを吸う。それはよくない。／雖然知道對身體不好，但還是要抽菸。這樣是不對的。

選項4　「～っぽい」表示「帶有……的氣息（傾向）」。

例 このスープは水っぽいだ。／這湯水加多了。

37 答案：2

譯文：（這件事）得商量後才能決定。

選項1　「～て以来」表示「自從……」。

例 卒業して以来、先生にはお目にかかっていません。／畢業以後，一直未見過老師。

選項2　「～てからでないと」表示「如不先……就無法……」。

例 上司と相談してからでないと、決められません。／不先跟上司商量就無法決定。

選項3　「～てしょうがない」表示「……得不得了」。

例 田舎暮らしは単調でしょうがない。／鄉下生活單調得不得了。

選項4　「～てたまらない」表示「極其……」。

例 寂しくてたまらない。／極度寂寞。

38 答案：2

譯文：看到這張照片就不由得想起當時的情景。

選項1　「～てはいられない」表示「無法……」。

例 もう黙ってはいられない。／無法再保持沉默了。

選項2　「～てならない」前接感覺、知覺、思考類動詞時，表示「不由得……」。

例 卒業後の生活が案じられてならない。／對畢業後的生活擔心不已。

選項3　「～ということだ」表示「據悉……」。

例 田中さんは10時に来るということだ。／據悉田中先生將於10點鐘前來。

選項4　「～というものだ」通常用來表示斷定，可譯為「就是……」。

例 日本では女性のほうが給料が低いのは不公平というものだ。／在日本，女性工資偏低，真的很不公平。

39 答案：1

譯文：説起北海道，最先浮現在我腦海裡的是那美麗的雪景。

選項1　「～というと」表示「要説起……」。

例 京都というと、紅葉ですね。／説起京都，就會想到紅葉。

選項2　「～というより」表示「與其説……倒不如説……」。

例 歌手というよりむしろ作家といった方がいい。／與其説是歌手，倒不如説是作家。

選項3　「～といっても」表示「雖説……」。

例 もう定年だといっても、やる気満々だ。／雖説已經到了退休年齡，但依然幹勁十足。

選項4　「～とは」表示「竟然……」。

例 あの人は泥棒だとは。／沒想到他竟然是小偷。

40 **答案：4**

譯文： 最近很忙，根本沒空去海外旅遊。

選項1　「～と言われている」表示「普遍認為……」。

例 ハワイは世界で最も住みやすい都市であると言われている。／夏威夷被公認為世界上最宜居的城市。

選項2　「～というものではない」表示「並不是……」。

例 速ければよいというものではない。／並不是越快越好。

選項3　「～とおりだ」表示「正如……那樣」。

例 予想したとおりだ。／正如預計的那樣。

選項4　「～どころではない」表示「顧不上……」。

例 テレビを見るどころではない。／哪有時間看電視！

41 **答案：1**

譯文： 雖說有書齋，但也只有巴掌大的地方。

選項1　「～といっても」表示「雖說……」。

例 もう安いといっても、10万円かかる。／雖然已經算是便宜了，但也要花費10萬日圓。

選項2　「～ところに」表示「正在……之時」。

例 人が話しているところに口を挟まないでください。／別人講話時不要插嘴。

選項3　「～とか」表示「好像是……」，用來表示不確定的資訊。

例 6時には着くとか言っていた。／好像是說6點會到。

選項4　「～どころか」用來否定前面談到的事情。

例 独身どころか、三人の子持ちだよ。／何止不是單身，孩子都有三個了！

42 **答案：3**

譯文： 我飯吃到一半，電話就打來了。

選項1　「～ところで」表示轉換話題。

例 ところで先生に相談がある。／對了，（我）有事情要和老師商量。

選項2　「～ところだった」表示「差一點……」。

例 もう少しでぶつかるところだった。／差一點就撞上了。

選項3　「～ところへ」表示正在進行前項動作或剛要進行前項動作，就發生了後面的事情。

例 家を出たところへ、雨が降ってきた。／剛出門，雨就下起來了。

選項4　「～ところが」表示「然而……」。

例 うまく行くだろうと思った。ところが、失敗した。／本以為會很順利，然而卻失敗了。

43　答案：1

譯文：如果今天是我生命中的末日，我還願意做我今天本該做的事情嗎？

選項1　「～としたら」表示「假如……」。

例 行けるとしたら、明日しかない。／假使能去，那也只有明天可以。

選項2　「～というと」用來提出話題。

例 食べたいものというと、北京ダックだ。／説起想吃的東西，就是北京烤鴨了。

選項3　「～といえば」用來提出話題。

例 田中さんといえば、卒業後、京都へ行ったはずだ。／説起田中，他畢業後好像去京都了。

選項4　「～といったら」用來提出話題。

例 東京といったら、スカイツリーですね。／説到東京，自然要提起晴空塔了。

44　答案：4

譯文：軟體發展技術在逐步得到改良，前途十分光明。

選項1　「～ずつ」前接數量詞，表示對這一數量的平均分配。

例 この時計は毎日二分ずつ遅れる。／這個時鐘每天慢兩分鐘。

選項2　「～たことにする」表示「就當……」。

例 見なかったことにする。／就當沒看見。

選項3　「～っぽい」表示「具有……的氣息」。

例 子供っぽい／孩子氣

選項4　「～つつある」表示「正在……」。

例 地球の人口は年々増えつつある。／地球人口在不斷增加。

問題8

45　答案：1

原句：3ボタン　2を　1押す　4度に、画面が変わります。

譯文：每按一次按鈕，畫面就發生變化。

解析：「～たびに」前接動詞連體形或「名詞＋の」，表示「每當……就……」，若後項是表示變化的詞，則表示隨著前項的反覆出現，後項也在發生變化。由於是經常發生的事情，所以動詞基本上不使用過去式。

46 答案：2

原句：学校の成績も大切だが、勉強だけ1 できれば　3 いい　2 というものではない　4 だろう。

譯文：雖然在學校的成績很重要，但也絕不是只要會唸書就行吧。

解析：「～というものだ」表示「是……」。「～というものではない」表示「不是……」。「～というものでもない」表示「也並不是……」。

47 答案：3

原句：奥様がご病気で4 寝て　1 いらっしゃる　3 とか　2 伺いましたが、おかげんはいかがですか。

譯文：聽說您夫人臥病在床，情況怎麼樣了？

解析：「とか」除了表示列舉的用法之外，也能表示不確定的傳聞。用在句子的最後，後面還可以加上「～きいていた」、「～いっていた」等詞語呼應使用。

48 答案：2

原句：田中さんの歌3 は、1 歌　2 というより、4 むしろ叫びだ。

譯文：田中先生的歌與其說是歌，倒不如說是嚎叫。

解析：「というより」意為「與其說是……還不如說……」。

49 答案：3

原句：2 いくら　4 安い　3 といっても、1 十万円はかかるでしょう。

譯文：就算再怎麼便宜，也還是要10萬日圓吧。

解析：「～といっても」意為「雖說」，前面通常與「いくら」連用，由此可以判斷選項2在選項3前面。

問題9

50 答案：2

選項：1 那個（遠處的東西）　2 那個（近處）　3 這個　4 這裡

譯文：那就是誤認為「會考試的人」等於「聰明的人」。

解析：指示詞在指示前文內容的時候一般用「それ」。

51 答案：1

選項：1 的確　2 很少　3 一點點　4 可是

譯文：的確，在會考試的人當中，有聰明伶俐的人的概率很大。

解析：根據後一句中的「しかし」可以知道此處是先贊同這一觀點，然後進行反駁。「確かに」表示作者承認前項。

52 **答案**：3
選項：1 話説　2 最　3 然後　4 於是
譯文：而且，這樣的人正急遽增加。
解析：根據前後句的邏輯關係，此處前後句為遞進關係，選項3符合文章意思。

53 **答案**：1
選項：1 所謂的　2 自不用説　3 隨時　4 總有一天
譯文：大量生產所謂只會考試的「應試機器」。
解析：後一個句子是對前一個句子的重複，選項1「所謂的」符合文章主旨。

54 **答案**：3
選項：1 終歸　2 若不　3 到頭來　4 所有的
譯文：到頭來，無法自己發現問題、解決問題，無法成為真正聰明的人。
解析：此處是對整篇文章的總結，「つまり」通常在文章後半部分出現，表示歸納、概括。

問題10

55 **答案**：1
解析：解題關鍵句為「どれだけ学んだとしても、なおその先に学ぶことがあるという『オープン・エンド性』にある」，選項1符合文章主旨。

56 **答案**：3
解析：解題關鍵句為「故郷を離れると、故郷のよさが見えてくる」，即「只有離開故鄉，才能發現故鄉的好處」，選項3符合題意。

57 **答案**：3
解析：這篇商務文書包含了提案內容、理由、所需經費、預期效果等四個方面，選項3符合文章主旨。選項1「主機」為無關選項，選項2「關於債權」在文中並未涉及，選項4「公司內部聯絡會議報告書」不正確。

58 **答案**：2
解析：解題關鍵句為「総務の仕事は、ほかの部署と調整しながら仕事を遂行することが多いです」，可見總務部的主要職責是在部門之間進行協調，選項2正確。

59 **答案**：3
解析：解題關鍵句為「情報を流す側とそれを受け取る側のコミュニケーションで成り立っています」，選項3符合題意。選項1、選項2、選項4都只是單方面的資訊傳達。

問題11

60 答案：1

解析：根據第二段、第三段、第四段的內容可以知道，文章主旨是新職員所需要的能力，選項1符合。選項2和選項4在文中沒有涉及，選項3只是其中的一個方面。

61 答案：2

解析：根據前後句的邏輯關係推測答案。底線前半句是新員工的想法，後半句是老員工的親身體驗，前後句子為遞進關係，選項2符合文章主旨。

62 答案：2

解析：文章最後一段的主旨是「人際關係」，選項2符合題意，為正確答案。

63 答案：3

解析：注意問題是「不是理由的選項是哪一項？」，選項1、選項2、選項4都是理由之一，選項3則是不願意參加交流會的原因。

64 答案：1

解析：前面一段陳述了女性感到不安的原因，後面一段是男性感到不安的原因。前後兩段文章是對比關係，選項1符合題意。

65 答案：2

解析：解題關鍵句為「楽しみにしている理由に男女の大きな違いは見られなかった」，選項2符合文章主旨，為正確答案。

66 答案：1

解析：解題關鍵句為「学校に行かなければならないと分かっていても行けない」，本題測驗日語指示詞，「そ」所指代的內容一般可從前文找出，選項1為正確答案。

67 答案：2

解析：解題關鍵句為「特定の性格傾向の子に起こるというのが主流だった」，選項2只不過換了一種說法，意思跟文章一致。將原文稍作改動，但不改變原意是日檢中經常出現的出題方式。

68 答案：4

解析：問題是「不正確的是哪一項？」，選項1、選項2、選項3都是正確的應對措施，採取選項4所述的嚴厲措施的話，會適得其反，所以選項4為正確答案。

問題12

69 答案：1

解析：選項2為第二篇文章的觀點，選項3、選項4本身說法不正確。根據排除法，選項1為正確答案。

70 答案：3

解析：選項1後半句不正確，選項2前半句不正確，選項4説法不正確。根據排除法，選項3為正確答案。

問題13

71 答案：4

解析：解題關鍵句為「社会人としてまず身につけるべきは、知識やスキルよりも人間関係ということのようだ」，選項4符合文章主旨。

72 答案：1

解析：解題關鍵句為「基本的なマナーは、知っておいて損はないはず」，可見職場人士如果打算學習禮儀，選項1最符合。

73 答案：2

解析：解題關鍵句為「仕事のスキルや、段取りよりも『人間的に大きく成長して欲しい』」，選項2符合文章主旨。選項4「學習英語」的説法不符合文章意思，應該是學習本國歷史。

問題14

74 答案：3

解析：選項1、選項2不符合注意事項第3條的要求，因此可以排除選項1和選項2。選項4不符合注意事項第5條的要求。綜上所述，選項3為正確答案。

75 答案：3

解析：選項1不正確，只有開課期間的開放時間是10點到19點。選項2「影印貴重資料」不符合最後一段的要求。選項4「貴重資料可以外借」與原文不符。綜上所述，選項3為正確答案。

聴解

問題1では、まず質問を聞いてください。それから話を聞いて、問題用紙の1から4の中から、最も よいものを一つ選んでください。

1番 お母さんと会社員の女の子が話しています。女の子はこれから何をしますか。

お母さん：どうしたの？　朝からずっとぐずぐずして、急がないとまた遅刻するわよ。分かった、また上司に叱られたでしょ？

女の子　：いやだお母さん、どうして知ってるの？　仕事が遅いって物凄く怒られた。ああ、会社なんかもういやだ。どこか行って気分転換しようか。

お母さん：まあ、いつも会社をサボるもんじゃないよ。

女の子　：でも、週に三回も叱られたなんて、同僚に笑われちゃうよ。ねぇ、今日だけ休んじゃだめ？

お母さん：何言ってるの、だめに決まってるでしょ。そんなこと言って、本当は青森の出張に行きたくないんでしょ？

女の子　：違うよ。ほら、日用品や仕事の資料を準備してるところなんだ。

お母さん：新入社員だから、ちゃんと頑張らないとだめよ。ほら、さっさと準備しなさい。

女の子　：は～い。

お母さん：道中気をつけてね。向こうに着いたら、ちゃんと電話して。

女の子　：はい。分かったよ。

女の子はこれから何をしますか。

1　出張します

2　気分転換に行きます

3　会社を休みます

4　上司を叱ります

▶正解：1

解題關鍵句：道中気をつけてね。向こうに着いたら、ちゃんと電話して。

2番 デパートの店長が店員に向けて話しています。初めて来店したお客に

どう対応しますか。

店長：皆さん、一人前の店員になるにはいくつかの条件があります。まず、店員としてお客様に商品をきちんと説明できることは基本です。そして、お買い上げいただくお客様に丁寧な対応をすることも当然のことです。でも、私が強調したいのは初めてご来店のお客様の対応です。お客様の中にはチラシを見て初めて来店した方もいらっしゃいます。初めは何も買わずに店を出るかもしれません。見込み客になる可能性は十分にあります。そのような方に笑顔で接し、好感を与えるのは一番大切です。とにかく常連客へ感謝の気持ちを、初めてのお客へ愛想のよい対応を忘れずに接してください。

初めて来店したお客にどう対応しますか。

1　感謝の気持ちを持ちます

2　商品を説明します

3　愛想がよく、好感を与えます

4　短いセンテンスで話します

▶正解：3

解題關鍵句：とにかく常連客へ感謝の気持ちを、初めてのお客へ愛想のよい対応を忘れずに接してください。

3番　男の人と女の人が話しています。出張のための荷物を準備しています。二人は何をスーツケースに入れますか。

男：なるべく荷物を少なくして、軽くしたほうがいい。

女：うん、分かった。充電器と歯磨き、それから、歯ブラシか。

男：ホテルには歯ブラシがあると思うから、それはいい。

女：はい。そして、辞書持っていく？

男：そうね。向こうで使うかもしれないねえ。

女：問題は、パソコン。重くてどうしよう。

男：重いんだけど、愛用しているやつだから。

女：じゃあ、スーツケースに入れようか。

男：迷っちゃうな。やっぱりいいや。ホテルので我慢するから。

女：はーい。じゃ、これでできたわね。

二人は何をスーツケースに入れますか。

1　充電器、歯ブラシ、パソコン

2　充電器、歯磨き、辞書

3　充電器、歯ブラシ、辞書

4　充電器、パソコン、歯磨き

▶正解：2

解題關鍵句：充電器と歯磨き……辞書持っていく？
向こうで使うかもしれないねえ。
やっぱりいいや。ホテルので我慢するから。

4番　男の人と店員が話しています。男の人はいくら払いますか。

店員：いらっしゃいませ。

男　：ネクタイを買いたいんだけど。

店員：ネクタイはこちらでございます。お客様、どのようなネクタイがよろしいでしょうか。

男　：そうだね。おしゃれで、幅の狭いネクタイがほしいなあ。

女　：かしこまりました。こちらはいかがでしょうか。

男　：色が明るくて、いいじゃない。おいくらですか。

女　：定価は1万円です。でも、今バーゲンですから、半額で売っています。

男　：そうか。ずいぶん安いなあ。4本お願いします。

女　：かしこまりました。

男の人はいくら払いますか。

1　1万円

2　2万円

3　3万円

4　4万円

▶正解：2

解題關鍵句：定価は1万円です。でも、今バーゲンですから、半額で売っています。
そうか。ずいぶん安いなあ。4本お願いします。

5番　**取引先の人から電話がかかってきました。**

女の人はこのあと、すぐ何をしますか。

女：はい、コノハ商事販売部でございます。

男：あ、イノマタ物産の井内と申します。

女：いつもお世話になっております。

男：こちらこそ、いつもお世話になっております。実は先日お願いしたサンプルの件ですがまだ届いていないんです。担当の鈴木さんをお願いしたいのですが……

女：申し訳ございません。鈴木は出張中でして。

男：うーん、そうですか。困ったな。じゃあ、係長の田村さんはいらっしゃいますか。

女：はい。おります。ただいま田村と代わりますので、少々お待ちください。

男：はい、分かりました。

女の人はこのあと、すぐ何をしますか。

1　鈴木に連絡を取ります

2　鈴木に電話するように伝えます

3　係長と代わります

4　もう一度取引先に電話します

▶正解：3

解題關鍵句：はい。おります。ただいま田村と代わりますので、少々お待ちください。

問題2では、まず質問を聞いてください。そのあと、問題用紙の選択肢を読んでください。読む時間があります。それから話を聞いて、問題用紙の1から4の中から、最もよいものを一つ選んでください。

1番　**男の人と女の人が話しています。スーパーは何時からですか。**

男：あっそうだ！　スーパーへ行かなきゃ。

女：まだ朝の7時半よ。

男：まだ開いてないのかな？

女：まだよ。

男：何時に開くの？

女：そうね。今から30分後かな。

男：でも、今日は週末だから。

女：そうね。平日より十分早めに開くね。

スーパーは何時からですか。

1　7時30分

2　7時50分

3　8時10分

4　8時20分

▶正解：2

解題關鍵句： まだ朝の7時半よ。
今から30分後かな。
平日より十分早めに開くね。

2番 男の人が話しています。家から会社までどのくらいかかりますか。

男：僕は毎朝6時に起きます。起きてから、新聞を読みながら、朝ご飯をします。朝ご飯をしてから、歯を磨きます。そして家を出ます。家から駅までバスで20分くらいです。それから電車に15分乗って会社の近くの駅で降ります。駅から会社まで歩いて5分です。

家から会社までどのくらいかかりますか。

1　30分

2　40分

3　50分

4　60分

▶正解：2

解題關鍵句： 家から駅までバスで20分くらいです。それから電車に15分乗って会社の近くの駅で降ります。駅から会社まで歩いて5分です。

3番 男の人と女の人が話しています。運動場は何曜日が休みですか。

男：いつもどこで運動するの？

女：運動だからもちろん運動場よ。

男：昨日運動場へ行ったけど閉まってたよ。

女：昨日は休みよ。今日は月曜だから開いてるわ。

男：休みは日曜日？

女：おとといも休みよ。

運動場は何曜日が休みですか。

1　月曜日

2　土日

3　日曜日

4　土曜日

▶正解：2

解題關鍵句：昨日は休みよ。今日は月曜だから開いてるわ。
おとといも休みよ。

4番　男の人と女の人が話しています。男の人は今どこにいますか。

女：もしもし山口です。

男：ああ、山口さん。おはようございます。

女：会社に電話しましたが、いませんでしたね。

男：すみません。今日は休みとってます。

女：今日はどこかへ行くんですか。

男：いいえ、市役所へ行こうと思ったんですが、天気が悪くて。

女：じゃあ、一日中ずっとお宅にいますね。

男：そうです。

男の人は今どこにいますか。

1　会社

2　市役所

3　公園

4　家

▶正解：4

解題關鍵句：じゃあ、一日中ずっとお宅にいますね。

5番 **先生が留守番について話しています。小さなお子さんの場合、何が一番大切ですか。**

男：もうすぐ春休みですね。長いお休みですから、お子さんは大喜びでしょう。でも、子供が春休みだからといっても、仕事を持つ大人はそう簡単に休みを取れません。それで、子供にお留守番をお願いすることがあるかもしれませんね。ですから、本日は留守番の注意点について、お話しします。まずは、子供の年齢や性格、ご家庭の環境などを親がよく見極めてください。そして、宅配便は大人がいる時間に再配達してもらうほうが安心です。それから、何より気をつけなければならないのは玄関のドアを決して開けないことです。最後、万が一の場合に備えて、家の防犯対策をしっかりし、なるべく早く帰宅するようにしましょう。

小さなお子さんの場合、何が一番大切ですか。

1　玄関のドアを開けないこと

2　なるべく早く帰宅すること

3　共働きすること

4　再配達してもらうこと

▶正解：1

解題關鍵句：それから、何より気をつけなければならないのは玄関のドアを決して開けないことです。

6番 **男の人と女の人が話しています。男の弟さんは今何歳ですか。**

女：かっこいい方ですね。ねえ、ねえ、だれ？

男：僕の弟です。

女：弟さんですか。あたしに紹介して。

男：ごめん。もうパパになったけど。

女：残念！　でも、写真から見て、随分若いよね。

男：写真を撮ったのは10年前です。彼が25で僕が28の時です。

男の弟さんは今何歳ですか。

1　25歳

2　28歳

3　35歳

4　38歳

▶正解：3

解題關鍵句： 写真を撮ったのは10年前です。彼が25で僕が28の時です。

問題3では、問題用紙に何も印刷されていません。この問題は全体としてどんな内容かを聞く問題です。話の前に質問はありません。まず、話を聞いてください。それから質問と選択肢を聞いて、1から4の中から、最もよいものを一つ選んでください。

1番　女の人が環境問題と科学技術について話しています。

女：人々の考える未来というのは、いつでも希望にあふれているわけではありません。私たちの住む、この地球の環境について、悲観的な見方も広がっています。このまま環境の破壊が続けば、人類の生存が脅かされるかもしれないというものです。しかし、私はそう思いません。科学技術の発達が、必ず自然環境をコントロールする力を与えてくれると思うからです。以前、30年でかれてしまうといわれた石油は、今も私たちの生活を豊かにしています。これは、新たな技術によって、新しい油田が発見されたり、資源の効率的な利用が可能になったからでしょう。

話の内容と合っているのはどれですか。

1　科学は万能ではないので、信じすぎてはいけません

2　地球環境の未来には悲観的にならざるをえません

3　未来の科学技術ならば、環境問題を解決できるでしょう

4　地球の環境よりも、生活の豊かさの方が重要です

▶正解：3

解題關鍵句： このまま環境の破壊が続けば、人類の生存が脅かされるかもしれないというものです。しかし、私はそう思いません。科学技術の発達が、必ず自然環境をコントロールする力を与えてくれると思うからです。

2番　女子学生が先生に仕事を頼まれました。

男：ああ、佐藤君、先週頼んだ資料の整理と名簿の入力はどうなった？

女：あのう、申し訳ないんですが。

男：あ、いやいや、急がなくてもかまわないけど、できれば今週中に出して

くれないかな？

女：えーと、資料の整理は全部できましたけれど、名簿の入力の方がまだ半分ぐらい残っているんです。できるだけ早くやります。

男：悪い、悪い、授業がいっぱいあるのに。

仕事はあと、何が残っていますか。

1　名簿の出力が全部残っています

2　名簿のインプットが全部残っています

3　資料の整理が半分残っています

4　名簿の入力が半分残っています

▶正解：4

解題關鍵句：えーと、資料の整理は全部できましたけれど、名簿の入力の方がまだ半分ぐらい残っているんです。

3番　男の人と女の人が話しています。

女：今朝の新聞読みました？　今の子供ってよく貯金してるんですって。

男：へえ、おもちゃ買うため？

女：そうじゃないのよ。

男：大人になって車でも買いたいって？

女：とんでもない。老後の生活のためなんですって。

男：へえ、子供のうちからもう年を取ってからのこと考えてるのか。

女：結婚のためとか言うならまだ分かるんですけどね。

今の子供はなぜ貯金していますか。

1　年をとってからの生活のためです

2　好きなおもちゃを買うためです

3　自分の結婚のためです

4　親の老後のためです

▶正解：1

解題關鍵句：老後の生活のためなんですって。

4番　女の人が上司にタバコについて話しています。

女：部長、ちょっといいですか。

男：何？　まぁ、そこに座って。

女：はい、あのう、実は、ちょっと言いにくいことなんですが、社内は分煙って言うことになっていますよね。

男：あ、そうだね。

女：それが、最近、喫煙コーナーじゃないところで吸っている人がちょっと目立つようになったものですから、特に営業の人たち、外回りでストレスが多いことも分かるんですが……

男：あ、確かにそうだね。

女：タバコの煙はそばにいる人にも害がありますし、それに私たち、洋服ににおいがつくのがちょっと……社内では決められたところで吸うのがルールですよね。

男：そうだね。分煙は徹底しなきゃね。

女：それで、差出がましいようですが、部長から営業部長のほうに、話していただけないでしょうか。

男：そうだな。分かった、そうするよ。

この後、上司はどうしますか。

1　営業部長に喫煙コーナーを作ってもらう

2　営業部長にタバコの害を説明する

3　営業部長に分煙の徹底を依頼する

4　営業部長に禁煙を勧める

▶正解：3

解題關鍵句：それで、差出がましいようですが、部長から営業部長のほうに、話していただけないでしょうか。

5番　テレビで女の人が話しています。

女：日焼け止めはオールシーズン紫外線対策をするためにも、必ず最初に仕込むようにしましょう。化粧下地は日焼け止めの次に使います。化粧下地はファンデーションの密着を良くしたり、肌の色ムラや凹凸をカバーする役割があります。化粧下地の次にファンデーションを乗せていきます。ファンデーションは肌の質感を決める最も重要なアイテムになります。コンシーラーは、ファンデーションで隠しきれなかった時に使用します。パウダーファンデーション以外では使用します。

女の人は何について話していますか。

1　日焼け止めの正しい使い方

2　化粧下地の効果

3　ファンデーションの役割

4　化粧の正しい順番

▶正解：4

解題關鍵句：必ず最初に仕込むようにしましょう。化粧下地は日焼け止めの次に使います……化粧下地の次にファンデーションを乗せていきます。

問題4では、問題用紙に何も印刷されていません。まず、文を聞いてください。それから、それに対する返事を聞いて、1から3の中から、最もよいものを一つ選んでください。

1番　じゃ、お先に失礼します。

1　たいしたことはありません。

2　お疲れ様でした。

3　謝ることはありません。

▶正解：2

2番　ビールを一本お願いします。

1　はい、かしこまりました。

2　はい、恐れ入りました。

3　はい、失礼しました。

▶正解：1

3番　あのさ、ちょっと、山下君に相談したいことがあるんだ。

1　うん、むりだよ。何？

2　うん、いいわよ。何？

3　うん、いけないよ。何？

▶正解：2

4番　あの、勝手なお願いですが、商品の販売を当社にやらせていただけないかと……

1　それはもう願ってもないことでございます。

2　それはもう大変なことでございます。

3　それはもう危険なものでございます。

▶正解：1

5番　先生、お忙しいところを申し訳ないんですが。

1　はい、猫の手も借りたいくらいだよ。

2　はい、何ですか。

3　はい、お忙しいですね。

▶正解：2

6番　人事課の小栗様をお願いしたいのですが。

1　ただいま失礼しますので、少々お待ちください。

2　ただいま代わりますので、少々お待ちください。

3　はい、そうお願いします。

▶正解：2

7番　たった今、先生から電話があって、戻ったら、すぐ教員室に来てくれとのことだった。

1　うん、分かった。来てください。

2　うん、分かった。ありがとう。

3　うん、お電話、ありがとう。

▶正解：2

8番　明日のパーティーにいらっしゃいますか。

1　はい、いらっしゃいます。

2　はい、参ります。

3　はい、お越しします。

▶正解：2

9番　あ、見て、見て、一番前を走っている人、確か、退院したばかりだよね。

1　あ、ホント。怪我にもかかわらずですね。

2　あ、ホント。怪我してはいけませんね。

3　あ、ホント。怪我人が出ましたね。

▶正解：1

10番 **お客様、フランス製のワインはあいにく……**

1　はい、分かった。これでいい。

2　じゃ、フランス製のワインをください。

3　じゃ、豚肉をお願いします。

▶正解：1

11番 **お弁当温めますか。**

1　いいえ、結構です。

2　いいえ、温めて。

3　はい、ご遠慮ください。

▶正解：1

12番 **冷めないうちに召し上がってください。**

1　そんなにつめたいですか。

2　では、早速いただきます。

3　いいえ、どういたしまして。

▶正解：2

問題5では長めの話を聞きます。この問題には練習はありません。メモをとってもかまいません。

1番、2番

問題用紙に何も印刷されていません。まず話を聞いてください。それから、質問と選択肢を聞いて、1から4の中から、最もよいものを1つ選んでください。

1番 **専門家が地震について話しています。**

男：大地震が起きて交通機関が麻痺した場合、生命保険大手の「明治安田生命」が全国1,100人を対象に調査しました。まず、普段から何か地震への備えをしているか聞いたところ、33.9%が非常食などの防災グッズを準備していると答えた一方で、特に何もしていないと答えたのは46.3%と半数近くに上りました。また、大地震が起きて交通機関が麻痺した場合、職場などの外出先から自宅までの道を知っているかどうか尋ねたところ、全く知らない、あるいはあまり知らない、という答えが全体の25.5%に上り、大地震の際、4人に1人が家に帰れないおそれがあることが分かりました。これを年齢別に見ますと、20代が最も多く、年齢が若くなるほど帰り道を把握していない傾向が見られます。

文中の内容と合っているものはどれですか。

1　46.3%の人が防災グッズを用意している

2　33.9%の人が特に何もしていない

3　地震の際、4人に1人が家に帰れない

4　若い人ほど帰り道を知っている

▶正解：3

解題關鍵句：4人に1人が家に帰れないおそれがあることが分かりました。

2番　会社の担当者が取引先からのメールを読んでいます。

男：拝啓　日頃弊社に対しましては格別のお引き立てをいただき、深く感謝致しております。

さて、このたび、誠に不本意ではありますが、商品の価格を改定するのやむなきに至りました。すでにご承知のとおり、原材料と、海外工場での人件費が年々高騰し、弊社でも必死に合理化努力を続けてまいりましたものの、現在の納入価格では採算を維持することは到底不可能の状況となってまいりました。

つきましては、今後は同封の新価格表によってご注文を賜りたく、事情ご賢察のうえ、ご承知くださいますようお願い申し上げます。なお、ご必要がありましたら、詳細につきましては担当者が説明に参上いたしますが、何分のご承諾重ねてお願い申しあげます。

メールの主な内容は何ですか。

1　転任のごあいさつ

2　新製品展示会のお知らせ

3　見積書送付のお願い

4　価格値上げについて

▶正解：4

解題關鍵句：つきましては、今後は同封の新価格表によってご注文を賜りたく、事情ご賢察のうえ、ご承知くださいますようお願い申し上げます。

3番　まず話を聞いてください。それから、二つの質問を聞いて、それぞれ問題用紙の1から4の中から、最もよいものを一つ選んでください。では、始めます。

3番　インテリアデザイナーがテレビの置き方について話しています。

女：テレビは現代の生活にはなくてはならないもの、そしてどんどん大型化が進み、急速に普及しています。プラズマテレビや大型液晶テレビ、買ってみたけど、あまりの存在感にお部屋の雰囲気を壊してしまいがちです。薄型・大画面・高画質を楽しむためにはただテレビを置くだけでなく、インテリアの一部として部屋全体との調和を最優先に考える必要があります。次はテレビとソファの距離ですが、最近のハイビジョン放送は走査線が2倍近く高画質のため、近い距離で見ても違和感がありません。ハイビジョン放送での最適視聴距離は画面の高さの約3倍とされています。そして、テレビの高さです。ソファに座った時の目の高さが110cmとすると、最適視聴距離180cmから画面の中心が目の高さから30cm〜50cmぐらい下がった位置がよいとされています。

質問1　テレビを置くとき、何が一番大切ですか。

1　部屋全体との調和

2　テレビとソファーの距離

3　テレビの高さ

4　最適視聴距離

▶正解：1

解題關鍵句：薄型・大画面・高画質を楽しむためにはただテレビを置くだけでなく、インテリアの一部として部屋全体との調和を最優先に考える必要があります。

質問2　最適視聴距離が約1.5mだと、テレビ画面の大きさをどちらにしたほうがいいですか。

1　30センチ

2　40センチ

3　50センチ

4　60センチ

▶正解：3

解題關鍵句：ハイビジョン放送での最適な視聴距離は画面の高さの約3倍とされています。

第三回

全真模擬試題解析
第四回

★ 言語知識（文字・語彙・文法）・読解

★ 聴解

第四回

言語知識（文字・語彙・文法）・読解

問題1

1 答案：2
譯文：我認為想像力比知識更重要。
選項1 退治（たいじ）：懲辦，降伏
選項2 大事（だいじ）：重要
選項3 無此詞
選項4 無此詞

2 答案：2
譯文：快樂地過好每一天吧。
選項1 逞しい（たくましい）：健壯，堅強
選項2 楽しい（たのしい）：快樂
選項3 正しい（ただしい）：正確
選項4 乏しい（とぼしい）：缺乏

3 答案：1
譯文：成分天然的未必就安全，人工合成的未必就不好。
選項1 天然（てんねん）：天然
選項2 恬然（てんぜん）：滿不在乎
選項3 点線（てんせん）：虛線
選項4 展延（てんえん）：延展

4 答案：3
譯文：他積極地對抗病魔。
選項1 躊躇う（ためらう）：躊躇
選項2 培う（つちかう）：培植
選項3 戦う（たたかう）：作戰
選項4 伴う（ともなう）：伴隨

5 答案：2
譯文：外出時請朋友顧貓。
選項1 無此詞
選項2 頼む（たのむ）：委託，請求

選項3　畳む（たたむ）：疊，合上，關閉
選項4　弛む（たゆむ）：鬆弛

問題2

6　**答案：2**
譯文：如果不能適應時代的變化，就會被拋下。
選項1　無此詞
選項2　対応（たいおう）：適應
選項3　態度（たいど）：態度
選項4　無此詞

7　**答案：4**
譯文：為了孩子的健康成長，適當運動是很重要的。
選項1　無此詞
選項2　無此詞
選項3　無此詞
選項4　適切（てきせつ）：適當

8　**答案：3**
譯文：每天坐擁擠的電車去上班，還沒開始工作就夠累了。
選項1　通行（つうこう）：通行
選項2　通学（つうがく）：上下學
選項3　通勤（つうきん）：上下班
選項4　通過（つうか）：通過

9　**答案：3**
譯文：父親病倒的時候，許多人給予了幫助。
選項1　手伝う（てつだう）：幫助
選項2　救う（すくう）：救濟
選項3　助ける（たすける）：幫助
選項4　支える（ささえる）：支撐

10　**答案：1**
譯文：她的腿骨折了，在醫院接受了治療。
選項1　手当て（てあて）：治療；津貼
選項2　無此詞
選項3　無此詞
選項4　目当て（めあて）：目標

問題3

11 **答案：2**

譯文：大受歡迎的筆記型電腦正低價販售。

選項1　非（ひ）：非，不

例 非常識（ひじょうしき）／不合乎常理

選項2　低（てい）：低

例 低学年（ていがくねん）／低年級

選項3　不（ふ／ぶ）：不

例 不作法（ぶさほう）／沒禮貌

選項4　便（びん）：信

例 航空便／航空信

12 **答案：3**

譯文：半年內將理科的偏差值（日本採用的一種學力估算值）提高20分也並非完全不可能。

選項1　分（ぶ）：十分之一

例 勝負は五分五分だ。／勢均力敵。

選項2　点（てん）：分數

例 60点以下は落第だ。／六十分以下為不及格。

選項3　値（ち）：值

例 数値（すうち）／數值

選項4　段（だん）：段，層

例 2段ベッド／雙層床

13 **答案：4**

譯文：因為我和諸位會員是同一個年代的人，所以能理解大家的感受。

選項1　次（じ）：次，第二

例 次女（じじょ）／二女兒

選項2　新（しん）：新

例 新米（しんまい）／新人

選項3　共（とも）：共同

例 共働き（ともばたらき）／雙薪家庭

選項4　同（どう）：相同

例 同時代（どうじだい）／同時代

14 **答案：1**

譯文：要想提高建築物的抗震性，有三個方法。

選項1　耐（たい）：耐，抗
例 耐火れんが／耐火磚
選項2　抗（こう）：抗
例 抗ヒスタミン剤／抗組織胺藥物
選項3　防（ぼう）：防
例 防犯カメラ／防盜攝影機
選項4　地（ち）：地
例 地球／地球

15 **答案：3**
譯文：早餐費包含在房錢裡面。
選項1　金（きん）：錢
例 違約金（いやくきん）／違約金
選項2　賃（ちん）：租金
例 船賃（ふなちん）／船費
選項3　代（だい）：費用
例 クリーニング代／洗衣費
選項4　用（よう）：面向……的
例 中学生用の辞書／中學生用的字典

問題4

16 **答案：1**
譯文：不僅利潤沒有提高，反而造成了重大的損失。
選項1　かえって：反倒，反而
例 道が込んでいるときは、自動車より歩くほうがかえって早い。／交通繁忙時，走路反而比開車快。
選項2　はたして：果然
例 はたして思ったとおりだった。／果然不出所料。
選項3　あわせて：共計
例 あわせて1万円になる。／共計一萬日圓。
選項4　あえて：敢，硬要
例 あえて危険をおかす。／敢於冒險。

17 **答案：2**
譯文：新學期就要開始了。
選項1　リード：領導，領先
例 3点のリード／領先3分

第四回

選項2　スタート：開始
例 スタートからゴールまで／從起點到終點
選項3　ストライキ：罷工
例 工場は本日からストライキに入った。／工廠從今天開始罷工。
選項4　プリント：印刷
例 ビラをプリントして配る。／印發傳單。

18　**答案：3**
譯文：請按照畫面上的步驟進行操作。
選項1　秩序（ちつじょ）：秩序
例 秩序正しく行動する。／有秩序地行動。
選項2　規準（きじゅん）：標準
例 行動規準／行動準則
選項3　手順（てじゅん）：步驟
例 手順を踏む。／按部就班。
選項4　手続き（てつづき）：手續
例 手続きをすませる。／辦好手續。

19　**答案：4**
譯文：多虧了我太太，我終於買到了夢寐以求的車子。
選項1　加える（くわえる）：加
例 手を加える。／加工。
選項2　引く（ひく）：辭去，退去
例 手を引く。／撤手不管。
選項3　出す（だす）：拿出，伸出
例 手を出す。／動手。
選項4　入る（はいる）：進，入
例 手に入る。／到手。

20　**答案：2**
譯文：若有瑕疵，本公司將承擔郵費予以更換。
選項1　取り消し（とりけし）：取消，作廢
例 免許の取り消し／吊銷執照
選項2　取り替え（とりかえ）：更換
例 部品の取替え／零件更換
選項3　取り入れ（とりいれ）：採用，引進
例 新技術の取り入れ／引進新技術
選項4　取り出し（とりだし）：拿出

例 水分の取り出し／去除水分

21 **答案：2**

譯文：戰後，外國的技術和材料源源不斷地進入（我國）。

選項1　とうとう：終於，到底

例 3時間待ったが、彼はとうとう来なかった。／等了三小時，但他終究沒來。

選項2　どんどん：連續不斷

例 水がどんどん流れる。／水嘩嘩地流。

選項3　とっくに：早就

例 用意はとっくにできている。／早就準備好了。

選項4　とたんに：剛一……就……

例 わたしが入ったとたんに彼は出て行った。／我剛進去，他就出去了。

22 **答案：1**

譯文：祖母精力很充沛，四處走動，活得很健康。

選項1　達者（たっしゃ）：健康

例 達者に暮らしていますからご心配なく。／我很健康，不必掛念。

選項2　退屈（たいくつ）：無聊

例 退屈な日常生活／無聊的日常生活

選項3　素朴（そぼく）：樸素

例 素朴な人柄／為人淳樸

選項4　妥当（だとう）：妥當

例 妥当な意見をのべる。／陳述穩妥的意見。

問題5

23 **答案：2**

譯文：今天偶然碰見了小學時的同學。

考 點　たまたま：偶然

選項1　有時

選項2　偶然

選項3　意外地

選項4　恰好

24 **答案：3**

譯文：學生們睡睡午覺，唱唱歌，打發時間。

考 點　時間をつぶす：打發時間
選項1　製作
選項2　打
選項3　度過
選項4　重視

25　**答案：4**
譯文：地震之後馬上海嘯就來了。
考 點　直後（ちょくご）：……之後，緊跟著
選項1　同時
選項2　最後
選項3　前一刻
選項4　緊接著

26　**答案：3**
譯文：他膽子小，連自己一個人搭電車都不敢。
考 點　臆病（おくびょう）：膽小
選項1　心情舒暢
選項2　善變
選項3　膽小
選項4　擔心，焦躁

27　**答案：3**
譯文：為了跑得更快，每天都堅持訓練。
考 點　トレーニング：訓練，鍛煉
選項1　郊遊
選項2　加速
選項3　訓練
選項4　上課

問題6

28　**答案：1**
譯文：謝謝你在我逗留的這段時間裡一直陪伴我。
選項1　正確選項
選項2　替換為：会いました（遇見）
選項3　替換為：付けたい（附上）
選項4　替換為：追われて（追趕）

29 **答案：3**

譯文：木村是一個注意細節、十分可靠的人。

選項1　替換為：楽しい（快樂）

選項2　替換為：楽しみにしてください（敬請期待）

選項3　正確選項

選項4　替換為：一番（最好）

30 **答案：2**

譯文：我們約在了中央車站的前一站碰頭。

選項1　替換為：手頃（適合）

選項2　正確選項

選項3　替換為：手間（功夫）

選項4　替換為：手続き（手續）

31 **答案：1**

譯文：請您一定幫忙。

選項1　正確選項

選項2　替換為：どうせ（反正）

選項3　替換為：どうも（非常）

選項4　替換為：どこか（哪兒）

32 **答案：1**

譯文：山田教授早就回去了。

選項1　正確選項

選項2　替換為：とても（無論如何也）

選項3　替換為：とくに（特別）

選項4　替換為：完全に（完全地）

第四回

問題7

33 **答案：3**

譯文：當前，澳大利亞在日本出口對象國中名列第十，作為進口對象國則名列第三。

選項1　「～とすれば」表示「如果那樣的話」。

例 もし外国へ留学できるとすればどこへ行きたいですか。／要是能出國留學，你想去哪？

選項2　「～にしたら」表示「從……的角度來說」。

例 私にしたら、そう思いませんよ。／從我的角度來看，我不這麼認為。

選項3　「～としては」表示「作為……」。

例 私は王さんを先輩としては、尊敬しています。／我將王先生視為前輩，心存敬意。

選項4　「～としたら」表示「如果是那樣的話」。

例 このニュースが本当だとしたら、大変なことです。／要是這消息是真的，那可就不得了了。

34 **答案：2**

譯文：研究所以基礎研究為中心進行學術研究，與此同時還擔負著培養研究人員和擁有高度專業能力的人才的使命。

選項1　「～と一緒に」表示「一起」。

例 手紙と一緒に送る。／連同信一起寄出。

選項2　「～とともに」表示「……的同時」。

例 家を買うとともに、車も買った。／買房子的同時買了汽車。

選項3　「～に従って」表示「隨著……」。

例 時代の変化に従って、家屋の作り方も変わってきた。／隨著時代的變遷，房屋的建築方法也發生了變化。

選項4　「～につれて」表示「隨著……」。

例 この本は終わりに近付くにつれて、おもしろくなってきた。／隨著尾聲的臨近，這本書變得精彩起來了。

35 **答案：4**

譯文：說到食物，吃剩下的下一頓也不是不能吃，但都不好吃，無一例外。

選項1　「～ないではいられない」表示「不由得……」。

例 姉は困っている人を見ると助けてあげないではいられない性分だ。／姐姐的性格就是這樣，看到有人處於困境就忍不住要去幫。

選項2　「～そうもない」表示「看起來好像不能」。

例 仕事は明日までには終わりそうもない。／看來明天之前不可能完成工作了。

選項3　「～わけではない」表示「未必如此」。

例 足を怪我しているが、歩けないわけではない。／腳受傷了，但並非不能走路。

選項4　「～ないことはない」表示「不是不能……」。

例 ゆっくり話せば、分からないことはない。／只要講慢一點，也不是聽不懂。

36 **答案：4**

譯文：雖然同是媽媽的孩子，但長子和次子的關係絕對算不上融洽。

選項1　「～に関わらず」表示「雖然……但是……」。

例 周りが静かに関わらず、いつもと違う場所なので、ちっとも眠れない。／雖然周圍很安靜，但因為換了地方，我毫無睡意。

選項2　「～けれど」表示「雖然……但是……」。

例 風がやんだけれど、雨はまだ降っている。／風雖然停了，可是雨還在下。

選項3　「～ものの」表示「雖然……但是……」。

例 新しい家を見に行ったが、静かだったものの、とても不便な所だ。／我去看了新家，雖然安靜，卻是個不方便的地方。

選項4　「～ながら」表示「雖然……但是……」。前接動詞時，要用動詞連用形。

例 今日は晴れていながら寒い。／今天雖然是晴天，但很冷。

第四回

37 **答案：1**

譯文：沒有因貧困、饑餓等而受苦的人，這樣的世界不可能存在。

選項1　「～なんて」表示「出乎意料」。

例 留学できるなんて、夢にも思わなかった。／做夢也沒想到能留學。

選項2　「～など」表示「等等」。

例 ケーキなどはお好きですか。／你喜歡蛋糕之類的嗎？

選項3　「～なんで」表示「為什麼」。

例 なんでそんなことをするんだ。／為什麼要做那樣的事？

選項4　「～とか」表示「有的……有的……」。

例 いいとか悪いとか、みんな違ったことを言っている。／大家說法不一，有說好的，有說壞的。

38 **答案：2**

譯文：接種疫苗時，不要忘記可能有副作用。

選項1　「～において」表示「在……」。

例 会議は3階において開かれる。／會議在三樓召開。

選項2　「～に当たって」表示時間或地點。

例 新しい工場建設に当たっては、廃水処理に対する検討が必要だ。／建新廠時，必須研究一下廢水處理問題。

選項3　「～について」表示「關於……」。

例 その点については全面的に賛成はできない。／關於那一點，我無法完全贊同。

選項4　「～に応じて」表示「按照……」。

例 収入に応じて支出を考えなければならない。／應該量入為出。

39 答案：2

譯文：「我剛開始學日語，或許這個問題有點怪，我想問一下『乗る』和『乗り込む』的區別……」

選項1 「お～になります」是「尊他」式敬語，用來表示長輩、顧客等的動作行為。

例 お客様はもうお帰りになりました。／客人已經回去了。

選項2 「～（さ）せていただく」表示「請允許（我）……」。

例 明日、もう一度連絡させていただきます。／請允許我明天再跟您聯絡一次。

選項3 「聞きます」表示「問」。

例 大衆の意見を聞きます。／徵詢群眾的意見。

選項4 「～てください」表示「請」。

例 もう一度説明してください。／請再説明一次。

40 答案：3

譯文：日語裡「ながいき」可以指「氣長」，也能指「長壽」。一般而言，在民族音樂中有這樣一個説法，即管樂器誕生的背景是人類希望能夠支配呼吸（即希望可以長壽）。

選項1 「～について」表示「關於……」。

例 その点については全面的に賛成はできない。／關於那一點，我無法完全贊同。

選項2 「～に反して」表示「與……相反」。

例 皆が楽しそうなのに反して、彼一人落ち込んでいる。／大家都很高興，只有他一個人悶悶不樂。

選項3 「～において」表示時間、地點。

例 説明会が9時において始まる。／説明會在9點開始。

選項4 「～にとって」表示「對……來説」。

例 陶芸は私にとって一番の楽しみである。／陶藝對我來説是最大的樂趣。

41 答案：1

譯文：著裝最好根據TPO（時間、場所、場合）來決定。

選項1 「～に応じて」表示「按照……」。

例 収入に応じて支出を考えなければならない。／應該量入為出。

選項2 「～に比べて」表示「與……相比」。

例 先月に比べて儲けは倍になった。／和上月相比，多賺了一倍。

選項3 「～に関して」表示「關於……」。

例 その写真に関して懐かしい思い出がある。／關於那張照片，有一段令人懷念的往事。

選項4　「～にかわって」表示「代替……」。

例 母にかわって、私が挨拶します。／我代替母親來問候您。

42　**答案：4**

譯文：日本法律規定「原子能只能用於維護和平的目的」，發電廠也嚴格遵循此法規運作。

選項1　「～にほかならない」表示「正是……」。

例 彼の成功をもたらしたものは、日々の努力にほかならない。／正是他每天的努力，才給他帶來了成功。

選項2　「～に決まっている」表示「一定……」。

例 そのやり方では失敗するに決まっている。／那種方法註定要失敗。

選項3　「～にこたえる」表示「回應……」。

例 国民の期待にこたえる政策／回應國民期待的政策

選項4　「～に限る」表示「只有……」。

例 入場者は婦人に限る。／只准許婦女入場。

43　**答案：3**

譯文：這位老師既是數學家又是邏輯學家，思路清晰，出類拔萃。

選項1　「～に加えて」表示「加之（還）……」。

例 激しい風に加えて、雨もひどくなってきた。／颳著狂風，還下著大雨。

選項2　「～にしては」表示「按……說來（有出入）」。

例 夏にしてはあまり暑くない。／作為夏天來說不太熱。

選項3　「～にかけては」表示「在……方面」。

例 洋子は音楽にかけては天才的なところがある。／洋子在音樂方面很有天賦。

選項4　「～にわたって」表示「在……範圍內」。

例 彼は全科目にわたって、よくできます。／他的所有科目都很優秀。

44　**答案：3**

譯文：值此新產品銷售之際，特舉辦產品展示會，請您務必參加。

選項1　「～にしたがって」表示「隨著……」。

例 時代の変化に従って、家屋の作り方も変わってきた。／隨著時代的變遷，房屋的建築方法也發生了變化。

選項2　「～にともなって」表示「隨著……」。

例 都心の人口増加にともなって住宅問題は深刻化している。／隨著市中心人口的增加，住房問題日益嚴重。

選項3　「～に際して」表示「……之際」。

例 退院に際して、お世話になった先生や看護婦さんにお礼を述べた。／出院時向照顧自己的醫生和護士道謝。

選項4　「～によって」表示「透過……」。

例 私たちは毎日、新聞によって国内外のニュースを知る。／我們每天透過報紙瞭解國內外消息。

問題8

45 **答案：2**

原句：「それでも、何を犠牲3 にしても　4 守らねば　2 ならない　1 ものがあるのだよ」

譯文：「即使這樣，人們也有哪怕犧牲一切也要守護的東西。」

解析：「～にしても」表示轉折。根據接續關係，選項4應該在選項2前面。

46 **答案：2**

原句：3 どんな　4 教育の　2 やり方　1 にしろ「我が身をつねって人の痛さを知れ」というのが基本じゃないですか。

譯文：不管是什麼教育方法，「推己及人」都是最基本的。

解析：「～にしろ」表示「即使……也……」。根據接續關係，選項4應該在選項2前面，選項3與選項1前後呼應。

47 **答案：1**

原句：もちろん、これは3 想像　4 に　1 すぎない　2 が、根も葉もない想像ではないと思う。

譯文：當然了，這只不過是想像，但我覺得並非毫無根據。

解析：「～にすぎない」表示「只不過……」，選項4應該在選項1前面。

48 **答案：4**

原句：こんな絵の描き方があるというのは、昔では想像も3 つかなかった　1 こと　4 に　2 違いない。

譯文：像這種繪畫技法，從前肯定想都想不到。

解析：「～に違いない」表示「肯定……」，選項4應該在選項2前面。

49 **答案：4**

原句：飛行機は何千メートルかの上空2 を　3 ナイル川　4 に　1 沿って南下する。

譯文：飛機在幾千米高的高空中沿尼羅河向南飛。

解析：「～に沿って」表示「沿著」，選項4應該在選項1前面。

問題9

50 **答案**：2

選項：1 而且　2 還是　3 無論如何也　4 然後

譯文：人的才能是由基因決定的呢，還是受後天環境、本人努力的影響更大呢？

解析：根據前後句的邏輯關係判斷，前後句為選擇關係，選項2為正確答案。

51 **答案**：1

選項：1 對於　2 從……的立場來説　3 隨著　4 隨著

譯文：對於「人是否有自由意志」這個與哲學密切相關的問題，很多人都感興趣。

解析：根據上下文及各選項的語義，選項1為正確答案。

52 **答案**：3

選項：1 狀況好　2 情況不佳　3 有後續發展　4 有那種可能

譯文：與由基因決定所有行為的昆蟲和低等動物不同，人類能不斷學習，不會「到此為止」，而是無論在什麼情況下都「有後續的發展」。

解析：本文的主旨是人可以不斷學習，學無止境。並且下文中還提到「その知的営みの発展は『これで終わり』ということはなく、どこまでも続いていく」。所以，選項3為正確答案。

53 **答案**：4

選項：1 圍繞……　2 尋求……　3 關係到……　4 在……方面也

譯文：實際上，在文學、電影等藝術領域，新的靈感和表現形式也層出不窮。

解析：根據上文可知，人類智慧的發展不會「到此為止」，而是不斷延續的。作者緊接著在後文列舉文學、電影等藝術方面的例子，所以選項4為正確答案。

54 **答案**：3

選項：1 雖説……但是……　2 只是　3 即使　4 於是

譯文：人類大腦的學習是無止境的。即使基因決定了大腦百分之百的性能，也不可能完全激發其潛在的可能性。

解析：「たとえ」與「としても」相呼應，表示逆接關係，意為「即使……也……」。

問題10

55 **答案**：4

解析： 解題關鍵句為「海外の選手と試合や練習をして、大きな違和感を感じたのは、彼らが平気で『諦める』ということです」，選項4為正確答案。

56 **答案：4**

解析： 解題關鍵句為「送り先ですが、月曜日までにご連絡いただけませんか」，選項4為正確答案。

57 **答案：3**

解析： 解題關鍵句為「売れる人のマネをすること」和「もっとも重要なこととは行動することなのです。（中略）現場に出てからの練習を沢山繰り返すことなのです」，選項3為正確答案。

58 **答案：4**

解析： 解題關鍵句為「成績を上げるには、客数を増やすか、成約率を上げるか、もしくはその両方しかない。ダメっぽい顧客は、勇気を持って切り捨てることで、見込み客を増やす時間を作れることを忘れてはいけないのだ」，選項4為正確答案。

59 **答案：1**

解析： 全文圍繞自行車應走車道還是人行道而展開，描述了自行車當下的窘境，所以選項1為正確答案。

問題11

60 **答案：3**

解析： 解題關鍵句為「米国人がいつも『イエス』『ノー』と点検する態度で聞くのに対し、日本人はそういう『門番』を置かずに、聞いたことを頭の白紙の部分に取り込み、後で頭の別の所にしまってある自分の意見と照らし合わせる」，因此選項3為正確答案。

61 **答案：1**

解析： 解題關鍵句為「子どもに『自分はいい子だ』と思い込ませ『いい子だからこうしなければ』と、自己規制力が働くのを期待する。欧米のしつけが『自分は悪い』と自覚させ『だからこう改めなければ』と思わせようとする」，兩種方式形成了鮮明的對比，因此選項1為正確答案。

62 **答案：4**

解析： 解題關鍵句為「『自立的協調性とでもいうべきもの』が発達目標になり得る」，即「同時具備自立性和協調性是今後的發展目標」，因此選項4為正確答案。

63 **答案：3**

解析：解題關鍵句為「身体的に同じことをしていても、『心』を使っていると、それだけ、心のエネルギーを使用しているので疲れる」，因此選項3為正確答案。選項2是誘答選項，文中並未對「心のエネルギー」和「身体的なエネルギー」進行比較。

64 **答案：2**

解析：解題關鍵句為「仕事に熱心なだけではなく、趣味においても大いに活躍している。いつも元気そうだし、いろいろと心遣いをしてくれる」，因此選項2正確。

65 **答案：4**

解析：解題關鍵句為「人間にはエネルギーをたくさん持っている人と、少ない人とがあるのかな、と思わされる。実はそうではない、人間の心のエネルギーは多くの『鉱脈』の中に埋もれていて、新しい鉱脈を掘り当てると、これまでとは異なるエネルギーが供給される」，因此選項4為正確答案。

66 **答案：2**

解析：全文談到了許多國家都有大量的酒精成癮者和酒精中毒者，呼籲各國要控制過度飲酒的狀況。因此選項2為正確答案。

67 **答案：4**

解析：選項1表示因果關係，選項2表示轉折關係，選項3表示選擇關係，選項4表示遞進關係，意為「而且」。根據上下文的邏輯關係，前後為遞進關係，即A前後兩句分別為「かなりの患者数」的兩個理由。因此選項4為正確答案。

68 **答案：3**

解析：解題關鍵句為「日本の場合は後者で、酔っ払って反社会的な行為にでることも寛大にみすごされる」，因此選項3為正確答案。

問題12

69 **答案：3**

解析：解題關鍵句為「やけ酒は体にはつらい目をさせても、頭の中から有害なものを早く流しだしてしまおうというための一種の知恵である」，選項3為正確答案。

70 答案：1

解析：A主要講述了透過「やけ酒」可以讓人忘記痛苦，B裡也有類似陳述，即「忘れるためにはやけ酒を飲むというのはどうかと思う。いくら効果的だ」。因此選項1為正確答案。

問題13

71 答案：1

解析：解題關鍵句為「これ以上商談を続けても、契約が成立する見込みは薄いな」，因此選項1為正確答案。

72 答案：4

解析：解題關鍵句為「『自分にはたったこれだけのお客さんしかいないのか』と思うと不安になり、たとえ見込み薄のお客さんでも確保しておきたいという気持ちが強くなってしまう」，因此選項4為正確答案。

73 答案：4

解析：解題關鍵句為「営業マンがお客さんを追いかければ、お客さんは逃げていく」、「ともあれ営業マンは、『見込みが薄い』とお客さんは、勇気を持って捨てることが大事」，因此選項4為正確答案。

問題14

74 答案：4

解析：解題關鍵句為「この場合の電話は本人が在職しているかを確認するだけですから、雇用形態（正社員・派遣・アルバイト）や年収などは通常確認することはありません」，因此選項4為正確答案。

75 答案：2

解析：解題關鍵句為「20歳未満の学生の方への審査の基準は本人でなく保証人である親を審査します」，因此選項2為正確答案。

聴解

問題1では、まず質問を聞いてください。それから話を聞いて、問題用紙の1から4の中から、最もよいものを一つ選んでください。

1番 **菅さんがデパートに電話で何かを問い合わせています。菅さんはこの電話のあと、何をしますか。**

菅　：もしもし、ハルコデパートですか。先日、そちらの食料品売り場から、お菓子を注文した者ですが。実は、まだ届いていないようなんですが、調べていただけますか。

店員：申し訳ございません。すぐお調べいたします。ご依頼時の番号をお持ちでしょうか。

菅　：それが……自宅に忘れてしまって……

店員：では、お名前と電話番号、ご依頼の商品名をお聞かせください。

菅　：菅といいます。電話は32－6795です。品物は北村食品会社が製造したものです。

店員：はい、承りました。すぐにお調べいたします。あのう、申し訳ございません。お名前は記録されていませんので、やっぱり、ご依頼時の番号をお願いします。

菅　：そうですか。今すぐ。

菅さんはこの電話のあと、何をしますか。

1　家へ戻ります

2　注文します

3　お調べします

4　記録します

▶正解：1

解題關鍵句： ご依頼時の番号をお持ちでしょうか。
それが……自宅に忘れてしまって……
お名前は記録されていませんので、やっぱり、ご依頼時の番号をお願いします。

2番 **女の人が上野公園への行き方を、交番で聞いています。女の人は何で行くことにしますか。**

女の人　　：すみません。上野公園へ行きたいんですが、どうやって行けばいいんですか。

お巡りさん：上野公園ですか。上野公園なら、ここから遠いですよ。

女の人　　：そうですか。じゃあ、バスに乗らなければならないんですか。

お巡りさん：ええ、そうです。急ぎますか。

女の人　　：はい、急な用事がありまして……

お巡りさん：急ぐなら、電車かタクシーが一番いいかもしれませんよ。ご覧のとおり、通勤ラッシュでね。

女の人　　：あっ、そうですか。でも、私はタクシーが苦手なもんで。

お巡りさん：そうですか。そこに白い建物がありますね。その建物の後ろに駅があってそこから電車で行くとタクシーより早く着くけどね。

女の人　　：あっ、そうなんですか。いろいろ教えていただいて、ありがとうございました。

お巡りさん：はい、どうぞ、お気をつけて。

女の人は何で行くことにしますか。

1　バスで行くことにします

2　電車で行くことにします

3　列車で行くことにします

4　タクシーで行くことにします

▶正解：2

解題關鍵句：そうですか。そこに白い建物がありますね。その建物の後ろに駅があってそこから電車で行くとタクシーより早く着くけどね。

3番 **野村さんは先生から電話をもらいました。野村さんはこれから何をしますか。**

先生：もしもし、佐藤だけど。

野村：ああ、先生。何かご用件がありますか。

先生：明日の卒業パーティーのことなんだけど、フランス語の先生から電話があって、来られないそうです。

野村：それは残念ですね。

先生：それで、英語と韓国語の先生に来てもらいたくて、伝えてくれる？

野村：はい、そのようにお伝えします。ああ、忘れるところでした。確か英語の先生はアメリカ出張中です。

先生：じゃあ、英語の先生はいいから。

野村：はい、すぐお電話します。

野村さんはこれから何をしますか。

1　フランス語の先生に電話します

2　英語の先生に電話します

3　韓国語の先生に電話します

4　佐藤先生に電話します

▶正解：3

解題關鍵句： それで、英語と韓国語の先生に来てもらいたくて、伝えてくれる？
じゃあ、英語の先生はいいから。

4番 **木村さんが作家になるまでに経験した仕事の順番を説明しています。アナウンサーの仕事をやめて、まずどんな仕事をしましたか。**

女：木村さんは以前はアナウンサーだったと伺っておりますが。

男：そうなんですけど、テレビ局の仕事をやめてすぐに作家になったわけではないんですよ。まずちょっとの間、派遣社員として働いていたんですよ。でも収入が不安定で。それで家内と相談して2人で野菜の販売をやりました。で、各地を歩いて、いろいろな人に出会って、物を書くことに興味を持つようになりました。

アナウンサーの仕事をやめて、まずどんな仕事をしましたか。

1　テレビ局の仕事

2　派遣社員の仕事

3　野菜販売の仕事

4　物を書く仕事

▶正解：2

解題關鍵句：<u>まずちょっとの間、派遣社員として働いていたんですよ。</u>

5番 男性と女性がパソコンについて話しています。二人はどう買いますか。

男性：ねえ、ねえ、見て、このパソコン、買いたいなあ。デザインもいいし、値段も手ごろだし。来週の月曜日販売開始、と同時に電話予約も開始だって。

女性：でも、月曜日仕事でしょう。仕事を休んで行くわけにもいかないし。

男性：そうだよな。どうしよう。週末に行こうか。

女性：週末はねえ、並ぶよ。わたし人ごみに弱いよ。

男性：金曜日に直接行って見ようか。

女性：人気だから、金曜日じゃ、絶対売り切れよ。

男性：あっ、見て、見て。通信販売は本日からって書いてあるよ。

女性：そうそう。助かった。

二人はどう買いますか。

1　電話で買う

2　店で買う

3　コンビニで買う

4　ネットで買う

▶正解：4

解題關鍵句：<u>あっ、見て、見て。通信販売は本日からって書いてあるよ。</u>

問題2では、まず質問を聞いてください。そのあと、問題用紙の選択肢を読んでください。読む時間があります。それから話を聞いて、問題用紙の1から4の中から、最もよいものを一つ選んでください。

1番 男の人と女の人が話しています。女の人はどうして怒ったのですか。

男：もしもし、化粧品会社の近藤と申します。後藤さんのお宅でしょうか。

女：はい、後藤です。いつもお世話になっております。

男：実は新しい化粧品を作り出しました。試してみませんか。

女：化粧品なら、うちにはいっぱいあるんですが。

男：そうですか。でも、弊社独自の技術で作り出したものですから、お客様の美しさをサポートします。

女：すみません。本当に要らないんです。

男：お客様、当社の化粧品をご利用いただいたら、もっと美しくなりますよ。

女：これ以上きれいになったら困ります。

（電話を切る）

男：もしもし、もしもし……

女の人はどうして怒ったのですか。

1　男の世話になったから

2　女の世話になったから

3　しつこいセールス電話だから

4　化粧品が好きではないから

▶正解：3

解題關鍵句：すみません。本当に要らないんです。
お客様、当社の化粧品をご利用いただいたら、もっと美しくなりますよ。

2番　男の人と女の人が話しています。男の人は誰に電話をしたいですか。

男：もしもし、サンシャインの井上と申します。金原さんでしょうか。

女：はい、金原です。いつもお世話になっております。

男：恐れ入りますが、同じ寮に住んでいる吉村さんの電話番号をご存知でしたら教えていただきたいんですが。

女：吉村さんですね。吉田さんの番号なら知っていますが。

男：そうですか。失礼しました。

男の人は誰に電話をしたいですか。

1　吉田さん

2　吉村さん

3　井上さん

4　金原さん

▶正解：2

解題關鍵句：恐れ入りますが、同じ寮に住んでいる吉村さんの電話番号をご存知でしたら教えていただきたいんですが。

3番　男の人と女の人が話しています。昨日、女の人は何人でテニスをしましたか。

男：昨日のテニス、何人ぐらい集まったの？

女：うん。最初は私も入れて8人のはずだったんだけど。

男：うん。だれか都合が悪くなった？

女：うん、一人、急に来られなくなって。

男：じゃあ、一人来なかったから7人だね。

女：ううん。一人が友達を連れてきたから。

男：ああ。じゃあ、やっぱり……

昨日、女の人は何人でテニスをしましたか。

1　8人です

2　7人です

3　6人です

4　5人です

▶正解：1

解題關鍵句：じゃあ、一人来なかったから7人だね。
ううん。一人が友達を連れてきたから。

4番　男の人と女の人が話しています。今、外はどんな天気ですか。

男：外はどうですかね。来るときはまだ晴れていましたが。

女：わたしが来るときも大丈夫でした。でも、だんだん曇ってきました。

男：そうですか。窓を開けて、ちょっと見てください。

女：はい。ああ、もうざあざあですよ。

男：わあ、ほんとうだ。干した服を早く入れて。

女：あなたも手伝って！

男：はーい。

今、外はどんな天気ですか。

1　雨が降っています

2　雨が降りそうです

3　雨が降りました

4　晴れています

▶正解：1

解題關鍵句：ああ、もうざあざあですよ。

5番　女の人が彼氏の実家へのお土産について、同僚の男性に聞いています。どんなお土産がいいですか。

女：椎葉さん、ちょっといいですか。

男：はい、何ですか。

女：実は相談したいことがあるんです。

男：相談したいことって？

女：この度、彼氏の実家に初めて行くことになりました。ご挨拶の手土産にお菓子を持っていこうと考えていますが、どのようなものが喜ばれるでしょうか。

男：初対面ですか。じゃ、お土産の選択に気を使わなければなりません。確かに友人宅への訪問など、手土産にお菓子とか、果物とか、お持ちすることが多いです。彼氏の実家なら、また別の話ですね。

女：子供がいませんから、私自身もお菓子がどうかと思いました。

男：大体お土産を贈る前に、相手の趣味を考えなければなりません。

女：そうですか。両親は本の虫だと彼氏から聞きました。

男：じゃ、ベストセラーでいいでしょう。

女：まあ、そうですね。

どんなお土産がいいですか。

1　お菓子

2　本

3　虫

4　果物

▶正解：2

解題關鍵句：両親は本の虫だと彼氏から聞きました。
じゃ、ベストセラーでいいでしょう。

第四回

6番 **男の人がスポーツについて話しています。男の人はどうしてサンバを諦めましたか。**

男：最近健康な状態を維持したい、今よりさらに健康になりたいと思う人が増えています。日本において、近年では、マスコミや高齢化などにより、健康ブームはますます強くなる傾向にあります。それを背景にいろいろなスポーツジムが急速に作られました。ヨガ、テコンドー、ラテン舞踊などは注目を浴びています。私はいろいろなスポーツジムを回ってみました。残念ながら、年寄りに向くスポーツはとても少ないです。あるスポーツジムにサンバを勧められました。突然クラスに入りましたから、大変苦労しました。先生についていけないと思いましたが、何とかなりました。半年ぐらい続けましたが、クラスには男性が私一人しかいません。話の相手はいませんから、寂しい毎日です。それで途中で諦めました。

男の人はどうしてサンバを諦めましたか。

1　ヨガが好きだから

2　サンバが嫌いだから

3　コミュニケーションの相手がいないから

4　苦労しなければならないから

▶正解：3

解題關鍵句：話の相手はいませんから、寂しい毎日です。それで途中で諦めました。

問題3では、問題用紙に何も印刷されていません。この問題は全体としてどんな内容かを聞く問題です。話の前に質問はありません。まず、話を聞いてください。それから質問と選択肢を聞いて、1から4の中から、最もよいものを一つ選んでください。

1番 **男の人が話しています。**

男：では、会議の結果をご報告します。検討の結果、町の活性化のために、町に博物館を作り、わが町の古い歴史を再現させるということに決まりました。え、ただ多くの問題が残されています。博物館の場所、博物館の建設に伴う費用の負担、観光客への案内や説明、そして、パンフレットなどです。とりわけ、この町に住んでいる数万人の住民たちに、この新しい試みをどう理解してもらい、協力を得るかが、もっとも重要なポイントです。

男の人の報告によると、何が一番大切ですか。

1　博物館の場所

2　建設の費用

3　観光客への案内

4　住民たちの理解と協力

▶正解：4

解題關鍵句：とりわけ、この町に住んでいる数万人の住民たちに、この新しい試みをどう理解してもらい、協力を得るかが、もっとも重要なポイントです。

第四回

2番　**二人が話しています。**

女：おはよう。

男：ああ、おはよう。

女：ねえ、夕べのニュース見ました？　今の若者って懸命にお金をためてるんですって。

男：へえ、珍しいな。で、何のため？　化粧品買うため？

女：そうじゃないのよ。

男：じゃあ、海外旅行でもしたいって？

女：違う。定年後の生活のためなんですって。

男：へえ、若いうちからもう年を取ってからのこと考えてるのか。

女：携帯や、パソコンのためとか言うなら、まだ分かるんですけどね。

今の若い人たちは何のためにお金をためていますか。

1　化粧品を買うためです

2　海外旅行のためです

3　定年してからの生活のためです

4　パソコンを買うためです

▶正解：3

解題關鍵句：定年後の生活のためなんですって。

3番 **二人がある話題について話しています。**

女：来月からガスに電気に水道、それにタクシーって料金が上がるらしいですよ。

男：えー、公共料金もそんなに上がるの？

女：ええ。これじゃ、全然やっていけませんよね。

男：高速代は上がるし、ガソリン代はばかにならないし。どうせ上がらないのは給料だけ。

女：果物だって、事務用品だって。

男：それに外で食べるなんて、できないよね。

女：これじゃ、生活できないわよ。

男：なんとかしてもらわなくちゃね。

二人は何について話していますか。

1　物価についてです

2　果物についてです

3　ガソリン代についてです

4　教育についてです

▶正解：1

解題關鍵句：公共料金もそんなに上がるの？
高速代は上がるし、ガソリン代はばかにならないし。

4番 **ホテルの店員が話しています。**

女：私どもは予約金制度を取っておりますので、ご予約をいただいた後、その日より1週間を目処に予約金の入金をお願いしております。その予約金を差し引いた残金を宿泊当日にご精算いただくことになります。尚、お振込みの際には、ご予約名にてお振込みいただきますようお願いいたします。その際の振り込み手数料は、お客様のご負担でお願いいたします。よろしくお願いいたします。

ホテルを予約した後、まず、何をしなければなりませんか。

1　ホテルを下見する

2　手数料を払う

3　予約金を支払う

4　違約金を払う

▶正解：3

解題關鍵句：ご予約をいただいた後、その日より1週間を目処に予約金の入金をお願いしております。

5番　ラジオで男の人が話しています。

男：定期的な身体活動や運動は、内臓脂肪を減少させ、基礎代謝を増加させることから、適切な量と質の食事をとり、推奨量以上の身体活動を続けると、肥満を解消する効果があると言われています。これは生活習慣病の予防や改善につながり、1回30分、週2回（合計週1時間）の運動習慣のある人は、運動習慣のない人に比べて生活習慣病の発症や死亡のリスクが低いことが報告されています。さらに運動は気分転換やストレス解消につながるため、こころの健康を保ったり認知症のリスクを下げるといった効果も期待できます。

男の人は何について話していますか。

1　ダイエットの重要性について

2　生活習慣病の予防について

3　運動の重要性について

4　認知症の予防について

▶正解：3

解題關鍵句：定期的な身体活動や運動は、内臓脂肪を減少させ、基礎代謝を増加させることから、適切な量と質の食事をとり、推奨量以上の身体活動を続けると、肥満を解消する効果があると言われています。

問題4では、問題用紙に何も印刷されていません。まず、文を聞いてください。それから、それに対する返事を聞いて、1から3の中から、最もよいものを一つ選んでください。

1番　あのう、お茶のお代わりをお願いします。

1　はい、ただいまお持ちなさいます。

2　はい、ただいまお持ちいたします。

3　はい、ただいま持ってください。

▶正解：2

2番 **今夜みんなで飲みに行くんですが、社長もご一緒にいかがですか。**

1　せっかくですが、今日はこの後また商談があってね。

2　せっかくですから、またの機会に、ぜひ。

3　今回は参加なさいません。

▶正解：1

3番 **今日はかなり待ちそうですね。**

1　じゃ、別の店に行ってみよう。

2　じゃ、待ちました。

3　じゃ、待たされました。

▶正解：1

4番 **申し訳ございません。お客様、細かいお金は……**

1　ごめん、小銭は……

2　ごめん、偽札は……

3　ごめん、紙幣は……

▶正解：1

5番 **あと一点取れば優勝したのにね。**

1　ええ、おめでとう。

2　ええ、惜しかったわね。

3　ええ、鈍かったわね。

▶正解：2

6番 **年中日当たりのいい部屋を探したいのですが。**

1　じゃ、この南向きの部屋にしましょう。

2　じゃ、この暗い部屋にしましょう。

3　じゃ、この薄暗い部屋にしましょう。

▶正解：1

7番 **うちの息子はせっかちなやつで、ああ、「短気は損気」。**

1　急がば回れですね。

2　雲泥の差ですね。

3　焼け石に水ですね。

▶正解：1

8番 **修士の卒論はこれでよろしいですか。**

1　はい、ちょっと目を通します。

2　はい、ちょっとお待ちください。

3　はい、ちょっとお休みください。

▶正解：1

9番 **どうしてもというなら考えてもいい。**

1　そうしていただけると助かります。

2　はい、召し上がってくださいよ。

3　はい、どうかしましたか。

▶正解：1

10番 **無理を承知のうえで、そこをなんとかお願いできませんか。**

1　無料でご提供いたします。

2　ただですむと思うなよ。

3　そういわれても、私の一存では……

▶正解：3

11番 **好きな子に素直になれなくて。**

1　腹を割って話したほうがいいですよ。

2　首にしたほうがいいですよ。

3　威張ったほうがいいですよ。

▶正解：1

12番 **これぐらいのことで落ち込むんじゃないよ。**

1　はい、ありがとう。また、やり直します。

2　はい、これから気をつけます。

3　はい、むかつきます。

▶正解：1

問題5では長めの話を聞きます。この問題には練習はありません。メモをとってもかまいません。

1番、2番

問題用紙に何も印刷されていません。まず話を聞いてください。それから、質問と選択肢を聞いて、1から4の中から、最もよいものを1つ選んでください。

1番　男の人と女の人が話しています。

男：ええと、これからどうやって行こうか。

女：うん。自転車がいいんじゃない？

男：自転車か。でも、自転車は時間がかかるよな。

女：うん。でも、地下鉄はないし、タクシーはお金が高いし。

男：まあ、歩いていくわけにもいかないしね。

女：それは、無理だよね。

男：じゃあ、バスで行こうか……って、今、行っちゃたね。

女：あ！　本当。次のバスは午後1時だよ。

男：え！　それじゃ間に合わないよ。他のバスはないの？

女：もうないよ。高いけど、仕方がないよね。

男：うん。

二人はどの乗り物で行きますか。

1　自転車です

2　タクシーです

3　電車です

4　地下鉄です

▶正解：2

解題關鍵句： タクシーはお金が高いし。
高いけど、仕方がないよね。

2番　ラジオ番組のインタビューを聞いてください。

男：国田さんはお若いころから世界各国を回って本を書いていらっしゃいま

すが、やはりいろいろな国の名所を訪れるのは楽しいことでしょうね。

女：ええ。歴史的な場所に行くと感激しますね。けれどもほかにも見るものたくさんありますよ。

男：とおっしゃいますと……

女：私は旅行先ではとにかく、よく歩くんです。なぜかと言うと、その国の人たちがどう生きているのか肌で感じたいからです。

男：はー。

女：歩き回って、庶民の暮らしを見る。ああ、ここにも同じ人々がいる。同じように生きているって、うれしくなりますよ。

男：化粧品を買うのが目的だと言う女性も多いですけど。

女：女性にとってはそれも楽しみですよ。それからおいしいものを食べるとかね。でもやっぱり一番素敵なお土産はお金では買えない経験だと思いますよ。

男：なるほど。

女の人はどんな旅行が一番いいと言っていますか。

1　買い物を楽しむことです

2　料理を楽しむことです

3　歴史的な場所を見ることです

4　普通の人々の生活を見ることです

▶正解：4

解題關鍵句：私は旅行先ではとにかく、よく歩くんです。なぜかと言うと、その国の人たちがどう生きているのか肌で感じたいからです。

3番　まず話を聞いてください。それから、二つの質問を聞いて、それぞれ問題用紙の1から4の中から、最もよいものを一つ選んでください。では、始めます。

3番　テレビ番組を見ながら、二人の人が話しています。

男1：社会人になるにあたって、初めて一人暮らしをするという人にとっては、お部屋探しはどこがポイントなのか分からずに悩むことが多いと思います。そんな中で目安になることを挙げていきましょう。まず家賃は手取り額の1／3以下を目安に考えることが基本と考えましょう。例えば、手取りが18万円であれば、家賃は6万円程度が上限というこ

第四回

とです。これを超えると生活費を圧迫することが多くなります。また、毎月の家賃は初期費用に大きく関係してきますから、安いに越したことはありません。そして、物件のエリアは通勤のしやすさを重視して決めましょう。通勤は毎日のことですから、ストレスになる要因が多いと仕事に影響しかねません。乗り替えがないこと、通勤時間が短いこと、といったことを重視しつつ、手取りの1／3以下の金額に見合ったエリアを、通勤に使う鉄道沿線で探しましょう。

男2：来月卒業しますね。最近部屋のことを考えてばかりいます。

女　：どんなお部屋を借りたいんですか。新しい生活が始まるから、新しい部屋の方がいいでしょう。

男2：ええ。でもそうじゃない部屋でも風通しさえよければいいです。

女　：そうですね。風通しが悪いと湿気がこもりがちになり、蒸し暑くなります。でも、なぜ古いのを選ぶんですか。

男2：それがですね。社会人になったばかりなんで、できるだけ経済的なのがいいです。

女　：そうですか。でも、私は新しい部屋が好きです。

男2：それはそうでしょう。でも、いくら好きでもやはり自分の懐と相談しないといけません。

女　：それだと、駅から遠い物件しかありませんよ。普段は歩行で良いかもしれませんが、雨の日が最悪ですね。

男2：まあ、運動になりますから。

質問1　お部屋探しのポイントは何ですか。

1　家賃と部屋の広さ

2　日当たりと部屋の広さ

3　家賃と部屋の位置

4　日当たりと風通し

▶ 正解：3

解題關鍵句： まず家賃は手取り額の1／3以下を目安に考えることが基本と考えましょう。
そして、物件のエリアは通勤のしやすさを重視して決めましょう。

質問2　男の人はどんなお部屋を選びますか。

1　古くて駅から近い部屋

2　広くて駅から近い部屋

3　駅から遠くても新しい部屋

4　安くて風通しのよい部屋

▶正解：4

解題關鍵句：でもそうじゃない部屋でも風通しさえよければいいです。

全真模擬試題解析
第五回

★ 言語知識（文字・語彙・文法）・読解

★ 聴解

第五回

言語知識（文字・語彙・文法）・読解

問題1

1 **答案：2**

譯文：只有同事之間互相幫助，我們的工作才能完成。

選項1　無此詞

選項2　仲間（なかま）：夥伴

選項3　中間（ちゅうかん）：中間

選項4　無此詞

2 **答案：4**

譯文：這幢房子使用了很粗的柱子。

選項1　大きい（おおきい）：大的

選項2　ひどい：嚴重，過分

選項3　強い（つよい）：強的

選項4　太い（ふとい）：粗的，胖的

3 **答案：4**

譯文：許多昆蟲具有趨光性。

選項1　反映（はんえい）：反映

選項2　無此詞

選項3　本能（ほんのう）：本能

選項4　反応（はんのう）：反應

4 **答案：3**

譯文：錢包被小偷偷走了，錢沒了。

選項1　望む（のぞむ）：希望

選項2　悩む（なやむ）：煩惱

選項3　盗む（ぬすむ）：偷

選項4　睨む（にらむ）：盯，瞪

5 **答案：1**

譯文：日本人的平均壽命高居世界第一。

選項1　平均（へいきん）：平均

選項2　平静（へいせい）：平靜

選項3　平行（へいこう）：平行
選項4　平生（へいぜい）：平時

問題2

6　**答案：3**

譯文：最近有許多物品在便宜出售。

選項1　売買（ばいばい）：買賣，交易
選項2　無此詞
選項3　販売（はんばい）：出售
選項4　無此詞

7　**答案：2**

譯文：買了電腦後，荷包縮水了。

選項1　肌（はだ）：皮膚
選項2　懐（ふところ）：懷抱；腰包
選項3　骨（ほね）：骨頭
選項4　畑（はたけ）：田地

8　**答案：1**

譯文：旅館工作人員幫我搬了行李。

選項1　運ぶ（はこぶ）：搬運
選項2　転ぶ（ころぶ）：跌倒
選項3　引く（ひく）：拉
選項4　越す（こす）：越過

9　**答案：4**

譯文：我每天都在看教育電視臺的一個叫作《玩轉英語》的節目。

選項1　無此詞
選項2　無此詞
選項3　無此詞
選項4　番組（ばんぐみ）：節目

10　**答案：2**

譯文：必須對垃圾進行分類處理。

選項1　無此詞
選項2　分類（ぶんるい）：分類
選項3　無此詞
選項4　無此詞

問題3

11 **答案：2**

譯文：光電瓦斯費用太高，真是頭疼。

選項1　用（よう）：……用

例 中学生用の辞書／中學生用的字典

選項2　費（ひ）：費用

例 人件費／人事費用

選項3　金（きん）：錢

例 奨学金／獎學金

選項4　銭（せん）：文（日本舊時的貨幣單位）

例 1銭／1文

12 **答案：4**

譯文：水是生命中不可或缺的東西。

選項1　未（み）：未，尚未

例 未完成／未完成

選項2　無（む）：無，免

例 無料／免費

選項3　副（ふく）：副

例 副作用／副作用

選項4　不（ふ）：不

例 不便／不方便

13 **答案：3**

譯文：（旅館）周遭沒有便利商店，但是旅館裡面有自動販賣機。

選項1　辺り（あたり）：一帶，附近

例 東京辺り／東京附近

選項2　付（つき）：附帶

例 条件付／附帶條件

選項3　内（ない）：裡面

例 都内／東京都內

選項4　帯（たい）：帶狀區域

例 火山帯／火山帶

14 **答案：1**

譯文：德國葡萄酒的酒精度比較低。

選項1　分（ぶん）：成分

例 糖分／糖分

選項2 点（てん）：分數

例 百点／一百分

選項3 高（こう）：高品質的

例 高画質／高畫質

選項4 差（さ）：差距

例 温度差／溫差

15 **答案：2**

譯文：兩個人的結婚典禮未對外公開，只在親戚朋友的參與下低調舉行。

選項1 少（しょう）：少量的

例 少時間／很少的時間

選項2 非（ひ）：非，不

例 非公開／不公開

選項3 否（ひ）：不

例 否認／否認

選項4 欠（けつ）：欠缺

例 欠席／缺席

第五回

問題4

16 **答案：1**

譯文：藍藍的天空中飄著鬆軟的白雲。

選項1 ふわふわ：輕飄飄，鬆軟

例 ふわふわした座布団／軟綿綿的坐墊

選項2 ふらふら：蹣跚，搖晃

例 ふらふらした足取り／蹣跚的腳步

選項3 ばたばた：（腳步聲）咭噔咯噔

例 ばたばたと歩く。／咭噔咯噔地走。

選項4 ぼろぼろ：破破爛爛

例 ぼろぼろの辞書／破破爛爛的字典

17 **答案：4**

譯文：英國一位大學生發明了用自行車提供動力的洗衣機，引起了轟動。

選項1 発現（はつげん）：出現，體現

例 薬効を発現する。／顯現藥效。

選項2 発見（はっけん）：發現

例 新種を発見する。／發現新品種。

選項3　発展（はってん）：發展

例 海外へ発展する。／向海外發展。

選項4　発明（はつめい）：發明

例 新しい機械を発明する。／發明新機器。

18　**答案：2**

譯文：我每天的飲食都很注意營養均衡。

選項1　パーセント：百分比

例 百パーセント／百分之百

選項2　バランス：平衡

例 バランスをとる。／保持平衡。

選項3　バーベキュー：烤肉

例 バーベキューをする。／烤肉。

選項4　ベスト：最好

例 そのやり方がベストだ。／那個辦法最好。

19　**答案：1**

譯文：他説起謊來面不改色。

選項1　平気（へいき）：若無其事，平靜

例 平気な顔をする。／一臉若無其事的樣子。

選項2　平和（へいわ）：和平

例 戦争と平和／戰爭與和平

選項3　平凡（へいぼん）：平凡

例 平凡な道／平凡的道路

選項4　平日（へいじつ）：平日，工作日

例 平日は観客が少ない。／平日觀眾少。

20　**答案：1**

譯文：人家越説不知道就越想知道，這就是人的本性。

選項1　なおさら：更加，越發

例 それはなおさら困難だ。／那就更難了。

選項2　ふだん：平時

例 ふだんの状態／平時的狀態

選項3　再び（ふたたび）：再

例 再びやってみる。／再做一次試試。

選項4　秘か（ひそか）：悄悄地

例 秘かに出発する。／悄悄地出發。

21 答案：2

譯文：就算和並不討厭的人一起走路，有時也會沒話聊。

選項1 述べる（のべる）：敘述

例 事実を述べる。／陳述事實。

選項2 弾む（はずむ）：起勁，高漲

例 話が弾む。／聊得起勁。

選項3 解く（とく）：解開，解明

例 問題を解く。／解決問題。

選項4 捻る（ひねる）：扭，旋轉；費盡心機

例 首を捻る。／百思不得其解。

22 答案：3

譯文：雖然接手的工作很棘手，但很值得一做。

選項1 引っ張る（ひっぱる）：拉

例 綱を引っ張る。／拉網。

選項2 引き止める（ひきとめる）：挽留

例 客を引き止める。／挽留客人。

選項3 引き受ける（ひきうける）：接受，承擔

例 責任を引き受ける。／負責。

選項4 引っくり返す（ひっくりかえす）：弄倒，推翻

例 試合の結果をひっくり返した。／推翻比賽結果。

第五回

問題5

23 答案：1

譯文：要預約的話請儘早。

考點 できるだけ：儘量

選項1 盡可能

選項2 果然

選項3 比什麼都好

選項4 反正，總之

24 答案：2

譯文：這家店雖然離車站遠，但還是有很多客人。

考點 離れる（はなれる）：離，相隔

選項1 近的

選項2 遠的

選項3 乘坐

選項4 隔開

25 **答案：3**

譯文：從這裡看，風景非常美。

考 點　眺め（ながめ）：景色

選項1　心情

選項2　氛圍

選項3　景色

選項4　背景

26 **答案：1**

譯文：到了40歲，開始認真考慮健康問題。

考 點　本気（ほんき）：真的，認真

選項1　認真地

選項2　輕鬆地，隨意地

選項3　不可思議地

選項4　真的

27 **答案：4**

譯文：12月去東京出差的日程已經定下來了。

考 點　日程（にってい）：日程

選項1　郊遊

選項2　程式

選項3　寫生

選項4　日程（表）

問題6

28 **答案：4**

譯文：最近因為經常要開車，所以都沒喝酒。

選項1　替換為：縛られて（被束縛）

選項2　替換為：換えなければ（換）

選項3　替換為：支配する（支配）

選項4　正確選項

29 **答案：1**

譯文：最近在街上經常看到沉迷於遊戲的孩子。

選項1　正確選項

選項2　替換為：親切（熱情）

選項3　替換為：好意（好意）

選項4　替換為：熱烈（熱烈）

30 答案：2

譯文：主張增稅的首相有必要向國民解釋並且讓國民信服。

選項1　替換為：いただきました（收下）

選項2　正確選項

選項3　替換為：納めなければ（交稅）

選項4　替換為：獲得（獲得）

31 答案：2

譯文：希望能保持自然環境原本的樣子。

選項1　替換為：興味を持つ（感興趣）

選項2　正確選項

選項3　替換為：うらやましい（羨慕）

選項4　替換為：たのもしい（可靠）

32 答案：3

譯文：小孩子適合明亮的顏色。

選項1　替換為：似て（像）

選項2　替換為：似ていません（不像）

選項3　正確選項

選項4　替換為：似ています（像）

第五回

問題7

33 答案：1

譯文：父母看到孩子每天的成長，發自內心地覺得「這個孩子不會是天才吧」。

選項1　「～につけ」表示「每當……就……」。

例 家族の写真を見るにつけ、会いたくてたまらなくなる。／每次看到家人的照片就會非常想見他們。

選項2　「～につき」表示「每……」。

例 1ページにつき、2枚ずつコピーして下さい。／每一頁影印兩張。

選項3　「～に基づいて」表示「根據……」。

例 実際にあった事件に基づき、この映画が作られた。／根據實際發生的事件拍成了這部電影。

選項4　「～にもかかわらず」表示「雖然……但是……」。

例 雨にもかかわらず、大勢の人が集まった。／雖然下著雨，但是卻來了很多人。

34 **答案：4**

譯文：根據2000年國情調查，我國老年人口有2,201萬（占總人口的17.3%），約6人中就有1名老年人。

選項1　「～にしては」表示「按……來説」。

例 外国人にしては日本語が上手だ。／以外國人來説，日語説得不錯。

選項2　「～にしても」表示「即使……也……」。

例 日本人にしても敬語は難しい。／即使對於日本人來説，敬語也很難。

選項3　「～に限らず」表示「不僅……而且……」、「不限於……」。

例 この講座は学生に限らず、社会人も聴講できる。／這場講座不僅學生可以聽，社會人士也可以聽。

選項4　「～によると」表示「據……説」。

例 佐藤さんによると木村さんはいい性格らしい。／據佐藤説，木村的性格很好。

35 **答案：1**

譯文：不説深奧的大道理，只要改善飲食，誰都能變得健康又美麗。

選項1　「～はぬきにして」表示「除去……」、「免去……」。

例 冗談は抜きにして、単刀直入に本題に入りたいと存じます。／玩笑話就不説了，直接進入主題吧。

選項2　「～はもとより」表示「不用説……」。

例 日本語の勉強には、復習はもとより予習も大切だ。／就日語學習而言，複習就不用説了，預習也很重要。

選項3　「～はともかく」表示「姑且不談……」。

例 この洋服は、デザインはともかく、色が良くない。／這件衣服的設計姑且不説，可顏色不好看。

選項4　「どうにか～」表示「想辦法」或「總算」。

例 どうにか博多行の最終列車に間に合った。／總算趕上了去往博多的最後一班火車。

36 **答案：3**

譯文：由於地震，不僅燃氣設施遭受損害，很多家庭的燃氣供應也中斷了。

選項1　「～だけ」表示「只」。

例 君にだけ話す。／我只告訴你。

選項2　「～しかない」表示「只」。

例 この仕事を頼める相手がいない。自分でやるしかない。／這個工作沒人能託付，只能自己做。

選項3　「～のみならず」表示「不僅……而且……」。

例 このコンピューターは性能が優れているのみならず、操作も簡単だ。／這台電腦不僅性能優越，操作也很簡單。

選項4　「～ばかり」表示「全都是」。

例 会場は有名な人ばかりで、ちょっと緊張しました。／會場裡都是名人，我有點緊張起來了。

37　**答案：3**

譯文：所謂金融市場是在自由、公平、全球化這三個原則下運作，並積極發揮作用的。

選項1　「～ために」表示「為了某個目的」。

例 健康のために食生活に気をつけたい。／為了健康，要注意飲食生活。

選項2　「～せいで」表示「因為」。

例 不況のせいで、マンションが売れない。／由於經濟不景氣，高級公寓賣不掉。

選項3　「～もとに」表示「在……條件下」。

例 根拠のある判断のもとに計画を立案する。／在有根據的判斷下制訂計畫。

選項4　「一方」表示「某件事情不斷地往某一方向發展」。

例 携帯電話を使う人の数は増える一方です。／使用手機的人數正在不斷增加。

38　**答案：2**

譯文：越想越搞不明白是什麼意思。

選項1　「～だけ」表示「只」。

例 君にだけ話す。／我只告訴你。

選項2　「～ば～ほど」表示「越來越……」。

例 この本は読めば読むほど頭が痛くなる。／這本書越讀越讓人頭疼。

選項3　「～くらい」表示到達某種程度。

例 この辺りは夜になると、寂しいくらい静かだ。／這一帶一到晚上就安靜到讓人覺得寂寞。

選項4　「～なら」表示「如果」。

例 簡単な文章なら自分で英訳しましょう。／如果文章很簡單，那就自己翻譯成英文吧。

39　**答案：4**

譯文：能否允許我把包放在那個架子上？

第五回

選項1　「お～になる」表示尊敬。

例 先生は何時ごろお帰りになりますか。／老師大概幾點回家？

選項2　「～てくださる」表示別人為自己做某事。

例 お忙しい中会いに来てくださってありがとうございました。／您這麼忙還來見我，真是非常感謝。

選項3　「～くださる」表示別人為自己做某事。

例 いつも聴いてくださって、ありがとうございます。／謝謝您一直以來的傾聽。

選項4　「～させていただく」表示請求對方許可自己做某事。

例 ご説明させていただきます。／請允許我進行説明。

40　**答案：2**

譯文：就因為沒能取得聯絡，所以才有了個令人遺憾的結果。

選項1　「～もかまわず」表示「不顧……」。

例 彼は服がぬれるのもかまわず川の中に入って遊んでいる。／他不顧衣服被弄濕，跳進河裡玩。

選項2　「～ばかりに」表示「正是因為……」，多有遺憾後悔的心情。

例 うそをついたばかりに恋人に嫌われてしまった。／就因為説謊，所以被戀人厭棄了。

選項3　「～わりに」表示「照……來説」。

例 あのレストランの料理は、値段の割りにおいしい。／那家餐廳的飯菜價格不高，但卻很好吃。

選項4　「～だけに」表示「正因為……」。

例 彼女は気持ちが優しいだけに、困っている人を見ると放っておけないのです。／正因為她心地善良，所以才不會對有困難的人不管不顧。

41　**答案：3**

譯文：這七年間，因結核、腦血管疾病死亡的人數減少了，另一方面，因糖尿病、癌症、心臟疾病死亡的人數卻增加了。

選項1　「～上に」表示「既……又……」。

例 彼は英語が上手な上に、中国語もぺらぺらだ。／他英文好，中文也棒。

選項2　「～にせよ～にせよ」表示「不管……」。

例 会に出るにせよ、出ないにせよ、早く連絡してください。／不管你來不來開會，都請儘早聯繫。

選項3　「～反面」表示「……的另一方面」。

例 この薬はよくきく反面、副作用がある。／這個藥很有效，另一方面也有副作用。

選項4　「～わりに」表示「就……來説」。

例 あのレストランの料理は、値段の割りにおいしい。／那家餐廳的飯菜價格不高，但卻很好吃。

42　答案：1

譯文：技術進步是令人高興的事，我們不該讓它倒退。

選項1　「～べきではない」表示「不應該」。

例 暴力団と取引をしているようなアイドルには投票するべきではない。／不應該投票給那些與暴力集團往來的偶像。

選項2　「～ないわけにはいかない」表示「不能不……」。

例 食費が高いからといって食べないわけにはいかない。／不能因為食物的價格昂貴就不吃。

選項3　「～わけがない」表示「不可能……」。

例 あんな下手な絵が売れるわけがない。／畫得那麼差的畫不可能賣得出去。

選項4　「～ほかない」表示「只好……」。

例 私の不注意で壊したのだから、弁償するほかない。／因為是我不小心弄壞的，所以只能賠償。

43　答案：4

譯文：這張照片還沒有好到能自豪地向他人展示。

選項1　「だけ」表示「只」。

例 君にだけ話す。／我只告訴你。

選項2　「まで」表示「到」。

例 入会されるまでの手順をご紹介いたします。／讓我向您介紹一下入會所需的手續。

選項3　「さえ」表示「連……也……」。

例 いつもは野菜が嫌いな息子が、今日はにんじんさえ食べた。／平常討厭吃蔬菜的兒子，今天竟然連胡蘿蔔都吃掉了。

選項4　「ほど」表示「到……的程度」。

例 決してまずくはありませんが、とりたてて美味というほどのものでもありません。／這個絕不算難吃，但也不是特別好吃的東西。

44　答案：4

譯文：西面的天空烏雲密布。照這個樣子，接下來的一週，甚至十天後雨季都還不會結束。

選項1　「～ことだ」表示個人的建議。

例 人から信用を得るには、約束を守ることだ。／要想得到別人的信任，就要守約。

選項2　「～ものだ」表示社會常識、真理。

例 学生は勉強するものだ。／學生就該學習。

選項3　「～ようがない」表示「無法……」。前接動詞連用形。

例 木村さんは今どこにいるのか分からないので、連絡しようがない。／我們連木村現在在哪裡都不知道，因此無法聯繫上他。

選項4　「～まい」表示「絕對不會……」。

例 あんなサービスの悪い店、二度と行くまい。／服務那麼差的店，再也不會去第二次了。

問題8

45 **答案：4**

原句： いつも健康で体の調子が良いとは限らない。風邪を引くことも2 あれば、1 高い熱が出る　4 こと　3 もある。

譯文： 身體也不總是健康無恙。有時會感冒，有時也會發高燒。

解析： 「～もあれば～もある」表示舉例。既有這樣的，也有那樣的。「も」前面接體言。

46 **答案：1**

原句： 最近、この本を再読した。2 子ども　4 向けの　1 本　3 というには、相当に深い内容をもった作品である。

譯文： 最近重讀了這本書。雖然是寫給小孩子看的書，但內容頗具深度。

解析： 「向け」前面接名詞，表示面向某某對象。

47 **答案：2**

原句： 『日本書紀』などは、百済が、日本に4 仏像を送った　3 の　2 を　1 きっかけに日本に仏教が広まったと伝えている。

譯文： 據《日本書紀》等記載，百濟國向日本贈送佛像時佛教開始傳入日本。

解析： 「～をきっかけに」表示以某事為契機，以某事為開端。助詞「を」前面接體言，或體言化的動詞句子。

48 **答案：3**

原句： 私は母に日頃の4 感謝の気持ち　1 を　3 こめて　2 何かあげようと思いました。考えて考えて、私は母の日当日にお母さんと買い物に行きました。

譯文：我想送給媽媽一份禮物，藉以表達我對她平日照顧我的感謝之情。考慮來考慮去，在母親節當天我跟媽媽一起去購物了。

解析：「～をこめて」表示飽含某種感情和心意。

49 **答案：1**

原句：言葉遣いは、4 長年育ってきた　2 過程で　1 日々身についた　3 ものだから、そんなに簡単には変わりません。

譯文：說話的方式是在成長的過程中一天天形成的，所以不是那麼輕易就會改變的。

解析：「～ものだから」表示原因，放在子句的句末，其前面要接能修飾「もの」的常體。

問題9

50 **答案：2**

選項：1如果　2 儘量　3 即使不　4 應該

譯文：以讀書為例，為了專注於讀書，儘量不要做讀書以外的事情。

解析：根據前後文的邏輯關係，其他選項放入後，句意都不通順。

51 **答案：1**

選項：1 請別人為自己做　2 為別人做　3別人為自己做　4 為別人做

譯文：比起事事親力親為，請別人幫忙更能讓自己專注於必須做的事。

解析：從「自分でやる」可以看出本句的主語是自己，「やってもらう」的主語也是自己。而「やってくれる」的主語是別人，與前面不一致。從句意來看肯定是請別人為自己做一部分瑣事，所以選項1是正確答案。

52 **答案：4**

選項：1 所謂的　2 一提到……就　3 如果，假如　4 若說，提到

譯文：若說玩，也就是休息時打打電動。

解析：根據文意可知，此句不是替「玩」下定義，所以選項1不對。「ときたら」後面常常接表示否定和責難的內容，而本句並無責難之意，所以選項2不對。選項3表示假定條件，此處也沒有「假如」的意思。文章的意思是提到玩的話，這樣的孩子也沒什麼特別想玩的，只是休息時打打電動而已。

53 **答案：2**

選項：1 今後　2 這樣一來　3 對於這個　4 然後

譯文：這樣一來，也不會打擾到自己專注的事情。

解析：如果是前面句子中提到的偶爾打打電動，那麼不會對學生需要關注的事產生影響。所以，正確答案是選項2。

54 **答案：3**

選項：1 沒有　2 少　3 大　4 小

譯文：如果現實跟父母的期待、自己的理想之間差距過大，學生有時就會不想上學，感覺力不從心，把自己關在自己的世界裡。

解析：本段是說這樣的孩子在遇到了挫折之後的表現，由此可以推斷，文章是想強調理想與現實之間的差距大。

問題10

55 **答案：4**

解析：解題關鍵句為「いくら理想が高くてもテクニックが無ければ、物事を実行できない。私は人生のほとんどがテクニックだと考えている」。由此可見作者對於技巧是認可的，只有選項4認可技巧。

56 **答案：3**

解析：解題關鍵句為「無愛想でもよい。そんな人間は、初めはとっつきにくい印象を持たれるだろう。だが、コミュニケーションしているうちに、印象が修正され、あとになって深く相手に気に入ってもらうことはできる」。由此推斷，選項3為正確答案。

57 **答案：1**

解析：解題關鍵句為「だから、いつでも自分の実力を発揮できるのである。これが、名人や達人が無意識のうちにやっている平常心の極意といえるかもしれない」，由此可以推斷出，選項1是正確答案。

58 **答案：4**

解析：解題關鍵句為「だから相手が何を好きなのかということについて、いろいろな質問をしながら探っていく」。根據文章的倒數第3句話可以直接否定選項2，而選項1和選項3都在説自己單方面的事情，只有選項4正確。

59 **答案：1**

解析：解題關鍵句為「相手の見方・感じ方の見当をつけ、相手の視点に立って受け入れやすい論理を考え直しつつ、語っていく」，文章一再提到人和人之間是不同的，要站在對方的立場上考慮問題。選項1符合題意。

問題11

60 答案：2

解析：文章開頭提到今年開花時間晚了，往年的話，這時候已經開花了，但是今年還沒有開花的跡象。選項2意為「往常的話」，是正確答案。

61 答案：4

解析：解題關鍵句為「自然の歯車の、もろもろの変調の背後に、地球温暖化の不気味な進行が見え隠れしている」，本題是在詢問原因，而之後緊接著提到全球暖化。所以選項4正確。

62 答案：1

解析：解題關鍵句為「上農は草を見ずして草を取る」，「上農未見草即除草」，表示要未雨綢繆。選項1是正確答案。

63 答案：2

解析：解題關鍵句為「知らないうちに流される情報に呑み込まれてしまう」，選項1有邏輯錯誤，文章中並未出現這樣的內容。選項3的主詞應該是電視。選項4説電視的內容完全反映現實，與原文意思相反。選項2為正確答案。

64 答案：4

解析：解題關鍵句為「現代社会が提供するモノや情報は、今後ますます増えるに違いない。逆に制限されたりすれば、そのことの弊害も大きい」，文章最後一段提到加以限制反而不好，只能提高消費者的選擇能力。選項4為正確答案。

65 答案：3

解析：解題關鍵句為「提供されるモノや情報が必ずしも吟味されたものであるとは限らないのだから、消費者が選択力を磨いていくしかない」，選項3與其完全一致。

66 答案：4

解析：解題關鍵句為「文章が下手なのは若い人に限らない。そういうご当人たちだって、決して、立派な文章を書いているわけではない。日本人はどうも一般に文章が下手なようである」，選項4為正確答案。

67 答案：3

解析：解題關鍵句為「例外は漫画家と科学者で、概して達意の文章を書く人が多いようである」，這是一個下結論的句子，所以答案要從前文找。前文説文學家寫不好文章，漫畫家和科學家卻能寫好。選項3為正確答案。

第五回

68 **答案：2**

解析：解題關鍵句為「下手とか上手とかいうのは当たらないかもしれない。文章のバックボーンがなくて、へなへなと貧弱なのである。そういう文章で大思想を支えようというのは無理な話である」，文章最後一段提到了寫不好文章的原因在於沒有「脊梁骨」，所以寫文章最重要的應該是要有「脊梁骨」。選項2正確。

問題12

69 **答案：3**

解析：在社會上，大家都對「放棄」有負面的印象，在這一點上，兩篇文章無異議。

70 **答案：2**

解析：文章A表達的是「該放棄時就要放棄」的觀點。文章B表達的是「不要輕易放棄」的觀點。選項2符合這一意思。

問題13

71 **答案：2**

解析：解題關鍵句為「失敗はとかくマイナスに見られがちですが、実は新たな創造の種となる貴重な体験なのです」。選項1與原文不符。選項3與本題意思無關。選項4與本文最後一句話的意思正好相反。選項2符合文章意思。

72 **答案：3**

解析：解題關鍵句為「重視されているのは決められた設問への解を最短で出す方法、『こうすればうまくいく』『失敗しないこと』を学ぶ方法ばかりです」，選項3符合文章大意。

73 **答案：1**

解析：本文開頭即提到了失敗乃成功之母，表明不要畏懼失敗，不要走捷徑。選項1符合文章大意。選項2和選項3的內容與原文主旨相反。選項4有一定的混淆性，但是文章主要是表明要從失敗中獲得創造力，並非鼓勵不斷地重複失敗。

問題14

74 **答案：4**

解析： N-PHONE的月租費為3,600日圓。平日白天1分鐘58日圓，100分鐘為5,800日圓。平日19點以後1分鐘42日圓，200分鐘為8,400日圓。假日的白天1分鐘14日圓，300分鐘為4,200日圓。以上合計22,000日圓。

75 **答案：2**

解析： 龍之介平日手機用得多，所以適合用全天同價的「日本電話」。かずみ打電話的對象很固定，適合可以設置3個優惠號碼的「JTT」。冬彥夜間要打工，所以適合「トレニア」。さくら白天在公司上班，不太用手機，適合假日有最低價的「N-PHONE」

聴解

問題1では、まず質問を聞いてください。それから話を聞いて、問題用紙の1から4の中から、最も よいものを一つ選んでください。

第五回

1番 **司会者が話しています。高校生はこれからどこに座りますか。**

司会者：皆さん、本日はお忙しい中、ご来場いただきありがとうございます。いろんな番組をご用意しております。どうぞ、最後までお楽しみください。これから入場しますから、まず、座り方をご説明します。小学生は1階1列です。高校生は3階1列です。大学生は1階3列です。いいですか。

高校生はこれからどこに座りますか。

1　1階1列

2　3階1列

3　1階3列

4　1階2列

▶正解：2

解題關鍵句： 小学生は1階1列です。高校生は3階1列です。大学生は1階3列です。いいですか。

2番 **男の人と女の人が電話で話しています。女の人は、これからどうしますか。**

男：あ、もしもし。旅行の話なんですけど、今、いいですか。

女：今、地下鉄に乗るところなんです。

男：あ、じゃあ、また後でかけますね。

女：いえ、降りたらこちらからお電話します。

男：あ、そうですか。学校へ行くんですか。

女：いえ、これから帰宅です。

男：あ、そうですか。じゃあ、忘れないでね。

女：はい。すみません。

女の人は、これからどうしますか。

1　旅行に行きます

2　会社に行きます

3　パーティーに行きます

4　家に戻ります

▶正解：4

解題關鍵句：いえ、これから帰宅です。

3番 **女の人と男の人が午後のパーティーについて話しています。女の人はこのあとすぐ何をしなければなりませんか。**

男：午後のパーティーの準備はどう？

女：はい、だいぶ終わりました。名札も作ったし、テーブルも言われたとおりに並べました。

男：資料のほうはどれぐらい用意した？

女：30人が出席しますから……

男：私の分もコピーしてくれたんだね。

女：すみません。パソコンじゃないですか。

男：年を取ったから、字が小さいとだめなんです。

女：そうですか。じゃ、すぐ……

男：お願いします。

女の人はこのあとすぐ何をしなければなりませんか。

1　テーブルを並べる

2　名札を作る

3　パソコンの字を大きくする

4　資料をもう一部コピーする

▶正解：4

解題關鍵句：私の分もコピーしてくれたんだね。
年を取ったから、字が小さいとだめなんです。
そうですか。じゃ、すぐ……

4番　男の人と女の人がプロジェクターについて話しています。男の人はこのあと何をしますか。

男：あれ、また壊れちゃったか。

女：何がですか。パソコン？

男：ううん。プロジェクターが全然映らなくて、午後は大切な会議がある。どうしよう。

女：そのプロジェクター、最近よく故障するよ。先週の会議中、突然真っ暗になって、社長に怒られたよ。総務の人は？

男：困るなあ。こんな大事なときに限って……

女：一度、修理に出したほうがいいですね。

男：じゃあ、まず電話して、修理屋さんに来てもらおうか。

女：でも、今日は週末だから、来るのは来週かもしれないよ。

男：そうか。直接修理に出しに行くしかないねえ。

男の人はこのあと何をしますか。

1　プロジェクターを修理屋に出しに行きます

2　修理屋に電話して、来てもらいます

3　総務の人に電話して、来てもらいます

4　パソコンを買いに行きます

▶正解：1

解題關鍵句：そうか。直接修理に出しに行くしかないねえ。

5番　女の人がゴミ収集の人に聞いています。スプレー缶を出したいとき、まず、何をしなければなりませんか。

女　　　　　：あのう、すみませんが……

ごみ収集の人：はい、何でしょうか。

女　　　　　：私は先週ここに引っ越したばかりです。ゴミの出し方なんですがよく分からないんですが。

ごみ収集の人：ゴミの出し方ですねえ。粗大ゴミはここで、収集できませんから、出さないようにしてください。燃えるゴミは月、水、金に出してください。燃えないゴミは火、木に出してください。

女　　　　　：はい、燃えるゴミは月、水、金で、燃えないゴミは火、木ですね。

ごみ収集の人：そのとおりです。

女　　　　　：あとはスプレー缶ですが、どう出せばいいんですか。

ごみ収集の人：スプレー缶の出し方ですね。

女　　　　　：はい、地域によって違うと聞きました。

ごみ収集の人：中身のあるスプレー缶をそのままゴミとして出されると、ゴミ収集車に積み込むとき、爆発する恐れがあります。

女　　　　　：そうですか。人の命に関わるリスクもあるんですねえ。

ごみ収集の人：ええ、おっしゃるとおりです。出す前に必ず最後まで使い切ってください。

スプレー缶を出したいとき、まず、何をしなければなりませんか。

1　ゴミ収集の人に出します

2　前もって予約します

3　スプレー缶を空にします

4　ゴミ収集車に積み込みます

▶正解：3

解題關鍵句：出す前に必ず最後まで使い切ってください。

問題2では、まず質問を聞いてください。そのあと、問題用紙の選択肢を読んでください。読む時間があります。それから話を聞いて、問題用紙の1から4の中から、最もよいものを一つ選んでください。

1番　男の人と女の人が話しています。男の人はどうして嬉しいと言っていますか。

女：あの、すみません。市役所へ行きたいんですがどうやっていけばいいんですか。

男：この道をまっすぐ行ってもらえばすぐ見えます。

女：どうも、ありがとうございます。

男：あれ、あなた、映画俳優の直子さんに似ていますね！

女：似てるじゃなくて、そうなんです。

男：えっ、まさか。本当ですか。

女：ええ、本当です。本物なんです。

男：本物とお会いできてうれしいです。

男の人はどうして嬉しいと言っていますか。

1　女性が市役所へ行きたいから

2　映画スターに会えたから

3　女性は映画俳優に似てるから

4　男性は本物ですから

▶正解：2

解題關鍵句：あれ、あなた、映画俳優の直子さんに似ていますね！
似てるじゃなくて、そうなんです。

2番　先生がテストについての注意をしています。教室に持って入ることができるものは何ですか。

先生：教科書や参考書は教室の外に置いてください。自分で書いたノートやコピーしたプリントも同じです。辞書や電子辞書も使えませんから、同じようにしてください。また、携帯電話は必ず切ってください。解答用紙はご持参ください。

教室に持って入ることができるものは何ですか。

1　教科書です

2　ノートです

3　電子辞書です

4　解答用紙です

▶正解：4

解題關鍵句：解答用紙はご持参ください。

3番 空港で案内が流れています。飛行機はどうなりましたか。

女：台風のため、午前中に出発する便はすべて取り消しになります。午後の便は時刻を変更のうえ、出発いたします。なお、午後の便はすべて席がいっぱいですので、午前中の便をご利用のお客様は、ご出発が明日以降に延期となります。

飛行機はどうなりましたか。

1　今日の飛行機はすべて飛びません

2　飛行機は明日まで飛びません

3　午前中の飛行機だけ飛びません

4　午後の飛行機だけ飛びません

▶正解：3

解題關鍵句：午前中に出発する便はすべて取り消しになります。午後の便は時刻を変更のうえ、出発いたします。

4番 男の人と女の人が話しています。女の人はどうしていましたか。

男：あれ、小泉さんじゃないですか。

女：あ、こんにちは。

男：こんにちは。お散歩ですか。

女：ええ。犬の散歩で。

男：って、そうは見えませんけど。

女：ええ。この犬、散歩好きなんですけど、太り過ぎで。

男：はあ。そういえば、重そうですね。

女：ええ。すぐに止まってしまうんで、いつも最後は私の散歩になるんです。

男：ああ。そうですか。

女の人はどうしていましたか。

1　ひとりで歩いています

2　犬を抱いて歩いています

3　犬を連れて歩いています

4　犬に引かれて歩いています

▶正解：2

解題關鍵句：<u>ええ。すぐに止まってしまうんで、いつも最後は私の散歩になるんです。</u>

5番　男の人がコンサートの券を予約しています。男の人が予約したのは何曜日のいくらの席ですか。

女：はい、チケットセンターです。

男：あの、今度の日曜日のSMAPのコンサートのチケットを買いたいですが。

女：申し訳ございません。あいにく日曜日のはもう売り切れです。金曜日のならございます。

男：じゃあ金曜日の券お願いします。

女：A席とB席がございますが。

男：A席はいくらですか。

女：10,000円ですが。

男：高いですね。B席は？

女：5,000円です。

男：じゃあ、それにします。2枚お願いします。

男の人が予約したのは何曜日のいくらの席ですか。

1　月曜日の5,000円の席

2　日曜日の10,000円の席

3　金曜日の5,000円の席

4　金曜日の10,000円の席

▶正解：3

解題關鍵句：<u>じゃあ金曜日の券お願いします。</u>
<u>B席は？</u>
<u>5,000円です。</u>
<u>じゃあ、それにします。</u>

6番 **医者が話しています。医者はどれを渡しますか。**

医者：体の調子はいかがでしょうか。お元気そうでだいぶよくなったそうですね。でも、症状が徹底的に消えるまで、油断は禁物ですよ。治療を続けてください。では、お薬を出します。これはですね。痛みが出るところにつけてください。あとこれは寝る30分前に水で溶かして飲んでください。あと先週いらした時渡した瓶の薬ですが続けて服用してくださいね。

医者はどれを渡しますか。

1　塗り薬と粉末の薬

2　塗り薬と瓶の薬

3　カプセルと粉末の薬

4　カプセルと瓶の薬

▶正解：1

解題關鍵句：痛みが出るところにつけてください。あとこれは寝る30分前に水で溶かして飲んでください。

問題3では、問題用紙に何も印刷されていません。この問題は全体としてどんな内容かを聞く問題です。話の前に質問はありません。まず、話を聞いてください。それから質問と選択肢を聞いて、1から4の中から、最もよいものを一つ選んでください。

1番 **社長があることについて話しています。**

男：2008年8月5日をもちまして、代表取締役に就任いたしました小林一雄でございます。会社の活性化のために、来月からいくつかのことを改善する。まず長年女性社員には会社で決めたスーツを着てもらっていたが、それをやめ、自由な服にする。それから月曜日から男性職員も背広を脱いでもっとリラックスした格好で出社してほしい。また今年中には従来の9時5時の定刻出社退社をやめ、フレックスタイム制も導入する方針である。

来月から変わるのは何ですか。

1　休暇です

2　服装です

3　支給時間です

4　建物です

▶正解：2

解題關鍵句：まず長年女性社員には会社で決めたスーツを着てもらっていたが、それをやめ、自由な服にする。

2番　男の人と女の人が話しています。

男：すみません。遅くなって。

女：いえ。また朝寝坊？

男：いや、そうじゃなくて、バスが……

女：あ、バスが遅れたんですか。

男：バスは時間通りですが、急に雨が降ってバス停で1時間も待たされまして。すみません。

女：あ、そうなんですか。大変でしたね。

男：すみませんでした。

女：いえ、大丈夫ですよ。

男の人は、どうして会社に遅れましたか。

1　雨宿りしたから

2　バスが遅れたから

3　地下鉄に乗れなかったから

4　朝寝坊したから

▶正解：1

解題關鍵句：バスは時間通りですが、急に雨が降ってバス停で1時間も待たされまして。

3番　男の人が話しています。

男：やっぱり、携帯ゲームは止めるべきだよな。でもなかなかなあ。会社ではゲーム禁止になっちゃったから、せいぜいちょっと外に出てやるしかないんだよなあ。うちには怖い女房がいるし。しょうがないか。仕事の時は、まだ自信がないなあ。ほんとは完全にやめたほうがいいんだよな。まあ、まずはうちから始めることにするか。

男の人は携帯ゲームをどうすると言っていますか。

1　やめない

2　家ではやめる

3　社内ではやめる

4　仕事の時にやめる

▶正解：2

解題關鍵句：まあ、まずはうちから始めることにするか。

4番　小栗さんと森さんが話しています。

森　：小栗さん、ちょっといいですか。

小栗：はい、何です、森さん？

森　：実は日本人の先生からお茶の席に誘われたんですが、どんな服装で行けばいいんですか。

小栗：そうですね、正式には正装で行くのがいちばんいいんですが。まあ、森さんは外国人ですから、普通の着物で結構でしょう。

森　：そのほかにまた何か注意点がありますか。

小栗：それに、お菓子を渡されてから食べ始めるタイミングです。「お菓子をどうぞ」と言われたら食べます。渡されてからすぐ口にすると、躾が悪いと思われますね。

森　：はい、気をつけます。

小栗：ああ、それに、正座をするから、スカートやジーンズなどはやめといてくださいね。

森　：はい、分かりました。どうもありがとうございました。

森さんはどんな服装で行きますか。

1　スカートで行きます

2　普通の着物で行きます

3　晴れ着で行きます

4　ジーンズで行きます

▶正解：2

解題關鍵句：そうですね、正式には正装で行くのがいちばんいいんですが。
まあ、森さんは外国人ですから、普通の着物で結構でしょう。

5番 テレビで男の人が話しています。

男：他国に足を運ぶこともなく多種多様の国の人ともオンライン会議ができる便利な時代では時間や経費の無駄をなくすことができる。特に今、新型コロナウイルス感染症の世界的な広がりから、会議やイベントがオンラインで開催されれば、ウイルス感染の危険を回避できます。それから、オンライン会議は、自分がどのように見えているかが自分で見えるのは思わぬメリットのひとつです。発言するときの身振り・手振りや顔の表情を、自分で確認でき現状把握できるところが良いですね。

オンライン会議の意外なよさは何のことですか。

1　海外に行かなくてもいいことです

2　経費の無駄をなくすことです

3　ウイルス感染を回避できることです

4　自分のことが見えることです

▶正解：4

解題關鍵句：オンライン会議は、自分がどのように見えているかが自分で見えるのは思わぬメリットのひとつです。

第五回

問題4では、問題用紙に何も印刷されていません。まず、文を聞いてください。それから、それに対する返事を聞いて、1から3の中から、最もよいものを一つ選んでください。

1番 すみませんが、ここに署名をお願いしたいんですが……

1　はい、ここにサインすれば、いいですね。

2　はい、サインをお願いします。

3　はい、ご案内します。

▶正解：1

2番 来週の講演会の件ですが、野村教授にお伝えいただけますでしょうか。

1　はい、恐れ入ります。

2　はい、よろしくお伝えください。

3　はい、そのように伝えておきます。

▶正解：3

3番 **もしもし、私は山田健一と申します。鈴木部長はいらっしゃいますか。**

1　はい、山田様でいらっしゃいますね。ただいま鈴木とかわりますので、少々お待ちください。

2　はい、鈴木様でいらっしゃいますね。ただいま鈴木様とかわりますので、少々お待ちください。

3　はい、山田様でいらっしゃいますね。ただいま鈴木様とかわりますので、少々お待ちください。

▶正解：1

4番 **申し訳ございません。山下は外出しておりますが、いかがいたしましょうか。**

1　そうですか、では、また伺います。

2　そうですか、では、また失礼します。

3　そうですか、では、また見積もります。

▶正解：1

5番 **課長、三木会社の御手洗さんからお電話が入っております。**

1　分かった。こっちに案内して。

2　分かった。こっちにつないで。

3　分かった。こっちに紹介して。

▶正解：2

6番 **森さんは歩きタバコについて、どう思いますか。**

1　そうですね。腹立たしくてたまりません。

2　そうですね。あわただしくてしょうがない。

3　そうですね。今ひとつですね。

▶正解：1

7番 **もしもし、小百合ちゃん、あたし、明日日本へ帰るわ。**

1　はい、分かった。道中ご無礼で。

2　はい、分かった。お邪魔した。

3　はい、分かった。道中ご無事で。

▶正解：3

8番 あの、お客様、禁煙席ですか、それとも喫煙席ですか。

1　タバコを吸わないから、喫煙席に通してください。

2　タバコを吸うから、禁煙席に通してください。

3　タバコを吸わないから、禁煙席に通してください。

▶正解：3

9番 あいつときたら、仕事はできるけど、融通が利かないね。

1　状況に応じて対応ができないね。

2　仕事ができてばりばりですね。

3　よくがんばったね。

▶正解：1

10番 ここのジンギスカンに目がありません。

1　北海道ならではの味ですから。

2　これから気をつけてください。

3　目がないんですか。

▶正解：1

11番 あの、このヨーグルトは賞味期限が切れましたけど……

1　あっ、本当だ。もう飲んじゃいけないよね。

2　あっ、本当だ。さっさと飲んで。

3　お気の毒ですね。

▶正解：1

12番 いくら頼んだところで、無理なことは無理です。

1　ああ、もうこれきりですか。

2　ああ、もうあきらめるしかないな。

3　無理なら、がんばってね。

▶正解：2

問題5では長めの話を聞きます。この問題には練習はありません。メモをとってもかまいません。

1番、2番

問題用紙に何も印刷されていません。まず話を聞いてください。それから、質問と選択肢を聞いて、1から4の中から、最もよいものを1つ選んでください。

1番 **男の人と専門家が飲食店の開業について話しています。**

男　　：最近、飲食店を開業したいんです。専門家のご意見をお伺いしたいんですが。

専門家：そうですね。飲食店は営業する場所で、成功するか・失敗するか7割が決まると言われています。人の多い繁華街はもちろん一番いいです。しかし、お客が多いわりに、家賃もばかになりません。

男　　：つまり、繁華街でなくてもいいですね。

専門家：そのとおりです。場所だけよければ、店が繁盛するわけではありません。

男　　：とおっしゃいますと……

専門家：飲食店でも販売店でも、狙うターゲットはお店によってまちまちです。客層を絞らなければなりません。

男　　：各年齢層のお客をターゲットにするのはだめですか。

専門家：幅広い層のお客さんを狙うのは非常に危険です。世代が違うと、食べ物とか、ライフスタイルなど、ちょっと違いますね。

男　　：なるほど。じゃあ、具体的にどうすればいいんですか。

専門家：ポイントは「選択と集中」です。あなたがほしいお客さんをよく分析して狙いましょう。

男　　：なるほど。どうもありがとうございました。

飲食店を開業するには、何が一番大切ですか。

1　店の広さ

2　店の場所

3　幅広い層のお客を狙うこと

4　客層を絞って、選ぶこと

▶正解：4

解題關鍵句：<u>ポイントは「選択と集中」です。あなたがほしいお客さんをよく分析して狙いましょう。</u>

2番　女の人と男の人が話しています。

女：亜里沙さんのおみやげ、これでいいかな？

男：うん？　亜里沙さん。ああ、あそこは子どもが多いからね。

女：だから、こういうお菓子がいいかと思って。

男：そうだね。たくさん入ってるからね。これで30個かな？

女：ううん。36個。

男：じゃあ、ちょうど一人に9個ずつだね。

女：え？

男：ああ、亜里沙夫婦の分も入れてなきゃ。

女：ああ。それなら、一人に9個ずつじゃなくて、6個ねえ。

亜里沙さんの家には、子供が何人いますか。

1　3人です

2　4人です

3　5人です

4　6人です

▶正解：2

解題關鍵句：<u>じゃあ、ちょうど一人に9個ずつだね。</u>

3番　まず話を聞いてください。それから、二つの質問を聞いて、それぞれ問題用紙の1から4の中から、最もよいものを一つ選んでください。では、始めます。

3番　病院の先生が話しています。

女：薬局で受け取った薬の袋には、その薬をいつ、どのくらいの量、どのタイミングで飲むかが書かれています。こういった内容を「服用方法」といいます。薬をどのように飲んだら効果的かということが書いてあります。医師の診察を受けて、病気を治すための薬を処方されても、薬を医師の指示通り服用しなければ、十分な治療の効果が期待できません。今回では、薬をいつ飲むかというタイミングについてご説明します。

まずは食直前です。食直前とは、食事のすぐ前のことです。糖尿病のある種類の薬は、食事の直前に服用することで糖分の吸収を遅らせて、食後の急激な血糖の上昇を抑えます。食後に服用しても効果は期待できません。次は食前です。食前とは食事のおよそ30分前のことです。糖尿病薬、漢方薬などにこの服用方法があります。空腹時に服用することによって薬の吸収をよくしたり、薬の効果を高めたりする目的で食事の前に服用します。最後に、食後です。薬の服用時間で最も多いのが「食後」です。食後は胃の中に食べ物が入っていますので、薬が直接胃の壁に触れることが少なく、胃への負担を小さくします。大部分の薬が食後に服用するようになっています。食後およそ30分を目安に服用してください。

質問1　この先生は服用方法を何種類紹介しましたか。

1　二つ

2　三つ

3　四つ

4　五つ

▶正解：2

解題關鍵句：まずは食直前です。
次は食前です。
最後に食後です。

質問2　一番多い飲み方はどれですか。

1　食事のあと

2　食事の間

3　食事の前

4　起床のあと

▶正解：1

解題關鍵句：薬の服用時間で最も多いのが「食後」です。

全真模擬試題解析
第六回

★ 言語知識（文字・語彙・文法）・読解

★ 聽解

第六回

言語知識（文字・語彙・文法）・讀解

問題1

1 **答案：3**

譯文：兒子説不想去幼稚園。

選項1　無此詞

選項2　無此詞

選項3　幼稚園（ようちえん）：幼稚園

選項4　無此詞

2 **答案：3**

譯文：她看起來比同年的人年輕。

選項1　乾く（かわく）：乾涸

選項2　可愛い（かわいい）：可愛的

選項3　若い（わかい）：年輕的

選項4　弱い（よわい）：弱的

3 **答案：1**

譯文：從這裡看得不是很清楚，不過港口有一艘大船。

選項1　港（みなと）：港口

選項2　無此詞

選項3　帝（みかど）：天皇

選項4　都（みやこ）：京城，首都

4 **答案：2**

譯文：他的音樂才能被認可，獲得獎學金，進入了音樂學院。

選項1　纏める（まとめる）：彙集，匯總

選項2　認める（みとめる）：認可

選項3　無此詞

選項4　求める（もとめる）：尋求

5 **答案：2**

譯文：荷蘭向全世界出口大量的洋蔥。

選項1　輸入（ゆにゅう）：進口

選項2　輸出（ゆしゅつ）：出口

選項3　湧出（ゆうしゅつ）：湧出
選項4　無此詞

問題2

6　**答案：4**
譯文：工會是一種自發組織、自主運營的機構。
選項1　無此詞
選項2　無此詞
選項3　無此詞
選項4　労働（ろうどう）：勞動

7　**答案：3**
譯文：最近她沒怎麼跟我聯絡。
選項1　無此詞
選項2　無此詞
選項3　連絡（れんらく）：聯絡
選項4　連結（れんけつ）：連接

8　**答案：4**
譯文：本事務所正在招聘有幹勁的優秀人才。
選項1　無此詞
選項2　無此詞
選項3　無此詞
選項4　優秀（ゆうしゅう）：優秀的

9　**答案：1**
譯文：不管什麼樣的工作他都願意接受。
選項1　喜ぶ（よろこぶ）：愉快，高興
選項2　無此詞
選項3　無此詞
選項4　楽しむ（たのしむ）：享受

10　**答案：4**
譯文：讓小孩子養成良好的習慣，保持身心健康。
選項1　要請（ようせい）：請求，要求
選項2　無此詞
選項3　無此詞
選項4　養成（ようせい）：培養

問題3

11 **答案：2**

譯文：我先生對撫育孩子毫不關心，休息的時候只顧埋頭於自己的愛好。

選項1 非（ひ）：不

例 非常識（ひじょうしき）／不合乎常理

選項2 無（む）：不

例 無抵抗（むていこう）／不抵抗

選項3 否（ひ）：否，否定

例 否認（ひにん）／否認

選項4 未（み）：尚未

例 未発表（みはっぴょう）／尚未發表

12 **答案：3**

譯文：在天文學方面有許多尚未解決的問題。

選項1 欠（けつ）：缺陷，不足

例 欠点（けってん）／缺点

選項2 末（まつ）：末，底

例 始末（しまつ）／始末

選項3 未（み）：尚未

例 未完（みかん）／未完成

選項4 必（ひつ）：必定

例 必死（ひっし）／拼命

13 **答案：1**

譯文：今天是酷寒的隆冬，最高溫3℃。

選項1 真（ま）：正，真正

例 真心（まごころ）／真心

選項2 正（せい）：正好，恰好

例 正反対（せいはんたい）／完全相反

選項3 本（ほん）：真

例 本物（ほんもの）／真貨

選項4 大（おお）：大，極

例 大慌て（おおあわて）／非常慌張

14 **答案：3**

譯文：因為月薪很少，所以生活很艱苦。

選項1 少（しょう）：少

例 少食（しょうしょく）／食量小

選項2　浅（せん）：水淺

例 浅海（せんかい）／淺海

選項3　安（やす）：表示價格低廉

例 安月給（やすげっきゅう）／低月薪

選項4　軽（けい）：輕鬆，簡單

例 軽装（けいそう）／輕裝

15　**答案：4**

譯文：桌子上擺放著6人份的飯菜。

選項1　枚（まい）：（量詞）件，張，幅等

例 1枚の絵／一幅畫

選項2　度（ど）：（量詞）次，度，回等

例 1、2度見ただけだ。／只看過一兩次。

選項3　料（りょう）：（量詞）費用

例 観覧料（かんらんりょう）／參觀費

選項4　前（まえ）：（量詞）份

例 3人前の食事を用意する。／準備3人份的飯菜。

問題4

16　**答案：2**

譯文：足足等了3個小時，公車才來。

選項1　間もなく（まもなく）：不久

例 間もなく8時だ。／就快八點了。

選項2　ようやく：好（不）容易，勉勉強強

例 ようやく雨がやんだ。／雨終於停了。

選項3　まっすぐ：直，筆直

例 この通りをまっすぐにおいでなさい。／
請順著這條大街一直往前走。

選項4　ようこそ：熱烈歡迎

例 ようこそお出でくださいました。／歡迎您的到來。

17　**答案：3**

譯文：我喜歡利用舊材料，造出新東西。

選項1　マーク：記號

例 シンボル・マーク／象徵性的標記

選項2　マシン：機器

例 マシン油／機油

選項3　リサイクル：（廢物）再利用
例 リサイクル運動／回收再利用運動
選項4　リサーチ：調查，研究
例 マーケット・リサーチ／市場調查

18　**答案：3**
譯文：我們可以寄送商品樣品，請來電諮詢。
選項1　見地（けんち）：見地，觀點
例 この見地から見れば。／從這個觀點來看。
選項2　見学（けんがく）：參觀
例 実地見学／實地參觀學習
選項3　見本（みほん）：樣品，貨樣
例 見本注文／訂購樣品
選項4　見物（けんぶつ）：觀賞，參觀
例 彼は劇場で芝居を見物していた。／他在劇場觀賞了戲劇。

19　**答案：1**
譯文：孩子不喜歡吃蔬菜，真是讓人頭疼。
選項1　焼く（やく）：燒，燒毀
例 古い手紙を焼く。／燒毀舊信。
選項2　磨く（みがく）：刷（淨），擦（亮），磨（光）
例 どんなに磨いてもきれいにならない。／怎麼擦也擦不淨。
選項3　撒く（まく）：播，種
例 争いの種を撒く。／埋下糾紛的種子。
選項4　巻く（まく）：捲上，纏繞
例 マフラーを巻く。／圍圍巾。

20　**答案：4**
譯文：今天因為有點事，所以去了趟銀座。
選項1　用意（ようい）：準備，預備
例 旅行の用意をする。／準備旅行。
選項2　用紙（ようし）：（特定用途的）紙張
例 原稿用紙／稿紙
選項3　用心（ようじん）：注意，小心
例 火の用心／小心火燭
選項4　用事（ようじ）：事，事情
例 ちょっと用事がある。／有點事情。

21 答案：3

譯文：時間是自己擠出來的，所以「沒有時間」不能成為理由。

選項1 理念（りねん）：理念

例 茶道の理念／茶道的理念

選項2 理想（りそう）：理想

例 高遠な理想を抱く。／懷著遠大的理想。

選項3 理由（りゆう）：理由，緣故

例 遅刻の理由を説明する。／説明遲到的理由。

選項4 理性（りせい）：理智，理性

例 彼は理性が勝っている。／他很理性。

22 答案：1

譯文：在日本社會，收到對方的名片就應該遞給對方自己的名片，這是常識。

選項1 渡す（わたす）：給，交給

例 課長の椅子を後任者に渡す。／把課長的職位傳給繼任者。

選項2 分ける（わける）：分開

例 会社を五つの部に分ける。／把公司分成五個部。

選項3 割る（わる）：分，切，割，劈

例 ケーキを四つに割る。／把蛋糕切成四塊。

選項4 見せる（みせる）：給……看，出示

例 定期を見せる。／出示月票。

問題5

23 答案：2

譯文：存錢以防萬一。

考 點 万一（まんいち）：萬一，假如

選項1 的確，確實

選項2 萬一

選項3 宛如

選項4 正經，認真

24 答案：1

譯文：今天公司的前輩叫我去他家裡吃飯。

考 點 招く（まねく）：招待，宴請

選項1 被邀請

選項2 被委託，被託付

選項3 被聯結

選項4 被忘記

25 **答案：4**

譯文：給你添了很多麻煩，真是對不起。

考 點　迷惑（めいわく）：麻煩

選項1　問題

選項2　名譽

選項3　照顧

選項4　麻煩

26 **答案：3**

譯文：父親這麼早回來，真是少見。

考 點　珍しい（めずらしい）：少見

選項1　困難的

選項2　難得，值得歡迎

選項3　少有

選項4　高興的

27 **答案：3**

譯文：我覺得村上寫的小說很獨特。

考 點　ユニーク：僅此一個，獨特

選項1　魅力

選項2　漂亮，華麗；優秀

選項3　獨特

選項4　唯一

問題6

28 **答案：3**

譯文：日曆上雖然已經到了春天，但還是很寒冷。

選項1　替換為：くっつけて（貼著）

選項2　替換為：向かっている（趕往）

選項3　正確選項

選項4　替換為：寄って（順道去）

29 **答案：1**

譯文：今年櫻花的開花時節預計與往年相同。

選項1　正確選項

選項2　替換為：見送り（送別）

選項3　替換為：見合い（相親）

選項4　替換為：見た目（外觀上）

30 **答案：2**

譯文：對一般的工薪階層來説，當首相是不可能的。

選項1　替換為：無駄（徒勞）

選項2　正確選項

選項3　替換為：無断（未經允許）

選項4　替換為：無口（沉默寡言）

31 **答案：2**

譯文：評論家的預測又完全落空了，唉，再也不信這些預測了。

選項1　替換為：見方（看法）

選項2　正確選項

選項3　替換為：見渡し（視野）

選項4　替換為：仕事（工作）

32 **答案：4**

譯文：森林顯著減少的有東南亞和南美大陸等熱帶地區。

選項1　替換為：先立って（在……之前）

選項2　替換為：成り立たない（不成立）

選項3　替換為：役に立つ（有用）

選項4　正確選項

問題7

33 **答案：2**

譯文：經常聽到女性在選擇男性時，提起「適合結婚」、「適合戀愛」的説法。

選項1　「～向け」表示「面向……」。

例 日本向けの輸出商品／外銷日本的商品

選項2　「～向き」表示「適合……」。

例 中国人向きのデザイン／適合中國人的設計

選項3　「～用」表示「用途」。

例 これは中学生用の辞書です。／這是中學生用的辭典。

選項4　「～ため」表示「為了……」。

例 彼のために送別の宴をひらいた。／為他舉行了送別宴會。

34 **答案：4**

譯文：「你不知道向日葵公園嗎？」

「因為我是頭一回來這條街呀！」

選項1　「～はず」表示「應該」。

例 彼は知っているはずだ。／他應該知道吧。

選項2　「～こそ」表示「（真）正是」。

例 仕事こそ私の生きがいだ。／工作就是我的一切。

選項3　「～わけ」表示「當然」、「怪不得」。

例 それなら怒るわけだ。／那樣的話，當然會生氣。

選項4　「～もの」表示「因為」。

例 だって知らなかったんだもの。／因為我不知道啊！

35 **答案：2**

譯文：「別灰心，學長們也許能獲勝。」
「怎麼可能獲勝，肯定會輸得很慘。」

選項1　「～かねない」表示「很有可能」。

例 戦争になりかねない。／很有可能會發生戰爭。

選項2　「～ものか」表示「哪能」。

例 彼の言うことなど信用するものか。／他的話哪能信啊。

選項3　「～ざるを得ない」表示「只得」。

例 賛成せざるを得なかった。／不得不贊成。

選項4　「～わけか」用來表示不確切的原因。

例 どういうわけか、今年は地震が多い。／不知何故，今年地震很多。

36 **答案：1**

譯文：近年來出版的參考書、試題集眾多，真讓人目不暇接。

選項1　「～ものがある」表示「實在（是）」。

例 憤慨にたえないものがある。／憤慨至極。

選項2　「～ことだ」表示「最好……」。

例 やはり自分でやることだ。／果然就該自己做。

選項3　「～べきだ」表示「理應」。

例 悪いと思ったらすぐ謝るべきだ。／認為不對就應該馬上道歉。

選項4　「～ものの」表示「雖然……但是……」。

例 そうは言うものの、やっぱりおしい気がする。／話雖如此，卻還是覺得可惜。

37 **答案：3**

譯文：年輕的時候經常停電，晚上常常點著蠟燭學習。

選項1　「～ことだ」表示「最好」。

例 受かりたければ頑張って勉強することだ。／要想考上最好多用功。

選項2　「～わけだ」表示「怪不得」。

例 だからだれも知らなかったというわけです。／原來如此，怪不得誰也不知道。

選項3　「～ものだ」表示「過去常……」。

例 この川で君とよく遊んだものだ。／過去常和你在這條河裡玩耍。

選項4　「～とき」表示「……的時候」。

例 会社を出たときは晴れていた。／從公司出來時還是晴天。

38　答案：3

譯文：如果能從頭來過，我想用目前掌握的經驗重新開始新的人生。

選項1　「～はずだ」表示「應該」。

例 あの人は知っているはずなのに知らないふりをしている。／他理應知情，卻裝作不知。

選項2　「～とは～ことだ」表示「就是……」。

例 無料とはただのことだ。／免費就是不要錢。

選項3　「～ものなら」表示「如果」。

例 そんなことでいいものなら誰にでもできる。／假如那樣就行的話，那誰都做得到。

選項4　「～わけだ」表示「怪不得」。

例 皆が笑うわけだ。／怪不得大家會笑。

39　答案：1

譯文：初次遇見老師是大約20年前，受邀參加某雜誌編輯的婚宴時，我和老師坐同一桌。

選項1　「お目にかかる」表示「見……」（謙讓語）。

例 お目にかかれて光栄です。／很榮幸見到您。

選項2　「お会いになる」表示「見……」（尊敬語）。

例 お会いになりましたか。／見到人了嗎？

選項3　「拝見する」表示「拜讀」（謙讓語）。

例 お手紙を拝見しました。／拜讀了您的來信。

選項4　「ご覧になる」表示「看」（尊敬語）。

例 ご覧になった。／看過了。

40　答案：4

譯文：他好像在擔心住院費、檢查費之類的。

選項1　「～も～、～も～」表示「既……又……」。

例 雨も降るし、風もひどい。／又下雨，又颳大風。

選項2　「～なり、～なり」表示「或是……或是……」。

例 書面でなり口頭でなり申し込むこと。／請書面或是口頭報名。

選項3　「～たり、～たり」表示「有時……有時……」。

例 来たり来なかったりで、きまりがない。／有時來有時不來，不一定。

選項4　「～やら、～やら」表示「……之類的……之類的」。
例 お花やらお茶やらを習う。／學習花道、茶道之類的（技藝）。

41　答案：3
譯文：朋友都快30歲了卻沒有手機。我苦口婆心地勸他買手機，卻絲毫沒有效果。
選項1　「～ならば」表示「如果……」。
例 わたしが鳥ならば飛んでいくが。／我若是隻鳥就飛過去。
選項2　「～うちに」表示「……以前」、「趁……」。
例 30分のうちに帰ってくる。／半個小時之內回來。
選項3　「～ように」表示「為了……」。
例 まにあうように早く出かける。／早些出發免得趕不上。
選項4　「～ために」表示「為了……」。
例 人は食うために生きるのではなくて、生きるために食うのだ。／人不是為了進食而活，而是為了活下去而進食。

42　答案：2
譯文：據說當時A軍的水上偵察機以這片湖為基地，探查B軍情報。
選項1　「になり」無此語法。
選項2　「～として」表示「作為……」。
例 彼を部長として扱う。／把他當作部長對待。
選項3　「～ならば」表示「如果……」。
例 雨ならば中止する。／下雨就中止。
選項4　「～につき」表示「由於……」。
例 祭日につき休業／因過節而停業

43　答案：3
譯文：以阪神・淡路大地震為契機，加強了對全國性地震的觀測。
選項1　無此語法。
選項2　「～を中心に」表示「以……為中心」。
例 そのグループは山田さんを中心に作業を進めている。／那個小組以山田為中心進行工作。
選項3　「～を契機に」表示「以……為契機」。
例 彼女は大学を契機に親元を出た。／她以上大學為契機，離開了父母身邊。
選項4　「～を抜きに」表示「不考慮……」、「不管……」。
例 大事なことを抜きにして討議しても意味がないじゃないか。／避開重要的事項去討論問題，不就沒有意義了嗎？

44 答案：1

譯文： 透過兩次石油危機，政府重新認識了煤炭的價值，主張開採煤礦，把它作為石油的替代能源。

選項1　「～を通じて」表示「透過……」。

例 その話は山田さんを通じて相手にも伝わっているはずです。／那件事應該是透過山田轉達給對方了。

選項2　「～によって」表示「由於……」、「因為……」。

例 私の不注意な発言によって、彼を傷つけてしまった。／因為我的發言考慮不周，傷了他的心。

選項3　「～をもとにして」表示「在……基礎上」。

例 史実をもとにした作品を書き上げた。／寫出了以史實為依據的作品。

選項4　「～をめぐって」表示「圍繞……」。

例 人事をめぐって、社内は険悪な雰囲気となった。／圍繞人事問題，公司內的氣氛非常緊張。

問題8

45 答案：2

原句： 優れたものは、3 古い新しい　4 のを　2 問わず、1 時間を越えて人の心に感動を与えるのだ。

譯文： 美好的東西無論新舊，都能超越時空打動人心。

解析： 「～を問わず」表示「與……沒關係」、「不將……作為問題」。前項多為「昼夜」、「男女」等由兩個相反含義的漢字組成的名詞。

46 答案：1

原句： 今後、高齢者、身体障害者等の移動制約者2 を　4 はじめ　1 すべての利用者　3 にとって使いやすい旅客施設・車両等の整備が進むことが期待される。

譯文： 期待今後設施、車輛等能不斷改進，讓以老年人、身障者等行動不便的人為首的所有乘客都能方便地使用。

解析： 「～をはじめ（として）」先舉出具有代表性的東西，然後再列舉相同的例子。

47 答案：2

原句： 原子力発電の安全性3 を　1 めぐって　2 多くの議論　4 が展開されるようになった。

譯文： 圍繞核能發電的安全性展開了諸多討論。

解析：「～をめぐって」是「～に関して」、「～について」的意思，用於將某些事作為對象提出來時。後續動詞一般用「議論する／議論を戦わす／うわさが流れる／紛糾する」等，即對前面的內容進行議論、交談等。

48 答案：4

原句：表は私が2 各種の資料　1 を　4 もとに　3 まとめたものだが、海外旅行者数が着実に増えていることが分かる。

譯文：表格是我參考各種資料總結而成的，可以看出海外旅遊人數正穩步增長。

解析：「～をもとに」表示將某事作為材料、啟示、根據等。

49 答案：3

原句：出発するときになって初めて、父が急に老け込んだことに気づいた。2 父と別れるとき　4 ほど　3 辛い経験　1 をしたことはない。わたしは涙に暮れた。

譯文：出發時我這才發現父親突然老了許多。再沒有比與父親分離更痛苦的經歷了。我不禁淚流滿面。

解析：「AはBほど～ない」表示「A沒有B那麼……」。含有「A也是這樣，B也是這樣，不過兩者比較時B更……」的意思。

問題9

50 答案：2

選項：1 有吧　2 沒有吧　3 有　4 沒有嗎

譯文：只要活著，沒有人不曾為某件事而煩惱過吧。

解析：正確區分「でしょう」、「でしょうか」，前者表示推測的「……吧」，後者表示反問的「……嗎」。

51 答案：4

選項：1 對於……來說　2 隨著……　3 根據……　4 關於，對於

譯文：煩惱、痛苦能使人深省自己與人生，也是一個契機，令人見識到那些生活一帆風順、躊躇滿志的人絕無法發現的人生奧祕。

解析：「自分や人生」後接動詞「考え」，說明「自分や人生」是該動詞的對象。

52 答案：1

選項：1 這樣的　2 那樣的　3 那樣的　4 這樣的

譯文：這樣的人所生活的世界，與那些認為不靠努力便可得到任何想要的東西的人所生活的世界是不同的。

解析：日語文章中，提到前文所述內容時，要使用「そ」系指示詞。此處雖譯

為「這樣的」，但是是指前文所提到的內容。

53 **答案：**2
選項：1 與……同時　2 可是　3 ……的時候　4 ……的時候
譯文：可是，如果這種痛苦太過嚴重，那麼情況便有所不同。
解析：根據前後文判斷，後句為「～違ってきます」，可知此處開始轉折，所以選帶有轉折意義的「ところが」。

54 **答案：**3
選項：1是……的　2 是……的話　3 並不是……　4 是……的
譯文：並不是因為痛苦所以才不能前進，而是因為不能前進所以才煩惱。
解析：根據前後文判斷，應該否定前者，肯定後者。

問題10

55 **答案：**3
解析：解題關鍵句為「一方の人に悩み事の打ち明け役をやってもらい、もう一方の人に聞き役になってもらうという」，一方扮演訴説煩惱的人，另一方扮演傾聽者。選項3為正確答案。

56 **答案：**2
解析：解題關鍵句為「1～9月としては6年連続で前年実績を下回り」，選項2為正確答案。

57 **答案：**2
解析：解題關鍵句為「このたび、長く住み慣れた水戸市より、名古屋市の郊外に移しました」，由此可知寫信人是在告知友人自己搬家了。選項2為正確答案。

58 **答案：**2
解析：本題可用排除法解題。文中並未提到意志與自由的關係，可排除選項1和選項3。選項4的內容也與文章內容無關。選項2為正確答案。

59 **答案：**4
解析：解題關鍵句為「しかし何といっても生き物がその環境から栄養を摂取する食行動が、環境との境界における生命維持のもっとも基本的な営為であることは異論の無いことだろう」，選項4為正確答案。

問題11

60 **答案：**4

解析：解題關鍵句為「それは前もって他者との深い関わりを十分に経験している場合に起こることだろう」，選項4為正確答案。

61 **答案：**1

解析：解題關鍵句為「他者と向き合うというのは、心を開き合うこと、単なる世間話をするような関わりではなく、自分を曝け出して付き合うことを指す」，明確指出與人交往時需要坦誠表露內心，選項1為正確答案。

62 **答案：**2

解析：解題關鍵句為「そうしたことの背後には、分かり合いたいという強い要求が働いているのだ」，選項2為正確答案。

63 **答案：**1

解析：解題關鍵內容是文中陳述原因的「一つは～また～最後の要因は～」這三點，將三點內容綜合起來即為選項1。選項2文中並沒有明確提及。選項3只說出了第一點。選項4是正確的飲食方式，並非錯誤的、致癌的飲食方式。

64 **答案：**3

解析：解題關鍵句為「一つは何といっても食べ物によるもので、とても熱いものや、脂っこいものがよくないといわれていますが」，過熱的食物是原因之一，選項3為正確答案。選項1文中並沒有提及，選項2和選項4都可直接排除。

65 **答案：**2

解析：文章介紹完三點原因後說「これを変えることはなかなか無理ですが」，由此可直接排除選項1。選項3和選項4文中都沒有提及。選項2為正確答案。

66 **答案：**2

解析：解題關鍵內容是文章第一段，介紹了日本公司的經營困難，公司職員的待遇和就業情況都在惡化，最後還說這種狀況今後會加劇。總結起來即為選項2。

67 **答案：**1

解析：解題關鍵句為「学歴神話とエリート神話という二つのやっかいな『神話』が崩壊しようとする現在は、心ある者にやりがいが生まれる時だ」，與選項1意思相同。

68 答案：4
解析：選項1、2、3的後半句都不符合文章內容，選項4為正確答案。

問題12

69 答案：3
解析：解題關鍵句為「その大学者はそういう時代に、全部ノートするのは結局頭によく入らないという点に気付いていたらしい」，後文也說只記要點才會印象深刻。因此選項3為正確答案。

70 答案：4
解析：A支持記筆記，B不支持記筆記，但都支持只記要點的記錄方法。選項4為正確答案。

問題13

71 答案：3
解析：解題關鍵內容是文章第一段和第二段，選項3符合這兩段的大意。選項1和選項2文中都沒有提及。選項4與此題無關。

72 答案：4
解析：解題關鍵句為「他者がいる場合、まずは関係を築く入り口で申し訳ないと謝っておく。いや、謝った形式を取っておく」，選項4符合此意。選項2不符合文意。選項1和選項3與此題無關。

73 答案：2
解析：解題關鍵內容是第三段和第四段，兩段都是闡述日本人經常說「申し訳ない」的文化背景，即日本社會就像一個「村子」，每個人都是村中成員。選項2與原文意思相符，是正確答案。

問題14

74 答案：2
解析：首先時間應在「募集期間」以內，排除選項3。其次申請方式只能是「電話・Fax・E-mail」，排除選項1和選項4。選項2為正確答案。

75 答案：4
解析：解題關鍵內容是表格下方的注意事項第2、3、4條，其中第4條「作業道具」是主辦方提供，其他均為自帶，因此，選項4為正確答案。

聴解

問題1では、まず質問を聞いてください。それから話を聞いて、問題用紙の1から4の中から、最もよいものを一つ選んでください。

1番　電話で部長から飛行機の予約変更を頼まれました。女の人はいつの飛行機を予約しますか。

部長：あ、郁美さん。今度の出張なんだけど。

郁美：はい。

部長：悪いんだけど、帰りの便、変更してくれないかな？

郁美：10日の便でしたね。

部長：あぁ、そう。1日延ばしてくれないかな？

郁美：1日でよろしいんですか。

部長：そうだな、じゃ万が一のためにもう1日延ばしてもらおうか。

郁美：はい、分かりました。

女の人はいつの飛行機を予約しますか。

1　10日

2　11日

3　12日

4　13日

▶正解：3

解題關鍵句：そうだな、じゃ万が一のためにもう1日延ばしてもらおうか。

2番　携帯電話販売店で、女の人と男の人が見積もりについて話しています。携帯電話一台あたりの見積もり価格はいくらにしますか。

女：日本商社さんの注文は確か携帯20台だったわね。

男：そうです。

女：一台当たりの価格は？

男：なかなか厳しいお客さんで4万円にしようかと思いますが。

女：4万、そうか。先週のヤマノサチさんへの見積もりはいくらで出したんだっけ？

男：たしか5万円でした。

女：それよりは安くなってるけど。今後の付き合いを考えて、この値段じゃ……

男：そっ、そうですね。じゃ、思い切ってもう少し下げたほうがいいでしょうか。

女：そうね。

男：じゃ、どれくらい下げましょうか。

女：そうね。もう1万円安くして、それはぎりぎりの線だわね。

男：はい、じゃ、そのようにします。

携帯一台あたりの見積もり価格はいくらにしますか。

1　5万円

2　4万円

3　1万円

4　3万円

▶正解：4

解題關鍵句：なかなか厳しいお客さんで4万円にしようかと思いますが。
もう1万円安くして、それはぎりぎりの線だわね。

3番　男の人と女の人が話しています。

男：ええと、電車、何時かな？

女：2時半って書いてるけど。

男：え、でもそれは、急行だから止まらないよ。

女：あ、そうか。じゃあ、その次だから。

男：3時のは途中までしか行かないから、え、4時か……

女：うん。それなら、急行で行って、乗り換えたら？

男：ああ。いや、でも、やっぱり同じ電車に乗ることになると思うよ。

女：あ、そうか。じゃあ、待つしかないね。

男：うん。そうだね。

二人は何時の電車に乗りますか。

1　2時半の急行です

2　3時の電車です

3　4時の電車です

4　まだ分かりません

▶正解：3

解題關鍵句：3時のは途中までしか行かないから、え、4時か……
うん。それなら、急行で行って、乗り換えたら？
ああ。いや、でも、やっぱり同じ電車に乗ることになると思うよ。
あ、そうか。じゃあ、待つしかないね。

4番　お店で男の人と女の人が話しています。

男：新しいネクタイ買ってもいい？

女：う～ん。今月は、厳しいから。

男：そう。じゃあ、だめだね。

女：あ、このグラス、ワインを飲むのにいいんじゃない？

男：でも、今月は厳しいんじゃ？　それに、ぼく、ワインなんか飲まない。

女：だって、たまに飲んで体にいいでしょ。

男：あれこれ言っちゃって、本当はあなたが買いたいだろう。

女：さすが、あたしの旦那さま。あたしのこと、よく分かる。

男：いくらお世辞を言っても、買わないものは買わない。

女：そうか。しようがないねえ。じゃあ、スリッパも古くなったし、カーテンも買いたいなあ。

男：いや、それは今度にしない？

女：うん。

男：悪いけど、さっきのを買ってくれる？

女：あら、どうして急に。

男：たまに飲みたくてさ。

女：しかたないな。

二人は何を買いましたか。

1　ネクタイ

2　スリッパ

3　カーテン

4　グラス

▶正解：4

解題關鍵句：たまに飲みたくてさ。

5番 女の人と男の人が話しています。

女：いつがいいでしょうか。

男：そうですね。こちらでは、7月1日から8月1日までは夏休みです。7月はもう夏休みですが、アメリカはまだですよね。

女：ええ。8月1日から9月1日までが夏休みですね。

男：こちらは8月までなので。で、どうしましょうか。

女：そうですね。そちらが休みで、こちらが休みでない時期がいいでしょうね。

男：では、そうしましょう。

アメリカでの研修はいつになりましたか。

1　6月です

2　7月です

3　8月です

4　9月です

▶正解：2

解題關鍵句：そうですね。そちらが休みで、こちらが休みでない時期がいいでしょうね。

問題2では、まず質問を聞いてください。そのあと、問題用紙の選択肢を読んでください。読む時間があります。それから話を聞いて、問題用紙の1から4の中から、最もよいものを一つ選んでください。

1番 男の人が女の人に頼んでいます。女の人は何を渡しますか。

男：ねえ、ここにサインしなければなりませんから、書くものを取ってきてください。

女：ボールペンで大丈夫？

男：大丈夫だけど、でも、大切な書類ですから、うっかりと書き間違えたら大変だろう。

女：そうね。じゃあ書き直せるのがいいわね。

男：はい、お願いします。

女の人は何を渡しますか。

1　ボールペン

2　万年筆

3　紙

4　鉛筆

▶正解：4

解題關鍵句：<u>そうね。じゃあ書き直せるのがいいわね。</u>

2番　男の人と女の人が会社で話しています。女の人が自分で料理を作らないのはどうしてですか。

男：いよいよ、食事の時間だ。で、君はどうする？　チンしてあげる？

女：ありがとう、でも、お弁当を持ってないの。いつもの出前を頼んだわ。

男：えっ、また出前？　バランスのよい食事を取らないと、体を壊したら、大変だから。

女：うん、ありがとう。でも、作るのがいやだから。

男：どうして？　時間がないか……

女：いや、時間たっぷりあるけど。

男：じゃあ、作ればいいじゃない。料理くらい自分でやらなきゃ、嫁にいけないよ。

女：作るのは別にいいんだけど、一人分だと……

男：余っちゃうのが困るの？

女：まあ、それはいいんだけど。食べ終わったら、片付けが……

男：そういうわけか。

女の人が自分で料理を作らないのはどうしてですか。

1　材料が余ってしまうから

2　食事の片付けがいやだから

3　嫁にいけないから

4　時間がないから

▶正解：2

解題關鍵句：<u>食べ終わったら、片付けが……</u>

3番 テレビで男の人がカラス対策について話しています。被害を減らすには何が一番大切だと言っていますか。

男：多くの方々から、カラスにより実際に被害を受けた、生活を脅かされている、小動物が襲われたなどの報告をいただきました。寄せられた意見・提案全体をみても、98%の方が「カラス対策は必要」としています。被害を減らすにはさまざまな対策が行われています。まずごみ対策をきちんとしないと、いつまでもカラスによる被害はなくなりません。ごみを出す時には、次の5つの点を守りましょう。

① 食品のムダ、食べ残しを少なくし、生ごみを減らしましょう

② フタ付き容器で排出しましょう

③ ごみ袋で排出する場合は、生ごみが外から見えないようにしましょう

④ ごみ散乱防止ネットを正しく使用しましょう

⑤ 収集日と時間を守り、カラスに狙われる時間を少なくしましょう

そして、カラス対策は一部地域で対策を行っても他の地域で行わなければ、結果的に被害が移動しただけになってしまいます。これでは解決になりません。被害を減らすためには、地域ぐるみで協力することが一番大切です。

被害を減らすには何が一番大切だと言っていますか。

1　小動物を飼うこと

2　ゴミを出さないこと

3　地域間の協力

4　市民から意見を集めること

▶正解：3

解題關鍵句： 被害を減らすためには、地域ぐるみで協力することが一番大切です。

4番 男の人が天気予報のことで怒っています。今朝の天気予報で天気はどうだと言っていましたか。

男：ただいま。ああ、今朝の天気予報は全然当たらなかった。天気予報を信じて大きな傘を持っていちゃってさ。雨降らなかったばかりか、雲ひとつない日だった。外れるんでも曇りとかならまだ許せるんだけど。ああ、本当に頭にきたよ。

今朝の天気予報で天気はどうだと言っていましたか。

1　雨

2　曇り

3　雪

4　曇りときどき晴れ

▶正解：1

解題關鍵句：<u>雨降らなかったばかりか、雲ひとつない日だった。</u>

5番　男の人と女の人が話しています。帽子はいくらですか。

女：ねえ、ねえ、見て見て、この帽子可愛いでしょ。　いくらすると思う？

男：1万はしないでしょ。　せいぜい8,000円くらいだろう。

女：残念ね。もう一回当てて見て。

男：まじで？　800円か、安いね。

女：違うよ、これ有名な日本のブランドなのに。本当に見る目ないわね。

男：えっ、まさか、8万円じゃないよね。

女：ビンゴ。

帽子はいくらですか。

1　1万円

2　8,000円

3　8万円

4　800円

▶正解：3

解題關鍵句：<u>えっ、まさか、8万円じゃないよね。</u>

6番　男の人と女の人が話しています。何時に集合する予定でしたか。

男：あ～、もうこんな時間だ。あれ、おかしいよ。まだ誰もいない。

女：でもまだ10時15分前よ。

男：ホント？　でも俺の時計みてごらん。もう10時だよ。

女：それ少し進んでいるんじゃないの？　まだ、間に合うでしょう、約束の時間にはまだ20分もあるから。

男：でもその5分前には集合するように言っておいたんだけどな……

女：じゃあ、あと15分あるねえ。

何時に集合する予定でしたか。

1　9：45

2　9：50

3　9：55

4　10：00

▶正解：4

解題關鍵句： でもその5分前には集合するように言っておいたんだけどな……
じゃあ、あと15分あるねえ。

問題3では、問題用紙に何も印刷されていません。この問題は全体としてどんな内容かを聞く問題です。話の前に質問はありません。まず、話を聞いてください。それから質問と選択肢を聞いて、1から4の中から、最もよいものを一つ選んでください。

1番　男の人と女の人が話しています。

女：ねぇ、ねぇ、明日から連休でしょう。どこかへ行こうか。

男：最近仕事で寝る時間がほとんどなくて、家で寝ようかな。

女：もったいないわ！　せっかくの休みだからどこかへ行こうよ。

男：せっかくの休みだからこそ家で寝たいんだ。

女：そうだ。もうすぐお父さんの誕生日でしょう。プレゼントを買わなきゃ。買い物に行こう。

男：お父さんの誕生日って、来月じゃない。ちょっと早すぎじゃない？　週末あっちこっち込んでるし。

女：そうだよね。ちょっと早すぎだよね。じゃ、買い物は止めよう。そうしたら、ドライブに行こうよ。そういえば、二人でドライブするのは久しぶりだし。

男：でも、うちの車、故障してるだろう。

女：そうか。隣の車を借りるのは面倒くさいわね。じゃ、最近運動してないから、プールに行こう。夏だし。プールに行ったら涼しいでしょう。

男：それより家にいて、クーラーをつけたほうがずっと涼しいんじゃない？

女：何よ、その態度！　休みだってば！　休み！　どこかへ行きたいんだもん。家にいるのはいや！

男：はい、はい、はい、分かった、分かった！　ちょっと早いんだけど、まずプレゼントの下見に行こうか。

二人は明日何をすることにしましたか。

1　家で寝ます

2　ドライブに行きます

3　プールに行きます

4　ギフトを見に行きます

▶正解：4

解題關鍵句：ちょっと早いんだけど、まずプレゼントの下見に行こうか。

2番　空港で案内が流れています。

女：空港案内です。熊本行きANA896便はまもなく搭乗です。この便は満席で、お席が不足する可能性があります。ご搭乗予定のお客様で、便を明日に変更してもよいという方はカウンターまでお申し出ください。明日の朝の航空券と、謝礼として2万円をお支払いします。また、台風のため、午前中に大阪に出発する便はすべて取り消しになります。午後の便は時刻を変更のうえ、出発いたします。

男：えっ、満席！　まあ、帰省ラッシュだからなあ。どうする？

女：別に急がないから……

男：そうね。じゃあ、まず申し込もうか。

二人はどうすることにしましたか。

1　帰省します

2　午後の便を利用します

3　明日の便を利用します

4　急いで登場します

▶正解：3

解題關鍵句：ご搭乗予定のお客様で、便を明日に変更してもよいという方はカウンターまでお申し出ください。

3番　女の人と男の人が話しています。

女：三連休の残業、大変だよね。

男：え？　残業？

女：え？って、全員が残業するでしょ。

男：いや、聞いてないけど。

女：ほら、このプリント見て。全員って書いてあるでしょ。

男：うん。でも、これって……

女：えっ、まさか。もらった人だけ？

男：うん。多分ね。

三連休に残業するのは誰ですか。

1　男の人だけです

2　女の人だけです

3　男の人と女の人です

4　男の人も女の人も残業しません

▶正解：2

解題關鍵句：えっ、まさか。もらった人だけ？

4番　**男の人と女の人が話しています。**

男：これなんかどう？

女：うん。薄くて軽そう、いいかも。

男：うん、いいでしょ。

女：え、でも、これ、痛い値段だなあ。

男：うん。それくらいはするでしょ。だって、ほら、見てよ。画面サイズが大きいのに消費電力は低いって。

女：どうしよう。買おうか。

男：買いたいけど、でも高いよなあ。

女：わあ、ネットワーク対応もできるわよ。

男：君こそ、買いたがっているんだろう。

二人は何を見ていますか。

1　冷蔵庫です

2　テレビです

3　扇風機です

4　自動車です

▶正解：2

解題關鍵句： だって、ほら、見てよ。画面サイズが大きいのに消費電力は低いって。

5番　**講座で先生が話しています。**

男：「あざす」は、「ありがとうございます」を省略した若者言葉のひとつです。

「ありがとうございます」に比べ、「あざす」は、かしこまったニュアンスがなく、かなりくだけた表現です。「あざす」を日常会話で用いる場合は、例えば、仲の良い友達や同僚、家族などある程度の信頼関係が築かれている間柄でのみ使うようにしましょう。初対面の人やビジネスシーンなどでは使わないほうが無難です。最近ではツイッターやラインなどのインターネット掲示板などで「あざす」が使われています。ネット上における匿名同士のやり取りでは、肩書や上下関係を意識する必要が少ないので、気楽に「あざす」を使えます。

話の内容に合っているのはどれですか。

1　「あざす」は堅苦しいニュアンスがあります

2　同僚の間で使わないほうがいいです

3　ネットのやり取りで使うのは無難です

4　「あざす」は初対面の年寄りに対して使う言葉です

▶正解：3

解題關鍵句： 最近ではツイッターやラインなどのインターネット掲示板などで「あざす」が使われています。

問題4では、問題用紙に何も印刷されていません。まず、文を聞いてください。それから、それに対する返事を聞いて、1から3の中から、最もよいものを一つ選んでください。

1番　**今晩みんなで映画を見に行くけど、小栗さんは行かない？**

1　ごめん、今日はあいにく家内の誕生日で……

2　ごめん、ぜひ連れて。

3　本当ですか。おめでとう。

▶正解：1

2番　**仕事ができる人ほど謙虚ですね。**

1　「雀百まで踊り忘れぬ」という言葉の通りです。

2　「鵜のまねをする烏」という言葉の通りです。

3　「能ある鷹は爪を隠す」という言葉の通りです。

▶正解：3

3番　**この厳しい競争社会では、お客様が店選ぶから、お客様は神様のような存在です。**

1　厳しい社会こそですね。

2　お客様あっての商売ですね。

3　ご安心くださいね。

▶正解：2

4番　**先生、僕のレポートを見ていただけないでしょうか。**

1　はい、そこに置いといて。

2　はい、すぐ帰って。

3　遠慮しておきます。

▶正解：1

5番　**この本、返却期間を2ヶ月過ぎてしまいましたよ。**

1　あ、借りに行かなきゃ。

2　じゃ、捨てるしかない。

3　あ、返しに行かなきゃ。

▶正解：3

6番　**割り箸何本お付けいたしますか。**

1　2本ください。

2　これにします。

3　ちょっと遠いようです。

▶正解：1

7番 **部長を信じたばかりに、この始末だ。**

1　それはいけませんね。

2　それは大事ですね。

3　それは困りましたね。

▶正解：3

8番 **ひどいな。なんで僕の親友を振ったの？　理由を言いなさい。**

1　大きなお世話だ。

2　ありがたいなあ。

3　相当厄介だ。

▶正解：1

9番 **お一久しぶり！！！　何年ぶり？？　高校卒業して以来だよな？**

1　久しぶりだね。ずっと会いたかったよ。

2　また、遊びに来てね。

3　とっととお下がりくださいよ。

▶正解：1

10番 **今だから言うけど、小学校の時、お前の机に落書きしたのは俺なんだよ。**

1　その時、助かりました。今も感謝してる。

2　いいよ、もう気にしてないから。

3　もっともっと書いてください。

▶正解：2

11番 **ほんとに、それでいいの？　後悔しない？**

1　忘れちゃった。

2　後悔先に立たずじゃない。

3　どうぞご自由に。

▶正解：2

12番 **お願い、一緒に合コン行ってくれない？**

1　私でよろしければ。

2　私でだめですか。

3　私で悪いですか。

▶正解：1

問題5では長めの話を聞きます。この問題には練習はありません。メモをとってもかまいません。

1番、2番

問題用紙に何も印刷されていません。まず話を聞いてください。それから、質問と選択肢を聞いて、1から4の中から、最もよいものを1つ選んでください。

1番　**男の人と女の人がコンビニ弁当について話しています。**

女：毎朝の弁当作りって、大変ですよねえ。昔は外食ばかりでしたがダイエットのため、「手作りのお弁当を持参しよう！」と決意しながらも、時間がなかったり面倒くさかったりで、参っちゃうよなあ。

男：私は弁当をつくらない。面倒だから、いつもコンビニ弁当だよ。電子レンジでチンすれば、もう出来上がり、ああ、実に簡単だ。

女：コンビニのお弁当は体に悪くないの？

男：そんなことないよ。どうしてそう思うの。

女：だって、そうでしょ。普通、常温でご飯を放置しておくと変質や腐敗がおきますよね。何故、腐敗が起きないか。それは、保存効果のある食品添加物が含まれているから微生物の増加を抑えているんですって。

男：確かに、ご飯の食感を長く維持するためや、傷まないために、保存料を使っている。でも、ずっとコンビニ弁当食べてる僕さ、健康な体じゃない。ほら、見て、この筋肉！

女：でも、ずっと、コンビニ弁当を食べるのはどうかなあと思うけど！　体がもたないわよ。

男：大丈夫、大丈夫。

コンビニ弁当について、二人はどう思っていますか。

1　女の人はいいと思っているが、男の人はあまりよくないと思っている

2　男の人はいいと思っているが、女の人はあまりよくないと思っている

3　女の人も男の人もいいと思っている

4　女の人も男の人もよくないと思っている

▶正解：2

解題關鍵句：<u>でも、ずっとコンビニ弁当食べてる僕さ、健康な体じゃない。ほら、見て、この筋肉！</u>
<u>でも、ずっと、コンビニ弁当を食べるのはどうかなあと思うけど！　体がもたないわよ。</u>

2番　討論会で人材育成のあり方について話しています。

女：先日の教育長の「人材育成は、知・徳・体のバランスある発達」の答弁を聞いて、少し安堵致しましたが、議場での質問で今日までに、世界・全国に通用するリーダーを輩出することが人材育成であり、東京大学をはじめとして偏差値の高い大学に何人入学したとかが、教育県かどうかの尺度であったり、人材育成の中身であるかのような話を聞くと、改めて私の価値観とは違うなと思うのです。先般、県西部地域のある実業高校の80周年事業に参加をさせて頂き、改めて感動を覚えました。その実業高校の卒業生の多くは、7割前後が地元に定着し、沿革をみると始めは商蚕、かいこさんから始まり、農業、工業、商業、今では情報、環境、調理などへと、時代のニーズ、時代が、地域が求める人材の要求に合わせて進化してきています。私はまさに地域の人材育成とは、こういうことだと考えます。

この人は人材育成のあり方についてどう思っていますか。

1　世界・全国に通用するリーダーを育成するべきだ

2　知・徳・体のバランスがとれた人材育成であるべきだ

3　偏差値の高い大学に入学させるべきだ

4　地元が求める人材を育成するべきだ

▶正解：4

解題關鍵句：<u>時代が、地域が求める人材の要求に合わせて進化してきています。私はまさに地域の人材育成とは、こういうことだと考えます。</u>

3番　まず話を聞いてください。それから、二つの質問を聞いて、それぞれ問題用紙の1から4の中から、最もよいものを一つ選んでください。では、始めます。

3番 男の人がスピーチをしています。

男：日本は今、数多くの問題を抱えています。たとえば高齢者問題はその一つです。高齢化率というのは0～14歳を年少人口、15～64歳を生産年齢人口、65歳以上を高齢者人口としたとき、総人口に占める高齢者人口の割合のことである高齢化率が7%以上であると高齢化社会、14%以上であると高齢社会、21%以上であると超高齢社会としています。日本は2018年時点で高齢化率が28.1%であり、超高齢化社会であるといえます。今回、もし私が当選しましたら、こういう問題の解決に全力を尽くすつもりでございます。中でも私が力を入れたいのは高齢者問題です。老人医療や介護の問題には自治体も積極的に取り組んでいますが、元気な高齢者のための対策は十分ではありません。高齢者に豊かな生活を提供したり、読書やリラックスの場を提供したりというのは着実に進められてきました。しかし、人間はパンのみにて生きるにあらず。一人暮らしの高齢者に恋愛の機会を提供するのも行政の仕事でしょう。

質問1　ある国の高齢化率が20%になりましたが、以下のどれに当たりますか。

1　高齢化社会

2　高齢社会

3　超高齢社会

4　准高齢社会

▶正解：2

解題關鍵句：高齢化率が7%以上であると高齢化社会、14%以上であると高齢社会、21%以上であると超高齢社会としています。

質問2　一人暮らしの高齢者のためには、何をすべきだといっていますか。

1　豊かな生活を提供すること

2　介護の必要性を低くすること

3　読書の場を提供すること

4　恋するチャンスをつくること

▶正解：4

解題關鍵句：しかし、人間はパンのみにて生きるにあらず。一人暮らしの高齢者に恋愛の機会を提供するのも行政の仕事でしょう。

全真模擬試題解析
第七回

★ 言語知識（文字・語彙・文法）・読解

★ 聴解

第七回

言語知識（文字・語彙・文法）・読解

問題1

1 **答案：1**

譯文：在西漢時代，（朝廷）牢牢地掌控了A地區。

選項1　掌握（しょうあく）：掌握，控制

選項2　把握（はあく）：把握，抓住

選項3　省力（しょうりょく）：省力

選項4　握力（あくりょく）：握力

2 **答案：3**

譯文：我現在讓兒子掌管公司，我自己在郊外過著閒適的隱居生活。

選項1　各位（かくい）：各位

選項2　無此詞

選項3　隠居（いんきょ）：隱居，閒居

選項4　無此詞

3 **答案：4**

譯文：比起提高攻擊能力，也許更應該將重點放在補足防守能力上。

選項1　行う（おこなう）：舉行，舉辦

選項2　無此詞

選項3　損なう（そこなう）：損害

選項4　補う（おぎなう）：補充，補足

4 **答案：3**

譯文：請告訴我清潔電腦的正確方法。

選項1　易しい（やさしい）：容易的，簡單的

選項2　よろしい：行，可以

選項3　正しい（ただしい）：正確的

選項4　美しい（うつくしい）：美麗的

5 **答案：1**

譯文：那輛車突然右轉，所以發生了碰撞。

選項1　衝突（しょうとつ）：衝撞

選項2　激突（げきとつ）：激烈衝突

選項3　中途（ちゅうと）：中途，半途
選項4　住宅（じゅうたく）：住宅

問題2

6　**答案：1**
譯文：這一年內每天都要使用相同的量，否則會導致身體失調。
選項1　崩す（くずす）：打亂，攪亂
選項2　流す（ながす）：使流動，沖走
選項3　目指す（めざす）：以……為目標
選項4　壊す（こわす）：弄壞，毀壞

7　**答案：4**
譯文：日本的電視劇受到了亞洲觀眾的喜愛。
選項1　眺める（ながめる）：眺望
選項2　進める（すすめる）：推進，推動
選項3　広める（ひろめる）：擴大，推廣
選項4　集める（あつめる）：集合，收集

8　**答案：4**
譯文：回來時手指被大門的門縫夾到，痛死了。
選項1　間隙（かんげき）：空隙，間隙
選項2　空間（くうかん）：空間
選項3　間隔（かんかく）：間隔，距離
選項4　隙間（すきま）：縫，縫隙

9　**答案：4**
譯文：其實我小時候一直很喜歡舉辦那種特賣活動。
選項1　修正（しゅうせい）：修正，改正
選項2　主宰（しゅさい）：主持
選項3　主祭（しゅさい）：主持祭祀者
選項4　主催（しゅさい）：主辦，舉辦

10　**答案：4**
譯文：這樣可以輕鬆地解開繩子。
選項1　除く（のぞく）：消除，去掉
選項2　省く（はぶく）：省，省略
選項3　招く（まねく）：邀請；招致
選項4　解く（ほどく）：解開

問題3

11 **答案：4**

譯文：把兩人帶到了附近的會員制高爾夫球場。

選項1　令（れい）：令

例 令嬢／千金，令千金

選項2　形（けい）：形狀

例 長方形／長方形

選項3　則（そく）：條，項

例 十則／十條

選項4　制（せい）：……制，規定

例 定年制／退休制度

12 **答案：2**

譯文：減少廚餘很重要，但將廚餘回收再利用也很重要。

選項1　複（ふく）：複數

例 複数（ふくすう）／複數

選項2　再（さい）：再，重新

例 再度（さいど）／再次，重新

選項3　双（そう）：雙，對

例 屏風一双（びょうぶいっそう）／一對屏風

選項4　回（かい）：回，次

例 2回目（にかいめ）／第二次

13 **答案：3**

譯文：「上次突然更改見面地點是因為……」
「原來是那樣啊。我也是前一天發燒，所以……」

選項1　元日（がんじつ）：元旦

例 元日に新年のあいさつをする。／在元旦送上新年第一天的問候。

選項2　先日（せんじつ）：前幾天

例 先日は失礼しました。／上次打擾您了。

選項3　前日（ぜんじつ）：前一天

例 出発の前日になって急に旅行が取りやめになった。／直到要動身的前一天，才忽然決定不去旅行了。

選項4　本日（ほんじつ）：今天

例 この切符は本日限り有効です。／此票僅限本日有效。

14 **答案：4**

譯文：這藥足以令日本醫學界感到驕傲。

選項1 限（げん）：界限

例 限界／界限，邊界

選項2 堺（さかい）：堺市，位於大阪府的城市

選項3 境（さかい）：邊界，交界

例 市の境／市的邊界

選項4 界（かい）：界

例 映画界／電影界

15 **答案：1**

譯文：在縣預賽的準決賽中，輸在了PK賽。

選項1 準（じゅん）：準，候補，即將成為

例 準会員／非正式會員

選項2 先（せん）：搶先，領先

例 先を越す。／搶先。

選項3 前（ぜん）：前，上

例 前首相／前首相

選項4 終（しゅう）：最後

例 終電／最後一班電車

問題4

16 **答案：4**

譯文：向全世界轉播奧運會開幕式的盛況。

選項1 普及（ふきゅう）：普及

例 標準語の普及に力を入れる。／努力推廣標準語。

選項2 接続（せつぞく）：連接，接續

例 パイプを接続する。／連接管子。

選項3 分配（ぶんぱい）：分配，配給

例 利益を平等に分配する。／平均分配利益。

選項4 中継（ちゅうけい）：轉播

例 中継放送／轉播

17 **答案：1**

譯文：孩子們玩過之後，玩具散落了一地。

選項1 散らかる（ちらかる）：零亂，散亂

例 部屋に紙屑がいっぱい散らかっている。／滿屋子都是紙屑。

選項2　落とす（おとす）：使落下

例 本を床に落とした。／把書掉在地板上了。

選項3　混雑する（こんざつ）：混亂，雜亂

例 大通りは人や車で混雑している。／大街上人來車往的，亂得很。

選項4　ミックス：混合，摻兌

例 ミックスジュース／綜合果汁

18　**答案：4**

譯文：在街上閒晃時遇到了山本。

選項1　ぐらぐら：搖搖晃晃

例 地震で家がぐらぐら揺れる。／因為地震，房子開始搖晃。

選項2　がらがら：咯噔咯噔，轟隆隆

例 がらがらと崩れる。／轟隆隆地倒塌了。

選項3　ばらばら：嘩啦嘩啦地（落下）

例 雨がばらばらと降りだす。／雨嘩啦嘩啦地下了起來。

選項4　ぶらぶら：蹓躂，信步而行

例 公園をぶらぶら歩きましょう。／我們去公園蹓躂蹓躂吧。

19　**答案：1**

譯文：今年的夏天熱到不行，下班後才剛回到家，就已經筋疲力盡。

選項1　ぐったり：筋疲力盡

例 ぐったりと椅子に座る。／癱坐在椅子上。

選項2　しっかり：（意志）堅強，（立場）堅定，（見識）高明

例 あの人の英語はしっかりしている。／他的英語很棒（學得扎實）。

選項3　すっきり：舒暢，暢快

例 心はすっきりしている。／心裡痛快。

選項4　ぎっしり：滿

例 かばんはぎっしり詰まっている。／包包裝得滿滿的。

20　**答案：1**

譯文：那個提問抓住了問題點，十分尖銳。

選項1　鋭い（するどい）：尖銳的

例 鉛筆の先が鋭くとがっている。／鉛筆的筆尖很尖。

選項2　鈍い（にぶい）：鈍的

例 小刀が鈍くて切れない。／小刀鈍了，切不動。

選項3　険しい（けわしい）：險峻，陡峭

例 険しい道／崎嶇的道路

選項4　緩い（ゆるい）：鬆，不緊
例 靴のひもの結び方が緩い。／鞋帶沒繫緊。

21　**答案：3**
譯文：小林作為企劃組的組長，有責任團結下屬，一致向前。
選項1　ライバル：對手
例 あの二人は永遠のライバルだ。／那兩個人是永遠的勁敵。
選項2　ゲスト：客人
例 ゲストハウス／招待所
選項3　リーダー：領導者
例 テニスクラブのリーダーを務める。／擔任網球俱樂部的領導人。
選項4　ファン：迷，粉絲
例 人気俳優のファン／當紅演員的粉絲

22　**答案：4**
譯文：為了使骨骼更結實，堅持食用含鈣量豐富的食品。
選項1　鮮明（せんめい）：鮮明，清晰
例 鮮明なコントラストをなしている。／形成了鮮明的對照。
選項2　活発（かっぱつ）：活潑，活躍
例 妹は活発な性格だ。／妹妹性格活潑。
選項3　円満（えんまん）：圓滿，美滿
例 家庭が非常に円満である。／家庭非常美滿。
選項4　豊富（ほうふ）：豐富
例 この国は資源が豊富である。／這個國家資源豐富。

問題5

23　**答案：1**
譯文：在盛夏的室外工作，累得疲憊不堪。
考 點　くたくた：疲憊不堪
選項1　疲憊不堪
選項2　口渴
選項3　肚子餓
選項4　出汗，流汗

24　**答案：3**
譯文：花草們真的有了生氣。
考 點　活気（かっき）：有活力，生機勃勃

選項1　自大，傲慢
選項2　朝氣蓬勃
選項3　健康有活力
選項4　幹勁

25 **答案：2**
譯文：吃藥後很快就不疼了。
考 點　たちまち：馬上
選項1　完全
選項2　眨眼之間，一瞬間
選項3　偶然，碰巧；偶爾，有時
選項4　的確，準確

26 **答案：2**
譯文：就格鬥理論來説，回答這個疑問，有助於闡明眾多相關事項。
考 點　～につながる：與……相關
選項1　關心……
選項2　與……有關
選項3　關於……
選項4　伴隨……

27 **答案：4**
譯文：四月慢慢地過去了。
考 點　のろのろ：慢吞吞地
選項1　很快
選項2　好不容易才……
選項3　終於
選項4　慢慢地

問題6

28 **答案：4**
譯文：車站西側是整面的玻璃，張貼著北阿爾卑斯的遠景照片。
選項1　替換為：提示（出示）
選項2　替換為：展示（展覽）
選項3　替換為：掲載（登載）
選項4　正確選項

29 **答案：3**
譯文：田中先生有點不相信地看著她。
選項1　替換為：見つかる（發現）
選項2　替換為：見つける（找到）
選項3　正確選項
選項4　替換為：見かける（看到）

30 **答案：1**
譯文：我重新認識到了孩子們擁有的力量，心想著他們已經發展出這麼驚人的力量了。
選項1　正確選項
選項2　替換為：あらかじめ（事先）
選項3　替換為：改まって（正式）
選項4　替換為：改善して（改善）

31 **答案：2**
譯文：每天散步、慢跑比較容易長時間堅持下去，新陳代謝也會很好。
選項1　替換為：便利（方便，便利）
選項2　正確選項
選項3　替換為：簡単（容易，簡單）
選項4　替換為：容易い（容易）

32 **答案：3**
譯文：我比較粗心，如果記述有誤，還請指出我的錯誤。
選項1　替換為：落ち着かない（無法冷靜）
選項2　替換為：素早い（迅速）
選項3　正確選項
選項4　替換為：つまらない（無聊）

問題7

33 **答案：1**
譯文：既然打算和她交往，就要好好斟酌一下結婚的事。
選項1　「～以上は」表示「既然」。
例 大学をやめる以上、学歴に頼らないで生きていく力を自分で身につけなければならない。／既然決定不上大學，就必須掌握不靠學歷生活的本領。
選項2　「～うえに」表示「而且……」。

第七回

例 彼は博士号を持っているうえに、教育経験も長い。／他有博士學位，而且教學經歷又長。

選項3　「～うちに」表示「趁著……」。

例 朝の涼しいうちにジョギングに行った。／趁早上涼快去跑步。

選項4　「～ながら」表示「雖然……但是……」。

例 何もかも知っていながら教えてくれない。／他什麼都知道，就是不告訴我。

34　**答案：4**

譯文：壓力一大就會大吃，又不想動，所以體重一直在增加。

選項1　「一気」表示「一口氣」。

例 ビールを一気に飲み干す。／一口氣喝完啤酒。

選項2　「一斉」表示「一同」。

例 一斉射撃／同時射擊

選項3　「つつある」表示「正在……」。

例 地球は温暖化しつつある。／地球日漸暖化。

選項4　「一方だ」表示「一直……」、「越來越……」。

例 最近、円は値上がりする一方だ。／最近日圓一個勁地升值。

35　**答案：2**

譯文：請務必在瞭解注意事項後再購買。

選項1　「～上は」表示「既然……就……」。

例 日本代表に選ばれた上は、全力を尽くします。／既然被推選為日本代表，我就要全力以赴。

選項2　「～上で」表示「在……之後」。

例 本社に報告した上で、また連絡します。／向總公司報告之後再聯絡您。

選項3　「～うえに」表示「不僅……而且……」。

例 この果物は安い上においしい。／這種水果不但便宜，還很好吃。

選項4　「～うちは」表示「在……時候」。

例 明るいうちはこのあたりは賑やかだ。／白天這一帶很熱鬧。

36　**答案：3**

譯文：開始打網球後就想參加比賽，而既然參加了比賽，誰都想獲勝。

選項1　「～からといって」表示「雖說……但是……」。

例 日本人だからといって、正しく敬語が使えるとは限らない。／雖說是日本人，但未必能正確使用敬語。

選項2　「～までもない」表示「無須」。

例 改めて言うまでもない。／無須贅言。

選項3　「～からには」表示「既然……就應該……」。

例 引き受けたからには、立派にやり遂げたい。／既然接下了，就要好好做。

選項4　「～ように」表示「目的」。

例 風邪を引かないように気をつけさい。／注意不要感冒。

37　**答案：4**

譯文：日本東部的大部分地區恐怕會有大豪雨。

選項1　「～ものがある」表示「有價值」。

例 この文章にはきらりと光っているものがある。／這篇文章十分出色。

選項2　「～ことがある」表示「有時……」。

例 たまに弟と喧嘩することがある。／偶爾會和弟弟吵架。

選項3　「～ところがある」表示「有……的地方」。

例 見るべきところがある。／有值得一看的地方。

選項4　「～おそれがある」表示「恐怕」。

例 ハリケーンの被害が拡大するおそれがある。／遭受颶風危害的區域恐怕會繼續擴大。

38　**答案：2**

譯文：從價格來看這棟公寓還算可以。只要男朋友能來，再小的家對我來說都是宮殿。

選項1　「～を通して」表示「透過」。

例 私たちは友人を通して知り合いになった。／我們是透過朋友介紹認識的。

選項2　「～からすれば」表示「從……來看」。

例 あの口ぶりからすれば、彼はもうその話を知っているようだ。／從他的口吻來看，他好像已經知道這件事了。

選項3　「～を通じて」表示「透過」。

例 その話は田中さんを通じて相手にも伝わっているはずです。／那件事應該是透過田中轉達給對方的。

選項4　「～でさえ」表示「連……」。

例 そんなことは小学生でさえ知っているよ。／這種事連小學生都知道。

39　**答案：3**

譯文：大家往往會認為這是人人皆知的簡單常識，可實際上並非如此。

選項1　「～かねる」表示「無法……」。

例 あなたの提案には、どうしても賛成しかねます。／實在難以贊成你的提案。

選項2　「～かけ」表示「做到一半」。

例 その本はまだ読みかけだった。／那本書我才看到一半。

選項3　「～がちだ」表示「容易……」。

例 甘いものは食べすぎてしまいがちだ。／甜食很容易吃超量。

選項4　「～最中に」表示「正在……」。

例 大事な電話の最中に、急におなかがいたくなってきた。／重要的電話講到一半，突然肚子疼。

40　**答案：4**

譯文：對我來説很難理解，但您或許會明白是什麼意思。

選項1　「～かねない」表示「有可能……」。

例 飲酒運転をしたら、交通事故を起こしかねない。／酒駕極有可能引起交通事故。

選項2　「～次第」表示「立刻」。

例 落とし物が見つかり次第、お知らせします。／一旦找到失物，我們會立刻通知您。

選項3　「～っぽい」表示「有……傾向」。

例 忘れっぽい／健忘

選項4　「～かねる」表示「無法……」。

例 あなたの提案には、どうしても賛成しかねます。／實在難以贊成你的提案。

41　**答案：2**

譯文：按照社會常識，她屬於十分幸福的那類人。生活豐富多彩，健康年輕，婆家還是上流階層。

選項1　「～かわりに」表示「代替」。

例 私のかわりに田中さんが会議に出る。／田中替我出席會議。

選項2　「～からいえば」表示「從……來説」。

例 私の立場からいえば、それは困ります。／從我的立場來説，這件事太讓人為難。

選項3　「～からは」表示「來自……」。「は」起對比強調的作用。

例 父からは本をもらった。母からはスカートをもらった。／父親送給我一本書，母親送給我一條短裙。

選項4　「～だから」表示「所以」。

例 部屋の電気がついている。だから、もう帰ってきているはずだ。／屋裡亮著燈，所以人應該已經回來了。

42 **答案：3**

譯文： 他怎麼也不給我來信，這讓人難以置信。雖然有點不可理喻，但沒有來信的確是事實。

選項1 「～がち」表示「（往往）容易……」。

例 最近は風邪を引きがちです。／最近容易感冒。

選項2 「～きり」表示「只有」。

例 二人きりで話し合った。／我們兩個人單獨聊了聊。

選項3 「～がたい」表示「難以……」。

例 彼は得がたい人材だ。／他是難得的人才。

選項4 「～ことで」表示「關於」。

例 さっきのお話のことで質問があるんですが。／關於剛才那件事，我有個問題。

43 **答案：1**

譯文： 從春天到秋天小屋都有人看守，但是冬天卻不會有任何人。

選項1 「～から～にかけて」表示「從……到……」。

例 台風は今晩から明日の朝にかけて上陸する模様です。／看樣子颱風將於今晚到明晨之間登陸。

選項2 「～にしては」表示「照……來說」。

例 子供にしては難しい言葉をよく知っている。／一個小孩子卻知道不少難詞。

選項3 「～として」表示「作為」。

例 大学院生としてこの大学で勉強している。／我作為研究生在這所大學學習。

選項4 「～までに」表示「在……之前」。

例 明日までにこの仕事を済ませてしまいたい。／想在明天之前完成這項工作。

44 **答案：2**

譯文： 4月了竟然還會下雪，就像冬天又回來了似的。

選項1 「～ことだ」表示「應該」、「就得」。

例 日本語がうまくなりたければもっと勉強することだ。／要想學好日語就得更加努力學習。

選項2 「～ようだ」表示「好像……一樣」。

例 彼はなにも知らなかったかのようだ。／
他就好像什麼也不知道似的。

選項3 「～ものだ」表示「本來就是」。

例 人の心はなかなか分からないものだ。／人心叵測。

選項4 「～ところだ」表示「正……」。

例 今テレビを見ているところだ。／現在正在看電視。

問題8

45 **答案：2**

原句：1 いくら　4 景気が　2 いいから　3 と言って、何もしなくても自然に物が売れるってわけじゃないよ。

譯文：就算經濟十分景氣，可如果什麼都不做，那麼東西也賣不出去。

解析：「～からといって」意為「雖說……」，表示「AだからB」的理由不能成立。

46 **答案：3**

原句：2 この世に　4 生まれた　3 から　1 にはこの長いようで実は短い人生を一所懸命生きる、精一杯生きるしかない。

譯文：既然來到這個世界上，就要在這個看似很長其實很短的一生中竭盡全力地好好生活。

解析：「～からには」表示「既然……就應該……」。

47 **答案：4**

原句：体が2 丈夫な　1 うちに　4 一度海外旅行　3 をしたいと母が言う。

譯文：母親說想趁著身體還算硬朗時去海外旅行。

解析：「～うちに」表示「趁著……」。

48 **答案：1**

原句：大量仕入れにより仕入れコストを引き下げるほか、4 その日に　3 仕入れた　1 商品が　2 売り切れるまで営業することで、毎日常に安く、新鮮な商品を顧客に提供できるようにした。

譯文：除了透過大量採購來降低進貨成本以外，每天甚至還營業到當天採購的所有商品售罄，以此確保每天都能為顧客提供便宜而且新鮮的商品。

解析：「まで」表示程度，意為「甚至」。

49 **答案：2**

原句：何人かの男子は、私と喋った4 こと　3 すら　2 ない　1 くせに、私のことを好きだと言う。

譯文：有幾個男孩子明明從來都沒和我說過話，卻說喜歡我。
解析：「すら」意為「連……都……」。「くせに」意為「可是」。

問題9

50 **答案：**3
選項：1 貧窮的　2 貧窮的　3 富裕的　4 獨特的
譯文：我在讀研究所的時候，去東京的一所學校教過課，在那裡讀書的全是富家女孩。
解析：解題關鍵句為「そのころ、私はこの学園は堕落しているなと思っていた。というのは、昭和二十年代だったが、遠足に行くとなるとバスが何台も来る」「お菓子や、リンゴなどのおいしい果物をいっぱい持ってくる者がいる」，由此判斷，選項3為正確答案。

51 **答案：**1
選項：1 限制　2 限制（古日語）　3 限定　4 極限
譯文：那時候對帶去的物品沒有任何限制。
解析：根據關鍵句「お菓子や、リンゴなどのおいしい果物をいっぱい持ってくる者がいる」可以看出，帶去的東西種類很多，所以是「沒有限制」，選項1為正確答案。

52 **答案：**2
選項：1 也許　2 難道不是嗎　3 大概　4 好像
譯文：我自己一邊吃著她們給的東西一邊又覺得她們太奢侈了。
解析：這句話是對前面內容的委婉斷定，選項1、選項3、選項4都是表示不確定的推測，選項2為正確答案。

53 **答案：**1
選項：1 被禁止　2 錯誤單字　3 應該禁止　4 不得不禁止
譯文：嚴厲禁止帶點心去。
解析：解題關鍵句為「お菓子を買えない者がいっぱいいたから、持ってきてはいけないという、小学校の先生の心配りだったのだろう」，由此可以判斷出，老師不允許大家帶點心。選項1為正確答案。

54 **答案：**4
選項：1 高雅　2 庸俗　3 高尚　4 墮落
譯文：受此影響，不知不覺間我的想法帶有了鄉土氣息，覺得生活水準高就是一種墮落。

解析：解題關鍵句為「東京のその女子の学園生活というのは大変堕落していると思ったものである」，選項4為正確答案。

問題10

55 答案：2

解析：解題關鍵句為「ナイフをちらつかせたり、時には振り回したりする。そのために、その子のクラスでは、怖がって、二人も登校拒否の生徒が出ています」，選項2為正確答案。

56 答案：3

解析：解題關鍵句為「そのもて方は異常という言い方しかないほどのもて方だったのである。そんな彼は三十を過ぎるまで独身でいたのである」，選項3為正確答案。

57 答案：2

解析：解題關鍵句為「私の就職につきましてご丁寧なご祝詞をいただき、厚くお礼申し上げます」，由此可判斷本文是封感謝信，感謝對方祝賀自己順利就職，選項2為正確答案。

58 答案：3

解析：解題關鍵句為「それが高収入、高学歴、高身長のいわゆる『三高』などといった言葉に代表される好景気の頃の女性における結婚相手の条件である」，選項3為正確答案。

59 答案：4

解析：解題關鍵句為「外国の男性と結婚した日本女性の多くは、家庭や地域コミュニケーションに上手に溶け込んで、良き市民として暮らしています」、「異なる文化を受け入れ、周囲に調和している方が多数です。つまり適応力が高いのです」，說明日本女性對「異文化」的適應能力很強，選項4為正確答案。

問題11

60 答案：3

解析：解題關鍵句為「わたしは手を上げて、振ろうとした。でも、すぐにおろしてしまった。アリスがまるで、ものすごく腹を立ててるみたいにわたしをにらんだからだ」，由此可以判斷選項3為正確答案。

61 答案：2

解析：「肩をすくめる」意為「聳肩」，選項2為正確答案。

62 答案：3

解析：可以用排除法。選項1、選項2、選項4都是主觀地介紹「アリス」的情況，這些情況「我」並不清楚。選項3為正確答案。

63 答案：1

解析：解題關鍵句為「それが今度父の膝もとを離れて、始めてひとり立ちをしたという訳であった」，由此可知，選項1為正確答案。

64 答案：3

解析：解題關鍵句為「神戸での勤めはやめたが東京での勤め先をまだ探しあててはいない」，由此可知，選項3為正確答案。

65 答案：2

解析：解題關鍵句為「しかも家は高台にあったため、二階の窓からは山と海とをいながらにして眺めることができた。海の向う側の紀伊半島や淡路島のたたずまいさえ眺められた」，由此可知，選項2為正確答案。

66 答案：2

解析：解題關鍵句為「主語は『私』であることが雰囲気で分かります」，選項2為正確答案。

67 答案：2

解析：解題關鍵句為「外国の人は日本人の会話にそれと同じくらい落ち着かない、不安なものを感じるようです」，選項2為正確答案。

68 答案：3

解析：解題關鍵句為「『検討します』と言われた外国人は言葉のままに受け取って、その後しばらくたってから、『あの件について結果はどうなりましたか』と、尋ねてきます」，選項3為正確答案。

問題12

69 答案：3

解析：解題關鍵句為第二篇文章中的「いまの関西地方で、歴史的、地理的にも日本の中心であり、もっとも安全な農業地帯であった。九州は台風、東北は冷害に常におびやかされてきたが、この地域は、かなり安定した農業生産を維持しつづけ、それが文化の栄える支柱になっていた」，選項3為正確答案。

70 答案：4

解析：文章A主要介紹了京都和大阪的美食，文章B在第二段介紹了京都和大阪的美食，所以選項4為正確答案。

問題13

71 答案：2

解析：解題關鍵句為「関西のJR圏の駅や近鉄沿線の奈良周辺の駅では階段の上がり下がりも左側通行を指示しているところもあります」，由此可見，奈良周邊車站上下樓梯時是靠左側通行的，選項2為正確答案。

72 答案：1

解析：解題關鍵句為「すると東京は武士文化の伝統があるので、先を急ぐ人に触れないように左側に立ち」，由此可見東京受武士文化的影響，選項1為正確答案。

73 答案：4

解析：文末最後一段「日本人の左右感覚はその場その場で違っています。立つ方向によって左右がいつでも逆転するのです」是對本篇文章內容的總結，所以選項4為正確答案。

問題13

74 答案：4

解析：選項1和選項3意為「開心」，選項2意為「欣然接受」，選項4意為「祝賀」，選項4與文中的詞語意思相同，為正確答案。

75 答案：1

解析：解題關鍵句為「同窓懇親会（体育館において立食パーティー・有志によるアトラクション・午後5時終了）」，選項1與文中此句內容相符，為正確答案。

聴解

問題1では、まず質問を聞いてください。それから話を聞いて、問題用紙の1から4の中から、最もよいものを一つ選んでください。

1番 男の人と女の人が話しています。男の人はこの後何をしますか。

女：パパ、武ね、学校で男子学生たちにいじめられてるって。

男：なんだ、先生としてのあいつが生徒に？　信じられないなあ。

女：それで、この頃あの子、すっかり元気がなくなっちゃって。

男：そうか。じゃあ、俺が学校へ校長先生に何か一言言ってやる。

女：そんなことしたら、武がもっと居づらくなるでしょう。

男：そうだなあ。じゃ、あいつとパット飲みに行こうか。

女：それも逆効果と思うわよ。今はやっぱりそっとしておいたほうがいいじゃない？

男：まあ、そうか、あいつもう大人だからなあ。

男の人はこの後何をしますか。

1　息子と飲み屋に行きます

2　生徒を叱りに行きます

3　校長に会いに行きます

4　何もしません

▶正解：4

解題關鍵句：今はやっぱりそっとしておいたほうがいいじゃない？
まあ、そうか、あいつもう大人だからなあ。

2番　男の人と女の人が話しています。男の人はどんな店に行きたいと言っていますか。

男：あのう、中村さん、ちょっとお願いがあるんですが。

女：何でしょう。

男：ちょっとおしゃれな店を紹介してもらえませんか。

女：おしゃれな店って、レストラン？

男：ええ、あまり大きくなくてもいいですが、静かな店を教えてください。

女：彼女と行くのでしょうね。

男：まだ彼女とは言えませんけど。

女：いいなあ。

男：食事しながら、ゆっくり話せる店に行きたいんです。いろいろ話して僕のことを知ってほしいんです。

第七回

女：残念ながら、おしゃれな店はあまり知らないんです。幸子さんに聞いてみましょう。

男：よろしくお願いします。

男の人はどんな店に行きたいと言っていますか。

1　大きくて人気がある店

2　大きくておしゃれな店

3　静かでゆっくり話せる店

4　あまり大きくなくてにぎやかな店

▶正解：3

解題關鍵句：ええ、あまり大きくなくてもいいですが、静かな店を教えてください。
食事しながら、ゆっくり話せる店に行きたいんです。いろいろ話して僕のことを知ってほしいんです。

3番　男の人が面接会場を説明しています。53番の人は何階の教室へ行きますか。

男：えー、これから面接の教室について説明させていただきます。今日の面接は四つの会場で行われます。皆さんはそれぞれ会場の近くの教室でお待ちください。受験番号、1番から20番の方は4階、21番から40番の方は3階、41番から60番の方は2階、61番から80番の方は1階の教室です。それでは、移動しましょう。

53番の人は何階の教室へ行きますか。

1　1階

2　2階

3　3階

4　4階

▶正解：2

解題關鍵句：41番から60番の方は2階。

4番　外で女の人が男の人と話しています。二人は晩ご飯をどうしますか。

女：おなかすいた。夕食は店で食べて帰ろうか。すっかり疲れたし。

男：うーん、そうだなあ。

女：たまには外食でもいいじゃない？　カレーライスなんかどう？　今日は甘口のが食べたいなあ。

男：カレーならうちには缶詰めのやつがあっただろう。あれとサラダがあれば、店で食べるのといっしょだよね。

女：たしかにあの缶詰めの味は店に負けないぐらいおいしいよね。でも、今から帰って準備したくないなあ。じゃ、カレーやめて、お寿司でもとる？　この近所に新しいお寿司屋ができたらしいよ。あそこに行ってみる？

男：甘い物が食べたいだろう。サラダは野菜を切るだけだし、僕がやろうか。8時から楽しみにしてるいい番組があるんだ。

女：ほんとう？　お願いしていい？

二人は晩ご飯をどうしますか。

1　店でお寿司を食べる

2　店でカレーを食べる

3　家でお寿司を食べる

4　家でカレーを食べる

▶正解：4

解題關鍵句： カレーならうちには缶詰めのやつがあっただろう。あれとサラダがあれば、店で食べるのといっしょだよね。
甘い物が食べたいだろう。サラダは野菜を切るだけだし、僕がやろうか。8時から楽しみにしてるいい番組があるんだ。

5番　男の人と女の人が話しています。男の人はなぜ怒っていますか。

男：中村君、また遅れるよ。おとといもそうだったのに。

女：あの先週新しく入った人、まだ来てないの？　朝、起きられないの？

男：いや、どっちも電車の事故だって。

女：事故なら、しょうがないじゃない。

男：確かにそうだね。でも、大事な会議に遅れるとかは、ちゃんと電話で連絡してほしいよ。

女：え？　どういうこと？

男：いつもメールで済ませるんだ。おれ、いつ読むのかもわからないし、それじゃ困るのよ、まったく。おととい、見たのは会議が終わってからだよ。今日ももしかしてって思って、メールを見たからよかったけど。

男の人はなぜ怒っていますか。

1　中村さんがよく遅刻するから

2　中村さんが電話で連絡するから

3　中村さんがよく会議が終わってから来るから

4　中村さんがよく大事な連絡をメールでするから

▶正解：4

解題關鍵句：でも、大事な会議に遅れるとかは、ちゃんと電話で連絡してほしいよ。
いつもメールで済ませるんだ。おれ、いつ読むのかもわからないし、それじゃ困るのよ、まったく。おととい、見たのは会議が終わってからだよ。今日ももしかしてって思って、メールを見たからよかったけど。

問題2では、まず質問を聞いてください。そのあと、問題用紙の選択肢を読んでください。読む時間があります。それから話を聞いて、問題用紙の1から4の中から、最もよいものを一つ選んでください。

1番　**会社で男の人と女の人が話しています。歓迎会はいつになりましたか。**

男：小野さん、今ちょっといいかな？

女：はい、何でしょう。

男：ええと、先週入ってきたばかりの新入社員の歓迎会なんだけど、いつがいいかな？

女：そうですね、早いほうがいいじゃない？　今週の金曜日はどう？

男：金曜日はちょっと、社長が出張で京都に行くんだって。

女：じゃ、来週は？

男：月曜から水曜までは僕が出張することになったけど。

女：ということは、来週の後半になりますね。

男：でも、金曜日はたぶん厳しいと思う。みんなデートとか、家族との外食とか、予定があるかもね。

女：それじゃ、その前日の夜にしませんか。

男：そうね、そうしよう。

歓迎会はいつになりましたか。

1　今週の金曜日
2　来週の金曜日
3　今週の木曜日
4　来週の木曜日

▶正解：4

解題關鍵句：ということは、来週の後半になりますね。
でも、金曜日はたぶん厳しいと思う。
それじゃ、その前日の夜にしませんか。
そうね、そうしよう。

2番　先生と学生が話しています。学生の日本語はどうですか。

男：どうぞおかけください。王さんですね。
女：はい。
男：中国のどちらから見えましたか。
女：上海から参りました。
男：日本語はどちらで勉強しましたか。
女：日本語の専門学校で3年間勉強してきました。
男：話すのはお上手ですね。読んだり書いたりするのはいかがですか。
女：日本の読売新聞は毎日読んでおりますが、書くのはちょっと……
男：ところで、うちの大学で何を勉強するつもりですか。
女：建築です。日本の建物は地震に強いので、日本の新しい建築技術を勉強したいと思っています。

学生の日本語はどうですか。

1　毎日ニュースを聞いています
2　話すのは上手ですが、書くのは苦手です
3　話すのも書くのも上手です
4　読むのも書くのも上手です

▶正解：2

解題關鍵句：話すのはお上手ですね。読んだり書いたりするのはいかがですか。
日本の読売新聞は毎日読んでおりますが、書くのはちょっと……

3番　女の人と男の人が話しています。男の人はなぜ鹿児島旅行に行かなかったのですか。

女：あれ、山田さんと鹿児島旅行に行ったんじゃなかったっけ？

男：行かなかったんだよ。

女：なんで？

男：始めは飛行機で行く予定だったんだけど、田中さんがお金があまりないって、結局船で行くことにしたんだ。

女：安いもんね。ちょっと時間はかかるけど。

男：ところが出発の日に台風が来ちゃって。

女：それじゃ、しょうがないね。

男：うん、残念だけどね。そのかわりに、月末に東北に行ってくるよ。

男の人はなぜ鹿児島旅行に行かなかったのですか。

1　山田さんがお金がなかったから

2　飛行機が欠航したから

3　船が欠航したから

4　東北に行ったから

▶正解：3

解題關鍵句：結局船で行くことにしたんだ。
ところが出発の日に台風が来ちゃって。
それじゃ、しょうがないね。

4番　恋人同士が話しています。だれが誕生日パーティーに行きますか。

男：何してるの？

女：別に。話あるの？

男：ええ、来週の土曜日、部長の誕生日パーティーに招待されたんだ。幸子もどうぞって。

女：私も？　うれしいけど、口下手だし、賑やかな場面が苦手だし。

男：でも、行かないわけにはいかないだろ。

女：それはそうだけど、やっぱりあなた一人で行ってよ。

男：絶対大丈夫だよ。部長の奥さん優しくて親切な方だから。

女：じゃ、今度うちの上司に言われたときも、付き合ってね。

だれが誕生日パーティーに行きますか。

1　男の人も女の人も行きます

2　男の人も女の人も行きません

3　男の人は行きますが、女の人は行きません

4　女の人は行きますが、男の人は行きません

▶正解：1

解題關鍵句：絶対大丈夫だよ。部長の奥さん優しくて親切な方だから。
じゃ、今度うちの上司に言われたときも、付き合ってね。

第七回

5番　先生は講座で話しています。日本で謝るときしてはいけないことはなんですか。

女：日本人は自分が間違った時は、お辞儀をしながら「申し訳ございません」と言います。ふつう謝るときは大きな声ではっきり言ったりはしません。目線を下げて、心から反省している態度を示してください。そして、最後に「今後、十分注意します」と言います。もし皆さんの周囲に日本人がいたら、機会を見つけて上のような会話を観察してください。また、日本人や日本で働いたことのある人に、謝るときに使われる表現の具体的な例や、彼らの体験などについてもたずねてみてください。

日本で謝るときしてはいけないことはなんですか。

1　お辞儀をしてはいけない

2　大声ではっきり言ってはいけない

3　目線を下げてはいけない

4　体験についてたずねてはいけない

▶正解：2

解題關鍵句：日本人は自分が間違った時は、お辞儀をしながら「申し訳ございません」と言います。ふつう謝るときは大きな声ではっきり言ったりはしません。目線を下げて、心から反省している態度を示してください。

6番　職場で男の人と女の人が話しています。女の人は出張先で何をしましたか。

男：佐藤さん、すみません、ちょっとよろしいですか。

女：あ、はい。

男：中国への出張お疲れ様でした。今度の出張について少しお話を伺いたいんですが。

女：ええ、いいですよ。

男：出張の印象はどうでしたか。

女：いろいろ勉強になりましたが、特に農業や教育分野で多くの関係者に会うことができましたし、施設も見学してきました。今後は友好都市として、この方面の交流がますます盛んになると思います。

女の人は出張先で何をしましたか。

1　多くの経済分野の人々に会ってきました

2　教育の施設を見てきました

3　盛んな交流会に出ました

4　農業関係者と食事しました

▶正解：2

解題關鍵句：特に農業や教育分野で多くの関係者に会うことができましたし、施設も見学してきました。今後は友好都市として、この方面の交流がますます盛んになると思います。

問題3では、問題用紙に何も印刷されていません。この問題は全体としてどんな内容かを聞く問題です。話の前に質問はありません。まず、話を聞いてください。それから質問と選択肢を聞いて、1から4の中から、最もよいものを一つ選んでください。

1番　大学の先生が授業で話しています。

女：誰かに飲み物を勧めながら「熱いうちに飲んでください」と言いたいとき、「熱いうちにいただいてください」と言ってもいいでしょうか。実は間違った話し方なんですが、なぜか分かりますか。「いただく」は自分の動作に使う言葉なので、それを相手に対して使うのはおかしいんです。相手に言うなら「召し上がってください」と言うのです。「先生は参りますか」「お名前は何と申しますか」も同じですが、敬語を使うときは、それは誰の動作について言う言葉なのか考えなければならないのです。これが反対になってしまうと、とてもおかしく聞こえます。

先生は何について話していますか。

1　「いただいてください」の使い方

2　間違った話し方はおかしい

3　敬語を話す時、気をつけること

4　敬語の種類が多い

▶正解：3

解題關鍵句：敬語を使うときは、それは誰の動作について言う言葉なのか考えなければならないのです。

2番　テレビでニュースを放送しています。

男：次のニュースです。今日午後3時半前、東京都中野区の商店街で火事がありました。東京消防庁などによると、午後3時半前、中野区丸井スーパーの付近から火が出ました。火は約1時間後に消し止められましたが、二階建ての建物の二階部分約10平方メートルが全焼しました。警察署の調べでは、出火の原因はタバコの火の不始末ではないかと見られています。

ニュースの内容と合っているのはどれですか。

1　午後3時ごろ出火した火災は1時間半後に消し止められた

2　午後3時ごろ出火した火災は2時間半後に消し止められた

3　タバコの火の不始末で一階が焼けました

4　タバコの火の不始末で二階が焼けました

▶正解：4

解題關鍵句：東京消防庁などによると、午後3時半前、中野区丸井スーパーの付近から火が出ました。火は約1時間後に消し止められましたが、二階建ての建物の二階部分約10平方メートルが全焼しました。
出火の原因はタバコの火の不始末ではないかと見られています。

3番　テレビで男の人が話しています。

男：今日のマラソン大会の結果をお伝えします。はじめはベテランの中田選手がすごいスピードでスタートしました。いいペースで走り続け、そのまますばらしい成績で優勝を取ると、誰でも思っていました。しかし、ゴールに入る直前に新人の田中選手が大逆転をしました。大方の予想を裏切る結果となりましたが、彗星のように現れたこの新人選手の今後の活躍が期待されます。

マラソン大会の結果はどうでしたか。

1　新人選手が予想どおりに勝った

2　ベテラン選手が予想どおりに勝った

3　新人選手が予想以上に勝った

4　ベテラン選手が予想以上に勝った

▶正解：3

解題關鍵句：しかし、ゴールに入る直前に新人の田中選手が大逆転をしました。大方の予想を裏切る結果となりましたが、彗星のように現れたこの新人選手の今後の活躍が期待されます。

4番　女の人が書類のコピーの仕方を説明しています。

女：ええと、皆さん、書類をコピーするときは、こちらの機械を使ってください。ただし、30枚以上の場合は隣の部屋にある印刷用の機械を使ってください。そちらのほうが速くてコストがあまりかかりませんので。60枚以上なら、ご自分でコピーしないで、そちらにいる係の人に頼んでください。そして、こちらでコピーするものは仕事上のものに限ります。個人のものは持ち込まないのがマナーです。

仕事用の書類を50枚コピーしたいなら、どうすればいいですか。

1　こちらの機械を使います

2　隣の部屋の機械を使います

3　係の人にお願いします

4　ほかの店に頼みます

▶正解：2

解題關鍵句：30枚以上の場合は隣の部屋にある印刷用の機械を使ってください。そちらのほうが速くてコストがあまりかかりませんので。

5番　講演会で男の人が話しています。

男：皆さんの中には、ビジネススクールでマーケティングを学んだという人もいるかもしれません。しかし、長年ビジネスをしていて思うのは、知識だけで実際のマーケティングの仕事が進むわけではないということです。例えば会社で売り上げのデータを見ているだけではだめなのです。マーケティングの原点は現場です。自動販売機で、コンビニで、そしてスーパーで、お客様が何を買っていくのか、何を欲しいと思っているのかを自分の目で確かめる必要があります。こうすれば成功するという法則はありません。だからマニュアルもできません。それがマーケティングだと思います。

男の人は何について話していますか。

1　ビジネスで成功するための法則やマニュアル

2　マーケティングの現場を見ることの重要性

3　ビジネススクールの紹介

4　マーケティングに役立つ知識

▶正解：2

解題關鍵句：マーケティングの原点は現場です。

問題4では、問題用紙に何も印刷されていません。まず、文を聞いてください。それから、それに対する返事を聞いて、1から3の中から、最もよいものを一つ選んでください。

1番　え？　新聞記者になりたい？　笑わせないでくれよ。

1　いえ、笑わないでよ。

2　いえ、面白くないのよ。

3　いえ、大真面目よ。

▶正解：3

2番　来週、もう一度お会いして話し合いたいんですが。

1　じゃ、来週決めましょう。

2　来週の木曜日なら会社におりますよ。

3　ええ、ぜひ来てください。

▶正解：2

3番　遅くなって申し訳ございません。道が込んでいて。

1　言い訳はいいから、早く席について。

2　苦情はいいから、早く勉強して。

3　愚痴はいいから、早く席について。

▶正解：1

4番　さあ、どうぞお上がりください。

1　じゃ、お邪魔しました。

2　じゃ、お邪魔します。

3　それじゃ、恐れ入ります。

▶正解：2

5番　こちらに自転車を置かないでください。

1　注意してくれてありがとうございます。

2　うっかりしてごめんなさい。

3　どうもすみませんでした。

▶正解：3

6番　夕べあなたも一緒にパーティーに行けばよかったのに。

1　昨日はどうしても行く気になれません。

2　昨日はあいにく都合が悪かったんですが。

3　そうですね、行けばよかったですね。

▶正解：2

7番　もしもし桜川ホテルの上野と申しますが。

1　いつもお世話になっております。

2　ようこそいらっしゃいました。

3　鈴木さんは出かけておりますが。

▶正解：1

8番　お好きな飲み物を取っていいですよ。

1　えーっ、それはいけないでしょう。

2　えーっ、いろいろあって迷っちゃいますわ。

3　ほんとう？　ありがたいですね。

▶正解：2

9番 **それを書こうと書くまいと俺の勝手だろう。**

1　じゃ、二人で書きましょう。

2　じゃ、書かないでください。

3　じゃ、好きにしてください。

▶正解：3

10番 **じゃ、こちらに印鑑をお願いいたします。**

1　サインでよろしいですか。

2　はんこで大丈夫ですか。

3　現金でもいいですか。

▶正解：1

11番 **パン買うから三百円貸してくれない？**

1　三百円でいいの？

2　三百円もらうの？

3　ええ、帰ってね。

▶正解：1

12番 **お父さん、お好きな番組始まったよ。**

1　そうか、今見に行かなくてもいい。

2　ごめん、今そういうことじゃないの。

3　今手が離せないの、残念だね。

▶正解：3

問題5では長めの話を聞きます。この問題には練習はありません。メモをとってもかまいません。

1番、2番

問題用紙に何も印刷されていません。まず話を聞いてください。それから、質問と選択肢を聞いて、1から4の中から、最もよいものを1つ選んでください。

1番 男の人と女の人が話しています。

男：田中さん、もう12時ですね。食事に行きませんか。

女：私はちょっと。

男：どうしたんですか。

女：あまり食べないようにしてるんです。最近太っちゃって。

男：ダイエットしてるんですか。

女：ええ。でも、あまり効果がないんですが、どうすればいいでしょうか。

男：運動が一番いいですよ。

女：運動なら、何でもいいんですか。

男：ジョギングがいいと思います。私は会社へ来る前に毎朝30分ぐらいジョギングをしています。

女：私もときどきジョギングをしているんですが。

男：毎日しなければ、あまり効果はありませんよ。

女：じゃ、これから毎日するようにします。

女の人は、明日からどうしますか。

1　あまり食べないようにします

2　ぜんぜん食べないようにします

3　毎日ジョギングするようにします

4　ときどきジョギングするようにします

▶正解：3

解題關鍵句： 私は会社へ来る前に毎朝30分ぐらいジョギングをしています。
毎日しなければ、あまり効果はありませんよ。
じゃ、これから毎日するようにします。

2番　男の人と女の人が話しています。

男：すみません、資料をコピーしたいんですが、コピー機を使わせてもらえませんか。

女：どうぞ。1枚20円ですよ。何をコピーしますか。

男：子供の教育についてのレポートです。

女：そうですか。ところで、上田君は小学校のとき、どんな生徒だったんですか。

男：実は僕はいたずらをして先生によくしかられていました。

女：ほんとう？　信じられません。

男：女の子を泣かせて、廊下に立たされたり、教室のものを壊して、運動場を走らされたりしました。

女：えっ、教室の後ろじゃなくて、廊下に立たされたんですか。

男：もちろん教室の後ろに立たされたこともあります。授業中騒いだ場合は教室に立たされるんです。けんかをして、トイレ掃除をさせられたこともあります。けんかをした相手といっしょにするんですから、これはつらかったです。

男の人は小学生の時はどんな子でしたか。

1　トイレを掃除して先生にほめられました

2　女の子を泣かせたり、授業中騒いだりしました

3　廊下を走ったりしていました

4　運動場でいたずらをして先生に怒られました

▶正解：2

解題關鍵句：女の子を泣かせて、廊下に立たされたり、教室のものを壊して、運動場を走らされたりしました。
もちろん教室の後ろに立たされたこともあります。授業中騒いだ場合は教室に立たされるんです。

3番　まず話を聞いてください。それから、二つの質問を聞いて、それぞれ問題用紙の1から4の中から、最もよいものを一つ選んでください。では、始めます。

3番　テレビの環境保護番組を見ながら、夫婦が話しています。

男：二酸化炭素はみなさんが普段何気なく使っている製品にも多く関係しています。例えば、ティッシュペーパーの場合、原料の木材を海外から運び、工場で製品を製造し、みなさんの家庭まで運ばれ、最後はごみとして処理されます。これらの全過程で多くのエネルギーが消費され、多くの二酸化炭素が発生しています。このような、家庭生活から間接的に排出される二酸化炭素まで含めると、日本で排出される二酸化炭素の約半分は家庭生活に関係しているのです。そこで、不要なものは買わない、買ったものは大切に使う、ごみは分別してリサイクルに出すといったことが二酸化炭素の減少につながるのです。もちろん家庭生活を営むのに

エネルギーは必要不可欠ですが、必要以上のエネルギーの浪費は地球温暖化を進めてしまうことに注意してください。

女：なるほど、われわれの日常生活で注意しなくちゃね。明日からお買い物をするときは、買い物袋を持ってレジ袋は断ろう。

男：そうね、一枚の袋でも、積み重なると数多くのごみのもとになるね。

女：シャンプーや洗剤は詰め替え用を利用しよう。

男：いいね。そうしよう。容器を買わなければその分ごみになる量が少なくなる。

女：環境ラベルなどが表示されているものをできるだけ選ぶわね。

男：うん、環境に優しいから。

女：紙の無駄使いをなくすことが森林資源の保護につながるよ。

男：分かった。ティッシュペーパーは使いすぎないように、再生紙のものを買おうか。

質問1　妻は今後どうすると言っていますか。

1　買い物袋を利用する

2　レジ袋を利用する

3　シャンプを利用しない

4　ティッシュペーパーを利用しない

▶正解：1

解題關鍵句：明日からお買い物をするときは、買い物袋を持ってレジ袋は断ろう。

質問2　夫は今後どうすると言っていますか。

1　詰め替え用のものを買う

2　容器に入っているものを買う

3　ラベルがついているものを買う

4　リサイクルできるものを買う

▶正解：4

解題關鍵句：ティッシュペーパー、使いすぎないように、再生紙のものを買おうね。

第七回

全真模擬試題解析
第八回

★ 言語知識（文字・語彙・文法）・読解

★ 聽解

第八回

言語知識（文字・語彙・文法）・讀解

問題1

1 **答案：1**
譯文：她衣著整齊。
選項1　整う（ととのう）：整齊
選項2　無此詞
選項3　飾る（かざる）：裝飾
選項4　しまう：做完

2 **答案：4**
譯文：他經常裝病向公司請假。
選項1　無此詞
選項2　無此詞
選項3　無此詞
選項4　仮病（けびょう）：裝病

3 **答案：2**
譯文：早晨的陽光反射到雪山上，十分刺眼。
選項1　美しい（うつくしい）：美麗
選項2　眩しい（まぶしい）：刺眼
選項3　寂しい（さびしい）：寂寞
選項4　甚だしい（はなはだしい）：非常

4 **答案：3**
譯文：他從大公司辭職後自行創業，大家對於他未來的動向有諸多的猜測。
選項1　遅い（おそい）：晚，遲
選項2　無此詞
選項3　憶測（おくそく）：猜測
選項4　無此詞

5 **答案：2**
譯文：今天我們來談談在便利商店領取居民卡所需的東西以及領取的方法。
選項1　幸福（こうふく）：幸福
選項2　交付（こうふ）：交給

選項3　無此詞
選項4　禍福（かふく）：禍福

問題2

6　**答案：3**
譯文：下決心跳槽離開終身雇傭制的日本企業，需要做好充分的心理準備。
選項1　決着（けっちゃく）：了結
選項2　決定（けってい）：決定
選項3　決意（けつい）：決心，決意
選項4　決心（けっしん）：決心

7　**答案：4**
譯文：牽牛花早上開花，過了中午就枯萎了。
選項1　涼む（すずむ）：乘涼
選項2　畳む（たたむ）：折疊
選項3　死ぬ（しぬ）：死亡
選項4　萎む（しぼむ）：枯萎

8　**答案：1**
譯文：學生們一邊聽著講解，一邊修改自己的作文。
選項1　添削（てんさく）：修改，增刪
選項2　無此詞
選項3　添付（てんぷ）：添上
選項4　添加（てんか）：添加

9　**答案：3**
譯文：我覺得打理家庭菜園時，訣竅在於耕地翻土時要將土翻得細細的。
選項1　掘る（ほる）：挖掘
選項2　及ぼす（およぼす）：波及
選項3　耕す（たがやす）：耕地
選項4　散らかす（ちらかす）：亂扔

10　**答案：2**
譯文：我是在缺乏愛的家庭裡長大的，所以想給孩子更多的愛。
選項1　届く（とどく）：送到
選項2　注ぐ（そそぐ）：注入
選項3　抱く（だく）：抱
選項4　繋ぐ（つなぐ）：連接

問題3

11 **答案：1**

譯文：前些天在一家酒館暫時預訂了個辦宴會的會場。

選項1　仮（かり）：臨時，暫時

例 仮登記／臨時登記

選項2　全（ぜん）：全，整個

例 全日本／全日本

選項3　前（まえ）：前，先

例 前払い／預付

選項4　超（ちょう）：超，非常

例 超高層ビル／摩天大樓

12 **答案：4**

譯文：因為價格低，所以鮪魚的養殖賠本了。

選項1　小（しょう）：小

例 小都市／小都市

選項2　無（む）：不，無

例 無関心／不關心

選項3　不（ふ）：不

例 不平等／不平等

選項4　低（てい）：低

例 低出生率／低出生率

13 **答案：3**

譯文：網上公布了我國與其他各國年輕人意識形態的相關調查結果。

選項1　名（めい）：有名的

例 名選手／有名的選手

選項2　純（じゅん）：純粹的

例 純国産／純國產

選項3　諸（しょ）：諸，各

例 諸問題／各個問題

選項4　毎（まい）：每個

例 毎日曜日／每個星期天

14 **答案：4**

譯文：這座建成已有80年的老房子經過去年的大規模改建後，外觀煥然一新。

選項1　正（せい）：正好，恰好

例 正反対／正相反

選項2　再（さい）：再次，重新
例 再放送／重播
選項3　未（み）：未，還沒
例 未解決／未解決
選項4　真（ま）：正，完全
例 真上／正上方

15　答案：1
譯文：2015年的高齡化率，最高的秋田縣達到了33.8%，最低的沖繩縣則為19.6%。
選項1　率（りつ）：率
例 正解率／正確率
選項2　数（すう）：數
例 ページ数／頁數
選項3　値（ち）：值
例 血糖値／血糖值
選項4　性（せい）：性
例 必要性／必要性

問題4

16　答案：2
譯文：據說和事務所的合約到期後，那位知名女演員將趁此退出演藝圈。
選項1　定年（ていねん）する：退休
例 定年した世代をターゲットにした商品／以退休人員為客群的商品
選項2　引退（いんたい）する：退職，退出
例 部活動を引退する。／退出社團活動。
選項3　終結（しゅうけつ）する：終結，結束
例 戦争が終結した。／戰爭結束了。
選項4　休憩（きゅうけい）する：休息
例 十分間休憩する。／休息十分鐘。

17　答案：2
譯文：他現在的生活連每天的吃穿都成問題。
選項1　差し入れる（さしいれる）：裝進，放入
例 手紙をポストに差し入れる。／把信投入郵筒裡。
選項2　差し支える（さしつかえる）：妨礙，不方便
例 仕事に差し支える。／妨礙工作。

第八回

選項3　差し迫る（さしせまる）：迫近，逼近
例 約束の日が差し迫ってきた。／約定的日子一天接著一天逼近。
選項4　差し出す（さしだす）：提交，提出
例 願書を差し出す。／提交申請書。

18 **答案：1**
譯文：這次考試很難，所以能考過的最多也就二十幾個人吧。
選項1　せいぜい：最多，充其量
例 1日にせいぜい3千円ぐらいしか稼げない。／一天最多只能賺三千日圓左右。
選項2　そろそろ：就要，快要
例 そろそろ出掛けましょう。／我們該出門了。
選項3　それぞれ：各，分別
例 人それぞれに好みが違う。／每個人的喜好都各不相同。
選項4　ぞくぞく：打冷顫
例 寒くてぞくぞくする。／凍得直打哆嗦。

19 **答案：3**
譯文：雨漸漸地下大了，即使我撐著傘衣服還是濕透了。
選項1　すっきり：爽快
例 すっきり（と）した気分／心情舒暢
選項2　ぎっしり：滿，緊湊
例 日程がぎっしり詰まっている。／排程得十分緊湊。
選項3　びっしょり：濕透
例 雨でびっしょりになる。／被雨淋得溼答答。
選項4　ぴったり：恰好，合適
例 この色はあの人にぴったりする。／這個顏色配他正合適。

20 **答案：4**
譯文：他不單單會畫畫，雕刻也很厲害。
選項1　一気に（いっきに）：一口氣
例 ビールを一気に飲みほす。／將啤酒一口氣喝乾。
選項2　一時に（いちどきに）：一次，一下子
例 こんなにたくさん一時に食べられない。／一下子吃不下這麼多。
選項3　一度に（いちどに）：同時，一下子
例 みんな一度に笑いだした。／大家同時笑了出來。
選項4　単に（たんに）：僅，只，單
例 単に個人のみの問題にとどまらない。／這不僅僅是個人的問題。

21 答案：3

譯文：學生時代的朋友忘記我的名字，讓我很受打擊。

選項1　アウト：（網球）出界；（棒球）出局

例 今日はテニスのプレーでアウトが多くて困っている。／今天打網球比賽時出界太多次，我很苦惱。

選項2　ダウン：向下，降低

例 コストダウン／降低成本

選項3　ショック：衝擊，打擊

例 ショックを与える。／造成打擊。

選項4　エラー：錯誤

例 エラーが出た。／出現了錯誤。

第八回

22 答案：3

譯文：我很想參加那個集會，但不巧的是那天已經有別的安排了。

選項1　せっかく：好不容易，特意

例 せっかく来てくれたんだから、ゆっくりしていきなさい。／難得來一趟，就多待一會吧。

選項2　うっかり：不注意，糊裡糊塗

例 うっかり口をすべらす。／不小心説溜嘴。

選項3　あいにく：不湊巧

例 あいにくどこの店でも品切れの状態です。／不湊巧的是，每間店都賣完了。

選項4　わざわざ：特意

例 わざわざ明日の資料をまとめてくださりありがとうございます。／謝謝您特意幫我把明天的資料整理好。

問題5

23 答案：4

譯文：一收到聯絡就馬上應對。

考 點　ただちに：立即，馬上

選項1　絕對

選項2　經常

選項3　大致

選項4　馬上

24 答案：3

譯文：走路時腳踝發揮了非常重要的作用。

考 點　機能（きのう）：功能，作用
選項1　功勞
選項2　機器
選項3　任務，作用
選項4　才能

25　**答案：2**

譯文：那個問題至少要讓父母知道比較好。

考 點　せめて：起碼，至少
選項1　一點
選項2　至少
選項3　大概
選項4　果然

26　**答案：2**

譯文：試題有特定的出題範圍。

考 點　特定（とくてい）：特別指定，特別規定
選項1　特有，特別具備
選項2　限定
選項3　定義
選項4　特製

27　**答案：3**

譯文：父母要讓孩子從小就養成說話清晰俐落的習慣。

考 點　はきはき：乾脆，爽快
選項1　慢慢地
選項2　大
選項3　清楚，爽快
選項4　擔心，憂慮

問題6

28　**答案：4**

譯文：按剛才的會議內容製作補充資料。

選項1　替換為：補則（補充規則）
選項2　替換為：捕捉（捕捉）
選項3　替換為：補佐（輔佐）
選項4　正確選項

29 答案：4

譯文：似乎聽到後面有人喊我，當然，我沒有回頭看。

選項1　替換為：振り回す（揮舞）

選項2　替換為：振り込んだ（轉帳）

選項3　替換為：向かっている（朝著）

選項4　正確選項

30 答案：1

譯文：鈴聲一響大家就一齊站了起來。

選項1　正確選項

選項2　替換為：一切（全部）

選項3　替換為：一気に（一口氣）

選項4　替換為：いっそ（索性）

31 答案：3

譯文：A國作為民主主義國家也存在嚴重的種族歧視。

選項1　替換為：区別（區別）

選項2　替換為：差（差距）

選項3　正確選項

選項4　替換為：区切り（段落，階段）

32 答案：1

譯文：這次的企劃由山田先生負責，讓人覺得非常可靠。

選項1　正確選項

選項2　替換為：逞しい（旺盛的）

選項3　替換為：逞しい（魁梧的）

選項4　替換為：有難い（值得感激）

問題7

33 答案：1

譯文：沒有房租比東京更貴的地方了。

選項1　「くらい～はない」表示「沒有比……更……的了」。

例 すいかくらいおいしい果物はないと思う。／我覺得沒有比西瓜更好吃的水果了。

選項2　「～だけ」表示「只」。

例 あなただけに教えます。／我只告訴你。

選項3　「～かぎり」表示「只限於……」。

例 勝負は1回かぎりだ。／一次決勝負。

選項4　「～という」表示「叫作……」。

例 田中さんという人／叫作田中的人

34　**答案：2**

譯文：我正是因為重視你，才說真話。

選項1　「～からみて」表示「從……來看……」，接在名詞後面，表達說話者的推測。

例 この足跡から見て、かなり大きな動物のようだ。／從腳印來看，是個體型很大的動物。

選項2　「～からこそ」表示「正是因為……」，強調原因或理由的表達方式，多與「のだ」一起使用。

例 あのときの辛い経験があったからこそ、今の私がいるんだと思う。／正因為有那時的痛苦經歷，才有了現在的我。

選項3　「～がさいご」接在動詞た形後面，表示「（既然……）就必須……」。

例 この計画を聞いたが最後、君もグループに加わってもらおう。／你既然已經聽到我們的計畫了，就必須加入我們這組。

選項4　「～として」接在名詞後面，表示「作為……」。

例 研究生として勉強している。／以進修生的身分學習。

35　**答案：4**

譯文：市內都下這麼大的雪，山區那邊肯定更不得了。

選項1　「～ことができる」表示「會」、「能夠」。

例 料理を作ることができる。／會做飯。

選項2　「～ことにしている」表示因某種決定而形成的習慣。

例 毎朝、5時に起きることにしている。／每天早上五點起床。

選項3　「～ことはない」表示「沒必要」。

例 来週、また帰って来るんだから、わざわざ空港まで見送りに来ることはないよ。／我下週還會回來，所以沒必要特地來機場送行。

選項4　「～ことだろう」表示推測。

例 人々は世界各地から空を見上げ、今夜の主役お月様を眺めることだろう。／世界各地的人們都會抬頭看向天空，凝視今晚的主角——月亮吧。

36　**答案：3**

譯文：我的家鄉因為自然資源豐富，被稱作「森林之都」。

選項1　「～ことに」表示某種情感，可譯為「……的是」。

例 残念なことに、そのパーティーには参加することができません。／遺憾的是不能去參加那個派對。

選項2　「～ことになる」表示決定。

例 実は、来月結婚することになりました。／其實，我下個月結婚。

選項3　「～ことから」在句子中表示原因、理由，以前面的事實為線索引出後面的結論或結果。

例 彼は何でも知っていることから、「歩く辞典」と呼ばれている。／因為他什麼都懂，所以被稱為「活字典」。

選項4　「～ことか」表示強調、感嘆，屬於肯定的表達。一般與疑問詞呼應使用，強調程度之深。可譯為「多麼……啊」。

例 こんな辛い仕事は、何度やめようと思ったことか。／我不知道多少次想辭掉這份辛苦的工作。

37　**答案：3**

譯文：她今天好像去逛街了。她那麼喜歡衣服，肯定會買很多。

選項1　「～くせに」表示逆接，可譯為「明明…… 卻……」。

例 子供のくせに、大人のような口調で話している。／明明是個孩子，卻用大人的口氣說話。

選項2　「～ものだから」表示「因為」，主觀強調原因、理由，帶有辯解的語氣。

例 目覚まし時計が壊れたものですから、遅刻してしまいました。／因為鬧鐘壞了，所以遲到了。

選項3　「～ことだから」接在名詞後面，表示該名詞的性質、特徵，後項以此為依據進行推測。常和「きっと」、「当然」等詞連用。通常可以用在「既然前者具有這樣的特徵，得到後面的結果也是很正常的」這種場景中。

例 真面目な彼女のことだから、きっと来ると思うよ。／她很認真，所以我覺得她一定會來。

選項4　「それだけ」表示「相應」。

例 1年間努力して合格したのでそれだけ喜びも大きい。／努力了一年才考上，當然十分高興。

38　**答案：1**

譯文：這個月因為很忙，週末也在上班，沒有休息。

選項1　「～ことなく」表示「在從來沒發生上述動作的情況下……」。

例 最後まであきらめることなくがんばります。／從不放棄，堅持到底。

選項2　「～ばかりか」表示「別說……了，連……都……」。

例 漢字ばかりか、ひらがなさえ書けない。／別說漢字了，連平假名都不會寫。

選項3　「～ほど」表示程度。

例 彼女ほど頭のいい人には会ったことがない。／沒有見過像她這麼聰明的人。

選項4　「～だけに」表示與前面相應的結果，相當於「正因為……」。

例 彼は中国人なだけに漢字が得意だ。／他是中國人，所以很熟悉漢字。

39 **答案：4**

譯文：信用卡丟失的時候請撥打這個電話號碼。

選項1　「～たびに」表示「每當……就……」。

例 猫を見るたびに、幸せな気分になる。／
每次看到貓都會覺得很幸福。

選項2　「～うえに」表示累加、遞進，可譯為「不僅……而且……」或「又……」。

例 今日は仕事でミスをした上に、終電にも乗り遅れてしまった。／今天不僅在工作上犯了錯，還錯過了回家的末班車。

選項3　「～ところ」前面接動詞た形表示偶然的契機。

例 少し彼に冗談言ったところ、大げんかになってしまった。／跟他稍微開了個玩笑，結果大吵了一架。

選項4　「～際には」表示做某事的時機。

例 留学の際には、いろいろお世話になりました。／留學的時候受您許多照顧。

40 **答案：2**

譯文：社長講話的時候，你玩手機像話嗎？

選項1　「～かたわら」表示「一邊……一邊……」。

例 私は会社で働くかたわら、休日は日本語学校で日本語を教えている。／我在公司工作之餘，週末在日語學校教日語。

選項2　「～最中に」表示「正在……之中」。

例 食事の最中に大きな地震が起こった。／
吃飯吃到一半發生了大地震。

選項3　「～うちに」表示「在某一期間內」，後面是在這一期間內發生的情況。

例 温かいうちに食べてくださいね。／趁熱吃。

選項4　「～中を」表示「在……之中」。

例 激しい雨の中をさまよった。／在大雨中彷徨。

41 答案：3

譯文：在使用本產品之前請先閱讀附帶的使用說明書，並請務必閱讀安全注意事項。

選項1 「～中」表示「正在……」。

例 会議中に眠くなってしまった。／開會期間睏了。

選項2 「～前」表示「……之前」。

例 食事の前に手を洗う。／飯前洗手。

選項3 「～上」表示「出於……」、「鑒於……」。

例 行きがかり上／鑒於當時的情況

選項4 「～下」表示「在……之下」。

例 先生の指導の下、子供たちは田植えに挑戦しました。／在老師的指導下，孩子們挑戰了插秧。

42 答案：4

譯文：一做好旅行的準備，就馬上出發。

選項1 「～きり」表示前一動作結束後，就再也沒有發生變化。

例 朝に水を1杯飲んだきり、何も食べていない。／早上喝了一杯水後就再沒吃別的東西。

選項2 「～なり」表示前面的動作剛剛做完，後面的動作馬上發生，可譯為「剛……就立刻……」。

例 音を聞くなり飛び出した。／一聽到聲音就飛奔出去了。

選項3 「～かけ」表示動作、狀態等正在進行中，尚未完結。

例 読みかけの本／看到一半的書

選項4 「～しだい」表示「（一旦）……馬上就……」。

例 詳しい日程について分かり次第ご連絡します。／一得知詳細日程就馬上聯繫您。

43 答案：1

譯文：只要讀了這本書，就能熟知日本文學了。

選項1 「さえ～ば」表示「只要……就……」。

例 君さえいれば、私は幸せだ。／只要有你在，我就覺得幸福。

選項2 「～のみ」表示限定，可譯為「只」。

例 金のみが人生の目的ではない。／人的一生不能只為了錢。

選項3 「～とは」表示下定義，可譯為「所謂……」。

例 神とは何か。／所謂神是什麼呢？

選項4 「～みたい」表示「像……那樣……」。

例 母みたいな女性になりたいです。／我想成為像母親那樣的女性。

44 答案：2

譯文：要想考上那所大學，只能每天用功。

選項1 「～ばかり」接在動詞後表示事態一直朝著某個（壞的）方向發展。可譯為「越發……」。

例 父の病気は悪くなるばかりです。／父親的病越來越嚴重了。

選項2 「～しかない」表示別無選擇，可譯為「只能」。

例 バスが来ないから、歩いて帰るしかない。／公車不來，只能走路回家。

選項3 「～じゃない」表示否定。

例 君は一人ぼっちじゃない。／你不是一個人。

選項4 「～はずがない」表示對可能性的否定。可譯為「不可能……」。

例 あんな下手な絵が売れるはずがない。／那麼差勁的畫，不可能賣得出去。

問題8

45 答案：1

原句：2 さんざん　4 検討した　1 末に　3 出した結論なので、後悔はありません。

譯文：因為這是經過多次探討後得出來的結論，所以沒什麼可後悔的。

解析：「～末に」意為「經過……最後」，接續方法為「名詞＋の＋末に」、「動詞た形＋末に」。

46 答案：3

原句：私たちが日常的に使う「体が疲れている」とは、実は4 脳　2 の　3 疲労　1 にほかならない。

譯文：我們平常說的身體疲勞其實是大腦疲勞。

解析：「～にほかならない」意為「正是……」，接在名詞後面。

47 答案：2

原句：3 彼女　1 に　2 電話しようとした　4 ところ、母から電話が来た。

譯文：正想給她打電話的時候，母親打來了電話。

解析：「～たところ」表示偶然的契機，「ところ」前接動詞た形，表示前後出現的事沒有直接的因果關係，而是偶然的關係。

48 答案：1

原句：2 雨　3 が　1 降った　4 せいで、楽しみにしていた旅行が中止になった。

譯文： 由於下雨，原本滿懷期待的旅遊取消了。

解析： 「せいで」意為「由於」，用於表示發生壞事的原因。

49 答案：2

原句： 彼の困った顔 1 が 3 おかしくて、2 笑わず 4 にはいられなかった。

譯文： 他為難的樣子很搞笑，讓人忍俊不禁。

解析： 「～ずにはいられない」意為「不能不……」，表示「靠自己的意志控制不住，自然而然就……」的意思。

問題9

50 答案：4

選項： 1「畫」 2「音樂」 3「言語」 4「表達」

譯文： 如果不能透過眼睛看到、耳朵聽到、手觸摸到、鼻子聞到、嘴巴嚐到，就談不上「表達」。

解析： 這篇文章主要是在談「表達」，開頭第一句説到「表達」指一種很外在的東西，接下來開始對「表達」展開論述，因此選項4是正確答案。其他選項都是片面的。

51 答案：1

選項： 1 出色的 2 表現 3 被選擇 4 感受

譯文： 「好的表達」指「表達技巧」十分出色的表達。

解析： 「とは」用於下定義，其後面的句子是對前面詞語的解釋，因此前後項意思需要一致。而「優れている」與「素晴らしい」的意思一致，因此選項1是正確答案。

52 答案：2

選項： 1 比如 2 當然 3 儘管，還是 4 話説（用於轉換話題）

譯文： 當然，也寫不出漂亮的文章。

解析： 本題要根據前文意思來解答。前一句説「無論人的內在有多麼優秀，如果沒有（表達）技巧，也畫不出美麗的畫，奏不出好聽的音樂」，接下來的句子就是「也寫不出漂亮的文章」。前後句為並列關係，表達的主張應該是一致的，而選項2與前文具有一致性，因此選項2是正確答案。

53 答案：1

選項： 1 只，僅 2 表示程度 3 其他 4 叫作

譯文： 因此，在用文章和言語進行表達的時候，外在的技巧就被忽視了，只注重抒發內在的情感。

解析：這個句子當中有個內外的對比，用「ばかり」強調只注重內在的情感，而忽視外在的技巧，因此選項1是正確答案。

54 **答案：4**

選項：1 積極的　2 假想的　3 抽象的　4 具體的

譯文：他們缺乏具體的描述，比如哪裡有趣、怎麼個有趣法。

解析：「哪裡有趣、怎麼個有趣法」，這就是具體的描述，因此選項4是正確答案。

問題10

55 **答案：2**

解析：解題關鍵句為「できれば20日必着で送付願えますでしょうか」，選項2為正確答案。

56 **答案：4**

解析：本題測驗考生對全文的理解。文章第一段主要講了現在企業需要的是情商高的人才，而智商所象徵的記憶力和計算能力可以由電腦代替，因此選項4是正確答案。選項1錯誤，與文章描述相反。情商可以透過鍛煉得到提高，因此選項2和選項3也是錯誤的。

57 **答案：2**

解析：本題測驗的是指示詞的用法。「それ」所指代的事物一般就在前文中。解題關鍵句是「言葉というものの本質が、口先だけのもの、語彙だけのものではなく、それを発している……」這一部分的中心詞是「言葉」，「それ」所指代的正是它，因此選項2為正確答案。

58 **答案：4**

解析：本文的主要內容是，現代醫學過於相信醫生，無視病人自己的感受，即疼痛的自我感知。解題關鍵句為「痛みのように患者本人にとってあきらかな感覚」。選項4為正確答案。

59 **答案：1**

解析：解題關鍵句為「身体と身体をぶつけ合って相手を理解することはまれで、相手にのめり込まず、距離をおいて付き合うのがおしゃれとされてきた」。現代人不願意接觸自然，也不願意跟他人有直接的接觸，不願意去理解別人。選項1為正確答案。

問題11

60 答案：2

解析：本題測驗的是指示詞的用法。「そんな～」所指代的事物一般在前文中。解題關鍵句為「よく、明るい性格とか暗い性格というが、電球ではあるまいし、性格にそんな分け方はない」。因此選項2是正確答案。

61 答案：2

解析：選項1的意思是考慮事情總是很積極。選項3的意思是對事物發表感想的時候，從樂觀的一面去說。選項4的意思是認為下雨正好能給悶熱的天氣降溫。這三個選項說的都是開朗的性格，所以可以排除。選項2的意思是雨天就會覺得很憂鬱，這是陰鬱的性格，是正確答案。

第八回

62 答案：3

解析：解題關鍵句為「このように、性格は、ある程度は自分でつくることができると私は考えている」。在本文中，作者認為性格在一定程度上是可以改變、可以控制的，因此選項3為正確答案。

63 答案：1

解析：本題測驗的是指示詞所指代的內容。「そんな～」所指代的事物一般在前文中。解題關鍵句為「お母さんのアリが子どものアリに向かって、えさを見つけたときはこうするのですよ、と教えているというのは、考えてみただけでもほほえましい光景です」。因此選項1為正確答案。

64 答案：2

解析：解題關鍵句為「動物の『ことば』の仕組みは、生まれつき身に備わっていますが、その代わり、動物たちには、もともと生まれつき定められたことしか、表したり、伝えたりすることができないのです」。選項2與關鍵句表達的意思一致，是正確答案。

65 答案：4

解析：解題關鍵句為「もし新しい外国語を身につけたとしたら、私たちの世界はどれほど広くなることでしょうか」。選項4與關鍵句表達的意思一致，因此是正確答案。

66 答案：4

解析：本題測驗的是指示詞的用法。「これ」所指代的事物一般在前文中。解題關鍵句為「そこには、ときどき、『その他大勢』というのがある」。因此選項4是正確答案。

67 答案：1

解析：本題可以採用排除法。選項2説整理學的祕訣在於拖延，文中並未提及。選項3説整理學的祕訣在於對未整理狀態的寬容，這也不是作者的意見。選項4説整理學的祕訣在於將未整理的部分交給別人，作者也從未這樣説過。選項1説整理學的祕訣在於將待整理的部分拎出來，這是正確答案。

68 答案：3

解析：解題關鍵句為「ここでは、分類は、何らかの『価値』基準によっており、それは対象の外部から持ち込まれたものである」。選項3與關鍵句表達的意思一致，因此是正確答案。

問題12

69 答案：1

解析：選項1説血型占卜是不科學的，這是兩篇文章的共同點，為正確答案。選項2説血型占卜有科學依據，這是錯誤的。選項3説血型占卜比占星術有人氣，兩篇文章都沒有提及。選項4説血型占卜比占星術更具備可信性，這也是錯誤的，因為兩者都不具備可信性。

70 答案：4

解析：選項1説占卜是科學的，這與兩篇文章的觀點都相悖。選項2前半句是對的，但後半句説很多人不信占卜，這一點文章A並沒有提及。選項3説血型占卜有科學依據，這是錯誤的。選項4提出文章A認為現在的問題在於有許多人相信血型占卜有科學依據，文章B認為許多人並不相信占卜，但是會在意這些東西，這兩句話正好分別是文章A和文章B的主要觀點，因此選項4是正確答案。

問題13

71 答案：3

解析：解題關鍵句為「『人を信じる』というのは、人の可能性、人の本質的な性質を信用するということであって」。選項3與該句意思一致，是正確答案。

72 答案：3

解析：本題是指示詞類題型。「その～」所指代的事物一般在前文中。解題關鍵句為「人のたった一つの間違った行動を見て」。因此選項3為正確答案。

73 **答案：4**

解析：選項1說人既有好的一面也有壞的一面，我們應該無視其壞的一面，只接受好的一面，這顯然是錯誤的。選項2說要成為一個品德高尚的人，需要不介意他人的錯誤，接納其令人嫌惡的部分，相信對方的一切，這也不是作者的意圖。選項3前半句說人對自己的認識基本上是正確的，這不符合作者的意思。選項4說人對自己都不是很瞭解，更遑論全面瞭解他人，因此不要只拘泥於瞭解的部分，應該互相信任。這是正確答案。

問題14

74 **答案：4**

解析：選項1不是高中生，故排除。選項2的題目沒有從指定題目中選，故排除。選項3的國籍不符合，故排除。選項4為正確答案。

75 **答案：1**

解析：解題關鍵句為「1時審査のため、ワープロ打ちした日本語でのスピーチ原稿をA4サイズ1枚以内にまとめ」。稿件要求用日語寫，因此選項1為正確答案，選項2錯誤。選項3的截止日期應該是5月13日。選項4錯在稿件要求用打字的，而非手寫。

聴解

問題1では、まず質問を聞いてください。それから話を聞いて、問題用紙の1から4の中から、最もよいものを一つ選んでください。

1番 **男の人と女の人が話しています。男の人はこの後まず何をしますか。**

男：すみません。新幹線の指定券が買いたいんですが、どこで買えますか。

女：この先をまっすぐ行くと、みどりの窓口がありますよ。

男：あ、そうですか。ありがとうございます。

女：当日の自由席ならそこの自動券売機でも買えますよ。

男：いや、先の分までまとめて買いたいので。

女：あ、そうですか。

男：はい、ありがとうございます。

男の人はこの後まず何をしますか。

1　自動券売機で切符を買う

2　女の人に道案内してもらう

3　女の人に切符を買ってもらう

4　みどりの窓口で切符を買う

▶正解：4

解題關鍵句：この先をまっすぐ行くと、みどりの窓口がありますよ。

2番　大学で男の学生と女の学生が話しています。男の学生はこの後何をしますか。

男：木下先生のレポート、どう？　進んでる？

女：うん、まあまあ。テーマも決まって、資料も集め終わったわ。

男：じゃあ、僕より進んでるね。今、資料を集めてるところなんだ。今日もこれから図書館へ行こうと思って。

女：あ、大学の図書館にある資料は、今、ほとんど貸し出し中みたいよ。市立図書館へ行ったほうがいいわよ。

男：ほんとう？　じゃあ、そうしよう。君はこれからどうするの？

女：私は、現場で働いている人にインタビューしに行く。

男：へえ、インタビューか。いいね。僕もバイト先の先輩にインタビューさせてもらおうかな。

女：あ、約束の時間に遅れちゃうから、行くね！

男：僕も行かなきゃ。

男の学生はこの後何をしますか。

1　大学の図書館へ行く

2　レポートを書く

3　市立図書館へ行く

4　バイト先の先輩にインタビューする

▶正解：3

解題關鍵句：市立図書館へ行ったほうがいいわよ。
ほんとう？　じゃあ、そうしよう。

3番 **学校で男の学生と女の学生が話しています。女の学生はこれから何をしますか。**

男：部屋の飾りつけもできたし、音楽やゲームも準備したし、あとは……

女：あれ、いすはもうこれでいいの？　もっと借りてこようか。

男：いや、15人だから、これで大丈夫。それより、あの余っているいす、返してきてくれないか。

女：うん、分かった。あと、料理は？　学校の食堂に頼んであるんでしょう。

男：うん。こっちまで運んでもらうことになってるんだけど、出来上がる時間を確認しておいたほうがいいかな？

女：そうね。じゃあ、いまから食堂に行って、聞いてみるわ。

男：うん、頼む。

女：じゃあ、いすのほう、お願いしていい？

男：分かった。

女の学生はこれから何をしますか。

1　料理のできる時間を確認する

2　いすを返す

3　食堂に料理を頼む

4　料理を部屋まで運ぶ

▶正解：1

解題關鍵句：じゃあ、いまから食堂に行って、聞いてみるわ。

4番 **学校で男の学生と女の学生が話しています。女の学生がこの後最初にすることは何ですか。**

女：健康診断、そろそろ行かない？

男：うん。学生証と受診票を持って行くんだよね。

女：そうよ。あっ、学生証を家に忘れたみたい。近くだから取ってくる。

男：なくても大丈夫だよ。それよりこの受診票、記入しておかなきゃだめだよ。

女：まず受付に行って並びましょうよ。並びながら書けばいいんじゃない？

男：いまここでちゃんと書いておいたほうがいいよ。

女：そう？　じゃあ、書こうか。あ、「受け付けには学生証が必要です」って、この紙に書いてあるわ。やっぱり、取りに帰らなきゃ。

男：でも、受診票を書いた後、受け付けに行って、一応聞くだけ聞いてみたら？　それでだめだったら取りに帰ればいいんじゃない？

女：そうか。じゃあ、そうするわ。

女の学生がこの後最初にすることは何ですか。

1　家に学生証を取りに帰る

2　受付に行って聞く

3　受診票を書く

4　受付にいて並ぶ

▶正解：3

解題關鍵句： 受診票を書いた後、受け付けに行って、一応聞くだけ聞いてみたら？
そうか。じゃあ、そうするわ。

5番　学校で女の学生と男の学生が話しています。男の学生はこの後まずなにをしますか。

女：高橋さん、奈良県の英語スピーチコンテストに申し込むんでしょう。原稿はまとまった？

男：ええ。あと細かいところを直すだけだ。

女：じゃあ、それからテープに録音するのね。

男：え、テープに録音する？

女：申し込むとき、録音したテープを送るのよ。

男：え、原稿を送るんだと思ってた。

女：それは違うよ。

男：締め切りまであと3日。じゃあ、今晩中に原稿を直して完成させなきゃ。

女：原稿は、完成したら私が一度、見てあげましょうか。

男：あ、お願いします。

男の学生はこの後まずなにをしますか。

1　スピーチを録音する

2　スピーチの原稿を直す

3　スピーチの原稿を送る

4　先輩に原稿をチェックしてもらう

▶正解：2

解題關鍵句：じゃあ、今晩中に原稿を直して完成させなきゃ。

問題2では、まず質問を聞いてください。そのあと、問題用紙の選択肢を読んでください。読む時間があります。それから話を聞いて、問題用紙の1から4の中から、最もよいものを一つ選んでください。

1番　病院で看護婦と患者が話しています。患者はゆうべよく眠れなかった原因は何だと言っていますか。

女：鈴木さん、おはようございます。

男：おはようございます。

女：今日は天気がいいですよ。窓を開けましょうか。

男：お願いします。今日は久しぶりにいい天気ですね。

女：ええ、今日は暑くなりそうですよ。昨日の夜はよく眠れましたか。

男：いえ、布団に入ってからもずっと眠れなくて、夜中に2回も目が覚めてしまって……

女：そうですか。目が覚めると、なかなか眠れませんね。何か心配なことがあったんですか。

男：いいえ、たぶん、昨日は、昼寝を2時間もしてしまって、それで眠れなかったんだと思います。

女：そうですか。昼寝をしすぎると、なかなか寝付けませんね。今夜はよく眠れるといいですね。

患者はゆうべよく眠れなかった原因は何だと言っていますか。

1　窓を開けたから

2　天気が暑かったから

3　昼寝を2時間もしてしまったから

4　心配なことがあったから

▶正解：3

解題關鍵句：たぶん、昨日は、昼寝を2時間もしてしまって、それで眠れなかったんだと思います。

2番 **大学で男の学生と女の学生が話しています。男の学生はどうして自転車通学を続けているのですか。**

女：野村君、自転車で1時間もかけて通学してるんだって？　毎日大変じゃない？

男：いや、高校のときもそうだったし、もう慣れてるんだよ。ぼくの田舎、バスも電車もなかったからさあ。友達もほとんど自転車で、それが当たり前だったんだよね。

女：ふうん。

男：だから、バスや電車の通学にあこがれてたんだ。でも、入学したばかりのころはお金もなかったから、電車代を節約するために、また自転車通学になっちゃったんだ。

女：へえ、そうなの。

男：今は、そんな必要はないんだけど、なんていうのかな、一度自転車で動くことに慣れちゃうと、バスや電車に乗るのはめんどうくさいんだよね。自転車だったら、いつでも、どこへでも、自分の好きなように動けるだろ。

女：そうか。それに、毎日自転車に乗ってれば、体のためにもいいわよね。わたしもやってみようかな。最近、すこし運動不足気味だから。

男の学生はどうして自転車通学を続けているのですか。

1　運動不足だから

2　バスも電車もないから

3　友達もほとんど自転車で通学しているから

4　自由に移動することができるから

▶正解：4

解題關鍵句：自転車だったら、いつでも、どこへでも、自分の好きなように動けるだろ。

3番 **男の人と女の人が話しています。男の人はどのようなアドバイスをしましたか。**

男：あさってから社員旅行だね。楽しみだなあ。

女：うん。でも、3時間もバスに乗るなんて。わたし、乗り物酔いがひどいんだ。

男：薬は？　ぼくもバスには弱いから、酔いどめの薬を飲むんだ。

女：へえ。わたしは薬だけじゃちょっと……まず、前の晩は早く寝るようにして。

男：ずいぶん用心深いんだね。

女：あと、乗る前に食べたり飲んだりもしないようにしてるし。

男：え？　空腹だとかえって酔いやすいんじゃない？　何かちょっと食べといたほうがいいんだよ。

女：本当？

男：うん。今度やってみたら？

女：ふーん。そうか。分かった。今度はちょっと食べておくわ。

男の人はどのようなアドバイスをしましたか。

1　前の晩は十分に寝ておいたほうがいい

2　おなかがすいた状態でバスに乗らないほうがいい

3　薬を飲んだほうがいい

4　バスに乗らないほうがいい

▶正解：2

解題關鍵句：空腹だとかえって酔いやすいんじゃない？　何かちょっと食べといたほうがいいんだよ。

4番　女の人と男の人が話しています。男の人はどうして老人ホームで働いたのですか。

女：上田先生は、大学院で高齢者問題を研究された後、一時、老人ホームで働かれたそうですが、それはどうしてなんですか。

男：それはですね、現場がどんな問題を抱えていて、何を本当に必要としているか、そこのところを知りたいと思ったからなんです。

女：そうですか。

男：研究室の中にいると、なかなか現場の人の声が聞こえてこなくてね。

女：なるほど。

男：自分の研究を深めることも大事ですが、研究室の外でいろいろなことを体験してみることも必要ですよ。

男の人はどうして老人ホームで働いたのですか。

1　将来老人ホームに入るため

2　自分の研究テーマを探すため

3　現場の実際の状況を知るため

4　老人ホームを経営するため

▶正解：3

解題關鍵句：研究室の中にいると、なかなか現場の人の声が聞こえてこなくてね。

5番　男の人と女の人が話しています。女の人は就職試験に合格できた一番の理由は何だと言っていますか。

男：小林さんは、ご希望の会社に就職できたそうですが、合格のポイントはどんなところだったんでしょう。

女：そうですねえ……

男：面接の時に話す内容など、事前にいろいろ準備されたのでは？

女：うーん、特には……本に書いてあることをそのまま言うより、自分の気持ちを素直に言ったほうがいいと思いましたので。

男：なるほど。

女：あのう、わたしはアフリカで3ヶ月ボランティアをしたり、それから大学生のための講演会を企画したり、自分がやるべきだと思ったことを実行に移してやってきたんです。

男：ほー。

女：そこが認められたんでしょう。自分で何かを企画したり、やろうと思ったことを実行する、そういう人材が欲しかったんだと思います。

男：なるほど。それにしても、アフリカでボランティア活動をするなんて、すごい行動力ですね。じゃあ、英語も上手ですね。

女：ええ、大学のとき、アメリカに交換留学をしました。

男：すごいですね。

女の人は就職試験に合格できた一番の理由は何だと言っていますか。

1　事前にいろいろ準備したこと

2　アメリカで英語を勉強したこと

3　ボランティア活動を企画したこと

4　自分がやろうと思ったことを実行してきたこと

▶正解：4

解題關鍵句： そこが認められたんでしょう。自分で何かを企画したり、やろうと思ったことを実行する、そういう人材が欲しかったんだと思います。

6番 **会社で男の人と女の人が話しています。女の人は日曜日何時ごろ会社に行きますか。**

男：宮崎さん、今度の日曜日、会社説明会があるんだけど、受付の手伝いをしてもらえないかな？

女：はい、何時からですか。

男：説明会は2時からだけど、受付は1時半から開始なんだ。

女：1時半ですか。はい、大丈夫です。

男：あっ、それでね、準備があるから12時半ごろに来てほしいんだけど。

女：12時半ですか。あのう、実は、昼、ちょっと用事があって。

男：そう……

女：30分くらい遅れてもいいでしょうか。

男：うん、それでもいいよ。

女：あ、よかった。じゃあ、そうさせてください。

男：うん、じゃ、よろしく。

女の人は日曜日何時ごろ会社に行きますか。

1　2時ごろ行く

2　1時半ごろ行く

3　1時ごろ行く

4　12時半ごろ行く

▶正解：3

解題關鍵句： 12時半ですか。あのう、実は、昼、ちょっと用事があって。……30分くらい遅れてもいいでしょうか。

問題3では、問題用紙に何も印刷されていません。この問題は全体としてどんな内容かを聞く問題です。話の前に質問はありません。まず、話を聞いてください。それから質問と選択肢を聞いて、1から4の中から、最もよいものを一つ選んでください。

1番 **ラジオで女の人が話しています。**

女：横浜市に住む外国人が先月、10万227人になりました。横浜市の外国人の人口が10万人以上になったのは初めてで、5年前より30%以上増えています。いちばん多いのは中国人で、約4万人住んでいます。最近増えているベトナム人は約7,500人で、ネパール人は約4,000人です。どちらも、5年前の3倍以上に増えました。横浜市はこれからも外国人が増えると考えています。このため、外国語で相談できる場所を増やしたり、日本語を勉強する手伝いをしたりして、外国人が生活しやすい市にしようとしています。

女の人は何について話していますか。

1　横浜市に住む外国人が5年前より10万人増えたこと

2　横浜市に住む外国人がこれから10万人増えること

3　横浜市に住む中国人が10万人以上になったこと

4　横浜市に住む外国人が初めて10万人以上になったこと

▶正解：4

解題關鍵句： 横浜市の外国人の人口が10万人以上になったのは初めてで、5年前より30%以上増えています。

2番 **テレビでアナウンサーが話しています。**

男：留学生が日本語を勉強するための日本語学校は日本に750ぐらいあります。しかし、国によると日本語の教育が十分ではない学校もあります。このため国は、留学生を入れてもいい学校かどうかを決める基準を今より厳しくしようと考えています。今の基準では、学生みんなの出席率の平均が1か月で50%より低い学校は、新しい留学生を入れることができません。新しい基準の案では、半年で70%より低い学校にします。日本語のレベルも、その学校の学生の70%以上が、大学などへの入学や生活の会話ができるようにします。3年続けてこのレベルにならなかった学校は、新しい留学生を入れることができません。国はこの案についてみんなの意見を聞いたあと、新しい基準を決める予定です。

アナウンサーは何について話していますか。

1　国は日本語学校の基準を厳しくすること

2　留学生を多く受け入れること

3　日本語学校を増やすこと

4　日本語教師数が足りないこと

▶正解：1

解題關鍵句：<u>このため国は、留学生を入れてもいい学校かどうかを決める基準を今より厳しくしようと考えています。</u>

3番　テレビでアナウンサーが話しています。

女：日本の決まりでは、タクシーの料金を乗る前に決めることができません。しかし、旅行に来た外国人の中には「タクシーを降りるまでいくらになるかわからないので心配だ」と言う人もいます。このため国土交通省は、国の許可をもらった会社は、乗る前に料金を決めるサービスを始めてもいいことにしました。このサービスでは、スマートフォンなどのアプリを使います。乗る人が乗る場所と行く場所を入れると、料金がわかります。この料金でいいと思ったら、申し込んでタクシーに来てもらいます。道が混んでいて時間がかかっても料金は高くなりません。いくらになるか心配しないで、タクシーに乗ることができます。料金は、タクシーの会社が今までの料金を調べて決めます。このサービスは、早い場合、今年始まる予定です。

アナウンサーは何について話していますか。

1　タクシー料金を計算する方法

2　タクシーを予約する方法

3　タクシー運賃が改定されること

4　乗る前にタクシー料金を決めるサービスが始まること

▶正解：4

解題關鍵句：<u>このため国土交通省は、国の許可をもらった会社は、乗る前に料金を決めるサービスを始めてもいいことにしました。</u>

4番　テレビで男の人が話しています。

男：なんとなく体がだるい、体中が凝る。こんなとき皆さんはどうしますか。ずっと机に向かっていたときなどは、そのせいかな、などと考えて、体操をする人もいるかもしれませんね。確かに、同じ姿勢が長時間続くと、血液の流れが悪くなります。こうしたこととか起こるだるさは、ちょっと運動するだけで簡単に治ります。体を動かすことが大切なんですね。けれども、だるさが疲れからくるような場合は、注意が必要です。「最近運動不足だからちょっと体を動かしてみるか」などと言ってスポーツをしたりすると、心臓に負担がかかって危険な結果にもつながりかねません。このような場合は、十分に休養をとることが重要なんですね。つまり、だるさにもいろいろな原因があるわけで、まずそれを見極めないといけないということなんです。

男の人は何について話していますか。

1　だるさの原因をよく知ることの重要性

2　疲れたときに体操をすることの重要性

3　体がだるくならないように休養することの大切さ

4　運動不足のときにスポーツをすることの危険性

▶正解：1

解題關鍵句： つまり、だるさにもいろいろな原因があるわけで、まずそれを見極めないといけないということなんです。

5番　本屋で女の人が話しています。

女：息子に絵本を一冊買おうかと思って見ているんです。これなんか、虹色のウサギやネコが出てくるので子供が喜びそうですね。子供が読むものだから、ストーリーがおもしろいものとか、文章にきれいな表現が使われているものがいいという人もいますけど、わたしはやっぱり絵本は絵から受ける印象が大切だと思うんですよ。色がたくさん使われていると、子供は見ているだけで楽しいようです。でも、もちろん、そのうち、文のほうも自分で読んでほしいと思います。

女の人はどのような絵本がいいと思っていますか。

1　いろいろな動物が出てくるもの

2　ストーリーがおもしろいもの

3　文章にきれいな表現が使われているもの

4　多くの色を使っているもの

▶正解：4

解題關鍵句： わたしはやっぱり絵本は絵から受ける印象が大切だと思うんですよ。色がたくさん使われていると、子供は見ているだけで楽しいようです。

問題4では、問題用紙に何も印刷されていません。まず、文を聞いてください。それから、それに対する返事を聞いて、1から3の中から、最も

よいものを一つ選んでください。

1番 部屋を片付けたりして、だれか来るんですか。

1 部屋を片付けてください。

2 ええ、友達が来るんです。

3 来ないでください。

▶正解：2

2番 住むところはみつかりましたか。

1 いえ、それがまだなんです。

2 今住んでいません。

3 はい、なんでもけっこうです。

▶正解：1

3番 明日から三泊四日の予定でスキーに行きます。

1 じゃ、ゆっくりしていてください。

2 じゃ、予定に入れときます。

3 それはいいですね。うらやましいなあ。

▶正解：3

4番 あのう、すみません、今度のプロジェクトの書類、どこにしまいましたか。

1 ああ、資料室にしまいましたよ。

2 ああ、できましたよ。

3 いつしまいましたか。

▶正解：1

5番 私もお花、習ってみたいわ。

1 じゃ、遠慮なく。

2 どうしようかな。

3 じゃあ、やってみれば？

▶正解：3

第八回

6番 そろそろ、出かけましょうか。

1　ええ、今、支度しますから。

2　何時に来られますか。

3　ええ、待つしかありませんね。

▶正解：1

7番 これ、論文の下書きなのですが、もしできましたら、ご覧いただけますか。

1　どうぞごらんください。

2　はい、ぜひ読ませてください。

3　はい、がんばります。

▶正解：2

8番 すみません、ついでにこの机の上もきれいにしてください。

1　はい、きれいにしてもいいですか。

2　はい、今します。

3　どうぞ、おかけください。

▶正解：2

9番 突然、病気になって、入院するなんて思ってもいませんでしたよ。

1　一日も早くよくなってください。

2　悔しいですね。

3　気にしないでください。

▶正解：1

10番 山下教授が私の論文を見てくださいました。

1　本当、わかりやすかったね。

2　では、拝見します。

3　それはよかったね。厳しい先生だから。

▶正解：3

11番 私ももう年だから、そろそろ引退しようかと思っているんです。

1　残念だけど、しょうがないね。

2　おかげさまで、助かりました。

3　えっ、そんなことおっしゃらないでください。

▶正解：3

12番　冬休みに日本にいらしたとうかがいましたが……

1　ええ、冬休みに行くつもりです。

2　ええ、東京と京都に行きました。

3　じゃ、いっしょに行きましょうか。

▶正解：2

問題5では長めの話を聞きます。この問題には練習はありません。メモをとってもかまいません。

1番、2番

問題用紙に何も印刷されていません。まず話を聞いてください。それから、質問と選択肢を聞いて、1から4の中から、最もよいものを1つ選んでください。

1番　男の学生と女の学生が話しています。

男：本田さん、江口先生のお別れ会の会場のことなんですけど、今日店に行って、パンフレットをもらってきました。これなんですが……どの部屋を予約しましょうか。

女：ああ、「桜屋」でやるんだったわね。どれどれ？　ええと、人数は15人だったわよね。

男：はい、先生を入れて15人です。

女：じゃあ、この部屋か、この部屋か、この部屋、ということね。

男：この「桜の間」という部屋はどうですか。ここは庭の桜に一番近い部屋なんですよ。ちょうど桜の花が満開になりそうですから。

女：うーん。でも、先生は今、足がお悪いから、なるべく玄関やトイレに近い部屋のほうがいいわよ。

男：そうですか……それでは、二階もだめですね。じゃあ、この「梅の間」はどうですか。玄関やトイレに近いですよ。

女：あっ、「梅の間」は最大10名様までって書いてあるわ。

男：あっ、ほんとうだ。それはだめですね。じゃあ、この「さつきの間」はどうですか。

女：そうねえ……でも、「さつきの間」は庭に面していないから、桜が見えないわね。せっかくだから、桜の見える部屋にしましょうよ。そうすると、やっぱりここね。この部屋にしましょう。

女の学生はどの部屋を選びましたか。

1　桜の間

2　梅の間

3　さつきのま

4　二階

▶正解：1

解題關鍵句：この「桜の間」という部屋はどうですか。ここは庭の桜に一番近い部屋なんですよ。
せっかくだから、桜の見える部屋にしましょうよ。

2番　女の人と男の人が話しています。男の人の住んでいる町をきれいにするのに最も効果があった方法はどれですか。

女：この町はきれいですね。ゴミがないし、それから、花が多いですよね。

男：ええ。でも、昔はあちこちにゴミが落ちていて、とても汚かったんです。

女：はあ。

男：川もひどい状態でした。家具や家電も捨てられていて。それで、「ゴミを捨てたら罰金をもらいます」って書いた看板を立てたりもしたんです。

女：罰金ね。お金を取られるのはいやですから、効果があったでしょう。

男：ええ。しばらくはね。でもすぐまた元に戻ってしまって。それで、みんなで相談して、町全体を一斉に掃除してみようかということになったんです。

女：へえ……

男：で、町が一度すっかりきれいになったら、ゴミを捨てる人がいなくなって。

女：きれいなところにゴミは捨てにくいですからね。

男：家のまわりに花を置く人も増えて、町が本当にきれいになりました。

女：そうですか。

男の人の住んでいる町をきれいにするのに最も効果があった方法はどれですか。

1　ゴミを捨てたらお金を取ること

2　町全体を一斉に掃除すること

3　家の周りに花を置くこと

4　毎日掃除をすること

▶正解：2

解題關鍵句：それで、みんなで相談して、町全体を一斉に掃除してみようかということになったんです……で、町が一度すっかりきれいになったら、ゴミを捨てる人がいなくなって。

3番　まず話を聞いてください。それから、二つの質問を聞いて、それぞれ問題用紙の1から4の中から、最もよいものを一つ選んでください。では、始めます。

3番　**テレビで男の人が話しています。**

男：「バラを育てよう！」と思い立ったら、何はともあれ苗を準備することから始めましょう。バラの苗には、冬の間に売られているものと、春以降に売られているものがあります。冬に売られるのは「大苗」と呼ばれる、冬につぎ木したものを1年間養成して掘り上げた状態の苗です。一方で春先のものは「新苗」と呼ばれる、春か冬に芽つぎした若い苗が中心です。初めて育てる方は「大苗」を選んだほうが、育てやすく、植え付けたその年から花を咲かせることができるのでおすすめです。更に奥の手として「すでに花が咲いている大株の鉢苗」を選ぶという方法もあります。蕾が多く、根がしっかりとした丈夫な苗を見極めるのがポイントです。花や蕾が付いている苗を植え付ける時は、傷つけないように丁寧に扱ってください。

女：どの苗がいいか迷っちゃうなあ。

男：ある程度育った大苗のほうが、丈夫で育てやすいから、大苗はどう？

女：でも、大苗は、売っているときは休眠期なので、花を見て買うということはできないんじゃん。

男：じゃ、すでに花が咲いている大株の鉢苗はどう？

女：それはいいね。じゃ、わたし、それにする。翔平君もバラを育ててみない？

男：そうだね。でも、ぼくは価格が安くて成長過程が見られる新苗のほうがいいね。

質問1　女の人はどの苗を買いたいと言っていますか。

1　大苗

2　鉢苗

3　新苗

4　蕾

▶正解：2

解題關鍵句：すでに花が咲いている大株の鉢苗はどう？
それはいいね。

質問2　男の人はどの苗を買いたいと言っていますか。

1　大苗

2　鉢苗

3　新苗

4　蕾

▶正解：3

解題關鍵句：ぼくは価格が安くて成長過程が見られる新苗のほうがいいね。

全真模擬試題解析
第九回

★ 言語知識（文字・語彙・文法）・読解

★ 聽解

第九回

言語知識（文字・語彙・文法）・讀解

問題1

1 **答案：4**

譯文：松下電器預計2006年在世界市場上市550萬台電器。

選項1　でか：警察

選項2　無此詞

選項3　無此詞

選項4　出荷（しゅっか）：出貨，上市

2 **答案：3**

譯文：我發覺裡面不是牛肉，而是雞肉。

選項1　無此詞

選項2　発句（ほっく）：（和歌的）第一句

選項3　発覚（はっかく）：發覺，發現

選項4　無此詞

3 **答案：4**

譯文：如果要防範此類傷害，那麼需要在別人主動搭話時予以無視。

選項1　泳ぐ（およぐ）：游泳

選項2　稼ぐ（かせぐ）：賺錢

選項3　急ぐ（いそぐ）：著急，急忙

選項4　防ぐ（ふせぐ）：預防，防備

4 **答案：2**

譯文：要使青少年健全發展，幼年時代的教養和家庭教育是最關鍵的。

選項1　無此詞

選項2　幼い（おさない）：年少，小時候

選項3　小さい（ちいさい）：小的

選項4　細かい（こまかい）：零碎，細小

5 **答案：1**

譯文：儘管如此，可能也有商家會順勢漲價。

選項1　便乗（びんじょう）：趁著

選項2　敏捷（びんしょう）：敏捷

選項3　弁償（べんしょう）：賠償
選項4　無此詞

問題2

6　**答案：4**
譯文：這個切得越碎味道越濃。
選項1　拝む（おがむ）：（合掌）拜
選項2　囲む（かこむ）：圍繞
選項3　包む（つつむ）：包，包裹
選項4　刻む（きざむ）：切細，切碎

7　**答案：1**
譯文：這是保障國民健康的食品，我們必須付出最大程度的努力。
選項1　支える（ささえる）：支撐，支持
選項2　与える（あたえる）：給予
選項3　加える（くわえる）：加上，加起來
選項4　凍える（こごえる）：凍，冷凍

8　**答案：3**
譯文：態度傲慢，就好像在訓練動物一樣……
選項1　高慢（こうまん）：傲慢，高傲
選項2　自慢（じまん）：自誇，自大
選項3　傲慢（ごうまん）：傲慢，驕傲
選項4　放漫（ほうまん）：散漫，隨便

9　**答案：4**
譯文：請在設施中央觀賞博物館。
選項1　私設（しせつ）：私立，私人設立
選項2　建設（けんせつ）：建設
選項3　使節（しせつ）：使節
選項4　施設（しせつ）：設施

10　**答案：2**
譯文：伸展時吐氣，彎曲時吸氣。
選項1　下げる（さげる）：降低，減少
選項2　曲げる（まげる）：彎曲
選項3　逃げる（にげる）：逃跑
選項4　投げる（なげる）：投擲

問題3

11 **答案：2**

譯文：他像溫厚的英國紳士一般，話不多，總是在看書。

選項1　甲斐（がい）：意義，價值

例 生きがい（いきがい）／生活的意義

選項2　流（りゅう）：流派

例 小原流（おはらりゅう）／小原流派

選項3　代（だい）：費用

例 食事代（しょくじだい）／餐費

選項4　分（ぶん）：成分，量

例 糖分（とうぶん）／糖分

12 **答案：1**

譯文：大概是因為半夜受到地震的衝擊，所以回想起了兒時的恐怖經歷吧。

選項1　真（ま）：正

例 真冬（まふゆ）／隆冬

選項2　半（はん）：……的一半

例 半分（はんぶん）／一半

選項3　悪（わる）：不好，壞

例 悪知恵（わるぢえ）／壞主意

選項4　反（はん）：相反的

例 反対側（はんたいがわ）／反方；對面

13 **答案：3**

譯文：地板中央放著三個裝著餐具和書本的紙箱。

選項1　状（じょう）：形狀

例 棒状（ぼうじょう）／棒狀

選項2　力（りき）：氣力，力氣

例 十人力（じゅうにんりき）／十個人的氣力

選項3　類（るい）：種類，同類

例 野菜類（やさいるい）／蔬菜類

選項4　的（てき）：關於，……性質的

例 科学的な知識（かがくてきなちしき）／科學知識

14 **答案：1**

譯文：餐館裡只有兩個帶著孩子的女性和一對情侶。

選項1　連れ（づれ）：伴同，領著

例 家族連れ（かぞくづれ）／帶著家人

選項2 添う（そう）：增添，加上

例 趣が添う。／增添生趣。

選項3 だらけ：滿是……

例 彼は欠点だらけだ。／他缺點太多。

選項4 まみれ：沾滿……

例 泥まみれ（どろまみれ）／渾身是泥

15 **答案：2**

譯文：從打開的法式白色窗戶望去，可以看到梅雨過後的湘南海景。

選項1 置き（おき）：每隔……

例 この薬は4時間おきに飲む。／這個藥每隔4個小時吃一次。

選項2 明け（あけ）：終了，結束

例 休暇明け（きゅうかあけ）／假期結束

選項3 暮れ（くれ）：日暮，黃昏；季末；年末

例 秋の暮れ／晚秋

選項4 弱（じゃく）：不足

例 高さ3メートル弱／將近3米高

第九回

問題4

16 **答案：1**

譯文：就助眠的音樂來說，這首歌很歡快。

選項1 快活（かいかつ）：歡快，明朗

例 快活な顔つき／快活的表情

選項2 快晴（かいせい）：（天氣）晴朗，萬里無雲

例 快晴の天気／晴朗的天氣

選項3 誘答選項

選項4 明確（めいかく）：明確

例 明確な判断／明確的判斷

17 **答案：2**

譯文：在多個地點進行演講時，每次都會重複講類似的內容吧。

選項1 繰り上げる（くりあげる）：提前

例 開演を1時間繰り上げる。／提前1小時開演。

選項2 繰り返す（くりかえす）：重複

例 歴史は決して繰り返すことはない。／歷史絕不可能重演。

選項3 繰り下げる（くりさげる）：延後

例 二つの会議が重ならないよう片方を繰り下げる。／為避免兩個會議同時召開，把其中一個會延後錯開。

選項4　繰りあわせる（くりあわせる）：安排，調配，抽出

例 仕事をうまく繰り合わせて時間を作る。／安排好工作，騰出時間來。

18　**答案：1**

譯文：在車站偶遇了以前的上司。

選項1　たまたま：偶然

例 たまたま二人は同じ汽車に乗り合わせた。／碰巧兩人坐同一輛火車。

選項2　だんだん：漸漸

例 僕はだんだん英語がわかってきた。／我漸漸地能聽懂英語了。

選項3　たびたび：屢次

例 彼女にはたびたび会います。／常常見到她。

選項4　てんてん：輾轉

例 住居をてんてんと変える。／一次又一次地搬家。

19　**答案：2**

譯文：明天也有工作，可沒辦法那麼悠哉。

選項1　ぼんやり：發呆，精神恍惚

例 一日中ぼんやりして暮らす。／終日無所事事。

選項2　のんびり：悠閒自在

例 のんびりと横になる。／舒舒服服地躺下。

選項3　ふんわり：輕輕地；鬆軟

例 パンがふんわり焼けた。／麵包烤得十分鬆軟。

選項4　なんなり：無論什麼，不管

例 疑問の点はなんなりと申し出なさい。／如果有疑問之處，請儘管提出來。

20　**答案：4**

譯文：因為一直認為舞蹈不從小開始學就無法跳好，所以我老早就下定決心放棄了。

選項1　まさに：簡直是

例 彼こそまさに私の探している人だ。／他正是我在尋找的人。

選項2　つねに：經常

例 常に高い目標を目指す。／經常樹立遠大的目標。

選項3　とくに：特別是

例 特にこのことに注意をしてもらいたい。／請特別注意此事。

選項4　とっくに：早就，老早

例 その話ならみんなとっくに知っている。／那件事大家早就知道了。

21　**答案：1**

譯文：雖然這是面向高級學習者的技術，但在這裡也先介紹一下。

選項1　テクニック：技術

例 彼女はテクニックがいい。／她的技術不錯。

選項2　フレッシュ：新鮮的

例 フレッシュな感じがする。／覺得新鮮。

選項3　アプローチ：探討，研究

例 自然科学的アプローチ／從自然科學的角度研究

選項4　マイペース：自己的做法

例 なんでもマイペースでやってはいけない。／不能什麼事都我行我素。

22　**答案：2**

譯文：以為問題都解決了，結果又產生了新的問題。

選項1　小さ（な）：小的

例 小さな進歩を収めた。／取得了小小的進步。

選項2　新た（な）：新的

例 新たな問題／新問題

選項3　些細（な）：細微

例 些細なことに大騒ぎする。／小題大作。

選項4　新鮮（な）：新鮮的

例 新鮮ないちご／新鮮的草莓

問題5

23　**答案：4**

譯文：可以隨身攜帶的輕型電子書上市，慢慢地也會像紙本書一樣越來越便利吧。

考點　徐々に（じょじょに）：慢慢地

選項1　突然

選項2　突然

選項3　總而言之

選項4　慢慢地

24 **答案：2**

譯文：祐也猜不出社長要說什麼，於是他沉默了。

考 點　見当（けんとう）：推斷

選項1　預測（未來）

選項2　大體預期

選項3　目標

選項4　方向

25 **答案：1**

譯文：雖然是一點點地在推進，但也算順利地建成了車庫。

考 點　ちゃくちゃくと：逐步地，順利地

選項1　順利地

選項2　勢頭很好

選項3　快速地

選項4　遲地，晚地

26 **答案：4**

譯文：任何事都要做過之後才能理解。

考 點　納得（なっとく）：理解

選項1　變好

選項2　瞭解

選項3　答應，同意

選項4　理解

27 **答案：1**

譯文：那之後又等了二十分鐘，六點十分時電梯前面的門總算打開了，我這才順利搭上了公車。

考 點　ようやく：總算

選項1　總算

選項2　結果

選項3　總之

選項4　不由得

問題6

28 **答案：2**

譯文：社長召開了記者會，耐心回答了記者們的提問。

選項1　替換為：面接（面試）

選項2　正確選項
選項3　替換為：<u>再会</u>（重逢）
選項4　替換為：<u>インタビュー</u>（採訪）

29　**答案：3**
譯文：我正要往客廳走，教練阻止我說「別去」。
選項1　替換為：<u>押しとどめる</u>（阻擋）
選項2　替換為：<u>とどめる</u>（停下）
選項3　正確選項
選項4　替換為：<u>押しとどめ</u>（制止）

30　**答案：2**
譯文：我們在茫然若失的同時也有一種莫名的喜悅感。
選項1　替換為：<u>奇妙</u>（奇妙）
選項2　正確選項
選項3　替換為：<u>巧妙</u>（巧妙）
選項4　替換為：<u>絶妙</u>（絕妙）

31　**答案：4**
譯文：街燈間隔著一定的距離高高佇立著。
選項1　替換為：<u>隔離</u>（隔離）
選項2　替換為：<u>隔離</u>（隔離）
選項3　替換為：<u>空間</u>（空間）
選項4　正確選項

32　**答案：1**
譯文：就這樣結束的話，我覺得少了點什麼，不夠滿足。
選項1　正確選項
選項2　替換為：<u>不足している</u>（缺少，不足）
選項3　替換為：<u>足りない</u>（不足）
選項4　替換為：<u>慌ただしく</u>（匆忙，慌亂）

問題7

33　**答案：1**
譯文：總感覺畫風有點相似，是同一個人畫的？
選項1　「～っけ」表示「是不是……來著」。
例 明日田中さんも来るんだっけ？／田中是不是也說明天要來？
選項2　「～ことか」表示「得多麼……啊」。

第九回

例 とうとう成功した。この日を何年待っていたことか。／終於成功了，這一天我們盼了多少年啊！

選項3 「～ものか」表示「哪能……呢」。

例 誘われたって、誰が行くものか。／就是接到邀請，也沒人要去啊！

選項4 無此用法。

34 **答案：4**

譯文：實在是難以找到願意在這種地方開診所的醫生。

選項1 「～やすい」表示「容易做……」。

例 片仮名の「ツ」と「シ」は間違いやすいので気を付けてください。／片假名的「ツ」和「シ」很容易搞混，所以要注意。

選項2 「～かねない」表示「很可能……」。

例 風邪だからと言って放っておくと、大きい病気になりかねない。／以為是感冒就不重視，這樣很可能會變成大病。

選項3 「～ほかない」表示「只好……」。

例 気は進まないが、上司の命令であるので従うほかはない。／雖然不願意，但因是上司的命令，所以我只能服從。

選項4 「～っこない」。表示「不可能……」。

例 いくら彼に聞いても、本当のことなんか言いっこないよ。／再怎麼問他，他也不可能說實話的。

35 **答案：2**

譯文：想要透過出聲說話減輕獨處時的不安，結果非但沒減輕，反而加重了。

選項1 「～ところで」表示轉換話題，可譯為「對了」。

例 今日はお疲れさまでした。ところで、駅のそばに新しい中華料理屋さんができたんですけど、今夜行ってみませんか。／今天您辛苦了。對了，車站旁邊新開了一家中餐館，今晚不去瞧瞧嗎？

選項2 「～どころか」表示「哪裡是……」。

例 彼女は静かなどころか、すごいおしゃべりだ。／她哪裡文靜了，反而十分健談。

選項3 「～どころではない」表示「不是……的時候」。

例 この1か月は来客が続き、勉強どころではなかった。／這一個月來客不斷，哪有時間唸書！

選項4 「～ところを」表示「正……之時」。

例 お母さんは子供が遊んでいるところを家の窓から見ていた。／媽媽透過家裡的窗戶看著孩子玩耍。

36 **答案：1**

譯文：然而，有電話打過來的話就想接，可如果沒有電話打來，反而會忍不住打過去。也就是說，對電話抱有期待也會增加不安。

選項1　「～ないではいられない」表示「不……的話不行（忍不住）」。

例 こんな悲しい話を聞いたら、泣かないではいられない。／聽了這麼悲傷的故事，不禁淚流滿面。

選項2　「～なければなりません」表示「必須……」。

例 教師は生徒に対して公平でなければならない。／老師必須公平地對待學生。

選項3　「～までもない」表示「不需要做……」。

例 この程度の風邪なら、医者に行くまでのこともない。／小感冒而已，沒必要去看醫生。

選項4　「～なくてもいい」表示「不必……」。

例 毎日でなくてもいいから、時々運動してください。／不必天天運動，但要時常運動。

37　**答案：4**

譯文：我即使在工作也會非常在意她的一切。

選項1　「～かまわない」表示「沒關係」。

例 急いでいませんから、来週出してもかまいません。／因為不急，所以下週再交也沒關係。

選項2　「～てはじめて」表示「……之後才……」。

例 病気になってはじめて健康の大切さがわかります。／生病後才知道健康的重要性。

選項3　「～ざるをえない」表示「不得不」。

例 部長に言われたことだからせざるをえない。／因為是部長吩咐的，所以不得不做。

選項4　「～てしょうがない」表示「……得不得了」。

例 かわいがっていた猫が死んで、悲しくてしょうがない。／我心愛的貓死了，我傷心得不得了。

38　**答案：1**

譯文：據說在淺草公園通宵的現象很常見。

選項1　「～ということだ」表示「聽說」。

例 山田さんは、近く会社をやめて留学するということだ。／聽說山田最近要辭職去留學。

選項2　「～とすれば」表示「假如」。

例 台風は上陸するとすれば、明日の夜になるでしょう。／颱風如果要登陸的話，應該會在明天夜裡吧。

第九回

選項3　「～とはいえ」表示「雖説……但是……」。

例 国際化が進んだとはいえ、やはり日本社会には外国人を特別視するという態度が残っている。／雖然已經國際化了，但在日本社會仍然殘留著對外國人另眼相看的態度。

選項4　「～といっても」表示「雖説」。

例 新しいアルバイトが見つかった。といっても、友達の代わりに一週間働くだけだ。／雖説找到了新的兼職，但也就是幫朋友代一週班罷了。

39　**答案：4**

譯文：按人説的那樣，一口氣喝完後，我的嘴裡熱得像著了火。

選項1　「～そうになる」表示「快要……」。

例 泣きそうになる。／快哭了。

選項2　「～おかげで」表示「多虧了……」。

例 あなたのおかげで助かりました。／多虧有你幫忙。

選項3　「～せいか」表示「可能是因為……」。

例 歳のせいか、このごろ疲れやすい。／也許是因為上了年紀，最近特別容易累。

選項4　「～とおりに」表示「按照……那樣」。

例 私の言うとおりに繰り返して言ってください。／請按照我所説的那樣複述一遍。

40　**答案：3**

譯文：即使其他人反對並想要阻止，父親也不聽。

選項1　「～といえば」表示「説起……」。

例 山口と言えば、どこへ行ったのか。／説到山口，他到哪兒去了？

選項2　「～ことなく」表示「不……」。

例 我々は、いつまでも変わることなく友達だ。／我們是永遠的朋友。

選項3　「～としても」表示「即使……」。

例 留学するとしても、来年以降です。／即使要去留學，也是明年之後的事了。

選項4　「～ことだから」表示自己判斷的依據，可譯為「因為……」。

例 彼のことだからどうせ時間どおりには来ないだろう。／你還不知道他？反正他不會準時過來的。

41　**答案：1**

譯文：想要減肥的話，改變飲食是沒有用的。不透過改變生活方式來改善體質的話是不會成功的。

選項1　「～ないことには」表示「如果不……」。

例 先生が来ないことにはクラスは始まらない。／老師不來就沒法開始上課。

選項2　「～ば」為動詞的假定形，表示假定，可譯為「假如……」。

例 手術をすれば助かるでしょう。／如果做手術，應該能得救吧。

選項3　誘答選項

選項4　誘答選項

42　答案：1

譯文：如果他在偵訊時什麼都不說，那才真正是浪費時間。

選項1　「～というものだ」表示「也就是……」。

例 この研究は、生産量を10年のうちに2倍にするというものだ。／這項研究10年內可以使產量增加1倍。

選項2　「～かねない」表示「有可能……」。

例 あいつならやりかねない。／我覺得他很可能做出這種事。

選項3　「～といわれている」表示「據說……」。

例 いずれも近年、大きな転換点を迎えているといわれている。／據說近年我們將迎來巨大的轉捩點。

選項4　「～っこない」表示「絕不會……」。

例 A：毎日5時間は勉強しなさい。　B：そんなこと、できっこないよ。／A：每天至少得唸書5個小時。　B：那不可能。

43　答案：3

譯文：放棄吧。我想回家了，實在是太寂寞了。

選項1　「～足りない」表示「不足」、「不夠」。無「～てたりない」的用法。

選項2　「～かまわない」表示「不介意……」。無「～てかまわない」的用法。

選項3　「～てたまらない」表示「……得不得了」。

例 今日は暑くてたまらない。／今天太熱了。

選項4　「～かいがある／ない」表示「值得／不值得」。

例 努力したかいあって、無事合格することができた。／努力沒有白費，總算考上了。

44　答案：4

譯文：不過，來美國之後，我的情緒未曾如此高昂。

選項1　「～たんだから」表示「正因為……」。

例 あんた、作文得意だったんだから、コピーライターにでもなれば？／你擅長寫作，要不試試做文案寫手？

選項2　「～てはじめて」表示「……後才……」。

第九回

例 卒業してはじめて大学時代の美しさが分かった。／畢業之後才明白大學時光的美好。

選項3 「～た以上」表示「既然……」。

例 絶対にできると言ってしまった以上、どんな失敗も許されない。／既然你説絕對沒問題，那就不允許有半點失誤。

選項4 「～て以来」表示「……之後」。

例 夏休みに風邪で寝込んで以来、どうも体の調子が悪い。／自從暑假感冒病倒以後，身體一直不好。

問題8

45 **答案：3**

原句：また、博士といえば、4 学問の　1 有無　3 に　2 かかわらず信用される。

譯文：而且只要一說是博士，不管是否有真才實學，大家都會相信（這個人）。

解析：「～にかかわらず」表示「不管（不問）……」。答題時可先將選項3、選項2結合再進行排序。

46 **答案：2**

原句：1 父親に　4 会いに　2 行った　3 んだって説明したんだけど、母が信じてくれないのよ。

譯文：我告訴母親我去見父親了，但是她卻不相信我。

解析：此處「んだって」應與「行った」連在一起，「だって」相當於「と」，表示引用的內容，譯為「說（講）了……」。答題時可先將選項2、選項3結合再進行排序。

47 **答案：3**

原句：公園内で違法な伐採が続けられた。4 公園内にある　1 きわめて　3 貴重な森林　2 をめぐり今日まで政治闘争は続いている。

譯文：公園裡仍然存在違法採伐（森林）的現象。圍繞著公園裡極其珍貴的森林資源的政治鬥爭至今仍在持續。

解析：「～をめぐり」表示「圍繞……（問題）」，前面應該是名詞，即「貴重な森林をめぐり」，然後再考慮另外兩項的排序。

48 **答案：1**

原句：これらの言葉を、彼女は4 自然に　2 流れ出る　1 一種の　3 強い熱情をこめて語った。

譯文：她飽含熱情，真情流露地講了這些話。

解析：此處仍先考慮「をこめて」的前面應為名詞，即「強い熱情」，再考慮其他幾項的排序。

49　答案：1

原句：4 考えた　3 だけでも　1 気が遠く　2 なり、それ以上の質問をする気になれなかった。

譯文：光是想一想就要暈過去了，我實在沒有心思繼續問下去了。

解析：此處「だけでも」表示「僅僅……就……」。

問題9

50　答案：4

選項：1 面向……　2 一味地　3 取決於……4 往往

譯文：如此，當我們説到「上課」時，往往會聯想到某種固定的「形式」。

解析：文章第一段提到，説到「上課」一詞，往往會聯想到「教師」、「老師和學生」、「教室」、「黑板」、「課本」、「課表」。由此判斷，選項4為正確答案。

51　答案：2

選項：1 隨著……　2 與……同時　3 一方面　4 按照……

譯文：鈴聲響起的同時，課桌上擺放的東西瞬間改變。

解析：解題關鍵是要結合實際上課過程中的場景去思考，即下課鈴一響，學生會將桌子上有關課程的東西收起來，選項2符合這樣的教室中的實際情況，為正確答案。

52　答案：3

選項：1 合理的　2 科學的　3 傳統的　4 理論性的

譯文：是傳統「統一授課」的一個場景。

解析：該段落描述的是一般情況下的上課場景，因此，選項3為正確答案。

53　答案：4

選項：1 相似的　2 統一的　3 同等的　4 不同的

譯文：但是，有一種和我們大多數人腦海中的印象十分不同的「上課」方式。

解析：解題關鍵是接續詞「しかし」，在前段中作者提到了傳統的「上課」方式，而「しかし」表示轉折，因此後文應為與「傳統」不同的上課方式，選項4是正確答案。

54　答案：1

選項：1 不僅如此　2 所以　3 如果　4 那麼

譯文：不僅如此，孩子們也並非只是端坐在桌子前。

解析：前文中說「在這裡，幾乎看不到老師站在黑板前進行單方面授課的情景」，後文提到學生也不會只端坐在桌前，二者為遞進關係，由此判斷選項1為正確答案。

問題10

55 **答案**：2

解析：解題關鍵句為「聞き上手になるには、そうしたお母さん的、カウンセラー的な態度が必要です」，選項2為正確答案。

56 **答案**：3

解析：解題關鍵句為「人には領域がありますが、その領城へ入ったり、その人の注意を引きつけたりすることは、その人を煩わせることでもある」。選項1是對為什麼要說「失礼します」的解釋，選項2和選項4是對一般寒暄語作用的説明，都不夠全面。選項3為正確答案。

57 **答案**：4

解析：本題測驗考生對文章主旨的理解。文章的主題是「日常生活中逐步養成的習慣和生活方式，使得人們對早已習慣的日常失去新鮮感，對日常生活的記憶是平淡的，因此會讓人感覺時間過得飛快」。因此，選項4為正確答案。

58 **答案**：4

解析：解題關鍵句為「母から『家のことはほかの仕事をする上での基本だ。』って耳が痛いほど聞かされてきました」。由此可見做好家庭生活中的整理收納是多麼重要的事情。選項4為正確答案。

59 **答案**：2

解析：該句中的「躓く」意為「受挫」、「栽跟頭」，整句的意思是「想和日本人建立良好的人際關係時會受挫」，選項2為正確答案。

問題11

60 **答案**：3

解析：本題測驗的是指示詞的用法。這類題一般在前後文找答案，解題關鍵句為「そのいきものにはそういう行動のパターンがあり、それに則ってハンティングしている」（該生物有這樣的行為模式，據此來進行捕獵），這裡的「此」就是「行動のパターン」，選項3是正確答案。

61 **答案**：3

解析：文章的主要觀點是「不是所有事物都是按照科學的模式發展的」。解題關鍵句為「科学的にこうだと考えられるという話が、しばらくするとまったく間違いだったということはよくある」，選項3為正確答案。選項1和選項4不符合原文主題，選項2後半句與原文不符，故排除。

62 **答案：2**

解析：這裡提到「以科學角度藉由習性去推想生物的行為」，而本文中針對生物習性的科學論述即是前文提及的「そのいきものにはそういう行動のパターンがあり、それに則ってハンティングしている」，故選項2為正確答案。

63 **答案：3**

選項：1 也就是說　2 所以　3 但是　4 那麼

解析：解題關鍵句是「リモコンを使う時のことを想像してみてください。たくさんのボタンが並んでいます」，意思是遙控器上有很多功能按鍵，但是人們常用的按鍵只有選台和調音量兩種，選項3為正確答案。

64 **答案：3**

解析：解題關鍵句為「1%の時々使う機能のために、これだけのボタンが付いているということになります」，選項3為正確答案。

65 **答案：3**

解析：解題關鍵句為「僕はこの問題の根源には、人の『慣れ』が関係していると思います。『ある道具を使い慣れてしまうと、それ以外を触れなくなってしまう』のです」。選項3為正確答案。

66 **答案：4**

解析：解題關鍵句為「なぜなら、携帯メールを四六時中やっている人の姿が、携帯電話に振り回されて他のことを何も考えられなくなっている」，選項4與該句內容相符，是正確答案。

67 **答案：3**

解析：該文章主要是在批判離不開手機的人，提議如果要提高自身的能力，就應該擺脫手機的束縛，體會無人聯絡帶來的孤獨感，從而進行深刻思考，成為心理強大的人，選項3是正確答案。

68 **答案：2**

解析：解題關鍵句為「そうすれば、自分一人だけの時空間を持ち、思索することの大切さが分かると思います」，選項2與該句內容相符，為正確答案。

問題12

69 **答案：3**

解析： 選項1為文章A的部分內容，文章B中沒有提到。選項2為文章B的部分內容，文章A中沒有提到。選項4的說法與兩篇文章均不相符。選項3為正確答案。

70 **答案：4**

解析： 選項1中的「内向的な人だけが将来性がある」這一觀點不符合文章內容，選項2中的「外向的な性格の人は問題などに絶対対応できない」不符合文章內容，選項3中的觀點並未在文章B中有所體現，均可以排除。選項4為正確答案。

問題13

71 **答案：3**

解析： 解題關鍵句為「世の中に役立とうというような野心を捨て、自然と戯れながら自然の偉大さを学んでいく科学で良いのではないだろうか」，選項3為正確答案。

72 **答案：4**

解析： 解題關鍵句為「科学は高価な実験器具やコンピューターを必要とするから一定の投資をしなければならず、そうすれば必ずその分の見返りが要求される」，即科學需要資金，資金提供方也要求回報，選項4為正確答案。

73 **答案：3**

解析： 該題測驗的是考生對文章主旨的理解。文章批判科學脱離了初心，只考慮是否有利於國家發展及其對社會的貢獻等，呼籲科學不忘初心，滿足人們的好奇心，選項3是正確答案。

問題14

74 **答案：4**

解析： 解題關鍵句為「1・2年生は将来の進路選択、職業選択を考えるきっかけとして、3年生以上は仕事・働き方・企業・業界を知る機会」，所以選項4為正確答案。

75 **答案：3**

解析： 該文章涉及對大學低年級、高年級學生的建議，以及畢業後就業時的注意事項等各個方面的內容，選項3是最適合本文的標題。

聴解

問題1では、まず質問を聞いてください。それから話を聞いて、問題用紙の1から4の中から、最もよいものを一つ選んでください。

1番 **男の人と女の人が話しています。女の人はまず何をしなければなりませんか。**

男：小野君、午後打ち合わせで出す見積書できているの？

女：はい、プリントだけ残ってます。

男：よし、ブラウスのサンプル届いた？

女：はい、今確かめたんですけど、色がちょっと変わっているので、メーカーに連絡しようとしていたんです。

男：うん、このボタン、小さくない？

女：そうですね、それも伝えておきます。あら、もう12時半だ、プリントしなくちゃ。

女の人はまず何をしなければなりませんか。

1 見積書を作る

2 見積書をプリントする

3 ブラウスの色の件をメーカーに伝える

4 ブラウスのボタンの件をメーカーに伝える

▶正解：2

解題關鍵句：もう12時半だ、プリントしなくちゃ。

2番 **男の人と女の人が話しています。女の人はまず何をしなければなりませんか。**

男：田中君、役員会の準備どうなっている？　パワーポイントの修正、終わった？　文字が一つか二つ抜けてたんだろう。

女：はい、すぐ直します。それより、会長のお飲みになるお茶なんですけど、紅茶が会長のお好みのブランドが見つからなくて、どうしようかと思っているんですけど。

男：ふーん、会長は紅茶しかお飲みにならないから、ないと困るね。僕が知ってる専門店に聞いてみて、番号あげるから。

女：それは助かります。移動用の車は竹内さんが手配するって言ってました。明日決まったら報告します。

男：分かった、はい、番号だ、これを先に。

女：はい。

女の人はまず何をしなければなりませんか。

1　パワーポイントの修正をする

2　会長が飲むお茶の店を探す

3　お茶の専門店に電話をする

4　移動用の車の手配をする

▶正解：3

解題關鍵句：僕が知ってる専門店に聞いてみて、番号あげるから……はい、番号だ、これを先に。

3番　男の人と女の人が話しています。男の人はなぜ忘年会に出るのが恥ずかしいのですか。

女：来週の忘年会出るのね？

男：うん、ちょっと恥ずかしいんだよ。

女：どうしたの？　あ、井上課長からまた計画書早く出せって言われているから？

男：それはないよ。だいぶ出来ているし、今回のは自信があるんだ。

女：じゃ、小田さんの顔見るのが恥ずかしいわけ？　この前の飲み会で喧嘩になりそうになってたじゃない？

男：違うよ、もう謝っているから。小池さんに告白したのが、断られてさ、照れくさいんだよ。

男の人はなぜ忘年会に出るのが恥ずかしいのですか。

1　井上課長から計画書のことで言われるからです

2　小田さんと飲み会で喧嘩したからです

3　小田さんと仲直りしていないからです

4　小池さんに断られたからです

▶正解：4

解題關鍵句：小池さんに告白したのが、断られてさ、照れくさいんだよ。

4番 **男の人と女の人が話しています。面接の場所はどう決めましたか。**

女：鈴木さん、これ今回新人面接のリストですけど。

男：ありがとう。

女：場所は第一会議室が広くていいと思いますけど、午前中営業部の会議が入っているみたいで、午前は第二会議室にし、午後から第一にするのはどうでしょう。

男：第二は入られるよね、みんな。

女：はい。

男：面接はあちこち場所を移動するのも面接者には印象がよくないね。肝心なのはこんなたくさんの人数を一日に終わらせるかどうかが大事だから、一箇所決めてそこで全部しよう。移動にも時間かかるし。

女：分かりました。

面接の場所はどう決めましたか。

1　午前は第一会議室に、午後から第二会議室に決めた

2　一日中第一会議室に決めた

3　一日中使える場所を探す

4　一日中第二会議室に決めた

▶正解：4

解題關鍵句：第二は入られるよね、みんな。
一箇所決めてそこで全部しよう

5番 **会社の社長と秘書の話です。男の人の明日のスケジュールはどうなっていますか。**

男：A社の木村社長の食事は明日の晩だね。

女：はい、場所はいつものとおり、「桜」屋にしたんですけど。

男：木村社長は最近血圧が高いっていうから、油ものは少なくして。

女：はい、食事は6時からして、4時半から毎日新聞の記者がインタビューをしに来ます。

男：うん、三十分で済むんだろう。その後、ジムにちょっと行ってくる。肩も首も凝っているよ。社長室で寝るよりましだ。

女：ゆっくりリラックスなさってください。

第九回

男の人の明日のスケジュールはどうなっていますか。

1　インタビューを受ける　→　社長室で寝る　→　夕食を食べる

2　インタビューを受ける　→　ジムへ行ってリラックスする　→　夕食を食べる

3　ジムへ行ってリラックスする　→　インタビューを受ける　→　夕食を食べる

4　社長室で寝る→　ジムへ行ってリラックスする　→　夕食を食べる

▶正解：2

解題關鍵句：食事は6時からして、4時半からインタビューをしに来ます。三十分で済むんだろう。その後、ジムにちょっと行ってくる。

問題2では、まず質問を聞いてください。そのあと、問題用紙の選択肢を読んでください。読む時間があります。それから話を聞いて、問題用紙の1から4の中から、最もよいものを一つ選んでください。

1番　男の人が話しています。何についての話ですか。

男：高齢化が進む中、お年寄りの生活にどのように便宜をもたらすかという話題をめぐっていろいろ検討が行われました。今年は老人ホームを一箇所増やし、75歳以上、一人暮らしの方に利用してもらうことにしました。また年寄りが施設に通うのに便利なように、移動用の車も5台増加し、施設の従業員の育成などにも取り組んでいます。

何についての話ですか。

1　高齢者への援助の取り組み

2　お年寄りの施設の説明

3　施設の車の利用の仕方について

4　施設の従業員の育成について

▶正解：1

解題關鍵句：お年寄りの生活にどのように便宜をもたらすかという話題をめぐっていろいろ検討が行われました。

2番　女の人と男の人が話しています。男の人はどうして英語教室に申し込まなかったのですか。

女：佐田さん、この前英語習うって言ってたけど、もう始めたんですか。

男：いや、諦めたんだよ。

女：え？　最近新しいプロジェクトのことで忙しいですもんね。仕事も大事ですから。

男：仕事も大事だと思うけど、自分の時間を持つようにしているのよ、普段から。

女：あ、ほかに好きなことを見つけたってことね、何？

男：特に新しいのをやり始めたわけじゃない。英語教室って見学コースがあるけど、二回ぐらい行ったのが、発音がおかしいって言われて、気が進まないんだ。遠くもあるけど。

男の人はどうして英語教室に申し込まなかったのですか。

1　英語の発音がよくないと言われたからです

2　仕事が忙しいからです

3　ほかに好きなことを見つけたからです

4　英語教室が遠いからです

▶正解：1

解題關鍵句：発音がおかしいって言われて、気が進まないんだ。

3番　男の人と女の人が話しています。女の人は何人の予約をしますか。

男：田中部長の転勤送別会、来週の土曜日だったよね。場所はもう決まったの？

女：まだです。参加する人数の統計をしているところです。

男：うちの営業部は全員参加するんだね、7人。

女：ええ、開発部の田村さんが子供の誕生日で、出られないっていうから、そっちは5人ですね。

男：副社長が会議が終わったら出られるかもしれないって秘書が言っていた。まだ未定だね。

女：それしゃ、いちおう、今の人数で予約しておきます。

女の人は何人の予約をしますか。

1　5人

2　6人

3　12人

4　13人

▶正解：3

解題關鍵句：營業部は全部参加するんだね、7人。
開発部の田村さんが子供の誕生日で、出られないっていうから、そっちは5人ですね。
副社長が会議が終わったら出られるかもしれないって秘書が言っていた。まだ未定だね。

4番　テレビ放送の内容です。市民が不安に思うことは何ですか。

男：連日の大雨で各地で災害が起きています。台風で木が倒れて道路を塞ぐようなことが起こる場合、早めに通告し、土砂崩れの恐れがある地帯など近づかないよう呼びかけています。物流も影響を受け、食品などの不足から市民の不安が高まる可能性があるので、役所では特にその点に力を入れてほしいですね。

市民が不安に思うことは何ですか。

1　雨が何日も続いたこと

2　台風で木が倒れること

3　食べ物などが足りなくなること

4　土砂崩れの恐れがあること

▶正解：3

解題關鍵句：食品などの不足から市民の不安が高まる可能性がある

5番　店で客と店員が話しています。女の人はどう決めましたか。

女：あのう、このシャツ青色で、Mサイズはありますか。

男：少々お待ちください。青のMは売り切れました。白と赤のMしかないんですけど。

女：うん、白はSもありますか。

男：はい、あります。

女：じゃ、親子で着るから、同じ白でお願いします。

女の人はどう決めましたか。

1　青と赤のシャツを買う

2　白のシャツを二枚買う

3　白と赤のシャツを買う

4　赤のシャツを二枚買う

▶正解：2

解題關鍵句：親子で着るから、同じ白でお願いします。

6番　病院で、医者と女の人が話しています。女の人の調子はどうですか。

男：どうですか、調子は。今も頭が痛かったり、眠れなかったりしていますか。

女：薬もある程度効果があると思いますけど、不愉快なことを忘れるようにしてから、すっきりしたって感じです。ご飯もおいしく食べて、夜もぐっすり眠れるようになりました。心の病気は考え方が大事ですね。

女の人の調子はどうですか。

1　頭が痛くて、眠れない

2　薬を飲んで調子がよくなった

3　不愉快なことがあるので調子が悪い

4　考え方を変えたので、調子がよくなった

▶正解：4

解題關鍵句：不愉快なことを忘れるようにしてから、すっきりしたって感じです。

問題3では、問題用紙に何も印刷されていません。この問題は全体としてどんな内容かを聞く問題です。話の前に質問はありません。まず、話を聞いてください。それから質問と選択肢を聞いて、1から4の中から、最もよいものを一つ選んでください。

1番　学生二人が話しています。

女：鈴木先生、今日すごく怒ってたよね。

男：うん、田中君がまた遅刻したからかな、田中君もね、何回言われても変わらないんだから。

女：それより、杉村君がうそをついたからじゃない？　宿題忘れてきたって。そうだ、掃除きれいにできてなかったんでしょう、朝の。

男：汚いのは我慢できないね、鈴木先生。

女：それね、きっと。

鈴木先生はどうして怒っていますか。

1　生徒が遅刻したから

2　生徒がうそをついたから

3　掃除がきれいにできてないから

4　生徒が宿題を忘れたから

▶正解：3

解題關鍵句：掃除きれいにできてなかったんでしょう、朝の。
汚いのは我慢できないね、鈴木先生。

2番　会社での話です。

女：それではまず我が社に応募した理由を言ってください。

男：三菱商社は貿易と投資の分野で有名な企業です。私の大学での専攻である金融と何かつながりのある分野だと思います。ずっと大企業で自分の能力を発揮してみたかったんです。父がすばらしい人たちのもとで学び、経験を積むことが得がたい経歴となると言っていましたから、それに従おうと決めたのが一番の理由ではないかと思います。

男の人が応募した理由は何ですか。

1　有名な会社だから

2　父の言うとおりにしたかったから

3　大学の専門と関わりがあるから

4　自分の能力を発揮してみたいから

▶正解：2

解題關鍵句：父がすばらしい人たちのもとで学び、経験を積むことが得がたい経歴となると言っていましたから、それに従おうと決めたのが一番の理由ではないかと思います。

3番　夫婦が話しています。

女：昨日は大変だったのよ。ちょうどあなたも出張で。

男：何かあったの？　前に言っていたワンちゃんの風邪、大丈夫？

女：それじゃなくて、花ちゃんが夜中に急に熱出して、病院へ連れて行ったのね。うちの車修理に出しているから、タクシーを呼んだけど、なかなか来なくて、涙が出るぐらいだった。

男：大変だったね、花ちゃん具合はどう？

女：うん、大丈夫。

女の人はどうして泣きそうになったのですか。

1　夫が出張で家にいなかったから

2　ワンちゃんが病気だから

3　病院へ行くのにタクシーが来なかったから

4　娘が熱をだしてしまったから

▶正解：3

解題關鍵句：タクシーを呼んだけど、なかなか来なくて、涙が出るぐらいだった。

4番　二人の学生が話しています。

男：森君、昨日の授業のノート貸して、吉田先生の。

女：吉田先生、黒板の字が小さいもんね。早口だし。

男：実は授業中眠くて。

女：午後の授業は眠くなるよね。わたしも我慢して聞いていた。

男：前の夜中にお腹が痛くて、よく眠れなかったんだよ。

女：大丈夫？　医務室は行ったの？

男：うん、薬もらってきた。

男の人はどうしてノートが取れなかったのですか。

1　先生の字が小さくて、早口だから

2　授業中眠くなったから

3　授業中お腹が痛くなったから

4　医務室へ行ってきたから

▶正解：2

解題關鍵句：実は授業中眠くて。

5番　テレビで男の人が話しています。

男：この春から大学生になった人、あるいは新社会人になった人は、新しい体験から日々、刺激を受けていることでしょう。一方で、「課題」や「報告書」などをはじめとするレポートの書き方に苦戦している人も多いかと思います。とくに、これまでレポートの書き方を学んでこなかった人にとって、レポートの提出は憂鬱ですよね。そこで今回は、すぐに

第九回

結果を出したい大学生・社会人向けの「レポートの書き方」をご紹介しましょう。良いレポートを書くのに、文才は必要ありませんよ。具体的なポイントとしては、「客観的であること」「論理的であること」「テーマに沿っていること」の3点です。これらのポイントを意識しつつ、主観的な意見が中心の作文や感想文にならないよう注意し、テーマに沿ったレポートを書きましょう。

男の人は何について話していますか。

1　新社会人になった人はレポートの提出は憂鬱です

2　良いレポートを書くのに、文才は必要です

3　レポートの書き方についての紹介です

4　主観的な意見が中心の作文や感想文になります

▶正解：3

解題關鍵句：そこで今回は、すぐに結果を出したい大学生・社会人向けの「レポートの書き方」をご紹介しましょう。

問題4では、問題用紙に何も印刷されていません。まず、文を聞いてください。それから、それに対する返事を聞いて、1から3の中から、最もよいものを一つ選んでください。

1番　すみません、遅れてしまって。

1　いいえ、私も着いたばかりですから。

2　それはいけませんね。

3　ああ、遅れましたか。

▶正解：1

2番　申込書、もう一枚もらってもいいですか。

1　もうもらったんでしょう。

2　はい、どうぞ。

3　失礼ですね。

▶正解：2

3番　昨日のパーティー楽しかったね。

1　パーティーって大変ね。

2　さんざん飲まされたよ。

3　うん、私もそう思う。

▶正解：3

4番　小野先生、推薦書ありがとうございます。

1　これからも頑張ってよ。

2　別に。

3　推薦書よく書くんだから。

▶正解：1

5番　あのう、郵便局はどこにありますか。

1　すみません、わたしもちょっと……

2　その辺りじゃないかな。

3　郵便局たぶんないでしょう。

▶正解：1

6番　大野君、体の具合はどう？

1　具合悪いのよ。

2　どうでもいいから。

3　だいぶよくなった。ありがとう。

▶正解：3

7番　今回失敗したのは全部わたしのせいです。

1　全部ではないだろう。

2　大丈夫、気を落さないで。

3　だれのせいかわからないよ。

▶正解：2

8番　あのう、部屋を予約したいんですが。

1　それは難しいですね。

2　申し訳ありません、空いている部屋がなくて。

3　もう予約できません。

▶正解：2

9番 お客さん、この白色はどうでしょうか。

1　あ、ちょっと着てみてもいいですか。

2　白は嫌いなんだから。

3　白しかないんですか。

▶正解：1

10番 こちらでしばらくお待ちになってください。

1　しばらくですか。

2　待たなければならないんですか。

3　はい、ありがとうございます。

▶正解：3

11番 最近は仕事が忙しくて。

1　お体に気をつけてください。

2　仕事を大事にしてください。

3　それはよくありませんね。

▶正解：1

12番 山田さんはほんとに優しい方ね。

1　ほんとうですか。

2　ほんとに、わたしもそう思います。

3　きっとやさしいですね。

▶正解：2

問題5では長めの話を聞きます。この問題には練習はありません。メモをとってもかまいません。

1番、2番

問題用紙に何も印刷されていません。まず話を聞いてください。それから、質問と選択肢を聞いて、1から4の中から、最もよいものを1つ選んでください。

1番 小説家が記者からインタビューを受けています。

女：それでは今回お書きになった小説はどんなストーリーでしょうか。

男：男同士の友情です。

女：先生はずっと探偵小説が多かったと思いますが、今回こういう内容を選んだきっかけなどございますか。

男：20年近く連絡が切れていた友達と会って、いろいろ考えさせられたことがありまして。

女：先生から見れば、友情とはどんなものだと思いますか。

男：いい友達、つまり親友というのは10年、20年会っていなくても互いに、あいつはこういう時はこう考えるんだろう、こういう決定をするんだろうと、ちゃんとわかる、そんな存在なんだよね。

女：たとえ、その20年の間、一回も連絡なくてもそれが分かるんですか。

男：だから普通の友達と親友とは違うんですよ。あなたが言うのは普通の友達で、親友とは魂が通じるって感じの関係、つまり心が通じないとね。

女：それじゃ、20年経って、お年寄りになって会ったら、何を喋ったらいいかって戸惑うこととかないんですか。

男：戸惑うどころか、会った瞬間、「こいつ、どこで何してんだよ」って昔と少しも変わらない口の利き方をしてたよ、おれたち。

女：感動しましたね。

男の人は親友とはどんな関係だと言っていますか。

1　何十年会わなくても相手の考えが分かる関係

2　何十年会わなくても相手の決定が分かる関係

3　何十年会わなくても心が通じる関係

4　何十年会わなくても変わらない口の利き方をする関係

▶正解：3

解題關鍵句：親友というのは10年、20年会っていなくても互いに、あいつはこういう時はこう考えるんだろう、こういう決定をするんだろうと、ちゃんと分かる、そんな存在なんだよね。
親友とは魂が通じるって感じの関係、つまり心が通じないとね。

2番　男の人が話しています。

男：携帯っていうと、みんなこれがなくてはならないと思う人がたくさんいると思いますが、私は携帯の悪口を言いたいですね。なぜかというと携帯のせいで、人生の楽しみがたくさん消えたからです。昔は新年になると、ポストから年賀状を出して、一枚一枚ずつ開けるのが何よりの楽しみでした。何十枚の年賀状がそれぞれ違う絵が書かれ、送った人の字もそれぞれおもしろいし。今ではみな携帯で新年の挨拶を交わし、もちろん便利でいいと思われますが、何だか機械が送るような感じで、なさけないですね。科学技術が発達して、生活の上で便利さをもたらすのはいいですけど、それによって人と人との間が遠くなったり、無関心な状態になるのは悲しいことですね。できれば、顔を見て、相手の気配を感じながら、コミュニケーションをしてほしいですね。

男の人は何が悲しいと言っていますか。

1　携帯のせいで、人生の楽しみが消えたこと

2　科学技術によって人間関係が遠くなること

3　年賀状の代わりに、携帯で新年のあいさつをすること

4　顔を見ながらコミュニケーションできないこと

▶正解：2

解題關鍵句：それによって人と人との間が遠くなったり、無関心な状態になるのは悲しいことですね。

3番　まず話を聞いてください。それから、二つの質問を聞いて、それぞれ問題用紙の1から4の中から、最もよいものを一つ選んでください。では、始めます。

3番　テレビで女の人が話しています。

女：「メモを上手に取る」ための方法を紹介したいと思います。一つ目は、メモは一冊にまとめることです。いくらメモをきれいに取っても、それぞれの情報が複数のノートに別れていると、時系列に見返しづらくなります。情報を整理しやすくするために、メモは一冊にまとめるようにしましょう。二つ目は余白をしっかり取ることです。メモを取るときは、余白を「ちょっと多いかな」くらいの感覚で残すようにしましょう。余白部分には、あとからアイデアを書き足したり、後日調べた情報を追加したりすることができ、それによってメモをブラッシュアップさせることができます。三つめは色分けして書くこと。例えば、リアルタイムでメモを取っているときは黒いペンを使い、重要だと思った箇所には赤ペンを、コメントを後入れするときには緑や青のペンを使うようにすると、あとから読み返したときに分かりやすくなるでしょう。四つ目

は「消えないペンで書く」ことをおすすめします。例えば、スケジュールが変更になった際には、既に書き込んである日時の後ろに矢印を入れリスケした日時を書くと良いでしょう。このようにすることで「変更した」という記録を残すことができます。

男：昨日の会議のメモちょっと見せて。

女：はい。

男：この最後のページのところ、何で字がこんなに小さいんだ。

女：三ページぐらいで十分だろうと思って、A4の紙3枚持って行ったけど、足りなくて、最後のページに詰めて書いてしまったんです。

男：そりゃ、メモの準備として余分に持ったほうがよかったろう。

女：はい、これからそうします。

男：今日のスケジュールはどうなっているの？

女：今組んでいるんですけど、重要事項を確かめないと……

男：あ、そうだ、今日大事なミーティングが二つあるよ。色ペンでそこを示しておけば、すぐわかっただろうに。覚えておかないと、これから。

質問1　女の人はメモの取り方について、これからどうしますか。

1　メモを一冊にまとめるようにします

2　メモの準備として余分に持つようにします

3　色分けして書くようにします

4　「消えないペンで書く」ようにします

▶正解：2

解題關鍵句：そりゃ、メモの準備として余分に持ったほうがよかったろう。

質問2　男の人はメモの取り方について、これからどうしますか。

1　メモを一冊にまとめるようにします

2　余白をしっかり取るようにします

3　色分けして書くようにします

4　「消えないペンで書く」ようにします

▶正解：3

解題關鍵句：色ペンでそこを示しておけば、すぐわかっただろうに。覚えておかないと、これから。

全真模擬試題解析
第十回

★ 言語知識（文字・語彙・文法）・読解

★ 聴解

第十回

言語知識（文字・語彙・文法）・読解

問題1

1 **答案：2**

譯文：宮澤賢治的語言打開了讀者細膩的感官開關。

選項1　地裁（ちさい）：地方法院
選項2　微細（びさい）：微小，細微
選項3　被災（ひさい）：受災
選項4　未済（みさい）：未做完

2 **答案：2**

譯文：一開始看到班裡全是女生，我感到十分害羞，還因此而逃出去過。

選項1　無此詞
選項2　圧倒（あっとう）：壓倒，勝過
選項3　応答（おうとう）：應答
選項4　右党（うとう）：保守黨

3 **答案：3**

譯文：比起衣服破了這件事，先想到身體有沒有受傷。

選項1　省く（はぶく）：省，節省
選項2　あぶく：泡，氣泡
選項3　破く（やぶく）：破壞，弄破
選項4　傾く（かぶく）：傾斜；打扮、著裝華麗而奇特

4 **答案：1**

譯文：橋的兩側店鋪林立，是座十分罕見的橋，我在日本從未見過。

選項1　珍しい（めずらしい）：罕見的
選項2　難しい（むずかしい）：難的
選項3　恥ずかしい（はずかしい）：害羞的
選項4　喜ばしい（よろこばしい）：可喜的

5 **答案：3**

譯文：也就是說要熱情地專注於生意，即為客戶服務吧。

選項1　務む（つとむ）：能擔任，勝任
選項2　拒む（こばむ）：拒絕

選項3　励む（はげむ）：努力，刻苦
選項4　頼む（たのむ）：拜託

問題2

6　**答案：3**

譯文：隨著任期期滿，新一屆的市長選舉於10月19日公示，26日開始投票。

選項1　告辞（こくじ）：告辭
選項2　告訴（こくそ）：提起訴訟
選項3　告示（こくじ）：告示，布告
選項4　酷似（こくじ）：酷似

7　**答案：4**

譯文：就近來數位相機的發展態勢來看，選新產品比較好吧？

選項1　接する（せっする）：接觸
選項2　属する（ぞくする）：屬於
選項3　達する（たっする）：達到
選項4　察する（さっする）：推測

8　**答案：1**

譯文：被雨淋濕就不好了。

選項1　濡れる（ぬれる）：淋濕
選項2　折れる（おれる）：折斷
選項3　晴れる（はれる）：天晴
選項4　割れる（われる）：打碎

9　**答案：1**

譯文：這熱衷於電腦的樣子，酷似日本所謂的「御宅族」。

選項1　酷似（こくじ）：酷似，很相像
選項2　誇示（こじ）：誇耀，炫耀
選項3　公示（こうじ）：公示，公告
選項4　告示（こくじ）：告示，布告

10　**答案：1**

譯文：幕府體制很可能從根本上徹底崩塌。

選項1　潰れる（つぶれる）：倒塌，坍塌
選項2　流れる（ながれる）：流動
選項3　凭れる（もたれる）：憑藉，憑靠
選項4　破れる（やぶれる）：打破，破壞

問題3

11 **答案：2**

譯文：金融事務員薪水高，還歡迎沒有經驗的人，所以引起了我的注意。

選項1　既（き）：已經

例 既知（きち）／已知曉

選項2　未（み）：未……

例 未完成（みかんせい）／未完成

選項3　誘答選項

選項4　誘答選項

12 **答案：4**

譯文：渡船每隔兩個小時來一次，沒搭上的話，下船就要晚兩個小時。

選項1　明け（あけ）：期滿

例 梅雨あけ（つゆあけ）／梅雨期結束

選項2　～までに：在……之前

例 金曜日までに出す。／週五之前提交。

選項3　～ころ：時候，時機

例 子供のころ／孩提時代

選項4　～おき：每隔……

例 三日おき（みっかおき）／每隔3天

13 **答案：3**

譯文：住址登記在市外的人，只要來電連絡，即可寄送通知函。

選項1　書（しょ）：書，信

例 書を読む。／讀書。

選項2　届（とどけ）：報告，申請

例 欠勤届（けっきんとどけ）／假條

選項3　状（じょう）：字條，便條，書信

例 年賀状（ねんがじょう）／賀年卡

選項4　紙（し）：紙，報紙

例 機関紙（きかんし）／機關報

14 **答案：2**

譯文：每月的簽約率依然很低，而庫存率也繼續保持著低水準。

選項1　多（た）：許多

例 多人数（たにんずう）／大人數

選項2　低（てい）：低的

例 低姿勢（ていしせい）／低姿態

選項3　高（こう）：高的
例 高気圧（こうきあつ）／高氣壓
選項4　大（だい）：大，很，非常
例 大賛成（だいさんせい）／非常贊成

15　**答案：3**
譯文：滋賀縣的醬醃牛肉過去曾是送給大名（日本過去管轄一方土地的領主）的禮物。
選項1　付き（つき）：附有，帶有
例 保証付き（ほしょうつき）／附保證書，保固
選項2　出し（だし）：「出し汁（だしじる）」的略語，高湯
例 昆布で出しを煮る。／用海帶熬高湯。
選項3　漬け（づけ）：醃，泡；醃漬食品
例 茶漬け（ちゃづけ）／茶泡飯
選項4　もの：該種類物品
例 夏ものの服（なつもののふく）／夏季衣物

問題4

16　**答案：2**
譯文：也就是說，比起專業知識，大腦的靈活度更有用。
選項1　回送（かいそう）：轉寄，轉送
例 受取人が転居したので手紙を回送する。／因收信人搬家了，所以把信轉寄到新地址。
選項2　回転（かいてん）：旋轉，周轉
例 回転資金／周轉資金
選項3　転回（てんかい）：轉動，回轉
例 180度の転回をする。／一百八十度大轉彎。
選項4　転送（てんそう）：轉送，轉發
例 はがきを移転先に転送する。／把明信片轉寄到新遷地址。

17　**答案：1**
譯文：肥胖是眾多生活習慣疾病的誘因，不能充耳不聞。
選項1　聞き流す（ききながす）：置若罔聞，充耳不聞
例 人の意見を聞き流す。／不聽旁人的意見。
選項2　聞き分ける（ききわける）：聽出來，聽明白
例 君は東京の人と関西の人の日本語を聞き分けられるか。／你能聽出來東京人和關西人說的日語嗎？

第十回

選項3　聞き入れる（ききいれる）：聽從，接納

例 いくら懇願してもがんとして聞き入れなかった。／無論怎麼央求，對方也堅決不答應。

選項4　聞き漏らす（ききもらす）：漏聽

例 精神を集中して一言も聞き漏らさない。／聚精會神不漏聽任何一句。

18　**答案：2**

譯文：她在電視上看起來精力旺盛且具備領袖魅力。

選項1　まごまご：張惶失措

例 隣が火事になり、みんなまごまごするばかりで何一つ持ち出せなかった。／隔壁失火了，大家手忙腳亂的，什麼東西也沒帶出來。

選項2　はきはき：活潑；爽快，乾脆

例 もっとはきはき行動しなさい。／行動再敏捷一些。

選項3　ふわふわ：輕飄飄

例 春になるとふわふわした気持ちになり仕事が手につかない。／一到春天就犯懶不想工作。

選項4　ぶつぶつ：抱怨，牢騷

例 何かぶつぶつ独り言を言っていた。／自言自語，嘟嘟噥噥。

19　**答案：4**

譯文：食材講究且全心全意製作的麵包味道溫和。

選項1　ゆっくり：慢慢地

例 時間をかけてゆっくりやる。／花時間慢慢地做。

選項2　すっきり：舒暢，暢快

例 寝不足で頭がすっきりしない。／因睡眠不足而頭腦不清楚。

選項3　さっぱり：爽快，痛快

例 コーヒーを一杯飲んだのでさっぱりした。／喝了一杯咖啡後，覺得自己清醒了。

選項4　たっぷり：充分，足夠

例 筆にすみをたっぷりつける。／毛筆蘸滿墨。

20　**答案：4**

譯文：這是具有重要意義的事。

選項1　しきりに：頻繁地，不斷地

例 しきりに手紙をよこす。／屢次來信。

選項2　にわかに：突然

例 大雨がにわかに降り出す。／突然下起大雨。

選項3　しだいに：逐漸地
例 次第に空が暗くなった。／天空逐漸暗了下來。
選項4　おおいに：非常
例 大いに鍛えられる。／得到很好的鍛煉。

21　**答案：2**
譯文：如果有能為我們主持大局的人，那麼商談就能順利進行。
選項1　シンプル：簡單，樸素
例 シンプルなデザイン／簡單的設計
選項2　スムーズ：順利
例 事がスムーズに運ぶ。／事情順利地進行。
選項3　ソフト：柔軟，柔和
例 ソフトな感じ／柔和的感覺
選項4　クリア：清除
例 データをクリアする。／清除資料。

22　**答案：4**
譯文：大家都以為他們兩人會結婚，結果完全猜錯了。
選項1　見本（みほん）：樣品，貨樣
例 見本注文／訂購樣品
選項2　見舞う（みまう）：探望，慰問
例 久しぶりに木村さんを見舞う。／去看望許久未見的木村。
選項3　見頃（みごろ）：正好看的時候
例 桜はちょうど見ごろだ。／正是觀賞櫻花的好時候。
選項4　見事（みごと）：完全
例 評論家の予想は見事に外れた。／評論家的預想完全落空了。

第十回

問題5

23　**答案：2**
譯文：就該對他大罵「你這種人簡直太差勁了」，毫不猶豫地揍他一拳。
考 點　思い切り（おもいきり）：下定決心
選項1　考慮清楚
選項2　決心，決定
選項3　決斷
選項4　斷定

24　**答案：2**
譯文：對於違反債務相關規定的人，可以要求其進行損害賠償。

考 點　請求（せいきゅう）：要求
選項1　結算，清算
選項2　要求
選項3　訴訟
選項4　招徠（顧客）

25　**答案：4**
譯文：不斷向東前行的分支，最終到達日本列島，大和民族便於此誕生。
考 點　ついに：最終
選項1　逐漸地
選項2　慢慢地
選項3　逐漸地
選項4　最終

26　**答案：1**
譯文：健之一專注於工作，就會不自覺地哼起歌來。
考 點　熱中（ねっちゅう）：熱衷於，專注於
選項1　專注於
選項2　注目，關注
選項3　把……放在心上
選項4　以……為目標

27　**答案：3**
譯文：庭院裡種植了很多花花草草，雖然光照不足，但植物生長得鬱鬱蔥蔥。
考 點　わりに：表示意外（可譯為「雖然……但是……」）
選項1　與……不同
選項2　與……相同
選項3　表示替代、補償（可譯為「雖然……但是……」）
選項4　既然……

問題6

28　**答案：4**
譯文：當時水運發達，水上交通也十分普遍。
選項1　替換為：上達（進步）
選項2　替換為：発展（發展）
選項3　替換為：上達（進步）
選項4　正確選項

29 答案：1

譯文：不銹鋼是不容易生鏽的金屬，但是長時間沾附鹽分、油脂等物質也會生鏽。

選項1 正確選項

選項2 替換為：腐る（腐爛）

選項3 替換為：腐敗して（腐爛）

選項4 替換為：動かない（不動）

30 答案：3

譯文：書的價格全部是店主根據進價來定的，不能隨意改變。

選項1 替換為：独断（獨斷）

選項2 替換為：独自（獨自）

選項3 正確選項

選項4 替換為：自由（自由）

31 答案：1

譯文：醫師用靈巧的手法操作導管的尖端。

選項1 正確選項

選項2 替換為：上手（擅長）

選項3 替換為：得意（擅長）

選項4 替換為：要領がいい（手腕高明）

32 答案：2

譯文：他裝作不關心，可那是毫無意義的，只不過是無謂的努力。

選項1 替換為：はかない（短暫，無常）

選項2 正確選項

選項3 替換為：はかない（短暫，無常）

選項4 替換為：無駄な（無用，浪費）

問題7

33 答案：1

譯文：今天您在百忙中為我們抽出時間，我們十分過意不去。

選項1 「～ところ（を）」表示「在您……的時候」。

例 お忙しいところ、お邪魔しまして、申し訳ございません。／在您這麼忙的時候打擾您，真是不好意思。

選項2 「～こと」表示感嘆或驚訝的心情。

例 まあ、きれいに咲いたこと。／啊，花開得真美啊！

選項3　「～もの」用於說明理由，陳述自己的觀點。

例 A：「どうして食べないの？」　B：「だっておいしくないもの！」／A：你為什麼不吃呢？　B：因為不好吃啊！

選項4　「～ばかり」表示「越來越……」。

例 彼の病状は悪化するばかりだ。／他的病情在不斷惡化。

34　**答案：4**

譯文：聽說植物除了二十四小時制的生物鐘以外，還有季節性的生物鐘。

選項1　「～について」表示「關於……」。

例 大学では日本文学史について研究したいと思っています。／我想在大學研究日本文學史。

選項2　「～に関して」表示「有關……」，類似於「について」，不過「に関して」的表達更為鄭重，多用於書面語中。

例 環境に関する諸問題を検討します。／討論有關環境方面的問題。

選項3　「～にとって」表示「對……來說」。

例 私にとって一番大切なものは家族の愛です。／對於我來說，最寶貴的是親情。

選項4　「～に加えて」表示在前項的基礎上再累加後項，意為「不僅……而且……」。

例 今年は雨が多いことに加えて、気温も低い。／今年不僅雨多，而且氣溫也低。

35　**答案：3**

譯文：如果可以，必須儘早回應她的期待。

選項1　「～に基づいて」表示「根據……」。

例 実際の市場調査に基づいて、結論を下した。／根據實際的市場調查得出了結論。

選項2　「～に対して」表示「與……相對比」。

例 都会には人が集まっているのに対して、田舎は人が減っている。／都會人口十分密集，相比之下，鄉下的人口卻在減少。

選項3　「～に応えて」表示「回應……」。

例 市役所の呼びかけに応えて、ゴミの分別収集を開始した。／響應市政府的號召，開始進行垃圾分類處理。

選項4　「～にわたって」表示「歷經……」。

例 5時間にわたる手術はようやく無事に終わった。／長達五個小時的手術終於順利結束了。

36　**答案：2**

譯文：對學生來説，準備期末考試是很有壓力的。

選項1　「～にあたって」表示「當……之時」。

例 海外に留学するにあたって、気を付けなければいけないことが三つある。／到海外留學時，有三點需要注意。

選項2　「～にしたら」表示「從……的角度來説」。

例 親にしたら、子供が一流大学に受かったことは嬉しいことだろう。／從父母的角度來説，孩子考上一流大學是一件無比開心的事情吧。

選項3　「～にかわって」表示「代替……」。

例 入院した先生にかわり、今は新しい先生が授業している。／現在新老師代替住院的老師在上課。

選項4　「～にかけては」表示「在……方面」。

例 陽子は音楽にかけては天才的なところがある。／陽子在音樂方面很有天賦。

37　**答案：1**

譯文：無論參加與否，都請馬上跟我聯繫。

選項1　「～にせよ」表示「無論……」。

例 静かにせよ、賑やかにせよ、外に出ないのだから関係ない。／反正我不出去，無論外面是安靜還是熱鬧，都和我沒關係。

選項2　「～にしたら」表示「從……的角度來説」。

例 祖母にしたら、孫は自分の命より大事なものでしょう。／對祖母來説，孫子是比自己的命還重要的人吧。

選項3　「～につけ」表示「每當……就……」。

例 あの子の顔を見るにつけ、あの子の母親のことを思い出す。／每次看到這孩子，就想起他的媽媽。

選項4　「～に沿って」表示「按照……」。

例 既定方針に沿って行う。／按既定方針進行。

38　**答案：3**

譯文：因為正在開會，這個房間到下午五點為止無法使用。

選項1　「～にしろ」表示「即使……也……」。

例 部下がしたにしろ、責任は上司にもある。／即使是下屬做的，上司也要負責任。

選項2　「～ばかりに」意為「正因為……」，表示由於前面的原因引起了不理想的結果。

例 彼の言葉を信じて株を買ったばかりに、大金を失った。／全是因為聽信他的話買了股票，所以才賠了一大筆錢。

選項3　「～につき」表示由於前項而不得已作出後項的決定，意為「因……」。

例 本日は定休日につき、休ませていただきます。／今天是公休日，所以休息一天。

選項4　「～に反して」表示「與……相反」。

例 みんなが楽しそうなのに反して、彼ひとり落ち込んでいる。／大家都很開心，只有他一個人悶悶不樂。

39　**答案：1**

譯文：聽說你雖然生了病，但還在喝酒抽菸。這很不好。

選項1　「～にもかかわらず」表示「儘管……卻……」。

例 田中さんは病気であるにもかかわらず、毎日遅くまで仕事をしている。／儘管病了，但田中先生每天還是工作到很晚。

選項2　「～にかかわる」表示「與……有關係」。

例 命にかかわること／性命攸關的事情

選項3　「～に関する」表示「有關……」。

例 この問題に関するあなたの意見を聞かせてください。／請談談您對於這個問題的意見。

選項4　「～に伴う」表示「隨著……」。

例 都市人口の増加に伴う交通問題や住宅問題も深刻になってきた。／隨著城市人口的增加，交通和住宅等相關問題也嚴峻了起來。

40　**答案：4**

譯文：但是，和我期望的相反，她回來後的表情很愉悅。

選項1　「～に限って」表示「只限於……」。

例 日曜日に限って、冷凍食品は3割引でございます。／冷凍食品七折，僅限星期日。

選項2　「～に際して」表示「在……之際」。

例 ご結婚に際して、お祝いを申し上げます。／值此新婚之際，獻上我們的祝福。

選項3　「～に先立って」表示「在……之前」。

例 試合に先立ち、開会式を行う。／比賽前先舉行開幕式。

選項4　「～に反して」表示「與……相反」。

例 親の期待に反して、家業を継がなかった。／和父母的期待相反，沒有繼承家業。

41　**答案：3**

譯文：自從地球上誕生生命開始，已經持續了長達四十億年的時間。

選項1　「～にしても」表示「即使……也……」。

例 いくら忙しいにしても、電話ぐらいくれる時間はあるだろう。／再怎麼忙，給我打個電話的時間還是有的吧？

選項2 「～に比べて」表示「與……相比」。

例 先月に比べ、もうけは倍になった。／和上個月比，多賺了一倍。

選項3 「～にわたって」表示「經過……」。

例 彼は前後3回にわたって、この問題を論じた。／他前後三次論述了這個問題。

選項4 「～につけ」表示「每當……就……」。

例 この道を歩くにつけ、大学時代のことを思い出す。／每當走這條路時，就會想起大學時代的事情。

42 **答案：2**

譯文：大部分日本人一提到狗，別說是女性，連男性都害怕。

選項1 「～反面」意為「另一方面」。

例 飛行機は速い反面、値段が高い。／飛機雖然速度快，但價格貴。

選項2 「～ばかりか」表示「不光……」。

例 彼は遅刻ばかりか、無断欠勤もする。／他不光遲到，還常常無故缺勤。

選項3 「～もの」表示為自己所做的事情找理由，多用於兒童。意為「那是因為……才……的呀」。

例 A：どうして喧嘩したの？　B：だって僕の玩具奪ったもの。／A：為什麼吵架？　B：因為他搶了我玩具呀！

選項4 「～まいか」意為「難道是……嗎」。

例 おれはただ食っていけるために働いているのではあるまいか。／難道我只是為了填飽肚子而工作的嗎？

43 **答案：4**

譯文：根據資料內容，我看了很多現場的情況，目前還什麼都沒有發現。

選項1 「～に決まっている」表示「一定……」。

例 そのやり方では失敗するに決まっている。／那種方法註定是要失敗的。

選項2 「～に違いない」表示根據自己的經驗或直覺，作出後項的推斷。意為「肯定……」。

例 週末だから、公園は人がいっぱいであるに違いない。／因為是週末，公園裡的人肯定很多。

選項3 「～をはじめ」表示「以……為首」。

例 校長先生をはじめとする訪問団がおいでになりました。／以校長為首的訪問團來了。

選項4　「～に基づいて」表示「根據……」。

例 調査の結果に基づいて、報告書を作ります。／根據調查結果寫報告。

44 **答案：2**

譯文：這無非是他缺乏想像力的證據。

選項1　「～しかない」表示「只好……」。

例 仕事が残っているから残業するしかない。／工作沒做完，只好加班。

選項2　「～にほかならない」表示「不外乎是……」。

例 小野さんが一流大学に受かったのは、日々の努力の結果にほかならない。／小野之所以能考上一流大學，不外乎是他每天不斷努力的結果。

選項3　「～よりほかはない」表示説話者無奈、不得已的心情。意為「只有……」。

例 重い病気だから、手術するよりほかない。／因為病重，所以只好做手術。

選項4　「～ようがない」表示「無法……」。

例 一言で言いようがない。／一言難盡。

問題8

45 **答案：1**

原句：ほかの人はともかく、わたしは4 生涯　3 これほど　1 危険を　2 感じたことはなかった。

譯文：別人暫且不説，我這輩子從沒遇見過這樣的危險。

解析：句型「～はともかく」意為「……暫且不説」。表示説話者認為前項可以暫且忽略不談，重點應該放在後項的內容上。

46 **答案：1**

原句：女性は世の中で仕事を得て働いて行くうえで4 具体的に　3 役立つ　1 学問を　2 身に付けるべきではあるまいか。

譯文：在社會上工作的女性是不是應該掌握具體派得上用場的學問呢？

解析：「～ではあるまいか」表示委婉的推測或呼籲，意為「難道不是……嗎」，與「～ないだろうか」意思相近。

47 **答案：1**

原句：2 恋愛には　3 規則は　1 ないとは　4 いうものの、実は、ある種の規則がある。それは常識というものだ。

譯文：雖然有「談戀愛沒有規則」這一説法，但其實是有某種規則的，那就是常識。

解析：「ものの」表示雖然承認前項內容，但接下來會提出與其相反的內容，意為「雖然……但……」。

48 **答案：1**

原句：2 三時間も　3 会議をして　1 いた　4 わりには、決定事項らしきものはほとんどない。組織なんてものは大きくなると決定手続きばかりが増えて動きが鈍くなる。

譯文：雖然都開了三個小時的會了，但沒作出一項像樣的決定。所謂的組織，真是機構越大，決議流程就越複雜。

解析：「～わりに（は）」表示相比較的程度，後項的結果與前項的設想不一樣，有轉折語氣，可譯為「雖然……但是……」。

49 **答案：4**

原句：2 人に　3 迷惑を　4 かけても　1 かまわぬという若い人がふえているのではなかろうか。

譯文：給別人添麻煩也無所謂，有這種心理的年輕人是不是越來越多了呢？

解析：「～ではなかろうか」表示說話者的推測、判斷、主張。意為「不是……嗎」。

問題9

50 **答案：2**

選項：1 滿足，充分　2 寬裕，留有餘地　3 突然出現　4 深切，仔細

譯文：電車的座位比較空的時候，沒有同伴的人們落座時不會靠得特別近。

解析：選項1「たっぷりと」、選項3「どっと」、選項4「しみじみと」都不能跟動詞「座る」搭配。而根據「バスを待っている人の数が2人の場合、二人の間隔は2m以上ある」這句話可以判斷出，乘坐電車時人與人的間隔較大。因此選項2是正確答案。

51 **答案：3**

選項：1 反過來　2 更加　3 同樣　4 總之

譯文：同樣，在空蕩蕩的電車中，如果空位很多，卻偏要緊挨著別人坐，也會讓人覺得不舒服。

解析：根據「やはり気持ち悪く思うだろう」可判斷出，此處應該填入表示公車站和電車落座情況相同的詞，因此選項3為正確答案。

52 **答案：4**

選項：1 那樣的　2 那個　3 所謂的　4 這個

第十回

譯文：然而，文化不同，（前文提到的）距離也不同。

解析：結合上下文，此處應該指代前文剛剛提到的內容「ごく親しい関係の場合は0～45cm、相手の表情を読み取る空間なら45cm～120cm、手は届かないが会話ができる空間なら1.2m～3.5m」，因此選項**4**為正確答案。

53 **答案：4**

選項：1 想要　2 讓我們……吧　3 沒辦法……　4 甚至變得……

譯文：尚未適應的時候有些不知所措，但慢慢習慣以後，甚至會感到很親切。

解析：由此句中的「～が、徐々に慣れていき」判斷，此處應該填入一個能夠表示內心變化的表達，只有選項**4**符合，所以選項**4**是正確答案。

54 **答案：2**

選項：1 不可思議的　2 理所當然的　3 無法想像的　4 悲傷的

譯文：有的文化背景下，人們透過握手或者擁抱進行寒暄，而在日本文化中，人們需要保持鞠躬時互相不會撞到頭的距離。由以上兩種情況，自然可以看出人與人之間「距離」的巨大差異。

解析：前文一直在強調「文化によってこの距離は異なる」、「文化による違いを経験している」，再結合本段對其他國家與日本不同的文化對比，我們可以判斷出，作者認為文化差異自然而然會導致人與人之間距離的差異，因此選項**2**是正確答案。

問題10

55 **答案：2**

解析：解題關鍵句為「顔は、生きるためだけではなく、ほかにもいろいろな役割をもっています。その一つは、その人を識別するための手がかりとしての役割です」。所以正確答案是選項**2**。

56 **答案：3**

解析：解題關鍵句為「『前の会社では部長でした』などと答える人がよくいる」、「問われているのは、『あなたはなにができますか？』であって、『あなたはナニサマでしたか？』ではない」。由此可知，「ナニサマ」指過去的職位。所以正確答案是選項**3**。

57 **答案：1**

解析：解題關鍵句為「要所要所で相手が出してくる数字に注目しておくと、論理がどこかで破綻しているに気づいたり、ごまかしが分かったりすることがある」。由此可知，正確答案是選項**1**。

58 **答案：4**

解析：解題關鍵句為「この度はサンシャイン企画による『年末スペシャルコンサート』招待券にご応募いただき」、「残念ながら当選とはなりませんでした」。由此可知，收到通知的人報名抽取今年的新年音樂會招待券，但沒有抽中。所以正確答案是選項4。

59 答案：2

解析：解題關鍵句為「車輪が、前後に二つ並んでいるのが自転車の基本的な形態です。生まれたとき、すでに自転車が身近にあったわたしたちには、ごくあたりまえのように思えます」。由此可知，「あたりまえ」指自行車車輪的排列方式，即車輪前後排列。所以選項2是正確答案。

問題11

60 答案：3

解析：解題關鍵句為「つまり、文字を消してある黒板のようになる」，因此選項3為正確答案。

61 答案：2

解析：解題關鍵句為「働きながら考えるのは困難である」，因此選項2為正確答案。

62 答案：2

解析：解題關鍵句為「まず、不要なものを頭の中から排除すべきである」，因此選項2為正確答案。

63 答案：3

解析：解題關鍵句為「人間が一番リラックスして話せるのは、斜め前に相手がいるときであるらしい」、「真正面に立たれると、人は圧迫感を感じて緊張してしまう」。由此可知，佛洛伊德這麼做是為了不給人壓迫感，不讓人感到緊張。所以正確答案是選項3。

64 答案：1

解析：解題關鍵句為「語学教師は、学生に聞かせたいときには黒板の前の真ん中に立つ」。「黒板の前の真ん中に立つ」與選項1「教室の前の真ん中に立つ」表達的意思相近，所以選項1是正確答案。

65 答案：2

解析：解題關鍵句為「デートのときにいいのは、斜め向かいに座ることである。できれば、お互いの身体の向きが90度から45度ぐらいになるように座るのがいい」。「そういう位置關係」指代的就是上文的「斜め向かいに座ること」，所以選項2是正確答案。

66 答案：4

解析：解題關鍵句為「まったくどんな人だか知らない、名前も聞いたことのない著者の本を買うようになったことだ」。由此可知，文中的「冒険」指在舊書展中買下不知名作者的書。所以正確答案是選項4。

67 答案：3

解析：解題關鍵句為「未知の著者の本でも」、「タイトルや装丁がナイス、関心のある出版社の本である、あるいはその本が単に古いというだけの理由で、まったく見当がつかない本でも勢いで買ってしまうのである」。由此可知，選項3是正確答案。

68 答案：4

解析：解題關鍵句為「著者や内容についてじっくり点検するのは、家へ持ち帰って、包みを開けてからということになる」、「幾多の未知の著者たちと、古書展の雑本雑書の中で出会ってきたことか」。本文全篇圍繞「買不知名作者的舊書」這一話題展開，在文章的後三段，作者明確表示這是一種樂趣。所以正確答案是選項4。

問題12

69 答案：4

解析：由使用者A中的「以前は、平日だけ開いていたのが、先月から第二・第四土曜日も開館になり、その代わりに開館した土曜の次の月曜日は休館になりました」可知，圖書館總開館天數沒有變化。由使用者B的「平日の開館時間は以前の通り9時から6時までなのに、土曜日の閉館時間はどうして3時に変わったのでしょうか」可知，開館時間比以前少了三小時。所以正確答案為選項4。

70 答案：3

解析：由使用者A的「土曜は朝から利用者が多く、席が取れないこともあります。私の勝手な希望かもしれませんが、もう一度開館日を考え直していただけませんか」可知，A對變更後的開館日有所不滿，認為以前比較好。由使用者B的「前は……なかなか難しい状況でしたが、先月から週末にも利用できるようになり、週末の楽しみが一つ増えました」可知，B認為變更開館日後更加方便。所以選項3為正確答案。

問題13

71 答案：3

解析：解題關鍵句為「聞く方は、予備知識も含め、あなたというメディア全体が放っているものと、発言内容の『足し算』で聞いている」、「仕事を抱え込んでしまって困っている山田さん」。一個本身缺乏工作能力的人，無論提出什麼意見都沒有說服力，因為該人本身無法讓人信賴。所以正確答案是選項3。

72 **答案：4**

解析：解題關鍵句為「口を開く前に、周囲の人から、あなたの話を聞こうという気持ちを引き出せる」、「企画書の表紙を開く前に、『あの人の企画なら間違いない』と思ってもらえる」、「外から見て人があなたに期待する」。由此可知，選項4是正確答案。

73 **答案：2**

解析：解題關鍵句為「どうしたら、……あなたの話を聞こうという気持ちを引き出せるのか？　どうしたら、……『あの人の企画なら間違いない』と思ってもらえるのか」。作者在本文中主要想回答兩個「どうしたら」句中的提問，即如何做到「自分の聞いてもらいたいことを聞いてもらえる」，只有選項2的表述與原文相符，所以選項2是正確答案。

問題14

74 **答案：3**

解析：解題關鍵句為「申請書に必要事項をご記入のうえ、利用開始月の前月15日までに利用する駐輪場へ直接お持ちください」。由此可知，「定期利用」的申請方法是直接到平時常用的停車場申請，所以選項3是正確答案。

75 **答案：2**

解析：根據「料金を利用開始前月末日までに利用する駐輪場にお持ちになり」可知，費用需要到停車場支付。並且，「フジ区に住んでいる会社員のFさん」屬於「自転車駐輪場利用料金」表中的「区民以外の一般利用者」，如要申請「3か月の定期利用」，應付費用是5,400日圓，所以選項2是正確答案。

聴解

問題1では、まず質問を聞いてください。それから話を聞いて、問題用紙の1から4の中から、最もよいものを一つ選んでください。

1番　女の人と男の人が話しています。男の人はこれからどうしますか。

女：あれ、どうしたの、ぐったりして。

男：昨日から体がだるくて……熱があるみたい。

女：顔赤いね。辛そう……ねえ、病院に行ったほうがいいんじゃない？

男：うん……でも、帰って薬飲んで寝るよ。今日はもう授業もないし。

女：そうしたほうがいいよ。

男：うん。じゃ、レポートを提出したら帰るよ。

女：レポート？　提出先は？

男：高橋先生の研究室のポスト。

女：じゃ、出しておいてあげるよ。これから授業であっちのほうに行くから。

男：えっ、いいの？　じゃ、そうしてもらおうかな。

男の人はこれからどうしますか。

1　家に帰る

2　病院に行く

3　レポートを書く

4　高橋先生の研究室に行く

▶正解：1

解題關鍵句：レポートを提出したら帰るよ。
出しておいてあげるよ。

2番　女の人が会議の書類を用意しています。女の人はこのあとまず何をしますか。

男：山田さん、あさっての会議の書類、準備大丈夫？

女：ええ。資料を集めて情報を整理するのは済んでいます。こんな感じでよろしいでしょうか。

男：うん、ありがとう。量が多くてパソコンで打ち直すの、大変だと思うけど、よろしく。

女：パソコンで打つ作業はすでに終わりましたので、大丈夫です。あとは印刷するだけです。

男：あれ？　そういえば、先月の売り上げ報告書は？　これがないと話になんないや。悪いけど、こっち、大至急お願い。あらかじめ会議の出席者に渡しておかなきゃいけないから。

女：かしこまりました。あのう、最終的に書類はどのような形でまとめましょうか。

男：紙をたてに置いて、左上の端を留めるだけでいいよ。それを15部、用意しといて。

女：かしこまりました。

女の人はこのあとまず何をしますか。

1　資料から情報を集める

2　書類を印刷する

3　売上報告書を作成する

4　書類の端を留める

▶正解：3

解題關鍵句：先月の売り上げ報告書は？　これがないと話になんないや。悪いけど、こっち、大至急お願い。

3番　男の人がボランティア活動について説明しています。初参加の人は、まず何をしますか。

男：皆様、本日は市民公園の清掃ボランティア活動にお集まりくださいましてありがとうございます。まず、今日がはじめてっていう方は、ここに残ってください。ちょっと説明しますから。前回、参加してくださっている方は、やり方はご存知だと思いますので、どうぞ作業を開始してください。ご自分の掃除道具をお持ちでない方は、あちらの道具置き場で配っております。それから、記念品がありますので、途中でお帰りになる場合でも、受付でもらっていってください。

初参加の人は、まず何をしますか。

1　掃除道具を受け取る

2　記念品をもらう

3　そのまま説明を聞く

4　掃除の作業を始める

▶正解：3

解題關鍵句：まず、今日がはじめてっていう方は、ここに残ってください。ちょっと説明しますから。

4番　銀行で男の人と女の人が話しています。男の人はこのあとすぐ何をし

ますか。

男：あのう、カードを作りたいんですが。

女：かしこまりました。それでは、窓口は2階ですので、2階にお上がりになり、番号札をお取りになってお待ちください。

男：分かりました。

女：あのう、本日は身分証明書を何かお持ちでしょうか。

男：いえ、何も。

女：そうですか。そうしますと、本日は手続きを完了することができません。本日はお申込書だけ書いていただき、後日、身分証明書のコピーをご郵送いただくということになりますが。

男：分かりました。それで結構です。

女：では、窓口へどうぞ。

男：はい。

男の人はこのあとすぐ何をしますか。

1　2階へ行く

2　番号札を取る

3　申込書を書く

4　身分証明書をコピーする

▶正解：1

解題關鍵句： 窓口は2階ですので……
では、窓口へどうぞ。

5番 **レストランで女の人と店員が話しています。女の人は、いくら支払いますか。**

店員：ありがとうございました。お一人様3,000円になります。お会計は3名様ご一緒でよろしいでしょうか。

女　：はい、一緒で。このクーポン、使えますか。

店員：はい、ご利用いただけます。そうしますと、お会計の合計金額から10パーセント引かせていただきまして、8,100円になります。

女　：はい。じゃあ、このカードで、1回で。

店員：恐れ入りますが、こちらのクーポンは、現金のみのご利用になっております。カードでのお支払いですと、9,000円になります。

女　：あ、そうなんですか。じゃあ、現金で、別々でお願いします。クーポンは1枚で3名までって書いてあるから、みんなで使えるんですよね。

店員：はい、ご利用になれます。

女の人は、いくら支払いますか。

1　2,700円

2　3,000円

3　8,100円

4　9,000円

▶正解：1

解題關鍵句：お一人様3,000円になります。
お会計の合計金額から10パーセント引かせていただきまして……

問題2では、まず質問を聞いてください。そのあと、問題用紙の選択肢を読んでください。読む時間があります。それから話を聞いて、問題用紙の1から4の中から、最もよいものを一つ選んでください。

第十回

1番　お母さんと男の子が話しています。男の子は、どうしてごはんを食べたくないのですか。

女：あれ？　どうしてごはん食べないの？　先生に怒られたの？　それともどっか具合でも悪いの？

男：そんなんじゃないよ。熱もないし、どこも悪くないから心配しないでよ。ただ……

女：ただ、どうしたの？

男：今日学校でね、友だちから、交通事故で死んだ人の話、聞いたんだ。

女：あら。

男：友だちは現場を見たんだって。それでぼくも気持ち悪くなっちゃって……

女：そうだったの？

男の子は、どうしてごはんを食べたくないのですか。

1　先生にしかられたから

2　風邪で熱があるから

3　友だちが交通事故で死んだから

4　友だちから死んだ人の話を聞いたから

▶正解：4

解題關鍵句：友だちから、交通事故で死んだ人の話、聞いたんだ……それでぼくも気持ち悪くなっちゃって……

2番　テレビで男の人が話しています。男の人がサッカー選手になろうと思った一番の理由は何ですか。

男：僕がサッカー選手になったのは、サッカーを通じて皆さんに勇気や感動を与えたかったからです。なーんて、言えたらかっこいいんですが、実をいうと、サッカー選手になったらみんなの人気者になれると思ったんです。そのために、毎日、朝から晩まで必死でサッカーの練習をしました。その結果、こうして夢をかなえることができて、今じゃ、日本国内にとどまらず、世界のプレーヤーと戦うことができるようになりました。言葉は通じませんが、サッカー選手になり、世界中に友だちができて本当に幸せです。

男の人がサッカー選手になろうと思った一番の理由は何ですか。

1　人々に勇気や感動を与えられるから

2　人気者になれると思ったから

3　世界の言葉が話せるようになるから

4　世界中に友だちが作れるから

▶正解：2

解題關鍵句：サッカー選手になったらみんなの人気者になれると思ったんです。

3番　大学で女の人と男の人が話しています。女の人がパソコンを習い始める理由は何ですか。

女：ねえ、パソコン教室に行ってるって聞いたけど、ほんと？

男：うん、先月から始めたんだ。

女：ふーん。私も、去年たくさん単位を取ったから、今年は時間ができそうなんだ。それでパソコンか何かやってみようと思ってるの。

男：へえ、いいんじゃない？　僕は、ちょうどキャンペーン中で、最初の一か月の授業料がただだったから始めたんだ。

女：そうなんだ。習い事してる人、多いね。みんな、就職のための準備かな？

男：うーん、そうとは限らないんじゃない？　友達が始めたからって言う人も多いと思うよ。

女：そうだね。じゃ、私がパソコン始めたら、他の友達もやるって言うかもね。

男：そうかもね。

女の人がパソコンを習い始める理由は何ですか。

1　時間に余裕があるから

2　割引期間だから

3　就職したときに役立つから

4　友達が始めたから

▶正解：1

解題關鍵句： 去年たくさん単位を取ったから、今年は時間ができそうなんだ。それでパソコンか何かやってみようと思ってるの。

4番 **大学入学のための面接試験で留学生が話しています。この留学生はどうしてこの大学を志望していますか。**

男：卒業後の進路について考えていたとき、日本語学校の先生にこちらの大学の森先生の講演会に行くことを勧められました。環境保護がテーマだったんですが、今後の見通しや対策などの具体的なお話をとてもわかりやすく話してくださいました。また、こちらの大学にいる先輩に教えてもらったんですが、森先生は学生のために親身になって指導してくださる方だと聞きました。それで、ぜひゼミに参加して先生のもとで研究したいと思いました。大学入学後は、知識を身につけるのはもちろんですが、それとともに実際に行動しながらさまざまな問題について考えていきたいです。

この留学生はどうしてこの大学を志望していますか。

1　森先生から勧められたから

2　先輩にアドバイスがもらえるから

3　指導を受けたい先生がいるから

4　知識を身に付けたいから

▶正解：3

解題關鍵句： 森先生は学生のために親身になって指導してくださる方だと聞

きました。それで、ぜひゼミに参加して先生のもとで研究したいと思いました。

5番 **総務課で男の人と女の人が話しています。男の人が総務課から借りるパソコンは何台ですか。**

男：すみません、来週の木曜日に研修を行うので、パソコンをお借りしたいんですが。

女：来週の木曜日ですか。何台お使いになりますか。

男：えっと、研修生と講師合せて22人で、12台まではこちらで用意しているので……10台です。

女：そうですか。木曜日はちょうど他のグループの研究も入っていまして、7台しか余っていないんですが。

男：7台ですか。あと3台、何とかならないでしょうか。古い物でも構わないんですが。

女：うーん、ちょっと難しいですね。

男：そうですか。分かりました。2名の講師には自分でパソコンを用意してもらうことにして、あと1台はこちらで何とかします。

男の人が総務課から借りるパソコンは何台ですか。

1　10台

2　7台

3　3台

4　1台

▶正解：2

解題關鍵句：7台ですか。あと3台、何とかならないでしょうか。
ちょっと難しいですね。

6番 **先生と女の学生が話しています。女の学生が、この研究テーマを選んだ一番の目的は何だと言っていますか。**

男：高橋さんの研究テーマは「自然エネルギーの有効利用」でしたね。

女：はい。主に風の力や太陽の熱や光を利用する方法について研究したいと思っているんです。

男：というと、風や太陽の光を使った発電技術の研究ですか。

女：うーん、発電そのものの技術というより、つくり出された電力をうまく利用する方法に興味があります。

男：具体的にはどんな方法ですか。

女：例えば、風が強すぎて作物が育たないとか、太陽の熱が強すぎて土地が乾いてしまう、といった場所で、逆にそれを利用して電力をつくって、それをほかの国に売るとか。本当は自然エネルギーの利用を通して、貧しい土地や国の援助をしたい、というのが狙いなんです。

男：地球温暖化の防止にも役立ちそうですね。期待してますよ。

この学生が、この研究テーマを選んだ一番の目的は何だと言っていますか。

1　風や太陽の力を利用した発電方法を広めること

2　貧しい国を助けること

3　風力を利用して農作物を作る方法を生み出すこと

4　地球温暖化を防止すること

▶正解：2

解題關鍵句：本当は自然エネルギーの利用を通して、貧しい土地や国の援助をしたい、というのが狙いなんです。

問題3では、問題用紙に何も印刷されていません。この問題は全体としてどんな内容かを聞く問題です。話の前に質問はありません。まず、話を聞いてください。それから質問と選択肢を聞いて、1から4の中から、最もよいものを一つ選んでください。

1番　テレビで女の人が話しています。

女：子どもの食生活に関する調査によると、5年前と比べて「朝食を取らない子ども」の割合が減ってきています。食事を通して栄養を取ろうという考え方が広まってきているようで、いい傾向です。しかし、「スーパーやコンビニのお弁当を食べる」という子どもの割合をみると、こちらは、ほとんど変化がありませんでした。つまり、1日3回きちんと食事をするようになったからといって、食事の内容がよくなったわけではないようなんです。成長する子どもの健康な体作りのためにも、食事の内容には気をつけたいものです。

最近の子どもの食生活は、どうなっていますか。

1　1日3食食べる子どもは増えたが、食事の内容は変わっていない

2　1日3食食べる子どもが増え、食事の内容もよくなった

3　1日3食食べる子どもは減ったが、食事の内容はよくなった

4　1日3食食べる子どもが減り、食事の内容も悪くなった

▶正解：1

解題關鍵句：1日3回きちんと食事をするようになったからといって、食事の内容がよくなったわけではないようなんです。

2番　女の人がインタビューを受けています。

男：小学校で英語の授業が始まりましたね。

女：そうですね。英語は世界の共通語ですし、発音などのことを考えれば、早いうちから英語に触れるのはいいことだと思います。

男：小さい頃からやれば、国際人が育つということですね。

女：さあ、それはどうでしょう。英語が話せれば国際人だと考えるのは、ちょっと違うと思いますよ。

男：といいますと？

女：もちろん語学力は大切ですが、本当の国際人になるためには、自分の国のことをよく知ることが大切だと思うんです。それを忘れて英語教育だけに力を入れても、国際人は育ちませんよ。

女の人は、どう思っていますか。

1　小学校で英語の授業をする必要はない

2　英語が話せるだけでは国際人とはいえない

3　早いうちから英語に触れれば国際人が育つ

4　自分の国のことを知っていれば、国際人といえる

▶正解：2

解題關鍵句：英語が話せれば国際人だと考えるのは、ちょっと違うと思いますよ。

3番　女の学生と男の学生が食堂で話しています。

女：何食べようかな？

男：僕は、日替わりランチ。とんかつだしね。

女：もっと女子向けのメニュー増やしてほしいな。ボリュームがあるのばか

りなんだもん。

男：しかたないよ。うちの大学、女子が少ないんだから。

女：だからこそ、私たちのこと考えてくれてもいいのに……まあ、いいや、私も今日は日替わりにする。

男：ほらね。メニューにはそれほど男子とか女子とか関係ないんだよ。食べる人は食べる。

女：もう。

女の学生は、食堂のメニューについてどう思っていますか。

1　軽いメニューが少ない

2　女性向けのメニューが多い

3　肉料理のメニューが多い

4　男性向けのメニューが少ない

▶正解：1

解題關鍵句：もっと女子向けのメニュー増やしてほしいな。ボリュームがあるのばかりなんだもん。

4番　アパートの前で男の人と女の人が家の中の物について話しています。

第十回

男：こんにちは。大掃除ですか。すごいごみの量ですね。

女：ええ、いらない物を整理していたらこんなに出てきて。いらない物ってけっこうあるんですよね。まあ、うちの中がすっきりしましたけど。

男：そうですか。

女：本当はまだ使えそうな物もあって、もったいないとは思ったんですけど、取っておいても結局そのままになる気がして。捨てなければ物は増える一方だし。

男：たしかにそうですよね。でも、私はそれがなかなかできなくて、家中、物であふれていますよ。いつか使うこともあるだろうと思って捨てられなくて……でも、新しいのが出ると買わずにはいられないんです。

女：そうですよね。私もそうだったんですが、いつか使うだろうっていうことは、今は使わないってことなんだから、置いとく場所や手入れをする時間がもったいないって思ったんです。

男：そうですか。

女の人は物を持つことについてどう思っていますか。

1　捨てるのはもったいないから取っておいたほうがいい

2　手入れをしながら長く使ったほうがいい

3　使わないものがあるなら捨てたほうがいい

4　新しい物が出たら買ったほうがいい

▶正解：3

解題關鍵句：捨てなければ物は増える一方だし。
今は使わないってことなんだから、置いとく場所や手入れをする時間がもったいないって思ったんです。

5番　テレビで女の先生が話しています。

女：大人になると、仕事でスピーチをする機会も多いですから、スピーチのコツを覚えましょう！　会話だったらうまく話せるのに、スピーチでは失敗してしまうことがあると思います。会話は、相手の反応を見ながら話が変化していきます。しかし、スピーチはみんなの前で一方的に話をします。事前に考えをまとめておいたり、原稿を用意する必要があって、緊張してしまうかもしれません。スピーチがうまくいかない理由は大きく分けて2つです。一つは話し方・表現方法の問題です。もう一つは話す内容の問題です。つまり、話す内容と話し方に気をつけるのがコツです。みなさんも、スピーチにチャレンジしてみてくださいね！

女の先生の話では、スピーチのコツは何ですか。

1　事前に考えをまとめておいたり、原稿を用意すること

2　話す内容と話し方に気をつけること

3　スピーチメモを作ること

4　何回も練習を繰り返すこと

▶正解：2

解題關鍵句：つまり、話す内容と話し方に気をつけるのがコツです。

問題4では、問題用紙に何も印刷されていません。まず、文を聞いてください。それから、それに対する返事を聞いて、1から3の中から、最もよいものを一つ選んでください。

1番　田中さんは、この会社、長いんですか。

1　はい、10階建てのビルですよ。

2　ええ、もう10年くらいになります。

3　あと5分ぐらいで着きますよ。

▶正解：2

2番　**どうぞ冷めないうちに召し上がってください。**

1　では、遠慮なくいただきます。

2　ええ、どんどん食べていいですよ。

3　そうですか。では熱いほうにします。

▶正解：1

3番　**エアコン、全然効いてませんね。**

1　いいえ、もう来ましたよ。

2　そうですね、壊れてるのかな？

3　えっ、聞いたことないんですか。

▶正解：2

4番　**先週貸したビデオ、明日持ってきてくれると助かるんだけど。**

1　うん、お願い。

2　やっと返してくれるんだ。

3　明日だね、分かった。

▶正解：3

5番　**さすが森さん。絵が上手ですね。**

1　いえ、当然のことをしたまでですよ。

2　いえいえ、大したことないですよ。

3　ええ、下手でもいいと思ってるんです。

▶正解：2

6番　**今年の卒業生代表には、誰が選ばれたんですか。**

1　ええ、選ばれましたよ。

2　卒業生は500人でした。

3　経済学部の中村さんですよ。

▶正解：3

7番 **あ、それに勝手に触らないでください。**

1　ああ、すみません。

2　お金がなくて買えません。

3　絶対、負けませんよ。

▶正解：1

8番 **少しは部屋を片付けたらどう？**

1　さあ、どうだろうか。

2　はいはい、あとでやります。

3　ずいぶん、きれいになったね。

▶正解：2

9番 **ご注文はうなぎ弁当をお一つでよろしいでしょうか。**

1　ほんとうによろしいでしょうか。

2　いえ、あまりよくないと思います。

3　あっ、やっぱりからあげ弁当にしてください。

▶正解：3

10番 **酔っぱらって線路で寝たって？　彼なら、まあね。**

1　そうね、いつも飲んでるからね。

2　そうね、それは珍しいわよね。

3　そうね、そんなことしないわよね。

▶正解：1

11番 **あれ？　旅行にいくって言ってたのに、行かなかったの?**

1　行かなくてもかまいませんよ。

2　どうしても行くしかなかったんです。

3　行ったつもりで貯金することにしたの。

▶正解：3

12番 **すみません、今週中に全部、お届けするのは難しいようです。**

1　それはありがとう。助かります。

2　困ったなあ。半分でも届けてくれませんか。

3　悪いけど、そんな簡単にはできません。

▶正解：2

問題5では長めの話を聞きます。この問題には練習はありません。メモをとってもかまいません。

1番、2番

問題用紙に何も印刷されていません。まず話を聞いてください。それから、質問と選択肢を聞いて、1から4の中から、最もよいものを1つ選んでください。

1番　男の人が学生の就職について話しています。

男：ここ何年か、企業の募集が減り、皆さんも大変だと思います。しかし、その一方で、今日、あらゆる分野でグローバルに人材を求める企業が増えています。日本への留学生だけでなく、海外の大学で日本語や日本経済を学んだ者など、採用の対象もより広くなっていきます。背景として、少子化による労働力不足や国内消費の伸び悩みなどがあるかもしれません。しかし、それらを含めた経済や社会のグローバル化が、その最大の要因といえ、この傾向は、今後もさらに進むものと思われます。ただそうした中、日本の企業や経済には伝統的な日本のやり方や考え方が広く残っていて、それにとまどい、うまく対応できない外国人もいます。そのギャップを埋められるよう、皆さんにはしっかりと、企業と学生の橋渡しをしていただきたいと思います。

男の人は、誰に対して話していますか。

1　企業の経営者

2　外国人の留学生

3　企業の面接担当者

4　学校の就職指導の担当者

▶正解：4

解題關鍵句：皆さんにはしっかりと、企業と学生の橋渡しをしていただきたいと思います。

2番　大学生二人がテレビを見て話しています。

第十回

男：それでは来週の天気です。今降っているこの雨は明日、月曜日も一日中降り続くでしょう。火曜日は朝のうち、まだ雨は残りますが、午後には晴れるでしょう。ですが、気温は上がらず、季節が冬に戻ったような寒さになりそうです。水曜日は曇り。気温は上がり、暖かくなりますが、風は強くなりそうですので、注意してください。木曜日以降はいい天気が続き、春らしい暖かい陽気になるでしょう。

女：お花見どうする？　あした行こうって言ってたけど。

男：どうするって……無理だろう。傘さして花見なんてしたくないよ。

女：やっぱり、晴れて暖かい日のほうがいいよね。

男：うん、でも、水曜日は風が強いっていうから、桜が散っちゃうかもしれないよ。

女：じゃあ、寒いのを我慢するしかないか……

男：うん、温かい食べ物や飲み物、たくさん持っていこうよ。

二人はいつ花見に行きますか。

1　月曜日

2　火曜日

3　水曜日

4　木曜日

▶正解：2

解題關鍵句： <u>火曜日は朝のうち、まだ雨は残りますが、午後には晴れるでしょう。ですが、気温は上がらず、季節が冬に戻ったような寒さになりそうです。</u>
<u>寒いのを我慢するしかないか……</u>

3番　まず話を聞いてください。それから、二つの質問を聞いて、それぞれ問題用紙の1から4の中から、最もよいものを一つ選んでください。では、始めます。

3番　大学で男の人が進学説明会の案内をしています。

男：今日は、当大学の進学説明会にご参加くださいまして、ありがとうございます。まず最初に、四つのグループに分かれて、ご案内したいと思います。皆さん、もう志望の学科は決まりましたか。もう学科が決まっている人は、文科系、理科系の二つに分かれて、まず図書館や食堂や研究室など、当大学の施設をご案内します。まだ、学科が決まっていない人は、文科系、理科系の二つに分かれて、教室の方で学科の説明をいたします。グループの説明が終わったあとで、経済学の工藤先生、そして、ロボット工学の鈴木先生が模擬授業を行います。皆さんもぜひご参加ください。

女：どうしよう。私、まだ決めてないんだよね。

男：じゃあ、まず学科の説明を聞かないとね。文科系でしょう？

女：うん。でも、私、施設を見てみたいのよね。チンさんはもう決めているんでしょう？

男：うん。でも、僕、本当は鈴木先生の話を聞きに来たんだよね。

女：じゃあ、それまで、私と一緒にいれば？

男：え？　僕が文科系の施設を見ても意味ないし。僕はやっぱり理科系にするよ。

女：そっか。じゃあ、またあとでね。

質問1　男の人はどのグループに入りますか。

1　理科系の施設案内グループ

2　文科系の施設案内グループ

3　理科系の学科説明グループ

4　鈴木先生の授業を聞くグループ

▶正解：1

解題關鍵句：<u>僕が文科系の施設を見ても意味ないし。僕はやっぱり理科系にするよ。</u>

質問2　女の人はどのグループに入りますか。

1　理科系の施設案内グループ

2　文科系の施設案内グループ

3　理科系の学科説明グループ

4　鈴木先生の授業を聞くグループ

▶正解：2

解題關鍵句：<u>文科系でしょう？</u>
<u>うん。でも、私、施設を見てみたいのよね。</u>

第十回

原來如此 系列 J057

JLPT新日檢【N2考題】10回全真模擬試題

業界最豐富的10回模擬試題，充分練習帶你一試合格！

作　　者　楊本明編輯團隊 編著
審　　訂　〔日〕大場健司
顧　　問　曾文旭
社　　長　王毓芳
編輯統籌　黃璽宇、耿文國
主　　編　吳靜宜
執行主編　潘妍潔
執行編輯　吳芸蓁、吳欣蓉
美術編輯　王桂芳、張嘉容
行銷企劃　詹苡柔
特約編輯　費長琳
法律顧問　北辰著作權事務所　蕭雄淋律師、幸秋妙律師

初　　版　2022年10月
出　　版　捷徑文化出版事業有限公司
電　　話　（02）2752-5618
傳　　真　（02）2752-5619

定　　價　新台幣799元／港幣266元
產品內容　1書

總 經 銷　采舍國際有限公司
地　　址　235新北市中和區中山路二段366巷10號3樓
電　　話　（02）8245-8786
傳　　真　（02）8245-8718

港澳地區經銷商　和平圖書有限公司
地　　址　香港柴灣嘉業街12號百樂門大廈17樓
電　　話　（852）2804-6687
傳　　真　（852）2804-6409

本書圖片由Shutterstock、Freepik提供

捷徑Book站

國家圖書館出版品預行編目資料

JLPT新日檢【N2考題】10回全真模擬試題 / 楊本明編輯團隊編著. -- 初版. -- 臺北市 : 捷徑文化出版事業有限公司, 2022.10
面；　公分. -- (原來如此 : J057)

ISBN 978-626-7116-19-7(平裝)

1. CST: 日語　2. CST: 能力測驗

803.189　　111012598